LES ANGES DE NEW YORK

DU MÊME AUTEUR

Seul le silence, traduit de l'anglais par Fabrice Pointeau, 2008.

Vendetta, traduit de l'anglais par Fabrice Pointeau, 2009.

Les Anonymes, traduit de l'anglais par Clément Baude, 2010.

R. J. Ellory

LES ANGES DE NEW YORK

Traduit de l'anglais
par Fabrice Pointeau

Directeur de collection : Arnaud Hofmarcher
Ouvrage publié sur les conseils de François Verdoux
Coordination éditoriale : Hubert Robin

Titre original : *Saints of New York*
Éditeur original : Orion Books

Sonatine Éditions
21 rue Weber
75116 Paris
www.sonatine-editions.fr

La sainteté est aussi une tentation.

Jean ANOUILH

1

LUNDI 1er SEPTEMBRE 2008

Trois comprimés de Vicodine, une demi-bouteille de Pepto-Bismol, tôt un matin glacial. Frank Parrish se tient au seuil de la salle de bains étroite d'un appartement délabré, sa chemise déboutonnée jusqu'à la taille, son oreillette défaite, et, dans ses chaussures, il ne porte pas de chaussettes. Il ne se rappelle pas où sont ses chaussettes. Il sait qu'elles sont couvertes du vomi d'un autre.

Il y a beaucoup de sang dans la baignoire devant lui, et dans ce sang pataugent deux personnes. Thomas Franklin Scott, assis là, jambes tendues, complètement défoncé, et sa cinglée de petite amie, Heather, appuyée contre lui, le dos contre son torse. Parrish a entendu son nom de famille, mais il n'arrive pas à s'en souvenir. Elle a une large entaille à la cuisse, faite avec un rasoir de barbier. Son sang a éclaboussé toute la pièce comme s'il s'agissait de quelque performance artistique, et Tommy Scott s'est foutu dans le crâne d'en finir une bonne fois pour toutes ici et maintenant. Tout le monde est arrivé ? demande-t-il. La cérémonie est sur le point de commencer. Des junkies, des tarés. Exactement ce qu'il faut le lundi à 8 heures du matin.

Tommy, dit Frank Parrish. Tommy, mec. Putain. Arrête tes conneries.

Vraiment ? fait Tommy. Mes conneries, que vous dites. Il lâche un rire âpre. C-O-N-N-E-R-I-E-S.

Je sais écrire, Tommy.

Tout ça, c'est bidon, Frank.

Tommy lâche un nouvel éclat de rire, forcé, pas naturel. Il a peur, il est disjoncté.

Je sais que c'est bidon, Tommy, mais tu es jeune. Bon Dieu, quel âge tu as ?

24 aux dernières nouvelles. Il rit une fois de plus, puis il s'étrangle comme s'il avait quelque chose de coincé dans la trachée.

24 ? Bon sang, mec, c'est vachement jeune, tu as tout le temps, Tommy ! Regarde-moi. La quarantaine et je suis la plupart du temps à côté de mes pompes. Tu ne veux pas finir comme moi...

Trop tard, Frank. J'ai déjà mal fini. Y a aucun avenir pour les gens comme nous. Pas vrai, Heather, chérie ?

Mais Heather pisse le sang. Elle a les yeux mi-clos et la tête qui dodeline d'avant en arrière comme une marionnette. Elle baragouine un Naaarrrggghhh, *et Frank Parrish sait qu'il lui reste peut-être une heure, probablement moins. Elle est dans un sale état. Pâle, complètement défoncée, maigre et faible, son corps ravagé par Dieu sait ce qu'elle s'est envoyé. Héro. Crack. Coke. Le tout coupé au laxatif pour bébé, au déboucheur de canalisations, au talc. Elle ne va pas faire long feu. Elle n'a plus la force de lutter. Plus maintenant.*

Tommy ! Pour l'amour de Dieu ! On se connaît depuis combien de temps ?

Vous avez été le premier à m'envoyer en taule.

Frank sourit.

Bon sang, tu as raison, mec ! J'avais oublié. Merde, ça doit compter pour quelque chose, non ? J'ai été le premier à t'envoyer en taule. C'est moi qui t'ai fait perdre ton pucelage. Bordel, Tommy ! Sors de cette putain de baignoire, décrasse-toi, et on va emmener ta copine aux urgences et puis on ira prendre un petit déjeuner. Tu as pris ton petit déjeuner ?

Nan.

Alors allons-y. Bacon, peut-être des frites ? Tu veux un steak et des œufs ? Je t'invite.

Rien à foutre, dit Tommy.

Il tient le rasoir dans sa main.

Na-na-na-naaaarrrgghhh, *bafouille Heather.*

Tommy, putain, viens !

Rien à foutre, répète Tommy.

Frank entend son oreillette grésiller au bout du câble. Ne soyez pas négatif, *qu'ils doivent lui dire.* Ne lui parlez pas de ce qu'il ne peut pas avoir, de ce qu'il ne peut pas faire. Parlez-lui de ce qu'il *peut* avoir et faire. Influence positive. Laissez-le croire que le monde le veut. Appelez-le par son prénom. Croisez son regard. Placez-vous à son niveau.

Connards. Qu'est-ce qu'ils y connaissent ? Venez vivre ici pendant une semaine et parlez-moi d'influence positive, expliquez-moi que le monde vous veut tellement qu'il a la trique.

Tommy. Sérieusement. Heather n'a pas l'air en forme, vieux. Faut qu'on l'emmène aux urgences. Ils vont lui recoudre la jambe.

Comme en réaction aux paroles de Parrish, Heather se tourne vers le mur et la bouche écarlate de la blessure béante sur sa cuisse déverse un nouveau litre de sang dans la baignoire. L'artère fémorale doit être touchée.

Et Tommy commence à avoir du mal à rester assis droit. Il glisse, n'arrive pas à se raccrocher à quoi que ce soit. Il tient le rasoir dans sa main et tout est en train de partir en couilles.

Il se met à chialer. Comme un gosse. Comme s'il avait cassé une fenêtre avec son ballon et avait été privé de sortie, et il regrette, mais il n'aura pas d'argent de poche pendant un mois. Il ne l'a pas fait exprès. Les accidents, ça arrive, non ? C'était un accident, nom de Dieu ! et maintenant toutes ces emmerdes lui tombent sur le coin de la gueule, toutes ces c-o-n-n-e-r-i-e-s...

Hé là ! dit Frank d'une voix calme, apaisante, réconfortante, presque paternelle. Frank a des gosses. Il dit des gosses, *mais ils sont grands aujourd'hui. Caitlin et Robert. Lui a 22 ans, elle, deux de moins. Ils vont à la fac, ils s'en sortent bien. Du moins aux dernières nouvelles. Leur mère est une bimbo en talons hauts. Non, il ne devrait pas dire ça. Il devrait être plus tolérant. Il devrait être plus indulgent. Ah! mon cul, c'est une salope.*

Alors il dit: Hé là! Tommy, d'une voix douce et assurée. Hé là! fiston. On peut se sortir de ce merdier. Ça va aller, je le promets.

Vous pouvez promettre que dalle, répond Tommy, et Frank observe que la lame du rasoir reflète la lumière morne qui pénètre par la fenêtre. C'est un jour morne. Un jour pourri, gris et moche. Pas un jour pour mourir.

Vous pouvez rien me promettre, Frank. Quoi que vous disiez, c'est du pipeau. Vous dites juste ce qu'ils vous ont dit de dire pour que je la plante pas, pas vrai?

Frank voudrait avoir son pistolet. Mais il l'a laissé à la porte. Il y avait des termes et des conditions pour arriver jusqu'ici. Pas de flingue. Déboutonnez votre chemise jusqu'à la taille. Ôtez cet appareil de merde de votre putain d'oreille. Je ne veux pas que vous parliez à qui que ce soit à part moi. Pigé, Frank? Vous avez pigé?

Pigé, a répondu Frank, et il a laissé son pistolet à la porte, décroché son oreillette, ôté sa veste, déboutonné sa chemise... et dans le couloir il y a peut-être huit ou dix autres types, des négociateurs, des baratineurs de première, tous sacrément plus qualifiés que lui pour gérer cette situation, et tous parfaitement sobres, alors que Frank se traîne lamentablement après trois jours passés à picoler. Trop de Bushmills et il est malade comme un chien. Pas assez de sang irlandais en lui pour résister à un tel assaut.

Mais Tommy Scott a été arrêté une demi-douzaine de fois par Frank Parrish. Et Tommy connaît le nom de Frank. Alors quand quelqu'un appelle pour signaler qu'un abruti armé d'un rasoir a lacéré sa petite amie dans une baignoire, quand un agent en uniforme débarque sur les lieux et appelle des renforts, c'est Tommy qui dit: Faites venir Parrish. Faites venir cet enfoiré de Parrish ou je lui tranche sa putain de gorge maintenant !

Alors il est là. En chaussures sans chaussettes. Avec des taches de gerbe sur le devant de son pantalon. Pas de flingue. Pas d'oreillette. Tôt un lundi matin après trois jours de Bushmills, et c'est comme si le diable lui avait enfoncé un râteau dans le cul et retourné les entrailles.

OK, fini de jouer maintenant, dit-il.

Il commence vraiment à ne pas se sentir dans son assiette. Il veut sortir d'ici. Il veut prendre une douche, trouver des chaussettes propres, boire un café et fumer une clope. Il en a sa claque de Tommy Scott et de sa pétasse de petite copine, et il aimerait qu'ils règlent leur putain de problème d'une manière ou d'une autre.

Et c'est ce que fait Tommy.

Rien à foutre, chérie, chantonne-t-il, et il place le rasoir tout contre le visage d'Heather puis il tire violemment comme s'il tirait sur la corde d'une tronçonneuse.

Du sang – le peu qu'il lui reste – gicle sur le mur à la gauche de Tommy et éclabousse le rideau de douche.

NO-O-O-N !

Frank s'entend hurler, mais ce qu'il voit est si envoûtant, si affreusement fascinant, qu'il reste cloué sur place, planté dans ses chaussures mouchetées de dégueulis, et tout ce qu'il parvient à faire, c'est se précipiter en avant quand Tommy Scott se tranche la gorge à son tour.

Faut des couilles pour faire ça, dira par la suite Frank. Faut des couilles en acier trempé pour se trancher la gorge, et le faire aussi profondément.

Tommy n'a pas saigné jusqu'alors. Et Tommy n'est pas un avorton. Il doit faire un mètre quatre-vingts pour quatre-vingts kilos et quand il se sectionne la jugulaire, ça jaillit comme une bouche d'incendie à un coin de rue au plus fort de l'été.

Frank s'en prend plein la bouche. Ça lui asperge les yeux, les cheveux, sa chemise est trempée. Et tandis qu'il s'efforce d'attraper le gamin, tandis qu'il s'efforce de le tirer hors de la baignoire et de l'allonger par terre pour juguler l'hémorragie avec ses doigts... il ne peut s'empêcher de se demander si Tommy Scott est séropositif, ou s'il a le sida, une hépatite ou autre chose.

Deux minutes, peut-être trois maxi, et Heather Machinchouette sera morte pour de bon.

Frank Parrish parvient à les sortir de la baignoire. Plus tard, il ne se souviendra pas comment il a fait. Où il a trouvé la force. C'est un méli-mélo de jambes et de bras tordus. Du sang partout. Il n'en a jamais vu autant. Il est agenouillé au-dessus de Tommy Scott, qui est désormais étendu sur le tapis de la salle de bains, agité par des convulsions et baragouinant comme s'il avait les doigts dans une prise de courant, et le sang qui continue de pisser. Frank lui serre la gorge suffisamment fort pour l'étrangler, mais c'est une vraie fontaine, et ça coule, ça coule, ça coule...

Heather est morte. Elle est inerte. Plus rien à faire.

Rien à foutre, Frank. C'est la dernière chose que dira Tommy Scott. Les mots sont étouffés par le flot de sang, mais Frank les reçoit cinq sur cinq.

Il meurt avec un sourire sur le visage, comme s'il estimait que ce qui l'attend de l'autre côté est sacrément mieux que ce qu'il laisse ici.

Frank s'assied dos contre la baignoire. Il est couvert de sang qui commence à sécher. Le négociateur pénètre dans la salle de bains, lui fait savoir aussi sec qu'il a merdé, qu'il aurait pu leur sauver la vie.

Leur sauver la vie ? demande Frank. Pour quoi faire, exactement ?

Et le négociateur le toise avec cette expression qu'ils ont tous. J'ai entendu parler de vous, voilà ce que dit cette expression. Je sais tout sur vous, Frank Parrish.

Et Frank lui dit: Allez vous faire foutre.

Un jour – il ne sait même plus quand –, quelqu'un a demandé à Frank Parrish pourquoi il avait choisi ce boulot.

Frank se rappelle avoir souri. Et répondu : Vous est-il jamais venu à l'esprit que c'était peut-être le boulot qui m'avait choisi ?

Il se relève péniblement et se met en quête d'une cigarette.

2

Frank Parrish passe un coup de fil depuis l'angle de Nevins Street près de Wyckoff Gardens.

« Tu es chez toi ? » demande-t-il.

Bien sûr, chéri, je suis à la maison.

« J'arrive. J'ai besoin d'un bain et de me changer. »

Où es-tu ?

« Dans Nevins, à une demi-douzaine de rues. »

Je t'attends.

Il enfonce son portable dans sa poche, prend la direction de la station de métro Bergen Street dans Flatbush Avenue.

« Bon sang, qu'est-ce qui t'est arrivé ? » demande-t-elle en ouvrant la porte, plissant le nez sur son passage.

Il s'arrête, se retourne, se tient les bras ballants, paumes vers elle, comme si elle savait déjà tout de lui, comme s'il ne pouvait rien lui cacher.

« Un type qui a tué sa petite copine, puis qui s'est suicidé. Il s'est tranché la gorge. »

Il sent la tension du sang séché dans ses cheveux, dans ses narines, ses oreilles, entre ses doigts.

« Je t'ai fait couler un bain », dit-elle.

Il fait un pas vers elle, sourit.

« Eve, ma douce... sans toi, je ne sais pas ce que je ferais. »

Elle secoue la tête.

« Tu racontes vraiment que des conneries, Frank. Maintenant, va prendre un bain, pour l'amour de Dieu. »

Il se retourne et longe le couloir. Il entend de la musique quelque part... *The Only Living Boy in New York.*

Il est étendu dans l'eau rose, les cheveux mouillés, les yeux qui le piquent à cause du shampooing à l'extrait de jojoba qu'elle lui achète. *Les ombres ne sont que des ombres,* songe-t-il. *Elles ne peuvent pas nous faire de mal tant qu'on ne les prend pas pour autre chose. Mais quand on commence à le faire... eh bien, on finit par leur donner des dents et des griffes, et alors elles finissent par nous avoir...*

« Frank...

– Entre. »

Eve entrouvre légèrement la porte et se glisse dans la salle de bains. Elle s'assied sur le rebord de la baignoire. Elle ne porte que ses sous-vêtements et un peignoir. Elle baisse la main et agite les doigts dans l'eau.

« Dis-moi ce qui s'est passé avec ce garçon et sa petite amie. »

Frank secoue la tête.

« Pas maintenant. Je te raconterai ça un autre jour.

– Tu veux boire quelque chose ? »

Il secoue de nouveau la tête.

« Tu veux un joint ? »

Frank sourit.

« J'ai arrêté quand j'avais une vingtaine d'années. Et puis, tu ne devrais pas fumer cette merde. C'est mauvais pour le moral. »

Eve ignore sa réflexion.

Frank se redresse dans la baignoire. Sa position est exactement la même que celle de Thomas Franklin Scott.

Eve lui tend une serviette. Il s'essuie les cheveux, puis la lui rend pour pouvoir sortir de la baignoire.

Il se tient devant elle, nu et trempé.

Elle saisit son pénis, commence à le masser, baisse la tête et le prend dans sa bouche.

Aucune réaction.

« Tu veux quelque chose ? demande-t-elle.

– Quoi ? Une de ces pilules ? Bon Dieu, Eve, non ! Le jour où j'aurai besoin de ces saloperies pour bander, je saurai que j'ai fait mon temps.

– Tu m'aimes toujours, oui ? »

Frank sourit. Il tend les mains, elle les saisit, et il l'aide à se relever. Il la serre entre ses bras, sent la chaleur de son corps contre son corps humide. Il frissonne.

« Tu vas bien ? »

Il fait oui de la tête mais ne répond rien.

Il voudrait dire : *Non, Eve, je ne vais pas bien. Pas exactement. Parfois j'ai des conversations avec ceux qui ne s'en sont pas sortis. Ceux que je n'ai pas trouvés à temps. Ceux qui m'ont glissé entre les mains et qui sont morts. Ça irait s'ils ne me répondaient pas, mais ils me répondent. Ils me disent qu'ils m'en veulent. Que j'ai merdé. Que je n'ai pas compris ce qui leur arrivait et que maintenant ils sont dans les limbes...*

« Frank ? »

Il se penche en arrière, la regarde droit dans les yeux, et il sourit comme si c'était Noël.

« Je vais bien, dit-il. Mieux que bien.

– Tu vas rester prendre un petit déjeuner ?

– Non, faut que j'y aille, répond-il. J'ai rendez-vous.

– Avec qui ?

– Juste un truc pour le boulot.

– Café ?

– D'accord, dit-il. Corsé. Moitié café, moitié lait. »

Elle quitte la salle de bains.

Frank se penche vers le miroir, incline la tête en arrière et scrute l'intérieur de son nez. Il appuie avec la base de son pouce sur la narine droite et expulse du sang de la gauche à cent kilomètres-heure.

Il baisse les yeux vers l'étroite giclée de Tommy Franklin sur la porcelaine blanche.

Le recul : l'illumination claire et évidente de l'histoire.

Il prononce la prière, celle qu'ils disent tous à de tels moments : Faute de mieux, Seigneur, accordez-moi juste un jour de plus.

Frank Parrish laisse 100 dollars sur la commode près de la porte de l'appartement d'Eve Challoner. Trois ans qu'il vient ici, depuis qu'elle a été interpellée pour racolage. Il s'est arrangé pour égarer la paperasse, pour qu'on lui foute la paix. Pas parce qu'il s'est dit qu'il pourrait la baiser gratis, mais parce qu'il a éprouvé quelque chose pour elle. De la sympathie ? Non, pas de la sympathie. De l'*empathie*.

Nous baisons tous quelqu'un pour de l'argent.

Il referme doucement la porte derrière lui et s'engage dans l'escalier. Il est 9 h 10. Il a un rapport à rédiger sur le fiasco de Tommy Franklin, et après, avec un peu de chance, il arrivera en retard à son rendez-vous. Une demi-heure de retard, peut-être même quarante minutes.

En chemin vers la station de métro, il s'arrête au bord du trottoir et vomit dans le caniveau. Il ressent la brûlure habituelle dans l'estomac, dans la trachée, dans la gorge. Il songe qu'il ferait bien de passer un check-up. Demain. Peut-être mercredi.

3

« Vous êtes en retard.

– Je sais.

– Il me semble que vous pourriez essayer d'être à l'heure.

– J'ai essayé.

– Pourriez-vous faire plus d'efforts ?

– Bien sûr.

– Alors asseyez-vous, Frank... dites-moi ce qui s'est passé ce matin.

– Vous pouvez lire mon rapport.

– Je veux l'entendre avec vos mots à vous.

– C'est moi qui ai écrit le rapport. Ce *sont* mes mots.

– Vous comprenez ce que je veux dire, Frank. Je veux l'entendre de votre bouche.

– Il a tranché la gorge de sa petite amie. Il s'est tranché la gorge. Il y avait tellement de sang que ça glissait comme un toboggan dans un putain de parc d'attractions. Ça vous va ?

– Racontez-moi depuis le début, Frank. Depuis le moment où vous avez reçu le coup de fil vous informant qu'il tenait la fille en otage.

– Non.

– Pourquoi ?

– Parce que je n'en ai pas envie, voilà pourquoi. Bon sang, qu'est-ce que c'est que ces conneries ?

– C'est une aide psychologique, censée vous permettre de gérer le stress de votre métier et vous faire sentir mieux. Vous le savez.

– Vous voulez m'aider à me sentir mieux ?

– Bien sûr. C'est pour ça que je suis ici.

– Alors approchez-vous et soulagez-moi.

– Non, Frank, je ne vais ni m'approcher ni vous soulager.

– Vous êtes mariée ?

– Est-ce que c'est important ?

– Peut-être... je me disais simplement... vous n'avez pas d'alliance, mais peut-être que vous ne la portez pas parce que vous aimez bien vous faire draguer par les flics alcoolos au bout du rouleau.

– Non, Frank. Je n'en porte pas parce que je ne suis pas mariée.

– Ah ! ça, alors ! Moi non plus. Alors qu'est-ce que vous diriez si je venais dans votre petit bureau douillet, si on baissait les stores... vous voyez ce que je veux dire. C'est le genre d'aide psychologique qui pourrait me faire le plus grand bien en ce moment.

– C'est ce que vous ressentez ?

– Un peu que c'est ce que je ressens. Et je parie que vous aussi, *docteur*. Si seulement il n'était pas question d'éthique professionnelle, hein ?

– Comme vous voudrez, Frank.

– Enfin on se comprend.

– Non, Frank, je ne crois pas du tout que nous nous comprenions. Vous essayez de m'offenser, et je me prête à votre jeu.

– C'est ce que vous croyez ? Que je dis ces trucs pour vous offenser ?

– Oui, je le crois. Vous essayez de me choquer. En me proposant de vous soulager, par exemple.

– Non, madame, c'est ma manière de faire la cour.

– Eh bien, dans ce cas, je suppose que nous sommes toutes à l'abri des charmes de Frank Parrish.

– C'est marrant. Maintenant, vous essayez de me faire rigoler.

– Non. Ce que j'essaie de faire, c'est de vous donner une chance de vous libérer d'une partie du stress et du traumatisme qui sont inhérents à votre profession.

– Oh ! merde. Gardez ça pour les bleus, les tapettes et les femmes flics.

– Vous avez beaucoup de préjugés.

– Hé ! ma p'tite dame, le monde est bourré de préjugés.

– Donc vous ne voulez pas parler de Tommy Scott et Heather Wallace.

– C'est une question ou une affirmation ?

– Comme vous voulez.

– Non, je ne veux pas parler de Tommy Scott et Heather Wallace. À quoi bon ?

– Parfois les gens éprouvent le besoin de parler.

– Parfois les gens éprouvent le besoin de se faire uriner dessus. Ça veut pas dire que ça leur fait du bien.

– D'après vous, pourquoi faites-vous ça, Frank ?

– De quoi ?

– Essayer de me choquer.

– Doux Jésus, ma petite, vous ne connaissez vraiment pas grand-chose de la vie ! Vous trouvez ça choquant ? Bon sang, vous devriez entendre ce que je dis aux autres !

– J'en ai entendu une partie.

– Eh bien, aujourd'hui, je suis poli, d'accord ? Ma conduite est exemplaire.

– Eh bien, votre *conduite exemplaire* vous a valu onze avertissements verbaux, deux avertissements écrits, une suspension de permis de conduire et une retenue d'un tiers sur votre salaire jusqu'à Noël. Oh ! oui – et l'obligation de venir me voir régulièrement jusqu'à ce que votre attitude s'améliore.

– Et vous croyez que ça va me servir à quelque chose ? De venir ici et de vous parler ?

– Je l'espère.

– Pourquoi ?

– Parce que c'est ce que je fais, Frank. C'est mon métier, mon but.

– Et vous êtes psy, exact ?

– Je suis psychothérapeute.

– Psychothéra-pute.

– Non, Frank, psychothérapeute.

– J'ai rencontré quelques putes psycho au cours de ma carrière.

– Je sais.

– Vous *savez* ?

– Oui, Frank, je connais certaines des personnes à qui vous avez eu affaire. Je sais certaines des choses que vous avez vues.

– Et qu'est-ce que ça vous dit ?

– Ça me dit que vous êtes un homme perturbé. Que vous avez peut-être besoin de quelqu'un à qui parler.

– Mon problème est si évident que ça ?

– Eh bien, oui, je le crois, Frank. Je crois qu'il est si évident que ça.

– Vous voulez savoir ce qu'on nous a appris à l'école de police ?

– Oui.

– Que parfois il ne faut pas se fier aux apparences. Et que parfois les choses sont exactement ce qu'elles paraissent.

– Ce qui signifie ?

– Eh bien, c'est très simple. J'ai *l'air* d'un loser agressif, déglingué, alcoolique, avec une vingtaine d'années de carrière au compteur... et vous pouvez ajouter à ce mélange explosif mon dangereux manque d'estime de soi et mon goût pour les femmes faciles et le whiskey hors de prix, et vous vous retrouvez avec quelqu'un à qui vous ne voulez pas vous frotter. Et comme j'ai dit, même si ce n'est qu'une *apparence*, je crois que vous allez découvrir que c'est exactement qui je suis.

– Bon, on dirait que nous allons passer quelques semaines vraiment intéressantes ensemble.

– Vous avez peur que je ne devienne dingue, pas vrai ?

– Je n'aime pas ce terme.

– Oh ! pour l'amour de Dieu, depuis quand tout le monde a-t-il tellement la trouille des mots ? C'est rien qu'un *mot*, OK ? Rien qu'un putain de mot. Dingue. Dingue. Dingue !

– Soit, je crains que vous ne risquiez de devenir dingue.

– Certaines personnes ne deviennent jamais dingues. Leur vie doit être vraiment horrible.

– C'est ce que vous pensez ?

– C'est Bukowski qui a dit ça. Vous connaissez Charles Bukowski ?

– C'était un ivrogne, il me semble.

– C'était un écrivain. Un écrivain. Comme moi je suis flic, comme vous êtes psychothéra-pute. La picole ne nous définit pas, ma petite dame, elle ne fait qu'accroître la richesse déjà considérable de nos vies.

– Vous racontez vraiment des conneries, Frank Parrish.

– Êtes-vous autorisée à me parler comme ça ? Votre code d'éthique professionnelle ne vous interdit-il pas de me dire que je raconte des conneries ?

– Rentrez chez vous et dormez, Frank. Revenez me parler quand vous serez de meilleure humeur.

– Hé ! vous risquez de ne jamais me revoir, docteur Griffin. »

4

Quelque part sur son bureau – sous les rapports d'enquête préliminaires, les rapports complémentaires, les fiches de dépôt d'indices, les relevés d'empreintes et les notes d'interrogatoires – se trouvait un téléphone portable. Il sonnait alors, produisant un son âpre, presque mauvais, comme s'il accusait Frank Parrish de quelque chose.

Rares étaient les appels qui n'avaient pas un cadavre à l'autre bout du fil. Avant l'ère des téléphones portables, les personnes dont le boulot était de s'occuper des morts pouvaient être ailleurs, impossibles à joindre. Mais de nos jours, les cadavres les trouvaient où qu'elles soient : pas moyen de se planquer ou de se défiler pour les inspecteurs de l'unité criminelle 2, commissariat du 126e district, South Brooklyn. *On arrive sur place une fois le meurtre accompli*, qu'ils disent. Ils vous diront aussi que la plupart des meurtres sont rapides, brutaux et sans intérêt. Neuf fois sur dix, ils sont aussi gratuits.

C'est comme le vieux proverbe *Tutto è Mafia in Italia* : tout – absolument tout – est mort à la criminelle.

Parrish localisa le téléphone, répondit.

« Frank, Hayes à l'appareil.

– Salut. Qu'est-ce qui se passe ?

– Tu connais un certain Danny Lange ?

– Bien sûr. Dans les 25 ans, une tête de fouine, a pris entre trois et cinq ans pour le braquage d'un drugstore.

– Exact. Eh bien, il est mort. Quelqu'un lui a collé une balle de 22 dans la tête. Tu veux venir jeter un coup d'œil ? »

Parrish consulta sa montre : il était 17 h 15.

« C'est faisable. Tu es où ? »

Parrish nota vite fait la route à suivre, puis mit la main sur un agent en uniforme pour qu'il l'emmène dans une voiture de patrouille. La circulation était mauvaise, complètement bouchée dans Adams. Ils prirent à droite après Polytechnic University, roulèrent un peu mieux dans Jay et débouchèrent au bout de Cathedral Place. Parrish voyait déjà le tremblotement rouge des gyrophares. Ils se garèrent sèchement et Parrish sortit, dit à l'agent en uniforme de retourner au poste. Sur la gauche de Parrish se trouvait un parking désert, un coupé en ruine ratatiné comme un chien triste, une poignée de fleurs jaune vif s'échappant de sous le capot.

Derrière le cordon, Danny Lange gisait jambes et bras écartés, la tête inclinée selon un angle bizarre, avec sur le visage une expression de légère surprise. Il avait les yeux tournés vers l'église au bout de la rue. Au sommet de celle-ci était fixée une enseigne lumineuse dont les néons fluorescents étaient quelque peu voilés par le smog et la poussière, mais Parrish la connaissait bien. *Vos péchés vous rattraperont.* Sans déconner, Sherlock, avait-il pensé la première fois qu'il l'avait vue.

« Tu l'as retourné ? demanda Parrish à Paul Hayes.

– J'ai rien fait.

– Comme d'habitude, railla Parrish.

– Va te faire foutre, Parrish, répliqua Hayes, mais il ne souriait qu'à demi. Il y a une épicerie pas loin. Tu veux quelque chose ?

– Vois si tu peux me trouver de la Vicodine. À défaut, de l'aspirine. Et un café. Noir et fort. »

Hayes disparut.

Frank Parrish s'accroupit, examina le corps en silence pendant quelques minutes, conscient que la nuit tombait rapidement. Il sentait les agents en uniforme qui l'observaient depuis les voitures de patrouille.

Danny avait perdu du sang, juste un peu. Ce n'était pas inhabituel pour un si petit calibre. Ce serait au légiste de déterminer si le cadavre avait été déplacé. C'était la procédure. Parrish enfila des gants en latex, fouilla dans les poches de Danny, trouva presque 100 dollars qu'il enfonça discrètement dans sa chaussure. Pas de pièce d'identité, pas de permis de conduire, pas de portefeuille, pas de montre. Il était pourtant clair qu'il ne s'agissait pas d'un vol. Danny Lange n'était pas du genre à porter une montre ou à avoir un portefeuille sur lui, et il n'était pas du genre à se laver non plus, soit dit en passant. La mort n'avait pas adouci sa puanteur caractéristique.

Le trou dans sa gorge était la seule blessure. Point d'entrée, pas de point de sortie. Manifestement, le pistolet avait été dirigé vers le haut, et la balle était toujours dans le crâne. Ces petits calibres n'étaient pas assez puissants pour que la balle ressorte ; elle se contentait de ricocher à l'intérieur comme une boule de billard et de réduire le cerveau en bouillie. À chaque fois qu'elle percutait la paroi intérieure du crâne, elle s'aplatissait comme une crêpe. Difficile de relever la moindre crête, rainure, striation. Parrish enfonça son petit doigt dans la blessure. C'était encore humide à environ deux centimètres de profondeur, ce qui signifiait que Danny n'était pas mort depuis plus de deux heures. Danny Lange était un trafiquant de deuxième ordre. Pas d'argent, pas d'avenir, pas grand-chose pour lui. Il avait dû se mettre quelqu'un à dos, couper de la came avec quelque chose d'évident comme du laxatif pour bébé ou du bicarbonate de soude, point final. C'était toujours pareil, toujours la guerre. Parrish avait lu Cormac McCarthy. Le vieux juge de *Méridien de sang* disait : « Peu importe ce que les hommes pensent de la guerre. La guerre est éternelle. Autant demander aux hommes ce qu'ils pensent des pierres. Il y a toujours eu la guerre ici-bas. Avant que l'homme existe, la guerre l'attendait... Il en a toujours été et il en sera toujours ainsi. »

La guerre avait rattrapé Danny Lange, et il était désormais l'une de ses innombrables victimes.

Frank Parrish appela l'un des agents en uniforme, lui tendit une paire de gants, lui demanda de lui donner un coup de main. Ils retournèrent le cadavre. Danny avait chié dans son froc.

« Vous avez appelé le coroner adjoint ? demanda Frank.

– Oui, monsieur.

– Parfait. Restez ici et gardez un œil sur lui. Assurez-vous qu'il ne se fait pas la belle. Je vais boire un café avec mon copain, et je parlerai au coroner adjoint quand il arrivera, OK ?

– Oui, monsieur. »

Hayes était allé jusqu'au Starbucks. Pas de Vicodine, juste de l'aspirine, mais au moins le café était passable. Parrish croqua deux comprimés, les fit passer avec du café.

« Du nouveau ? » demanda Hayes.

Parrish secoua la tête.

« Toujours le même bordel. Il a dû se foutre quelqu'un à dos. Ça s'est su. Comme disent les Siciliens, un mot glissé dans la bonne oreille peut soit faire un homme, soit le tuer.

– Tu en as combien en cours ?

– Trois, répondit Parrish.

– J'en ai cinq sur les bras. Ça t'ennuie de prendre celui-là ? »

Parrish hésita.

« Si tu le prends, je te revaudrai ça. »

Parrish acquiesça.

« Marché conclu.

– Tu as un nouvel équipier ? demanda Hayes.

– Demain. Un gamin de 19 ans tout droit sorti de l'école de police.

– J'espère que ça ira.

– Je ne m'en fais pas pour moi. C'est le pauvre crétin qu'ils vont me refiler qui va avoir un problème. Il aura intérêt à voir plus loin que le bout de son nez.

– Donc, on est d'accord ? Je file. Je te laisse régler ça avec le coroner adjoint. »

Hayes fit deux pas en arrière, se retourna et disparut. Parrish entendit sa voiture démarrer à l'angle de la rue et s'éloigner sur les chapeaux de roues.

Il but la moitié de son café, vida le reste par terre, jeta son gobelet dans une poubelle au coin de la rue et revint auprès de Danny Lange.

5

Le coroner adjoint ne traîna pas. Parrish regarda le fourgon emporter Danny, puis il marcha jusqu'à la station de métro la plus proche.

L'appartement de Danny Lange était un trou à rat dégueulasse et infesté de puces au neuvième étage d'un immeuble pourri. En s'approchant de l'entrée, Parrish se rappela sa précédente visite. Deux ou trois ans plus tôt. Il en était ressorti avec une furieuse envie de se laver les cheveux et de porter ses fringues au pressing. C'était triste quand un homme perdait la raison, plus triste encore quand il perdait le respect de soi. Danny Lange avait depuis longtemps perdu l'un comme l'autre.

Le couloir sentait la pisse et le vomi. Des seringues usagées craquaient sous ses pieds tandis que Parrish contournait les ascenseurs et se dirigeait vers la cage d'escalier. Les ascenseurs étaient réputés peu fiables, le pire genre d'endroit où se retrouver coincé.

Au troisième, il était déjà à bout de souffle. Il était seul. Il n'aurait pas dû, mais les équipiers s'usaient plus vite que par le passé – le dernier avait fini les pieds devant. Parrish avait effectué ses trois premières années en tant qu'inspecteur aux mœurs, les six suivantes au département vol-homicide et, quand la brigade avait été scindée en deux, il était resté du côté des morts. Les vols, c'était de la rigolade. Des boutiques d'alcool qui se faisaient braquer pour des queues de cerise, des Coréens qui se faisaient buter pour 29 dollars et des poussières. Des junkies qui piquaient juste de quoi se payer quelques amphés, histoire de ne pas avoir la tremblote. Mais vous pouvez braquer autant de boutiques que vous voulez, la tremblote vous rattrapera toujours. C'est ainsi.

Au cinquième étage, Parrish fit une pause. Il aurait bien fumé une cigarette mais il n'arrivait plus à respirer. Il s'arrêta, tentant de ne pas penser à Caitlin, sa fille, mais elle ne lui laissait aucun répit. *Fais plus de sport, papa. Fume moins. Et je ne veux même pas parler de ta consommation d'alcool.* Il n'en ressortait pas gagnant. Elle avait presque achevé sa formation, et il voulait qu'elle reste dans le coin – Brooklyn Hospital, Cumberland ou même Holy Family dans Dean Street, mais Caitlin voulait aller à Manhattan. Peut-être à Saint-Vincent. Elle avait opté pour des études d'infirmière, avec le soutien de sa mère. Et la mère de Caitlin était l'ex-femme de Frank. Clare Parrish. Sauf que maintenant elle avait repris son nom de jeune fille, Baxter. Merde. Comment les choses avaient-elles pu si mal tourner ? Certes, ils s'étaient mariés jeunes, mais ils avaient passé du bon temps. En décembre 1985, ils s'étaient passé la bague au doigt. Robert était né tout juste quatre mois plus tard en avril 1986, Caitlin en juin 1988. De braves gamins. Mieux que leurs parents. Tout avait si bien commencé. Quelques difficultés, certes, évidemment, mais rien d'important, rien de sérieux. Comment en étaient-ils arrivés à un tel déluge d'accusations haineuses – sans fondement pour la plupart –, il ne le saurait jamais. Des rancœurs silencieuses qui s'accumulaient à n'en plus finir. Il était agressif, obstiné, ignorant, négligent. Elle était superficielle, cynique, méfiante, méprisait les amis de Frank. Ses amis... Quels amis ?

Et alors c'était vraiment parti en eau de boudin. Il ne comprenait pas *ne serait-ce que le b.a.-ba du comportement en société.* Elle n'était pas foutue *de cuisiner, de faire le ménage,* elle était *inculte, dénuée de passion.* Après coup, quand ils étaient arrivés au bout de leurs engueulades, ils se soûlaient ensemble et baisaient comme des adolescents en rut, mais ce n'était plus comme avant, et ils le savaient l'un comme l'autre. Chacun avait proféré des paroles cinglantes, et, à eux deux – sans qu'aucun soit plus coupable que l'autre –, ils avaient fait exploser la bulle matrimoniale au point de ne plus se supporter. Alors il avait loué un trois pièces dans South Portland et entamé une liaison avec une auxiliaire juridique de 27 ans nommée Holly. Et Clare s'était mise à coucher avec son coiffeur – un type à moitié italien avec une queue-de-cheval – qui l'appelait *bambina* et lui laissait des marques d'ongles sur le cul.

Le recul, comme toujours notre plus cruel et plus perspicace conseiller, lui avait enseigné quelques vérités douloureuses. Il aurait dû avoir une attitude plus positive. Il aurait dû se rendre compte que sa femme – même si elle ne travaillait pas à la criminelle – en bavait chaque jour à essayer d'élever une famille. Mais c'était bien joli de dire ça maintenant, alors que tout avait volé en éclats. *Avec la plupart des mecs*, avait-elle l'habitude de dire, *il faut attendre avant qu'ils se mettent à merder. Mais avec toi ? Avec toi, il n'y a pas d'attente. Tu merdes avant même d'être arrivé.*

Le divorce avait été prononcé en novembre 2001, alors que Caitlin avait 13 ans et Robert deux de plus. Clare avait obtenu la garde, Frank les voyait le week-end. Après le lycée, ils étaient entrés en fac, avaient commencé à se colleter avec le monde. Ils étaient indéniablement la meilleure chose que leur mariage avait produite. Ils étaient ce qu'il avait fait de mieux.

Parrish atteignit le neuvième étage, au bord de la crise cardiaque. Il s'arrêta un moment, appuyé contre le mur, le cœur cognant à tout rompre. Une femme noire ouvrit la porte de l'un des appartements, le dévisagea curieusement comme s'il avait sorti sa queue et l'avait agitée dans sa direction. Sans poser de question, sans prononcer un mot, elle referma la porte.

Il tenta de prendre une profonde inspiration, s'engagea dans le couloir et pénétra dans l'appartement de Danny Lange grâce à une clé trouvée dans la poche de ce dernier. Tout le reste avait été soit consigné en tant que pièce à conviction, soit laissé sur place à la disposition de l'équipe scientifique.

À l'intérieur, les lumières étaient allumées et il régnait une odeur fétide.

Elle était trop jeune pour que la lassitude se lise sur son visage, ou même dans ses yeux – des yeux qui lui retournèrent son regard avec le calme et l'étonnement incrédule si manifestes chaque fois que la mort survenait par surprise. Elle était en sous-vêtements, sa peau avait la couleur de l'albâtre; blanche, avec la légère ombre bleuâtre qui apparaît peu de temps après que la respiration a cessé. Ce qui surprit le plus Frank fut qu'il n'était absolument pas surpris. Une fille morte sur le lit de Danny Lange. Comme ça. Plus tard, il se rappellerait lui avoir dit quelque chose, mais il ne se souviendrait pas quoi.

Il attrapa une chaise et resta un moment assis en silence. Elle devait avoir 16 ans, peut-être 17. Difficile de savoir de nos jours. Ses cheveux mi-longs entouraient son visage. Elle était belle, aucun doute là-dessus, et ses ongles et ses orteils étaient couverts d'un vernis rouge appliqué avec une minutie et une précision phénoménales. Elle était presque en tout point parfaite, si l'on exceptait la contusion livide à la base de sa gorge. La strangulation fut confirmée lorsque Parrish s'agenouilla par terre et examina ses yeux avec sa lampe torche. Les minuscules points rouges caractéristiques d'une hémorragie pétéchiale étaient là – sur ses paupières, et aussi derrière ses oreilles.

Il n'avait pas vu Danny depuis deux ans. C'était un junkie et un voleur, mais pas un assassin. Cela dit, les temps avaient changé. Ce n'était pas que les gens faisaient des choses pires que quinze ou vingt ans plus tôt, c'était simplement qu'ils étaient plus nombreux à les faire.

Parrish téléphona pour signaler sa découverte. L'opérateur répondit qu'il prévenait le bureau du coroner et l'équipe scientifique. Parrish fit le tour de l'appartement – salon, cuisine, salle de bains minuscule, retour à la fille sur le lit. Son visage avait quelque chose de familier, et il comprit soudain pourquoi. Elle ressemblait à Danny.

Quinze minutes plus tard, les soupçons de Parrish furent confirmés. Il trouva un petit paquet de photos – maman, Danny, la fille morte sur le lit. Cent contre un qu'il s'agissait de la petite sœur de Danny. Sur les photos, elle n'avait pas plus de 10 ou 11 ans, une gamine radieuse, tout sourires et couverte de taches de rousseur. Quant à Danny, il avait l'air d'un brave gamin, il n'avait de toute évidence pas encore plongé dans la dope. Une mère et ses deux enfants – une photo de famille ordinaire. Mais les familles ordinaires existaient-elles ou y avait-il une ombre tapie derrière la porte de chaque foyer ?

Il tira un sachet en plastique de sa poche de veste et y enfonça les photos. Puis il retourna s'asseoir sur la chaise près du lit. Il voulait rester avec la fille jusqu'à l'arrivée des autres.

Une heure et demie plus tard, Parrish était assis près de la fenêtre dans un petit restaurant de Joralemon Street, non loin de Saint-Francis College, une assiette posée devant lui. Il avait réussi à avaler quelques bouchées, mais la brûlure acide s'était réveillée, quelque part au fond de ses tripes. Un ulcère peut-être. Un médecin mettrait ça sur le compte de l'alcool. *Buvez moins*, qu'il dirait. *À votre âge, vous devriez vous souvenir que le corps se fatigue plus vite et se remet plus lentement.*

Parrish parcourut la demi-douzaine de pages de notes qu'il avait prises dans l'appartement de Danny Lange. Il n'y avait vraiment pas grand-chose. Le coroner adjoint avait emmené le corps, sanglé et étiqueté, et l'autopsie aurait lieu dans la soirée ou, plus probablement, le lendemain. Ses observations initiales collaient avec celles de Parrish.

« Empreintes de pouces ici et ici, avait-il dit à Parrish. Doigts ici, ici et ici. Les marques sont plus sombres sur le côté gauche du cou, ce qui signifie que le type qui l'a étranglée était sans doute droitier. Impossible d'en être absolument certain, mais c'est plus que probable. »

Le coroner adjoint avait inspecté les ongles de la fille à la recherche de bouts de peau, ses cheveux et ses poils pubiens à la recherche de corps étrangers, examiné l'intérieur de sa bouche, cherché des lacérations, des contusions, des abrasions, des morsures, des traces de piqûre, des restes de ruban adhésif sur les chevilles et les poignets, des brûlures provoquées par une corde, des signes d'entrave, d'hémorragie sous-cutanée, des résidus externes d'éléments toxiques, de traces de sperme, de salive et de sang. Elle était en plutôt bon état.

« Je peux rechercher des traces de viol, confirmer la cause du décès et vous tenir informé dans les vingt-quatre heures, peut-être quarante-huit, avait-il dit. Je pourrais peut-être effectuer un examen toxicologique, mais ça prendra un peu plus longtemps. À vue de nez, je dirais qu'elle est morte depuis... je ne sais pas... environ huit heures. La lividité indique qu'elle a été tuée ici. Je ne crois pas qu'elle ait été déplacée. »

Ils se serrèrent la main et Parrish s'en alla.

Il était donc maintenant dans un petit restaurant, devant un ragoût de thon, un bagel et une tasse de café. Le ragoût était bon mais il avait perdu l'appétit. Il pensait constamment à Eve, au fait qu'il n'avait pas réussi à bander dans la matinée. Manifestement, tout foutait le camp. Et à ce train-là, il n'en aurait plus pour longtemps. Il avait besoin de faire du sport, d'y aller mollo sur les clopes, l'alcool, les graisses hydrogénées, les féculents, les milk-shakes, les chips et les biscuits. Il avait besoin de vacances, mais il savait qu'il n'en prendrait pas.

Son père avait l'habitude de demander : *Que désires-tu le plus ? Et qu'es-tu prêt à faire pour l'obtenir ?*

À quoi il pouvait désormais ajouter sa propre variante : *Que crains-tu le plus ? Et qu'es-tu prêt à faire pour l'éviter ?*

Pour le moment, ce qu'il souhaitait éviter le plus, c'était une nouvelle séance avec la psychothérapeute.

6

MARDI 2 SEPTEMBRE 2008

« Pourquoi êtes-vous devenu flic, Frank ?

– Pourquoi êtes-vous devenue psy ?

– Je n'aime pas ce terme.

– Vous croyez que j'aime être traité de flic ?

– OK... Pourquoi êtes-vous devenu agent de police ?

– Pourquoi êtes-vous devenue décortiqueuse de tête ?

– Très drôle, Frank. Vous voulez réellement continuer de jouer chaque jour ce genre de petit jeu ?

– Non, pas vraiment. Je veux continuer d'élucider des meurtres.

– Eh bien, soit, Frank, mais le fait est que si vous ne continuez pas à venir me voir régulièrement, vous serez suspendu. Donc soit vous venez et vous pouvez continuer de travailler, soit vous refusez et vous restez chez vous. Qu'est-ce que vous préférez ?

– La première option.

– Bien. Donc... je vais jouer cartes sur table. Du point de vue de la thérapie, ce qui m'intéresse essentiellement, ce sont vos relations avec votre père. Nous savons tous qui il était. Nous connaissons ses états de service, et nous savons qu'il a été un personnage important lors de votre enfance. C'est un aspect que je souhaite tout particulièrement aborder avec vous.

– Vous voulez que je parle de mon père ?

– Oui.

– Et si je préfère parler de ma mère ?

– Alors le moment viendra de le faire. Pour l'instant, je vous réponds poliment que j'entends ce que vous me dites, mais je vous demande de parler de votre père.

– Sérieusement ?

– Sérieusement.

– Vous ne voulez pas que je vous parle de mon père.

– Si, Frank, je veux savoir tout ce dont vous vous souvenez de lui.

– Et vous croyez que ça va m'aider ?

– Oui.

– Eh bien, moi, je peux vous dire que ça ne m'aidera pas.

– Naturellement, je ne peux pas vous forcer à parler de lui, mais je dois insister sur le fait que cet aspect demeurera ma priorité.

– Et je vous répondrai poliment que j'entends ce que vous me dites, mais je vous dirai d'aller vous faire foutre.

– OK. Commençons par autre chose. Dites-moi pourquoi vous êtes entré dans la police.

– Pour découvrir toutes les choses que mon père ne m'avait jamais dites.

– Continuez.

– OK, docteur Griffin... Marie... ça ne vous ennuie pas que je vous appelle Marie... vous voulez *vraiment* que je vous parle de lui ?

– Oui.

– Eh bien, mon père était un empêcheur de tourner en rond. Il faisait partie du BCCO.

– BCCO ?

– Bureau de contrôle du crime organisé. Il y était quand le Cigare s'est fait descendre en 1979.

– Le Cigare ?

– Un surnom. C'était comme ça qu'ils appelaient Carmine Galante, parce qu'il avait toujours un cigare à la bouche. Même quand il s'est fait descendre, il avait un putain de cigare à la bouche.

– C'est votre père qui vous a raconté ça ?

– Oui. Il me racontait toutes sortes de choses.

– Concernant sa lutte contre le crime organisé ?

– Oui.

– Vous voulez m'en parler ? Parlez-moi du Cigare.

– Qu'est-ce qu'il y a à dire ?

– Tout ce que vous voulez.

– Je vais vous raconter quelque chose sur le célèbre John Parrish. Qu'est-ce que vous dites de ça ? Si on allait directement au cœur des choses puisque vous y tenez tant ?

– D'accord.

– Mon père était une ordure, une ordure absolue...

– Avec vous ?

– Avec à peu près tout le monde.

– Il est mort, n'est-ce pas ? Quand est-il mort ?

– Il y a seize ans. Fin septembre 1992.

– Et votre mère ?

– Elle est morte en janvier 1993.

– Comment était leur mariage ?

– Il la traitait comme une princesse. Il la vénérait.

– Vous avez des frères et sœurs ?

– Non.

– Alors est-ce qu'il voulait que vous deveniez policier ?

– Tout ce qu'il voulait, c'était que je la boucle et que je lui foute la paix.

– Vous pensez qu'il ne vous aimait pas ?

– Il m'aimait comme tous les pères d'origine irlandaise aiment leurs gamins. Quand je faisais quelque chose de bien, il ne bronchait pas ; quand je faisais le con, il m'en collait une bonne.

– Et s'il était encore en vie, s'il était ici avec nous, qu'est-ce que vous lui diriez ?

– Je lui dirais d'aller se faire foutre.

– Malgré toutes ses décorations.

– Vous vous êtes renseignée sur lui ?

– Brièvement.

– Alors pourquoi me donnez-vous l'impression de ne pas savoir de qui je parle ?

– J'ai besoin que ce soit vous qui parliez, Frank, c'est à ça que servent ces séances.

– Ah oui ? Si vous voulez jouer cartes sur table, faites-le vraiment. Ne vous foutez pas de ma gueule. Dites : "Hé ! Frank, votre père était un cador, pas vrai ? Il a reçu Dieu sait combien de citations, et, quand il s'est fait buter dans la rue, le maire de New York était bien décidé à lui remettre la médaille d'honneur du Congrès." Dites-moi ça. Dites-moi ce que vous savez, et alors je pourrai combler les blancs. Si nous devons aborder des sujets intimes, docteur Griffin – Marie –, alors nous ferions aussi bien d'être sur la même putain de longueur d'onde.

– Naturellement.

– Bien. Alors reprenons depuis le début.

– Votre père était un flic décoré. Il faisait partie du bureau de contrôle du crime organisé et de l'équipe spéciale de l'État de New York contre le crime organisé. J'ai cru comprendre qu'il a joué un rôle clé lors de certaines enquêtes capitales sur la corruption, que ce soit dans les milieux de l'industrie du bâtiment, du transport des déchets, à JFK, et dans le commerce du poisson et de l'habillement...

– On dirait une rubrique nécrologique trouvée sur Google...

– C'est le cas.

– Eh bien, ce que vous avez lu ne couvre pas toute la vérité. C'était un bon flic, du moins pour l'essentiel, et oui, il a fait toutes ces choses qu'on raconte. Mais il a aussi fait beaucoup de choses qu'on ne raconte pas, et peut-être qu'on ne les racontera jamais. Et ces choses lui ont coûté la vie.

– Et vous pensez que les gens ont besoin de connaître ces choses ?

– Mon Dieu, non ! Qu'ils croient ce qu'ils veulent croire. Les gens doivent avoir foi en quelque chose. On ne peut pas tout leur reprendre, sinon on serait dans la merde jusqu'au cou.

– Voulez-vous me parler de certaines de ces choses ?

– Pourquoi ? Vous voulez entendre des récits de guerre du bon vieux temps ? Vous voulez entendre comment mon père et ses copains ont débarrassé New York de la Mafia dans les années 1980 ? Ou vous voulez entendre la vérité ?

– La vérité ?

– Naturellement, la vérité. Ce que vous avez lu, ce n'est même pas la partie visible de l'iceberg, tout juste une poignée de flocons de neige.

– Il n'était pas simplement ce qu'on dit ?

– Mon père ? Bon Dieu, non ! Il était tout sauf ça.

– Vous voulez en parler ?

– Pas aujourd'hui.

– Pourquoi ?

– Parce que je dois aller voir le coroner et obtenir l'identité d'une fille que j'ai retrouvée morte, et après je dois découvrir ce que Danny Lange foutait dans une allée avec une balle dans la gorge.

– Eh bien, je suis contente que vous soyez venu aujourd'hui, Frank.

– Hé ! docteur, si je laissais tomber avec les filles après le premier rendez-vous, je ne tirerais jamais mon coup. »

7

« Rebecca Lange est le nom que nous avons, déclara Stanley Duggan, le coroner adjoint. La police scientifique a retrouvé son sac à main dans une autre pièce, avec la carte d'une boutique de location de vidéos à l'intérieur. Nous sommes remontés jusqu'au système des services pour l'enfance. La photo qu'ils avaient a confirmé son identité. D'après mes observations, elle a été tuée entre huit et douze heures avant que vous ne la découvriez. Pas de zone de lividité secondaire, je pense donc qu'elle est morte dans cet appartement, sur le lit. »

Ils se tenaient de chaque côté de la table d'acier. Frank Parrish respirait lentement et silencieusement, bouleversé par la mort de la fille. Par la futilité de cette vie gâchée. Il y avait en elle quelque chose d'absolument désespéré. Ses ongles rouges. Ses cheveux. Le fait qu'elle semblait parfaite et inaltérée, hormis les contusions sur son cou. Juste ça.

« 16 ans, poursuivit Duggan. Née le 6 mars 1992 ; cause du décès : strangulation. De grandes chances pour que l'assassin ait été droitier, comme je l'ai déjà dit, et il avait de grandes mains. Il n'y avait rien sous ses ongles, aucun poil étranger dans la région du pubis.

– Traces de viol ? demanda Parrish.

– Elle n'a pas été violée, mais elle a eu un rapport sexuel récent. J'ai trouvé du lubrifiant, du spermicide, pas de sperme. Difficile de dire exactement quand, mais les contusions sont minimales et il n'y a pas d'abrasions internes.

– Drogue ?

– Un peu d'alcool. Pas beaucoup. » Duggan attrapa sur une étagère derrière lui un bocal d'un litre et demi au fond duquel tournoyaient environ dix centimètres d'un liquide brunâtre et visqueux. « Ça, plus quelques frites, un hamburger et des cornichons. »

Parrish baissa les yeux vers la jeune fille. Il se l'imaginait vivante, avec ses yeux lumineux, ses joues pleines de couleurs, le vent dans les cheveux.

Salut, Frank.

Salut, Rebecca.

Frank... je ne voulais pas te le dire, mais tu n'as pas trop bonne mine.

Ça va, ma puce. Regarde-toi... tu peux parler.

Je n'ai pas besoin d'avoir bonne mine, Frank. Je suis morte.

Tu veux me raconter ?

Merde, tu commences à parler comme le docteur Marie.

Tu es une fille marrante.

J'étais, Frank, j'étais.

Alors on va parler de ce qui t'est arrivé ?

Je ne peux pas t'aider, Frank. C'est la règle. Les morts ne parlent pas aux vivants. Du moins pas pour leur divulguer des secrets.

« Inspecteur Parrish ? »

Parrish revint soudain à la réalité.

« Vous avez encore besoin de moi ? J'ai une demi-douzaine de cadavres qui attendent. »

Parrish sourit. Il tendit le bras et toucha la main de Rebecca. Ongles rouges. Plus rouges que le sang.

« Non, répondit-il. C'est bon.

– Bien. Je vais la remballer et la mettre au frais. Vous avez environ une semaine, et s'il ne se passe rien, nous l'enverrons au dépôt mortuaire de l'État. Pour autant que je sache, il n'y a pas de parents, pas de famille.

– À part le frère, et lui aussi est mort », dit Parrish, et il repensa alors à la femme sur la photo. Probablement la mère. Où était-elle pendant que sa fille gisait morte ? « Le frère s'est fait descendre hier. Une balle dans la gorge qui est allée se loger dans le crâne ? »

Duggan acquiesça.

« Oui, oui, je vois de qui vous parlez. Il y a un lien ?

– Difficile de ne pas voir la coïncidence, mais pour le moment rien ne relie ni les scènes de crime ni les crimes eux-mêmes. Il est mort à environ 15 heures, et elle entre 8 heures du matin et midi le même jour.

– Vous connaissez le proverbe, lança Duggan : "Il ne faut pas toujours se fier...

– ... aux apparences", et parfois les choses sont exactement ce qu'elles semblent.

– Eh bien, nous allons procéder à un examen toxicologique, et s'il vous faut autre chose, vous disposez d'environ une semaine.

– Merci », dit Parrish.

Il regarda une dernière fois à travers le hublot de la porte. Une si belle fille. Un gâchis si terrible et tragique.

En s'éloignant de la morgue, Frank Parrish songea au docteur Marie Griffin. C'était un canon, pour sûr. Une certaine dureté au niveau des yeux, peut-être, comme si elle avait vu – ou entendu – trop de choses bouleversantes. Psy auprès du département de police. Peut-être qu'il n'aurait pas dû être si dur avec elle. Toutes ces conneries de psychothéra-pute. Il se comportait parfois comme un vrai con. Il le savait.

Il se rappela l'ancien psy, un type nommé Harry quelque chose. Il avait posé la question qu'ils posent tous.

Que voyez-vous quand les lumières s'éteignent, Frank ?

La nuit.

Mais dans la nuit. Qu'est-ce que vous voyez ?

Je vois votre femme, Harry, et elle a ma bite dans la bouche.

Toujours les fanfaronnades. Toujours le crochet qui manquait sa cible. La vérité, c'était que ces psys ne comprenaient rien. Bon Dieu, il ne comprenait rien lui-même ! Parfois il fallait une bouteille de Bushmills pour le mettre au lit. Honnêtement, qu'il fasse nuit ou jour, tout ce qu'il voyait, c'étaient les morts. Parfois les femmes. Et les adolescentes, des filles comme Rebecca. Toutes parties, bousillées comme pas possible. Mais c'étaient principalement les enfants. Pour les enfants, il n'y avait aucune raison, aucun mobile, aucune excuse. Et son père n'était jamais loin – enfoiré d'alcoolo qu'il était. Personne ne connaissait la vérité sur John Parrish. Ce qu'il avait fait, comment il l'avait fait, comment il avait recouvert toutes ses saloperies d'un joli voile d'une blancheur virginale. Mort depuis seize ans, et Frank Parrish ne pouvait toujours pas exorciser ce salopard. Il n'était pas devenu flic à cause de son père ; il était devenu flic malgré lui.

Peut-être qu'il partagerait ce qu'il savait avec le docteur Marie : l'aéroport JFK, le rapport de la commission McClellan, la section 295 et les Teamsters. Ce putain de Jimmy Hoffa et la commission d'enquête de l'État de New York. Les Gambino, Lucchese, Gotti, le casse de la Lufthansa en 1978, l'enquête sur les rackets à l'aéroport, Henry Davidoff, Frank Manzo et les capos de la famille Lucchese, Paul Vario. Tout était là – *États-Unis contre la Fraternité internationale des Teamsters* – et l'inspecteur John Parrish était toujours de la partie, avec ses citations pour bravoure et pour conduite exemplaire qui lui sortaient du cul par poignées. Enfoiré.

Parrish sortit du métro à Hoyt Street et marcha jusqu'au commissariat.

La brigade criminelle du 126e district était un environnement d'une brutalité extrême. *Travailler ici*, avait un jour dit quelqu'un, *c'est comme regarder un accident de voiture au ralenti. Vous savez qu'il va se produire mais vous ne pouvez pas l'empêcher, et pas moyen de détourner le regard.*

C'est un tel lieu commun qu'il ne peut qu'être vrai : la vie d'un flic n'est pas un film. Le téléphone sonne. Il y a un cadavre quelque part. Vous attrapez vos clés de voiture, vous foncez sur les lieux. Vous arrivez, personne n'a rien vu. Personne ne veut rien voir. Les voitures de patrouille ont délimité un périmètre, bouclé la scène. Le coroner adjoint est à la bourre. Vous poireautez un moment dans le froid glacial ou dans la chaleur accablante. Vous avez envie de pisser mais vous êtes coincé là. Vous fumez cigarette sur cigarette. Finalement, vous cessez d'attendre et vous marchez jusqu'au cadavre avec une lampe torche et une paire de gants en latex. Vous l'examinez de près, vous voyez ce qui est évident, vous cherchez ce qui ne l'est pas. Vous fouillez les poches du type ou le sac à main de la fille, ou peut-être, s'il s'agit d'un travesti de *downtown*, le sac à main du type. Vous trouvez du chewing-gum, des clés, un téléphone portable, des billets, de la monnaie, des clopes, des capotes, des stylos, des tickets de métro, des tickets de bus, des emballages de bonbons, des bouts de papier avec des gribouillis illisibles, des reçus, des photos de gamins, des photos de maris, de femmes, d'amants, de petites amies, de parents et d'amis. On ne trouve qu'une quantité limitée de choses dans les poches des morts.

Quand le coroner adjoint arrive, vous l'aidez à retourner le corps, et vous relevez les signes évidents de blessures par balle, les coups de couteau, de chaîne, de tuyau, de batte de base-ball, de botte, de poing ; de temps en temps, quelque chose de mélodramatique comme un pistolet à clous, un marteau à panne ronde ou une grosse clé à molette – du genre de celles qui servent à visser les boulons sur les jantes de voiture. Puis vous passez les alentours au crible. Vous cherchez des boîtes de bière, des emballages, des douilles usagées, des éclaboussures de sang, des bouts de cervelle, des traces de pneus, le chemin par lequel les coupables ont pu s'enfuir, l'endroit où il y a pu avoir des témoins, les impacts de balles perdues sur les murs de béton et les portes en bois. Vous prenez tout un tas de notes. Vous sentez une vague de découragement vous submerger tandis que vous ajoutez un nouveau nom à votre liste de morts.

Sous l'égide directe du directeur du labo criminel travaillent des superviseurs, des criminalistes, des analystes de scènes de crime, des spécialistes en armes à feu, des techniciens de l'identité judiciaire et des experts en empreintes latentes. Au bureau du coroner, on trouve des coroners adjoints, des pathologistes médico-légaux, des anthropologistes, des toxicologues, des superviseurs chargés de reproduire les tests, et l'unité d'évaluation par les pairs. Le service des armes à feu peut à lui seul déterminer la marque, le modèle, le calibre, le numéro de série, l'origine de l'arme, identifier les marques de crêtes et de rayures, les striations, le rainurage du canon, le type de munitions, les marques du percuteur et du bloc de culasse, la distance de tir, la taille et la forme des particules de poudre autour des points d'entrée. Toutes ces choses. Des choses nécessaires, des choses importantes – et futiles si on ne retrouve aucune arme, si on ne localise aucune balle. Futiles si le cadavre a été réduit en bouillie par une cartouche de magnum à canon scié tirée à un mètre. Futiles si les coupes budgétaires ne permettent pas de bosser convenablement.

Ça n'était pas un film. C'était réel. Ici, le coupable s'en tirait. Neuf fois sur dix, on ne savait même pas qui il était, et, quand on le savait, il était acquitté pour vice de procédure. On était toujours un jour à la bourre et à court de 1 dollar.

Parrish n'était ni pessimiste ni cynique. Il était pragmatique, méthodique, réaliste. Il n'était pas désabusé, il était fataliste et résigné.

À la criminelle, on s'occupait des morts, et la plupart du temps justice ne leur était pas rendue.

Pour le moment, son souci était Rebecca, la sœur de Danny Lange, et il se demandait pourquoi Danny avait été retrouvé mort dans une allée pendant que sa petite sœur gisait étranglée dans son trou à rat d'appartement. Il se rappela l'argent qu'il avait prélevé sur le cadavre de Danny et le déposa dans une boîte à cigares dans le tiroir inférieur de son bureau.

Tout d'abord, les parents. Ensuite, retrouver certains contacts de Danny – Lenny Hunter, Garth Machintruc, l'autre avec la peau dégueulasse qui avait l'air d'avoir eu le visage passé à la râpe à fromage et recollé n'importe comment.

Parrish décrocha son téléphone et composa des numéros qu'il connaissait par cœur. Un cœur de pierre – un peu froid et implacable, peut-être – mais un cœur tout de même.

8

À 17 heures, le capitaine le convoqua dans son bureau. Jack Haversaw était abominablement laid. Quelle était l'expression ? *Moche comme un pou ?* À côté de Jack Haversaw, les poux avaient une bonne tête.

« Asseyez-vous, dit Haversaw. Comment allez-vous ?

– Ça va, répondit Parrish.

– Comment ça se passe avec la psy ?

– J'ai seulement commencé hier. Elle a l'air bien... agréable à l'œil. Je crois que j'arriverai à la tolérer quelque temps.

– Vous n'avez pas le choix, inspecteur. C'est votre dernière chance. Vous ne pouvez pas savoir le temps qu'il m'a fallu pour convaincre Valderas de ne *pas* se débarrasser de vous. Après quoi Valderas a dû convaincre le lieutenant Meyerson. J'ai fini par invoquer le rang. Mais assez parlé. Écoutez-moi bien, Frank. Je vous veux ici. J'ai *besoin* de vous ici, mais je peux me passer de votre cinéma à la con. »

Parrish ne répondit rien. Haversaw et lui se connaissaient depuis de trop nombreuses années pour s'adonner aux préliminaires.

« Alors qu'est-ce que vous avez en cours ?

– Cinq affaires. Les deux dernières sont le meurtre de Danny Lange et de sa sœur qui s'est fait étrangler dans son appartement.

– Et à part ça ?

– La prostituée de mardi dernier, le jeune noir de Tech College et le type du musée des Transports qui a été poussé sous le métro.

– Exact, exact... Je l'avais oublié, celui-là. Comment ça avance ?

– La routine. Les meurtres du frère et de la sœur Lange m'intéressent... »

Haversaw sourit.

« Pas de problème, Frank, oubliez les affaires emmerdantes et occupez-vous de celles qui vous font bander.

– Vous savez ce que je veux dire. »

Haversaw se leva et marcha jusqu'à la fenêtre. Il demeura quelques instants silencieux, puis se retourna, enfonça les mains dans ses poches et s'adossa au rebord de fenêtre.

« Je vous ai trouvé un équipier. »

Parrish le regarda d'un air interrogateur.

« Un type nommé Jimmy Radick.

– Je le connais. Il a passé quelque temps aux stupéfiants.

– Eh bien, il est dorénavant à la criminelle, et je l'affecte avec vous. Il est au courant et il est d'accord.

– Grand bien lui fasse.

– Ne vous comportez pas comme un con, Frank. Traitez-le convenablement, d'accord ? Ne lui faites pas payer pour tous les autres. Il a tout pour faire un bon inspecteur.

– Je ferai de mon mieux, répondit Parrish.

– Votre mieux n'a pas suffi jusqu'à maintenant, vieux. Le sergent de brigade Valderas a entendu dire que même le divisionnaire voulait savoir quel était votre problème. Vous savez comment il vous a appelé ?

– Éclairez ma lanterne.

– Une enquête interne en puissance.

– Je vois la toubib demain, OK ?

– Et je ne veux pas entendre que vous l'avez sautée et que c'est un bordel sans nom, hein ?

– Je ne vais pas la sauter, capitaine. Bon sang, vous me prenez pour qui ?

– Pour Frank Parrish, voilà pour qui je vous prends. Le fils de John Parrish, l'un des officiers les plus décorés que ce commissariat ait jamais vus, qu'il verra probablement jamais.

– C'est tout, Jack ?

– C'est tout, Frank. À quelle heure aurez-vous terminé avec la psy demain ?

– 10 heures, 10 heures et demie.

– OK. Ici à 11 heures demain matin. Vous, moi et Jimmy Radick.

– Rendez-vous pris. »

Frank Parrish se leva et prit la direction de la porte.

« Prenez soin de vous, Frank, et prenez soin de votre équipier, vous m'entendez ? »

Parrish leva la main pour lui signifier qu'il avait reçu le message et il disparut.

Il n'avait toujours aucune piste concernant les parents. Il tenta de joindre les associés connus de Danny, découvrit – inévitablement – que les numéros n'étaient plus en service. Il appela la société téléphonique Verizon pour obtenir leurs nouveaux numéros. C'était une tâche barbante et déprimante au possible.

« J'ai un numéro pour Leonard Hunter au 135, je répète, 135 Grant Street. Ce numéro n'est plus en service. Je voudrais connaître le nouveau.

– Je suis désolé, monsieur, ce numéro a été déconnecté pour cause de non-paiement. Il n'y a pas d'autre numéro. »

Même chose pour Garth Frauser, et pas moyen de se souvenir du nom du type à la peau vérolée qui traînait avec Danny Lange.

Autour de lui, la brigade criminelle s'activait. Paul Hayes, qui l'avait appelé sur la scène de crime de Danny Lange, Bob Wheland, Mike Rhodes, Stephen Pagliaro, Stan West et Tom Engel. Tous des enquêteurs de la criminelle. Des types bien. Et puis il y avait le sergent de brigade Antony Valderas, dur comme l'acier, une voix tonitruante, et la hargne qui allait avec. C'était une équipe soudée, et chacun laissait à Parrish son espace de manœuvre, l'espace dont il avait besoin pour rester sain d'esprit malgré ce boulot de dingue. La brigade gérait quasiment vingt meurtres par mois, et sur le tableau au bout de la pièce les affaires non résolues figuraient en rouge, les affaires résolues en noir. Ces dernières restaient sur le tableau pendant vingt-quatre heures, histoire de rappeler à chacun que de temps à autre une affaire était élucidée, puis l'ardoise était effacée et une autre affaire rouge apparaissait.

Depuis l'endroit où il était assis, Frank Parrish pouvait lire : *Daniel Kenneth Lange 01/09/08 FP** et *Rebecca Emily Lange 01/09/08 FP**, l'astérisque à côté de ses initiales indiquant qu'il travaillait en solo. Demain, ça deviendrait *FP/JR*. Jimmy Radick. Frank se souvenait de lui. Il se souvenait qu'il l'avait apprécié, du moins au premier abord. Jimmy était lui aussi issu d'une famille de flics – son père, et le père de ce dernier avant lui – mais ils n'avaient jamais fait partie du BCCO ni de l'équipe spéciale de Brooklyn contre le crime organisé. Radick n'avait pas à se colleter avec cette partie du passé. En songeant une fois de plus à son père, Frank décida que ça ne lui ferait pas de mal de partager certains récits de guerre avec le docteur Marie Griffin. Peut-être que ça l'aiderait à exorciser quelques démons, quelques fantômes, quelques souvenirs. Peut-être pas. Ça ne coûtait rien d'essayer. Demain...

Retour aux numéros de téléphone. Parrish fit tout son possible pour se souvenir du nom du gamin à la peau vérolée... Lucas, Leo, Lester... quelque chose qui commençait par un L. Louis. Bingo ! Louis Bryan. Frank consulta son Rolodex et trouva le numéro. La ligne était active, mais personne ne décrocha.

Frank décida de se rendre sur place et alla s'entretenir avec le sergent de brigade.

« Vous avancez avec les autres ? demanda Valderas.

– Le type du métro. Je crois que c'était le hasard. Un junkie qui a décidé de le pousser, histoire de rigoler. Je suppose qu'il s'est trouvé au mauvais endroit au mauvais moment. »

Valderas secoua la tête.

« L'autorité des transports me colle au cul comme de l'herpès. Vous savez combien on en a eu au cours du dernier trimestre rien qu'entre Nevis, DeKalb, Hoyt et Lawrence Street ?

– Beaucoup trop, comme toujours, répondit Parrish.

– Putains d'enfoirés !

– Je vais voir quelqu'un à propos de ce type qui s'est fait buter dans une allée.

– Peut-être que c'était un suicide ? »

Parrish secoua la tête.

« Le légiste dit que le corps a été déplacé, et puis quel con irait se tirer une balle dans une allée de toute manière ? » Il attrapa son pistolet, le tint à l'envers, crosse dans la main, pouce sur la détente. Il colla la gueule du canon contre la partie supérieure de sa gorge et pencha la tête en arrière. « Et comme ça ? L'angle ne colle pas. Impossible d'atteindre la détente avec l'index.

– OK, allez-y. Mais téléphonez pour nous prévenir si vous ne revenez pas ce soir. »

Parrish regagna son bureau et tira un billet de 20 de la boîte à cigares.

Peu après 20 heures, Frank Parrish trouva Louis Bryan. Sa peau était encore pire que ce dont il se souvenait, et il vivait toujours avec sa mère grabataire. De temps à autre, la mère cognait sur le plancher et Louis devait se précipiter à l'étage pour s'occuper d'elle.

« Elle va mal, mec, vraiment mal. Je crois qu'elle en a plus pour très longtemps.

– Je suis désolé, Louis.

– Hé ! mec, c'est la vie, hein ?

– Tu es au courant pour Danny ?

– Bien sûr.

– Tu n'as pas l'air trop bouleversé. »

Louis sourit. Ses dents, du moins celles qui lui restaient, étaient jaunies par la came.

« Je sais pas quoi vous dire. C'est comme ça par ici. Si je tenais le compte de tous ceux qui sont morts, je m'y perdrais au bout d'un mois.

– Les overdoses, je comprends, répondit Parrish, mais Danny s'est pris une balle dans la tête.

– Et alors ? Vous croyez que certains de ces enfoirés portent pas d'armes ? Certains de ces connards vous buteraient pour un sachet d'herbe. Vous savez comment c'est, mec. Vous êtes pas né de la dernière pluie.

– Mais Danny ne fréquentait pas ces types, Louis, du moins pas la dernière fois que je l'ai vu.

– Et à quand ça remonte ? »

Louis n'arrêtait pas de se gratter. Rien qu'à le regarder Parrish avait l'impression que sa peau ne lui allait pas.

« Je ne sais pas, il y a un an, peut-être un an et demi.

– Eh bien, les choses changent vite, mec. Il suffit de six mois pour tomber au fond du trou.

– Et ses parents ?

– Ils sont morts. Ça fait un bail.

– Qu'est-ce qui s'est passé ?

– Accident de voiture. Tous les deux tués.

– Il y a combien de temps ? »

Louis secoua la tête, fit la moue.

« Je sais pas... quatre ou cinq ans.

– Et sa sœur ?

– Quoi, sa sœur ?

– Tu la connais ?

– Entendu parler d'elle. Vue deux ou trois fois. Mignonne. Mais elle se shoote pas. Elle doit se doper au Pepsi.

– Plus maintenant. »

Louis sembla inquiet.

« Elle s'est fait refroidir elle aussi ?

– Oui, elle s'est fait refroidir.

– Comme Danny ?

– Non. Elle a été étranglée dans l'appartement de Danny.

– Merde ! » Louis semblait sincèrement surpris. « C'était une brave gamine, vraiment gentille. Jolie et tout. Qui a pu vouloir la buter ? Et ils se la sont tapée ? Enfin, ils l'ont violée ou quoi ?

– Je ne crois pas. Juste assassinée.

– Alors ils sont tous morts, hein ? Toute la famille est morte. La mère, le père, Danny et sa petite sœur. Merde, ça craint vraiment quand toute la famille y est passée.

– Est-ce que tu sais qui s'occupait de la petite sœur ?

– Une bonne femme à Williamsburg, pour autant que je me souvienne. Je connais pas son nom. Danny n'en parlait jamais vraiment.

– Une idée du lycée qu'elle fréquentait ? »

Louis secoua la tête.

« Et tu crois que Danny aurait pu... »

Louis écarquilla les yeux.

« Danny ? Aucune chance, vieux. Il adorait cette fille. Pour lui, c'était une déesse. Il disait qu'elle deviendrait mannequin, vous savez ? Moi, je me disais qu'il fallait mesurer au moins un mètre soixante-dix ou un mètre soixante-quinze pour faire des défilés, mais Danny n'en démordait pas. Elle sera mannequin, elle s'attifera en Calvin Klein et elle gagnera un paquet de fric. Il s'imaginait la grande vie, le super appartement, vous savez ? C'était un putain de rêveur, mec, mais moi, je disais rien. Si vous tuez les rêves des gens, même si c'est des rêves idiots, vous tuez leur espoir.

– Quand l'as-tu vu pour la dernière fois ? »

Louis réfléchit quelques instants.

« On est quoi ? Mardi ?... Je l'ai vu dimanche après-midi, vers 16, 17 heures.

– Où ?

– Chez lui. On a fumé un ou deux joints. Je suis pas resté longtemps, j'avais des choses à faire.

– Et sa sœur ?

– Elle était pas là, mec. Je l'ai pas vue.

– Il a dit où elle était ?

– Nan. Il a rien dit et j'ai rien demandé.

– Et tu n'as rien entendu à propos de ce qui s'est passé ? Rien du tout ? Quelqu'un qui l'aurait ouvert ? Quelqu'un qui aurait abordé le sujet dans une conversation ? »

Louis secoua la tête.

« Je m'occupe pas de ces choses, mec. Si tu t'en occupes pas, elles te trouvent pas, vous voyez ce que je veux dire ?

– OK, Louis, OK. Ouvre l'œil et l'oreille pour moi, d'accord ? Si tu apprends quelque chose, tu m'appelles. »

Parrish sortit le billet de 20 et le tendit à Louis. Louis le saisit.

« Ouvrir l'œil et l'oreille, ça, je peux faire. »

Louis raccompagna Parrish à la porte tandis que sa mère se remettait à cogner contre le plancher.

9

MERCREDI 3 SEPTEMBRE 2008

« Frank, j'ai besoin que vous arriviez à l'heure. J'ai un autre rendez-vous dans vingt minutes.

– C'est parfait, car j'ai un rendez-vous dans un quart d'heure.

– Sérieusement, j'ai besoin que vous arriviez à l'heure. Nous n'arriverons à rien en quinze minutes.

– Alors qu'est-ce que vous voulez ? Je reste ou je pars ?

– Restez. Asseyez-vous. Nous allons commencer. Vous deviez réfléchir à la question de votre père.

– J'y ai réfléchi.

– Alors êtes-vous disposé à parler de lui ?

– D'où venez-vous, docteur Marie ?

– Je ne vois pas le rapport.

– Faites-moi plaisir.

– Je suis originaire de Chicago.

– Une autre bonne ville de gangsters, hein ? Et depuis combien de temps êtes-vous à New York ?

– Ça fera trois ans à Noël.

– Vous connaissez bien la ville ?

– Pourquoi ?

– Eh bien, New York est une ville de syndicats. Elle l'a toujours été et elle le sera toujours. Généralement démocrates. La seule exception, c'est quand ils ont présenté Giuliani, qui a viré républicain dans les années 1980. Il a fait son temps auprès du bureau du procureur fédéral pour le district Sud, il est lui-même devenu procureur fédéral, le grand patron des grosses huiles, et puis il a été maire de janvier 1994 à décembre 2001.

– Je me souviens de lui à cause du 11 Septembre.

– Exact. Et vous vous rappelez quand il a voulu se présenter aux élections sénatoriales puis aux présidentielles ? C'était un dur, un type au grand cœur, mais confronté à plus d'emmerdes en interne qu'il ne s'y serait attendu.

– Comment ça ?

– Bon sang, Marie ! vous devez comprendre la nature de la ville, une partie de son histoire, pour vraiment apprécier ce qui s'est produit. Ce qui continue de se produire.

– J'ai du temps.

– Vous voulez vraiment entendre tout ce bordel ?

– Je veux vous entendre parler de votre père. Voilà ce que je veux *vraiment* entendre, Frank.

– Bon, si vous voulez que je vous parle de John Parrish, je vais devoir commencer par vous parler des Anges de New York.

– Les qui ?

– Les Anges de New York. C'est le nom que s'étaient donné cette bande de connards égocentriques.

– Qui étaient-ils ? Tout ce que j'ai entendu dire de votre père, c'est qu'il a reçu de nombreuses décorations, que lui et ses collègues ont contribué à briser la mainmise de la Mafia sur la ville.

– La vérité et ce que vous entendez ne sont jamais la même chose dans ce milieu, croyez-moi. Le marché aux poissons de Fulton, le palais des congrès Javits, le transport des déchets, l'industrie du vêtement, le bâtiment... bon sang, ils étaient partout ! Le crime organisé faisait tellement partie de cette ville que personne ne pensait pouvoir s'en débarrasser. Mais c'est ce que le BCCO, les forces spéciales et les fédés ont essayé de faire, et ils y sont dans une certaine mesure parvenus. Mais même au plus fort de leurs succès, il y avait toujours tellement de corruption interne, tellement d'argent qui changeait de mains, que personne ne savait jamais vraiment qui était honnête et qui ne l'était pas.

– Et votre père ?

– Si vous voulez vraiment que je vous parle de lui, alors nous devons commencer par le commencement.

– Alors faites-le, Frank.

– Bon, soit, allons-y. New York City. Vous avez les cinq circonscriptions administratives, d'accord ? Manhattan, le Bronx, le Queens, Brooklyn et Staten Island. Nous avons un seul département de police pour toute la ville, le NYPD, mais chaque circonscription possède son propre procureur. Puis il y a le ministère de la Justice, qui a un procureur fédéral dans chaque district judiciaire du pays. Il y a deux districts à New York, le Sud à Manhattan et l'Est à Brooklyn. Le ministère de la Justice chapeaute aussi le FBI, qui opère indépendamment du réseau des procureurs fédéraux. Le FBI est chargé d'enquêter sur les affaires, les procureurs fédéraux sont chargés des poursuites. C'est censé être aussi simple que ça. Il y a trois bureaux du FBI à New York – ou du moins à l'époque : Manhattan, Queens et New Rochelle. Chacun travaillait séparément, mais, quand la chasse au crime organisé a pris de l'ampleur dans les années 1980, ils ont été malins et ils se sont mis à bosser ensemble. Donc vous avez ce système, d'accord ? Les fédés soulèvent les affaires, le bureau du procureur général lance les poursuites. Vous me suivez ?

– Oui, continuez.

– OK. Vient alors RICO. C'est la loi fédérale contre le racket et la corruption, et elle donne aux fédés le droit d'enquêter sur n'importe quoi – et je dis bien *n'importe quoi* – tant qu'ils estiment que ça peut être lié au crime organisé. Donc les fédés ont commencé à monter des dossiers et à les apporter aux procureurs fédéraux concernés, et ces derniers les présentaient à la cour fédérale des districts Sud ou Est. Vous me suivez toujours ?

– Bien sûr, oui.

– Bon, les juges des cours fédérales sont nommés par le président des États-Unis, sur la recommandation et avec l'approbation du Sénat. Ces types, les juges, une fois qu'ils sont en poste, ils sont indéboulonnables. Ils ont un mandat à vie. Maintenant, redescendons et penchons-nous sur les procureurs fédéraux des cinq circonscriptions. Ces types sont élus pour des mandats de quatre ans par les citoyens de leur circonscription, et ils opèrent complètement indépendamment du bureau du maire et du procureur général. Ils ne sont pas obligés de collaborer avec eux, et ils ne reçoivent d'ordres d'aucune autorité supérieure, qu'elle soit fédérale ou d'État. La coopération ne se produit qu'au cas par cas.

– Ce qui nous mène à ?

– J'y viens. Donc vous avez le NYPD, le FBI, le bureau du procureur, le procureur général de New York, le bureau de contrôle du crime organisé, l'équipe spéciale de Brooklyn contre le crime organisé, et les vestiges de l'équipe spéciale de New York originale qui avait son quartier général à White Plains et des antennes à Buffalo et Albany.

« Chacun de ces groupes est indépendant, et chacun a ses propres mouchards, ses propres informateurs confidentiels, ses propres affaires. Et vous voulez arranger ce bordel de sorte à obtenir une coopération efficace et une application précise de la loi ? Bon Dieu, on a déjà assez de mal à faire payer les amendes de stationnement ! Ces types livraient une bataille perdue d'avance. Le degré d'infiltration de la police et des tribunaux par le crime organisé était ahurissant. Le NYPD comporte à lui seul quarante mille agents, et ils *réagissent* au crime, ils n'enquêtent pas *a priori* sur des crimes *potentiels*. Ça, c'est le boulot des fédés, mais les fédés sont cantonnés aux affaires d'espionnage, de sabotage, d'enlèvement, de braquage de banque, de trafic de drogue, de terrorisme et de violation des droits civiques. Vous aurez bien un ou deux meurtres dans le lot, mais à moins que les enquêteurs du NYPD n'aient la preuve que le meurtre ait été d'une manière ou d'une autre lié à ces catégories fédérales, ils n'ont aucune chance d'obtenir le soutien du FBI.

« Bon, les mafieux savaient tout ça, et le peu qu'ils ignoraient, ils n'avaient aucun mal à l'apprendre. Ils savaient que les procureurs ne travaillaient pas ensemble, alors ils balançaient les cadavres aux abords des limites de chaque circonscription. Les paperasseries pour définir quel procureur était responsable de tel ou tel secteur pouvaient faire traîner les dossiers pendant des mois, et après ils tombaient sur un juge corrompu qui rendait une fin de non-recevoir sous prétexte que le NYPD et le bureau du procureur avaient traqué et harcelé inutilement l'accusé... Vous ne croiriez pas certaines des choses qui se sont produites à l'époque. Bref, dans les années 1980, toutes ces organisations judiciaires ont pigé, elles ont commencé à réagir. Rudy Giuliani est entré au bureau du procureur du district Sud en 1970. Trois ans plus tard, il était chef de la brigade des stupéfiants, et en 1975 il a rejoint le camp des Indépendants et est allé travailler avec Gerald Ford. Après ça, il a bossé dans le privé et, quand Reagan a été élu en 1980, il a décidé qu'il était désormais républicain. Reagan l'a nommé procureur général associé, ce qui lui a permis de superviser toutes les agences de maintien de l'ordre fédérales du bureau du procureur des États-Unis, l'administration des prisons, la DEA et le US Marshals Service. En 1983, il s'est fait un nom en lançant des poursuites contre des figures du crime organisé, et il a inculpé onze personnes de 1985 à 1986. Parmi cette bande d'enfoirés, il y avait le chef de chacune des cinq familles, et Rudy a obtenu des condamnations et des peines s'élevant à des centaines d'années de prison pour huit d'entre eux. Il était le putain de héros du siècle.

« Le BCCO existait depuis environ 1971, mais c'est dans les années 1980 sous Giuliani qu'il a vraiment commencé à frapper et à donner des noms. C'est là que vous auriez trouvé feu John Parrish, alors âgé de 40 ans, flic depuis 1957. Il a un gosse de 7 ans et une maison à rembourser, et il a un réseau d'informateurs confidentiels et d'alliés à entretenir dans et autour de Brooklyn. Conséquence : il prend l'argent de tous les côtés, partout où il le trouve, et on lui demande de rejoindre le bureau de contrôle du crime organisé, qui est censé être l'organisation la plus propre, la plus droite et honnête de toute la ville. Ce sont les nouveaux Incorruptibles. Ce sont ces types qui vont briser la Mafia à New York. Il les rejoint et il découvre que nombre de ces gars ne sont pas différents de lui, juste des types ordinaires qui essaient de gagner leur vie sans se faire descendre. Ils ont des femmes, des enfants et des maîtresses, ils ont un loyer à payer, et ils sont aussi prêts à succomber à la tentation que le premier venu. Seulement maintenant les enjeux sont beaucoup plus élevés. Si vous donnez une information à la Mafia, le bénéfice est énorme. Alors qu'un flic aurait reçu cent billets pour s'occuper d'un businessman qui voulait égarer un camion plein de télés et toucher la prime d'assurance, il reçoit désormais cinq ou dix fois cette somme pour fermer les yeux. Ce genre de flic pouvait rester en place pendant dix ans sans jamais recevoir le moindre avertissement verbal ou écrit. C'étaient les Anges de New York, vous voyez, et il était impensable qu'ils dévient du droit chemin.

– Et ils étaient tous comme ça ? Tous corrompus ?

– Mon Dieu ! non, pas du tout. Il y avait une bonne proportion de types honnêtes qui travaillaient dur et faisaient leur boulot. Mais mon père, le grand héros pour qui tout le monde semble avoir la trique, le type à la cheville duquel je n'arrive même pas, il était corrompu et, pour autant que je sache, il était peut-être le pire de tous.

– Et ça vous rend amer qu'on vous compare à lui ?

– Amer ? Pourquoi je serais amer ? Ce connard est mort.

– Je ne vous demande pas si vous êtes amer envers *lui*, je veux savoir si ça vous reste en travers de la gorge quand les gens le décrivent comme un héros alors qu'il n'en était pas un.

– Les gens comprennent ce qu'ils veulent, ils disent ce qu'ils veulent. Je n'ai ni le temps ni le désir de les faire changer d'avis. Je crois que le fait que je sache la vérité me suffit.

– Vraiment ? Vous le pensez vraiment ?

– Eh bien, merde, j'espère, parce que je n'ai rien d'autre.

– Alors dites-moi comment il était. Et comment étaient ces gens, les Anges de New York.

– C'étaient tous des flics du BCCO, et ils étaient tous aussi tordus que des hameçons. Une poignée d'entre eux a grandement facilité la tâche de la Mafia à l'aéroport JFK.

– Le casse de la Lufthansa ? J'ai vu *Les Affranchis*.

– Eh bien, vous avez vu le drapeau en haut de la montagne, ma petite, mais vous n'avez pas encore vu la montagne. Mais j'ai peur que ça ne doive attendre. J'ai un nouvel équipier à rencontrer ce matin.

– Frank... bon sang, Frank, c'est pour ça que vous *devez* arriver à l'heure ! Si nous abordons un tel sujet, nous devons aller jusqu'au bout avant de le laisser tomber.

– La vie continue, vous savez ? Je suis sûr que vos journées sont aussi excitantes que les miennes.

– Bon... nous continuerons demain.

– D'accord.

– Et sinon, ça va ?

– Ça va, oui.

– Vous dormez ?

– Par intermittence.

– Vous voulez quelque chose pour vous aider à dormir ?

– Bon Dieu, non ! Si je m'engage dans cette voie, je n'en reviendrai jamais.

– OK, Frank. Je vous verrai demain. Passez une bonne journée. »

10

Radick et Parrish ne s'étaient pas vus depuis deux ou trois bonnes années. Radick venait des stups, il y était resté jusqu'à ce qu'il s'aperçoive que ce qu'il voyait et entendait n'était pas si anodin que ça. Au bout d'un moment, les junkies morts, les dealers interrogés, les dossiers classés sans suite finissaient par vous hanter jusqu'à chez vous.

Aux yeux de Parrish, Jimmy Radick semblait exactement le même.

Aux yeux de Radick, en revanche, Parrish semblait avoir perdu dix kilos et pris dix ans. Il portait les stigmates spirituels du buveur à la mauvaise conscience : un double ou deux pour adoucir les déceptions de la journée, deux de plus pour soulager la culpabilité d'avoir bu. Et à partir de là, tout partait à vau-l'eau. Les cas les plus sérieux n'avaient pas dessoûlé quand ils arrivaient au boulot, et ils passaient deux services sur cinq à l'infirmerie. Chaque fois qu'ils essayaient d'arrêter de picoler, ils replongeaient aussi sec.

« Je n'ai pas besoin de faire les présentations, n'est-ce pas ? demanda Haversaw. Vous vous connaissez déjà. »

Quelqu'un frappa à la porte. Haversaw beugla : « Entrez ! », et le sergent Valderas pénétra dans la pièce. Valderas était flic dans le sang. Il n'avait jamais rien voulu d'autre, et il ne voudrait jamais rien d'autre. Chaque soir, il se repassait une chemise propre pour le lendemain.

« Frank », dit-il d'un ton neutre, et il tendit la main vers Radick, qui se leva de sa chaise.

Ils échangèrent une poignée de main, et Radick se rassit tandis que Valderas s'appuyait contre le mur.

« Antony a une bonne équipe ici », dit Haversaw à Radick.

Ce dernier jeta un coup d'œil à Parrish. *Les paroles d'encouragement habituelles.*

« Vous avez Frank ici même, et aussi Paul Hayes, Bob Wheland, Mike Rhodes, Stephen Pagliaro, Stan West et Tom Engel. Vous les connaissez ?

– Certains, répondit Radick.

– Bien, vous formerez l'unité 2 avec Frank. Huit inspecteurs en tout, quatre paires, deux tranches horaires inversées toutes les deux semaines. Antony ici présent vous mettra au parfum pour ce qui est du planning. Les heures supplémentaires sont plutôt fréquentes, payées une fois et demie pendant le week-end si vous êtes de repos, double pendant les jours fériés si vous n'êtes pas déjà de service. Rien de bien compliqué. Vous n'êtes pas marié, exact ? »

Radick secoua la tête. Non.

« Vous l'avez été ? »

Encore un non.

« Vous avez des enfants à charge ?

– Non, pas d'enfants.

– Parents ici à New York ?

– Tous les deux morts, répondit Radick.

– Donc vous êtes seul dans ce vaste monde cruel. »

Radick sourit.

« On peut dire ça.

– Bon, vous vous entendrez bien avec Frank. Frank n'a personne à charge non plus, pas vrai, Frank ?

– On s'occupera l'un de l'autre, n'est-ce pas, Jimmy ? fit Parrish.

– Oui, monsieur Parrish ! » répondit Jimmy d'un ton martial.

Valderas secoua la tête.

« On a une paire de têtes brûlées, observa-t-il. On verra les dégâts qu'ils provoqueront à eux deux.

– Emmenez-les, dit Haversaw. Ils sont votre problème maintenant. »

Valderas s'assit avec Radick et Parrish dans la salle de l'unité 2, demanda à Radick s'il voulait du café. Celui-ci déclina.

« Acceptez, conseilla Parrish. C'est la dernière fois qu'il vous le proposera.

– Vous êtes un putain de rigolo, lança Valderas. Mais vous faites moins le malin quand il s'agit de vos stats.

– J'étais à soixante-huit hier, répliqua Parrish.

– Et Hayes et Wheland sont à 82 %, Rhodes et Pagliaro à 79.

– Vous leur refilez les affaires faciles. »

Valderas hésita.

« Vous voyez, fit Parrish. C'est exactement ça. Vous leur refilez les affaires faciles, et à moi les casse-couilles et les déprimantes. Putain, ce que vous pouvez être transparent. »

Valderas regarda Radick.

« Vous voyez à quoi j'ai affaire ? Peut-être que votre influence stabilisatrice le ramènera à la raison.

– Je ne sais pas, sergent, répondit Radick en faisant la moue. On m'a dit que c'était vous qui aviez besoin d'aide. »

Parrish s'esclaffa.

Valderas roula des yeux.

« Ça suffit, lança Parrish. Nous avons du pain sur la planche.

– Votre cadavre dans l'allée, dit Valderas. N'était-ce pas un informateur il y a quelque temps ? Ne travaillait-il pas pour Charlie Power du 17e district ?

– Non, ça devait être un autre Lange. Celui-ci, je le connaissais – je ne connaissais pas sa sœur, mais je connaissais Danny. C'était juste un consommateur, un voleur à la petite semaine. Supérettes, boutiques d'alcool, ce genre de conneries. Il s'est retrouvé deux ou trois fois en cellule à l'époque, mais rien qui justifie qu'on fasse un rapport sur lui.

– Vous avez quelque chose ?

– Sur lui ou sur la sœur ?

– L'un ou l'autre.

– Danny s'est pris une balle de 22. Je suppose qu'elle doit être aplatie comme une crêpe, nous n'en tirerons rien. Je me renseigne sur ses copains, rien pour le moment. Je ne me suis pas encore penché sur sa sœur. Elle a été étranglée dans l'appartement de Danny. 16 ans, très jolie.

– Il aurait pu la tuer ? demanda Valderas.

– Je ne crois pas, non. Si ç'avait été une fille riche, alors peut-être, je dis bien *peut-être*, que Danny aurait étranglé quelqu'un pour un paquet de fric, mais sa sœur ? Tss-tss, je ne crois pas.

– Et les parents ?

– Tous les deux morts, à ce que j'ai entendu. Accident de voiture il y a quelques années. Il semblerait qu'une femme à Williamsburg s'occupait de la fille.

– Alors comment comptez-vous faire des progrès aujourd'hui ?

– Eh bien, pour autant que je sache, le type du métro est simplement tombé sur un cinglé opportuniste. J'ai parlé à sa femme, ses gosses, ses collègues, tous les gens à qui j'ai pu penser. C'était juste un type ordinaire. Il n'avait pas d'ennemis, pas de litiges, ne buvait pas, ne fumait pas, n'allait pas voir les prostituées, ne se droguait pas. Le genre de type qui meurt et que sa femme a oublié le week-end suivant.

Pour ce qui est de la prostituée, nous avons reçu un tuyau d'une de ses amies, une autre fille qui a signalé un client qui parlait d'en buter une, histoire de rigoler. Un vrai marrant, vous savez ? Quant au type à l'université – celui qui s'est fait poignarder –, on dirait qu'il a arnaqué deux dealers. Il n'était pas le gentil petit garçon que ses parents nous ont décrit. Il a piqué 2 000 dollars à un des fournisseurs du campus. Bref, je suis sûr que cette affaire sera résolue d'ici la fin de la semaine prochaine.

– Donc la seule affaire sur laquelle vous n'avez fait aucun progrès est celle du frère et de la sœur ? »

Parrish acquiesça.

« Alors attaquez-vous-y dès aujourd'hui, dit Valderas. Prenez un peu de temps avec Jimmy. Faites-lui faire le tour des lieux, montrez-lui où sont les chiottes, son bureau. La routine. Puis traînez vos culs de feignasses hors d'ici et découvrez qui voulait la mort de Danny Lange et de sa petite sœur. »

Parrish se leva.

« Et vous, dit Valderas à Radick tandis que celui-ci se levait pour quitter la pièce, ça me fait plaisir de vous avoir ici. Vous arrivez précédé d'une bonne réputation. Faites en sorte qu'il en demeure ainsi, OK ? »

11

« Lange était juste le pauvre type habituel », déclara Parrish.

Son partenaire et lui étaient assis à des bureaux qui se faisaient face. Radick vidait un carton dans ses tiroirs – agrafeuse, stylos, carnets, crayons. La routine.

« Il était clair qu'il se ferait buter tôt ou tard, poursuivit Parrish. Il a dû énerver quelqu'un, rouler quelqu'un, vendre de la came pourrie, vous voyez ? Le mystère, c'est la sœur. C'est ça qui n'est pas logique. Elle se fait étrangler, et lui se fait descendre quelques heures plus tard ? C'est une coïncidence que je ne peux ignorer.

– Vous avez des photos ? demanda Radick.

– Pas encore.

– Un compte rendu d'autopsie ?

– On passe le récupérer aujourd'hui.

– Vous dites qu'il a été tué d'une balle sous le menton ?

– Exact.

– Ça ressemble plus à une exécution.

– Certes, mais ces zouaves regardent la télé. Ils deviennent créatifs. Vous savez... ils ont le goût de la mise en scène.

– On peut aller la voir ?

– Pas de problème. »

Duggan, le coroner adjoint qui avait répondu à l'appel, n'était pas présent. Parrish tomba sur quelqu'un d'autre. Il demanda à voir Rebecca Lange.

« Vous pouvez attendre dix minutes ? Je m'occupe d'une autre personne en ce moment et je vais devoir vous accompagner. »

Ils attendirent vingt minutes, faisant les cent pas dans le couloir, mains dans les poches, sans dire grand-chose.

Le type revint, les fit entrer dans la salle 4, les guida à travers les frigos et ouvrit un tiroir.

« Jolie fille, en effet », fut le premier commentaire de Radick.

Il se pencha en avant, approcha son visage à quelques centimètres de celui du cadavre comme s'il espérait élucider le mystère de sa mort en touchant sa peau. Puis il remarqua ses ongles.

« Les orteils sont pareils, déclara Parrish. Un travail de professionnel.

– Elle a été violée ?

– Non. Elle a eu des rapports sexuels, mais pas de viol.

– Elle ne se prostituait pas ?

– Ça m'étonnerait. Pas avec son apparence, ou alors c'était une vraie débutante. Je n'ai jamais vu une prostituée aussi jolie.

– Mais elle paraît plus jeune que son âge, observa Radick.

– Vous trouvez ?

– Mon frère a trois filles. 11, 13 et 15 ans. Elles passent tout leur temps à essayer d'en paraître 25. Sa coiffure fait jeune pour une fille de 16 ans, on dirait qu'elle en a 12 ou 13. Ça ne colle pas avec le vernis à ongles. Et ses vêtements ?

– Elle était en sous-vêtements quand je l'ai découverte, répondit Parrish.

– Il y avait des vêtements à elle dans l'appartement de son frère ?

– Aucune idée, je n'y suis pas retourné. J'ai eu hier la confirmation de la cause du décès, les résultats des recherches de traces de viol, l'analyse du contenu de l'estomac... rien qui sortait de l'ordinaire. »

Parrish referma la housse mortuaire, repoussa le tiroir dans lequel reposait Rebecca, demanda avant de partir le rapport d'autopsie de Danny Lange.

« Rien qui nous aidera là-dedans, déclara-t-il après l'avoir parcouru. La balle était plate comme une crêpe. » Il replia le document et l'enfonça dans sa poche de veste. « Allons voir l'appartement. »

Radick refusa d'emprunter l'escalier.

« Neuf étages ? dit-il. Hors de question. »

Ils prirent l'ascenseur, qui vibra et cahota pendant toute la durée de la montée.

Parrish avait toujours la clé de l'appartement, même si le mot « appartement » suggérait quelque chose d'autrement plus fonctionnel et engageant que le spectacle qui les accueillit.

« Je n'arrive toujours pas à comprendre comment les gens peuvent vivre comme ça », déclara Radick.

Il enfila des gants en latex, entreprit de retourner des boîtes de poulet frit couvertes de graisse, des conserves vides... trouva une tasse avec un fond de café sous deux centimètres de moisissure.

« La fille n'a pas dû se trouver ici longtemps, observa Parrish. Très peu de filles toléreraient une telle porcherie. Je parie qu'elle aurait fait un peu de ménage.

– Vous pensez que quelqu'un a pu la tuer avant de le buter, lui, parce qu'il pouvait identifier la personne qui l'avait étranglée ? »

Parrish ne répondit rien. Il était à quatre pattes, examinant le bord de la moquette.

Radick haussa les épaules. Il se rendit à la chambre où la fille avait été découverte. Il tira un petit appareil numérique de sa poche de veste et prit quelques photos.

« Vous en prenez toujours ? demanda Parrish en pénétrant dans la pièce.

– Ça aide d'en avoir en plus. Parfois je ne peux pas attendre que les clichés de la police scientifique soient livrés. »

Parrish le laissa faire, apercevant du coin de l'œil le flash chaque fois qu'il se déclenchait. Il enfila à son tour des gants, s'attaqua à la cuisine, fouillant dans les tiroirs, inspectant le four, le micro-ondes. Les placards étaient pour l'essentiel vides – une conserve de chili con carne, une autre de haricots rouges, une boîte de riz à moitié vide. Dans le réfrigérateur, il trouva un œuf et une brique de lait périmé depuis cinq jours qui commençait déjà à gonfler un peu. Sur l'étagère d'en dessous se trouvaient une demi-laitue enveloppée dans du film plastique et trois tranches de pain au son rance, dur, à moitié ratatiné. Radick s'était demandé comment les gens pouvaient vivre comme ça. Facile, songea Parrish, vu que son réfrigérateur ressemblait beaucoup à celui-ci. Il ignorait ce qu'il dénicherait ici, d'autant que la police avait déjà passé les lieux au crible, mais il continuait néanmoins de chercher.

Une demi-heure plus tard, Radick avait terminé.

« J'ai ce que je voulais, annonça-t-il. Qu'est-ce que vous comptez faire maintenant ?

– Eh bien, nous devons identifier cette femme à Williamsburg, trouver le lycée de Rebecca, parler à ses amis, à toutes les personnes qu'elle fréquentait, répondit Parrish. Voir si sa disparition a fait l'objet d'un signalement.

– Vous croyez qu'elle est morte à cause de lui ou que c'est lui qui est mort à cause d'elle ?

– Je dirais qu'il est mort à cause d'elle, mais, hé ! c'est juste une supposition, hein ? »

Trois heures plus tard, ils avaient un nom et une adresse à Williamsburg. Ils parvinrent à remonter jusqu'au registre de la Williamsburg School grâce aux services pour l'enfance. Ils appelèrent le bureau des élèves, se firent faxer une copie de son formulaire d'inscription, et là, en haut à droite, se trouvait une photo aussi nette qu'ils pouvaient l'espérer. Ils rappelèrent l'école, obtinrent le nom et le numéro de téléphone d'une certaine Helen Jarvis enregistrée auprès de l'école comme sa tutrice légale : la femme qu'ils cherchaient.

À 17 heures, Parrish et Radick étaient assis en silence chez un traiteur casher de Prospect Street, près du pont de Manhattan. Parrish commanda une tartine au pastrami avec du fromage suisse fondu ; Radick, un bagel grillé avec du beurre de cacahuètes.

« Donc Rebecca habite à Williamsburg, et Danny au sud de Brooklyn. Ils se voient rarement. C'est une fille sage, elle va au lycée, elle a de bonnes notes... puis elle disparaît soudainement.

– Je crois que nous devrions aller parler à cette Helen Jarvis, déclara Radick. Je suis d'avis que nous y allions maintenant.

– D'accord, répondit Parrish. Laissez-moi d'abord finir de manger. »

La circulation était plus fluide que d'habitude, et à 18 h 45 ils se garaient devant le 1256 Ditmars Street.

La personne qui ouvrit la porte avait au moins 45 ans, peut-être plus. Parrish reconnut immédiatement la femme de la photo qu'il avait trouvée dans l'appartement de Danny Lange.

Helen Jarvis sut qui ils étaient avant même qu'ils sortent leur plaque.

« Vous venez pour Rebecca, n'est-ce pas ? Est-ce qu'elle a des ennuis à cause de Danny ? »

Elle se tenait dans l'entrebâillement de la porte malgré le froid. Elle ne les invita pas à entrer.

« Est-ce que nous pourrions entrer, s'il vous plaît, mademoiselle Jarvis ? » demanda Radick.

Helen Jarvis recula sans un mot, les guida jusqu'au salon.

Parrish l'interrogea sur sa relation avec Rebecca, lui demanda si elle était de la famille.

« Non, répondit-elle. Je connaissais ses parents... il y a longtemps, bien entendu. Ils sont morts, vous savez. Une véritable tragédie. Un accident de voiture, tous les deux tués sur le coup. Enfin, bref, Danny avait 18 ans à l'époque, et Becky, 11 ans.

– Et elle a vécu avec vous depuis ? demanda Parrish.

– Oui.

– Et vous êtes sa tutrice légale ? »

Helen Jarvis sembla embarrassée.

« Je suis dans un sale pétrin, n'est-ce pas ? »

Parrish la regarda d'un air interrogateur.

« Services pour l'enfance ? ajouta-t-elle.

– Je suis désolé, je ne comprends pas, mademoiselle Jarvis.

– Je savais que ça arriverait. Ça devait arriver un jour, n'est-ce pas ?

– Quoi, mademoiselle Jarvis ? Qu'est-ce qui devait arriver ?

– Qu'on découvrirait que je ne suis pas sa tutrice légale. Mais bon, je ne pouvais pas vraiment la laisser à la charge de Danny, n'est-ce pas ? Il était déjà... eh bien, il avait déjà ses propres problèmes à gérer. Il ne voulait pas d'une gamine chez lui, vous comprenez ? Et puis, il n'y avait pas d'argent. Le peu qu'il restait avait été avalé par les factures et Dieu sait quoi. Les services pour l'enfance sont venus ici, ils ont demandé à Danny s'il s'occuperait de sa sœur. Il avait déjà 18 ans à l'époque et il pouvait légalement le faire. Je lui ai conseillé de dire que oui, il la prendrait avec lui, et ils sont repartis ravis de ne pas avoir un problème de plus sur les bras. J'ai alors dit à Danny de me la laisser. Il est allé vivre à Brooklyn, et elle est restée avec moi.

– Et savez-vous qu'elle n'est pas allée à l'école depuis une semaine, mademoiselle Jarvis ? »

Helen Jarvis baissa la tête.

« Oui, répondit-elle. Je le sais.

– Et vous n'avez pas signalé sa disparition ?

– Eh bien, j'ai appelé l'école mardi et le principal m'a rappelée pour me dire qu'elle avait manqué les cours depuis le vendredi précédent. J'ai appelé le commissariat local, et on m'a dit que je devais attendre quarante-huit heures avant de signaler sa disparition. Puis jeudi est arrivé et je me suis dit que j'allais attendre un jour de plus. Vendredi, j'ai téléphoné à Danny, pas de réponse, alors j'ai même envisagé de me rendre à Brooklyn pour voir si elle était avec lui.

« Elle a déjà fait ça, vous voyez, partir avec Danny… elle l'a fait au moins une demi-douzaine de fois, mais elle rentre toujours. Je suppose que c'est ce qui s'est passé. J'ai décidé de lui laisser jusqu'à samedi pour me donner des nouvelles. Je savais qu'elle finirait par téléphoner, je sais qu'elle le fera. Elle m'appellera et me dira ce qui s'est passé, et elle sera désolée de m'avoir causé tant de soucis. C'est une brave gamine. Et Danny est un chien fou, vous savez. C'est excitant d'être avec lui, il a toujours tout un tas de projets, mais je ne crois pas qu'il ait une bonne influence sur elle – non pas que ce soit un mauvais bougre, bien entendu. Je ne voudrais surtout pas que vous pensiez que c'est un mauvais bougre, mais je ne crois pas que ce soit bon pour Rebecca de l'admirer autant. Et ce n'est pas comme si elle n'était pas capable de se débrouiller toute seule. Elle est mature pour son âge. Et je lui fais confiance. Je suppose simplement qu'elle s'est une fois de plus enfuie avec Danny…

– Et quand l'avez-vous vue pour la dernière fois ?

– Lundi matin. De bonne heure. Elle est allée à l'école comme d'habitude.

– Et il n'y avait rien d'étrange dans son comportement ? Vous n'avez rien remarqué qui sortait de l'ordinaire ? »

Helen Jarvis secoua la tête.

« Pas que je me souvienne, non. Enfin, c'est une adolescente, et je sais que parfois les adolescentes peuvent être difficiles…

– Mademoiselle Jarvis », intervint Radick, et Parrish vit à cet instant qu'elle avait compris.

Ils comprenaient toujours. Quand la police venait frapper à leur porte, ils comprenaient. Quand les voitures de patrouille se garaient devant la maison, ils comprenaient. Quand leur gamin ne rentrait pas de l'école, quand ses amis ne savaient pas où il était, quand il n'était pas allé dormir chez un tel ou un tel, quand il n'y avait pas d'entraînement de football, ils *comprenaient*.

Helen Jarvis avait cette expression. Défaite. Accablement. Résignation douloureuse. Ses paroles – nerveuses, trop rapides, trop promptes à expliquer où, quoi, comment – avaient simplement été une tactique de retardement. Elle avait parlé de Rebecca au présent, au passé, de nouveau au présent.

« Non », dit-elle doucement, d'une voix qui était à peine un murmure. Puis de nouveau : « Non.

– Nous l'avons trouvée dans l'appartement de Danny, expliqua Parrish. Lundi. Nous avions trouvé Danny quelques heures plus tôt. »

Helen Jarvis ouvrit de grands yeux.

« Tous les deux, poursuivit Parrish. Danny a été abattu à bout portant, et Rebecca a été étranglée.

– Étranglée ? » demanda Helen, et ce n'était pas qu'elle ne comprenait pas le mot ni qu'elle ne saisissait pas le concept, c'était que l'image de *sa* Rebecca étouffant entre les mains d'un inconnu était comme un coup de poing en pleine face.

Elle se mit à suffoquer, son souffle se fit court, rapide, et Parrish lui conseilla, d'un ton ferme mais doux, de se lever, de marcher un peu, d'inspirer très profondément. Il demanda à Radick d'aller lui chercher un verre d'eau, mais Helen déclara qu'elle voulait un whiskey. La bouteille se trouvait dans le placard au-dessus de l'évier, les verres sur la droite.

Elle se rassit, se releva, puis fondit en larmes.

Elle pleura pendant une demi-heure, son torse se soulevant, sa voix cassée, ses yeux rougis, gonflés, désespérés. Elle n'arrêtait pas de regarder Parrish comme s'il allait dire ou faire quelque chose qui la réconforterait, mais il ne pouvait pas, et elle le savait.

Elle ne demanda à aucun moment si elle allait avoir des ennuis. Elle ne demanda à aucun moment si les services pour l'enfance allaient ouvrir une enquête sur elle. Ce simple fait indiquait à Parrish que Rebecca n'aurait pas pu trouver de meilleur foyer après la mort de ses parents.

Comme ils partaient, Parrish demanda à Radick de retourner à la voiture et s'attarda un moment.

« Il faut que je vous pose une question concernant l'apparence de Rebecca, dit-il.

– Son apparence ?

– Je voulais savoir si elle portait du vernis à ongles. »

Helen Jarvis fronça les sourcils.

« Pas que je sache. Enfin, ça lui est peut-être arrivé, mais je ne me rappelle pas l'avoir vue portant du vernis à ongles. Pourquoi ? »

Parrish secoua la tête.

« Et ses cheveux étaient coupés court à l'arrière et plaqués autour de son visage, n'est-ce pas ?

– Non, ses cheveux étaient plutôt longs. Raides à l'arrière, séparés par une raie au milieu.

– OK, fit Parrish. Quelqu'un va vous contacter, mademoiselle Jarvis. Malheureusement, vous risquez d'être la seule personne à pouvoir l'identifier formellement, après quoi il faudra organiser l'enterrement. »

Helen Jarvis porta un mouchoir à son visage.

« Est-ce que vous avez quelqu'un pour vous tenir compagnie ? »

Helen sembla un moment absente, puis elle secoua la tête.

« Ça va aller », répondit-elle, mais Parrish savait que ça n'irait pas.

Il tendit le bras et lui toucha la main, puis il la laissa plantée dans l'entrebâillement de la porte et regagna la voiture.

Radick conduisait, Parrish était silencieux. Ils allaient devoir faire un rapport auprès des services pour l'enfance. Helen Jarvis, qui s'était occupée pendant les cinq dernières années de Rebecca sans jamais demander la moindre aide financière à l'administration, devrait essuyer le feu des critiques des gens mêmes qui auraient dû l'aider. Parrish, après tout ce qu'il avait vu et entendu, ne pouvait la condamner. C'était si facile de juger d'un point de vue objectif. Elle s'était convaincue que Rebecca était avec Danny. Rebecca avait 16 ans, et il se souvenait comment était sa propre fille à cet âge-là. À un moment, les chaînes qui liaient les enfants à leurs parents devaient se briser. À un moment, il fallait accepter le fait que le monde était là, qu'il les attendait, et que s'ils devaient s'en sortir... eh bien, ils s'en sortiraient. Ou pas. Si on décidait d'aller les chercher à l'école un jour pour s'assurer qu'ils rentreraient sains et saufs à la maison, alors ce serait peut-être le lendemain qu'ils se feraient renverser par une voiture à un passage clouté. La vie avait des angles aigus et des bords coupants. La vie était pleine d'embûches.

Radick demanda à Parrish s'il voulait qu'il le dépose chez lui.

« Commissariat, répondit Parrish.

– Vous êtes en service depuis ce matin, Frank. Vous devriez rentrer chez vous. »

Parrish sourit.

« C'est chez moi. »

12

JEUDI 4 SEPTEMBRE 2008

« Un rêve...

– Un rêve ? Plutôt un cauchemar.

– À propos de la fille ?

– De la fille et de son frère.

– Racontez-moi.

– Qu'y a-t-il à raconter ? C'est juste un rêve. Ça ne signifie rien.

– Parfois, si.

– Je ne suis pas d'accord.

– Vous n'êtes pas obligé d'être d'accord. Mais racontez-moi tout de même.

– Elle me parlait. Elle était à côté de moi dans la voiture et elle me parlait.

– À quoi ressemblait-elle ?

– Je ne sais pas exactement. Je ne pouvais pas tourner la tête, je ne pouvais regarder que droit devant moi. Et de toute manière, elle me demandait de ne pas la regarder... elle disait qu'elle n'était pas à son avantage.

– Parce qu'elle était morte ?

– Je suppose.

– Et qu'est-ce qu'elle vous disait ?

– Je ne m'en souviens pas.

– Vous voulez essayer ?

– Ça ne veut rien dire. Je ne crois pas que ce soit dans mes rêves que je vais découvrir qui l'a tuée.

– Qui l'a tuée ? Et son frère, alors ?

– C'est une victime de guerre. L'overdose, le meurtre, ce sont les risques du métier pour les gens comme Danny Lange. Mais bon, ce n'est pas la question pour le moment.

– Vous ne voulez plus en parler, Frank ?

– Non.

– De quoi voulez-vous parler ?

– J'allais vous parler de l'aéroport JFK.

– J'ai fait quelques recherches hier soir sur Internet.

– Ce que vous trouverez sur Internet et ce que je vais vous raconter sont deux choses différentes.

– Je le sais. Je potassais simplement son histoire.

– Idlewild ?

– Oui, Idlewild.

– Bon, au début, l'aéroport s'appelait comme ça, et après, quand il a été rebaptisé JFK, il n'y a pas eu de grand changement, hormis l'étendue des activités. Même quand il s'appelait Idlewild, dès son ouverture en 1948, l'aéroport a été aux mains de la Mafia.

– C'est votre père qui vous parlait de tout ça ?

– Bien sûr. Il m'a raconté toute l'histoire de la Mafia à New York, du début à la fin.

– Et qu'est-ce que ça vous inspirait ? Quand il vous racontait ces choses ?

– J'avais l'impression que c'était le type le plus intelligent de ce putain de monde.

– Un ange, même ?

– Les Anges de New York ? Non, ça n'est arrivé que bien plus tard.

– Alors dites-moi. Racontez-moi certaines des choses dont il vous parlait.

– Eh bien, à vrai dire, l'âge d'or de la Mafia a duré des années 1930 aux années 1950, du moins pour ce qui était des docks. Avec l'Association internationale des dockers. Vous avez vu *Sur les quais* ?

– Marlon Brando. Oui.

– Exact, Marlon Brando. Bref, ça parlait de tout ça. De la façon dont les syndicats et la Mafia décidaient quel navire serait chargé et déchargé, quelle équipe aurait du travail ou non. La section la plus importante du syndicat, Brooklyn 1814, était contrôlée par un type nommé Anthony Anastasio, mais on l'appelait "Tony le Dur". Bref, Tony le Dur est mort en 1963, et la section 1814 a été reprise par un certain Anthony Scotto, et ce n'était pas n'importe qui. Il a connu de nombreux succès avec le syndicat, et il était aussi capo de la famille Gambino. Il était lié à quelques-uns des hommes politiques les plus puissants de l'histoire de New York.

« Bon, le commerce qui transitait par les ports et par Idlewild était conséquent, ne vous y méprenez pas, mais en 1963, quand Idlewild est devenu JFK, ces types se sont aperçus que, grâce au trafic de l'aéroport, tout ce qu'ils avaient gagné jusqu'alors leur paraîtrait bientôt des broutilles. Ils ont pris conscience des possibilités, non seulement à cause des marchandises qu'ils pouvaient voler à l'aéroport, mais aussi à cause de la manière dont l'expédition du fret était gérée.

– Comment ça ?

– Eh bien, ça remonte aux années 1950. Les Teamsters, le syndicat des routiers. Vous avez entendu parler des Teamsters, n'est-ce pas ?

– Bien sûr. Jimmy Hoffa et tout ça.

– Oui, Jimmy Hoffa. Eh bien, la section 295 des Teamsters a été créée en 1956 pour représenter les employés de bureau, les expéditeurs, et aussi les chauffeurs routiers et les magasiniers employés par les sociétés de fret et de transport qui desservaient l'aéroport. La famille Lucchese contrôlait la section 295, et les deux types qui en tenaient les rênes étaient Johnny Dio – John Dioguardi de son vrai nom – et un certain John McNamara, qui était le président officiel de la 295. Donc McNamara et Johnny Dio se font pincer pour complot et extorsion en 1958, et cette chose nommée commission McClellan est mise en place pour enquêter sur la corruption dans ce secteur. Bon, ils ont beaucoup creusé, et ils ont découvert que Jimmy Hoffa avait créé la section 295 et deux ou trois autres sections de papier...

– Des sections de papier ?

– Oui, des sections qui existent sur papier, mais qui n'ont pas d'existence réelle. Bref, ils découvrent qu'Hoffa a créé ces organisations pour pomper autant d'argent que possible aux sociétés d'expédition, et que cet argent allait directement dans les poches de la famille Lucchese, qui soutenait la candidature d'Hoffa à la présidence de la Fraternité internationale des Teamsters. Il y avait tellement de corruption et tellement d'argent en jeu. La commission d'enquête de l'État de New York s'en mêle, il y a des auditions publiques sur le racket à l'aéroport, mais il faudra attendre dix ans avant la moindre inculpation. Ça vous dit à quel point ils étaient tous mouillés. Politiciens, flics, représentants du bureau du maire, FBI, SIC... ils s'en mettaient tous plein les poches. En 1969, John Gotti prend trois ans pour détournement de camions. Ça n'était rien de plus qu'une opération publicitaire censée donner à tout le monde l'impression qu'on s'attaquait sérieusement au problème.

– Et votre père était au courant ?

– J'y viens. Laissez-moi finir avec le contexte. Donc, 1970, les Lucchese soutiennent la création de la section 851 des Teamsters, et cette branche représente plus de deux mille camionneurs et magasiniers et mille quatre cents employés de bureau, tous anciens membres de la section 295. Nouveau nom, vieux visage, d'accord ? Bref, c'est toujours le même bordel. Ils piquent les marchandises et le fric à l'aéroport comme si de rien n'était. Finalement, le procureur général des États-Unis, John Mitchell, en a sa claque. On est en 1971, et il lance deux actes d'accusation contre tout un paquet de sociétés de transport et contre l'ensemble de la NAFA, l'Association nationale du transport aérien. Ça commence à chauffer. Personne ne reconnaît ni ne conteste les accusations, la NAFA est dissoute, et une commission pour empêcher les magouilles dans le transport aérien est mise en place.

– Mais je suppose que ça ne suffit pas, n'est-ce pas ?

– L'aéroport est à vingt-cinq kilomètres du centre de Manhattan, il représente 30 % du fret aérien du pays. Il couvre douze mille hectares, comporte des pistes sans fin, des aérogares, des hangars, des entrepôts, des chambres de stockage haute sécurité, des stations de containers et des dépôts de camions. Quarante mille personnes y travaillent. Bon sang, c'est autant que dans tout le département de police de New York ! L'aéroport est géré par l'autorité portuaire de New York et du New Jersey. L'autorité *portuaire*, d'accord ? De New York et du *New Jersey*. Depuis les années 1950, quand les avions ont commencé à remplacer les navires pour exporter l'Amérique au reste du monde, le crime organisé a eu la mainmise sur le trafic. Les Lucchese possédaient déjà nombre des sociétés de transport dans les ports et ils formaient l'ossature de l'Association métropolitaine des routiers importateurs. Il s'agissait juste de passer d'un secteur d'activité à un autre. Vous croyez que quelque chose d'aussi insignifiant que le procureur général des États-Unis et quelques procès allaient les empêcher d'exploiter la manne financière que représentait l'aéroport ?

– Et c'était ce dans quoi votre père trempait ?

– Pour sûr. C'était à ça que servaient les Anges. Si les mafieux avaient besoin de l'aide du NYPD, ils appelaient les Anges.

– Alors comment a-t-il fait pour obtenir tous ces éloges et toutes ces citations pour sa lutte contre le crime organisé ?

– La Mafia lui donnait des gens. Ils sacrifiaient des membres de temps en temps. Une arrestation ou deux. Une petite société de transport est fermée et quelqu'un s'en prend pour deux ou trois ans. Les camions sont confisqués, ils sont placés sous séquestre dans un dépôt de la police, et six mois plus tard quelqu'un perd les papiers et ils sont revendus à une autre société de transport pour des cacahuètes. Ça fonctionnait comme ça.

– Et vous n'avez jamais songé à rapporter ça à...

– À qui ? Le rapporter à qui ? Les flics s'en mettaient plus dans les poches que n'importe qui d'autre, et, de plus, on ne peut pas faire tomber la police. Personne n'y est jamais parvenu, et personne n'y arrivera jamais. Outre la solidarité au sein du département, outre le fait que les types des affaires internes, ceux-là mêmes qui sont censés enquêter sur la corruption de la police, appartiennent eux-mêmes à la police, il est fort improbable qu'un membre du Congrès ou un sénateur approuvent la mise en examen de quiconque au-dessus du grade de sergent. Pourquoi ? Parce qu'il ne faut surtout pas que le peuple perde sa confiance dans la police. Vous comprenez ça, n'est-ce pas ? Je n'ai pas besoin de vous dire pourquoi. Si vous commencez à désigner du doigt les autorités, la société devient très nerveuse.

– Et quand vous étiez plus jeune, quand votre père était encore vivant, vous saviez ce qu'il faisait, vous saviez qu'il recevait de l'argent des mafieux, qu'il fermait l'œil sur les vols à l'aéroport.

– Fermer l'œil ? Percevoir des pots-de-vin ? Bon Dieu, il faisait bien plus que ça !

– Comme ?

– Eh bien, disons ceci. Mon père a passé dix ans au bureau de contrôle du crime organisé, plus dix ans dans l'équipe spéciale de Brooklyn contre le crime organisé. Ça fait vingt ans au cœur de ce système. Vingt ans à enquêter sur ces gens, à leur parler, à les arrêter. Vingt ans à être exposé au pire genre de tentation qui soit. L'argent, les femmes, l'alcool, la drogue, les opportunités étaient infinies, et lui et ses copains, ils n'étaient pas plus de dix ou douze, ont formé la meilleure unité de tout le NYPD pendant tout ce temps. Ils détenaient le record d'arrestations. Ils ont assuré le plus grand nombre d'inculpations, le plus grand nombre d'années de prison. Mais si on y regarde de plus près, si on commence à gratter sous la surface, on découvre que les gens qu'ils ont fait tomber étaient simplement les fantassins, jamais les sous-chefs ou les chefs. C'était comme ça que ça fonctionnait. Bon sang, ces connards savaient à l'avance qui serait le prochain à se faire arrêter ! Ça faisait partie du jeu. Trois ans dans le business, six mois en taule. Cinq années à mener la grande vie, une ou deux en taule. Ces types, ces soldats de la Mafia, se soudoyaient même entre eux pour aller au trou. Si votre femme était enceinte, quelqu'un prenait votre tour et purgeait les douze mois à votre place, mais quand son tour venait, vous deviez y aller à sa place et purger sa peine.

– Et votre père a fait des choses graves ?

– Il ne s'est pas contenté de les faire, il les a organisées. Il a eu un rôle déterminant dans certaines des arnaques qui ont eu lieu à l'aéroport.

– Comme ?

– Vous aimez ces trucs, pas vrai ? Vous aimez entendre tout ça, hein ? Les récits de guerre ?

– C'est fascinant. Inquiétant, c'est le moins qu'on puisse dire, mais tout aussi fascinant.

– Eh bien, je vais devoir vous laisser sur votre faim, mais demain nous parlerons de la Lufthansa et des presque 6 millions qui ont été volés dans un hangar. À l'époque, c'était le plus gros casse de toute l'histoire des États-Unis.

– Et votre père...

– C'était un boulot des Anges dès le début. Ce qui explique pourquoi seuls 100 000 dollars ont été récupérés sur les 6 millions, pourquoi la grande majorité des personnes impliquées ont fini mortes, et pourquoi personne – je dis bien *personne* – n'a jamais été arrêté ni inculpé pour ces meurtres.

– OK, alors vous me raconterez ça demain. Et où en êtes-vous de votre affaire en cours, Frank ? La fille morte et son frère ?

– Nous devons travailler dessus aujourd'hui. Je dois voir ses amis, les gens avec qui elle passait du temps.

– Ici à Brooklyn ?

– Williamsburg.

– Elle est importante pour vous, n'est-ce pas ? La fille qui a été étranglée ?

– Je ne sais pas. Peut-être. Je ne sais pas trop quoi penser. Hier, j'ai rencontré la femme qui s'est occupée d'elle après la mort de ses parents. Une femme bien. On va lui faire des emmerdes sous prétexte qu'elle n'a pas fait les choses dans les règles de l'art, mais c'est toujours comme ça dans de telles situations. Quelqu'un se fait tuer, mais ça ne leur suffit pas. Il faut qu'ils s'en prennent aussi à l'entourage.

– On dirait que vous prenez cette affaire à cœur.

– Non, pas vraiment. Je suis simplement un peu amer quand il est question de telles choses.

– Donc c'est important pour vous. Je veux dire, de découvrir ce qui s'est passé. Plus que pour une affaire ordinaire.

– Peut-être. Bon sang, elle apparaît dans mes rêves, non ? »

13

La pluie arriva sans prévenir et, lorsque Parrish et Radick atteignirent les abords de Williamsburg, elle martelait le toit de la voiture.

Ils restèrent assis un moment, attendant qu'elle diminue.

« On commence par l'école, exact ? demanda Radick.

– Oui. J'ai appelé le principal et il nous attend.

– Vous avez du neuf sur les amis de Danny Lange ?

– Danny Lange n'avait pas d'amis. » Parrish se tourna et fit face à Radick. « Vous avez travaillé aux stups, Jimmy. Vous savez comment c'est. Les junkies sont une espèce à part. Leur addiction est plus forte que leur loyauté. Les amis, la famille, tout tombe aux oubliettes. La seule chose qui fera parler ses *compadres* ou ses associés, c'est l'argent.

– Vous avez de l'argent ?

– Ne vous en faites pas pour ça », répondit Parrish.

À 11 heures, ils descendirent de voiture et traversèrent la rue à la hâte.

Ils se présentèrent à l'accueil, attendirent qu'on vienne les chercher, puis empruntèrent un dédale de couloirs bicolores jusqu'au bureau du principal.

Celui-ci se leva à leur arrivée.

« Frank Parrish. Nous nous sommes parlé au téléphone.

– Bien sûr.

– Je vous présente mon équipier, Jimmy Radick. »

Radick tendit la main.

« David Carlisle. » Le principal fit le tour de son bureau. « Je vous en prie, dit-il, asseyez-vous. »

Parrish posa les questions habituelles. Carlisle n'était pas sur la défensive.

« J'ai six cents élèves ici, inspecteur. Je fais tout mon possible pour suivre chacun d'entre eux, mais c'est tout simplement impossible vingt-quatre heures sur vingt-quatre. Rebecca n'est pas venue en cours lundi matin...

– Elle n'est pas venue lundi ?

– Exact. Elle était ici vendredi dernier, mais elle était absente lundi.

– Et vous avez contacté sa tutrice ? demanda Radick.

– J'ai peur que nous n'ayons manqué à nos obligations, inspecteur. Normalement, nous aurions dû l'appeler, mais nous ne l'avons pas fait. Nous avions deux enseignants en stage, nous avions des remplaçants... »

Carlisle secoua prudemment la tête.

« Mais vous avez téléphoné mardi ? demanda Parrish.

– C'est le père de Rebecca qui nous a téléphoné.

– Son *père* ?

– Oui, répondit Carlisle. Son père a appelé le bureau des élèves mardi pour prévenir que Rebecca avait été malade lundi et qu'elle reviendrait mercredi. Puis, plus tard dans la journée, nous avons reçu un appel de cette femme, Helen Jarvis, qui a affirmé être la tutrice légale de Rebecca. Je n'ai pas dit à Mlle Jarvis que le père de la jeune fille avait appelé, mais j'ai aussitôt contacté la police. Ils m'ont dit qu'ils étaient au courant et qu'ils attendaient que la tutrice remplisse un signalement de disparition. J'ai alors vérifié nos dossiers et découvert qu'Helen Jarvis était enregistrée comme sa mère, et non comme sa tutrice. Ce n'est pas si rare de nos jours d'avoir des mères et des filles qui portent des noms de famille différents.

– Et avez-vous parlé à la police du coup de fil du père ?

– Oui. »

Radick prit note, puis il leva les yeux vers Carlisle. Celui-ci commençait à comprendre que c'était beaucoup plus sérieux qu'une simple absence d'élève.

« Elle n'est pas venue mardi parce qu'elle était déjà morte, déclara Parrish d'un ton neutre. Nous pouvons supposer que c'est son assassin qui a téléphoné en se faisant passer pour son père afin que l'absence de Rebecca n'éveille pas immédiatement les soupçons.

– Morte ? répéta Carlisle. Oh ! mon Dieu !...

– Elle est morte lundi, ajouta Parrish.

– Oh ! doux Jésus !

– Et la personne qui a appelé mardi en prétendant être son père n'était pas son père, poursuivit Radick. Nous devons savoir à qui vous avez parlé et à quel commissariat.

– Oui... heu... oui, bien sûr. Oh ! c'est terrible. C'est absolument terrible. Je ne sais pas quoi dire.

– Il n'y a pas grand-chose à dire, monsieur Carlisle. Nous vous serions reconnaissants si vous pouviez nous donner le nom de la personne à qui vous avez parlé au commissariat.

– Oui... Je crois qu'il s'appelait Trevitt. Je vérifie ça tout de suite. »

« Donc elle quitte la maison à – quoi ? – 7 heures lundi matin ? Elle vient à Brooklyn. Elle meurt entre 8 heures et 14 heures. Ça laisse une fenêtre plutôt étroite.

– Mais suffisamment longtemps pour se faire couper les cheveux et se vernir les ongles. Ou, plus probablement, pour que quelqu'un le fasse à sa place, et ç'a été fait à un endroit précis.

– Et le frère ? »

Parrish secoua la tête.

« Il devait être mêlé à tout ça, sinon la coïncidence serait bien trop grande.

– Très étrange.

– Bon, nous avons quelques questions à poser au sergent Gary Trevitt », déclara Parrish, et il descendit de voiture.

Williamsburg, commissariat du 91e district – le même bâtiment monotone que des milliers d'autres commissariats. Radick et Parrish attendirent dans le hall pendant vingt bonnes minutes, puis Trevitt parut dans l'escalier. Il semblait soupçonneux, avant même qu'ils ne se présentent. Peut-être les prenait-il pour la police des polices.

« Qui ? demanda-t-il.

– Rebecca Lange. 16 ans. Lycée Saint-François-d'Assise. Le principal vous a appelé mardi, un type nommé David Carlisle.

– Oui, et la tutrice de la fille aussi, ajouta Trevitt.

– Et vous lui avez dit d'attendre quarante-huit heures.

– Bien sûr. C'est la procédure standard.

– Mais elle n'a jamais rappelé.

– Je ne saurais vous dire, répondit Trevitt. J'étais de repos hier. La fille a refait surface ?

– Oui, répondit Parrish. Elle a refait surface morte.

– Oh ! merde, lâcha Trevitt. Et vous venez d'où ?

– Brooklyn.

– Et en quoi ça vous concerne ?

– Elle a été tuée dans notre quartier. Son frère aussi.

– Eh bien, désolé de l'apprendre, dit Trevitt. Je peux faire quelque chose pour vous ?

– Non, répondit Parrish. Nous en avons fini ici. »

Radick les ramena à Brooklyn. Le gros de la pluie était passé. Les rues étaient trempées et glissantes.

« Si le frère n'avait pas été tué, je dirais qu'il s'agit d'un enlèvement ordinaire, commenta Parrish.

– Mais avec le frère...

– Ça signifie qu'ils mouillaient dans quelque chose. Si c'était le Danny Lange que je connais, alors il devait être question de drogue ou d'argent. Peut-être qu'il se servait de sa sœur. Ça tourne mal, elle se fait tuer, il prend la fuite. Mais le type qui a étranglé sa sœur le rattrape et tout est fini.

– Mais pour le moment, ce ne sont que des hypothèses.

– C'est toujours comme ça, mon ami, répondit Parrish. Toujours comme ça. »

14

Plus tard, après des heures et des heures à envisager l'affaire sous tous les angles, Parrish renvoya Radick chez lui. Puis il prit le métro jusqu'à son appartement, téléphona à Eve, tomba sur sa messagerie vocale. Ce qui signifiait qu'elle avait un client.

À 21 heures, il avait vidé une bouteille de Bushmills et sortit en acheter une autre.

À son retour, il regarda la télé. Songea à appeler Caitlin, mais se ravisa. Elle devinerait qu'il avait bu, lui ferait la morale pour son propre bien. Si c'était pour son propre bien, pourquoi se sentait-il si mal chaque fois qu'elle faisait ça ?

Il tenta de réfléchir aux mobiles de Rebecca, à ses habitudes, ses opportunités. Il se demanda ce qui lui avait pris de sécher les cours pour venir à Brooklyn. Il savait qu'il ne s'agissait pas simplement de son frère. Il savait qu'il y avait autre chose.

Il s'endormit sur le canapé peu après 23 heures. Lorsqu'il se réveilla à 5 heures du matin passées, la télé était toujours allumée.

15

VENDREDI 5 SEPTEMBRE 2008

« Alors qu'est-ce qui vous fait croire qu'elle était impliquée dans quelque chose ?

– Son frère, et le fait qu'elle n'est pas allée en cours et est venue ici à Brooklyn. Ça, et son apparence... ses ongles, ses cheveux. Sa tutrice, cette Helen Jarvis, affirme qu'elle ne portait jamais de vernis à ongles et que ses cheveux étaient longs, mais, quand elle est morte, ils étaient courts. J'ai passé la soirée à réfléchir à ça, et la seule idée qui m'est venue est que Danny avait pu la mettre en relation avec quelqu'un. Quelqu'un qui avait de l'argent. Peut-être qu'il l'utilisait d'une manière ou d'une autre...

– Il aurait fait ça à sa propre sœur ?

– Vous ne connaissez pas les junkies.

– OK, mais pourquoi ne croyez-vous pas qu'elle a été enlevée ?

– Parce que les victimes d'enlèvement sont généralement ligotées et frappées, l'acte sexuel n'est pas consensuel, il est forcé. C'est un viol, et elle n'a pas été violée. Elle a eu un rapport sexuel, mais il n'y avait aucun signe de violence physique, rien indiquant qu'elle a été retenue contre sa volonté. La vérité, c'est que je ne sais pas quoi dire. Peut-être que c'était un amant plus âgé, un homme avec de l'argent... peut-être que c'était quelqu'un qui avait les moyens de lui payer une coupe de cheveux et une manucure.

– Vous ne savez pas, n'est-ce pas ?

– Non, je ne sais pas.

– Et maintenant ?

– Radick et moi... nous allons visiter les instituts de beauté, les salons de coiffure et les centres de manucure de Brooklyn et Williamsburg. Nous débarquons avec une photo et nous voyons si quelqu'un la reconnaît.

– Comment ça se passe avec votre nouvel équipier ?

– C'est un type bien.

– Différent du précédent ?

– Ils sont tous différents. Personne ne se ressemble.

– Le précédent est mort, n'est-ce pas ?

– Oui, il est mort.

– Voulez-vous en parler ?

– Non, je ne veux pas en parler.

– OK, Frank, je comprends... Donc... vous alliez me raconter le casse de la Lufthansa.

– En effet. Mais je dois d'abord vous parler du fonctionnement de l'aéroport et des Anges eux-mêmes. Vous devez connaître un peu le contexte, sinon vous n'y comprendrez rien.

– Allez-y.

– Bon, toute l'industrie de la côte Est dépend de JFK pour l'expédition de ses marchandises et l'importation de l'équipement, d'accord ? Ça inclut les affréteurs eux-mêmes, les compagnies aériennes naturellement, les transitaires qui acheminent les marchandises des compagnies aériennes aux clients, et puis il y a les syndicats. Les syndicats sont essentiellement deux sections des Teamsters, la 295 et la 851. La 295 compte deux mille membres – camionneurs, aiguilleurs, employés de plate-forme, opérateurs de monte-charge hydrauliques, mécaniciens, employés de garage et avitailleurs. La section 851 représente les employés de bureau et les répartiteurs. Vous me suivez ?

– Oui.

– Donc, imaginons que vous possédez une société. Par exemple, vous fabriquez des chaussures. Vous envoyez vos chaussures partout dans le monde. Vous avez je ne sais combien de milliers de paires et vous appelez un agent qui vous met en contact avec un transitaire. Le transitaire accepte le boulot et il peut s'arranger pour organiser l'emballage, le réemballage, le marquage, le pesage, tout. Vous avez trois cents transitaires à votre disposition, qui utilisent pour la majorité leurs propres camions et leurs propres chauffeurs pour récupérer les marchandises sur leur lieu de fabrication et les acheminer à l'aéroport. Les transitaires gagnent leur vie en vous facturant un prix supérieur à ce que eux paient en expédiant de gros volumes par les compagnies aériennes, d'accord ?

– Comme n'importe quel business, vraiment. Les transitaires sont les intermédiaires.

– Oui, les intermédiaires. Donc vous voyez l'importance qu'ont les transitaires. Ils peuvent faire le succès ou la faillite des compagnies aériennes en leur envoyant leurs marchandises ou non. Le type de la société transitaire qui a le pouvoir de décision est l'agent principal. C'est le grand manitou. C'est lui que les compagnies aériennes veulent avoir dans leur poche. Elles doivent lui faire plaisir, s'arranger pour que ça lui rapporte de travailler avec elles. Bon, la section 851 appartenait aux Lucchese, et la plupart des agents principaux étaient représentés par la section 851. Les agents savaient quelles marchandises étaient dans quels camions. Ils savaient quand c'étaient trois cents tonnes de beurre ou six cents boîtes de caviar. Ils savaient tout dans le moindre détail. C'étaient eux qui organisaient les cessions...

– Les quoi ?

– Les cessions. Il s'agit d'une autre forme de détournement. Le chauffeur est payé pour laisser ses clés sur le contact et aller boire un café dans un restaurant quelque part à proximité de l'aéroport. Les détournements sont sans équivoque, il n'y a pas d'arrangement avec le chauffeur. Quand des truands détournent un camion, ils assomment le chauffeur, lui piquent ses clés, et ils font ce qu'ils ont à faire. Ils débarquent avec des armes, d'accord ? Dans le cas d'une cession, le chauffeur coopère et tout se passe sans bruit et sans violence. Les Lucchese avaient tout un réseau de magasiniers, d'emballeurs, de chauffeurs et d'agents de sécurité. Des millions et des millions et des millions de dollars de marchandises sortaient de l'aéroport et atterrissaient entre les mains des Lucchese. L'organisateur de détournements le plus célèbre de tous les temps était Jimmy Burke, et il avait des contacts à l'aéroport qui le renseignaient sur les témoins éventuels et les informateurs du gouvernement. Sa réussite tenait uniquement au fait que personne n'osait aller à la barre pour témoigner contre lui...

– Pourquoi pas ?

– Parce qu'il les liquidait, ou du moins il s'arrangeait pour qu'ils soient liquidés.

– Et votre père le connaissait, je suppose ?

– Bien sûr. Tous les Anges connaissaient Jimmy Burke.

– Donc vous alliez me parler d'eux. Les Anges.

– Ils étaient douze en tout, et chacun appartenait soit au bureau de contrôle du crime organisé, soit à la police des polices du NYPD. Ils avaient pensé à tout, vous voyez ? Si une question était soulevée concernant l'intégrité ou l'honnêteté de l'un des agents du BCCO, alors la police des polices menait l'enquête et déclarait le patient parfaitement sain. Ils appelaient ça "la visite médicale annuelle", et ils s'en sortaient blancs comme neige. Il leur arrivait d'en parler à la maison, pour eux, c'était une plaisanterie.

– Vous en avez rencontré certains ?

– Certains, oui. Bon sang ! je ne me souviens pas de tous, et je ne leur ai jamais vraiment parlé. Quelques-uns sont toujours en vie. À la retraite, mais en vie. Ils possèdent probablement des propriétés avec vue sur la mer à Pompano Beach en Floride et tout le toutim. Je me souviens de Don Hunter et de George Buranski, et aussi d'un Italien... Mario quelque chose... Gamba, Mario Gamba. Et il y avait Art Billick et Shaun Beck, et un type nommé Randall Kubis. C'étaient les bons copains, vous savez ? Ils venaient à la maison pour les matchs de football, pour les barbecues. J'étais gosse, j'avais 6 ou 7 ans au début des années 1970, et j'étais adolescent quand mon père a intégré l'équipe spéciale de Brooklyn. J'avais 20 ans quand je suis entré dans la police. C'était en août 1984, et mon père et moi ne nous sommes plus beaucoup vus après ça. Je suis devenu inspecteur en 1996, et à l'époque ça faisait déjà quatre ans qu'il était mort.

– Assassiné, j'ai cru comprendre.

– Oui. Comme trois ou quatre autres des douze membres d'origine d'après ce que j'ai pu découvrir.

– Qu'avez-vous éprouvé à l'époque ?

– Éprouvé ? Bon sang, je n'en sais rien ! Qu'êtes-vous censé éprouver quand votre père se fait assassiner ?

– Étiez-vous en colère après lui ?

– Pourquoi ?

– Parce qu'il était corrompu ?

– En colère ? Non. Je ne crois pas que la colère aurait été l'émotion appropriée, et ce n'est certainement pas ce que j'ai ressenti à l'époque. Je crois que j'étais simplement déçu, vous savez ? Avec toutes les occasions qu'il avait eues d'être un type bien, il s'était juste avéré être un connard.

– Et votre mère est morte peu après. Que s'est-il passé ?

– Il ne s'est rien *passé*. Elle est simplement morte... quatre mois plus tard. Elle s'est endormie un soir et ne s'est jamais réveillée. D'après l'autopsie, il s'agissait d'une défaillance cardiaque congénitale, mais c'était l'une de ces femmes qui vivent pour leur mari, et une fois qu'il est parti, ça ne sert plus à rien de continuer.

– Ça vous a touché ?

– Bien sûr. Sa mort à elle m'a beaucoup plus touché que celle de mon père.

– Et savait-elle dans quoi son mari trempait ? Savait-elle qu'il était corrompu ?

– Bien sûr que oui. Bon sang, ils avaient plus d'argent qu'il n'aurait jamais pu en gagner en tant que flic ! Ils avaient des liasses de billets partout dans la maison. Rien n'était jamais déposé à la banque, et il n'y avait pas de registres, pas de reçus, rien de tel. Juste des boîtes à chaussures et des sacs en papier remplis d'argent planqués au fond des placards, sous le plancher et sous l'isolation au grenier. Et il n'arrêtait pas de les changer de place. Comme s'il avait peur que quelqu'un ne sache où il les avait cachés. Parfois il devenait dingue, il creusait des trous dans le jardin et il enterrait l'argent, pour le déterrer trois jours plus tard et le planquer ailleurs.

– Est-ce qu'il vous est arrivé d'en prendre ?

– Mon Dieu, non ! Je n'aurais jamais osé. Il savait tout le temps exactement combien il avait.

– Et une partie de cet argent provenait du vol de la Lufthansa ?

– Probablement, oui.

– Combien ?

– Je ne peux donner qu'une estimation.

– Allez-y.

– Dans les 200 000 dollars, je dirais.

– Et les autres hommes ?

– Ils étaient une demi-douzaine dans le coup, pour autant que je sache. Ils ont chacun reçu à peu près la même somme. 200 000 dollars, six types... ? Ça fait 1,2 million. Ils ont volé près de 6 millions, et seuls 100 000 dollars ont été récupérés.

– Comment se fait-il qu'ils aient touché autant ?

– Parce que c'était un gros coup. Il fallait un sacré cran pour le réussir. Ça s'est produit en 1978, et l'affaire a immédiatement été confiée au BCCO. Ils ont mené l'enquête, naturellement, et chaque fois qu'ils trouvaient quelqu'un qui savait quelque chose, chaque fois qu'ils mettaient la main sur quelqu'un dont ils soupçonnaient qu'il pouvait parler, ils le liquidaient. Tous ces types qui ont été impliqués, ils protégeaient leur intérêt particulier, et ils protégeaient Jimmy Burke. C'était, comme on dit, un arrangement mutuellement bénéfique.

– Votre père a tué des témoins ?

– Des témoins, des informateurs, toutes sortes de gens. Vous croyez qu'un vol de cette ampleur va passer inaperçu ? Il y avait des gens partout, à tous les échelons de la famille Lucchese, qui étaient au courant pour Jimmy Burke et le casse de la Lufthansa. Ils ne pouvaient pas se permettre que quelqu'un parle. Non seulement ils auraient perdu leur boulot, mais ils auraient fini en taule et été forcés de rendre l'argent. En 1978, 200 000 dollars, c'était une somme énorme.

– Alors racontez-moi ce qui s'est passé à JFK.

– JFK ? JFK, c'était comme une manne inépuisable pour ces types. Ils n'arrêtaient pas d'y plonger les mains, et elles ressortaient pleines d'argent.

– J'aimerais en savoir plus sur votre père. Sur les gens avec qui il travaillait.

– Eh bien, nous allons devoir remettre ça à demain. Je dois me farcir les salons de coiffure et les instituts de beauté avec Radick, et montrer la photo de la fille.

– Vous savez, Frank, vous êtes censé être ici une heure par jour, et vous ne restez généralement que la moitié de ça. En plus, vous perdez du temps en allant chercher du café.

– Et alors ? Vous allez me dénoncer ?

– Non, Frank, je ne vais pas vous dénoncer.

– Bon, vous m'avez fait parler. Considérez ça comme une victoire, hein ? Considérez comme une victoire le fait d'avoir fait parler Frank Parrish de son paternel. Continuez comme ça, et je vais finir par chialer comme un môme sur votre divan et demander à voir ma maman pour lui confesser mes péchés.

– À demain, Frank... un peu plus tard. Disons 10 h 30 ?

– Vous travaillez le samedi ?

– Oui. Et bonne chance pour votre enquête.

– Merci. »

16

Commencer par Brooklyn semblait logique, et c'est ce qu'ils firent, écumant le voisinage de l'appartement de Danny Lange sur un rayon de trois blocs. Ils restèrent ensemble, arpentant les rues et entrant dans les instituts de beauté, les boutiques, les centres de manucure, de pédicurie, les salons de coiffure, et même les salons de massage dans l'espoir d'y trouver une petite pièce au fond où l'on prodiguerait des soins des ongles.

Lorsqu'ils eurent épuisé toutes les possibilités, ils roulèrent vers le nord-est en direction de Williamsburg et recommencèrent. Trois blocs autour de la maison d'Helen Jarvis, frappant aux portes pour se les voir brusquement fermer au nez ; posant des questions ; produisant leur plaque ; montrant la photo – *Vous dites qu'elle s'appelait comment ? Rebecca quoi ?* – pour finir par retourner à la voiture sans être plus avancés qu'au début. Personne n'avait reconnu Rebecca ; il semblait que personne ne *voulait* la reconnaître.

De l'avis de Radick, ils avaient tout tenté. Le principal du lycée, Trevitt au commissariat du 91e district, Helen Jarvis ; ils avaient même soumis une requête pour obtenir la liste de tous les appels reçus par le lycée de Rebecca au moment en question. Combien de coups de fil il y aurait, Radick n'en avait aucune idée, ni même s'ils parviendraient à isoler celui qui avait été passé par le père fictif de Rebecca... Tout cela ne servait à rien, il le savait, mais ils étaient bien obligés de chercher dans cette direction.

« Ses amis, déclara Parrish. Je vais retourner au lycée et parler à ses amis. Et je vais y aller seul. »

Radick lui demanda pourquoi.

« Si j'y vais seul, ils seront moins intimidés, ça semblera moins officiel. Ce sont des gamins. »

Radick répondit qu'il le déposerait au lycée, et ils convinrent que si quoi que ce soit survenait au cours d'une conversation avec l'un des élèves, alors Parrish demanderait à Radick de le rejoindre pour faire office de témoin. Si Parrish prenait une déposition seul, elle ne vaudrait rien.

Parrish téléphona à David Carlisle, le principal, qui, bien que méfiant, accepta sa requête. Il expliqua cependant que la conseillère d'éducation devrait assister à tous les entretiens.

Les équipiers se rendirent au lycée après le déjeuner. Parrish appellerait Radick pour qu'il vienne le chercher une fois qu'il aurait terminé – s'il n'avait pas besoin de lui avant ça.

Carlisle, fidèle à sa promesse, avait réservé un bureau pour Parrish et la conseillère.

« Ruth Doyle », annonça-t-elle en lui serrant la main avec fermeté et professionnalisme.

Je suis ici sur un pied d'égalité, disait cette poignée de main. *Vous ne m'intimidez pas.* Elle portait un tailleur – le genre de tenue ni trop décontractée ni trop élégante qui indiquait qu'elle était ici pour faire son boulot, mais qu'elle pouvait aussi être proche des élèves. Parrish avait croisé des centaines de milliers de personnes similaires – dans les bureaux des services sociaux, des services pour l'enfance, de la Sécurité sociale –, et toutes disaient et pensaient la même chose. C'étaient les serviteurs de la machine bureaucratique, et ils avaient beau faire tout ce qu'ils pouvaient, ils étaient fermement entravés par un système qui leur interdisait toute initiative personnelle.

« Nous en avons deux bonnes douzaines, dit-elle à Parrish. Ce sont les élèves qui connaissaient Rebecca de nom, qui assistaient aux mêmes cours qu'elle, certains des amis qu'elle fréquentait.

Nous comprenons que vous ayez besoin de faire cela, mais, à vrai dire, ils ont tous été un peu secoués par ce qui s'est passé. Le principal a prononcé quelques mots devant tout le lycée hier, et nous avons fait venir un prêtre de Saint-Barnaby pour parler à ceux qui avaient besoin... enfin, à ceux qui ont le plus accusé le coup.

– Merci beaucoup pour votre aide », dit Parrish, et il esquissa un sourire aussi sincère que possible.

Il avait la gueule de bois. Il avait mâché deux comprimés d'aspirine en chemin, et il avait encore leur arrière-goût amer au fond de la bouche. Il aurait bien aimé un café, mais il savait que ce serait la croix et la bannière pour en obtenir un.

La première élève fut une fille frêle et timide affublée de lunettes aux verres épais. Elle passa cinq minutes à tenter de ne pas paraître effrayée, puis sembla extraordinairement soulagée lorsqu'elle quitta la pièce. Arriva ensuite un adolescent aux cheveux châtains qui expliqua qu'il était sorti avec Rebecca.

« Enfin, plus ou moins sorti », ajouta-t-il avec un sourire embarrassé. Il portait un appareil aux deux mâchoires et tenait la main devant sa bouche pour le cacher quand il parlait. « On était vraiment juste amis. Mais c'était il y a genre six mois, un an, et ça n'a rien donné, vous savez ? On traînait juste. On écoutait le même genre de musique, c'est tout. »

La troisième fut une fille dont la taille et la charpente n'étaient pas sans rappeler celles de Rebecca, mais ses cheveux étaient plus sombres, plus longs, attachés en queue-de-cheval. Elle pleura du début à la fin, serrant dans sa main un Kleenex roulé en boule. Elle semblait avoir un mal de chien à parler à cause d'un piercing à la langue.

Au bout d'une heure, Parrish commençait à piquer du nez. Dix de passés, treize ou quatorze à venir.

Mais un jeune homme nommé Greg Kaufman le tira de sa torpeur.

Comme cette autre fille que ma sœur connaissait.

« Excuse-moi ? demanda Parrish.

– L'autre fille. Celle qui est morte l'année dernière. Ça m'y a fait penser. Rebecca, je ne la connaissais pas si bien que ça, vraiment. On avait deux cours en commun, et elle avait l'air vraiment gentille, mais quand j'ai appris la nouvelle, j'ai pensé à la fille qui est morte à Noël dernier, vous savez ? Je crois qu'elle a également été étranglée.

– Quelle fille ?

– Je ne me souviens pas de son nom – Clara, Carla, Clary –, quelque chose comme ça. Ma sœur pourrait vous le dire. Elles étaient très copines.

– Et ta sœur est aussi élève ici ?

– Non, elle va à Waterbury, près de la station de métro Grand Street.

– Et elle s'appelle comment ?

– Hannah, Hannah Kaufman. »

Parrish nota son nom.

Une autre fille, Brenda Grant, éveilla son intérêt lorsqu'elle expliqua que Rebecca et elle avaient parlé de Danny, le frère de Rebecca.

« Becca m'a dit qu'il avait des problèmes. » Elle leva nerveusement les yeux vers Parrish. « Vous savez... hum... je suppose que vous savez qu'il se droguait, n'est-ce pas ? demanda-t-elle d'un ton hésitant, comme si c'était sa faute à elle.

– Oui, Brenda, je connaissais plutôt bien Danny.

– Eh bien, je ne sais pas si ces problèmes avaient quoi que ce soit à voir avec la drogue, mais Becca m'a dit qu'elle était très inquiète pour lui, qu'il avait peut-être des soucis.

– A-t-elle précisé quels soucis ? Ou qui pouvait lui causer des problèmes ?

– Non, monsieur, elle n'a rien dit de spécifique, simplement qu'elle pensait qu'il avait de gros problèmes, et qu'elle s'en faisait pour lui.

– Savais-tu que parfois Rebecca fuguait pour passer du temps avec Danny ? »

Brenda jeta un coup d'œil en direction de Ruth Doyle.

« C'est bon, Brenda, dit celle-ci. L'inspecteur Parrish est ici pour essayer de comprendre ce qui est arrivé à Becca. Il ne t'en voudra pas, et tu n'as absolument rien à craindre.

– Oui, elle m'a dit qu'elle allait parfois là-bas le week-end. Pas tous les week-ends.

– Et est-ce qu'elle t'a dit ce qu'ils faisaient ensemble ? »

Brenda fronça les sourcils.

« Par exemple, est-ce qu'ils se baladaient, ou peut-être qu'ils allaient au cinéma, ou au concert ? Ce genre de choses ?

– Je ne sais pas ce qu'ils faisaient. Elle me disait juste qu'elle était allée voir son frère pendant le week-end, et je lui demandais comment c'était, et elle répondait que c'était bien, ou qu'il allait mieux, et parfois elle disait qu'il allait moins bien.

– Et sais-tu s'il est arrivé à Rebecca de prendre de la drogue ?

– Certainement pas, jamais de la vie. Elle n'était pas du tout comme ça. Elle était très sérieuse avec ce genre de choses.

– OK, Brenda, merci beaucoup.

– C'est tout ? demanda Brenda, et elle commença à se lever de sa chaise.

– Une dernière petite chose, dit Parrish. Est-ce qu'il lui arrivait de porter du vernis à ongles ?

– Hein ?

– Du vernis. Pour se colorer les ongles, tu sais ?

– Non, je ne crois pas. Elle ne se maquillait pas beaucoup ni rien. Elle avait une très belle peau... » Brenda hésita. Elle parut un moment confuse. « Elle avait une très belle peau », répéta-t-elle, et il sembla alors à Parrish qu'elle était sur le point de pleurer.

C'était comme si elle avait tout gardé en elle et que, finalement – à cet instant précis, après avoir dû déterrer tant de souvenirs –, elle comprenait soudain que son amie était morte. Comme si elle comprenait que Rebecca ne reviendrait jamais parce que quelqu'un l'avait étranglée.

17

Parrish quitta le lycée Saint-François-d'Assise à 15 h 45. Il était censé appeler Radick pour lui demander de passer le chercher, mais à la place il marcha jusqu'à la station et prit le métro jusqu'à Grand Street. Il trouva sans peine le lycée Waterbury, se présenta, montra sa plaque, demanda à voir le principal.

Mme Bergen, la principale, encore une personne compétente, franche et accommodante, reçut Parrish sans hésitation. C'était une jolie femme, elle portait une alliance.

« J'enquête sur un meurtre, annonça Parrish. Une élève du lycée Saint-François a été retrouvée étranglée. J'ai parlé à un de ses amis qui m'a dit que vous aussi aviez eu...

– Karen Pulaski, interrompit Bergen. C'est d'elle que vous parlez.

– Qu'est-ce qui s'est passé ?

– Noël dernier, quelques jours après, le 28, je crois, elle a été découverte étranglée. C'était une élève récente. Elle était ici depuis – je ne sais pas – six mois, peut-être neuf. C'était un événement absolument terrible.

– Et l'affaire n'a jamais été élucidée ?

– Pas que je sache, inspecteur. Ça fait maintenant des mois que je n'ai pas eu de nouvelles. Je suppose que si elle avait été élucidée, la police aurait eu la courtoisie de m'en informer.

– Ça n'est jamais garanti, madame Bergen, répondit Parrish. Je peux me renseigner et vous tenir au courant.

– Ne prenez pas cette peine, inspecteur. Peut-être vaut-il mieux continuer de croire qu'elle a été élucidée de manière prompte et expéditive, mais que les inspecteurs en charge de l'enquête ont été si occupés par d'autres incidents qu'ils ont oublié de me prévenir. »

Parrish ne répondit rien. Il savait que le dossier était encore ouvert. Il le sentait.

« Et qui étaient les enquêteurs ? » demanda-t-il.

Bergen secoua la tête.

« Je ne m'en souviens plus. Ils venaient du commissariat le plus proche, près de l'angle de Gardner et Metropolitan, je crois.

– Je trouverai, dit Parrish.

– Vous croyez que votre fille et la nôtre ont été assassinées par la même personne ? » demanda Bergen.

Parrish haussa les épaules.

« Ça m'étonnerait, madame Bergen, mais je ne dois rien laisser au hasard, vous comprenez ? Parfois c'est à peine plus qu'une formalité, et d'autres fois ça donne des résultats. »

Bergen se leva et raccompagna Parrish à la porte.

« Merci de m'avoir accordé du temps, dit-il.

– Je vous en prie, inspecteur. Bonne chance. »

Parrish appela Radick depuis une cabine.

« Rentrez chez vous, Jimmy, dit-il. Je suis toujours à Williamsburg. Je prendrai le métro. Allez-y, passez une bonne soirée, je rédigerai le rapport d'enquête en cours à mon retour.

– Comment ça s'est passé ?

– Pas grand-chose de neuf. Deux ou trois choses à vérifier, mais rien de concret pour le moment.

– Merci pour le rapport.

– C'est bon. Pas de problème. À demain. »

Parrish marcha un moment et trouva un petit restaurant. Il crevait de faim et de froid.

Le plat du jour était un ragoût à base de viande impossible à identifier. Beaucoup de carottes, pas beaucoup de substance. Il le mangea tout de même. Après quoi il prit le métro de Grand à Jefferson, marcha dans Flushing Avenue jusqu'à Stewart, prit sur la gauche et longea les six blocs jusqu'à Scholes. Il tourna à droite et trouva le commissariat du 91e district à l'angle de Gardner et Metropolitan.

Les flics furent plutôt obligeants. Le sergent à l'accueil lui trouva un agent en uniforme, ce dernier lui montra où étaient conservées les archives, et à 19 heures Parrish était assis dans la cantine du commissariat avec le dossier de Karen Pulaski ouvert devant lui.

Tout semblait être là. La date et l'heure du coup de fil signalant la découverte du cadavre, le numéro de téléphone ; le numéro de l'ambulance qui avait répondu à l'appel ; le nom, l'unité et le matricule du premier agent sur les lieux ; le numéro de référence de l'incident, le nom de l'inspecteur en charge – Richard Franco –, le rapport du légiste. Les photos de la scène de crime étaient présentes, ainsi que les comptes rendus de la première enquête de voisinage ; les numéros de référence des pièces à conviction telles que chaussures, vêtements, affaires ; le rapport du labo criminel, et des numéros de référence pour les échantillons de peau, de cheveux et de sang en vue d'éventuelles comparaisons ADN.

Karen avait 16 ans. À en croire les photos de la scène de crime, elle ne semblait pas si différente de Rebecca – visage frais, plein de jeunesse, cheveux blonds. Il y avait des abrasions similaires, des contusions et des marques de ligature au niveau du cou et de la gorge, mais Karen n'avait pas été étranglée à mains nues. Plutôt avec une cordelette, supposait Parrish, voire un câble.

Il y avait des signes de rapport sexuel récent, et même des résidus de sperme, mais l'analyse ADN datée de janvier 2008 indiquait que l'échantillon ne correspondait à aucune des personnes figurant dans la base de données de New York. Karen semblait avoir été fille unique. Ses parents – Elizabeth et David Pulaski – vivaient à environ neuf rues de là, dans Troutman Street. Ils travaillaient tous deux, le père en tant qu'analyste comptable, la mère en tant que réceptionniste dans un cabinet dentaire du coin. Karen était allée voir des amis le 26, le lendemain de Noël. Au dire de tous, elle était montée à bord d'un bus dans Irving Avenue face à Bushwick Park, puis elle s'était volatilisée. Deux jours plus tard, vers 16 heures le 28 décembre, son corps avait été retrouvé dans une benne à ordures derrière un hôtel d'Humboldt Street. L'inspecteur Franco n'avait rien laissé au hasard. Il avait retrouvé le chauffeur du bus, puis deux de ses passagers s'étaient présentés suite à un flash info diffusé le 29, mais après ça, plus rien.

Ni les amies de Karen, ni son petit ami, ni ses parents, ni les filles qu'elle fréquentait au centre commercial du quartier n'avaient la moindre idée de ce qui avait pu lui arriver. Elle avait au lycée des notes bien au-dessus de la moyenne, semblait heureuse à la maison, était jolie et appréciée. Si elle avait fugué, elle n'était pas allée loin. L'heure du décès, quoique rarement précise, indiquait que Karen avait poussé son dernier souffle entre 20 heures et minuit le soir du 27. La benne où son cadavre avait été retrouvé n'était pas le lieu du crime, et celui-ci n'avait jamais été identifié. Il n'était pas rare d'avoir un créneau de six, douze, voire vingt-quatre heures pour l'heure du décès. À moins d'avoir mesuré la température du foie sur place, le coroner adjoint avait dû se fier à la rigidité cadavérique. Celle-ci s'observe dans les petits muscles du visage et le bout des doigts en moins de deux heures, mais elle s'installe, puis se dissipe, et elle revient ensuite sur une période de temps plus longue, ce qui signifie que, pour estimer avec précision l'heure du décès, la rigidité cadavérique doit être observée à deux reprises à quelques heures d'écart. Et avec une scène de crime en extérieur, les choses se compliquent.

Même avec une scène de crime en intérieur, les indices commencent à se détériorer dès que ça devient une scène de crime. Un inspecteur qui comprend ça s'occupe du cadavre en dernier. Le cadavre n'ira nulle part, personne n'y touchera, alors que les fibres, les cheveux, les empreintes de pas, toutes les choses éphémères disparaîtront rapidement. En intérieur, on n'a pas affaire avec les rigueurs de la météo, le vent et la pluie qui effacent les traces. En intérieur, on sait chez qui on est : la porte a-t-elle été forcée, et, dans le cas contraire, peut-être que la victime connaissait son meurtrier ? On peut avoir un immeuble où les habitants connaissent les allées et venues de leurs voisins, où un visage inconnu éveillera la curiosité. Les indices physiques laissés par un tueur sont beaucoup plus faciles à isoler dans une pièce fermée que dans une allée couverte de neige et jonchée de bouteilles brisées, de seringues usagées et de détritus. Ce qui est absent est souvent aussi important que ce qui est là. Et plus il y a de policiers, plus il devient difficile de contrôler la scène de crime ; même les enquêteurs les plus expérimentés se trompent, et parfois le coroner adjoint – l'individu qui autorise qu'on touche au cadavre – entre en scène et effectue son premier examen avant même que l'inspecteur ait fini.

La sainte Trinité – indices physiques, témoins oculaires et aveux. Sans les deux premiers, il est rare d'obtenir le troisième.

Dans les affaires de Rebecca Lange et de Karen Pulaski, il y avait peu d'indices physiques, pas de témoins oculaires, et, en conséquence, personne à interroger.

Les similarités entre les deux affaires étaient l'âge approximatif et l'apparence des jeunes filles, ainsi que la cause du décès. Mais Rebecca avait été étranglée à mains nues alors que Karen avait été étranglée avec une corde.

Parrish referma le dossier et le rapporta au bureau où il l'avait pris.

Il quitta le commissariat du 91e district peu après 20 heures, prit le métro jusqu'à Lorimer Street, changea et emprunta une autre ligne en direction de Brooklyn – Broadway, Flushing, Myrtle-Willoughby, Bedford-Nostrand, sud-ouest vers Clinton-

Washington – puis quelques minutes de marche dans Lafayette jusqu'à atteindre Clermont.

Il s'arrêta à la boutique d'alcool située à l'angle de DeKalb et s'acheta une bouteille. Il avait de nouveau faim, se demanda s'il restait des pizzas surgelées dans son appartement. Il prit le risque et n'alla pas à la supérette. Il pourrait toujours revenir s'il n'y avait rien chez lui. Le cas échéant, il pourrait toujours boire deux verres de plus et carrément oublier de manger...

Il attendit l'ascenseur, conscient qu'une autre personne attendait aussi. Il ne la salua pas jusqu'à ce que les portes s'ouvrent et s'aperçut alors que c'était la femme de l'étage d'en dessous. Mme Langham, croyait-il se souvenir. Sa fille était avec elle, elle ne pouvait pas avoir plus de 7 ou 9 ans. Parrish tint la porte de l'ascenseur, les laissa entrer en premier, et il sourit à Mme Langham. La femme ne lui retourna pas son sourire. Soit elle savait qu'il était flic et n'approuvait pas, soit elle ne le savait pas et n'approuvait pas plus. Peut-être que la bouteille dans sa main n'arrangeait rien. Elle savait plus que probablement qu'il vivait seul, et dans cet immeuble – qui n'était peut-être pas très différent d'une multitude d'autres immeubles à travers la ville – les gens n'appréciaient guère d'avoir un flic pour voisin. Jusqu'à ce qu'ils se fassent cambrioler ou agresser dans la cage d'escalier. Alors vous deveniez la personne la plus importante du monde.

Parrish était conscient que la petite fille le regardait fixement.

Il baissa les yeux et lui fit un sourire.

La fillette lui retourna un sourire radieux – un tel enthousiasme, une telle absence de préjugés.

Parrish ouvrit la bouche pour dire quelque chose mais fut interrompu par la mère qui imposa son autorité maternelle dans un murmure forcé.

« Grace... Arrête de regarder le monsieur. C'est malpoli. »

Parrish regarda le sourire de la petite fille disparaître, et l'ascenseur s'immobilisa alors, les portes s'ouvrirent, et Grace Langham et sa mère désapprobatrice sortirent.

La fillette se retourna tandis que les portes se refermaient et le salua de la main.

Parrish agita également la sienne, et elles disparurent.

À 20 h 45, Frank Parrish était dans sa cuisine. À 21 h 30, il avait vidé un tiers de sa bouteille, et il se contenta d'une boîte de thon trouvée au fond d'un placard.

18

SAMEDI 6 SEPTEMBRE 2008

Parrish se réveilla avant 9 heures. Depuis la fenêtre de sa salle de bains, le ciel avait cinq nuances de gris et conférait à la journée une atmosphère de déception avant même qu'elle ait commencé.

Il se rappela le rapport d'enquête en cours qu'il était censé rédiger. Le sergent Valderas lui passerait le savon de l'année si ce n'était pas fait d'ici midi, mais Parrish n'arrivait pas à penser à autre chose qu'à Rebecca, et aussi à Karen.

Le soir précédent, il avait fait le point sur l'affaire. Mais le problème avec la lucidité du buveur, c'était qu'elle était brève et que les instants de clairvoyance ne duraient pas. Parfois parce que trop de pensées se bousculaient, à d'autres moments parce qu'une seule idée semblait écraser toutes les autres considérations. L'explosion qui recouvrait l'incendie.

Au plus fort de ses méditations, Frank résolvait son mariage, les désillusions de sa carrière, le conflit avec Caitlin, il trouvait même sa *raison d'être*. Tout était parfaitement limpide – jusqu'au lendemain matin.

Parfois l'alcool transformait ses pensées en rêves ou, la plupart du temps, en cauchemars.

Il savait qu'il avait changé, qu'il était devenu aigri, voire cynique. Comme si la personne qu'il était autrefois était emprisonnée ailleurs, arpentant de long en large une pièce inconnue – attendant patiemment d'être libérée.

Il semblait éprouver le besoin étrange d'examiner les recoins les plus sombres et les plus cachés du monde. Non seulement ça, mais aussi d'y plonger les mains et d'en extraire la noirceur. Et c'était ça qui le figeait sur place, tandis que le reste du monde avançait. Clare, Caitlin, Robert : ils avaient tous avancé, pourtant lui continuait de se flageller et de faire du surplace.

Frank Parrish attaquait chaque nouvelle affaire avec un espoir renouvelé. Un espoir gros comme Noël. Toutes les enquêtes criminelles étaient réactives. Il ne se passait rien jusqu'à ce que quelqu'un meure, et alors tout s'enchaînait. Et vingt-quatre ou quarante-huit heures après l'événement, tout commençait à refroidir et à s'assécher. Les témoins potentiels revenaient sur leurs déclarations ; le besoin humain qui vous poussait à dire ce que vous aviez vu, ou même ce que vous *croyiez* avoir vu, se transformait en un instinct basique de préservation. Mieux valait ne rien dire. Mieux valait ne pas s'en mêler.

Certaines vérités avaient été si bien dissimulées qu'elles en devenaient sacro-saintes. Certaines affaires ne seraient jamais résolues.

Il pensait souvent à ceux qui survivaient, qui d'une manière ou d'une autre étaient parvenus à négocier les maladresses de l'enfance ; ceux qui étaient tombés de haut et n'avaient rien tiré de leur expérience, hormis des bleus et la peur du vide. Les gens souffraient de peines de cœur, de mariages désastreux, de familles désagrégées. Il avait passé trop d'années à intervenir dans des foyers où la violence était le premier recours. D'abord les coups, la discussion plus tard. Ou alors simplement les coups, jamais de discussion. Des crimes passionnés, de circonstance, des crimes de l'erreur humaine. Et ils survivaient à tout ça pour simplement finir tués sur le coup par un conducteur ivre ou un agresseur opportuniste. À un instant, ils étaient là, et la seconde d'après ils étaient morts. La scène était passée au crible, puis les cordons étaient remballés, les pompiers nettoyaient le trottoir au jet d'eau, et le monde reprenait ses droits. Et en règle générale, ces crimes étaient sans rime ni raison. Rares étaient les meurtres prémédités et malveillants. Les dingues et les tueurs en série étaient une minorité. Le mobile et l'explication de la plupart des meurtres étaient simples: on tuait pour l'amour, pour l'argent, pour rien. Rares étaient ceux qui se faisaient assassiner pour assouvir le plaisir d'un tueur.

Parfois, dans le métro, il observait les gens. Il les regardait discrètement et se demandait lesquels ne vivraient pas jusqu'à Noël. Alors même que ceux-ci songeaient aux complications de leur vie, soupesaient leurs options, élaboraient des projets, toutes ces considérations étaient vaines et superflues. Ils seraient morts avant leur prochain anniversaire.

Peut-être son comportement trahissait-il une nature pessimiste, mais il lui permettait de ne pas oublier la fragilité des choses. Et toute la noirceur qu'il avait découverte ne l'empêchait pas de continuer de chercher. Mais peut-être avait-il tant cherché qu'il était devenu insensible, qu'il avait cessé de percevoir la noirceur pour ne plus voir que des ombres...

Pour ce qui était des homicides, les douze premières heures étaient cruciales. Après ça, les morts cessaient de parler. Les indices étaient détruits, les conspirateurs concoctaient en commun un alibi plausible, les armes disparaissaient dans les profondeurs insondables de l'East River ou de Maspeth Creek. Il fallait faire vite, et pourtant elle pouvait nuire à la minutie et à l'attention au détail. Le secret résidait dans l'équilibre, mais cet équilibre était si souvent bancal. Et plus tard, quand le moment venait de réfléchir au calme, on avait toujours le temps de songer à ce qu'on aurait pu mieux faire. Mais que chantait Jackson Browne ? Qu'il était inutile d'être placé face à ses échecs, car on ne les oubliait jamais ?

Durant son mariage, Frank Parrish avait essayé de se voiler la face. Alcool. Antalgiques. D'abord, trois ou quatre cachets, puis un autre et encore un autre jusqu'à faire taire ce qui l'empêchait de dormir.

Regarde la vérité en face, Frank. Boire n'a jamais été bénéfique à personne.

L'écho de la voix de Clare dans sa tête.

Puis les enfants étaient arrivés, surtout Caitlin. Caitlin avait été sa conscience, son salut, sa rédemption, mais aussi le miroir de sa culpabilité. Caitlin était sa nuit la plus sombre, son jour le plus lumineux. La lumière la plus vive projetait toujours l'ombre la plus noire. Et ces *autres* ombres… ? Les ombres de son échec en tant que père ? Pour lui, c'était l'endroit le plus sombre de tous.

Ce matin-là, il sauta le petit déjeuner. Il quitta son appartement peu avant 9 heures et emprunta l'ascenseur. Une fois encore, il tomba sur Mme Langham et Grace, et une fois encore Grace fut réprimandée parce qu'elle regardait fixement le monsieur.

Mais Grace continua de regarder Parrish comme s'il portait dans les plis de son visage tous les secrets du monde des adultes.

Mme Langham paraissait cependant gênée, elle semblait vouloir dire : *Veuillez excuser ma fille… elle n'est pas embarrassée, et vous non plus, mais, pour une raison ou pour une autre, moi, si.*

Parrish se contenta de lui sourire et, lorsqu'il fit un pas en arrière pour les laisser sortir, il lança :

« Au revoir, Grace. Passe une bonne journée, d'accord ? »

Puis il marcha jusqu'à la station et prit le métro en direction de Hoyt Street.

Dans la salle commune de la brigade criminelle, il trouva les inspecteurs qui étaient de service pendant le week-end – Paul Hayes, Bob Wheland, Mike Rhodes et Steve Pagliaro. Après avoir marmonné quelques saluts et lancé les vannes de rigueur, Parrish se rendit au fond de la pièce et observa le tableau. Date du début de l'enquête, noms des inspecteurs en charge, une série de cases qui étaient cochées à mesure que les obligations administratives étaient remplies – scène de crime, rapport du coroner adjoint, autopsie, recherches de traces de viol, toxicologie, une case intitulée « suspect/s » qui n'était cochée que si quelqu'un était amené au poste avec la possibilité réaliste d'une inculpation – et, tout au bout, une case dans laquelle figurait un chiffre qui augmentait chaque jour que l'enquête demeurait active. Et quand l'affaire était close, cette case était marquée d'un X noir. Les X noirs étaient ce que le lieutenant Meyerson et le capitaine Haversaw attendaient de voir dans le rapport journalier du sergent Valderas. Le rapport sommaire d'enquête en cours était rédigé par chaque inspecteur responsable d'une enquête à la fin d'un service complet, que celui-ci soit de trois jours, cinq jours, ou deux heures et demie dans le cas d'heures supplémentaires. C'était un processus laborieux qui permettait de redéfinir chaque homicide et reprenait en un ou deux paragraphes tout ce qui avait été entrepris jusqu'à présent – entretiens menés, présence d'un suspect éventuel, interrogatoires au commissariat, résultat de ces interrogatoires, et ainsi de suite. Parrish avait toujours des affaires en cours, mais pour lui c'était simple.

Rebecca n'était ni prostituée, ni dealeuse, ni voleuse. Elle n'était pas censée être exposée aux mêmes risques que les autres. Vous mettiez les pieds dans l'industrie du sexe, et vous attiriez les barges et les pervers comme des mouches. Et si vous débarquiez de votre cité avec les poches pleines de crack et que vous cherchiez des noises à quelqu'un, que vous arnaquiez quelqu'un, il était logique que vous vous retrouviez avec une lame de douze centimètres dans la gorge. Danny Lange était junkie. Et avec les junkies, la question n'était pas *si*, mais *quand*. Pas *peut-être*, mais *comment*. Une overdose, un accident pendant que vous étiez défoncé, une hallucination qui vous faisait croire que vous vous baladiez dans les montagnes du Colorado quand en fait vous traversiez les six voies de la voie express Brooklyn-Queens. Une fois encore, les risques du métier.

Mais Rebecca était différente. Rebecca était la seule qui comptait vraiment. Et pas seulement parce qu'elle lui rappelait Caitlin. Ce n'était pas qu'elle était orpheline ou qu'elle avait un abruti de camé en guise de frère. Ni que ses amis à Saint-François-d'Assise la considéraient comme une fille drôle, gentille, jolie. C'était autre chose. Un rappel que si personne ne faisait attention à vous, si personne ne gardait un œil sur vous, alors le monde et toutes ses merveilles vous dévoreraient en un clin d'œil.

Vous étiez là, puis soudain vous étiez parti.

Pourquoi s'était-elle enfuie auprès de son frère ? Pourquoi avait-elle abandonné Williamsburg pour Brooklyn ? Pourquoi s'était-elle fait couper les cheveux et vernir les ongles ? Avec qui avait-elle eu un rapport sexuel ? Était-il consensuel ?

Il se demanda si les examens toxicologiques avaient été effectués. Il décrocha le téléphone et appela le bureau du coroner. Il donna le numéro de l'affaire, le nom de Rebecca, et attendit pendant que la réceptionniste faisait les recherches.

« Pas d'examen toxicologique, finit-elle par annoncer. Aucun de prévu. Il vous en faut un ?

– S'il vous plaît, oui, répondit Parrish. On m'a dit qu'on en aurait un mais je n'ai pas eu de nouvelles.

– Eh bien, quelqu'un s'est emmêlé les pinceaux, pas vrai ? Je le note, mais ça devra attendre lundi. Je n'ai pas beaucoup de monde ici pour effectuer les examens toxicologiques en retard.

– Quel est votre nom ? »

Elle le lui donna.

« Je vous rappellerai lundi après-midi pour voir où ça en est.

– D'accord, inspecteur, passez un bon week-end. »

Parrish raccrocha, nota dans son agenda de rappeler lundi.

Il acheva son rapport, le déposa dans la bannette près de la porte, puis il tira le reste de l'argent de la boîte à cigares située dans le tiroir inférieur de son bureau.

« Vous partez ? demanda l'un des agents en uniforme lorsque Parrish gagna le couloir.

– Ça ne risque pas, répondit-il. Je suis ici pour la journée.

– Vous êtes toujours à pied ?

– Oui, jusqu'à janvier. Je récupère mon permis après le nouvel an. »

L'agent fit un commentaire, mais Parrish ne l'entendit pas tandis qu'il descendait l'escalier en direction du bureau de Marie Griffin.

19

« Vous avez entendu parler des papiers de Valachi ?

– Ça me dit quelque chose.

– Joseph Valachi. Le premier type à avoir brisé la loi du silence dans la Mafia. Son témoignage a été une révélation, il a permis aux gens de voir le fonctionnement de ce qui n'était jusqu'alors qu'un mythe. Tout remonte à un type nommé Joseph Masseria au début des années 1930. Masseria avait décrété que tous les membres de la pègre originaires d'un endroit nommé Castellammare del Golfo en Sicile devaient être liquidés. Ce qui a suivi a été appelé "la guerre des Castellammarese". Une faction était menée par Masseria, l'autre par un certain Salvatore Maranzano. Les autres gangs étaient alliés soit à l'un, soit à l'autre. Vito Genovese, Lucky Luciano, Dutch Schultz et Al Capone soutenaient Masseria, mais en 1931 Masseria a été assassiné sur ordre de Luciano, et ça a mis fin à la guerre. Maranzano a alors rassemblé environ quatre cents personnes de toutes les différentes familles afin de structurer leurs activités et leurs territoires. Il a lui-même été assassiné quelques mois plus tard, mais la structure qu'il a mise en place tient encore de nos jours. Ils ont commencé à infiltrer les commerces légaux dès le début. Vous avez entendu parler d'Arthur Miller, n'est-ce pas ?

– Le dramaturge qui a été marié à Marilyn Monroe ?

– Lui-même. Eh bien, dès 1951, le *New York Daily Compass* l'a chargé de suivre les auditions du sénateur Estes Kefauver sur le crime organisé, et il commençait déjà à apparaître que la Mafia contrôlait les syndicats dans les quartiers de la ville qui comportaient des docks. Columbia, Union Street, le quartier de Red Hook... c'est de là que venaient Capone et Frankie Yale, et d'autres de la Murder Incorporated. Même à l'époque, ils avaient déjà institué un système nommé le "shape-up".

– C'est-à-dire ?

– En gros, ça signifiait que les dockers et les débardeurs n'avaient pas de contrat de travail. Ce qui voulait dire qu'ils devaient se pointer chaque jour, et être embauchés chaque jour. Comme ça, tout le monde se tenait à carreau. Tout le monde était reconnaissant d'avoir du boulot. Et ils acceptaient des salaires de misère. Nombre de ces types se souvenaient de la grande dépression, et s'ils ne l'avaient pas personnellement vécue, ils en avaient entendu parler de la bouche de leur père. En cinquante ans, vingt-quatre familles criminelles différentes ont opéré aux États-Unis. Chaque ville était généralement dirigée par une seule, mais New York était la seule à en avoir plusieurs. Il y en avait cinq ici : les Genovese, les Gambino, les Lucchese, les Bonanno et les Colombo. En 1983, un type nommé William Webster dirigeait le FBI. Il a affirmé devant la commission du président sur le crime organisé qu'il y avait environ dix-sept mille soldats et environ sept cents *made men*.

– Des *made men* ?

– C'est un rang, un statut si vous préférez. Il est attribué à un individu par la famille pour laquelle il travaille. Un *made man* ne peut pas être tué par une autre famille sans autorisation expresse du chef de sa propre famille. Par exemple, imaginons qu'un Gambino veuille tuer un *made man* de la famille Colombo. Eh bien, la règle dit qu'il ne peut pas le faire tant qu'un chef de la famille Colombo ne lui aura pas donné le feu vert.

– Et les familles contrôlaient complètement les syndicats et les docks ?

– Elles contrôlaient beaucoup plus que ça. Elles avaient infiltré l'habillement, le bâtiment, la fourrure, les boutiques de fleuristes, la totalité du marché de Fulton. Elles possédaient des boucheries, des funérariums, des échoppes de barbiers, des sociétés de livraison de lait, de fabrication de cartons, de lavage de vitres, et tout un réseau de taxis qui couvrait tout le quartier. Elles dirigeaient tout, dans le moindre détail, et, quand quelqu'un a annoncé que l'ancien club de golf d'Idlewild allait être transformé en aéroport, elles ont compris que c'était la poule aux œufs d'or. Cinquante mille employés, dix mille places de parking, douze mille hectares rien que pour commencer. La masse salariale à Idlewild représentait un demi-milliard, et je vous parle simplement du milieu des années 1950. Ces types venaient de l'est de New York, South Ozone Park, Howard Beach, Maspeth et Rockaways. Tout le monde voulait sa part du gâteau, et la vérité, c'est que le putain de gâteau était si énorme qu'ils pouvaient continuer de se servir encore et encore, et il en restait toujours.

– Et la police, les autorités qui géraient l'aéroport ?

– De quoi ?

– Eh bien, n'avaient-elles pas mis en place un système de surveillance ? La police locale n'assurait-elle pas la sécurité de l'aéroport ?

– L'autorité portuaire avait plus de cent agents en uniforme à l'intérieur de l'aéroport chaque jour. Il y avait des inspecteurs des douanes, le FBI, des renforts de police venus du 103e district, mais on parle de douze mille hectares de terrains et de bâtiments. Prenez, par exemple, le bâtiment de la douane américaine. Je ne sais plus combien d'étages il comporte – dix, douze, quelque chose comme ça. Un endroit immense. Des allées et venues permanentes. Aucune sécurité à proprement parler. Et c'était là que se trouvaient les casiers dans lesquels étaient rangés les bons d'expédition et de chargement de toutes les cargaisons qui passaient par l'aéroport. Au début des années 1960, il y avait pour 30 milliards de marchandises qui transitaient par Idlewild. Alors si l'aéroport perd pour 30 millions de dollars de trafic, ça ne représente qu'un dixième de 1 %. Même 300 millions ne représentent que 1 %. Ils font jouer leur assurance, l'assurance rembourse, puis elle augmente le montant des primes, ce qui est au bout du compte beaucoup moins fatigant qu'employer plus d'agents de sécurité, sans compter le coût, vous savez ? Pour ce qui était de l'aéroport, ça faisait partie du business.

– Et les agents de police qui étaient sur place... ils recevaient aussi des pots-de-vin ?

– Bien sûr que oui. Les flics, les agents des douanes, même certains types du FBI. Prenez les billets d'avion, par exemple. Des types débarquaient avec des douzaines de cartes de crédit volées et ils achetaient toute une palanquée de billets. Après quoi ils les revendaient contre des espèces, parfois à prix cassé. Frank Sinatra a effectué une tournée grâce à un paquet de billets d'avion volés.

– Vous plaisantez...

– Absolument pas. Il avait un manager nommé Dante Barzottini qui a acheté pour 50 000 dollars de billets d'avion à quelqu'un qui les avait payés avec des cartes de crédit. Il s'en est servi pour transporter Sinatra et huit autres personnes à travers le pays. Barzottini s'est fait choper pour ça et il a été envoyé derrière les barreaux.

– Et personne ne s'est jamais présenté pour témoigner contre ces gens ?

– Il y a eu des tentatives, naturellement, mais les gens se faisaient descendre. Informateurs, témoins, jusqu'à une douzaine par an. Et ce qui rapportait le plus d'argent à ces types, c'étaient les détournements. C'étaient les rois du détournement. Vous vous souvenez que j'ai évoqué Jimmy Burke ? Eh bien, il était si doué pour les détournements que la famille Colombo à Brooklyn et les Lucchese dans le Queens se partageaient ses services. C'est le seul et unique exemple que je connaisse d'un type travaillant pour deux familles différentes. Il avait des gens dans sa propre équipe – des types comme Tommy DeSimone, Angelo

Sepe, un autre type nommé Bobby-le-Maigre-Amelia – mais le pompon, c'était Jimmy Santos. Santos était un ancien flic qui était tombé pour vol à main armée. Il avait purgé sa peine puis s'était allié à la pègre. Bon, Jimmy Santos connaissait tout le monde. Il savait qui était honnête et qui ne l'était pas, et qui pouvait être soudoyé ou non. Il savait quels types avaient des maîtresses et lesquels étaient mis sur la paille par leurs pensions alimentaires. Il savait quels flics étaient joueurs, et, parmi ceux-ci, il savait lesquels avaient le plus de dettes. Il faisait passer le mot par l'intermédiaire de ses contacts au sein du département de police, et il faisait transférer qui il voulait à l'aéroport. Au final, les mafieux avaient peut-être la moitié de la police de l'aéroport dans leur poche, et c'est comme ça que mon père s'est retrouvé impliqué.

– Il connaissait Santos.

– Il avait entendu parler de lui. Mon père était déjà sergent en 1967. Il était ici à Brooklyn, il dirigeait le département qui gérait toute la paperasse pour les transferts d'une unité à une autre. Il avait deux types dans sa propre unité qui voulaient aller à l'aéroport, qui avait été rebaptisé JFK à l'époque. Bref, ça lui a semblé étrange, deux de ses meilleurs hommes qui demandaient le même transfert à deux ou trois mois d'intervalle, alors il a creusé un peu et il a découvert le lien avec Santos. Et qu'est-ce qu'il a fait ? Il est directement allé voir Santos et il lui a dit qu'il ne pouvait pas obtenir les hommes en question, pas sans payer. Vous me demandez de vous parler de mon père, vous voulez savoir le genre d'homme que c'était ? Voilà ce que c'était. Un escroc. Aucun doute là-dessus. Santos a commencé à payer à mon père une somme chaque mois, juste 200 dollars, histoire que les transferts se déroulent en douceur. Mon père était tuyauté pour savoir quels transferts avaient été demandés par Santos, et il les validait vite fait. Cet arrangement a perduré jusqu'à la mutation de mon père au bureau de contrôle du crime organisé en 1972. L'aéroport faisait alors partie du territoire couvert par le BCCO, et leur principale priorité au niveau juridictionnel et opérationnel était d'y faire le ménage.

– Mais ils ne l'ont pas fait, n'est-ce pas ?

– Ils ont fait le ménage, ça, on peut le dire, et mon connard de père était mouillé jusqu'au cou. Rien qu'au cours des dix premiers mois de 1967, pour 2,2 millions de dollars de marchandises ont disparu de JFK. Ça, c'était la valeur des marchandises volées directement dans les containers et les chambres fortes du centre de fret aérien. La TWA a aussi perdu pour 2,5 millions de stocks, et ces chiffres ne prennent pas en compte les marchandises qui ont été détournées en dehors de l'enceinte de l'aéroport. Croyez-moi, docteur Marie, tout ce qui était volé à JFK, c'était de la petite bière comparée à ce qu'ils piquaient une fois que les camions avaient quitté le périmètre.

– Vous parlez des détournements et des cessions ?

– Oui. Bon, l'une des difficultés que rencontraient le BCCO et la police à l'époque était que le corps législatif de l'État de New York n'avait pas officiellement reconnu le détournement comme un délit. Quiconque se faisait prendre pour détournement devait en fait être inculpé pour vol ou enlèvement, avec peut-être un chef d'inculpation pour port d'arme ou possession de marchandises volées... ce genre de trucs. Et comme détourner un camion ne figurait pas encore dans le code pénal, il y avait une faille dans laquelle ces types pouvaient s'engouffrer. Ils avaient les moyens de se payer les meilleurs avocats, et ils soudoyaient les tribunaux pour retarder les auditions et repousser la lecture des actes d'accusation. J'ai entendu dire qu'une affaire a été bringuebalée entre les tribunaux et le bureau du procureur pendant onze ans, et que, quand elle a finalement été jugée, le type a reçu une amende de 250 dollars.

– Ce qui nous amène à la Lufthansa.

– Oui, sauf que...

– Sauf que vous devez y aller.

– J'en ai peur.

– Bon, au moins c'était intéressant, Frank.

– Demain. Nous parlerons de la Lufthansa demain.

– Demain, c'est dimanche.

– Lundi alors ?

– Va pour lundi.

– Vous allez survivre toute une journée sans moi ?

– Je suis sûre que je me débrouillerai, Frank.

– Bon, vous avez mon dossier, et mon numéro de téléphone doit y figurer quelque part. Si vous avez envie de parler à quelqu'un, passez-moi un coup de fil, OK ?

– C'est très gentil de votre part.

– Prenez soin de vous.

– Vous aussi, Frank, vous aussi. »

20

Tel un patchwork assemblé par un gamin maladroit, les jointures entre les différentes parties de sa vie étaient béantes et refusaient de se refermer avec le temps. Telle était l'impression que Parrish avait parfois.

À d'autres moments, il se sentait plein d'une détermination brûlante et féroce. *Du sang sur les dents*, disaient les Scandinaves. Vous flairiez l'odeur. Vous mordiez à l'hameçon et l'affaire vous tirait vers elle. Alors vous tiriez dans l'autre sens et ça commençait à se dérouler comme une pelote de ficelle. Durant les années 1940, la loi et la justice avaient semblé diverger. La loi avait servi ses propres intérêts, puis ceux des avocats. La justice, autrefois rapide et bon marché, était devenue laborieuse et onéreuse, aussi rare qu'un beau diamant. Les gens lisaient des romans, ils regardaient des films, ils voulaient que la vie soit comme ça, mais elle ne l'était pas. Les gentils ne gagnaient pas toujours à la fin, et les méchants continuaient de courir. Frank Parrish estimait appartenir à une espèce en voie d'extinction. Celle des gens qui ne s'en foutaient pas. Il ne se considérait pas comme un justicier ni comme un ardent défenseur de la loi, mais il lui était arrivé de résoudre certaines enquêtes grâce à une persévérance et une détermination sans faille. Et elles concernaient toujours des enfants. Comme il le disait depuis longtemps, pour les enfants il n'y avait aucune raison, aucune excuse. Et même si ni Rebecca ni Karen n'étaient des enfants, elles étaient assez jeunes pour ne pas avoir conscience des pièges et des embûches qui les attendaient. Les esprits obscurs de la ville étaient sortis en force, et elles avaient été trop naïves, trop innocentes, pour les voir. Et si Frank Parrish ne se souciait pas de ce qui se passait, alors qui s'en soucierait ?

Il trimballait un carnet dans sa poche et notait parfois des pensées qui lui venaient à l'esprit. Assis dans un café à trois ou quatre blocs au sud du commissariat, quelque part vers Schermerhorn, il griffonna une phrase qu'il se rappelait d'une chanson de Tom Waits. Celle qui disait qu'il n'y avait pas vraiment de diable, que c'était simplement Dieu quand Il était soûl.

Il but son café, attendit que Jimmy Radick le retrouve. Il pensa à Rebecca, à Karen, et tenta de toutes ses forces de se persuader que leurs morts n'étaient pas liées. Mais impossible. C'est alors qu'il décida d'aller voir les parents de Karen.

Radick arriva peu après 11 h 30. Parrish lui fit part de son projet.

« Et vous voulez y aller seul, exact ?

– Je crois que ça vaut mieux. Il s'agit d'une autre juridiction...

– Et quel est son nom ?

– Karen Pulaski, P-U-L-A-S-K-I.

– Et vous croyez qu'il y a un lien entre elle et la petite Lange ? »

Parrish secoua la tête.

« Instinctivement, oui. En réalité ? Probablement pas. Mais il faut que je vérifie. Ça ne cessera pas de me turlupiner tant que je ne l'aurai pas fait.

– OK. Je vais retourner à la brigade. Qu'est-ce que je dis à Valderas ?

– Dites-lui que vous ne savez pas où je suis. Dites-lui que nous nous retrouvons plus tard, que nous prenons notre service dans l'après-midi, que vous êtes juste venu de bonne heure pour régler des paperasses ou je ne sais quoi. »

Radick se leva.

« Appelez-moi si vous avez besoin de moi, OK ?

– Je n'y manquerai pas », répondit Parrish.

Parrish quitta Brooklyn à midi. Il marcha un peu, puis prit le métro à Nevis Street. Entre Fulton et Clinton-Washington, il regarda instinctivement vers la gauche en direction de son propre appartement. Une femme était assise en face de lui, sur la droite. Elle lisait *Faut-il sauver Piggy Sneed ?*. Elle leva les yeux vers Parrish, et celui-ci sourit. Il ouvrit la bouche pour faire un commentaire sur le livre, mais s'interrompit net en voyant l'expression de la femme. *Je ne vous connais pas. Ne songez pas à me parler. Dites un putain de mot et je hurle à vous déchirer les tympans.*

Il se demanda quand le monde avait changé. Mais le monde avait-il vraiment changé, ou était-ce simplement sa perception ?

Il descendit à Broadway et prit une autre ligne en direction de Myrtle Avenue. Il se rappelait l'adresse des Pulaski, dans Troutman Street, et il la trouva sans peine. La maison de grès de trois étages avec un escalier à l'avant semblait froide et déserte, comme si personne ne l'habitait, mais il grimpa tout de même les marches et frappa à la porte.

C'est lorsqu'il entendit une voix à l'intérieur – *Je vais ouvrir !* – qu'il prit pleinement conscience de ce qu'il était en train de faire.

La femme qui ouvrit la porte mesurait environ un mètre soixante-cinq, elle avait les cheveux châtains, les épaules larges et la taille fine. Elle portait un pantalon de survêtement et un tee-shirt, et par-dessus un gilet gris et ample. Elle était en chaussettes, et elle resta plantée là à fixer Parrish comme si c'était un parent qu'elle n'aurait pas vu depuis une éternité.

« Police », déclara-t-elle d'une voix neutre.

Parrish acquiesça. Il avait les mains autour de son porte-cartes, prêt à montrer sa plaque, mais il était si évident qu'il était flic que ça ne servait à rien.

« Inspecteur Frank Parrish, dit-il doucement. Je viens de Brooklyn, et je me demandais si vous pourriez m'accorder une minute ou deux pour répondre à quelques questions.

– Karen ?

– Oui, Karen.

– Vous n'avez pas retrouvé le type qui l'a tuée, si ? Si vous l'aviez retrouvé, vous ne poseriez plus de questions...

– Non, je suis désolé, je n'ai pas retrouvé le type qui l'a tuée, madame Pulaski, mais j'ai perdu une autre fille...

– *Vous* avez perdu une autre fille ? Comment ça, *vous* ? »

Parrish se sentit soudain idiot.

« Je ne voulais pas dire... je ne sais pas, heu... Je suis désolé, c'est juste qu'il m'arrive de prendre ces affaires à cœur.

– Eh bien, inspecteur Parrish, vous m'en voyez ravie, et il est rassurant de savoir que l'enquête se poursuit un an après. Entrez. Mon mari est à l'étage. Je vais aller le chercher. »

Parrish la suivit jusqu'au salon, se tint sur le tapis coloré, regarda le mur et vit Karen qui lui retournait son regard depuis une photo qui n'avait pas pu être prise bien longtemps avant sa mort. Il se sentait mal à l'aise. Les Pulaski croiraient désormais qu'il enquêtait sur le meurtre de leur fille, ce qui n'était pas le cas. Il s'imaginait – en toute probabilité – que personne ne s'était sérieusement penché sur la mort de Karen depuis sept ou huit bons mois. Elle était l'un des fantômes du commissariat du 91e district de Williamsburg.

Le père apparut, l'analyste comptable. 45 ans à vue de nez, cheveux grisonnants, lunettes ; le genre de type qui arborait un vieux maillot de football sans jamais avoir joué au football de sa vie. Il portait une montre avec de multiples cadrans et un boîtier en caoutchouc noir. Pourquoi les employés de bureau portaient-ils toujours des montres de commando ?

« Inspecteur, dit-il calmement. Je suis David Pulaski. Vous avez du neuf au sujet de Karen ?

– Non, monsieur, je crains que non. Je travaille en fait sur une autre affaire qui est peut-être liée, même si rien n'est certain pour le moment. »

David Pulaski regarda sa femme. La déception se lisait sur leur visage. Ils voulaient savoir que l'assassin de leur fille avait été retrouvé, qu'il avait été abattu par la police pendant qu'il tentait de s'enfuir, qu'il souffrait en ce moment même le martyre, gisant dans une mare de sang dans quelque allée infecte. Les secouristes prendraient leur temps. Il n'y avait aucune raison de se presser. Après tout, pourquoi s'occuperaient-ils de ce type ? Mais ils interviendraient à la dernière minute, ils juguleraient l'hémorragie, le transporteraient à l'hôpital, le remettraient suffisamment sur pied pour qu'il comparaisse au tribunal, pour qu'il soit condamné à quelque peine de prison interminable avant son exécution terrifiante. Voilà ce qu'ils voulaient entendre, mais ce n'était pas ce que Parrish était venu leur annoncer. Ici, c'était la vraie vie, pas un film.

« Une autre fille ? » demanda Pulaski.

Parrish acquiesça.

« Asseyez-vous, inspecteur. »

Elizabeth Pulaski lui proposa du café. Il déclina. Il ne voulait pas rester plus longtemps qu'il n'était absolument nécessaire.

« Je voulais juste savoir si vous vous étiez souvenus d'autres détails », déclara Parrish.

Pulaski secoua la tête.

« Je ne sais pas, inspecteur, vraiment pas. Karen était ici, puis elle a disparu. Elle était adulte, même à 16 ans. Elle savait ce qu'elle voulait, elle savait où elle allait. Elle était responsable, polie... » Il marqua une pause, lança un coup d'œil en direction de sa femme. « Elle allait souvent chez ses amies, elle avait beaucoup d'amies, et c'était Noël. Elle est allée les voir le 26. Elles vivaient dans Willoughby. Elle est arrivée vers 10 heures du matin, elle y est restée jusqu'à environ 16 heures. Puis elle a marché jusqu'à l'arrêt de bus, elle a pris le bus, et c'est la dernière fois qu'elle a été vue. Personne ne sait si elle est descendue avant son arrêt, ou si elle l'a atteint et a été enlevée avant d'arriver à la maison...

– Ou si elle avait même l'intention de rentrer à la maison ? » suggéra Elizabeth Pulaski.

Le mari devint silencieux.

Parrish comprit qu'ils n'en savaient pas plus que ce qu'ils avaient déjà dit à la police.

« Si je vous dis ça, c'est à cause de ses vêtements, ajouta Elizabeth.

– Ses vêtements ? demanda Parrish.

– Quand ils l'ont... heu... retrouvée... Quand ils l'ont retrouvée, elle portait des vêtements qu'elle n'aurait jamais normalement portés. »

Parrish sentit sa respiration s'éclaircir soudain, comme si on lui avait fait respirer de l'ammoniaque.

« Des vêtements qu'elle n'aurait jamais portés ?

– Une jupe courte, précisa Elizabeth. Très courte. Et des chaussures à talons hauts. Certes, Karen avait des chaussures à talons hauts, mais seulement pour les bals, les occasions spéciales. Autrement, elle était toujours en jean, tennis et sweatshirt, ce genre de choses. Elle ne portait presque jamais de jupe, et, quand elle en portait, elles étaient longues, au moins jusqu'aux genoux. Une jupe courte, un maillot à dos nu et des chaussures à talons hauts... » Elle secoua la tête. « Ça ne ressemblait pas à Karen, pas du tout.

– Et vous l'avez dit aux enquêteurs chargés de l'enquête ?

– Oui, intervint David Pulaski. Nous leur avons tout dit. Ça devrait figurer dans le dossier.

– Je suis sûr que c'est le cas, répondit Parrish, même s'il ne se souvenait d'aucune note concernant la tenue de Karen dans le dossier. Quoi qu'il en soit, cette affaire dépend de Williamsburg alors que j'enquête à Brooklyn.

– Et l'affaire sur laquelle vous enquêtez pourrait être...

– C'est la procédure standard, coupa Parrish. L'enquête sur la mort de votre fille restera ouverte jusqu'à ce que le coupable soit retrouvé. Les inspecteurs en charge ne cloront jamais le dossier, et même s'ils ne donnent pas de nouvelles pendant des semaines, voire des mois, ça ne signifie pas qu'ils ne lui accordent pas l'attention qu'elle mérite.

– Nous comprenons », dit Pulaski, et Parrish entendit la résignation dans sa voix.

L'homme savait que Parrish lui disait ce qu'il voulait entendre, et que ça n'était peut-être pas exactement la vérité.

Elizabeth Pulaski se leva. Elle regarda Parrish, puis son mari.

« Le plus triste, c'est qu'après tous les efforts que nous avons consentis... »

Elle secoua lentement la tête.

« Je vous demande pardon ? fit Parrish.

– Karen n'était pas notre fille, expliqua David Pulaski. Pas d'un point de vue biologique. Nous l'avons adoptée quand elle avait 7 ans. Elle n'allait pas bien, pas bien du tout. Il lui a bien fallu trois ou quatre ans pour s'adapter.

– Vous l'avez *adoptée* ? » demanda Parrish, tentant de dissimuler sa surprise.

Pulaski sourit d'un air gêné.

« Ce n'est pas si rare, inspecteur...

– Non, bien sûr que non. Je suis désolé. Non, ce n'est pas ce que je voulais dire. C'est juste que ça cadre avec une chose sur laquelle j'enquête.

– Une chose sur laquelle vous enquêtez ?

– Une autre affaire. Je suis désolé. Je ne veux pas paraître insensible, ça m'a simplement rappelé une affaire sans rapport dont je m'occupe. »

Parrish sentait qu'il s'emmêlait les pinceaux. Il se leva, peut-être un peu trop brusquement, et les Pulaski comprirent qu'il était prêt à partir.

Il remercia le couple de lui avoir accordé du temps, lui souhaita bonne chance, puis traversa la rue et se mit à marcher sur le trottoir opposé sans se retourner. Il sentait leurs yeux dans son dos, et il voulait qu'ils oublient autant que possible sa visite, qu'ils l'oublient, lui. Il n'avait rien dit pour une simple et bonne raison : s'il avait insisté sur cette histoire d'adoption, alors ils se seraient à coup sûr rendus au commissariat du 91e district pour poser des questions à l'inspecteur Richard Franco et à ses collègues. *Saviez-vous qu'une fille a été assassinée à Brooklyn ? Un inspecteur est venu nous voir, et il nous a dit que la fille de Brooklyn avait elle aussi perdu ses parents, comme Karen. Vous le saviez ? Est-ce que vous vous êtes penchés sur cette question quand vous avez enquêté sur la mort de notre fille ?*

Il ne voulait pas se faire prendre à empiéter sur les plates-bandes d'un autre, surtout pas celles d'un inspecteur d'un autre commissariat.

Parrish prit le métro à Myrtle et reprit la direction de Brooklyn. Si ses souvenirs étaient exacts, le service des archives des services pour l'enfance du comté de New York se trouvait à Manhattan. Il n'était pas sûr qu'il soit ouvert le samedi, mais s'il l'était, il voulait y arriver avant la fermeture.

21

Les bureaux du service des archives étaient ouverts, et ils le seraient jusqu'à 16h30. Parrish n'eut aucune peine à avoir accès à ce qu'il voulait. Il montra sa plaque, expliqua ce dont il avait besoin, et on lui apporta les dossiers de Karen Pulaski et Rebecca Lange.

Karen était née McDermott, de parents non mariés. Son père avait apparemment été renversé par un chauffard qui avait pris la fuite quand Karen avait 4 ans, et sa mère avait fait une overdose quand elle en avait 6. Environ un an plus tard, David et Elizabeth Pulaski – enregistrés comme parents adoptifs potentiels auprès de l'AAC, l'Agence d'adoption du comté, depuis trois ans – avaient pris légalement pour fille cette gamine récalcitrante et difficile de 7 ans qui avait déjà vécu deux coups durs.

Les visites de l'AAC et des services pour l'enfance avaient lieu tous les mois pendant les six premiers mois, puis tous les trois mois pendant l'année suivante, et enfin une fois par an à mesure qu'elles devenaient une formalité. Karen était devenue une enfant heureuse, équilibrée, sociable, et elle était restée ainsi jusqu'au jour où quelqu'un l'avait étranglée avec un câble avant de balancer son cadavre dans une benne.

Parrish se pencha sur le cas de Rebecca. Il semblait, à en croire un certain nombre de notes dans son dossier, que les services pour l'enfance avaient bien connaissance de l'existence d'Helen Jarvis et comprenaient qu'elle était de fait la personne qui s'occupait de Rebecca. Sur le papier, Danny était le tuteur ;

mais en réalité il avait peu fréquenté sa sœur jusqu'à ce qu'elle commence à lui rendre visite à Brooklyn.

À première vue, il ne semblait pas y avoir de lien entre les deux jeunes filles, hormis le fait qu'elles avaient toutes deux perdu leurs parents alors qu'elles étaient en bas âge et avaient été adoptées – officiellement dans le cas de Karen, officieusement dans celui de Rebecca.

En comparant les deux dossiers, Parrish ne trouva aucun dénominateur commun pour ce qui était des agents ou des superviseurs en charge, que ce soit auprès de l'AAC ou des services pour l'enfance. L'une venait de South Brooklyn, l'autre de Williamsburg, mais l'AAC et les services pour l'enfance géraient aussi Bedford-Stuyvesant et Ridgewood, leur juridiction s'étendant jusqu'à Brooklyn Heights au nord-ouest, et Gowanus et Red Hook au sud. S'il y avait un lien, alors Parrish ne le voyait pas, ce qui laissait supposer une coïncidence. Mais il ne croyait pas aux coïncidences. Il n'y avait jamais cru. Les coïncidences allaient à l'encontre de son sens de l'ordre et de la prédiction. Et puis il y avait la jupe courte, le maillot à dos nu, les chaussures à talons hauts, et, dans le cas de Rebecca, la coupe de cheveux et le vernis à ongles. Encore une coïncidence, le fait que dans les deux cas le tueur avait transformé ses victimes ?

Ce qui intéressait désormais Parrish était la possibilité qu'il y en ait d'autres. Des filles disparues dont l'apparence avait été modifiée, les cheveux coupés, les ongles vernis, qui portaient peut-être des vêtements qui ne collaient pas avec leur personnalité. Des filles qui avaient été négligées lors de l'enquête car elles n'avaient jamais été considérées autrement que comme des cas isolés, mais – comme on le disait si souvent – une fois, c'était le hasard, deux fois, une coïncidence, mais trois fois, c'était un complot.

Même s'il était possible qu'il s'agisse d'affaires isolées, sans rapport entre elles, sans le moindre lien, le visage de Rebecca continuait de hanter Parrish. Il se souvenait de sa propre fille à 16 ans, et cette simple image lui rappelait que Rebecca avait été la fille de quelqu'un, et s'il ne cherchait pas à découvrir la vérité sur sa mort, alors qui le ferait ? Danny ? Danny était mort. Helen Jarvis ? Peu probable...

Il était 16 heures lorsqu'il retrouva son bureau au commissariat du 126e district. Radick lui avait laissé une note. *Salle de tir*, disait celle-ci. *Appelez-moi en cas de besoin, sinon à demain.* Parrish n'avait pas déjeuné, mais il n'avait pas faim. Un verre, en revanche... un verre lui aurait fait du bien.

Il accéda à la base de données de la division sur son ordinateur, effectua une recherche sur les disparitions et les assassinats de jeunes filles âgées de 15 à 20 ans au cours des vingt-quatre derniers mois. Il alla se chercher un café pendant que la machine tournait.

À son retour, dix-sept noms étaient affichés sur son écran. Un seul lui était familier. Janvier 2007, une fille de 19 ans nommée Angela Ross. Parrish se souvenait de cette affaire. Angela avait été signalée disparue, puis découverte le lendemain matin. Elle avait reçu onze coups de couteau – trois dans le cou, deux sur le côté de la tête, les autres dans la partie supérieure du thorax. Le coupable n'avait jamais été retrouvé, et le mobile du meurtre était demeuré un mystère absolu. Parrish savait grâce à son enquête qu'il n'y avait aucun lien avec les services pour l'enfance. Angela était bien la fille de ses parents ; c'était la benjamine de quatre enfants.

Il parcourut les seize autres affaires. Cinq avaient été attribuées à Hayes et Wheland, dont trois étaient closes ; sept à Rhodes et Pagliaro, dont six closes ; finalement quatre à Engel et West, dont deux closes. Ce qui laissait à Parrish cinq affaires non résolues et toujours actives : trois disparitions et deux assassinats, rien que des jeunes filles âgées entre 15 et 20 ans, toutes dépendant de la juridiction du 126e district. Il nota leur nom et les numéros d'affaires, et prit la direction des archives pour consulter les dossiers.

Ce furent les photos qui retinrent son attention. Il resta pendant une éternité assis sans rien faire avec les clichés étalés devant lui. Deux assassinats, trois fugues apparentes. Cinq filles, toutes jeunes, deux d'entre elles à la fin de leur vie avant même qu'elle ait débuté. Dans un cas – Jennifer Baumann, 17 ans –, le corps avait été méticuleusement étendu sur un lit dans une chambre de motel, presque paisible, telle une sacrifiée consentante. Il y avait des marques de contusions et de liens aux poignets et aux chevilles, et il avait été confirmé que la chambre du motel n'était pas le lieu du crime. Jennifer n'avait pas été assassinée là-bas, elle y avait simplement été déposée pour que quelqu'un la trouve. Une autre – Nicole Benedict, elle aussi 17 ans – avait été retrouvée morte dans une housse de matelas dans la cage d'escalier d'un immeuble. Sa tête était inclinée en arrière selon un angle impossible. Parrish regarda la photo pendant un long moment, l'image bouleversante et perturbante. Il semblait physiquement impossible de faire une telle chose à une jeune fille, mais quelqu'un l'avait fait, et les photos étaient là pour le prouver.

Parrish rassembla les dossiers et retourna à son bureau. Une heure plus tard, il n'avait trouvé qu'une seule référence aux services pour l'enfance – une simple note de bas de page dans laquelle Hayes se demandait si Jennifer Baumann avait été prise en charge par les services pour l'enfance ou si elle avait une amie prise en charge qui devait être interrogée. Parrish n'avait pas l'intention de demander à Hayes ce qu'il en était exactement. Sa décision – qui allait assurément à l'encontre du protocole, voire de la procédure – était de ne révéler à personne qu'il s'intéressait à ces affaires.

Il rangea les dossiers des disparitions dans le tiroir du bas, ceux des deux assassinats dans celui du haut, et jeta avant de partir un dernier coup d'œil au visage de Jennifer Baumann. Ses yeux étaient la tristesse personnifiée, une tristesse si profonde que Parrish se sentit vide. Il avait désormais quatre filles mortes

– Rebecca, Karen, Jennifer et Nicole. Elles n'avaient peut-être aucun lien entre elles, il était peut-être complètement à côté de la plaque, mais ça ne ferait pas de mal de les garder un moment sous le coude. Les mortes semblaient importantes. Les fugueuses ? Eh bien, elles pouvaient elles aussi être mortes, mais pour le moment elles ne l'étaient pas, du moins pas sur le papier.

À 18 h 30, Parrish était assis dans un box dans un recoin de Clay's Tavern. Il n'arrivait pas à s'ôter Caitlin de la tête. Il savait qu'il n'y avait aucune raison de s'inquiéter pour elle aujourd'hui plus qu'un autre jour, mais les photos qu'il avait regardées l'avaient suffisamment troublé pour faire rejaillir ses angoisses. Elle lui en voulait chaque fois qu'il essayait un tant soit peu de la conseiller ou de s'immiscer dans sa vie, et il devait apprendre à lui foutre la paix. Il devait lui lâcher la bride. Elle était assez grande pour sombrer ou s'en sortir toute seule.

Parrish était loin de s'en faire autant pour son fils. Avec Robert, c'était différent, comme toujours avec les garçons. Robert le provoquait, il discutait et débattait, il posait des questions. Parrish lui avait même parlé d'Eve, et Robert trouvait ça *archicool* que son flic de père ait une liaison avec une prostituée. Aussi bien Robert que Caitlin possédaient la clé de son appartement, mais Robert était le seul à qui il arrivait de débarquer à l'improviste. Frank savait que son fils était un peu plus tête brûlée que sa fille, mais il ne s'était jamais inquiété pour la santé ou la sécurité de Robert. Alors qu'avec Caitlin...

Parrish décida de penser à autre chose. Caitlin allait bien. C'était juste cette affaire qui lui tapait sur les nerfs, songea-t-il. Les photos, l'idée de jeunes filles mortes dans des chambres de motel, dans des cages d'escalier, des jeunes filles avec des traces de doigts sur le cou...

Il commanda un autre verre. L'argent qu'il avait pris à Danny Lange lui fondait entre les mains. Il avait oublié de s'en débarrasser, il irait le déposer avant de rentrer chez lui ce soir.

Moins d'une heure plus tard, il fut rejoint par un habitué – un ancien lieutenant nommé Victor Merrett, un flic à l'ancienne, un vieux de la vieille, un vétéran. Il s'assit avec Frank, ils discutèrent un moment de tout et de rien, puis Merrett mentionna le père de Frank.

« Je dois être honnête avec toi, Frank, commença Merrett, et je ne veux pas manquer de respect à sa mémoire, mais je n'ai jamais vu les choses du même œil que ton père...

– Eh bien, Victor, je peux te dire que ce que les gens voyaient et ce qu'il était vraiment... bon sang, ne nous engageons pas sur ce terrain !

– Comprends-moi bien, Frank, je ne dis pas que ce n'était pas un bon flic. Il était excellent... »

Parrish sourit d'un air ironique.

« Vous palpiez, Victor ? Vous palpiez ici ?

– Palper quoi ?

– Tu sais, est-ce que l'équipe de mon père vous payait ? »

Merrett fronça les sourcils.

« Pourquoi tu me demandes ça, Frank ? C'est quoi cette question ?

– Une question directe, Victor. Une putain de question directe. Tu ne peux pas répondre à une question directe ?

– Tu es soûl, Frank. Bon sang ! je viens ici pour être sociable, pour dire bonjour, et tu m'emmerdes avec ces conneries. C'est quoi ton problème ?

– J'ai aucun problème, Victor. Mais il y a un paquet d'autres gens qui en ont un, et je me demandais simplement si tu en faisais partie. »

Merrett se leva. Il baissa les yeux vers Frank et secoua la tête.

« Je crois que tu ferais mieux de rentrer chez toi, dit-il. Tu ferais mieux d'aller te coucher. »

Parrish se pencha en avant et souleva son verre.

« Eh bien, avant que tu t'en ailles, Victor, laisse-moi te dire une chose sur mon père. Les seules personnes avec qui il était d'accord étaient celles qui acceptaient son argent, celles qu'il avait dans sa poche, pas vrai ? Si tu n'étais pas de son côté, alors tu étais un ennemi.

– Mais sa réputation...

– Réputation bidon, Victor. John Parrish était un véritable escroc, c'est un fait. »

Merrett sembla alarmé.

« Je ne crois pas que ce soit le genre de chose qu'il faille crier sur tous les toits, surtout dans ton état...

– Pourquoi ? Pourquoi je ne pourrais pas dire ce qui me chante ? C'est la vérité, Victor, la putain de vérité. C'était un baratineur comme tous les autres. Il n'a jamais rien fait à part s'en mettre plein les fouilles pendant toute sa carrière. Et ne viens pas me dire que personne n'était au courant. Tu ne me convaincras jamais que ses supérieurs ne savaient pas ce qu'il faisait. Mais ils ont laissé couler, Victor, ils ont toléré parce qu'il leur ramenait assez de petits truands pour leur faire plaisir. Voilà ce qu'il faisait. Et même ces types, ceux qu'il leur amenait, ce n'est pas lui qui les arrêtait, Victor. Ce n'est pas lui qui faisait le boulot. Ces types lui étaient apportés sur un plateau par la Mafia, et ses supérieurs étaient contents, et les mafieux étaient contents, et tout le monde se donnait des putains de tapes dans le dos et rentrait à la maison avec les poches pleines. C'était comme ça, Victor, et ça sera toujours comme ça.

– Bon Dieu, Frank, je ne t'ai jamais entendu parler comme ça ! Qu'est-ce qui te prend ? »

Parrish sourit d'un air ravi. Il était soûl et il n'en avait rien à foutre.

« Thérapie, dit-il. Je suis en thérapie.

– Eh bien, Frank, je me dois de te dire ici même que ce serait sans doute une bonne idée de changer de thérapeute. On dirait que celui que tu vois ne te fait pas beaucoup de bien. »

Merrett commença à se diriger vers la porte.

« Tu pars ? demanda Parrish.

– Faut que j'y aille, Frank, oui.

– Eh bien, il me semble que le moins que tu pourrais faire, ce serait me payer un putain de verre avant de partir. »

Merrett resta un moment immobile, les yeux baissés vers Frank Parrish.

« Je crois que tu as déjà assez bu », dit-il doucement, et il tourna les talons et s'éloigna.

22

DIMANCHE 7 SEPTEMBRE 2008

Frank Parrish se réveilla tard dimanche matin. Il ne se rappelait pas grand-chose de la nuit précédente.

Sur le comptoir de la cuisine se trouvait une conserve de chili con carne à moitié ouverte. Il n'était pas allé jusqu'à en vider le contenu dans une casserole pour le réchauffer.

Il prépara du café, resta un moment assis dans la cuisine à regarder d'un air absent par la fenêtre. Il songea à appeler Caitlin, décida de ne pas le faire. Il envisagea de demander à Radick d'aller voir comment elle se portait. Il pensa aux filles mortes, et, lorsqu'il se représentait leur visage, tout ce qu'il voyait, c'étaient leur naïveté, leur vulnérabilité, la totale absurdité de leur mort. Caitlin n'était pas beaucoup plus vieille qu'elles. Elle allait seule au travail, rentrait parfois tard le soir, en pleine nuit. Quelle distance y avait-il entre elle et une benne à ordures ? Pas loin, pour être honnête. Et s'agissait-il toujours d'opportunistes ? Était-ce toujours le fruit du hasard – quand ces types attrapaient des filles en pleine rue, les utilisaient pour faire ce que bon leur semblait, puis s'en débarrassaient ? Parrish ne le croyait pas. Il était persuadé que les dossiers dans son tiroir n'étaient ni de simples fugues ni de simples meurtres. Outre Karen et Rebecca, si ne serait-ce qu'une seule d'entre elles avait été adoptée et était passée par l'Agence d'adoption du comté ou par les services pour l'enfance, alors il suivrait cette piste. Il n'en parlerait à personne. Il emploierait ses propres énergies, ses propres contacts, ses propres ressources, et si ça ne donnait rien, alors ça ne coûterait rien à personne.

Mais c'était aujourd'hui dimanche, et il n'irait pas au bureau. Il irait voir Robert, peut-être Caitlin, et il essaierait de passer la soirée sans bouteille de Bushmills. Ses chances de réussite étaient minces, mais il tenterait le coup.

Il prit le trajet le plus direct jusqu'à son ancien domicile, là où vivaient les fantômes amers de son mariage, s'arrêtant en chemin pour passer quelques minutes à l'église Saint-Michael. Il ne parla à personne, longea simplement l'allée centrale, déposa le reste de l'argent de Danny Lange dans le tronc et repartit.

Lorsqu'il arriva devant la maison où il avait passé une si grande partie de sa vie, il marqua une pause sur le trottoir et hésita avant de gravir les marches et de cogner à la porte.

« Tu as une sale mine, furent les premiers mots de son ex-femme.

– Salut, Clare. Comment vas-tu ? Quoi de neuf ? Tu sais quoi, ça doit faire près de trois semaines que je ne t'ai pas vue, et toi, tu as sacrément bonne mine, Clare, même si ça me fait mal de le dire... tu es très sexy.

– Va te faire foutre, Frank. »

Parrish sourit. Il redescendit les marches et se tint sur le trottoir. Il enfonça les mains dans les poches de son pardessus et regarda sur la gauche.

« Tu vas me proposer d'entrer, dit-il, ou tu vas rester plantée là pendant que j'entrerai de toute manière ?

– Qu'est-ce que tu veux, Frank ?

– Je suis venu voir Robert.

– Il n'est pas ici.

– Tu sais où il est ?

– Il est parti pour la journée. Il a une petite amie maintenant, mais tu ne risques pas de le savoir, vu que tu te contrefous de ce qui lui arrive, pas vrai ? »

Frank ne mordit pas à l'hameçon.

« Donc il n'est pas ici, reprit-elle, et je ne sais pas pour combien de temps il est parti, mais quand il reviendra, pour autant qu'il revienne, je lui dirai que tu es passé le voir, OK ?

– C'est très gentil de ta part, Clare.

– Je sais. »

Elle claqua la porte et Frank Parrish resta planté sur place jusqu'à ce que le bruit des pas de Clare ait disparu.

C'était toujours la même rengaine, la même agressivité et la même amertume épuisantes. Il ne comprenait pas pourquoi elle s'y accrochait avec une telle férocité. Franchement, après tout ce temps, ils auraient dû pouvoir discuter sans cette tension, cette colère, ce mélodrame ?

Frank Parrish marcha jusqu'à la station de métro.

Aujourd'hui, les choses ne se passaient pas comme prévu.

Une heure plus tard, il se tenait devant l'appartement de Caitlin, frappant pour la troisième fois. Elle n'était pas là. Il l'avait bien compris, mais n'avait nulle part où aller et rien d'autre à faire. Il attendit patiemment, imbécile qu'il était, et frappa une fois de plus. Finalement, il s'avoua vaincu.

Il arriva chez lui en milieu d'après-midi. Il appela Eve et tomba directement sur son répondeur. Elle était avec un client, ou sortie, ou peut-être qu'elle était allée rendre visite à sa mère hors de la ville. La mère d'Eve croyait que sa fille était directrice des ressources humaines chez Hewlett Packard. Elle continuerait de le croire jusqu'à sa mort. Personne ne saurait jamais si elle soupçonnait que sa fille n'avait pas vraiment la tête de l'emploi ; et si tel était le cas, ça ne serait jamais plus qu'un soupçon.

Il y avait des choses qu'il valait mieux ne pas savoir, même quand on les savait.

Frank Parrish alluma la télé, resta patiemment assis pendant un quart d'heure, puis il craqua.

Il renfila son manteau, quitta son appartement et prit le chemin de Clay's. Au moins, il y aurait du monde là-bas. Au moins, il y aurait Tom Waits sur le juke-box. Au moins, il y aurait une bouteille de Bushmills et un verre propre, et personne pour l'en empêcher.

23

LUNDI 8 SEPTEMBRE 2008

« C'est juste une impression, rien de plus.

– Vous ne faites pas confiance à vos impressions ?

– En tant que flic, pas vraiment. On parle d'instinct, d'intuition, bien sûr, mais je n'accorde pas beaucoup de foi à tout ça.

– Peut-être que vous devriez.

– Il y a un paquet de choses que je *devrais* faire, et me fier à mon intuition est quelque part en bas de la liste. Je l'ai déjà fait, et ça m'a valu des ennuis.

– Je pensais à vous hier, Frank.

– OK. Nous y venons. Je savais que ça allait arriver...

– Frank, écoutez-moi. Plaisanterie mise à part.

– L'humour a des vertus très thérapeutiques, non ?

– Je me disais que vous deviez apprendre à avoir confiance en vous.

– Quoi ?

– Peut-être réapprendre. Peut-être qu'il ne s'agit pas d'apprendre, mais de réapprendre. Ça arrive à beaucoup de gens qui ont vécu un divorce, qui ont eu des difficultés avec leurs enfants... toutes les choses importantes de la vie, vous savez ? Ces choses commencent à aller de travers ou elles ne se passent pas comme prévu, et les gens peuvent douter de leur capacité à prendre les bonnes décisions. Vous voyez ce que je veux dire ?

– Vous voulez savoir ce qui s'est passé samedi ?

– Samedi ? Bien sûr, dites-moi ce qui s'est passé samedi.

– J'ai rencontré quelqu'un dans un bar, un vieux de la vieille, un type qui connaissait mon père. Vous savez ce que je lui ai dit ?

– Quoi ?

– La vérité. Voilà ce que je lui ai dit. Comment était réellement mon père. Le genre de connard qu'il était vraiment.

– Et qu'a dit cette personne ?

– Il a dit que je ferais peut-être bien de ne pas boire autant, il a refusé de me payer un coup, il n'a pas eu l'air de trouver ce que je lui disais trop intéressant.

– Et qu'avez-vous ressenti en disant ces choses ?

– Je ne me souviens pas. J'étais soûl.

– La chose la plus dure à affronter est la vérité, Frank. Je suis sûre que beaucoup de gens considéraient votre père comme un modèle, comme le bon flic par excellence, et ils n'aiment pas qu'on leur enlève cet idéal.

– Sa vie entière a été un mensonge.

– Je le sais, Frank, mais je peux imaginer qu'il y ait des gens qui ne veulent pas vous entendre dire ça. Certains parce qu'ils étaient aussi mouillés que lui, d'autres parce qu'ils ne veulent pas perdre leurs idéaux.

– Mais je peux vous dire tout ce qui me chante et ça ne sortira jamais de cette pièce, exact ?

– C'est exact, oui. Et je trouve que c'est un bon signe que vous ayez dit ça à cette personne.

– Pourquoi ?

– Parce que ça signifie que vous êtes désormais disposé à affronter une partie de la vérité concernant votre père.

– J'ai toujours connu la vérité à son sujet, toujours su qui il était vraiment.

– Bien sûr, mais vous n'avez jamais rien dit. Vous deviez le défendre.

– Le *défendre* ? Je ne crois pas. C'était plutôt que j'avais honte de lui.

– Je vois...

– Alors de quoi voulez-vous que je parle aujourd'hui ?

– Vous alliez parler de la Lufthansa, vous vous souvenez, et de l'implication de votre père dans cette affaire, mais ce n'est pas une obligation. Nous pouvons parler de ce que vous voulez.

– Je veux en parler, mais je suis préoccupé par cette affaire.

– OK, commencez par ça.

– Je veux simplement dire deux ou trois choses à haute voix. Juste moi qui parle et vous qui écoutez, c'est tout.

– OK... que voulez-vous dire ?

– Cette affaire sur laquelle j'enquête, la fille qui a été étranglée. Je me suis rendu à son lycée pour questionner certains de ses amis, et un type me parle d'une fille à Waterbury qui a été retrouvée étranglée à Noël dernier. J'y vais et je rencontre la principale, et j'obtiens des infos sur la fille morte. Je vais voir ses parents et je découvre que la fille qui est morte à Noël dernier était elle aussi adoptée, qu'elle était elle aussi passée par les services pour l'enfance, et Dieu sait pourquoi je n'arrive pas à m'ôter ça de la tête.

– Vous croyez qu'il y a un lien ?

– Je... peut-être, mais... Je ne crois pas, non.

– Je perçois une certaine hésitation, Frank.

– Eh bien, la première fille, la sœur du junkie... Elle avait les cheveux coupés et les ongles couverts de vernis coloré. Et cette fille de Waterbury, elle portait des vêtements que selon sa mère elle n'aurait jamais portés.

– Je vois. Et il y a autre chose ?

– Eh bien, j'ai commencé à m'intéresser à d'autres filles disparues, vous voyez ? J'ai fait des recherches et passé en revue toutes les disparitions et tous les homicides dans une certaine tranche d'âge, et j'ai découvert cinq autres filles – deux meurtres et trois fugues apparentes.

– Et elles sont aussi passées par les services pour l'enfance ?

– Pas sûr. Je n'ai pas encore vérifié.

– Mais vous allez le faire ?

– Oui.

– Et ce sont toutes d'anciennes affaires que vous n'avez pas résolues ?

– Non, ce ne sont pas *mes* affaires. Elles ne l'ont jamais été, ne le sont toujours pas.

– Ça ne risque pas de vous causer des problèmes avec vos collègues ?

– S'ils l'apprennent, si.

– Mais vous n'allez pas leur dire.

– La seule personne à qui j'en parle, c'est vous.

– Eh bien, Frank, je ne sais pas quoi dire. Je suis thérapeute, pas inspectrice, mais, vu les circonstances, je crois que ce serait peut-être une bonne idée d'informer les agents chargés des enquêtes initiales que vous reprenez leurs affaires...

– Je ne *reprends* pas leurs affaires.

– Alors comment appelleriez-vous ça ?

– J'accomplis mon devoir.

– Sérieusement, Frank, vous ne pouvez pas oublier la situation dans laquelle vous vous trouvez. Vous avez un équipier mort, votre permis de conduire a été suspendu, vous êtes obligé de venir me voir chaque jour jusqu'à nouvel ordre, et vous avez une retenue d'un tiers sur votre salaire jusqu'à la fin de l'année.

– Une bonne chose que j'aie droit au psy gratis, pas vrai ?

– Frank, je ne vois pas comment vous pouvez vous permettre d'être aussi facétieux...

– Écoutez, Marie, si je les préviens, ça devient officiel. Ces vieilles affaires deviennent une charge de travail supplémentaire. Si je n'aboutis à rien, je me retrouve avec cinq affaires non résolues de plus sur ma liste, et ça ne fait pas bon effet. Mais si je ne dis rien et que ça ne mène nulle part, alors pas de problème. Personne n'est perdant. J'évite que les autres m'en veuillent.

– Et si vous résolvez les affaires ?

– Eh bien, on peut espérer que mes collègues inspecteurs sont assez grands pour reconnaître qu'une affaire résolue est beaucoup plus importante que le nom de la personne qui l'a résolue.

– J'imagine que c'est ce que penseront vos supérieurs, mais je ne suis pas du tout certaine que vos collègues seront de cet avis.

– On verra. La seule chose qui compte pour le moment, c'est de savoir si ces affaires mènent quelque part, s'il y a un lien entre elles.

– Et vous espérez qu'il y en ait un ?

– Bien sûr que je l'espère.

– Afin d'obtenir des éloges ?

– Non ! Pour l'amour de Dieu, vous croyez que c'est de ça qu'il s'agit ?

– Je ne sais pas de quoi il s'agit, Frank. C'est pourquoi je vous pose la question.

– Il s'agit de mon boulot. C'est pour ça que je suis dans la police. Parce qu'il y a très peu de choses plus importantes que de mettre les gens qui font ce genre de saloperies hors d'état de nuire.

– C'est ce que vous croyez ?

– Bien sûr, pas vous ?

– Nous ne parlons pas de moi.

– Bien sûr que je le crois. Sinon, je ne ferais pas ce boulot. J'aurais déjà démissionné, surtout après toutes les emmerdes que j'ai eues récemment.

– Comme quoi ?

– Tout. Mon équipier... toutes ces galères des six derniers mois.

– Est-ce que ça vous met en colère ?

– Je n'éprouve pas de colère, non. De l'incrédulité, peut-être... de l'incrédulité, et ce que tout le monde éprouve quand...

– Quand quoi ?

– Quand quelque chose se produit, quelque chose comme ça. On y repense tout le temps. Qu'est-ce que j'aurais pu faire ?

Comment les choses auraient-elles pu finir autrement ? On les retourne encore et encore dans son esprit.

– Vous a-t-on fait sentir que vous étiez responsable de ce qui était arrivé à votre équipier ?

– Bien sûr. Enfin, non... pas comme ça. Pas directement. J'étais responsable, nous l'étions tous les deux, mais c'est comme ça. C'est le boulot qui veut ça.

– Mais ces gens qui évaluent les responsabilités dans de telles situations appartiennent eux-mêmes à la police. Ils se sont eux aussi trouvés dans la ligne de feu.

– Bien sûr, je le sais, mais tant que vous n'y êtes pas, tant que vous n'êtes pas au cœur des événements, vous ne pouvez pas juger. Chaque situation est différente, et personne n'est équipé pour prendre les décisions qui doivent être prises dans ce genre de situation.

– Donc vous faites ce qui vous paraît approprié sur le coup.

– Exact. Puis vous y repensez et vous vous repentez quand vous avez le temps, après les faits.

– Regrettez-vous d'avoir décidé de le laisser seul ?

– Comment pourrais-je ? Je n'avais pas le choix, si ? J'ai beau analyser les choses sous tous les angles, je ne vois pas comment l'issue aurait pu être différente. Ça ne change rien au fait que j'y penserai pour le restant de mes jours. Mais je suis certain de deux choses. Premièrement, grâce à ce que nous avons fait, deux personnes sont mortes et trente-quatre sont en vie ; et deuxièmement, la chose la plus importante en ce qui me concerne, c'est que si les positions avaient été inversées, il aurait fait la même chose que moi.

– En êtes-vous sûr ?

– Absolument.

– Voulez-vous me dire ce qui s'est passé ce jour-là ?

– Non.

– Parce que ?

– Parce que nous devons toujours aborder la question de la Lufthansa. Nous parlons de mon père, et, tant que je n'en aurai pas fini avec lui, je ne veux pas vraiment parler d'autre chose.

– OK. Alors parlez-moi de lui.

– Je ne peux pas. Je suis vraiment désolé, mais je dois retrouver Jimmy Radick, et nous avons un briefing collectif à 10 heures.

– Alors demain.

– Oui, demain.

– Une question avant que vous partiez.

– Allez-y.

– Combien avez-vous bu pendant le week-end ?

– Oh ! je ne sais pas... probablement juste assez pour m'aider à tenir le coup jusqu'à aujourd'hui. »

24

Parrish décrocha le téléphone. Il voulait s'assurer que l'examen toxicologique de Rebecca serait effectué avant qu'elle soit recousue et expédiée pour de bon dans l'autre monde.

Jimmy Radick semblait agité et, dès que Frank raccrocha, il l'informa que Valderas avait posé des questions.

« Comme quoi ? »

Radick haussa les épaules.

« Les conneries habituelles, vous savez. Combien d'affaires en cours ? Comment va Frank ? Sur quoi vous travaillez ? Quand commencerons-nous à éclaircir certaines de ces affaires ? Les trucs que disent tous les sergents de brigade.

– Et qu'est-ce que vous lui avez répondu ?

– Je ne me suis pas mouillé. Nous suivons des pistes, nous avions quelque chose de prometteur qui n'a rien donné... nous avons des choses à vérifier aujourd'hui. Nous devrions bientôt avoir du solide. Je n'ai rien dit sur Karen Pulaski. »

Parrish se pencha en avant.

« En soi, je ne vois pas où tout ça nous mène. Il y a un autre type à qui je veux parler, un vieil ami de Danny Lange. Il vit de l'autre côté de la voie express. J'ai pensé à lui en arrivant ce matin. Il remonte à l'époque où Danny Lange était juste un gamin qui traînait dans la rue. Nous allons le voir, et si ça ne donne rien, alors nous allons devoir étendre notre périmètre de recherche.

– Tirons-nous d'ici, alors, dit Radick. Tout plutôt que rester assis là à attendre que Valderas revienne me casser les couilles. »

Wayne Thorson, que tout le monde surnommait le Suédois depuis des lustres, vivait dans le genre d'endroit que la plupart des gens voyaient rarement. Un fatras d'immeubles délabrés éparpillés autour de Harper Street, Dean et Van Sneed. Un lieu où la puanteur infecte des jetées du haut de la baie de New York imprégnait vos vêtements, vos cheveux, votre bouche. Le genre d'endroit dont les gens qui y étaient nés foutaient le camp vite fait, et ceux qui y restaient passaient le restant de leur vie à regretter de ne pas l'avoir fait. Parrish n'y était pas allé depuis un an ou plus, Radick depuis plus longtemps. Il était assis dans la voiture, silencieux, avec un air pensif, tentant une fois de plus de comprendre comment les gens pouvaient vivre comme ça. C'était encore une de ces images qu'il essaierait à tout prix d'oublier tout en sachant qu'il s'en souviendrait à jamais.

« Qu'est-ce que vous portez comme chaussures ? demanda Parrish. Les cages d'escalier sont jonchées de seringues. Vous ne voulez pas y aller en baskets.

– C'est bon, répondit Radick. J'ai de bonnes pompes aujourd'hui.

– Alors allons-y. »

Le Suédois portait un pantalon vert de marine et un tee-shirt qui avait oublié ce que ça faisait d'être propre. Le simple fait d'entrouvrir la porte de quelques centimètres suffisait à laisser échapper dans le couloir une puanteur de cendriers débordants, de bière rance, d'herbe, de vomi, de sueur et d'apathie.

« Aah ! merde, quoi encore ? Ce putain de Frank Parrish. Vous pouvez pas me foutre la paix ? »

Parrish sourit. Il leva la main, poussa la porte, et le Suédois recula pour le laisser entrer.

« Un an, dit Parrish. Ça doit bien faire ça. Bon sang ! tu as bonne mine, Suédois. Mec, tu as l'air en forme. Je t'ai jamais vu aussi resplendissant. Et tu te souviens de mon nom ? Je suis flatté, Suédois, vraiment flatté.

– Allez vous faire foutre, Frank. »

Radick entra à la suite de Parrish, longea l'étroit couloir sans lumière jusqu'à une pièce qui ne comportait rien que des murs nus, des fenêtres sales, des matelas par terre. Un ghetto-blaster bon marché était posé dans un coin, entouré d'une petite armée de bouteilles vides, d'emballages de hamburgers et de journaux. Il n'y avait nulle part où s'asseoir, hormis sur les matelas tachés et humides.

« Donc je cherche des infos sur Danny, déclara Parrish.

– J'ai entendu dire qu'il s'était fait buter.

– Tu as bien entendu.

– Et vous croyez que je sais qui l'a fait ? »

Radick observa Thorson. Ses yeux étaient étroits et furtifs, il avait le teint jaunâtre du junkie, la peau couverte de plaies et de cicatrices. Son lobe droit avait été percé, puis étiré par un anneau noir à travers lequel Radick pouvait voir la fenêtre crasseuse derrière lui. Il avait le genre d'expression qui trahissait une vie exclusivement faite de déceptions.

« Je ne crois rien, Suédois. Tu me connais mieux que ça. Ce n'est pas un interrogatoire, mon ami, simplement une visite de courtoisie. »

Le Suédois lâcha un petit rire méprisant. Il regarda Radick.

« C'est qui votre nouveau sac à foutre ?

– Je te présente Jimmy. Jimmy fait partie des gentils, Suédois. Jimmy n'est pas un abruti, OK ? Inutile de lui manquer de respect.

– Comme vous voulez, mec. Je sais rien sur ce qui est arrivé à Danny, OK ? J'ai pas vu Danny depuis deux, peut-être trois semaines...

– Tu as rencontré sa sœur ? »

Le Suédois sourit. C'était un sourire immonde.

« Je l'ai vue, oui. Et après ?

– Quand l'as-tu vue ?

– Deux ou trois fois. Il y a peut-être trois semaines de ça. Elle était là la dernière fois que j'ai vu Danny.

– Ils sont venus ici ?

– Non, mec, ils sont pas venus ici. Je les ai rencontrés dans le petit restaurant derrière chez Danny. Près du parc, vous savez ? C'est là que je les ai vus. »

Le Suédois sourit une fois de plus.

« Quoi ? demanda Parrish.

– Joli cul, dit-il d'un air lubrique.

– Joli cul mort, répliqua Parrish.

– Quo...

– Elle s'est fait liquider aussi, Suédois. Elle a été étranglée la semaine dernière chez Danny. Et c'est une chose que je ne suis pas prêt d'oublier, tu saisis ? Je vais continuer de pousser jusqu'à ce que quelque chose cède.

– Mec... qu'est-ce que... qu'est-ce que c'est que ce bordel ? Bon sang, mec, elle aussi a été assassinée ?

– Pour sûr. Plus morte qu'Elvis. Une brave gamine. Je ne vois pas qui aurait eu la moindre raison de la tuer, et j'imagine que ça n'a pu arriver qu'à cause des activités de Danny. C'est pour ça que j'ai voulu venir ici. Pour voir si tu avais une idée ou deux. Il devait un paquet de fric à quelqu'un ? Il avait arnaqué quelqu'un ? Il avait de mauvaises fréquentations ? »

C'est son hésitation qui trahit le Suédois, et elle le trahit en beauté.

Il regarda Parrish, Radick, de nouveau Parrish. Il ouvrit la bouche comme pour parler, la referma.

« Quoi ? » demanda Parrish.

Le Suédois secoua la tête.

« Parle-moi, Suédois, ou je vais venir ici tous les jours jusqu'à te choper pour détention, et alors tu iras au trou pour de bon. Tu t'es fait prendre deux fois, mon pote, tu ne peux pas te permettre une troisième.

– Aah ! putain, non », gémit le Suédois.

Il recula et s'assit sur un matelas. Il ramena ses genoux sur sa poitrine et les entoura de ses bras. On aurait dit un gamin de 12 ans, sauf qu'il avait les yeux d'un vieillard mourant.

« Suédois, nom de Dieu, dis-moi ce que tu sais ! reprit Parrish, sa voix indiquant qu'il était résigné à jouer au petit jeu qui les attendait inévitablement.

– Vous pouvez pas faire ça, mec. Vous pouvez pas me menacer comme ça. Je sais rien, OK ? J'entends ceci, j'entends cela. Je connais pas mieux Danny Lange que les autres junkies qui viennent ici. Ils ont tous tout un tas d'idées débiles. Vous le savez. Ils ont tel ou tel projet. Ils ont tous un truc qui va les aider à décrocher. Ils ont tous un plan à la con qui va les sauver de ce merdier. Vous savez comment c'est, mec, vous le voyez depuis aussi longtemps que moi.

– Alors qu'a dit Danny ? Qu'est-ce qu'il avait en cours ?

– C'est rien que des conneries. C'est rien que des putains de chimères...

– Qu'est-ce que tu t'es dit quand tu as appris qu'il s'était fait tuer ? Hein ? Quelle a été la première chose à laquelle tu as pensé ?

– C'est rien, mec. Toujours les mêmes conneries que racontent ces abrutis...

– Dis-moi quoi, Suédois. »

Le Suédois leva la tête. Ses yeux étaient dans l'ombre. Il semblait à l'article de la mort. Il y avait quelque chose sur son visage, quelque chose comme un étonnement silencieux et perpétuel – comme s'il se demandait si chaque nouveau jour lui réserverait autre chose que les emmerdements habituels. Une fois que vous adoptiez ce mode de vie, il prenait possession de vous. Soit vous mettiez les voiles, soit vous vous prépariez à la collision inévitable.

« Suédois...

– Hé ! mec, ça suffit. » Il leva de nouveau la tête. La souffrance, la colère et la haine illuminèrent brièvement son regard.

« Vous pouvez pas continuer de me pousser comme ça. Si vous poussez trop les gens, ils craquent.

– Ça fait un an que je ne suis pas venu ici, peut-être plus, observa Parrish. Me fais pas ton numéro, nom de Dieu ! J'essaie de découvrir qui a buté ton pote.

– C'était pas mon pote. Je le connaissais à force de le voir dans le coin. On avait pas de putain de relation particulière, vous savez ? »

Parrish soupira d'un air résigné.

« Suédois, dis-moi ce que tu sais ou je t'embarque.

– Quoi ? »

Le Suédois commença à se relever. Radick s'approcha de lui d'un air agressif et il se rassit.

« Et pourquoi vous allez m'embarquer ?

– Outrage à agent. Soupçon de possession de drogue. Nous sommes venus ici avec des soupçons légitimes. Nous avons senti une odeur d'herbe dans le couloir. Nous avons essayé de te parler, tu es devenu violent, pas vrai, Jimmy ? »

Radick acquiesça sans rien dire. Il continua de fixer le Suédois du regard.

« Vous êtes un enculé, Frank Parrish, un putain de minable...

– Dis-moi ce que tu sais, Suédois, ou on t'embarque.

– Le porno, lâcha-t-il soudain.

– Le quoi ?

– La sœur de Danny. Il paraît qu'elle allait tourner un porno.

– C'est Danny qui t'a dit ça ?

– Pour sûr. Il m'a dit qu'elle voulait tourner un porno. C'était pas l'ange que tout le monde croyait. C'était pas la gentille petite lycéenne américaine. C'était une vraie salope, Frank. Elle voulait tourner un porno, et Danny avait déjà arrangé le coup avec ce type...

– Quel coup ?

– Danny avait une activité secondaire, vous savez ? Du moins, c'est ce qu'il disait. Qu'il était en contact avec un type qui cherchait toujours des petites jeunes, tout juste mineures. 15, 16 ans, dans ces eaux-là.

– Et Danny Lange allait laisser sa sœur tourner un porno avec ce type ?

– Il voulait le fric, mec. Et elle aussi, elle voulait le fric, mais en plus ça la branchait vraiment. Ça la branchait plus que lui. Elle avait pas la moindre idée de ce dans quoi elle foutait les pieds. Elle se voyait déjà à Hollywood. Elle croyait qu'elle allait sucer un type et que tout le monde la prendrait pour cette foutue Carmen Electra. C'est moche, mais putain, elle était déterminée.

– C'est Danny qui t'a dit ça ?

– Danny et sa frangine. La dernière fois que je les ai vus.

– Et il ne t'est pas venu à l'esprit que ç'avait pu jouer un rôle dans la mort de Danny ?

– Hé ! mec, vous savez comment c'est. Vous faites votre truc, je fais mon truc. Vous croyez que je vais foncer à la cabine téléphonique et vous appeler sous prétexte que je crois avoir l'ombre d'une idée sur un abruti de junkie de Brooklyn ? On est pas du même côté, inspecteur Parrish, vous le saviez pas ?

– Qui était le type ?

– Pas la moindre idée », répondit le Suédois d'un ton catégorique.

Parrish acquiesça, se tourna vers Radick.

« Passez-lui les menottes, dit-il. On l'embarque. »

Le Suédois se leva aussitôt.

« C'est quoi ce bordel ? Je vous ai dit ce que je savais, j'ai répondu à vos questions. »

Radick se tenait devant lui, menottes à la main.

« Donne-nous le nom du type, Suédois, dit Parrish.

– Je le connais pas, OK ? Sérieux, mec, je sais pas qui c'est. Il a juste dit *un type*. C'est tout. Juste un type. »

Parrish regarda le Suédois dans les yeux. Celui-ci ne flancha pas, ne détourna pas le regard, il resta résolument debout.

« OK, finit par dire Parrish. Tu connais quelqu'un qui pourrait connaître ce type ?

– Non », répondit le Suédois trop rapidement.

Jimmy Radick fit un pas en avant, saisit le poignet du Suédois. Le Suédois se libéra, recula.

« Tu veux voir jusqu'où je suis prêt à aller ? fit Parrish. Sérieusement, je te le conseille pas aujourd'hui.

– Allez voir Larry Temple.

– Et de qui s'agit-il ? demanda Parrish.

– Deux blocs à l'est. Dans un grand immeuble. Une espèce de *tour*. Troisième étage, appartement 6. Dites-lui que s'il vous aide, lui et moi, on sera quittes. Et contentez-vous de lui poser votre putain de question, OK ? N'allez pas l'embarquer, hein ? »

Parrish acquiesça.

« Troisième étage, appartement 6, Larry Temple.

– Oui, c'est ça. Larry. Demandez-lui, voyez s'il sait qui était le type.

– Et qu'est-ce qui te fait croire qu'il pourrait le savoir ?

– Parce qu'il regarde ces saloperies, mec. Les gamines, tous ces trucs. Il adore ces trucs dégueulasses. »

Parrish se dirigea vers la porte.

« Si j'apprends que tu m'as caché des choses, Suédois, je reviens ici et je t'expédie à Staten Island à coups de pompe dans le cul. »

Le Suédois ne répondit rien. Il resta planté là à les regarder, priant pour qu'ils s'en aillent.

25

Pendant le trajet, Frank Parrish tenta d'effacer de son esprit l'image de Rebecca tournant un film porno. Il tenta de ne pas s'imaginer son frère la vendant pour de la came. Certains flics estimaient que la nature du boulot n'était pas forcée d'affecter votre vie. Mais tout ce que ça signifiait, c'était qu'ils ne faisaient pas ce boulot depuis suffisamment longtemps. Donnez-leur deux ans, cinq au plus, et ils changeront de discours.

Parrish pensa à Eve, puis il songea à la gêne constante qu'il ressentait au bas du ventre. Il se demanda une fois de plus s'il était malade, pas simplement la grippe ou un virus, ou un truc du genre, mais réellement malade.

« Vous connaissez ce Larry Temple ? demanda Radick tandis qu'il immobilisait la voiture près du trottoir.

– Le nom me dit quelque chose, répondit Parrish, mais je n'arrive pas à le replacer.

– Alors allons voir si vous êtes de vieux amis, hein ? »

Larry Temple n'était pas différent des autres. Ils avaient tous une sale peau. Ils dégageaient une odeur – transpiration, désinfectant bon marché, le pourrissement sous-jacent qui allait avec leur penchant. Comme si leurs entrailles se détérioraient, comme s'ils mouraient de l'intérieur et que l'odeur s'échappait par leur peau.

Il se montra naturellement réticent jusqu'à ce que Parrish évoque le Suédois et explique que s'il répondait à ses questions, le Suédois et lui seraient quittes. Sur ce, Larry Temple fit un pas en arrière et les laissa entrer dans son appartement. Il n'y avait ici ni détritus jonchant le sol, ni emballages gras de hamburgers ni matelas humides ; ils avaient affaire à un homme qui faisait au moins tout son possible pour *paraître* normal. Un citoyen modèle. Un brave type.

« Tu as une dette envers le Suédois ? » demanda Parrish.

Temple haussa les épaules.

« Tu sais qui nous sommes, tu ne veux pas de nous ici, je mentionne son putain de nom et tout à coup tu es Monsieur Sociable ?

– Je n'ai rien à cacher », répliqua Temple.

Parrish regarda Radick. Radick sourit.

« Combien de fois tu t'es fait embarquer, Larry ? demanda Parrish.

– Juste une fois », intervint Radick.

Parrish ouvrit de grands yeux.

« Je me souviens de toi maintenant. Tu t'es fait pincer pour une histoire de films pédophiles il y a quelque temps. Tu vivais à...

– C'était il y a longtemps », déclara Temple.

Il était nerveux, n'arrêtait pas de se passer la main dans les cheveux.

« Et tu as changé, c'est ça ? fit Parrish. Tu ne regardes plus ces saloperies, hein ?

– Non, répondit Temple. Je me suis fait aider. Je suis clean maintenant, parfaitement clean.

– Pas ce qu'on a entendu dire.

– De la part du Suédois ? Le Suédois ne sait que dalle...

– Le Suédois ? demanda Parrish. D'où peut bien sortir ce nom ? Hé ! Jimmy, vous avez parlé du Suédois ? »

Radick fit la moue.

« Je n'ai pas parlé du Suédois, non...

– Vous venez de me dire... s'écria Temple. Bande d'enfoirés, vous me prenez pour un con. Qu'est-ce que c'est que ce bordel ?

– Nous te disions que nous avions entendu dire deux ou trois choses, Larry.

– De la bouche de qui ? demanda Temple. Si c'était pas le Suédois, alors qui m'a cassé du sucre sur le dos ?

– Peu importe, répondit Parrish. Nous avons quelqu'un qui essaie de négocier un arrangement avec nous. Il veut balancer des noms, tu vois ? Alléger le fardeau qu'il porte sur ses épaules et tout. Ton nom a été évoqué, quelques détails intéressants, et nous avons décidé de venir, histoire de dire bonjour, de discuter un moment, de voir ce qui se passe par ici.

– Vous avez rien contre moi, déclara Temple, sur la défensive.

– Nous avons entendu parler d'une fille qui allait tourner un film porno. La petite sœur de quelqu'un que tu connais. »

Temple ouvrit la bouche pour parler et hésita une fois de plus.

« Tu ne devrais pas faire ça si tu ne veux pas t'attirer d'ennuis, Larry, reprit Parrish.

– Quoi ? Je ne devrais pas faire quoi ?

– Avoir l'air aussi coupable.

– L'air coupable ? Je n'ai pas l'air coupable. »

Il reprit des couleurs. Ses yeux allaient de Parrish à Radick, on aurait dit un chevreuil surpris par des phares.

« Parle-nous de Danny Lange, dit Parrish d'une voix plate.

– Oh ! pu... putain, at... t... tendez une minute », bégaya Temple, et il commença à reculer.

Radick fit un pas sur la droite et lui coupa le chemin. Il tenait ses menottes à la main.

« Attendez une minute, répéta Temple. J'ai entendu parler de ça. J'ai entendu parler de Danny et de sa petite sœur, mais vous n'avez rien contre moi et le...

– Qui a parlé de sa petite sœur ? demanda Parrish.

– Vous. Vous avez dit que la petite sœur de quelqu'un allait tourner un porno... »

Parrish fronça les sourcils.

« M'avez-vous entendu dire quoi que ce soit de tel, Jimmy ? »

Jimmy secoua la tête.

« Rien de tel, Frank. Je crois que vous parliez du temps qu'il faisait ou quelque chose du genre.

– Oh, allez vous faire foutre ! Qu'est-ce que c'est que ce bordel ? Qu'est-ce que vous foutez ici ? Vous ne pouvez pas me coller ça sur le dos. Vous vous prenez pour qui ?

– Pour deux flics qui font leur boulot, répondit Parrish. Je suis allé voir le Suédois à propos d'un double meurtre, il a mentionné ton nom, nous venons ici pour vérifier, et tout à coup tu parles de la petite sœur de Danny Lange et tu nous racontes que tu allais tourner un porno avec elle.

– *Quoi ?* Putain, qu'est-ce...

– Vous avez bien entendu comme moi, n'est-ce pas, Jimmy ?

– Cinq sur cinq.

– Vous êtes...

– Parle, Larry.

– De quoi ? De quoi vous voulez que je parle ? Qu'est-ce que ce bordel a à voir avec moi ?

– Tu es dans la merde jusqu'au cou, intervint Radick. Tu as déjà un casier pour une affaire similaire. Tu sais qui est qui. Tu connais les types qui sont sur le marché en ce moment, tu sais ce qu'ils font, où ils travaillent...

– Je ne sais *rien* de tel, protesta Larry, désormais au bord de la crise d'hystérie.

– Larry, dit Parrish. Larry, calmons-nous une minute, hein ? Assieds-toi. Réglons ça de manière civilisée, OK ?

– Régler quoi ? Il n'y a rien à régler...

– Larry, pose ton cul tout de suite ! »

Temple se laissa tomber sur une chaise et leva les yeux vers Parrish et Radick.

Parrish était assis face à lui. Radick se tenait sur sa droite.

Larry Temple – écarquillant de grands yeux, mort de trouille – ravala bruyamment sa salive.

« C'est très, très simple, Larry. Tu sais à qui nous avons besoin de parler. Danny Lange s'était arrangé pour que sa petite sœur tourne un porno, et tu sais à qui il s'était adressé.

– Qu...

– Arrête ton cinéma, tu veux bien ? Tu sais à qui nous avons besoin de parler. Donne-nous son nom ou je te laisse ici en compagnie de Jimmy pendant que je vais chercher un mandat de perquisition pour ton appartement, tu comprends ?

– Vous ne pouvez pas faire ça...

– Tu veux parier ? »

Larry Temple se pencha légèrement en avant et posa les mains sur ses genoux, tête baissée. Il resta un moment ainsi, puis leva les yeux vers Frank Parrish.

« J'ai entendu quelque chose », dit-il doucement.

Il attendit que Parrish réponde, mais celui-ci resta silencieux.

« J'ai entendu parler de quelque chose, rien de sûr, mais c'était il y a quelque temps. La raison pour laquelle j'en parle, c'est parce que Danny a dit quelque chose la dernière fois que je l'ai vu, et c'était peut-être lié.

– Quand as-tu vu Danny ? demanda Parrish.

– Je ne sais pas... il y a peut-être trois, quatre semaines.

– Et tu lui as parlé ?

– Un peu, oui.

– Et qu'est-ce qu'il a dit ? »

Temple hésita et regarda en direction de la fenêtre.

« Il a dit qu'il avait un bon plan. Il a dit qu'il allait faire quelque chose qui allait tout changer.

– Et qu'est-ce qui te fait croire qu'il y a un lien avec ce qui est arrivé à lui et à sa sœur ?

– Ce qu'il a dit après. »

Parrish arqua les sourcils d'un air interrogateur.

« Il a dit qu'il avait une fille pour tourner un porno, que ça allait lui rapporter un paquet de fric.

– Et tu t'es dit que ça pouvait être lié, déclara Parrish d'un ton sarcastique.

– Hé ! ça devait être il y a un mois. Je suis juste en train de bavarder avec lui et il me dit qu'il a peut-être une fille pour un film porno. Il n'a pas parlé de sa sœur. Il a simplement dit ça. C'est quand j'ai appris qu'il s'était fait tuer, et que sa petite sœur avait elle aussi été tuée, que je me suis demandé si c'était d'elle qu'il parlait.

– Et si c'était le cas ?

– Eh bien... alors... quelque chose a dû aller de travers.

– Un putain d'euphémisme, Larry. »

Larry Temple baissa de nouveau la tête.

« Donc à qui Danny Lange a-t-il pu s'adresser s'il voulait embarquer sa sœur dans ce merdier ?

– Vous le savez aussi bien que moi, répondit Temple.

– Il ne s'agit pas d'un petit caïd à la con, Larry. Il s'agit de quelqu'un qui est suffisamment impliqué dans ces saloperies pour tuer deux personnes.

– Comment voulez-vous que je le sache ?

– Parce que c'est ton univers, Larry. C'est ton truc. Ce sont les gens avec qui tu traînes, les autres pervers qui regardent ces...

– C'est une maladie », coupa Temple. Il semblait déconcerté et vexé. « C'est une maladie mentale. Une chose avec laquelle on naît. Ce n'est pas une chose qu'on déclenche ou qu'on arrête quand ça nous plaît.

– Ne cherche pas à me faire chialer, Larry, dis-moi simplement à qui Danny Lange a pu s'adresser.

– Je ne sais pas, inspecteur Parrish, vraiment pas. Je vous ai dit tout ce que je savais, et je ne sais rien de plus. Je ne fréquente plus trop ce milieu. Les choses ont changé. »

Parrish resta un moment silencieux. Il croyait Larry Temple. À cause de quelque chose dans son expression, quelque chose dans ses yeux ; il avait vu assez de menteurs pour savoir à quoi ils ressemblaient. Et il savait comment était Danny Lange, il savait qu'il était comme tant d'autres. De grandes idées, que de la gueule. Je fais ceci, je fais cela, aujourd'hui c'est différent, aujourd'hui j'ai *quelque chose*, aujourd'hui je change de vie. Mais rien ne changeait jamais, rien ne changerait jamais. L'addiction était trop forte.

Parrish croyait-il que Danny Lange avait pu vendre sa sœur pour tourner un porno ? Oui. Croyait-il que Rebecca avait pu être partante ? Que Danny l'avait convaincue que c'était cool, qu'elle se ferait de l'argent, qu'elle verrait son nom en lettres de lumière ? Bien sûr. Ça modifiait sa perception d'elle, mais il n'était pas étranger à ce genre de phénomène. Ça arrivait tout le temps. Et après qu'est-ce qui se passe ? Elle finit morte, soit Danny réclame son argent, soit il cherche à prévenir les flics et il se fait buter à son tour.

Parrish se leva.

Temple le regarda, s'apprêtant à se faire frapper. Les coups n'arrivèrent pas.

« Si tu apprends autre chose, préviens-moi, dit Parrish. Tu sais comment me contacter. Si j'apprends que tu ne m'as pas tout dit, je reviens ici, et cette fois je ne frapperai pas à la porte, pigé ? »

Temple ne répondit rien, mais il était clair à ses yeux qu'il saisissait le message.

Parrish ouvrit la voie, marcha sans un mot jusqu'à la cage d'escalier, et c'est Radick qui parla le premier.

« Vous croyez qu'il nous a dit tout ce qu'il savait ?

– Oui, je crois. Il connaît les mêmes noms que moi. Je ne crois pas qu'il y ait un gros poisson dont il connaîtrait le nom et pas nous.

– Alors par qui on commence ?

– Je veux tout d'abord retourner au bureau, répondit Parrish. Je veux les résultats des tests toxicologiques avant toute autre chose. »

26

Les tests toxicologiques du sang et de l'urine de Rebecca Lange étaient négatifs, mais ils étaient accompagnés d'une note qui disait qu'un échantillon de cheveux avait été prélevé et serait analysé avant la fin de la journée.

Parrish était assis à son bureau, conscient de la pile de dossiers dans son tiroir, éprouvant un sentiment d'urgence, un besoin de regarder plus loin, de creuser plus profond. Il devait vérifier s'il existait un lien entre les services pour l'enfance et Jennifer Baumann et Nicole Benedict. Il n'avait aucun doute quant à la compétence de Hayes, Wheland, Engel ou West, mais ils avaient facilement pu négliger cet aspect de l'enquête s'ils ne savaient pas ce qu'ils cherchaient. Le plus infime fragment d'information pouvait totalement modifier votre perspective.

Parrish regrettait de ne pas avoir été en possession de ces noms quand il s'était rendu aux archives des services pour l'enfance. C'était le genre de recherche qui prenait du temps, mais il ne voulait pas trop impliquer Jimmy Radick. Pas encore. Pas tant qu'il n'aurait pas quelque chose de plus concret. Il lui était trop souvent arrivé de faire une fixation sur une affaire, de tirer une conclusion hâtive, de s'obstiner dans une direction pour découvrir que son imagination trop fertile lui avait joué des tours. Cette fois-ci, il ne voulait pas suivre cette voie. La discrétion et le tact n'avaient jamais été ses points forts, mais, vu le climat actuel, il devait se montrer prudent s'il voulait éviter de s'attirer des critiques et des sanctions supplémentaires. Soit il avançait prudemment, soit il recevait une suspension officielle.

Il avait cinq affaires en cours : les meurtres de Danny et Rebecca Lange, celui de la prostituée, le type qui avait été poussé sous le métro, et celui qui s'était fait poignarder sur le campus. Les trois dernières étaient au point mort, et pourtant Parrish n'éprouvait aucun besoin de se pencher dessus. Il se demanda pendant un moment s'il pourrait convaincre Radick de les reprendre seul, mais il savait que ça ne passerait pas.

Outre celui de Rebecca, c'étaient les premiers meurtres qui l'intéressaient – ceux de Karen, Jennifer et Nicole. Ce qui faisait en tout quatre filles, deux âgées de 16 ans, deux de 17. La première – Jennifer – avait été retrouvée en janvier 2007 ; la deuxième – Nicole – en août de la même année ; Karen avait été retrouvée en décembre, et finalement Rebecca. Karen portait des vêtements qu'elle n'aurait normalement pas portés, et Rebecca avait eu les cheveux coupés et les ongles vernis. Parrish ne savait pas grand-chose sur les deux autres, si ce n'est que Jennifer avait été retrouvée dans une chambre de motel, et Nicole dans une housse de matelas avec le cou brisé. Les circonstances de leur disparition avaient été aussi anodines que pour Karen et Rebecca. Elles étaient simplement allées quelque part et n'étaient jamais revenues. Elles avaient été retrouvées mortes dans les trois jours.

Parrish conseilla à Radick de commencer à se familiariser avec les différents types de rapports qui devaient être rédigés pour les affaires en cours. Pendant ce temps, il passa deux heures à examiner de nouveau les dossiers. Les gribouillis caractéristiques de Wheland, les notes cryptiques d'Engel que lui seul parvenait à comprendre. C'étaient des affaires standard – enquête de voisinage, rapports préliminaires, autopsie, interrogatoire des amis et de la famille. Les rapports d'autopsies intéressèrent particulièrement Parrish, Jennifer et Nicole ayant toutes deux été découvertes dans les vingt-quatre heures qui avaient suivi leur décès. Jennifer avait été tuée par strangulation, apparemment manuelle, et Nicole avait eu la nuque brisée de façon nette entre la deuxième et la troisième vertèbre. *Comme si elle avait été pendue*, avait noté le légiste, mais il n'y avait aucune des abrasions externes ni aucune des marques de ligature qu'aurait laissées une corde.

Une contusion sévère sur le côté droit de la tête de Nicole suggérait qu'elle avait été frappée avec quelque chose – ou contre quelque chose – suffisamment fort pour que son cou se brise. Le légiste avait opté pour *contre*, pour la simple raison qu'il n'y avait pas de renfoncement au niveau de la blessure. La contusion montrait juste un impact plat et régulier, comme si on lui avait frappé la tête contre un mur. Cependant, c'était la blessure au cou qui avait provoqué la mort des deux filles – des quatre filles.

Les dossiers ne contenaient aucune allusion à leur tenue, ni à d'éventuelles modifications de leur apparence, ni à quoi que ce soit qui aurait permis à Parrish d'établir un lien avec les autres affaires. Bien sûr, de tels détails avaient pu être présents, simplement personne ne les avait remarqués. Ce ne furent donc pas ces signes extérieurs qui attirèrent son attention, mais d'autres similarités communes aux quatre affaires. Tout d'abord, il y avait la taille des filles, leur poids, leur couleur de peau et leur âge. Puis le fait que chacune avait eu un rapport sexuel peu de temps avant sa mort, sans qu'il y ait la moindre indication de viol. Le fait qu'elles vivaient toutes dans un rayon de trois kilomètres était un autre détail qui pouvait avoir son importance. Et aussi le fait que chaque corps avait été abandonné pour qu'on le découvre, qu'il n'y avait eu aucune tentative de cacher les victimes aux yeux du monde. Cet aspect intriguait particulièrement Parrish. La psychologie criminelle était un domaine à part, mais les inspecteurs y étaient régulièrement confrontés. Parrish n'était pas profileur, mais il en savait assez pour connaître les quatre types de tueurs décrits dans les textes de référence. Un homme, ou quatre hommes différents, peu importait. Quatre filles mortes. Quatre affaires en cours, trois qui dépendaient de son district, et une de Richard Franco du 91e district à Williamsburg.

Y avait-il la moindre possibilité qu'elles soient liées ?

Les pensées de Parrish furent interrompues par le téléphone.

« J'ai vos résultats toxicologiques pour la jeune Lange, l'informa la voix. Vous êtes prêt ? »

Parrish attrapa un crayon, une feuille de papier.

« Allez-y.

– On lui a administré une benzodiazépine. Une forte dose. »

Son ventre se noua – il sentit que cette affaire prenait un nouveau tournant. Comment avait-il su que ce serait le cas ?

« Spécifiquement ? demanda Parrish.

– Flunitrazépam. Rohypnol, d'accord ? Je crois qu'on appelle ça des *roofies* de nos jours.

– Combien ?

– Eh bien, si l'on considère que l'usage récréatif se situe entre 1,8 et 2,7 milligrammes, elle a reçu au moins cinq ou six fois cette dose d'après mes observations. C'est une substance qui métabolise très vite. C'est pourquoi elle n'est apparue ni dans l'urine ni dans le sang.

– Mais les cheveux ?

– On peut en trouver la trace dans les cheveux pendant environ un mois. Ça dépend de la dose absorbée, mais environ un mois normalement.

– Autre chose ?

– Non, juste les *roofies*. Vous voulez que je vous fasse parvenir le rapport à votre bureau ?

– Oui, s'il vous plaît. Dès que possible.

– Pas de problème. »

Parrish raccrocha. Karen, Jennifer et Nicole étaient mortes depuis trop longtemps pour que de nouveaux tests toxicologiques soient effectués. Leur sang et leur urine avaient été analysés comme le voulait la procédure standard, mais les cheveux n'étaient prélevés que sur requête. S'il n'en avait pas fait la demande pour Rebecca, personne n'aurait rien su. Mais ces résultats changeaient la donne. Elle avait été droguée, lourdement, et avait probablement été violée pendant qu'elle était dans les vapes. Elle aurait été incapable d'opposer la moindre résistance. Elle n'aurait pas eu la force de se battre. En fait, elle ne se serait même pas rendu compte de ce qui se passait, et si elle avait survécu, elle ne se serait souvenue de rien. Son frère ? Quelqu'un à qui son frère l'avait vendue ? Et s'agissait-il d'un simple film porno ? D'un *snuff movie* ? Baiser une adolescente pendant qu'elle mourait d'une overdose de benzodiazépine, ou peut-être même alors qu'elle était déjà morte ? Coller ça sur un DVD et vendre assez de copies pour se payer une cure de désintox ? Était-ce ça, le plan de Danny Lange ?

Parrish alluma son ordinateur et chercha le numéro de téléphone du 91e district à Williamsburg.

Il se présenta à Richard Franco, lui expliqua brièvement sur quoi il travaillait et l'interrogea sur Karen.

« Les trucs standard, répondit Franco. Bien sûr que nous avons effectué des tests, mais je ne me souviens de rien d'inhabituel à son sujet, rien qui m'aurait poussé à demander autre chose que des analyses de sang et d'urine. Vous avez un cas similaire ?

– Possible. Une autre fille adoptée morte la semaine dernière.

– Bon sang, je ne sais pas quoi dire ! Ça fait quasiment un an. Je ne me souviens pas de grand-chose. Vous voulez que je retrouve le dossier et que je vous l'envoie ?

– Je l'ai déjà vu. Je suis passé il y a deux jours et je l'ai consulté.

– Eh bien, c'est tout ce qu'il y a, j'en ai bien peur. Je peux vous être utile à autre chose ?

– Je ne crois pas, pas pour le moment. Je vous rappellerai si quelque chose me revient. »

Parrish remercia Franco et raccrocha.

Il se rassit et songea à la conversation qu'il venait d'avoir. C'était triste quand la mort d'une jeune fille donnait lieu à des commentaires tels que : *je ne me souviens de rien d'inhabituel à son sujet*. Rien à part le fait qu'elle avait 16 ans et avait été retrouvée morte dans une benne à ordures.

Radick apparut.

« Je me tire d'ici, annonça-t-il. Je vous dépose ?

– D'accord, si ça ne vous ennuie pas. J'aimerais faire un saut chez ma fille en route si possible.

– Bien sûr, si vous n'en avez pas pour trop longtemps. »

27

Peu après 18 heures, ils se trouvaient de l'autre côté de Flatbush. Radick gara la voiture dans Smith Street, près de Carroll Park.

« Vous n'êtes pas forcé de m'accompagner, dit Parrish.

– C'est bon. Ça ne me dérange pas. »

Radick descendit de voiture, attendit que Parrish lui montre le chemin.

Caitlin Parrish partageait un appartement avec deux autres infirmières en formation, mais Parrish la trouva seule.

« Bon Dieu, papa, tu devrais appeler avant de passer ! Je suis sur le point de partir.

– Salut, ma chérie, dit Parrish. Ça me fait plaisir de te voir. Comment vas-tu ? Moi, ça va. Et toi ? Je vais bien, merci. Entre, je t'en prie. Tu veux un café ? Ôte ton manteau.

– OK, OK, fit-elle. Épargne-moi tes sarcasmes. »

Radick apparut derrière Parrish.

« Oh ! je te présente Jimmy Radick. C'est mon nouvel équipier. »

Caitlin – brune, un mètre soixante-cinq, mince, intelligente, aussi affûtée qu'une lame de rasoir – échangea une poignée de main avec Jimmy Radick.

« Ravie de vous rencontrer, dit-elle. À cause de vos péchés, hein ? »

Radick fronça les sourcils.

« Ils vous ont collé mon père comme équipier à cause de vos péchés ?

– C'est ce qu'on dirait.

– Alors entrez, tous les deux, mais je suis réellement pressée. Comme j'ai dit, j'étais sur le point de partir. Si vous voulez du café, vous allez devoir le faire vous-mêmes. »

Elle fila dans le couloir et disparut dans une pièce sur la droite.

« Où vas-tu ? » lança Parrish à sa suite.

Il pénétra dans le couloir de l'appartement, fit signe à Radick d'entrer, referma la porte derrière lui.

« Je dois retrouver mon mac, et ensuite je dois me taper trois mecs différents, et après je me suis dit que j'allais peut-être m'acheter des amphés, et passer la soirée à me défoncer et à raconter des conneries avec des Noirs.

– Caitlin... »

Elle apparut dans le couloir, son chemisier enfilé à la va-vite, ses pieds nus, ses cheveux grossièrement épinglés en arrière.

« Papa, sérieusement, il faut que tu arrêtes de me demander ça... et, surtout, il faut que tu arrêtes de t'inquiéter à mon sujet.

– L'habitude, répondit Parrish.

– Eh bien, change d'habitude, pour l'amour de Dieu. Dans un an, je serai à Manhattan ou alors à Londres.

– À Londres ?

– Je plaisante, papa. Relax. »

Elle disparut de nouveau dans sa chambre.

« Café ? demanda Parrish.

– D'accord », répondit Radick.

Parrish s'affaira dans la cuisine. Radick marcha jusqu'à ce qui devait être la salle commune de l'appartement. Une télé, une chaîne stéréo, deux bibliothèques. *Peanuts*, *Les Tommyknockers* de Stephen King, *Introduction à la médecine de diagnostic*, des DVD de *Scrubs*, *Grey's Anatomy*, *24 Heures*. Une diversité prévisible, et en même temps appropriée.

Caitlin pénétra dans la pièce. Elle s'approcha à la hâte de Radick. Elle avait une expression quelque peu embarrassée.

« Depuis quand êtes-vous avec mon père ?

– Hier, répondit-il.

– Il boit. Vous le savez, n'est-ce pas ? »

Radick ne répondit rien.

« Il boit et ça le rend morose. Il y a une longue histoire entre lui et ma mère, et il ne la gère pas très bien...

– Mademoiselle Parrish... Je ne crois pas qu'il soit nécessaire de me dire... »

Elle lui enfonça un bout de papier dans la main.

« Voici mes numéros de téléphone, au travail et mon portable. Appelez-moi s'il se met à déconner, d'accord ? Appelez-moi si vous commencez à vous inquiéter pour lui.

– Mademoiselle Parrish...

– Sérieusement. Appelez-moi...

– Café ! » annonça Parrish, et Caitlin se retourna soudain.

Elle sourit lorsqu'il pénétra dans la pièce.

« Je croyais que tu te préparais, observa Parrish.

– C'est ce que je fais. Je suis juste venue chercher une barrette mais je n'arrive pas à mettre la main dessus. »

Caitlin passa devant son père et quitta la pièce.

Parrish tendit à Radick une tasse de café, lui dit de s'asseoir.

Radick enfonça le bout de papier dans sa poche de veste et s'installa sur une chaise près de la fenêtre.

Parrish posa son café sur la table, lui demanda de l'attendre un moment.

Bientôt, des voix s'élevèrent à l'autre bout de l'appartement. C'était le genre de discussion entre un père et sa fille à laquelle Radick ne voulait pas être mêlé. Il but son café, attendit patiemment, tentant de ne pas écouter, ce qui était difficile. Frank la tannait à propos de son boulot, de l'endroit où elle travaillerait. De toute évidence, il voulait qu'elle soit à un endroit, et elle voulait aller ailleurs. Ça semblait le genre de discussion qui ne pouvait mener qu'à un désaccord, une engueulade, une pomme de discorde. Radick avait l'impression qu'elle était plus que capable de prendre ses propres décisions, de choisir où elle voulait vivre et travailler. Mais qu'est-ce qu'il y connaissait ? Il avait 29 ans. Il n'était pas marié, ne l'avait jamais été, n'avait pas d'enfants, pas de liaison. C'était hors de son territoire, et il en était ravi.

Au bout de dix minutes, Parrish réapparut avec cet air contrit qu'ont les gens lorsqu'ils viennent de laver leur linge sale en public.

Il ne s'excusa cependant pas, se contenta de dire à Radick que le moment était venu de partir.

Ce dernier posa sa tasse, suivit Parrish jusqu'à la porte.

« Merci pour le café », lança-t-il derrière lui, mais il n'y eut pas de réponse.

Il déposa Parrish devant son immeuble, jeta un coup d'œil dans le rétro tandis qu'il redémarrait. Parrish resta un moment planté là comme s'il essayait de se souvenir d'une chose importante, puis il sembla hausser les épaules d'un air abattu avant de gravir les marches.

Radick roula jusqu'à chez lui. Il n'avait lui-même rien contre quelques verres, mais il savait que s'il commençait à boire avec Parrish, ils finiraient dans un bar quelque part, Parrish lui déballant toute sa vie, s'apitoyant sur son sort, s'enfonçant lentement. Radick voulait une frontière entre son travail et sa vie personnelle. Il ne voulait pas être le compagnon de beuverie de Frank Parrish. Il voulait être son équipier. Il savait qui était John Parrish – le *grand* John Parrish, pilier du BCCO et de l'équipe spéciale de Brooklyn contre le crime organisé. Cet homme avait été une bête, et, à en juger d'après ses deux premiers jours avec Frank Parrish, il aurait été un brin déçu par son fils. Mais Frank Parrish *avait* été un bon. L'un des meilleurs, à en croire la rumeur. Il pouvait vous en apprendre. Il avait vu et fait des choses que personne n'avait ni vues ni faites, résolu des crimes que personne n'avait résolus. C'était une petite légende, mais une légende tout de même. Ce n'était pas son père, certes. Mais, bon sang, personne n'était John Parrish ! Et même si Frank avait hérité ne serait-ce que d'une infime partie du talent de son père, ça suffirait à Jimmy Radick.

Parrish resta chez lui moins d'une heure et demie. Il n'aurait pas dû marcher jusqu'à DeKalb Avenue, mais c'est ce qu'il fit. Il resta figé au coin de la rue, regarda en direction de son appartement dans Willoughby, puis vers la gauche en direction de Clay's Tavern. Il hésita. Il hésitait toujours. Il tourna à gauche. Il tournait *toujours* à gauche.

Frank Parrish était un ivrogne fidèle. Il était fidèle au Bushmills, fidèle à son box dans le coin de la salle, fidèle aux morceaux qu'il choisissait sur le juke-box. *I Hope That I Don't Fall In Love With You* et *Shiver Me Timbers* de Tom Waits ; *It Never Entered My Mind* de Miles Davis ; *Desafinado* de Stan Getz, et enfin, évidemment, si évident que quelqu'un l'interpellait depuis le bar...

Hé ! Frank.

Quoi ?

Fais-le.

Quoi ?

Passe Misty *pour moi.*

Et Frank souriait et marchait d'un pas tranquille jusqu'au juke-box, puis il insérait une pièce de 25 cents et enfonçait les boutons, et Erroll Garner les plongeait dans une nostalgie vague et enivrée.

Frank Parrish restait jusqu'à 23 heures, parfois 23 h 30, puis il rentrait chez lui.

Son père avait bu ici. Ça ne s'appelait pas Clay's Tavern à l'époque, c'était The Hammerhead, mais le changement de nom n'avait rien changé au décor, à l'atmosphère, aux souvenirs. Parler au docteur Marie Griffin s'avérait plus facile qu'il ne l'aurait cru. Oui, peut-être que le moment était en effet venu de parler. L'autre connard était mort, après tout.

Il trouva son box dans le coin, commanda un double, alla le récupérer. Il salua de la main quelques piliers qui soutenaient le flanc est du bar. Des types qui se l'étaient coulée douce derrière un bureau pendant les deux ou trois dernières années de leur carrière, et qui passaient désormais leur temps à parler du *bon vieux temps* et à se demander pourquoi ils avaient été si pressés de partir. Quand vous étiez flic pendant trente ans, vous restiez flic jusqu'à votre dernier jour. Il n'était pas facile de décrocher. Ce n'était pas un boulot, c'était une vocation. Après quoi ça devenait une passion, une addiction, une béquille, une croyance. Soit ça, soit vous démissionniez. Les flics ne faisaient pas de bons maris. C'étaient des pères minables. Ils quittaient la maison pour retrouver un monde que personne ne pouvait voir, comme si eux seuls percevaient la fine couche de vernis qui séparait ce que les gens prenaient pour la réalité de la réalité elle-même. La réalité se trouvait derrière les cordons des scènes de crime. La réalité se trouvait à la pointe d'un stylet, dans le canon d'un 9 mm, au bout d'un fusil à pompe Mossberg à canon scié qui canardait une demi-douzaine de clients dans un restaurant de Myrtle Avenue. La réalité, c'étaient des coups de couteau, des coups de poing, une strangulation, une noyade, un suicide, une overdose, une pendaison. La réalité, c'étaient des junkies de 9 ans, des prostituées de 15. C'était voler, s'enfuir, se planquer, se tapir dans un coin pendant que le monde vous cherchait, sachant pertinemment qu'il vous retrouverait et qu'alors tout serait fini.

La réalité, c'étaient des gens comme Rebecca Lange, une fille qui portait du vernis à ongles rouge et qui rappelait Caitlin à Frank Parrish. Voilà à quoi ça se résumait – une fille morte qui lui rappelait sa fille, sa fille avec qui il arrivait toujours à s'engueuler sans la moindre raison.

Et puis il y avait John Parrish, les Anges de New York, le bordel sans nom qu'était la propre vie de Frank, qui avait curieusement marché sur les traces de son père – un homme qui montrait un certain visage au monde, mais qui était en fait une tout autre personne.

Trois Bushmills doubles et Frank Parrish s'aperçut que la route qu'il avait commencé à emprunter avec Marie Griffin était longue et tortueuse, et qu'elle n'avait pas vraiment de destination.

Et il pensa à son père, à ce qu'il aurait dû lui dire :

Non, je ne t'aime pas. Je ne te respecte même pas. Je sais qui tu es. Je vois les rosettes et les plaques, le ruban des médailles, les citations et les éloges, et je vous écoute, toi et tes potes, faire les malins autour d'un pack de Schlitz et d'un barbecue, et je sais pertinemment ce que vous êtes. Je sais quelle bande d'enfoirés vous êtes réellement. Et ce n'est pas l'argent qui me fait mal. Ce ne sont pas les tromperies, les pots-de-vin, la corruption. Ce ne sont même pas les meurtres. Ce qui me fait de la peine, c'est que tu aies passé tout ton temps à mentir, et que tu n'aies même pas admis à quel point tu te mentais à toi-même. Au moins, je sais que j'ai tout foiré. Au moins, je possède assez d'humilité pour le voir. J'ai foiré mon mariage, j'ai foiré avec mes enfants, mais, bon sang, au moins je l'admets, tu sais ? Voilà ce qui me met hors de moi. Voilà pourquoi j'ai honte d'être ton fils.

Et il songea à Caitlin, se demanda s'il ferait réellement bien de demander à Jimmy Radick de garder un œil sur elle. Juste pour s'assurer qu'elle ne déviait pas du droit chemin.

À 23 h 30, Frank Parrish regagna son appartement.

En arrivant dans son salon austère et spartiate – qui ne comportait qu'un divan, une table et une chaise près de la fenêtre, un poste de télé et une vieille chaîne stéréo avec un tourne-disque –, il se résigna au fait que ce qu'il avait entamé avec la psychologue allait désormais devoir continuer. Son père était mort depuis seize ans. Ça ne lui semblait pas si vieux que ça, jusqu'au moment où il songeait que Caitlin avait 4 ans à l'enterrement. En envisageant les choses sous cet angle, ça lui semblait une éternité.

Comme la télé n'arrivait pas à le distraire, il l'éteignit. Il s'assit à la table, regarda Willoughby Avenue à travers les rideaux légèrement entrouverts. Directement à l'ouest, à pas plus de trois ou quatre rues de là, se trouvait le Brooklyn Hospital. Au nord-ouest, à peine plus loin, il y avait le Cumberland. Caitlin pouvait travailler soit à l'un, soit à l'autre. Il pourrait la voir chaque semaine, peut-être même deux fois par semaine. Ils se retrouveraient pour déjeuner dans Auburn Place ou Saint-Edwards. Ils pourraient faire semblant d'être proches jusqu'à le devenir. Ils – *il* – pourraient oublier les dix années d'engueulades et de conneries qui avaient fait exploser la famille.

Frank alla chercher une bouteille dans le placard au-dessus de l'évier. Il se versa trois doigts, retourna à la fenêtre, tenta de se concentrer sur Rebecca, sur la façon dont elle était morte, les mobiles, les raisons, les théories envisageables.

Son visage le hantait. Les cheveux courts. Les ongles vernis.

Il se demanda si elle avait su que sa vie était sur le point de s'achever, ou si elle avait été étranglée dans son sommeil, ne se réveillant qu'aux ultimes secondes, juste avant que tout ne vacille et ne s'éteigne.

Il se demanda si elle avait vu le visage de son meurtrier, ou s'il lui avait noué une écharpe autour du visage, s'il portait une casquette de base-ball tellement baissée qu'elle n'avait pu voir que sa mâchoire qui se contractait tandis qu'il lui serrait le cou.

Il se demanda si Rebecca avait tenté de résister, même si elle n'avait aucune chance contre quelqu'un de tellement plus fort qu'elle.

Il se demanda si elle avait imploré, supplié, prié même... prié Dieu de lui accorder un répit, de la libérer, de lui pardonner tout ce qu'elle avait bien pu faire pour s'attirer un tel châtiment.

Honnêtement ? Frank Parrish aurait aimé croire en Dieu, mais il estimait que la foi devait être mutuelle. Elle devait être réciproque. Et il savait, avec une absolue certitude, que Dieu ne croyait pas en lui.

Il s'endormit sur le divan peu après 2 heures du matin. Il était encore habillé – pantalon, chaussettes, chemise. Une bouteille vide était posée par terre, à côté, un verre.

Il crut se réveiller vers l'aube, mais ne fit aucun effort pour bouger. Il se tourna sur le côté, enfonça son visage dans un coussin et tenta d'effacer de son esprit l'image du cadavre de Rebecca.

28

MARDI 9 SEPTEMBRE 2008

« Marty Krugman était un petit joueur, un vendeur de perruques. Des pubs pour sa boutique passaient à la télé tard le soir, mais il gérait aussi des paris. De temps à autre, il prenait des paris de quelques dollars pour diverses personnes. L'une d'entre elles était un type nommé Louis Werner. Louis n'était pas un joueur malin Il était impulsif, pariait sur des coups de tête, et il a fini par devoir à Marty quelque chose comme 20 000 dollars. Nous sommes en 1978, vous comprenez. Ça représente une grosse somme. Donc Marty tanne Lou pour récupérer son argent, et Lou envisage tous les moyens de se débarrasser de Marty, car Marty est le genre de type qui s'accroche à vous et qui ne vous lâche plus.

– Frank, je croyais que vous alliez enfin parler de la Lufthansa aujourd'hui.

– J'y viens. Lou Werner était le superviseur du fret à la Lufthansa. Il n'y avait rien, absolument *rien* que Lou ignorait sur le trafic de la Lufthansa, aussi bien entrant que sortant.

– Alors qu'est-ce que ça a à voir avec Marty ?

– Pour se débarrasser de Marty, Lou lui refile un tuyau sur la Lufthansa et l'argent, et Marty va voir Jimmy Burke, le roi du détournement. Jimmy prend ça à la légère : peut-être, peut-être pas. Il ne veut pas que Marty sache qu'il est intéressé parce qu'il le déteste. Il le déteste *réellement*. Jimmy était insomniaque et, parfois quand il regardait la télé tard le soir, il voyait Marty dans ses pubs pour des perruques, et il râlait parce que Marty avait les moyens de se payer des pubs à la télé, mais pas d'assurer la protection de sa boutique. Apparemment, Jimmy avait essayé de pousser Marty à payer pour sa protection, mais celui-ci avait menacé de le dénoncer au procureur. Après ça, Jimmy ne lui a plus jamais fait confiance.

Cependant, vu la somme dont parlait Marty, que pouvait faire Jimmy ? Est-ce qu'il allait laisser passer une telle opportunité à cause d'un vendeur de perruques ? Il a demandé à son pote Henry Hill de parler à Marty Krugman, et Marty traitait avec Lou Werner. Tout se passait à distance, avec des intermédiaires. Jimmy ne voulait même pas que Marty sache que c'était lui qui allait faire le coup de l'aéroport. C'était le plus gros vol de l'histoire. Des dollars américains, rien que des coupures usagées et non marquées, en provenance d'Allemagne de l'Ouest. Il s'agissait de l'argent dépensé là-bas par les soldats américains et les touristes. Il était rapatrié sur des vols de la Lufthansa, était stocké pour la nuit dans une chambre forte, puis était transféré vers les banques.

Lou Werner donne les noms de tous les employés et des gardiens. Ils connaissent le nom du responsable du fret de l'aérogare, celui du superviseur de nuit, le seul employé qui possède les clés et les combinaisons qui permettent d'ouvrir la double porte de la chambre forte. Ils savent qu'il y a une première porte, et que si la seconde porte est ouverte avant que la première soit refermée, une alarme silencieuse est activée au poste de police de l'autorité portuaire. Ils savaient tout.

– Et qu'est-ce que ça leur a rapporté ?

– 5 millions de dollars, en espèces. Et aussi pour 875 000 dollars de bijoux. Et Burke a imposé un silence absolu. Ç'a été silence radio une fois le coup effectué. Personne ne devait dire un mot, c'étaient ses ordres. Personne ne devait rien dépenser, personne ne devait en parler ni chez soi, ni dans sa voiture, ni dans son jardin.

– Mais ça ne s'est pas passé comme prévu.

– Oh ! le vol s'est déroulé sans encombre. Tout s'est passé exactement comme prévu. Ils avançaient en terrain connu, ils connaissaient les lieux par cœur grâce aux informations détaillées données par Lou Werner, et tout a été plié en moins d'une heure. La difficulté, c'est qu'on s'est mis à parler de l'affaire partout, qu'elle a fait les gros titres. Décembre 1978, 5 millions de dollars ? Je ne peux même pas imaginer ce que ça représenterait aujourd'hui. Enfin, bref, Jimmy est devenu parano. Il savait qu'avec le nombre de personnes impliquées, et les très longues peines dont elles écoperaient si elles se faisaient prendre, il y avait des risques que quelqu'un conclue un marché avec le procureur pour éviter de finir en prison. Du point de vue de l'organisation, il avait tout parfaitement géré, et il n'y avait qu'une seule personne qui avait rencontré Lou Werner en face à face...

– Marty Krugman.

– Eh bien, non. Le seul membre du gang de Burke à avoir rencontré Lou Werner était un type nommé Joe Manri, mais Marty était celui qui l'ouvrait tout le temps. C'était lui qu'on entendait, alors Burke a d'abord liquidé Marty Krugman. Et après ça, chacun a compris ce qui lui arriverait s'il disait ce qu'il ne fallait pas. Jimmy Burke avait des contacts au BCCO, dont l'un était mon père, et il lui a fait savoir que si quelqu'un l'ouvrait au sujet du casse de la Lufthansa, il devait en être informé. En tout, dix personnes ont été tuées suite à l'histoire de la Lufthansa, et même si l'opinion générale est que les assassins étaient Jimmy et ses hommes, je peux vous dire que ce n'était pas le cas.

– Votre père...

– Mon père savait tout. Il a laissé faire, et même s'il n'a pas eu à tuer lui-même qui que ce soit, il a dû demander à d'autres de le faire pour Jimmy Burke.

– Et Jimmy Burke l'a payé ?

– Oui, il l'a payé.

– Combien ?

– Je n'en ai aucune idée. 100 000 dollars, peut-être 250 000. Burke avait 5 millions de dollars. Il avait je ne sais combien de complices qui disparaissaient les uns après les autres. Je suis sûr qu'au bout du compte Jimmy Burke a fini par garder pour lui l'essentiel de cet argent.

– Et l'enquête ?

– Eh bien, les fédés ont envoyé cent agents durant les quarante-huit premières heures. Il y avait des agents du NYPD et de l'autorité portuaire ; des enquêteurs des compagnies d'assurances ; des gens de la Brinks ; les équipes de sécurité de la Lufthansa. Tout le monde était là-bas. Le FBI est tombé sur le nom de Burke – pas assez de preuves pour l'arrêter, mais suffisamment pour le placer sous surveillance ainsi que quelques autres qui avaient participé au vol –, mais Burke et les siens ont réussi à échapper aux hélicoptères qui les suivaient en pénétrant en voiture dans des zones de trafic aérien restreint. Les fédés avaient placé des micros dans leurs voitures, mais ils discutaient en murmurant à l'arrière avec la musique allumée à fond.

– Est-ce qu'ils en ont arrêté certains ?

– Eh bien, ils ont su dès le départ qu'il devait y avoir un complice à l'intérieur. L'équipe de Burke avait attaqué précisément le bon entrepôt sur vingt-deux possibles, sur un site de huit cent cinquante hectares. L'agent de fret et le superviseur de nuit ont expliqué aux enquêteurs que les malfaiteurs connaissaient leur nom, le plan du bâtiment, qu'ils étaient au courant pour les portes de la chambre forte, la totale. Les agents de sécurité de la Lufthansa ont suggéré le nom de Lou Werner quelques heures après le casse car il avait déjà été soupçonné lors d'une précédente affaire de vol de devises étrangères. La première fois, il n'y avait pas eu assez de preuves contre lui, mais, cette fois, Werner avait empêché les convoyeurs de la Brinks de récupérer les 5 millions le vendredi soir précédent. Il avait prétendu qu'il avait besoin de la signature d'un responsable du fret pour les laisser emporter l'argent, ce qui n'était pas la procédure habituelle, mais il les avait empêchés de prendre leur livraison et les avait fait poireauter pendant une heure et demie. Les convoyeurs avaient finalement reçu l'ordre de poursuivre leur tournée sans l'argent de la Lufthansa, de sorte que les fédés savaient que non seulement Lou s'était arrangé pour que l'argent soit toujours là, mais aussi qu'il était à peu près la seule personne à savoir qu'il était toujours dans la chambre forte.

– Ils l'ont arrêté ?

– Ils l'ont placé sous surveillance, ils l'ont mis sur écoute, ils ont interrogé les personnes qu'il connaissait. Ils ont parlé à sa femme, Beverley, qui l'avait quitté peu de temps auparavant, et elle leur a expliqué que Lou l'avait appelée pour lui dire qu'il allait se faire un paquet d'argent et qu'elle allait sérieusement regretter de l'avoir quitté. Lou avait aussi parlé du vol à son meilleur ami un mois avant qu'il ne se produise, et il avait accepté de lui racheter son entreprise de taxis pour 30 000 dollars. Après quoi il avait découvert que ce meilleur ami avait une liaison avec sa femme, alors il l'avait rappelé pour lui dire qu'il pouvait s'asseoir sur les 30 000 dollars. Lorsque le vol a fait les gros titres des journaux, Lou a tout raconté à sa petite amie, histoire de lui montrer à quel point il était intelligent, à quel point elle devait être fière de lui, mais à la place elle a paniqué et lui a répondu qu'il finirait en prison. Sa réaction a foutu un sale coup à Lou. Il espérait qu'elle serait impressionnée, mais au lieu de ça elle est devenue dingue et hystérique, alors Lou, complètement déprimé, est allé à son bar préféré et il a tout déballé au barman.

– Donc ce n'était pas le type le plus malin du monde.

– Disons que c'était un amateur. Ce n'était pas Jimmy Burke, c'est sûr. Et son vieux pote – celui qui se tapait sa femme –, eh bien, il a eu si peur que sa propre femme ne découvre sa liaison avec Beverley Werner qu'il a accepté d'aider le FBI par tous les moyens possibles. Ç'a été facile à partir de là. Ils ont obtenu des témoignages d'une demi-douzaine de personnes différentes à qui Lou avait parlé, et ils l'ont embarqué.

– Et il a balancé Burke et les autres.

– C'est ce à quoi ils s'attendaient. Le procureur assistant qui dirigeait l'affaire, un certain Ed McDonald, a obtenu le nom d'un employé du fret de la Lufthansa nommé Peter Gruenewald. La rumeur disait que Werner et Gruenewald avaient monté le coup ensemble. McDonald a interrogé Gruenewald, qui a tout nié en bloc, mais ils ont découvert qu'il avait commandé des billets pour Bogotá, puis pour Taïwan. Et ils ont aussi découvert l'un des types avec qui Gruenewald était entré en contact pour effectuer le coup que Werner et lui avaient monté. Ils en savaient assez pour relier Gruenewald au casse de la Lufthansa, alors il a décidé de coopérer avec McDonald.

Bon, McDonald croyait que Werner balancerait toutes les personnes impliquées. Il n'avait pas cessé de parler de la Lufthansa avant d'être arrêté, mais, à l'instant où ils l'ont embarqué, il s'est refermé comme une huître. Il prétendait qu'il n'avait rien à voir avec le casse, qu'il avait simplement raconté ça à sa femme et à sa petite amie, histoire de frimer. Jusqu'à ce qu'ils le confrontent à Gruenewald. Werner a bien failli avoir une attaque cardiaque en le voyant, mais il a continué d'affirmer qu'il ne savait rien sur le vol. Mais armé des témoignages de Gruenewald, de Beverley Werner, de la petite amie de Lou et du barman, McDonald a tout de même lancé des poursuites. En mai 1978, au terme d'un procès de dix jours, Werner a été reconnu coupable d'avoir organisé le vol de la Lufthansa. Maintenant, Lou avait deux options. Soit il balançait Joe Manri, et Manri pouvait à son tour balancer Jimmy Burke et le reste de l'équipe, soit il pouvait continuer de se taire.

– Qu'est-ce qu'il a fait ?

– Eh bien, il n'a pas eu le temps de prendre sa décision. Le soir même, une unité de Brooklyn en patrouille a découvert les cadavres de Joe Manri et d'un autre de ses collègues, Robert

McMahon, dans une voiture à l'angle de Schenectady et de l'Avenue M. Ils avaient tous les deux été exécutés d'une balle de 11 mm derrière la tête.

– Vous entrez dans de nombreux petits détails, Frank. Pourquoi ?

– Parce que... heu, parce que je crois... Eh bien, si mon père a directement trempé dans cette histoire, je crois que ça a pu être à ce moment. Je crois que c'est peut-être lui qui a tué Manri et McMahon, et ainsi empêché Ed McDonald de remonter jusqu'à Jimmy Burke.

– Vous croyez vraiment qu'il a pu faire ça ?

– Je le crois, oui.

– Pourquoi ?

– C'est en avril 1979 que Lou Werner a été jugé. J'avais presque 15 ans, et je revois mon père rentrant à la maison ce soir-là. Nous avions suivi le procès à la télé. Ça faisait beaucoup de bruit, vous savez, et les médias ne parlaient que de ça depuis plusieurs jours. Enfin, bref, il est rentré à la maison, et il y avait un reportage ou une émission d'informations, et le journaliste disait que Werner avait été condamné, et qu'il était possible qu'il coopère avec le bureau du procureur pour voir sa peine réduite.

– Et votre père regardait la télé avec vous ?

– Oui. C'était quelques heures avant qu'on annonce que deux types avaient été retrouvés morts à Brooklyn, et mon père a souri intérieurement, comme si je n'étais pas là, et il a dit que ce qui se passerait désormais n'avait aucune importance, qu'ils n'arrêteraient jamais les auteurs du casse. Et quand il a dit ça, je l'ai regardé, et il avait cette expression sur le visage, vous savez ? C'est pourquoi je suis persuadé que c'est lui qui a liquidé ces deux types dans leur voiture et tiré Jimmy Burke d'affaire.

– Oh ! mon Dieu !...

– Pas la peine de me le dire. C'était lui, le type avec toutes les citations et les récompenses. C'était lui, le héros qui dirigeait les Anges de New York. »

29

Parrish alla faire un tour après sa séance avec Marie Griffin. Il était un peu plus de 10 heures. Radick n'était pas encore arrivé et il n'avait pas laissé de message. D'ordinaire, Parrish aurait cherché à savoir ce qui se passait, mais, ce matin-là – ce matin-là particulièrement –, il voulait un peu de temps et d'espace pour lui.

Il lui fallut vingt-cinq minutes pour atteindre Saint-Michael. Il se tint quelques instants devant l'église, puis entra, longea le mur derrière les bancs et s'engagea dans l'allée de gauche. Il s'arrêta à mi-chemin et écouta le silence.

Le père Briley le vit depuis le chœur, le salua de la tête, et, alors même que Parrish pensait qu'il le laisserait tranquille, le prêtre se mit à marcher vers lui. Briley était un vieil homme, il devait avoir dans les 70 ans. Parrish croyait savoir qu'on lui avait de nombreuses fois proposé d'être transféré ailleurs, et qu'il avait à chaque fois refusé. Briley était ici depuis que Parrish était enfant, quand son père l'emmenait parfois à l'église le dimanche parce que lui, John Parrish, était catholique juste au cas où.

« Frank.

– Mon père.

– Je peux m'asseoir ? » demanda Briley.

Parrish sourit.

« Vous allez bien, Frank ?

– Aussi bien que possible.

– Il me semble que nous nous parlons trop rarement ces temps-ci, ne trouvez-vous pas ?

– Si, mon père, je suis d'accord.

– Vous travaillez trop, je suppose.

– Le travail ne s'arrête jamais. Vous le savez mieux que personne. »

Briley sourit. Il tendit la main et agrippa l'avant-bras de Parrish.

« Nous apprécions votre générosité, Frank, comme toujours.

– Je fais ce que je peux. »

Briley hésita, puis il regarda directement Parrish.

« Vous avez l'air d'un homme vaincu.

– Vaincu ? » Parrish secoua la tête. « Frustré, peut-être, mais pas vaincu. Ils ne m'ont pas encore brisé.

– Vous devriez mieux prendre soin de vous.

– Pourquoi... ?

– Frank, je vois ce que je vois. Je suis ici depuis trop longtemps pour me laisser abuser. Vous ne mangez pas bien. J'imagine que vous ne dormez pas. Et il y a l'alcool...

– J'obéis à la Bible, mon père. »

Briley éclata de rire.

« Toujours la même rengaine.

– Vous la connaissez ?

– Bien sûr. Proverbe 31, chapitre 6. "Donnez des liqueurs fortes à celui qui périt, et du vin à celui qui a l'amertume dans l'âme ; qu'il boive et oublie sa pauvreté, et qu'il ne se souvienne plus de ses peines." Vous ne pouvez pas être prêtre dans une communauté irlandaise et ne pas avoir entendu cette phrase mille fois, croyez-moi. »

Parrish détourna le regard vers l'extrémité des bancs.

« Et votre famille ? demanda Briley. Comment vont les enfants ? Et Clare ?

– Clare est ce qu'elle est, et mes enfants sont si loin d'être des enfants qu'il est difficile d'imaginer qu'ils ont pu en être. Ils survivent à leur manière, comme tout le monde.

– Et vous êtes troublé par votre travail ? »

Parrish resta un moment silencieux, pensif, avant de répondre.

« Oui, je suppose, dans une certaine mesure peut-être. Nous voyons les pires horreurs après qu'elles ont été commises, vous savez ?

– Et le fardeau est à chaque fois un peu plus lourd, j'imagine.

– Soit ça, soit vous devenez insensible et endurci.

– Comme votre père ? »

Parrish leva les yeux vers le prêtre.

Briley acquiesça.

« Il venait parfois ici seul. Pas pour la messe, simplement pour trouver un peu de paix et de calme. Je lui ai parlé en de nombreuses occasions, et il avait la même expression que vous. »

Parrish fronça les sourcils d'un air interrogateur.

« Comme s'il portait le même genre de fardeau.

– Je peux vous dire qu'il portait un genre de fardeau tout à fait différent, répliqua Parrish. Son fardeau était plus de la culpabilité qu'autre chose.

– Pourquoi dites-vous ça, Frank ?

– Parce que ce n'était pas un honnête homme, mon père. C'était un homme corrompu et égoïste. Il connaissait suffisamment bien son métier pour connaître les limites, mais il a choisi de les ignorer.

– Vous en êtes sûr ?

– Oui.

– Et vous l'avez toujours su ?

– À peu près, oui. »

Briley se pencha en arrière. Il prit une profonde inspiration et souffla lentement.

« Comment gérez-vous une telle chose, Frank ? Quand une personne si proche est censée être un parangon de gentillesse et d'honnêteté et que vous êtes persuadé du contraire ?

– Je ne crois pas qu'on puisse *gérer* ça.

– Et cela vous inspire-t-il des sentiments différents de ce que vous éprouviez par le passé ?

– J'essaie de voir les choses autrement. J'en parle à quelqu'un. Je n'en avais jusqu'alors jamais parlé.

– Parler est une bonne chose.

– Je suis sûr que ça peut l'être. Pour le moment, ça ne me sert pas à grand-chose à part me mettre en colère contre lui. Ça me rappelle toutes les raisons que j'avais de le détester. »

Une fois de plus, Briley agrippa l'avant-bras de Parrish.

« La haine...

– Est l'un des sept péchés capitaux ?

– Non, Frank. Elle était dans le peloton de tête, mais elle n'a pas franchi le dernier obstacle. »

Parrish sourit.

« La haine est une émotion puissante, poursuivit Briley. Parfois justifiée, je n'en doute pas, mais mon expérience me dit qu'elle tend à faire plus de mal à celui qui déteste qu'à celui qui est détesté. »

Parrish s'esclaffa.

« Eh bien, celui qui est détesté est mort, donc je crois qu'il est désormais à l'abri du mal.

– Pourtant, le souvenir de l'homme est parfois plus puissant que l'homme lui-même. La force de la réputation, de ce que les autres pensent de lui.

– Dissiper le mythe ne servirait à rien. Comme vous le savez, mon père se faisait passer pour un bon Samaritain et un type bien. »

Briley sourit d'un air sardonique.

« Je sais qu'il n'était ni l'un ni l'autre, dit-il.

– Je crois que la seule personne dont il voulait le bien-être, c'était lui...

– Vous n'avez pas besoin de me dire ça, Frank, sincèrement.

– Je sens qu'il faut que je le dise à *quelqu'un*. À quelqu'un d'autre que...

– Non, coupa Briley. Vous n'avez pas besoin de me le dire car je le sais déjà. »

Parrish arqua les sourcils.

« N'ayez pas l'air si surpris, Frank. Vraiment, vous seriez étonné si vous saviez ce que les gens confient aux prêtres, même en dehors du confessionnal. Votre père est venu ici environ un mois avant d'être assassiné, et il a fait allusion à certaines choses, certains événements, qui le troublaient.

– C... comme quoi ? demanda Parrish, sa voix se coinçant dans sa gorge, son expression trahissant son incrédulité.

– Rien de spécifique. Ni noms, ni dates, ni lieux. Je ne me souviens pas précisément de ce qu'il a dit. C'était il y a – quoi ? – quinze, seize ans ? Il a commencé par s'excuser d'avoir manqué la messe et la confession, et invoqué les justifications habituelles. Je lui ai demandé s'il voulait se confesser, et il a répondu que non, qu'il était trop tard. Il a affirmé qu'il avait fait des choses, qu'il avait abusé de la confiance des autres, tiré avantage de sa position. Il a expliqué qu'il avait pris des choses qui ne lui appartenaient pas, que des indices avaient été dissimulés, voire détruits, et que des gens qui étaient coupables étaient restés en liberté.

– Et qu'avez-vous dit ?

– Que pouvais-je dire ? Je l'ai écouté. Je lui ai conseillé de chercher le repentir. Je lui ai suggéré de se confesser, d'assister à la messe, de recevoir la communion... d'essayer de rectifier les torts qu'il avait causés.

– Et il l'a fait ? Il est venu à la messe, il s'est confessé... ?

– Pas que je sache. En tout cas, il n'est pas revenu ici. Comme j'ai dit, c'était seulement environ un mois avant son assassinat.

– Et quand vous avez appris qu'il s'était fait assassiner ?

– Eh bien, je me suis interrogé sur ce qui avait pu provoquer sa mort. Je me suis demandé s'il avait été finalement accablé par son propre tourment et s'était placé dans une position où il pouvait se faire tuer, ou s'il avait essayé de changer les choses...

– Changer les choses ?

– Je me suis demandé s'il avait dit ou fait quelque chose qui avait pu inquiéter les gens autour de lui, ceux qui voulaient continuer de magouiller dans Dieu sait quoi. Je me suis demandé s'il avait dit quelque chose qui leur avait laissé croire qu'ils ne pouvaient plus lui faire confiance.

– Vous croyez que c'est possible ?

– Honnêtement ? » Briley secoua la tête. « Il a pu le faire, mais je ne le crois pas vraiment. Je crois que quand j'ai vu votre père il était depuis longtemps parti. Je crois qu'il était allé tellement loin dans cette voie qu'il n'y avait plus de retour possible.

– Et vous n'en avez jamais parlé à personne ? »

Briley sourit.

« L'église est un sanctuaire, Frank, vous le savez.

– Et moi ? Vous ne me l'avez jamais dit. Toutes ces conversations que nous avons eues quand Clare et moi étions en train de nous séparer, et vous n'avez jamais songé à évoquer le fait que mon père était venu vous parler de ce qu'il avait fait ?

– À quoi cela vous aurait-il servi, Frank ? À quoi cela vous sert-il maintenant ? Vous avez vos propres difficultés à gérer, et elles suffisent à n'importe quel homme. »

Parrish commença à se lever.

« Il me semble que j'aurais dû dire quelque chose... il me semble que vous auriez dû dire quelque chose...

– Je ne pouvais *pas* dire quoi que ce soit. Vous le savez. Et vous ? Qu'auriez-vous dit, et à qui l'auriez-vous dit ? Nous plaçons des limites partout, et nous nous y tenons. C'est pour ça que nous restons en vie, surtout avec le genre de métier que nous avons.

– Je ne sais pas... je ne sais vraiment pas...

– Vous ne savez pas quoi ?

– Je ne sais pas quoi penser. Je ne sais pas ce que je suis censé ressentir.

– Rien. Ces choses se sont produites, mon fils. Il est trop tard pour y changer quoi que ce soit. Les péchés du père ne devraient pas être assumés par le fils. Vous n'êtes pas votre père. Il n'était pas vous. Et puis, à moins qu'il n'y ait beaucoup de choses que j'ignore à votre sujet, il me semble que vous suivez une voie qui n'est pas si différente de la sienne...

– Vous ne savez pas de quoi vous parlez, coupa Parrish. Mon père et moi n'avons absolument rien à voir. » Il se leva et s'engagea dans l'allée. « Je dois partir », dit-il doucement.

Briley se leva. Il se posta devant Parrish et lui saisit l'épaule.

« Je suis ici, dit-il. Je suis ici depuis longtemps, et il est plus que probable que j'y resterai encore un bon bout de temps. Vous savez où me trouver. »

Parrish ne répondit rien. Il se retourna et marcha en direction de la porte.

Comme il quittait l'église, il ressentit de nouveau cette douleur lancinante au bas du ventre, mais cette fois il n'aurait su dire s'il s'agissait de peur, de haine, ou de quelque chose de beaucoup plus insidieux.

30

Radick l'attendait dans le bureau. Il ne demanda pas à Parrish où il était allé, et ce dernier ne demanda pas à son partenaire pourquoi il était en retard.

« Quel est le programme ? demanda Radick.

– Je dois retourner aux archives des services pour l'enfance et découvrir d'éventuels liens avec eux.

– Valderas est passé, déclara Radick. Je crois que je ferais mieux de rester, de travailler un peu aux autres affaires. Nous n'avons pas besoin d'y aller à deux, si ?

– Non. Vous avez raison. »

Radick se leva, commença à enfiler sa veste.

« Je vous dépose, dit-il.

– Non, je vais prendre le métro. Ça va aller.

– Vous êtes sûr ?

– Passez un peu de temps sur les autres affaires. Appelez-moi si vous avez besoin d'aller voir quelqu'un. J'en ai tout au plus pour deux heures de toute façon. »

Parrish s'en alla, soulagé d'être seul, soulagé que ce soit Radick qui ait suggéré de ne pas l'accompagner. Pouvait-il faire confiance à Radick ? Bon Dieu ! en toute honnêteté, il ne le connaissait pas mieux que n'importe quel autre flic. Le bon boulot qu'il avait fait dans un autre service n'était pas une assurance de fiabilité ou de loyauté.

Le trajet jusqu'à Manhattan fut rapide, et ce n'est qu'en y arrivant, peu avant midi, qu'il s'aperçut qu'il n'avait encore rien avalé. Il s'arrêta chez un traiteur et mangea la moitié d'un sandwich au pastrami. Il était incapable d'avaler une bouchée de plus, mais resta un moment assis dans le box d'un coin de l'échoppe, un œil sur la rue, l'autre sur la télé au mur. Une jolie fille pratiquement en sous-vêtements lui conseillait de boire de la Miller Lite. Tout de suite. À cette minute même.

Parrish essayait de ne pas penser au père Briley. Il essayait encore plus de ne pas penser à son père. Fut un temps où sa vie avait été séparée en deux: d'un côté, son boulot; de l'autre, sa vie personnelle. Il n'y avait qu'une simple porte entre les deux, mais au bout d'un moment, quels que soient les efforts que vous faisiez, vous finissiez par entendre les voix qui provenaient de l'autre côté. Elles devenaient de plus en plus fortes, et au bout du compte, inévitablement, tout finissait par s'emmêler. Chez lui, il pensait aux morts. Pendant qu'il communiait avec les morts, il pensait à la maison. Son mariage en avait beaucoup pâti, mais peut-être tous les mariages étaient-ils les mêmes: une large route, apparemment infinie, qui pourtant se rétrécissait imperceptiblement jusqu'à ce que le mari et la femme se retrouvent pris dans un sombre cul-de-sac d'amertume...

Assis dans un petit bureau sans fenêtre du bâtiment des archives des services pour l'enfance, Parrish découvrit une chose qui lui fit dresser les poils sur la nuque. S'il n'avait pas déjà été plus ou moins convaincu qu'il y avait un lien, il ne l'aurait sans doute pas trouvé. S'il n'avait pas été certain que les décès de ces filles étaient plus que ce qu'ils semblaient à première vue, il serait passé à côté du minuscule fil qui apparut alors.

Il s'agissait d'une fille nommée Alice Forrester, la demi-sœur de Nicole Benedict. Les parents de Nicole – Steven et Angela Benedict – avaient divorcé. Steven s'était remarié avec une femme nommée Elaine Forrester, qui avait déjà une fille, Alice. Parrish n'eut aucune peine à découvrir le dossier de cette dernière, et il apprit qu'Alice était fille unique et que son père était mort avant sa naissance. Angela Benedict était alcoolique, en conséquence de quoi – chose inhabituelle –, le beau-père, Steven Benedict, avait eu la garde de Nicole. Les détails de ce mélodrame se trouvaient dans le dossier d'Alice Forrester, et c'est là que Parrish trouva Nicole. Steven Benedict, désormais marié à Elaine Forrester, avait légalement adopté Alice. Et il suffisait de consulter le dossier d'adoption d'Alice Forrester pour tomber sur Nicole. Sa photo était là, ses informations personnelles, un bref rapport sur ce que ça lui faisait d'avoir une « nouvelle » sœur. Alice dépendait de l'AAC, mais elle n'avait été victime d'aucun crime. Sa demi-sœur, en revanche, avait été assassinée pour la simple raison que sa photo et des informations sur elle se trouvaient dans le dossier d'Alice, et quelqu'un les avait vues.

Parrish se pencha en arrière et expira lentement. C'étaient le même district, la même juridiction, les mêmes bureaux qui s'étaient occupés de Rebecca, Karen, et désormais Nicole. Mais pas de Jennifer. Il passa un bon moment à essayer de trouver quelque chose sur elle, en vain. Ça ne signifiait pas nécessairement qu'il n'y avait pas de lien, mais simplement que celui-ci pouvait être encore plus ténu.

Puis il se souvint des fugueuses, les trois filles qui avaient disparu.

En fouillant dans ses poches, Parrish trouva le carnet dans lequel il avait griffonné leur nom. Shannon McLaughlin, signalée disparue le jeudi 1er février 2007 ; Melissa Schaeffer, disparue depuis le mercredi 11 octobre 2006 ; et, plus récemment, Sarah Burch, qui avait quitté la maison pour retrouver des amis dans un centre commercial proche de son domicile en début de soirée le lundi 21 mai 2007 et n'avait plus été vue depuis. Melissa avait 17 ans, les deux autres, 16.

Il n'y avait aucune trace de Shannon ou Sarah dans les archives, mais Parrish ne tarda pas à découvrir un nouveau lien avec l'AAC. Melissa Mockler. Adoptée à l'âge de 4 ans par un jeune couple, Steven et Kathy Schaeffer. Parrish se rappela le dossier au bureau. Il se rappela son visage. Rhodes et Pagliaro avaient mené l'enquête, ils avaient suivi les procédures habituelles, passé la rue au crible, parlé aux voisins, au petit ami, à ses camarades de classe. Comme toujours avec ce genre de disparition, les premières quarante-huit heures étaient cruciales. Après ça, les chances de succès s'amenuisaient rapidement. Une semaine, et vous pouviez être quasiment certain de ne jamais revoir la fugueuse en vie.

Parrish quitta le bureau et emporta les dossiers jusqu'à l'accueil, où il demanda si quelqu'un pouvait lui donner un coup de main. On le fit attendre.

Dix ou quinze minutes s'écoulèrent, puis un jeune homme sortit de l'ascenseur et marcha dans sa direction.

« Inspecteur Parrish ? » demanda-t-il.

Parrish se leva.

« Bonjour, je suis Jamie Lewis. On m'a dit que vous aviez besoin de renseignements.

– Oui, en effet. Je ne sais pas si vous pouvez m'aider, mais j'aurais quelques questions à vous poser. Y a-t-il un endroit un peu plus tranquille où nous pourrions discuter ? »

Jamie Lewis les mena à une pièce étroite derrière l'accueil et Parrish résuma les quatre affaires qui l'intéressaient. Il insista sur le fait qu'il n'y avait d'enquête officielle en cours ni sur les services pour l'enfance ni sur l'AAC, qu'il voulait simplement se faire une idée plus précise.

« Vous vous rendez compte que vous êtes sur plusieurs juridictions, déclara Lewis. Bien sûr, il y a six mois, il en aurait été autrement...

– Il y a six mois ? Que voulez-vous dire ?

– Tout a été chamboulé en début d'année. Ils en parlaient depuis une éternité, du moins depuis que je travaille ici, et ils l'ont finalement fait.

– Ils parlaient de quoi, monsieur Lewis ?

– Du système de gestion. De la manière dont les dossiers sont traités. Jusqu'au début de l'année, tout passait par deux principaux services qui faisaient office de relais entre les services pour l'enfance et l'Agence d'adoption. Ils s'appelaient aide familiale Nord et aide familiale Sud. Le service Nord gérait Manhattan, le Bronx, et tout ce qui se trouvait à l'ouest de la rivière, tandis que le Sud gérait Brooklyn, Maspeth, Williamsburg – tout ce qui se trouvait à l'est. Depuis, chacun a été divisé en huit services distincts, chacun avec sa propre juridiction.

– Donc les dossiers que j'ai ici...

– Auraient tous dépendu de la zone Sud.

– Et l'AAC et les services pour l'enfance gardent des registres séparés pour chaque dossier ?

– Oui, et c'était la mission du département de l'aide familiale d'assurer la coordination entre les deux.

– Donc, que vous travailliez au bureau Nord ou au bureau Sud, vous aviez accès à tous ces dossiers et vous saviez à chaque instant où étaient les enfants ?

– Oui, vous pouviez accéder aux informations à tous les niveaux du processus d'adoption.

– Et combien de personnes travaillaient dans chacun des services originaux ?

– Oh ! Seigneur, je ne sais pas ! Peut-être sept ou huit cents personnes dans chaque bureau.

– Sept ou huit cents ?

– Oui, facile. Peut-être plus. Ils géraient un sacré paquet de dossiers sur une zone immense, inspecteur.

– D'accord. Je vois. Et si je veux la liste de tous les employés du bureau Sud original, comment je fais ? »

Jamie secoua la tête.

« Je suppose que nous l'avons ici quelque part. Peut-être au service du personnel.

– Et ils savent aussi à quel nouveau département a été affecté chaque employé du bureau Sud ?

– J'imagine, oui. Ils fonctionnent désormais à partir des codes postaux. Le service du personnel pourra vous fournir une liste de tous ces bureaux ainsi que leur adresse.

– OK. Vous m'avez été d'une grande aide, Jamie. Merci de m'avoir accordé votre temps.

– Vous croyez que c'est quelqu'un de l'aide familiale qui a fait ça à ces filles ? »

Parrish secoua la tête.

« Aucune idée. Il n'y a peut-être pas de lien. Ça pourrait être une simple coïncidence...

– Je ne crois pas trop aux coïncidences, observa Jamie. Je n'y ai jamais cru.

– Moi non plus, mais tant que nous n'avons rien de plus solide pour établir un lien, ça n'est rien d'autre qu'une coïncidence. » Parrish se leva. « Je vais aller voir le service du personnel », dit-il. Il marqua une pause à la porte, ajouta : « Vous comprenez que tout cela est strictement confidentiel. Pas de bavardages avec vos collègues autour de la machine à café. J'insiste vraiment là-dessus, Jamie. »

Celui-ci sourit.

« Je ne suis pas porté sur les rumeurs et les ouï-dire, inspecteur, ne vous en faites pas, mais s'il s'avère qu'il s'agit de quelqu'un de chez nous, ça risque de mettre un sacré bazar, vous ne croyez pas ?

– Bien sûr, répondit Parrish, mais espérons que ce n'est pas le cas, hein ? »

31

Parrish quitta les archives des services pour l'enfance avec une liasse de papiers qui recensaient plus de neuf cents noms, ceux de chaque employé du bureau Sud de l'aide familiale. Il avait aussi un listing de tous les nouveaux bureaux des districts Nord et Sud. Le plus proche du commissariat – le bureau Sud 5 – était littéralement à quelques minutes à pied, de l'autre côté de Fulton Street. Il se sentait calme et déterminé, mais aussi quelque peu submergé. La première chose à faire serait de séparer les hommes des femmes. Ce domaine – si l'on exceptait des raretés telles que Carol Mary Bundy et Aileen Wuornos – était principalement masculin. Il ne savait pas si le bureau Sud de l'aide familiale était le lien entre Rebecca, Karen, Melissa et Nicole, mais il ne pouvait ignorer cette possibilité. Et s'il y avait bien un lien, si ces filles n'avaient pas été choisies au hasard, mais à partir de fichiers et de dossiers conservés au sein des unités de coordination administrative des services pour l'enfance, alors les conséquences seraient stupéfiantes. Et si tel était le cas, alors Parrish était certain qu'il y en aurait d'autres. Des adolescentes issues d'un milieu familial instable, peut-être choisies à partir de photos, voire au terme d'entretiens avec un conseiller des services pour l'enfance ou de l'Agence d'adoption... choisies parce qu'elles ne manqueraient à personne, parce que personne n'en aurait rien à foutre, parce qu'elles ne comptaient pour rien ?

Un tueur pervers avait-il procédé ainsi ? Ou bien Parrish s'accrochait-il à une coïncidence fragile qui ne ferait qu'accroître l'aigreur de ses collègues et de ses supérieurs, lui ôtant finalement toute chance de retrouver sa place au sein de la brigade criminelle et du département de police ?

Est-ce que ça en valait la peine ?

Parrish estimait qu'une telle question n'était pas digne de considération.

Il reprit le métro de Canal Street jusqu'à DeKalb. Tandis qu'il marchait vers le commissariat, il eut soudainement faim. Il avait oublié ce que ça faisait d'avoir de l'appétit. Il s'arrêta dans un petit restaurant de Livingston et commanda un sandwich au thon et à la mayonnaise, des frites, un café, et, lorsqu'il eut fini, il commanda un autre café et une viennoiserie aux noix de pécan. Il ne laissa rien dans son assiette et, comme il quittait le restaurant et marchait vers son bureau, il songea qu'il passerait peut-être le restant de la journée sans boire un verre. Quelque chose avait changé. C'était un changement subtil, presque imperceptible, mais il sut aussitôt de quoi il s'agissait : il avait éprouvé la même chose à ses débuts en tant qu'inspecteur. Le sentiment que ce qu'il faisait servait à quelque chose.

Radick était assis à son bureau. Il demanda à Parrish comment ça s'était passé à Manhattan.

« Pas mal », répondit celui-ci. Il montra la liasse de papiers. « J'ai peut-être quelque chose ici. J'examine la possibilité d'un lien entre Rebecca et quelques affaires plus anciennes.

– Vous êtes sérieux ?

– Du calme, fit Parrish en levant la main, souriant d'un air entendu. Ne vous emballez pas, Jimmy. Ce n'est peut-être rien. Je dois trouver la réponse à quelques questions avant de parvenir à la moindre conclusion. » Il s'assit, demanda : « Alors quoi de neuf de votre côté ?

– Je crois que nous avons quelque chose sur le type qui s'est fait poignarder sur le campus. J'ai lancé un avis à toutes les patrouilles.

– Et celui du métro ?

– Frank, sérieusement, c'est une impasse. Pas de témoins, personne ne s'est présenté spontanément, rien du côté de ses amis ou de sa famille. Nous avons une chance sur un million de résoudre cette affaire.

– C'est ce que je me disais.

– Pour ce qui est de l'affaire Rebecca Lange, peut-être devrions-nous enquêter du côté des gens dont parlait Larry Temple ? Les types qui ont tourné un film porno avec elle ? Il a dit que vous et lui connaissiez les mêmes noms dans ce milieu.

– Il y a deux ou trois possibilités, répondit Parrish. Je crois qu'un des types est parti à L.A., mais il y en a encore un ou deux dans les parages que nous pourrions interroger.

– Vous voulez le faire aujourd'hui ? »

Tandis que Parrish consultait sa montre, le téléphone sonna sur un bureau voisin.

« Je ne sais pas, dit-il. Je dois réfléchir à la meilleure façon d'utiliser notre temps. »

Le téléphone continuait de sonner. Encore trois ou quatre sonneries et l'appel serait transféré à tous les bureaux.

Radick et Parrish attendirent, conscients que si Engel ou West n'apparaissaient pas dans les prochaines secondes, ce serait à eux de décrocher.

« Merde ! s'écria Radick, décrochant le combiné et enfonçant la touche 1. Radick à l'appareil, dit-il à l'opérateur, qu'est-ce qui se passe ? » Il attrapa un carnet, saisit un stylo dans la poche intérieure de sa veste. « Encore, dit-il, et il nota une adresse. OK, on arrive. »

Radick raccrocha.

Parrish arqua les sourcils d'un air interrogateur.

« Fille morte dans un carton derrière le Brooklyn Hospital. »

C'était suffisamment près pour s'y rendre à pied, et si Parrish avait été seul, c'est ce qu'il aurait fait. Ils se frayèrent un chemin à travers Fulton et Flatbush, prirent à gauche dans Ashland et s'arrêtèrent au croisement de Saint-Edwards et Willoughby. Deux voitures de patrouille avaient bloqué l'entrée d'une étroite allée qui courait entre deux bâtiments. Sur la gauche se trouvait Fort Greene Park, et quelques badauds avaient déjà commencé à se rassembler. S'ils avaient été prévenus à l'avance, ils auraient peut-être amené leurs gamins, des sandwichs, une couverture pour s'asseoir par terre. Parrish échangea quelques mots avec l'un des agents en uniforme. Le coroner adjoint et la police scientifique avaient déjà été alertés et étaient en route. Parrish apprit que le coup de fil original avait été passé par un gardien qui avait la responsabilité des bennes à ordures au bout de l'allée. Elles étaient remplies et vidées quotidiennement, et il n'était apparemment pas rare de trouver d'autres détritus. Cette fois, quelqu'un avait déposé un grand carton au milieu de l'allée. Le gardien avait jeté un coup d'œil dedans et il avait découvert le cadavre. Il était en ce moment derrière le bâtiment avec une infirmière et un autre agent. C'était un homme âgé. Manifestement, il avait le cœur fragile.

Les deux inspecteurs s'engagèrent dans l'allée. Les bâtiments de chaque côté faisaient au moins vingt ou vingt-cinq mètres de haut, et la lumière était faible. Parrish plissa les yeux dans la semi-obscurité, se demandant combien d'ombres il entraînait avec lui. C'était à de tels instants que ce qu'il savait prenait tout son sens, que toutes les connaissances spécifiques qui ne servaient à rien dans la vie quotidienne étaient vitales. Les choses les plus infimes devenaient les plus importantes, et les évidences devenaient insignifiantes.

Tout en étant soulagé que l'allée soit relativement propre, Parrish marqua une pause le temps de trouver ses repères. À une extrémité se trouvait un petit parking qui faisait partie du Brooklyn Hospital, à l'autre, un passage en L où étaient les bennes à ordures. L'allée était en fait une impasse de quinze ou vingt mètres de long, avec une issue de secours sur la droite à environ trois mètres de son extrémité. Le carton se trouvait à une bonne dizaine de mètres de la rue, et, tandis que Radick examinait le sol, Parrish prit une inspiration et s'engagea dans l'allée pour voir ce qu'on lui avait laissé.

Tandis qu'il approchait du carton, il enfila des gants de latex. Il sentit les premières gouttes de pluie et jura intérieurement.

« Jimmy ! lança-t-il en direction de l'entrée. Allez chercher deux lampes torches et une bâche. Il va pleuvoir. Et renseignez-vous pour savoir qui collecte les ordures. Je veux voir le chauffeur de ce matin. Et essayez de découvrir ce que fout l'équipe scientifique. »

Radick lui fit un signe de la main et se dirigea vers la voiture.

Parrish hésita. Sans lumière, difficile de distinguer clairement le sol autour du carton. Il attendit que Radick réapparaisse à l'entrée de l'allée et marcha jusqu'à lui.

« La bâche arrive », dit Radick, et il lui tendit une lampe torche.

Parrish s'engagea de nouveau dans l'allée, examina le sol autour du carton, mais ne vit rien d'important. Il s'avança jusqu'à son bord, observa attentivement les rabats supérieurs sur lesquels un numéro de série avait été grossièrement imprimé à l'encre noire, remarqua les grosses agrafes de métal le long de la jointure ; le carton avait pu renfermer un réfrigérateur, peut-être un meuble. Comme il mesurait un mètre cinquante de haut pour un mètre de large, soit la fille était très petite, soit elle avait été repliée sur elle-même, ou peut-être qu'elle avait été démembrée. « Son visage. » C'est tout ce que l'agent en uniforme lui avait dit. « Le gardien affirme qu'il a ouvert le carton et qu'il a vu son visage. »

Parrish se demanda s'il contenait tout le corps ou simplement la tête, mais, lorsqu'il vit les yeux, il sut. Quand il enfonça les bras et chercha à tâtons sa main, il sut.

Elle ne portait pas de traces de coups, pas de bleus. Il n'y avait pas de sang, pas d'horribles écorchures sur ses épaules, sa poitrine, ses bras. Elle n'avait pas été ligotée ni bâillonnée, on ne lui avait pas bandé les yeux. Rien en elle n'indiquait la cause du décès, hormis les traces de ligature autour de son cou – une corde, un câble, peut-être une bande d'étoffe – et les signes d'hémorragie dans ses yeux.

Elle regardait Frank Parrish comme si elle était soulagée de le voir. Comme si elle était en paix. Elle était menue mais parfaitement proportionnée, ses cheveux étaient châtain foncé, coupés court à l'arrière, et Parrish estima qu'elle devait mesurer à peu près un mètre soixante pour environ cinquante kilos. Dans les 16 ans. Peut-être moins. Il fit un pas en arrière et prit une profonde inspiration. À première vue, elle était morte depuis six ou huit heures au plus.

Mais ce furent surtout les mains de la jeune fille qui attirèrent son attention. Les ongles colorés, parfaitement vernis, sans la moindre bavure, ni marque ni imperfection. Exactement comme ceux de Rebecca.

Parrish ressentit un calme intérieur. Pas un bruit, pas une pensée, le vide absolu.

Car il savait qu'elle avait été tuée par la même personne que les autres. Il ne pouvait en être autrement.

32

Quand on est jeune, on rêve de tout ce qu'on pourra faire, tout ce qu'on pourra être. Parrish n'avait exaucé aucun de ses rêves, et le temps manquait désormais. Ce vide le faisait souffrir comme un alvéole dentaire à vif. Le souvenir de ce qu'il avait voulu devenir faisait autant partie de lui que son propre sang : il se nourrissait de lui-même, était permanent. Sa vie était aussi prévisible et immuable que la progression des jours. Il se disait : *Chaque jour, quoi que je fasse, je ne m'améliore pas*. Le peu d'optimisme qui avait auparavant réussi à se frayer un chemin jusqu'à ses pensées – le sentiment qu'il arriverait peut-être à passer la journée sans boire – avait disparu.

Il se tenait à l'extrémité de l'allée, buvant un café infect dans un gobelet en plastique, attendant que la police scientifique et le coroner adjoint aient achevé leur travail. Il fit savoir à ce dernier qu'il avait besoin de tests sanguins et toxicologiques.

« Rohypnol, expliqua-t-il. Voilà ce que je recherche. Ça ou n'importe quel autre type de benzodiazépine. »

Il était 17 heures passées lorsque le coroner s'en alla avec le corps. Quelques minutes plus tard, le principal technicien de l'équipe scientifique sortit de l'ombre de l'allée et dit à Parrish ce qu'il ne voulait pas entendre.

« Pas de vêtements, aucun signe de lutte manifeste, pas de traces de morsures, pas de traces de doigts sur le cou, juste la ligature, mais nous avons prélevé quelques fibres dans les cheveux. Il n'y a aucune empreinte utilisable sur le carton.

La surface est trop rêche. Le numéro sur la boîte est un code de classification pour le carton lui-même, pas pour le produit qu'il renfermait. J'ai appelé le bureau et quelqu'un a vérifié auprès du fabricant... il vient de Chine, et plus de quarante millions de cartons de cette taille sont expédiés chaque année aux États-Unis. Ils sont livrés dans tout le pays, mais plus de 25 % d'entre eux arrivent sur la côte Est. Ils servent à emballer des meubles, des climatiseurs, des pièces automobiles, tout et n'importe quoi. Nous l'emportons avec nous, mais je ne suis pas sûr que le labo puisse vous en dire plus que ce que nous savons déjà, soit à peu près rien. »

Parrish remercia le technicien, regarda patiemment tandis que l'homme et son équipe remballaient leur cirque et disparaissaient.

Il pénétra dans l'allée, Radick à sa suite, et ils se tinrent un bon moment en silence.

« Nous avons trouvé la société de ramassage d'ordures, finit par déclarer Radick. Ils sont deux types à venir ici – le chauffeur, et celui qui accroche les bennes à l'arrière du camion et s'assure qu'elles basculent correctement. Ils n'ont pas vu le carton, n'ont rien remarqué qui sortait de l'ordinaire. Nous avons leur nom et leur adresse, un numéro de téléphone au siège de la société, mais je ne crois pas qu'ils nous en diront plus que ça. »

Parrish ne répondit rien. C'était ce à quoi il s'attendait.

Un peu plus de trois heures s'étaient écoulées depuis la découverte de la fille, et maintenant, en regardant dans l'allée, personne n'aurait rien remarqué d'inhabituel. C'était comme si elle n'avait jamais été là, que ce soit vivante ou morte.

Toutes les victimes ne sont pas égales.

C'était une chose que son père avait dite jadis, avant l'époque du BCCO, il y avait une éternité de cela. Et ce n'était que maintenant, après vingt-quatre ans dans la police, que Parrish saisissait enfin la profondeur de cette affirmation.

« Frank ?

– Je vais récupérer une photo auprès du légiste, déclara Parrish. Je vais en imprimer plusieurs et j'arpenterai moi-même tous les bureaux des services pour l'enfance et de l'Agence d'adoption s'il le faut. Et si elle ne figure pas dans leur système, alors... »

Il secoua la tête, regarda ses chaussures, n'ajouta rien.

Il passa devant Radick et regagna la voiture.

Quarante minutes plus tard, Parrish et Radick avaient récupéré des empreintes et des photos auprès du légiste. Parrish demanda à Radick d'effectuer une recherche sur les empreintes pendant qu'il se rendrait au bureau Sud 5 de l'aide familiale, de l'autre côté de Fulton. Lorsqu'il arriva, il était fermé. Il s'entretint avec les agents de sécurité dans le hall, mais ils ne pouvaient rien faire pour l'aider. Le bâtiment serait fermé et désert jusqu'au lendemain matin.

Sur le chemin du retour, il reçut un appel de Radick.

« Nous avons un nom, déclara celui-ci d'une voix impassible. Kelly Duncan. 16 ans. Père mort, mère vivante, enregistrée auprès des services pour l'enfance il y a deux ans.

– Vous êtes sûr ?

– Oui, sûr. Nous avons ses empreintes dans notre système suite à deux agressions.

– Qui l'a agressée ?

– Le père. Il a été là jusqu'à il y a un peu plus d'un an. Il a fait une overdose en juillet 2007.

– Et elle vivait toujours avec sa mère ?

– Oui, on dirait.

– Où ?

– 7e Rue, près du canal. »

Parrish ne répondit pas tout de suite : la 7e Rue ne se trouvait pas à plus de trois ou quatre blocs de l'endroit où vivait Caitlin. Et le corps de la jeune fille avait été découvert à l'arrière du Brooklyn Hospital, à peu près à la même distance de son propre appartement dans Clermont Avenue.

« Frank ?

– Oui, je suis là. Passez me prendre au bureau. Nous allons aller la voir. »

Janice Duncan était une ancienne junkie. Ça ne faisait aucun doute. L'état de ses dents, de sa peau, de ses cheveux – les signes révélateurs de l'addiction à l'héroïne.

Sa réaction en apprenant la mort de sa fille ne surprit pas Frank Parrish. Elle semblait philosophiquement résignée à l'inévitabilité d'un tel événement.

« Merde », lâcha-t-elle d'une voix neutre.

Elle s'assit sur le canapé et alluma une cigarette. Parrish prit le seul autre siège de la pièce ; Radick resta debout.

« Qu'est-ce qui s'est passé ?

– Nous pensons qu'elle a été assassinée, madame Duncan. Une autopsie est en cours en ce moment même...

– Assassinée, répéta-t-elle, mais ce n'était pas une question.

– C'est ce que nous pensons, oui, reprit Parrish. Puis-je vous demander quand vous l'avez vue pour la dernière fois ?

– Elle est venue dimanche, répondit Janice Duncan. Elle a passé l'essentiel de la journée ici. Elle a dit qu'elle allait bien. Elle ne semblait pas avoir de problèmes.

– Elle est venue ? demanda Parrish. Elle n'habitait pas ici ?

– Elle vivait la plupart du temps chez sa grand-mère. Nous avons toujours eu des rapports difficiles. C'était la fille de son père, aucun doute là-dessus, mais il se comportait tout de même comme un salaud avec elle. Je ne savais pas quoi faire d'elle. Elle séchait constamment les cours, traînait avec des gens trop âgés pour elle. Puis son père est mort l'année dernière, et elle est allée vivre chez sa grand-mère. Elle venait ici deux ou trois fois par semaine, mais parfois je ne la voyais pas pendant quinze jours... »

Elle laissa sa phrase en suspens. Elle regardait Parrish sans le voir.

« Donc sa grand-mère aura été la dernière personne à la voir ?

– Je suppose. Vous voulez son adresse ?

– S'il vous plaît, oui.

– Si vous voulez aller la voir maintenant, je vais vous accompagner. Je peux rester avec elle. Ça va lui faire un choc, vous savez ? »

Janice Duncan se leva et alla chercher son manteau dans le couloir.

Parrish se retourna et regarda Radick. L'expression de ce dernier disait tout ce qu'il y avait à dire. *Comment les gens en arrivent-ils là ? Comment en viennent-ils à ne pas se soucier du bien-être de leurs propres enfants ?*

La maison de la grand-mère se trouvait à trois blocs de là, dans la 9e Rue Ouest. Ici, la réaction fut totalement différente. Parrish et Radick restèrent une heure, principalement à écouter Janice Duncan consoler sa mère. Tout ce qu'ils glanèrent auprès de la grand-mère fut que Kelly était rentrée ici dimanche soir après avoir été chez sa mère, puis qu'elle était partie pour l'école lundi matin comme d'habitude. Ils notèrent le nom de l'école. Parrish supposait que Kelly avait été absente lundi, mais ils ne pourraient le vérifier que le lendemain matin. Kelly était-elle rentrée de l'école lundi ? Non, mais elle avait téléphoné pour dire qu'elle allait passer la nuit chez sa mère.

Janice Duncan expliqua que rien de tel n'était prévu, qu'elle n'avait pas vu Kelly lundi.

D'où Kelly avait-elle appelé ? De son téléphone portable, supposait la grand-mère.

Les inspecteurs s'en allèrent peu après 20 heures.

« Relevés téléphoniques, dit Parrish lorsqu'il grimpa dans la voiture. Quelle adolescente n'a pas de téléphone portable de nos jours ?

– Je m'y attelle dès demain matin, répondit Radick.

– Pas simplement pour Kelly – pour Rebecca aussi. Et les autres. Melissa, Nicole et Karen.

– Vous croyez vraiment qu'elles ont toutes été tuées par le même assassin ?

– Je n'en ai aucune idée, Jimmy, absolument aucune idée. »

Radick déposa Parrish au coin de Clermont et lui souhaita une bonne soirée.

« Je veux commencer de bonne heure demain, dit Parrish. 8 h 30, OK ?

– 8 h 30 », répéta Radick, et il s'éloigna.

Parrish marcha jusqu'à son immeuble, pénétra dans le hall alors même que Grace Langham et sa mère arrivaient en sens inverse. Parrish les attendit, leur tint la porte.

La fillette était en larmes, sa mère la portait. Parrish reconnut les symptômes – fatigue, froid, plus que probablement faim –, et sa mère n'aurait pas la paix tant que Grace n'aurait pas été nourrie et couchée. En tant que parent, il y avait des choses qu'on n'oubliait jamais.

Parrish sourit lorsque Mme Langham entra dans l'ascenseur. Une fois encore, cette expression gênée, ce léger embarras – non seulement parce qu'elle se trouvait en présence d'une personne à qui elle ne savait pas quoi dire, mais surtout parce qu'elle éprouvait ce besoin instinctif de s'excuser que connaissent tous les parents lorsque leurs enfants risquent de taper sur les nerfs des autres.

« Alors qu'est-ce qui t'arrive ? » demanda Parrish.

Sa question s'adressait à Grace, mais il ne reçut pas de réponse. Cependant, vu qu'elle avait la tête sur l'épaule de sa mère et Parrish juste en face d'elle, la fillette ne pouvait l'ignorer.

« Gracie ? insista-t-il, et elle le regarda brièvement. Alors tu m'écoutes, hein ? Bien, j'ai une question à te poser. »

Gracie se contenta de le regarder fixement. Elle avait les larmes aux yeux, la respiration entrecoupée.

« Tu es prête ? »

Elle écarquilla les yeux.

« Quel âge as-tu, Gracie ?

– 6... 6 ans, bafouilla-t-elle. 6 ans et un quart. »

Mme Langham se tourna à demi pour regarder Parrish. Elle avait une expression perplexe, et comprit alors qu'elle aurait tout aussi bien pu ne pas être là.

« 6 ans et un quart ? Bon, voyons voir. Ça fait quoi ? Deux mille, deux mille cent, deux mille deux cent... quatre-vingts quelque chose. Deux mille deux cent quatre-vingts jours. C'est ton âge. »

Grace acquiesça. Elle ne pleurait plus.

« Bon, voici un jeu... avant de sortir de l'ascenseur, tu dois penser au jour que tu as préféré de tous.

– Mon préféré ?

– Oui. Le meilleur, meilleur, meilleur jour de tous.

– Disneyland ! s'écria-t-elle soudain.

– Disneyland ? Non ! Tu es allée à Disneyland ?

– Oui ! Je suis allée à Disneyland !

– Et c'était bien ? »

La sonnette de l'ascenseur retentit, la cabine ralentit, s'immobilisa.

« Le meilleur ! Le meilleur jour de tous ! » répondit Gracie, et elle se mit à rire.

Les portes s'ouvrirent.

« La prochaine fois, tu pourras me raconter, dit Parrish. Maintenant, va manger quelque chose, et au lit, d'accord ? »

Gracie riait toujours lorsqu'elle sortit de l'ascenseur avec sa mère.

Mme Langham jeta un coup d'œil en arrière lorsqu'elle arriva devant chez elle. *Merci*, prononça-t-elle silencieusement, et les portes de l'ascenseur se refermèrent.

Parrish entendit Gracie crier : *J'ai vu Mickey et Minnie !*, tandis que la cabine recommençait à s'élever.

De retour dans son appartement, Parrish ôta son pardessus et sa veste, se rendit à la cuisine et se versa deux doigts de Bushmills.

Il regagna le salon, téléphona à Eve Challoner ; la ligne était occupée.

Il songea à Caitlin. Quelle que soit la ligne qui coupe un cercle, les deux parties colleront toujours parfaitement. S'il l'appelait maintenant, elle le questionnerait sur l'alcool. Elle ne comprenait pas ; bon sang, personne ne comprenait vraiment ! Comme le disait Mitch Hedberg, *l'alcoolisme est la seule maladie pour laquelle on se fait gueuler dessus*. Il avait dit ça avant de mourir d'une overdose.

Caitlin – la plus lumineuse de ses journées, la plus sombre de ses nuits. Et une adolescente morte à moins de trois ou quatre rues de l'endroit où elle vivait.

Il décrocha le téléphone et rappela Eve. Répondeur. Il raccrocha et retourna à sa bouteille dans la cuisine.

33

MERCREDI 10 SEPTEMBRE 2008

« Comment allez-vous ce matin ?

– Ça va. Je me sens bien.

– Où en est votre affaire ?

– Nous en avons eu une autre hier.

– Une autre fille ?

– Oui.

– Et... ?

– Nous attendons les résultats des tests toxicologiques. Si elle a été droguée, alors je pense que nous pouvons considérer que le tueur est le même. Elle est physiquement semblable aux autres, porte le même vernis sur les ongles. On dirait vraiment le même type, vous savez. Et si c'est quelqu'un d'autre, alors c'est une putain de coïncidence.

– Quel âge avait-elle ?

– 16 ans.

– Et vous avez dû informer ses parents ?

– La mère. Le père est mort, overdose il y a quelque temps. Il battait sa fille. La mère est une ex-junkie, pour autant que ce soit possible.

– Ce qui signifie ?

– Ce qui signifie que les ex-junkies sont très rares. Quand ils sont *ex*, c'est généralement qu'ils sont morts.

– Je vois... Bon, revenons-en à vous, Frank. La dernière fois nous avons parlé...

– Nous avons parlé du fait que mon père avait peut-être buté deux types pour les empêcher de témoigner.

– Oui. Et comment vous êtes-vous senti après m'avoir raconté ça ?

– Impeccable. La super pêche.

– Sérieusement.

– Qu'est-ce que vous croyez ?

– Je ne sais pas, Frank. C'est à vous de me le dire.

– Bon sang ! la vérité, c'est que ce que je ressens n'a aucune importance. Le passé est le passé.

– Je ne vous suggère pas de vous y accrocher. Tout ce que je dis, c'est que pour vous en débarrasser, vous devez le comprendre.

– Qu'y a-t-il à comprendre ? C'était un escroc, aussi coupable que tous les hommes qu'il a arrêtés. S'il a réussi à conserver une aussi bonne réputation, c'est parce qu'il était très intelligent, mais aussi parce que le système auquel il appartenait était corrompu. Si le système avait été vertueux, alors il n'y serait jamais parvenu.

– Je sais que vous croyez vraiment qu'il a tué ces hommes, Manri et McMahon, qu'il était réellement capable d'un tel acte. Mais d'après vous, quel était son mobile ? L'argent ?

– Oui, l'argent, mais aussi pour se protéger, pour protéger ses supérieurs, pour s'assurer qu'il ne se retrouverait pas dans la ligne de feu... mais qu'importent ses mobiles, il les a tués, et s'il les a tués, alors c'était un assassin qui n'a jamais été puni...

– Mais il a été puni. Il a lui-même été assassiné.

– Près d'une décennie et demie plus tard. Il s'en est tiré pendant tout ce temps. Et je ne peux pas concevoir qu'ils aient attendu aussi longtemps pour le tuer à cause de Manri et McMahon. Je suis sûr qu'il se passait d'autres choses. Quinze ans, c'est long.

– Croyez-vous qu'il méritait de mourir ?

– Probablement, oui.

– Croyez-vous en la peine de mort ?

– En tant que moyen de dissuasion, non, en tant que châtiment, oui.

– Donc certaines personnes méritent de mourir.

– Oui. Vous ne pensez pas ?

– Ce que je pense n'a aucune importance, Frank, il s'agit de vous.

– De très bonnes bases pour entamer une liaison.

– Ne vous écartez pas du sujet. Je veux parler de ça. Je veux savoir qui, à votre avis, mérite de mourir.

– Eh bien, pour commencer, il y a ce type – pour autant qu'il s'agisse bien d'un seul et même type –, celui qui drogue, qui baise et qui étrangle des adolescentes. Il fera l'affaire.

– Si vous saviez qui il est, le tueriez-vous ?

– Si je savais qui il est, je l'arrêterais, je lui lirais ses droits, je le bouclerais et je laisserais le procureur l'inculper.

– Avez-vous foi dans le système ?

– Parfois.

– Que pensez-vous des gens qui s'en tirent grâce à des vices de procédure ?

– J'ai appris à être philosophe.

– Comment ça ?

– Un type que je connaissais, il a fait deux braquages. Un jour, il a tué une fille. Elle avait 23 ans et était enceinte. J'avais un témoin qui l'avait vu entrer dans la banque avant d'enfiler sa cagoule. Il l'a vu entrer avec son canon scié. Une fois à l'intérieur, il n'y avait rien à part une vidéo de surveillance qui le montrait cagoulé, donc tout reposait sur la déclaration du témoin. Eh bien, le témoin a eu une attaque environ trois semaines avant le procès et le procureur a dû laisser tomber l'affaire. Le braqueur est allé au tribunal pour rencontrer son avocat et le juge, et il a appris la bonne nouvelle. Après quoi il quitte le tribunal, marche un moment dans la rue, puis il hèle un taxi. Et au moment où il descend du trottoir, il se fait renverser par un camion. Il a fini écrasé en bouillie sur plusieurs dizaines de mètres.

– Le karma.

– Vous pouvez appeler ça comme vous voulez, il a eu ce qu'il méritait.

– Vous croyez que ça arrive à tout le monde ?

– D'une manière ou d'une autre, ça finit par arriver, oui.

– Donc vous êtes un bouddhiste refoulé ?

– Si vous voulez.

– Et que croyez-vous qu'il va vous arriver ?

– Moi ? Aucune idée.

– Vous pensez que tout va bien se passer, ou est-ce que vous pensez...

– J'essaie de ne *pas* penser à ça.

– Donc où en êtes-vous avec votre affaire ?

– Nous attendons les résultats des tests sanguins et toxicologiques, nous retrouvons les relevés téléphoniques de toutes les filles. Nous commençons à nous pencher un peu plus sur le lien avec les services pour l'enfance et l'Agence d'adoption.

– Et s'il y a bien un lien ?

– Alors ça va sacrément chier.

– Et comment dormez-vous ?

– Habituellement sur le dos.

– Frank !

– Ça va, doc, sérieusement. Je dors bien.

– Et votre régime ? La boisson ?

– Mon régime n'est pas terrible. Ça fait un bout de temps que ça dure. Parfois j'ai envie de manger, mais c'est rare. Et j'ai la plupart du temps envie de boire.

– Il y a des cachets contre ça.

– Ceux qui vous rendent malade si vous buvez ? Non merci. Je déteste les cachets. Quand vous vous engagez dans cette voie, vous n'en revenez jamais.

– Bon, je ne peux pas vous forcer à prendre quoi que ce soit, mais vous sentez-vous mieux que quand nous avons débuté nos séances ?

– Je me sens… je ne sais pas comment décrire ça. Je me sens… heu… je me sens un peu agité.

– Agité ? Comment ça, agité ?

– Comme si parler de tout ça me faisait prendre conscience du fait que j'ai un paquet de raisons d'être furax.

– Il vaut mieux que ça sorte plutôt que le garder à l'intérieur.

– C'est ce qu'on m'a dit.

– Vous ne croyez pas ?

– Je n'ai pas encore décidé.

– OK, Frank, je ne vais pas vous retenir plus longtemps aujourd'hui. Vous devez progresser sur cette affaire, et je crois que le travail est la meilleure thérapie pour vous en ce moment.

– Oui, c'est sûr. Découvrir des adolescentes mortes illumine toujours mes journées. »

34

Sur le bureau de Parrish se trouvait une note l'informant que le père Briley avait téléphoné. Est-ce que Parrish pouvait le rappeler ? Il jeta la note à la poubelle. Bon sang ! il racontait déjà sa vie à Griffin, il n'avait franchement pas besoin d'avoir aussi un prêtre sur le dos, surtout un prêtre qui ne semblait voir aucune différence entre son père et lui.

À 11 heures, Parrish avait appris des professeurs de Kelly qu'elle avait assisté à tous ses cours du lundi. Ce qui lui donnait une fourchette horaire. Les déchets au fond de l'allée du Brooklyn Hospital étaient collectés chaque matin entre 9 h 30 et 10 heures. Maintenant, tout ce qu'il lui fallait, c'était le rapport d'autopsie, et avec un peu de chance celui-ci lui dirait combien de temps elle avait passé dans son carton, depuis combien de temps elle était morte.

En attendant ces résultats, Radick et lui tentèrent d'obtenir les relevés des téléphones portables des filles. Ils contactèrent les parents qui étaient joignables, songeant qu'ils auraient dû le faire plus tôt. Mais ça ne faisait qu'un jour ou deux qu'ils envisageaient la possibilité d'un lien ténu entre les victimes. Et même maintenant ça n'était rien de plus qu'une intuition, une hypothèse, de la part de Parrish. Et s'il y avait bel et bien un lien, il restait à découvrir.

Après deux heures de travail, ils commencèrent à faire des progrès. Il semblait que les relevés de Kelly et de Rebecca étaient disponibles, mais ils devraient passer plusieurs autres coups de fil et remplir la paperasse de rigueur avant qu'on les leur envoie par e-mail. Pour Karen, Nicole et Melissa – simplement à cause du temps qui s'était écoulé depuis que leur compte avait été pour la dernière fois actif –, ce serait mission impossible. Parrish essaya même le nom d'Alice Forrester, au cas où quelqu'un aurait cherché à contacter Nicole par l'intermédiaire de sa demi-sœur, mais c'était comme avancer à l'aveuglette dans une allée obscure. Ils devraient se contenter de ce qu'ils pourraient obtenir, en espérant qu'ils apprendraient quelque chose.

Antony Valderas descendit à 14 heures, hanta la pièce pendant quelques minutes. Il examina le tableau, prit quelques notes sur un bout de papier, puis sauta sur Parrish et Radick avec son style inimitable.

« Donc j'ai cru comprendre que vous aviez établi un lien entre ces affaires ? demanda-t-il à Parrish.

– C'est vraiment une simple hypothèse, répondit celui-ci. Nous attendons les résultats des tests toxicologiques de Kelly Duncan et quelques relevés téléphoniques que nous avons demandés. Si elle a été droguée aux benzodiazépines, alors on sera sur la bonne voie. Et si je trouve ce que j'espère sur les relevés, alors on aura un lien avec quelqu'un aux services pour l'enfance ou à l'Agence d'adoption.

– Le tueur ou un intermédiaire ? »

Parrish secoua la tête.

« Je ne sais pas. Ça pourrait tout aussi bien être quelqu'un qui fournit les filles à un autre que notre homme lui-même. »

Valderas se tourna vers Radick.

« Et votre message aux patrouilles concernant le suspect de l'assassinat du campus ?

– Ils continuent de chercher. Nous avons eu deux rapports, mais au bout du compte ce n'étaient pas les bonnes personnes. »

Valderas secoua la tête. Il inspira profondément, souffla tout en regardant le tableau.

« J'ai besoin que ça bouge, les gars, vraiment. Vous avez beaucoup de noms en rouge, et il me faut des noms en noir. » Il se tourna de nouveau vers Radick. « Les bonnes réputations se construisent vite, Radick, souvenez-vous-en.

– Bien sûr, sergent, bien sûr, répondit Radick.

– Alors faites ce que vous avez à faire, mais accélérez le mouvement, OK ? »

Valderas s'en alla. Parrish regarda Radick mais ne dit rien. Radick resta silencieux.

L'appel du bureau du légiste arriva juste avant 15 heures. Les résultats de Kelly étaient prêts. Le légiste en personne, Tom Young, avait effectué les tests sanguins et il serait encore là pendant deux heures s'ils voulaient lui parler.

Radick les conduisit jusqu'à la morgue et se gara à l'arrière du bâtiment.

« Elle a été droguée, dit Young à Parrish avant même qu'ils aient atteint le bout du couloir. Et il n'y est pas allé de main morte. Une très grosse dose. D'après mes observations, ç'a dû se passer lundi en fin d'après-midi ou en début de soirée. »

Young tint la porte battante aux inspecteurs. Ils traversèrent la salle d'autopsie et ils la virent. Nue. Une cicatrice en Y sur le torse, ses cheveux encore humides après qu'on l'avait lavée. Ses bras étaient minces, ses mains, délicates – et ses ongles, rouges.

Parrish demeura un moment silencieux. Elle ressemblait tant à Rebecca. Trop.

« Morte entre 4 et 8 heures mardi matin, je dirais. La rigidité ne donne pas d'indication précise, mais je suppose qu'elle a passé entre quatre et cinq heures dans le carton. Elle a été retrouvée à 13 heures, exact ? »

Parrish acquiesça.

« Ce qui vous donne une fourchette. Enlevée et droguée lundi en fin d'après-midi, morte tôt mardi matin, disons aux alentours de 5 heures, placée dans le carton quasiment aussitôt, abandonnée dans l'allée vers 10 h 30.

– Après la collecte des déchets », précisa Radick.

Parrish ne dit rien. Il regarda le visage de Kelly, puis ses mains, puis les ongles rouge vif de ses orteils. Elle semblait si petite, si fragile. Légère comme une plume.

« Cause du décès ? demanda Radick.

– Strangulation, répondit Young. Aucun doute là-dessus. Plus que probablement avec une écharpe. Pas une corde ni un câble. Il n'y a pas de déchirure, pas de traces de fil. Et on dirait qu'elle ne s'est pas débattue. Il n'y a aucune abrasion supplémentaire, pas de bleus, rien sous les ongles, rien qui indique qu'elle se serait défendue.

– A-t-elle été violée ? demanda Parrish.

– Aucun signe de viol, répondit Young. Elle a eu un rapport sexuel – anal et vaginal –, il y a des contusions au niveau du rectum, mais rien d'extraordinaire pour ce type de rapport. Rien dans les orifices, hormis du spermicide Nonoxynol-9 et du lubrifiant.

– Il a utilisé un préservatif, déclara Radick d'un ton neutre.

– À coup sûr. »

Parrish regarda Radick. Ce qu'il pensait se lisait sur son visage. Même mode opératoire, même type de victime, et elle avait un lien avec les services pour l'enfance ou l'Agence d'adoption.

Ils remercièrent Young et regagnèrent leur voiture derrière le bâtiment.

Ils restèrent assis quelques instants en silence, puis Parrish se tourna vers son équipier.

« Ça ne va pas être simple », dit-il. Sa voix était posée et calme. « Pour le moment, il y a des chances pour que nous ayons plusieurs victimes pour un même tueur. Melissa – la fugueuse – n'a peut-être pas été assassinée, car nous n'avons pas retrouvé son corps. L'affaire a été confiée à Rhodes et Pagliaro. Hayes et Wheland s'occupaient de Jennifer, mais nous ne savons pas si elle fait partie du lot car je n'ai pas trouvé de dossier à son nom à l'Agence d'adoption ni à l'aide familiale. Tout ce que j'ai sur elle, c'est une description physique similaire aux autres, et une cause de décès identique. Nicole a été confiée à Engel et West, Karen à Franco au 91e à Williamsburg. Rebecca et Kelly dépendent de nous.

« Bon... toutes, sauf Jennifer, étaient directement ou indirectement reliées à l'aide familiale Sud, le bureau qui coordonnait tous les dossiers administratifs pour les services pour l'enfance et l'Agence d'adoption du comté. Les bureaux ont été répartis sur plusieurs juridictions il y a quelque temps, et il y en a désormais seize en tout. Elles dépendaient toutes du bureau Sud, mais les dossiers de Rebecca et Kelly ont été transférés ailleurs. Nous devons découvrir où. Si nous apprenons qu'ils étaient gérés dans le même bureau...

– Où se trouve le bureau le plus proche ? interrompit Radick, comprenant soudain ce qu'une telle découverte pourrait signifier.

– District 5, répondit Parrish. C'est juste de l'autre côté de Fulton. »

Une heure plus tard, ils quittaient les bureaux du district 5 bredouilles. Ils n'avaient pas de mandat. Les registres de l'aide familiale étaient confidentiels. De retour au bureau, Parrish demanda à Radick de remplir une demande de mandat pendant qu'il irait parler à Valderas.

« Je veux l'autorisation d'enquêter sur les autres affaires actives, dit-il au sergent de brigade. Je crois que nous sommes confrontés à un multirécidiviste, et certaines affaires ont originellement été confiées à d'autres équipes.

– Combien ?

– Trois. Rhodes et Pagliaro, Hayes et Wheland, Engel et West. Il y en a une autre qui dépend du 91e à Williamsburg, et je la veux aussi. Six en tout.

– Je ne peux pas vraiment faire ça, Frank.

– Parce que ?

– Parce que vos autres affaires en cours vont être abandonnées si vous ne vous en occupez pas. À qui voulez-vous que je les confie ?

– Vous pourriez demander à Radick de travailler dessus, et je mènerais cette enquête seul...

– Hors de question, Frank, hors de question. J'ai reçu l'ordre strict de vous garder à l'œil pour le moment. Bon sang, mon vieux, vous passez en commission d'évaluation à la nouvelle année ! Si ça se trouve, vous n'aurez plus de boulot à la deuxième semaine de janvier.

– Tony, j'ai *réellement* besoin que vous me confiiez les quatre autres affaires. »

Valderas secoua la tête.

« Je ne sais pas, Frank, vraiment. Vous allez devoir nous présenter du solide pour les obtenir. Une simple intuition de Frank Parrish ne suffira pas. Et même si je parviens à vous confier celles qui dépendent de chez nous, je ne vois pas comment je pourrais vous refiler celle de Williamsburg.

– OK, OK... faites ce que vous pouvez, d'accord ? J'ai demandé à Radick de rédiger une demande de mandat pour accéder à certains dossiers des services pour l'enfance. Est-ce que vous pouvez au moins m'appuyer là-dessus ?

– Les dossiers de qui ?

– Rebecca Lange et Kelly Duncan, les deux dernières. Elles sont toutes les deux à nous.

– Ça, je peux le faire. » Valderas consulta sa montre. « Il est près de 18 heures. Vous ne pourrez rien consulter aujourd'hui. Je vais voir ce que je peux faire pour que votre demande soit traitée demain avant midi. Vous pouvez passer un peu de temps sur les autres affaires en attendant.

– Oui, d'accord. »

Mais Valderas savait qu'il n'en ferait rien. Il le vit à l'expression de Parrish lorsque celui-ci se retourna pour quitter la pièce.

« Frank ? » lança Valderas.

Parrish marqua une pause.

« Comment est Radick ?

– Il est bien. Il fera un bon inspecteur un jour.

– Ne me le foutez pas en l'air avant qu'il ait eu sa chance, OK ? Vous avez tendance à casser tout ce qu'on vous donne. »

Parrish ne répondit rien. Il referma la porte du bureau de Valderas derrière lui et fila dans le couloir.

35

JEUDI 11 SEPTEMBRE 2008

« Avez-vous bu hier soir ?

– Oui.

– Combien ?

– Suffisamment.

– Suffisamment pour quoi ?

– Suffisamment pour arrêter de penser à vous.

– Je vais faire comme si je n'avais pas entendu ça, Frank.

– Comme il vous plaira.

– Je veux en parler maintenant.

– De quoi ?

– De l'alcool.

– Qu'est-ce que vous voulez dire ?

– Je veux que vous me racontiez quand vous avez commencé à boire, ce qui se passait dans votre vie à l'époque. Je veux juste que vous me disiez ce qui vous vient à l'esprit.

– C'est en train de devenir une vraie psychanalyse, pas vrai ?

– Non. C'est juste vous et moi discutant de certaines choses, et alors peut-être que je trouverai dans ce que vous me direz quelque chose que nous pourrons examiner plus attentivement... analyser, si vous voulez.

– Donc c'est au petit bonheur la chance.

– Non, ce n'est pas au petit bonheur la chance.

– C'est pourtant ce qu'on dirait.

– Je crois qu'il est temps que vous cessiez d'éluder la question, Frank.

– Je ne sais pas quoi vous dire. J'ai commencé à boire quand j'étais adolescent. Deux ou trois bières avec mes amis, un peu de whiskey. Comme tout le monde à cet âge-là.

– Et vous avez continué de boire après être entré dans la police.

– Comme tout le monde. Ça n'a jamais été un problème. Quand vous êtes de service, vous picolez moins la veille. Quand vous êtes de repos, vous vous prenez une cuite. C'est la nature de la bête.

– Et vous buviez parce que vous en aviez envie ?

– Bien sûr.

– Alors quand avez-vous commencé à boire parce que vous en aviez *besoin* ?

– Quand j'ai commencé à venir vous voir.

– Arrêtez de faire le malin. Répondez à ma question, Frank.

– Bon Dieu, j'en sais rien ! Peut-être quand j'étais marié. Les gamins sont arrivés. Le boulot est devenu plus difficile.

– Et la mort de votre père ?

– Quoi ?

– Est-ce que vous avez bu plus après sa mort ?

– Je ne me souviens pas.

– Essayez, Frank. Essayez de vous souvenir.

– Je me souviens de l'enterrement. Je me souviens du nombre de flics qui étaient là. On aurait dit que tous les gens qu'il avait connus à l'équipe spéciale de Brooklyn, au BCCO et dans les commissariats où il avait travaillé étaient présents... et même deux ou trois agents fédéraux et quelques reporters du *New York Times*. Il y avait une grande photo de lui, un simple portrait, sur un chevalet au bout de l'église, là où se trouvait le cercueil. Il regardait tout le monde, et il avait la même expression sur le visage.

– Quelle expression ?

– Comme si tout le monde sauf lui était un abruti. Comme si tout le monde sauf lui n'était qu'une petite merde. Il avait souvent cette expression, comme s'il *savait* qu'il était plus malin que les autres.

– Mais il ne l'était pas ?

– Pas assez pour éviter de se faire buter.

– Vous pensez savoir qui l'a tué ?

– Bien sûr.

– Même après seize ans ?

– Hé ! c'est comme tout... plus le temps passe, plus on a de théories.

– Y a-t-il eu des théories qui vous ont effrayé ?

– Par exemple quelqu'un de la police ? Ce genre de chose ?

– Oui, qu'il s'agissait peut-être d'un autre policier qui protégeait ses propres intérêts.

– C'est très cynique de votre part.

– Mais très crédible, peut-être ? Étant donné ce dans quoi il avait trempé pendant toutes ces années.

– Je faisais de l'ironie. Bien sûr qu'il a été tué par quelqu'un de la police, ou du moins par quelqu'un qui a été forcé de le faire.

– Vous êtes un théoricien du complot ?

– Tout le monde est un théoricien du complot, mais je sais qu'il a été assassiné. Pendant toute sa carrière, il n'a fait que prendre, prendre, prendre, et finalement quelqu'un a décidé d'en reprendre une partie.

– Bon, au moins je suppose que ça n'avait rien à voir avec la Lufthansa. Je ne crois pas que quelqu'un aurait attendu toutes ces années pour le liquider.

– À moins que la personne n'ait été en prison pendant toutes ces années et ne l'ait buté après sa libération.

– Donc ça n'était pas forcément un policier.

– Ça pouvait être n'importe qui. Ça n'a plus d'importance.

– Donc... vous rappelez-vous avoir bu plus après sa mort ?

– Non.

– Après votre divorce, peut-être ?

– Non.

– Et quand votre équipier a été tué l'année dernière ?

– Je n'ai pas envie de parler de ça.

– Je crois que nous avons besoin d'en parler.

– Le besoin et l'envie ne sont pas la même chose.

– Je crois que *vous* avez besoin d'en parler, Frank.

– Pas question, docteur.

– Pourquoi ?

– Parce que c'est fini. C'est le passé. Je ne vois pas pourquoi j'irais tout déballer au grand jour pour finir par comprendre pourquoi je me taisais.

– Vous parlez de votre père, Frank. Ça aussi c'est le passé.

– Et ?

– Et vous avez dit que ça vous avait fait vous sentir mieux.

– J'ai dit que je ne me sentais pas pire. Je ne peux pas dire que je me sente franchement mieux.

– Quel était le nom de votre équipier ?

– Vous connaissez son nom.

– Je veux l'entendre de votre bouche.

– Pourquoi ?

– Parce que c'est un début.

– Michael Vale.

– Vous voyez, ce n'était pas si difficile que ça, si ?

– Ne soyez pas arrogante.

– Quel âge avait-il ?

– Plus jeune que moi.

– Depuis combien de temps faisiez-vous équipe ?

– Quatre ans. Depuis mai 2003.

– Et vous étiez tous les deux à la criminelle depuis le début ?

– Vol-homicide jusqu'à l'automne 2005, et après criminelle.

– Et il avait lui aussi sa plaque en or ?

– Il l'avait, oui.

– Il l'a eue avant vous ?

– Un mois plus tard.

– Y avait-il de la concurrence ?

– C'est une unité criminelle, pas une fraternité d'université.

– Donc il n'y avait pas de rivalité entre vous ?

– Non, il n'y avait pas de rivalité. Où êtes-vous allée chercher cette idée ?

– C'est juste une question.

– Je crois que vous en avez assez posé pour aujourd'hui. J'ai six filles mortes sur les bras.

– Je comprends, Frank.

– Qu'est-ce que c'est censé vouloir dire ?

– Ça veut dire que je comprends, Frank. Vous n'avez pas beaucoup de temps à m'accorder.

– Alors pourquoi donnez-vous l'impression que je cherche des excuses pour ne pas être ici ? J'ai beaucoup de travail. Un sacré paquet de travail...

– Je vous prie de m'excuser. Je sais que vous avez une charge de travail importante, je le sais bien. J'aimerais juste que vous soyez un peu plus loquace quand vous êtes ici.

– Bon sang, docteur, depuis combien de temps nous voyons-nous ?

– Nous avons commencé le 1er septembre, ça fait donc à peu près dix jours.

– Eh bien, en une semaine et demie vous m'avez soutiré plus de choses que ma femme en seize ans. Vous devriez prendre ça comme un compliment.

– OK, Frank.

– Je vous verrai demain, d'accord ?

– Va pour demain. »

36

Il y avait un nouveau message du père Briley sur son bureau. Ce bonhomme n'avait-il rien de mieux à faire ? Une fois de plus, Parrish le jeta à la poubelle.

Il n'y avait toujours pas de progrès du côté des relevés téléphoniques. Parrish supposait qu'il n'obtiendrait pas ceux de Melissa, Jennifer, Nicole et Karen à cause du temps qui s'était écoulé, mais il conservait un mince espoir pour ce qui était de Rebecca et Kelly. De toute évidence, les vêtements et les objets personnels de ces deux filles – téléphones portables inclus – avaient été pris par l'assassin, et plus que probablement détruits. Il s'agissait de savoir pendant combien de temps les sociétés de téléphone conservaient les données des comptes une fois que le client cessait d'utiliser le service. Un mois ? Six ? Un an peut-être ? La quatrième victime était morte en décembre 2007, soit dix mois plus tôt. Nicole était morte depuis quatorze mois, Jennifer, vingt et un, et Melissa avait disparu de la surface de la terre plus de deux ans plus tôt.

Le mandat pour accéder aux dossiers de l'aide familiale arriva à 11 h 30. Parrish et Radick marchèrent ensemble jusqu'au bureau Sud 5, où ils mirent un peu plus d'une demi-heure à découvrir que Kelly dépendait du nouveau bureau Sud 2. La seule information sur Rebecca était une simple note concernant un possible transfert au bureau de Williamsburg, le Sud 9. Le bureau Sud 2 se trouvait dans Adams, près de la station de métro High Street. Parrish décida de rester où il était pendant que Radick irait récupérer la voiture au commissariat.

« Vous pourriez marcher avec moi, déclara Radick. Un peu d'exercice ne vous ferait pas de mal, vous savez ?

– La principale cause de mort prématurée est l'exercice, répliqua Parrish. Si vous saviez combien de gens ont des attaques en faisant leur jogging ou en soulevant des haltères, vous ne mettriez plus jamais les pieds dans une salle de sport. »

Parrish fit la causette à l'agent de sécurité dans le hall jusqu'à ce que son équipier se gare au bord du trottoir. Il grimpa dans la voiture, et Radick prit Adams sur la droite au bout de Fulton. Borough Hall sur la gauche, Polytechnic sur la droite, un peu plus loin ils passèrent devant le bâtiment de la Cour suprême en face de NY Tech. Ça lui fit penser à Caitlin ; un examen qu'elle avait passé quelque temps auparavant dans l'une ou l'autre université.

« Donc Kelly dépendait du bureau Sud 2, mais Rebecca du Sud 9 à Williamsburg, résuma-t-il. Et nous savons que les quatre précédentes dépendaient du bureau Sud de l'aide familiale, avant la création des nouvelles antennes. Ce qui signifie, peut-être, que notre type travaillait à la section Sud originale, et qu'il est désormais soit à la Sud 2, soit à la Sud 9... »

Juste avant qu'Adams ne devienne le pont de Brooklyn, Radick tourna à gauche et revint sur ses pas par Cadman Plaza. Il se gara, plaça un signe « police » derrière le pare-brise, et les deux hommes traversèrent la rue en direction du bâtiment de l'antenne Sud 2.

À 12 h 15, ils avaient toute l'attention du directeur adjoint de l'unité. Le directeur assistait à une cérémonie commémorative du 11 Septembre en l'honneur de deux employés de l'aide familiale qui avaient péri dans l'effondrement de la tour nord, mais l'adjoint Marcus Lavelle semblait plus que disposé à répondre à leurs questions.

Après dix minutes avec Lavelle, ils eurent la confirmation que Karen Pulaski, Nicole Benedict, Melissa Schaeffer et Rebecca Lange avaient été placées sous l'autorité du district Sud de l'aide familiale.

« Bien sûr, leurs dossiers n'ont pas tous atterri ici à l'antenne 2, expliqua Lavelle. Comme vous l'a dit mon collègue, et comme vous l'avez appris en consultant le dossier de Rebecca, la répartition se fait désormais en fonction du code postal.

– Nous avons trouvé une note au district 5 à propos de Rebecca. Je n'ai pas vraiment compris ce qu'elle signifiait.

– Laissez-moi jeter un coup d'œil, dit Lavelle. En tant que directeur adjoint, j'ai accès à tout le système, quel que soit le district. » Il pianota sur son clavier, marqua une pause, fit défiler la page, marqua une nouvelle pause, puis il acquiesça. « Ça explique tout. Rebecca aurait dû être transférée à Williamsburg, c'est-à-dire au district Sud 9, mais son frère était enregistré en tant que tuteur légal, et il dépendait du Sud 2. La note a été rédigée par quelqu'un qui estimait qu'elle devait être transférée au 9. Mais il a été décidé qu'elle resterait au 2 à cause de son frère. Nous le gardions à l'œil parce qu'il était jugé à risque. À en croire cela, il semble qu'il avait un problème de drogue.

– Et combien d'employés avez-vous ici ? demanda Parrish.

– Cent dix-neuf, répondit Lavelle.

– Et sur les cent dix-neuf, combien d'hommes ?

– Quarante-huit, en incluant le directeur Foley et moi-même.

– Et avez-vous du personnel temporaire ?

– Mon Dieu, non ! fit Lavelle. Tout cela nécessite une autorisation. Nous gérons les dossiers de milliers de mineurs. Une fois qu'on fait partie de la maison, il est très difficile de se faire renvoyer, mais il est encore plus difficile de se faire embaucher. »

Parrish resta un moment silencieux. Il prit une profonde inspiration, se demandant quelle quantité d'informations il était prêt à révéler à Marcus Lavelle.

« Je vais vous dire deux ou trois choses, commença-t-il, mais vous devez comprendre que je le fais uniquement parce que je n'ai pas le choix, et je compte sur vous pour conserver une confidentialité absolue.

– Je peux vous assurer, inspecteur... »

Parrish leva la main et Lavelle se tut.

« C'est une situation difficile, monsieur Lavelle, très difficile, et vous ne voulez peut-être pas entendre ce que je vais vous dire, mais vous allez m'écouter, et vous devez bien comprendre qu'il est essentiel que vous gardiez tout ça pour vous. »

Lavelle acquiesça. Il avait une expression grave, dénuée d'émotion.

« Nous avons six filles, poursuivit Parrish. Cinq sont mortes, une a disparu, nous pensons qu'elle est morte. Trois d'entre elles étaient enregistrées auprès de l'ancien bureau Sud de l'aide familiale – directement dans le cas de Melissa Schaeffer et Karen Pulaski, et indirectement dans le cas de Nicole Benedict, qui était liée à vos services à cause de sa demi-sœur, Alice Forrester. Quoi qu'il en soit, des informations personnelles sur Nicole ainsi que des photos d'elle figuraient dans le dossier d'Alice, de sorte que c'était comme si elle était elle-même enregistrée ici. Comme vous venez de nous le dire, les deux dernières victimes – Rebecca et Kelly – étaient toutes deux enregistrées ici au bureau Sud 2. Et nous avons aussi une autre fille nommée Jennifer Baumann. Bon, nous n'avons pas encore été en mesure de retrouver son dossier, mais son apparence physique et le mode opératoire sont les mêmes que pour les autres victimes. Vous comprenez ce que je suis en train de dire ? »

Lavelle avait visiblement pâli.

« Vous dites que quelqu'un qui travaillait à l'ancien bureau du district Sud travaille désormais ici au Sud 2, et que c'est un assassin ?

– Nous ne sommes sûrs de rien. Quelqu'un dans ce bureau pourrait transmettre des informations à quelqu'un à l'extérieur. Mais le fait que les dossiers des deux dernières filles aient été traités ici suggère que c'est ici qu'il travaille.

– Et les directeurs ? Les directeurs ont accès à tous les dossiers du système, quel que soit le district.

– J'y ai songé puisque vous avez évoqué cette question, répondit Parrish, mais le fait que Rebecca et Kelly étaient toutes deux dans votre zone indique le contraire. Ça me dit que le lien est ici même. »

Lavelle resta un moment silencieux. Lorsqu'il leva de nouveau les yeux vers Parrish, il était clairement affolé.

« C'est horrible. C'est absolument incroyable. Mon Dieu !... je ne sais pas quoi dire. Je ne sais pas quoi penser de tout ça...

– Nous ne vous demandons pas de penser quoi que ce soit, répliqua Parrish. C'est une procédure habituelle. Une procédure lente, minutieuse, souvent laborieuse, et qui bien souvent ne donne rien. Nous n'avons pour le moment pas grand-chose de concret. Nous *supposons* qu'il s'agit de l'un de vos employés, mais si ça se trouve, nous sommes complètement à côté de la plaque. Ça pourrait être quelqu'un qui a infiltré votre système informatique, ou quelqu'un qui travaillait autrefois à l'aide familiale et qui sait comment accéder à vos données. Nous ne savons pas, et ce que nous pourrions faire de pire dans une telle situation, ce serait d'émettre de nouvelles suppositions et d'agir en fonction d'hypothèses et d'intuitions. C'est pourquoi il est d'une importance vitale que vous ne disiez rien à personne, pas même à votre directeur. Je reviendrai demain et je lui parlerai personnellement, et en attendant nous allons définir une stratégie pour passer en revue vos employés et déterminer si certains d'entre eux sont des suspects potentiels. Cela devra être effectué avec le plus grand soin et la plus grande discrétion, non seulement pour éviter de blesser des innocents, mais aussi pour ne pas mettre la puce à l'oreille de la personne responsable, pour autant qu'elle travaille bien ici.

– Et il s'agit à coup sûr d'un homme ? demanda Lavelle.

– L'assassin ? Oui. On peut toujours envisager qu'une femme appartenant au bureau transmettrait des informations à quelqu'un à l'extérieur, mais c'est franchement peu probable. Les meurtrières sont rarement organisées et préméditent rarement leurs crimes. Elles tendent aussi à se limiter aux armes à feu et au poison. La vaste majorité des meurtrières, et je parle de plus de 90 %, sont motivées par la jalousie ou la passion et passent à l'acte dans le feu de l'action. Les tueurs qui agissent avec préméditation, et assurément toutes les personnes qui pourraient être classées dans la catégorie des tueurs en série, sont invariablement des hommes. Pour le moment, nous recherchons un homme, parmi les quarante-huit qui travaillent dans ce bureau.

– Quarante-six, dit Lavelle d'un air un peu penaud. Vous ne croyez certainement pas que ni moi ni le directeur Foley ayons quoi que ce soit à voir avec ça ?

– Je suis désolé, monsieur Lavelle, mais je crains que vous ne deviez vous soumettre aux mêmes obligations que tous les autres. Si j'exclus qui que ce soit, on dira que je suis partial, et je ne peux pas permettre ça. De plus, la philosophie des tribunaux est peut-être que tout le monde est innocent tant que sa culpabilité n'a pas été prouvée, mais, pour ce qui est des enquêtes criminelles, nous devons être un peu despotes et supposer que n'importe qui peut être coupable tant qu'il n'a pas été rayé de la liste. »

Lavelle acquiesça d'un air compréhensif.

« Et ceux qui n'ont rien à cacher ne craignent pas qu'on enquête sur eux, dit-il.

– Soit ça, soit ils sont tellement sûrs d'eux et organisés qu'ils croient qu'ils passeront à travers les mailles du filet. J'ai vu les choses tourner de bien des manières, et ce dont je suis sûr, c'est qu'il est impossible d'anticiper ou de prédire le résultat d'une enquête.

– Alors que faisons-nous maintenant ?

– Vous pouvez vérifier une chose pour nous, déclara Parrish. Vous pouvez chercher le nom de Jennifer Baumann dans votre système et nous dire si elle a jamais été placée sous la tutelle de l'Agence d'adoption du comté ou de l'aide familiale.

– Bien sûr, oui, répondit Lavelle. Comment écrivez-vous...

– B-A-U-M-A-N-N. »

Lavelle se tourna vers le clavier et saisit le nom. Il attendit un moment, ouvrit quelques fichiers, fit défiler la page, ouvrit d'autres fichiers, puis il se tourna vers Parrish.

« Vous ne trouverez pas de dossier », dit-il.

Parrish fronça les sourcils d'un air interrogateur.

« Les dossiers ne sont pas conservés à moins qu'il n'y ait de bonnes raisons de croire qu'ils donneront lieu à un suivi. Une fille nommée Jennifer Baumann a été interrogée par la police en décembre 2006, mais elle était apparemment témoin dans une affaire d'abus sexuels. Comme la victime des abus sexuels dépendait de l'aide familiale, un de leurs employés a assisté aux entretiens avec la police. Jennifer n'a pas de dossier en tant que tel, juste les notes relatives à son interrogatoire et une photo. Il semblerait que l'affaire ne soit pas allée plus loin et ait été abandonnée. Les notes et la photo ont dû être classées dans la rubrique "Entretiens divers" du mois en question.

– Est-ce que ça dit qui était présent à l'interrogatoire ?

– Oui, Lester Young. C'était l'un de nos plus anciens employés.

– C'était ?

– Oui, il a intégré le service de probation. »

Parrish fit un mouvement de la tête en direction de Radick. Celui-ci notait déjà le nom.

« Et maintenant ? demanda Lavelle.

– Rien, répondit Parrish. Vous ne faites rien, vous ne dites rien. Je parlerai à M. Foley demain, et nous aviserons. »

Lavelle les ramena jusqu'à la sortie, les regarda tandis qu'ils contournaient le bâtiment. Lorsqu'ils eurent regagné Cadman Plaza, Parrish informa Radick qu'il voulait parler à Valderas, mettre Rhodes et Pagliaro au courant, et réactiver l'enquête sur la disparition de Melissa Schaeffer.

« Et cette Baumann, fit Radick. Interrogée en décembre 2006, morte en janvier 2007. Maintenant que nous avons la confirmation qu'il y a un lien avec l'aide familiale, nous avons une autre affaire à rouvrir. Je vais commencer à me renseigner sur ce Lester Young.

– Je connais aussi un fédé, ajouta Parrish. Il pourra peut-être nous donner un coup de main, nous fournir un profil qui nous aidera à éliminer certains des employés.

– Nous partons donc de l'hypothèse qu'il travaille bien là-bas ? demanda Radick.

– Oui, répondit Parrish. Ça semble logique. Trop logique pour passer à côté. »

37

Valderas accepta la demande de Parrish de reprendre l'enquête sur la disparition de Melissa Schaeffer, et il l'informa qu'il mettrait les autres inspecteurs au courant. Ils s'étaient tous occupés de l'une ou l'autre des victimes, et la dernière chose qu'il voulait, c'étaient des bagarres en interne.

« Je vous confie toutes les affaires, dit-il. Je leur dirai qu'il y aura une note dans leur dossier pour expliquer que l'affaire n'a pas été transférée parce qu'elle a été bâclée mais parce que de nouvelles informations sont apparues et que leur propre charge de travail les empêche de la reprendre. Ça devrait leur suffire. Je vais essayer de relancer un avis de recherche pour la jeune Schaeffer, mais ça se bornera probablement à une simple enquête de voisinage. Elle a disparu quand ?

– Octobre 2006, répondit Parrish.

– C'est une impasse, n'est-ce pas ? fit Valderas. Franchement, il est peu probable qu'on trouve du neuf après deux ans.

– Je sais, je sais, mais, bon sang, faut bien essayer, non ? répliqua Parrish. Peut-être que quelqu'un qui avait quelque chose à se reprocher à l'époque pourra désormais parler sans crainte de représailles directes. Ça s'est déjà vu.

– Laissez-moi m'en occuper. Sur quoi allez-vous travailler maintenant ?

– Les relevés téléphoniques, tous ceux qu'on parviendra à obtenir. C'est plus que probablement une autre impasse, mais qui sait, hein ? Qui ne tente rien n'a rien.

– Tenez-moi au courant », dit Valderas.

Parrish s'assit à son bureau. Il tira les dossiers de son tiroir inférieur et les posa devant lui. Plus la peine de les cacher. Le seul manquant était celui de l'inspecteur Franco à Williamsburg, et il remarqua soudain quelque chose : Karen venait de Williamsburg, et c'est là que Rebecca vivait quand elle était avec Helen Jarvis. Il le savait déjà, bien sûr, mais ce n'est qu'à cet instant qu'il se demanda si ce détail avait de l'importance. Peut-être était-ce une piste à suivre, une piste secondaire. Rien ne suggérait cependant le moindre lien, alors qu'il était plus que probable que l'homme qu'ils cherchaient se trouvait parmi les quarante-huit employés du bureau Sud 2.

Assis à son bureau, avec une fois de plus les visages des filles devant lui, il songea que c'étaient de tels moments qui au bout du compte définiraient sa vie. Il y avait toujours des gens qui mouraient, et d'autres qui étaient responsables. Parrish estimait que la peur de mourir existait en chacun, qu'elle était inhérente et inéluctable. Ceux qui prétendaient le contraire avaient tout simplement encore plus peur de le montrer. Comme un virus – subtil, insidieux, doux même –, cette peur envahissait les personnes telles que lui, celles qui croisaient les morts dans les heures qui suivaient leur décès, quand il restait un peu de chaleur, avant que tous les signes de vie ne soient évaporés. Et malgré la distance et les gants de latex, le virus doux flottait dans les airs et vous pénétrait les canaux lacrymaux, les pores de la peau, le souffle, et il commençait son ouvrage. Il commençait par tuer les choses personnelles. Tout d'abord, la capacité à parler de ce que vous aviez vu, en recouvrant vos émotions d'un voile. Puis c'étaient les choses comme l'espoir, la croyance en une justice fondamentale et universelle, la certitude que tout se passerait bien au bout du compte. Et finalement le virus vous prenait votre amour et votre passion ; il vous prenait vos relations, vos sentiments d'empathie, de camaraderie, de fraternité. N'était-il pas vrai que nous mourions dès l'instant de notre naissance ? Les métiers comme celui de Parrish ne faisaient qu'accélérer un processus aussi naturel que respirer. Et en définitive, il ne restait nulle part où aller à part là d'où l'on venait.

La vie de certaines personnes était une affirmation claire et nette. Parrish estimait que la sienne ne serait jamais plus qu'une parenthèse. Il devait y avoir quelque chose qui clochait chez les gens comme lui, les gens qui faisaient ce boulot – une ligne de faille psychologique. Et c'était cette ligne de faille qui leur donnait les yeux, les tripes, le cran de continuer à chercher quand n'importe quelle personne rationnelle aurait depuis longtemps détourné le regard.

Il était persuadé qu'il mourrait seul. Peut-être dans un bar, quelque part entre le juke-box et le prochain Bushmills. On se souviendrait de lui, mais on l'oublierait plus facilement encore. Et alors – seulement alors – il découvrirait véritablement ce qu'il avait toujours recherché dans les espaces exigus, les ombres les plus noires, les recoins inaccessibles ; il saurait ce qui se passait vraiment quand les lumières s'éteignaient.

« Frank ? »

Parrish leva la tête et vit Radick qui l'observait d'un air un peu soucieux.

« Ça va ?

– Ça va, répondit Parrish. Je vais appeler Franco à Williamsburg. Relancez-les pour les relevés téléphoniques. »

Franco fut aussi obligeant que Parrish aurait pu l'espérer.

« Je ne peux pas vous donner le dossier, naturellement, mais rien ne dit que vous ne pouvez pas avoir une copie de tout. Je vais vous faire faire ça. Une chose... si vous élucidez l'affaire, ne me faites pas passer pour un con, OK ? »

Parrish donna sa parole, et Franco raccrocha avec la promesse que les papiers seraient au 126e le lendemain matin.

Radick ne fut pas aussi chanceux. Il n'y avait pas de relevés téléphoniques pour Melissa, Nicole et Karen. Oui, Rebecca comme Kelly avaient des comptes de téléphone portable actifs, mais il faudrait un mandat pour obtenir les relevés. Radick avait eu beau se montrer poli et insistant, ses interlocuteurs n'en avaient pas démordu.

Il se mit donc à rédiger les paperasses nécessaires pendant que Parrish se replongeait dans les dossiers à la recherche de quelque chose qui lui aurait jusqu'alors échappé.

À 16h45, Radick envoya par coursier sa demande de mandat au juge. Le problème était qu'il y avait de grandes chances pour qu'il n'obtienne pas de réponse avant lundi. Parrish appela donc Valderas, expliqua la situation, et le sergent répondit qu'il en toucherait un mot au capitaine Haversaw. Ce dont ils avaient besoin pour accélérer les choses, c'était d'une intervention du chef de division, mais le soutien d'Haversaw n'était pas négligeable. Avec un peu de chance, ils auraient peut-être leur mandat avant le week-end, et alors ils n'auraient qu'à se rendre aux bureaux des divers opérateurs téléphoniques concernés et demander ce qu'ils voulaient. Et qu'est-ce qu'ils trouveraient ? Un million de SMS entre copines à propos de garçons, de musique et de Facebook ; des coups de fil interminables au cours desquels les filles élaboraient des plans pour échapper à leurs parents et se retrouver au centre commercial. Quant aux chances de trouver un numéro lié d'une manière ou d'une autre à leur disparition, elles étaient infinitésimales. Mais la possibilité ne pouvait être ignorée. Il pouvait y avoir un indice, aussi infime fût-il, et s'il y avait ne serait-ce que le fragment d'un lien entre Rebecca et Kelly, ça serait la confirmation que ces affaires n'étaient en fait qu'une seule et même affaire.

Ce que Parrish voulait vraiment, c'était Melissa. Il devait la retrouver – morte ou vive – et il verrait alors si sa disparition était ou non liée aux meurtres des autres filles. Peut-être s'avérerait-il qu'elle n'était rien de plus qu'une fugueuse. Mais ce qu'il espérait, et il l'espérait avec une immense tristesse au fond du cœur, c'était qu'elle *était* liée aux autres, et qu'elle *était* morte, et qu'il trouverait sur elle quelque chose qui l'aiderait à découvrir l'assassin. Il y avait une forte probabilité pour qu'elle ait été la première victime, et souvent – dans le cas d'un tueur en série – le mode opératoire n'est pas encore pleinement défini au premier meurtre. Les dernières victimes avaient été étranglées. Peut-être la première avait-elle été tuée par balle ou au couteau, ou alors battue à mort. Plus la cause de la mort était spectaculaire, plus il y avait de chances de retrouver des indices et d'établir un profil. Une simple strangulation n'indiquait pas grand-chose, hormis un désir de voir le visage de la victime au moment où celle-ci mourait, de l'observer attentivement tandis que la lumière s'éteignait dans ses yeux. Un câble, une corde, une écharpe, tout sauf les mains. Mais peut-être y avait-il eu autre chose la première fois – quelque chose de particulier, d'unique, quelque chose qui leur donnerait un avantage et leur permettrait de restreindre le nombre de suspects au bureau Sud 2. D'éliminer les personnes mesurant moins d'un mètre soixante-treize et plus d'un mètre quatre-vingt-trois, d'éliminer les blonds... ce genre de choses. Vous perdez 15 % de vos suspects. Maintenant il ne vous en reste plus que quarante et un.

Parrish sourit intérieurement – un sourire contrit et sardonique. Il savait qu'il se faisait des illusions en se disant que ça serait simple quand, en vérité, c'était tout le contraire.

Il jeta un coup d'œil à sa montre. 17 h 40.

« Allez-y, Jimmy, dit-il à Radick. Je ne vois pas ce que vous pouvez faire de plus aujourd'hui. Nous devons attendre le mandat, et alors nous irons chercher les relevés téléphoniques, mais il n'arrivera pas avant demain au mieux, plus que probablement lundi, à moins qu'Haversaw ne fasse pression. »

Radick se leva, attrapa sa veste.

« Vous allez bien, Frank ?

– Impeccable, répondit Parrish.

– Qu'est-ce que vous allez faire, rentrer chez vous, sortir ?

– Plus que probablement rentrer chez moi, répondit Parrish. Pourquoi ? Vous voulez me proposer un dîner romantique ? »

Radick secoua la tête.

« Pas désespéré à ce point », répliqua-t-il, et il se dirigea vers la porte.

Parrish le regarda partir et il sourit. Il avait un plan pour la soirée. Il irait acheter quelque chose à manger à côté de chez Caitlin et il lui ferait la surprise.

38

Parrish espérait que les filles qui partageaient l'appartement de Caitlin seraient sorties. Il avait besoin de lui parler ; il avait besoin de lui faire comprendre une bonne fois pour toutes que s'il s'immisçait dans ses affaires, c'était parce qu'il était son père et que son ingérence était – de son point de vue – absolument nécessaire. Certes, le monde avait changé – 2008 n'était pas 1968 – mais personne ne pouvait prétendre qu'il s'était amélioré. Car ce n'était pas le cas. Bien sûr, la folie était déjà là vingt, trente, quarante ans plus tôt, mais avec la télé, et maintenant Internet, tout le monde pouvait la partager tellement plus vite et tellement plus intensément. Et qu'est-ce que ç'avait donné ? Ç'avait donné des idées aux gens. Parrish en était convaincu. Quand il était jeune flic, il y avait dix façons de plumer un canard. Maintenant, il y en avait dix mille.

Il descendit du métro à Carroll Street et marcha jusqu'à un restaurant chinois qu'il connaissait. Il commanda du bœuf épicé croustillant, du riz frit, des won tons, tout un tas de trucs, et, pendant qu'on préparait sa commande, il alla acheter un pack de Corona dans une boutique d'alcool voisine.

À 19 heures passées de quelques minutes, il frappait à la porte de l'appartement de Caitlin, attendant patiemment.

En entendant sa voix, le son de son rire, la déception l'envahit. Elle n'était pas seule. C'étaient de braves filles, ses colocataires, mais ce soir il aurait pu se passer d'elles. Il se sentirait emprunté. Il pouvait toujours laisser la nourriture et la bière, et repartir.

Faire comme s'il avait apporté tout ça pour elle et ses amies. Un cadeau de réconciliation.

Caitlin ouvrit la porte, et son expression passa si rapidement de la surprise à une anxiété dissimulée que Parrish sut que quelque chose ne tournait pas rond.

« Tu parles d'une façon d'accueillir ton paternel », lança-t-il, tentant d'avoir l'air enjoué.

Mais ça sonnait faux. Il avait l'air amer, comme s'il l'accusait de quelque chose.

« Papa... fit-elle, d'un ton à moitié interrogateur.

– C'est moi. » Il tendit ses sacs – l'un rempli de nourriture, l'autre de bouteilles de bière. « Je me suis dit qu'on pourrait dîner...

– Je vais au restaurant », coupa-t-elle.

Mais il était évident que ce n'était pas vrai. Elle avait dit ça trop vite, avec trop d'empressement. *Je-vais-au-restaurant*, comme si c'était un seul mot.

« Alors je vais manger un morceau, on boira une bière, on mettra le reste au réfrigérateur, et, toi et les filles, vous pourrez le finir demain.

– Papa... je ne suis pas seule...

– Je le sais. Bon sang, il y en a assez pour tout le monde !

– Les filles ne sont pas ici, dit-elle, et Parrish se mit à sourire.

– Aah ! fit-il. Un jeune homme fait la cour à ma fille...

– Caitlin ? lança une voix à l'intérieur de l'appartement, et Parrish vit sa fille tressaillir. Qu'est-ce qui se passe ? »

Parrish ressentit un frisson étrange. C'était une voix familière. Il la reconnaissait.

« Radick ? demanda-t-il d'un ton incrédule. Radick est ici ? »

Caitlin referma légèrement la porte pour l'empêcher d'entrer.

« Papa, insista-t-elle. S'il te plaît, papa. Ne fais pas une scène. Ce n'est rien, papa, vraiment. Il m'a simplement appelée avant-hier parce que je m'inquiétais pour toi...

– Comment ça, tu t'inquiétais pour moi ? Tu t'*inquiètes* pour moi ? Qu'est-ce que ç'a à voir avec mon équipier ? Qu'est-ce qu'il fout à venir parler de moi à ma fille ? »

Parrish laissa tomber le sac de nourriture. Celui-ci atterrit lourdement, mais le contenu des boîtes ne se renversa pas dans le couloir.

Il fit un pas en avant et poussa la porte, prenant Caitlin par surprise, et la porte s'ouvrit brutalement et alla cogner contre le mur. Elle rebondit avec une telle force qu'elle se referma.

Parrish passa devant sa fille tandis qu'elle agrippait sa veste et tentait de l'arrêter.

Jimmy Radick se tenait au milieu de la pièce.

« Qu'est-ce que vous fout... commença Parrish, mais Radick l'interrompit en levant les mains.

– N'allez pas vous imaginer des choses, Frank », dit-il d'une voix neutre.

Il était de toute évidence agité mais faisait son possible pour conserver un semblant de calme.

Caitlin se tenait derrière Parrish.

« Papa, dit-elle. Ça suffit. Tu n'as aucune raison de t'en prendre à lui. »

Parrish lâcha le sac qui contenait les bouteilles. L'une d'entre elles se brisa, et de la bière se déversa le long du tapis et coula jusque sous le canapé.

« Frank, sérieusement, vous allez trop loin, reprit Radick. Écoutez-moi avant de prononcer un mot de plus. »

De nombreuses idées traversèrent l'esprit de Frank Parrish à cet instant, toutes aussi absurdes les unes que les autres. Il s'avança de nouveau, et, tandis qu'il levait les mains pour saisir Radick par le revers de sa veste, celui-ci fit un pas de côté et le poussa. Parrish perdit l'équilibre et s'affala dans un fauteuil. Il n'eut pas le temps de se relever que Radick se tenait au-dessus de lui, le défiant du regard.

« Frank, dit-il d'un ton ferme. Vous allez m'écouter maintenant. Ça suffit ces conneries, OK ? »

Parrish projeta un pied vers le haut. Radick vit le coup arriver et se tourna pour le bloquer avec son genou. Il recula sous l'effet de la douleur, et Parrish se leva d'un bond.

Caitlin se rua alors sur son père, battant l'air des mains, lui tapant sur les épaules, sur l'arrière de la tête, et à cet instant Parrish ne vit plus qu'une chose : sa fille et son partenaire complotant contre lui, parlant de lui, le dénigrant, se payant sa tête. Soudain, il vit Clare dans les yeux de Caitlin, et la rage monta en lui.

Il la frappa. En vingt ans, il n'avait jamais fait ça. C'était une réaction involontaire, une simple tentative de faire cesser le déluge de mains qui s'abattait sur lui, mais elle avait les bras baissés à ce moment-là, et le côté de son avant-bras l'atteignit au visage, et elle s'effondra comme une quille de bowling.

Après la stupéfaction, après la poignée de secondes qu'il mit à saisir pleinement ce qu'il venait de faire, Parrish prit conscience de sa bêtise et de son ignorance. Derrière lui, Radick lui serrait les deux bras avec une telle force qu'il ne pouvait même pas lui résister.

« Espèce de connard, Frank ! lança Radick. Espèce de pauvre connard !

– Caitlin ? Caitlin ? Bon Dieu ! je suis désolé... Bon Dieu, Caitlin ! je ne voulais pas... Caitlin ? Ma chérie ? »

Mais Radick le ramenait *manu militari* vers la sortie, lui serrant les bras comme un étau. Il ouvrit la porte d'une main, poussa de l'autre Parrish dans le couloir et claqua la porte.

Parrish entendit le verrou tourner, la chaînette de sécurité glisser dans la rainure, et il sut qu'il n'y avait plus de retour en arrière.

« Caitlin ! hurla-t-il. Caitlin ! Bon Dieu, je suis désolé ! Je ne voulais pas faire ça ! Caitlin ! »

La voix de Radick retentit alors, ferme et assurée, de l'autre côté de la porte.

« Rentrez chez vous, Frank. Détendez-vous. Rentrez chez vous et calmez-vous ou j'appelle le commissariat et je vous fais embarquer pour la nuit.

– Allez vous faire foutre, Radick...

– Frank ! Écoutez-moi ! Rentrez chez vous et calmez-vous ou j'appelle Valderas et vous passez la nuit au trou ! Vous m'entendez ? Tirez-vous, OK ? »

Parrish fit un pas en arrière. Son talon heurta le sac de plats à emporter qui gisait par terre, et, dans un ultime moment d'indignation, il l'envoya promener d'un violent coup de pied.

La nourriture vola dans le couloir et sur les murs. Des nouilles, du riz, des morceaux de poulet ; une boîte de sauce aigre-douce se vida de son contenu sur les marches supérieures de la cage d'escalier, et Parrish regarda cette explosion au ralenti, son cœur cognant à tout rompre, poings serrés, et ce fut brièvement comme s'il avait quitté son corps et riait lui-même de la stupidité de ses actes.

Il comprit alors que Radick ne l'écouterait pas. Il se retourna et colla l'oreille à la porte. Il entendit Caitlin sangloter, Radick la consoler, et il se demanda si c'était le début de la fin. Caitlin raconterait tout à Robert, Robert raconterait tout à Clare, et les brouilles qu'il avait déjà engendrées au sein de sa famille empireraient au centuple. Radick rapporterait son comportement à Valderas, Valderas parlerait à Haversaw, et Parrish se retrouverait une fois de plus sans équipier. Peut-être que cette fois ils le vireraient pour de bon. Ils jetteraient un coup d'œil à son bureau et trouveraient six affaires non résolues. Sans compter le type du métro, la prostituée et l'étudiant. Ça la foutait mal. Il risquait même d'être poursuivi pour avoir frappé sa propre fille...

Parrish marqua une pause, incapable de respirer. Il voulait que tout finisse. Il voulait que le monde entier s'évanouisse, se retrouver seul quelques minutes avec sa fille dans le silence pour s'expliquer.

Il regarda le foutoir autour de lui – les boîtes renversées, la nourriture sur les murs et dans l'escalier – et soudain il ne put plus rester ici une minute de plus.

Il se précipita dans l'escalier et quitta l'immeuble avant que quiconque le voie.

39

Un joueur ne se sent en sécurité que quand il n'a plus rien à perdre.

Parrish avait joué avec son mariage, sa famille, sa carrière, sa vie tout entière.

Chaque jour, quoi que je fasse, je ne m'améliore pas.

Il trouva un troquet dans Baltic Street. Il aurait pu être n'importe où car ce genre d'endroit était toujours le même – un bar en bois fatigué, une ambiance blafarde qui donnait à tout le monde l'air malade ; le genre de lieu qui ne faisait que vous rappeler les choses que vous vouliez oublier.

Mauvais flic. Pas de donut.

Il portait ses peurs comme des cicatrices. Il était transparent et laissait voir un cœur brisé et ensanglanté, douloureux et vide.

Vide comme un alvéole dentaire à vif.

Après trois Bushmills, il lui sembla oublier ce qu'il avait fait.

On ne prend conscience des choses importantes que lorsqu'elles ont disparu.

Après le quatrième, il marcha jusqu'au juke-box et passa un morceau d'Art Tatum.

Je bois parce que je suis seul. Je bois parce que j'ai peur. Toujours la même rengaine ; un menteur débite toujours la même histoire.

Il tenta de se rappeler ce qui s'était passé chez Caitlin. Il tenta de se rappeler s'il l'avait frappée fort.

Et tu étais la plus sombre de mes nuits, la plus lumineuse de mes journées.

Mais il n'y parvint pas. Il savait que son esprit s'était fermé à cet instant, et que ses souvenirs demeureraient quelque temps inaccessibles.

Être ailleurs, n'importe où.

Il avait l'impression d'être la lie du genre humain. Moins que ça. Même pas humain.

Oh ! Frank, ta mère doit être tellement, tellement fière de toi...

Et il se demanda ce que le lendemain apporterait. Si Radick parlerait à Valderas, si tout était fini, si le monde tel qu'il le connaissait était arrivé à son terme et s'il n'y avait plus de place sur la scène pour Frank Michael Parrish.

Seigneur, faute de mieux, accordez-moi juste un jour de plus.

Cinq, six verres, et il sut qu'il était temps de partir, de prendre un taxi, de rentrer et cuver son alcool.

Et c'est ce qu'il fit. Il paya sa note, laissa 10 dollars de pourboire et parvint à regagner la rue.

Depuis qu'il était policier, Parrish aurait pu compter sur les doigts d'une main le nombre de fois où il avait été réveillé par des cauchemars.

La puissance des images et des émotions qui l'assaillirent cette nuit-là fut telle que, lorsqu'il se réveilla, il croyait toujours rêver.

Les images étaient là, devant ses yeux ; les émotions étaient dans ses tripes, sa poitrine, son cœur ; dans la sueur sur ses mains, la moiteur de ses draps, de son tee-shirt, de ses cheveux.

La porte qui avait autrefois si résolument séparé les deux parties de sa vie n'était plus une porte. C'était un rideau – aussi fin que du tulle – à travers lequel il pouvait non seulement entendre les voix des morts, mais aussi désormais voir leur visage.

Kelly, Rebecca, Karen, Nicole, Jennifer – même Melissa, car quelque chose lui disait qu'elle aussi était morte, il en était certain.

Et parmi tous ces visages, il y avait celui de Caitlin, qui lui retournait son regard – à certains moments compatissante, à d'autres accusatrice. Dans ses yeux, il retrouvait la fureur de Clare, et il se demandait ce que sa femme lui dirait quand il la reverrait. Mais peut-être qu'elle n'attendrait pas ; peut-être qu'elle l'appellerait directement...

Tu as foutu ta vie en l'air, Frank, et la mienne aussi. Est-ce que je peux, s'il te plaît, te demander de rester à l'écart des enfants pour que tu ne foutes pas aussi leur vie en l'air ? Est-ce trop demander ?

Mais... mais... mais...

Assez, Frank. Comme je te l'ai si souvent dit, avec certaines personnes, il faut attendre avant qu'elles se mettent à merder. Mais toi ? Avec toi, il n'y a pas d'attente. Tu merdes avant même d'être arrivé.

Parrish se leva. Il se rendit à la salle de bains, remplit le lavabo et tint son visage sous l'eau aussi longtemps que possible.

Puis il but du jus d'orange, tenta de se forcer à vomir mais n'y parvint pas.

Il retourna se coucher et, dans un demi-sommeil agité, parla à tour de rôle à chacune des filles. Il écouta ce qu'elles avaient à dire. Il savait que ce n'était que le fruit de son imagination, mais les dialogues étaient suffisamment puissants pour lui faire croire qu'elles étaient étendues à côté de lui dans son lit, lui expliquant ce qui leur était arrivé.

Des filles dont la vie n'avait jamais vraiment commencé. Droguées, ligotées, violées, assassinées. Abandonnées dans un couloir, dans une chambre de motel, abandonnées dans un carton pour qu'un concierge les découvre. Quel gâchis. Quel putain d'effroyable gâchis.

La douleur le réveilla, et c'était une douleur bien réelle, pas le produit d'un rêve. La crampe atroce dans le bas du ventre. La douleur qu'il avait ressentie suffisamment souvent pour songer qu'il ferait vraiment bien de s'en occuper, de voir quelqu'un, de faire un check-up.

Mais il savait qu'il ne le ferait pas. Il savait qu'il ne ferait rien tant qu'il n'aurait pas élucidé ces meurtres. Il n'y avait plus qu'une dimension à sa vie. Elle s'était réduite à une chose : découvrir ce qui était réellement arrivé à Rebecca, Kelly et les autres. Et pourquoi était-ce si important ? Pourquoi cette affaire plus qu'une autre ? Parce que ces filles étaient comme Caitlin ? Parce qu'elles représentaient chacun de ses échecs avec sa fille ? Parce que Caitlin aurait si aisément pu être elle aussi une victime ? Parce que si cet homme n'était pas arrêté, il risquait d'y en avoir de nombreuses autres ?

Quelqu'un quelque part connaissait la vérité. Quelqu'un du bureau Sud 2 de l'aide familiale. Lester Young, peut-être ? Un homme qui avait été transféré au service de probation et qui pouvait toujours faire disparaître de la surface de la terre des gamines perdues et oubliées...

Il y avait trop de coïncidences, trop de liens pour qu'il les ignore. L'un de ces quarante-huit hommes connaissait le nom de ces filles, il connaissait leur visage, leur numéro de téléphone, il savait des choses personnelles sur elles. Ces filles avaient été choisies dans un but précis. Peut-être simplement pour assouvir une pulsion sexuelle. Peut-être pour être prises en photo. Peut-être qu'elles avaient été habillées pour paraître plus jeunes, et que ces images circulaient désormais dans la communauté des gens qui payaient pour ce genre de choses. Il y avait un degré d'avilissement et de dépravation que la majorité des gens ne pouvait absolument pas comprendre. Quoi que vous imaginiez, ç'avait déjà été fait. Et il y avait des gens qui passaient leur temps à se demander comment repousser les limites encore plus loin. La personne qui avait arraché ces filles à leur famille, qui les avait droguées et assassinées, eh bien, elle n'était pas au bas de la chaîne alimentaire. Comment Parrish le savait-il ? Parce que les filles avaient été retrouvées. Non seulement ça, mais elles avaient été retrouvées intactes. Un tueur plus fruste aurait mutilé les corps, il les aurait tranchés en morceaux et éparpillés aux quatre vents ; il les aurait enfoncés dans des canalisations d'eaux usées ou dans des broyeurs d'ordures, balancés à la rivière, dans les marécages du New Jersey. Et ils n'auraient jamais été retrouvés.

Il songea aux photos avec des visages artificiellement vieillis qu'on voyait dans les avis de recherche des journaux : *Voici à quoi ressemblerait notre fils aujourd'hui. Avez-vous vu quelqu'un qui lui ressemble ? S'il vous plaît, appelez le 1-800-THE-LOST. Merci. (Cette annonce est financée par le Centre national pour les enfants disparus et exploités.)*

Des milliers d'entre eux. Des dizaines de milliers. Où étaient-ils ? Où allaient-ils ? Pourquoi ?

Parrish ne retrouva pas le sommeil. Il attendit patiemment que le jour perce à travers les rideaux de la chambre, puis il se leva, se doucha, se rasa et s'habilla.

Un nouveau jour, et pourtant un jour comme tous les autres.

40

VENDREDI 12 SEPTEMBRE 2008

« J'ai fait le con.

– Je sais.

– Radick vous l'a dit.

– Oui.

– Et il en a parlé à Valderas et à Dieu sait qui d'autre, exact ?

– Non, il n'en a pas parlé, et il m'a dit qu'il ne le ferait pas.

– Et pourquoi ?

– Demandez-lui.

– Je vous le demande à vous.

– Il considère que ce qui s'est passé hier soir est entre vous et votre fille, pas entre vous et le département.

– Eh bien, c'est très noble de sa part.

– Je ne crois pas que vous puissiez vous permettre d'être sarcastique, Frank.

– J'ai fait le con, OK ? Je vous ai déjà dit que j'avais fait le con. Je ne suis pas sarcastique, je suis franc avec vous.

– Honnêtement, Frank, je crois que vous ne l'avez jamais été.

– Qu'est-ce que c'est censé vouloir dire ?

– Regardez-vous. Il ne veut plus travailler avec vous, vous le saviez ? Il sait qu'il n'a pas le choix, mais il va faire une nouvelle demande de transfert. Il compte rester dans la criminelle, mais être muté dans un autre commissariat.

– Vous êtes sérieuse ?

– Bien sûr que je suis sérieuse. Vous l'avez physiquement agressé, Frank. Vous avez foutu le bazar chez votre fille, vous avez balancé de la nourriture chinoise dans l'escalier...

– J'étais en rogne...

– En rogne ou non, Frank, vous n'avez pas le droit de faire ce genre de choses, et, étant donné la situation dans laquelle vous vous trouvez, je n'en reviens pas que vous n'ayez pas le bon sens de vous contrôler.

– Il a 29 ans. Ma fille en a 20...

– Et qu'est-ce que ç'a à voir avec tout ça ?

– Bon Dieu de merde ! il est flic, Marie... c'est un putain de flic. Ce n'est pas le genre de chose que je veux pour elle.

– Quoi ? Vous croyez qu'il était là-bas pour essayer de coucher avec elle ? Vous croyez que c'est ce qui se passait ? Honnêtement, Frank, je ne vois pas comment vous pouvez être autant à côté de la plaque ce coup-ci.

– Vous me dites qu'il n'était pas là-bas pour se taper ma fille ?

– Exact. Il n'était pas là-bas pour coucher avec votre fille. Il était là-bas parce qu'*elle* lui avait donné son numéro, et *elle* voulait lui parler en privé, et voyons si vous arrivez à deviner de quoi elle voulait lui parler, hein, Frank ?

– Vous pouvez garder vos sarcasmes...

– De vous, Frank. Vous êtes au cœur de la vie de tout le monde en ce moment. Votre fille, votre équipier, moi. Tous les yeux sont tournés vers Frank Parrish et tout le monde se fait des cheveux blancs en se demandant ce qu'il va faire maintenant. Est-ce qu'il a toujours un boulot ? Est-ce que ses gosses vont arrêter de lui parler ? Est-ce que son équipier va se faire muter dans un autre commissariat juste histoire de s'éloigner de lui ? Il n'est question que de vous, Frank, alors je crois que vous avez au moins réussi ça.

– Réussi quoi ?

– Réussi à être le centre d'attention. À foutre votre vie en l'air sous nos yeux tout en étant convaincu que ce n'est pas de votre faute. Je crois que nous le comprenons tous maintenant. Je crois que nous sommes tous prêts à accepter le fait que personne ne peut aider Frank Parrish à part lui-même, et qu'il est la dernière personne au monde qui le fera.

– Il me semble que vous êtes en train de dire des choses que vous ne devriez pas vraiment dire...

– Pourquoi ? Parce que je suis votre thérapeute ? Même si en ce moment je ne crois pas vous être d'une aide quelconque.

– Alors quoi ? Vous allez me laisser tomber ?

– Vous me poussez dans mes retranchements, Frank, et je ne sais pas pendant combien de temps je suis disposée à vous laisser faire. J'ai de nombreuses autres personnes à voir, et chacune d'entre elles, sans exception, est beaucoup plus communicative et franche que vous. L'important dans ce métier, c'est que les gens apprécient ce que vous faites pour eux – du moins la plupart d'entre eux. Mais il est presque impossible d'essayer d'aider quelqu'un qui ne veut pas être aidé.

– Vous me lâchez ? Ce n'est pas un signe de grande persévérance, si ?

– Persévérance ? Je ne suis pas certaine que vous soyez le meilleur juge en la matière...

– Ne vous engagez pas sur cette voie, OK ? Ne venez pas me parler de persévérance. La persévérance est à peu près la seule chose qui fait que je continue à faire ce boulot. Les quelques types dont on parvient à nettoyer les rues, ceux qui ne sont pas libérés à cause d'un vice de procédure à la con, sont remplacés par leurs frères, leurs cousins, leurs voisins. On vieillit, et eux ont toujours le même âge. Et la loi ? Quelle putain de loi ? La loi et la justice sont deux choses différentes depuis cinquante, cent ans. Aujourd'hui, la loi est taillée pour les avocats et les assassins, pas pour les victimes et leur famille, et certainement pas pour la police. Qu'est-ce qu'on représente pour le citoyen lambda ? Des putains de rigolos, voilà ce qu'on est. Ils savent qu'on ne va arrêter personne, et, les rares fois où on y parvient, le connard se trouve la meilleure défense aux frais du contribuable. Le type qui s'est fait dépouiller paie des impôts pour défendre le type qui l'a dépouillé. Alors qu'espèrent-ils de nous ? Ils espèrent que nous pourrons être une sorte de vengeance légale, voilà ce qu'ils espèrent. Qu'on pourra traquer un type, et que ce type se débattra au moment de son arrestation, et avec un peu de chance il aura un flingue ou un couteau et il tentera quelque chose, et comme ça, on aura une bonne raison de le buter. Voilà ce qu'ils espèrent. Ils veulent qu'on descende les assassins pour ne pas avoir à porter eux-mêmes le fardeau de la culpabilité.

« Et la différence fondamentale entre les flics et les citoyens ordinaires ? Nous allons au-devant des emmerdes. C'est notre boulot. Il faut être un peu dingue pour faire ça, mais c'est ce qu'on fait. Ça donne une idée du genre de personnes que nous sommes, vous ne croyez pas ?

– Frank, je comprends votre frustration...

– Mon œil ! Je suis une de ces personnes qui ne voient jamais rien de neuf. C'est toujours la même chose, OK ? Et plus je vis, plus les choses se répètent. Chaque jour, nous nous posons les mêmes questions. Les affaires sur lesquelles nous travaillons ne sont rien que des questions. Principalement *qui*. Parfois *comment* ou *pourquoi*. De temps en temps, les trois à la fois. Ça pénètre votre esprit, puis vous le sentez dans votre sang, et vous finissez par y penser même quand vous parlez à quelqu'un de quelque chose qui n'a absolument aucun rapport. Vous commencez à vous imaginer que d'autres personnes savent, d'autres personnes que l'assassin. Parfois dans un café, peut-être, ou alors dans le métro. Des gens pris au hasard. Vous vous imaginez qu'ils en savent plus que vous. Vous vous dites que si vous trouviez la bonne personne et que si vous lui posiez une seule question, alors elle viderait son sac et vous dirait tout ce que vous avez besoin de savoir pour clore une affaire.

– Frank...

– Vous commencez à croire que les morts vous parlent. Vous vous imaginez que le visage de leur assassin est imprimé sur leur rétine, et que si vous pouviez vous approcher suffisamment, vous le verriez. Vous commencez à parler tout seul... tout d'abord dans votre tête... et puis un jour vous levez les yeux alors que vous êtes assis dans un restaurant, et vous vous apercevez que tout le monde vous regarde parce que ça fait une demi-heure que vous causez tout seul. Vous me dites que je manque de persévérance, et moi je vous dis que sans persévérance nous ne pourrions pas faire ce que nous faisons.

– Je ne parle pas de votre travail, Frank, je parle de tout le reste.

– Qu'est-ce qu'il y a d'autre ? Putain, qu'est-ce qu'il y a d'autre ? Mon boulot et moi, nous ne faisons qu'un. Si nous devons parler de quoi que ce soit, alors ça devra être de mon putain de boulot, parce que franchement, en toute honnêteté, c'est la seule chose qui me reste aujourd'hui.

– OK, alors parlons de votre boulot.

– Je me tire.

– Asseyez-vous, Frank. Asseyez-vous et parlons.

– Non, j'ai pas envie. J'ai dit tout ce que j'avais à dire. C'est vendredi. Passons le week-end l'un sans l'autre, OK ?

– Vous croyez que ça vous aidera ?

– M'aider ? Probablement pas. Mais je crois que ça vous aidera, vous. »

41

Lorsque Parrish arriva à son bureau, la copie du dossier de Karen Pulaski était arrivée. Radick était invisible.

Parrish quitta le bureau et prit le métro pour aller voir Raymond Foley, le directeur du bureau Sud 2 dans Adams.

Lavelle était présent, il assista à la brève conversation. Foley écouta patiemment pendant que Parrish expliquait la situation.

« Donc vous allez vouloir interroger chacun des quarante-six employés masculins de ce bureau ?

– Oui, répondit Parrish. Et puisque vous êtes ici, je vous poserai aussi quelques questions, ainsi qu'à M. Lavelle.

– Alors allons-y, dit Foley. Ne remettons pas à demain ce que nous pouvons faire aujourd'hui.

– Il y a deux ou trois choses que nous devons vérifier avant d'entamer les interrogatoires, expliqua Parrish. Mais ça ne prendra pas longtemps. Je me demandais si nous pourrions commencer lundi. J'aimerais pouvoir commencer plus vite, mais avec le week-end...

– Une bonne moitié de nos employés seront présents demain. Au moins vingt ou vingt-cinq personnes.

– Eh bien, soit, nous commencerons demain.

– Je ne serai pas là, ajouta Foley, mais Marcus, si, et il pourra vous assister.

– Je lui en serais reconnaissant.

– Et vous croyez qu'il vaut mieux le faire ici ?

– Oui, si possible. Ils ne sont absolument pas en état d'arrestation, et je ne veux pas qu'ils se sentent soupçonnés. La police a simplement besoin de leur aide, et tout ce qu'ils pourront nous dire sera grandement apprécié.

– Certes, mais le fait demeure que vous avez un certain nombre de jeunes filles mortes, et que l'un de mes employés pourrait être impliqué.

– Oui, c'est exact, répondit Parrish. Combien de filles, nous l'ignorons, tout comme nous ne connaissons pas l'étendue de l'implication de la personne qui travaille ici. Mais c'est ce que nous essayons de déterminer.

– Bon Dieu de bordel de merde ! » s'exclama Foley. Il se leva et marcha jusqu'à la fenêtre, tournant le dos à Parrish et à Lavelle. Il resta silencieux pendant une bonne trentaine de secondes, puis se retourna lentement. « Je ne sais pas quoi dire...

– Inutile de dire quoi que ce soit, monsieur Foley.

– C'est-à-dire que... le fait qu'il puisse s'agir de quelqu'un que je connais.

– Rien n'est sûr, lança Parrish. Quelqu'un a pu infiltrer votre base de données et voler les informations qu'il voulait.

– Vous comprenez que les gens qui travaillent ici font l'objet d'enquêtes méticuleuses avant d'être embauchés.

– Oui.

– Mais aucun système n'est infaillible, n'est-ce pas ? dit Foley. Je parie qu'il vous est arrivé de vous retrouver dans des situations délicates à cause d'agents de police, n'est-ce pas ?

– Je ne vous le fais pas dire », répondit Parrish.

Il songea à son père. Au fait que les brebis galeuses étaient négligées, ignorées, dissimulées au public.

« Bon sang... l'enfoiré ! s'écria vivement Foley. Merde ! » Il secoua la tête, regagna son bureau et s'assit lourdement. « Et c'est vous qui mènerez les interrogatoires ?

– Oui. Moi et mon équipier.

– Alors que pouvons-nous faire pour préparer le terrain ?

– Vous pouvez commencer par vérifier les noms pour moi, répondit Parrish. Jetez un coup d'œil à ces dossiers et voyez s'il y a un employé qui est lié à chacun d'entre eux.

– Donnez-moi les noms », dit Foley.

Il se pencha en avant, tourna son écran d'ordinateur, attrapa le clavier sur son bureau.

Parrish lui donna les noms. Foley les saisit l'un après l'autre, laissa l'ordinateur tourner.

« Trois d'entre elles viennent de l'unité Sud originale, l'une a été interrogée en tant que témoin matériel dans une affaire d'abus sexuel sur laquelle nous avons enquêté, et les deux dernières venaient du district 2, ici même. Vous le saviez ?

– Oui, j'étais au courant. On m'a aussi donné le nom de Lester Young.

– Il ne travaille plus ici. Pour autant que je sache, il a été transféré au service de probation...

– Nous suivons cette piste séparément », précisa Parrish.

Foley continua de lire, cliquant, faisant défiler la page, puis il se pencha en arrière et regarda directement Parrish.

« Non, dit-il. Il ne semble y avoir aucun lien entre ces affaires. Elles ont toutes été traitées par divers conseillers, des gens de l'AAC, des services pour l'enfance. Nous faisons office de point de coordination pour tous les dossiers, c'est à ça que se limite notre tâche. Il n'y a pas de nom qui semble apparaître plus d'une fois dans tous ces dossiers.

– Les chances étaient minces, observa Parrish.

– Quand ne le sont-elles pas ? » dit Foley avec un sourire ironique.

Parrish se leva, tendit la main. Foley l'imita, la lui serra.

« Je vous serais reconnaissant de ne rien dire jusqu'à demain, dit Parrish.

– Est-ce qu'il y a des papiers à remplir ? Avez-vous besoin d'un mandat ?

– Pour consulter vos archives, oui, répondit Parrish. Nous l'avons déjà. Pour parler à vos employés, non. Il s'agit d'une simple demande de renseignements, rien d'officiel pour le moment. Si nous avons des pistes, alors peut-être que nous aurons besoin d'autres mandats, mais nous aviserons le cas échéant. »

Foley raccompagna Parrish. Deux des employés semblaient se demander ce qui se passait. N'importe qui avec un QI moyen aurait deviné que Parrish était flic, et ça faisait deux jours de suite qu'il venait. On s'interrogerait autour de la machine à café. Mais les rumeurs qui circuleraient arrangeraient Parrish. Si l'assassin était ici, ou alors le type qui communiquait les informations sur les filles à l'assassin, eh bien, il serait à cran et mort de trouille avant même d'être interrogé.

Parrish retourna à la station et prit le métro jusqu'à Hoyt.

Sur son bureau se trouvait un message griffonné par l'agent de l'accueil. Clare Baxter avait appelé. Pouvait-il la rappeler ?

Il composa le numéro qu'il connaissait toujours par cœur.

« Frank ?

– Salut. Qu'est-ce qui se passe ?

– Faut que je te parle, Frank, et tu vas me laisser faire. Je vais te dire tes quatre vérités, et je pense que tu ferais bien de m'écouter. »

Parrish ferma les yeux avec résignation.

« Il n'y a personne, absolument *personne*, qui me trouble et me foute autant en rogne que toi. Parfois je me demande s'il t'arrive de réfléchir, ou si tu fais juste ce qui te passe par la tête pour voir ce qui arrivera ensuite. Tu t'es comporté comme ça avec moi pendant seize ans, Frank, mais j'avais la possibilité de me tirer et c'est ce que j'ai fait. Mais Caitlin ? Caitlin est ta fille, et elle se sent donc obligée de t'aimer et de te faire confiance. Contrairement à moi, elle n'a pas le choix. Elle se sent obligée d'écouter tes conneries sous prétexte que tu es son père. Eh bien, laisse-moi te dire que je vais avoir une conversation avec elle et lui dire qui tu es *réellement*. Après ça, elle pourra prendre sa décision et décider de continuer à te voir ou non. En attendant, tu ne t'approches pas d'elle, Frank, ou j'emploierai chaque minute de mon temps et chacun de mes dollars à t'empêcher légalement de la voir... »

Parrish raccrocha au nez de son ex-femme. Il ôta sa veste et se demanda où Jimmy Radick s'était barré.

42

Jimmy Radick apparut juste avant midi, serrant dans sa main une liasse de papiers.

Il s'assit face à Parrish. Ce dernier demeura tout d'abord silencieux, puis, quand il ouvrit la bouche pour parler, Radick l'interrompit.

« Hier, vous avez vraiment déconné, Frank, déclara-t-il d'un ton neutre. Si j'étais un type plus agressif, je vous entraînerais sur le parking et je vous casserais la gueule. Mais le fait est que ça n'a rien à voir avec moi. Les problèmes que vous avez avec votre fille ne regardent que vous, et la seule erreur que j'ai commise – je dis bien la *seule* – a été d'accepter de parler avec elle sous prétexte qu'elle s'inquiète pour vous. La première fois que je l'ai vue, elle m'a donné son numéro de téléphone, et vous savez ce qu'elle m'a dit ?

– Qu'est-ce qu'elle a dit, Jimmy ?

– Elle m'a dit que vous buviez et que ça vous rendait morose. Elle a dit que c'était la merde entre sa mère et vous, et que vous ne gériez pas ça trop bien. Elle m'a demandé de l'appeler si vous vous mettiez à faire le con.

– Et vous l'avez appelée ?

– Non, certainement pas. C'est elle qui m'a rappelé. Hier. Elle m'a demandé comment vous alliez, comment c'était de travailler avec vous, et je lui ai répondu que ça ne la regardait vraiment pas et que cette conversation me semblait déplacée.

– Alors qu'est-ce que vous foutiez là-bas ?

– Elle m'a demandé de venir, Frank. Elle m'a demandé d'aller la voir et elle n'a pas voulu me dire pourquoi au téléphone.

– Et c'était quoi la raison ? De quoi elle voulait parler ?

– Pas la moindre foutue idée, Frank, et vous savez pourquoi ? Parce que vous avez débarqué et vous avez fait votre numéro. »

Parrish baissa la tête. Il n'avait pas honte. Il se sentait simplement idiot. Il ne savait pas si Jimmy Radick lui disait la vérité, mais il soupçonnait que oui. S'il mentait, il lui suffirait d'un mot de Caitlin pour le découvrir – pour autant qu'elle lui reparle un jour. Radick devait le savoir. D'autant qu'il n'était pas au courant de la menace proférée par Clare Baxter.

« Je suis désolé pour... »

Radick leva la main pour l'interrompre et déclara :

« J'ai parlé à la psy. C'est tout. Je lui ai dit que j'allais demander un transfert, mais j'ai changé d'avis. Je veux rester ici, Frank, mais nous devons instaurer des règles. Vous devez arrêter de vous comporter en connard, OK ? Vous devez vraiment arrêter d'être un sale con, et nous nous entendrons bien, OK ?

– Je peux le faire, répondit Parrish.

– Vous êtes sûr que c'est ce que vous voulez ? »

Parrish ne répondit rien. Il se contenta de regarder Radick avec une expression résignée et lasse.

« Assez parlé, reprit Radick. Nous avons du pain sur la planche. » Il posa sa liasse de papiers sur le bureau. « Je n'ai pas réussi à mettre la main sur ce Lester Young. Je me suis renseigné auprès du service de probation et ils n'ont personne de ce nom dans leur système. Je vais continuer de chercher. En revanche, ce que j'ai, ce sont les relevés téléphoniques de Kelly, Rebecca et Karen. Rien pour les autres, leurs comptes sont trop anciens. »

Une heure et demie plus tard, ils avaient du neuf. Karen avait reçu deux appels d'un même numéro – le premier le mercredi 19 décembre 2007, le second juste cinq jours plus tard le matin de la veille de Noël. Kelly avait reçu un coup de fil le vendredi

5 septembre 2008 d'un numéro très similaire, et Rebecca avait appelé ce même numéro depuis son téléphone portable le jeudi 28 août, soit trois jours avant son meurtre. Ils appelèrent les renseignements, eurent les informations qu'ils cherchaient : l'appel reçu par Karen Pulaski provenait du standard du district Sud original, le second numéro était celui du nouveau bureau Sud 2.

Parrish appela immédiatement Foley. Celui-ci étant absent, on lui passa Lavelle à la place.

« Monsieur Lavelle, Frank Parrish à l'appareil. Je voulais juste savoir s'il était possible de découvrir à qui un appel sur votre standard avait été transféré.

– Je n'en ai absolument aucune idée, inspecteur Parrish. Je vais vous passer la réception et vous verrez ce qu'ils vous diront. Revenez vers moi si vous n'obtenez pas de réponse. »

Une standardiste répondit et lui passa la chef de service, qui, bien qu'obligeante, ne put fournir à Parrish l'information qu'il désirait.

« Je suis désolée, dit-elle. Nous ne conservons pas trace de ce genre d'appels. Nous avons un standard central. Tous les appels entrants arrivent au même numéro. Vu la quantité de personnes à qui nous avons affaire, il s'est avéré impossible d'avoir un numéro distinct pour chaque bureau. Les employés appellent l'extérieur depuis leur bureau, puis ils composent directement le numéro. Les appels entrants passent par le même numéro central, et ils sont ensuite dirigés vers la personne désirée, mais nous n'en conservons aucune trace. Je suis désolée de ne pas pouvoir vous aider. »

Parrish la remercia et raccrocha.

« Jamais simple, hein ? » fit Radick.

Parrish lui relata son entretien avec Foley, expliqua que la moitié des employés de sexe masculin serait là le lendemain matin.

« J'irais bien seul, poursuivit Parrish, mais Valderas n'acceptera jamais...

– Pas question, répliqua Radick. Je vous accompagne. Nous devons parler à ces gens ensemble.

– Merci », dit Parrish. Il consulta sa montre. « Vous avez déjà mangé dans ce petit restaurant à l'angle de Livingston et Elm ? »

Radick fit non de la tête.

« Alors je vous invite à déjeuner, OK ? »

Parrish se leva.

« Vous n'êtes pas obligé, Frank.

– Ça me fait plaisir, répondit Parrish. Soyez sympa, d'accord ? »

43

Tout le monde se rappelait avoir toujours vu George McKinley Wintergreen pousser un Caddie. Même quand il dormait, le Caddie était attaché à sa cheville droite au moyen d'une chaîne de fortune fabriquée avec des lacets. Il aurait suffi de les couper pour piquer le Caddie, mais ça n'aurait pas servi à grand-chose. Tous les biens matériels de George se trouvaient dedans, mais ils n'avaient de valeur pour personne à part pour lui. Un sac rempli de capsules de bouteilles – des capsules de Coca-Cola et de 7-Up, mais aussi de Seagram's, de Crown Royal, de Jim Beam, de Jack Daniel's – plus un petit sachet rempli de bouchons en liège et en bois de whisky Labrot & Graham Woodford Reserve. Venaient ensuite des bobines de fil, des épingles à cheveux, des boutons, des boîtes de pellicules photographiques, des compte-gouttes, des piles, des clés abandonnées, des pièces étrangères, des pochettes d'allumettes vides, des bagues de cannette, des barrettes, des cuillers à café, et une épaisse liasse de cartes postales, toutes envoyées d'Angleterre par des touristes américains.

Chère maman. Nous avons vu Buckingham Palace. Lucy croit avoir aperçu la reine d'Angleterre à la fenêtre.

Jimmy. Nous passons des vacances géniales, mais une cannette de Pepsi coûte presque 2 dollars !

Grand-père. J'espère que tu vas bien. L'oncle David a dit que nous irions chez Madame Tussauds. On dirait un nom de bordel !

Et ainsi de suite.

George Wintergreen était un fouineur, un collectionneur, même si personne à part lui ne connaissait ses mobiles ni ne savait ce qu'il comptait faire de ses possessions. Il les gardait férocement, mais était tout aussi susceptible de décider qu'un article précis n'avait soudain plus la moindre valeur. Et au cours de ses quinze années d'errance, il avait abandonné les peignes, les bouts de ficelle, les cadenas, les montres cassées, les paquets de cigarettes, les disquettes informatiques, les tubes de rouge à lèvres, les fourchettes en plastique et les recharges de stylo-bille.

Wintergreen hantait les abords de South Brooklyn – Carroll Park, le canal de Gowanus –, passant parfois sous l'ombre de la voie express pour s'aventurer dans Red Hook. Il dormait sur des pas de porte, dans des bâtiments délabrés, des boutiques à l'abandon, et profitait de temps à autre d'un étroit espace disponible dans une église sécularisée proche du James J. Byrne Memorial Park. Là, parmi les épaves de Brooklyn qui arpentaient les rues aussi invisibles que les fantômes du passé de New York, il dormait une poignée d'heures à l'abri du froid glacial. Et au petit jour, il disparaissait de nouveau dans ce monde qui n'existait qu'à travers ses yeux. Il poussait son Caddie, il amassait ses trésors, il ne parlait à personne.

George avait jadis été marié. Il avait jadis compris les caprices et les vicissitudes des marchés financiers internationaux mieux que n'importe quel homme, mort ou vivant, mais quelque chose s'était produit. Un gouffre s'était ouvert. George était tombé tête la première, et il avait poursuivi sa chute jusqu'à heurter le fond, et, plutôt que d'essayer de regagner la surface à tout prix, il avait décidé de rester là où il était.

Mais aussi profond que fût le gouffre dans lequel il se trouvait, George possédait encore assez de jugeote et de sens des réalités pour comprendre que, quand il tombait sur le cadavre d'une adolescente, il ne pouvait pas simplement pousser son Caddie et oublier.

Le vendredi 12 en début de soirée, peut-être un peu avant 18 heures, George tourna à l'angle de Hamilton et Garner, et s'engagea sous la voie express. Il comptait contourner le centre de loisirs de Red Hook, revenir par Columbia jusqu'à Lorraine Street, tourner à droite, suivre Lorraine jusqu'à l'angle de Creamer et Smith, puis reprendre vers le nord le long du canal en direction de la 4e Rue. S'il avait achevé son parcours comme prévu, il aurait fini à deux ou trois blocs de chez Caitlin Parrish, peut-être à la même distance de la maison de Kelly. Mais il n'acheva pas son parcours. De fait, il n'alla pas plus loin que l'extrémité de Bay Street, car c'est là qu'il tenta de faire passer son Caddie entre une benne à ordures et une poubelle de métal rouillé. Momentanément coincé, George poussa de toutes ses forces pour le faire passer dans l'espace étroit. Ce qu'il n'avait pas vu, c'était que son Caddie avait accroché un épais fil de fer qui avait été utilisé pour fixer le couvercle de la poubelle. À force de pousser, il renversa la poubelle, et le fil de fer rongé par la corrosion céda. La poubelle bascula, le couvercle s'ouvrit, et les restes d'un être humain dans un état de décomposition avancée se répandirent en travers de l'allée.

Pris de court, ne parvenant pas à relier ce qu'il voyait au moindre point de référence antérieur, George Wintergreen mit quelques instants à comprendre ce qu'il voyait. Lorsque deux plus deux firent de nouveau quatre, il recula, abandonna son Caddie sur place et se précipita en direction de la rue. Par chance, il ne lui fallut pas plus de cinq ou six minutes pour héler une voiture de patrouille dont il guida les occupants, presque sans un mot, jusqu'au cadavre dans l'allée.

Le plus jeune des deux agents vira au gris-vert et retourna à la voiture pour signaler la découverte ; l'agent plus âgé, Max Wilson, s'agenouilla et plongea le faisceau de sa lampe torche dans la poubelle. Il vit le sac à main au fond, couvert de Dieu sait quoi, vit les derniers vestiges de fluides, de chair et de pourriture qui avaient jadis été un être humain, et déduisit de la présence du sac à main et de la taille de la poubelle qu'il devait s'agir d'une jeune fille, une adolescente au plus. N'étant cependant sûr de rien, il garda ça pour lui. L'équipe scientifique et le coroner adjoint avaient été appelés, et ce serait à eux de déterminer ce qu'ils avaient découvert.

L'agent le plus jeune, Will Rathburn, revint pour questionner George Wintergreen. Celui-ci était assis sur le trottoir, à peut-être quatre ou cinq mètres de la poubelle renversée, son Caddie à côté de lui, son regard fermement rivé sur le sol entre ses pieds.

George ne sentait pas la rose, et Rathburn espérait de tout cœur qu'ils n'allaient pas être obligés de l'emmener au commissariat dans leur voiture. Même si lui non plus n'était sûr de rien, il semblait évident que le vieux bonhomme avait simplement renversé la poubelle. Quant à savoir depuis combien de temps elle était là, et qui se trouvait à l'intérieur, eh bien, ce serait le boulot de l'équipe scientifique. Pour le moment, ils devaient simplement boucler les lieux, empêcher toute contamination supplémentaire de la scène, bloquer les deux extrémités de l'allée en attendant de nouvelles instructions.

L'équipe scientifique et le coroner adjoint arrivèrent en même temps. Ils tirèrent le sac à main du fond de la poubelle et l'ouvrirent. Par chance, c'était un sac en similicuir, plus que probablement une matière étanche à base de polyéthylène, à l'intérieur duquel ils découvrirent des vestiges d'emballages de chewing-gum, un téléphone portable intact, un flacon de collyre, un préservatif non déballé et un portefeuille. À l'intérieur se trouvait une carte d'étudiante, ce qui leur permit d'avoir un nom : Melissa Schaeffer, née le 14/06/1989, dont le joli visage tourné vers le coroner adjoint était semblable à celui de tant d'autres filles perdues et petites amies égarées. La poubelle n'avait pas été hermétiquement fermée, le degré de décomposition était tel qu'il n'y avait presque plus d'odeur, et, quand ils essayèrent de retourner la poubelle, son fond se détacha sous l'effet de la corrosion. Elle était restée exposée à toutes sortes d'intempéries pendant un temps considérable et n'avait tenu le coup que grâce à la résistance du métal et au fait que personne ne l'avait déplacée. Il s'agissait pour le moment simplement de vérifier que le nom sur la carte d'étudiante correspondait bien au cadavre dans la poubelle. Puis il faudrait déterminer qui elle était, d'où elle venait, quand elle avait disparu, et qui pouvait encore la chercher. Parfois les gens cessaient de chercher. Soit parce qu'un inspecteur avait à cœur de résoudre une énigme et de clore une affaire. Soit parce que la quête infinie de quelqu'un prenait soudain fin et que ses pires craintes étaient confirmées.

44

Le vendredi soir, Parrish et Radick se séparèrent en assez bons termes. Le déjeuner avait été bref, relativement laconique d'un côté comme de l'autre, et ils avaient passé l'après-midi à parcourir des dossiers, des photos, des dates et des noms, et des signalements de disparition.

La conclusion de Parrish, d'une simplicité imparable, était qu'à part Lester Young et les employés du bureau Sud 2 ils n'avaient aucun suspect. Si leurs interrogatoires ne donnaient rien, ils se retrouveraient de nouveau à la case départ.

Ce soir-là, luttant fermement contre son envie d'aller boire un verre, Parrish regarda la télé pendant deux heures. Puis il tira de sous son lit une boîte pleine de lettres et de photos. Robert et Caitlin quand ils étaient petits. Clare – jeune, jolie, sans l'amertume hostile qui semblait être sa marque de fabrique ces temps-ci. Au fond se trouvaient des photos de lui enfant, des photos de sa mère, de son père, des cérémonies de remise de diplôme au lycée et à l'école de police. Toute sa vie dans une boîte qui ne mesurait pas plus de vingt-cinq centimètres sur trente.

Il songea à aller voir Caitlin, à essayer de s'expliquer. Il s'imagina planté devant sa porte avec au fond des tripes une angoisse similaire à celle de l'adolescent emprunté qui va chercher sa cavalière pour le bal du lycée. Il n'avait pas ressenti une telle angoisse depuis la naissance de Caitlin, et, avant ça, celle de Robert, et, encore avant, depuis le soir où il avait demandé sa main à Clare. Mais ce soir-là, il était soûl. Soûl aussi quand Caitlin avait été conçue. Merde, si sa vie d'adulte avait été un voyage en bagnole, il en aurait effectué l'essentiel en état d'ébriété.

Ses idées noires étaient comme de mauvaises herbes qui avaient pris racine par simple négligence, et Parrish se demanda où les choses avaient déraillé. Vous vous échiniez à gérer tout un tas de choses, vous preniez des décisions en fonction de ce qui vous semblait juste, et la plupart du temps vous vous plantiez. Il comprenait que la vie n'était pas censée être simple, mais comment pouvait-elle être si difficile ?

Refusant de sombrer dans la morosité et la nostalgie, Parrish replaça les lettres et les photos dans la boîte, et glissa celle-ci sous le lit. Il y avait quelque chose dans cette affaire qui l'avait profondément affecté. Un sentiment d'innocence bafouée, le fait que quelqu'un avait profité de la confiance et de la dépendance de ces filles. Voilà à quoi ça ressemblait, et voilà à quoi ça se résumait. Quelqu'un avait promis de faire une chose, et il en avait fait une autre. Quelqu'un avait endossé une responsabilité, une position de protecteur, et il n'avait pas respecté le contrat. Mais n'avait-il pas lui-même fait la même chose avec Clare, avec Robert, avec Caitlin ? Si, bien sûr, mais il n'avait assassiné personne. Il avait peut-être flingué son mariage, anéanti la moindre chance de réconciliation entre sa fille et lui, mais il n'avait ôté la vie à personne. Il songea à ses entretiens avec Marie Griffin, à ce qu'il avait dit de son père – se demanda si John Parrish s'était vraiment rendu coupable des meurtres de Joe Manri et de Robert McMahon cette nuit du printemps 1979. Il croyait que oui. Il en avait auparavant été certain. Et ce n'était que maintenant qu'il s'autorisait à s'interroger sur ce qu'il avait ressenti alors. De la culpabilité ? Pas à cause des meurtres, mais à cause du fait qu'il n'avait rien dit ? Qu'il avait été sûr d'une chose et l'avait gardée pour lui ? Non, même pas. Alors quoi ? Sans doute la même chose qu'aujourd'hui : la confiance bafouée, le fait que quelqu'un avait accepté le fardeau de la responsabilité puis avait fait le contraire. Son père, l'homme de loi, le gardien de la paix, celui qui était censé protéger et servir... eh bien, il avait protégé et servi les personnes mêmes qu'il était censé arrêter. Qu'était-ce si ce n'est une trahison ?

Alors où cela le plaçait-il ? Au beau milieu de ce bordel, à la vue de tous, et il pouvait prendre la décision d'aller jusqu'au bout, sans se soucier des conséquences, ou de laisser tomber, de faire ses valises et de se tirer.

L'homme qu'il avait toujours espéré être irait jusqu'au bout, mais que ferait l'homme qu'il était vraiment ?

À 20 h 15, Parrish quitta son appartement et marcha jusqu'à chez Clay's avec l'intention de ne boire qu'un seul verre. Mais c'était un mensonge, et il le savait suffisamment bien pour ne pas chercher à se convaincre du contraire.

45

SAMEDI 13 SEPTEMBRE 2008

Par curiosité, Parrish passa par le bureau de Marie Griffin dans la matinée. Il était fermé à clé, plongé dans l'obscurité, désert. Non seulement cela éveilla en lui un curieux sentiment de satisfaction qu'il n'aurait su expliquer, mais cela apaisa également sa culpabilité. Il avait suggéré qu'ils fassent une pause dans leurs séances, plus pour son bien à elle que pour le sien, et c'est ce qu'elle avait fait. Il l'avait mise mal à l'aise, avait remis en cause sa position – personnellement et professionnellement – et pourtant il ne regrettait rien. Ce qu'il ressentait était réel, on ne peut plus réel, et soit elle était capable de faire avec, soit elle ne l'était pas. Il retournerait la voir lundi, et il espérait que son enquête aurait alors progressé. Peut-être que si cette affaire commençait à s'éclaircir, il pourrait penser à autre chose – à ce qu'il devait faire avec Robert et Caitlin, à la meilleure façon de s'y prendre avec Clare. Il avait l'impression que c'étaient les problèmes des autres qui créaient toutes ces difficultés, pas ses problèmes à lui. Mais tout ça pouvait attendre un autre jour. Aujourd'hui, samedi 13, ils entameraient les entretiens au bureau Sud 2 et ils verraient si un tueur d'enfants travaillait à l'aide familiale.

Radick arriva juste avant 9 heures, et Parrish avait déjà préparé les dossiers sur chaque fille pour les emporter avec eux.

« Comment voulez-vous procéder ? demanda Radick.

– On commence en douceur. Noms, adresses, depuis combien de temps ils travaillent là, où ils travaillaient avant. Puis on leur demande s'ils connaissaient l'une de ces filles, s'ils ont eu directement affaire à elles. Ce genre de choses. Une fois qu'on aura ces informations, on effectuera des vérifications sur eux, tous les détails habituels – qui a un casier, qui n'en a pas, vous connaissez la musique. Comme j'ai déjà dit, je connais un type au FBI qui acceptera peut-être d'effectuer des recherches sur ces types, pourvu qu'il y travaille toujours et qu'il soit de bon poil. Pour moi, il s'agit de me retrouver face à ces personnes et de voir si quelque chose ressort. Les trop confiants, les dédaigneux, les nerveux. Il y en aura forcément deux ou trois qui me taperont dans l'œil. Nous savons que Karen et Kelly ont reçu des appels de l'aide familiale dans les jours qui ont précédé leur assassinat, et que Rebecca a appelé elle-même le bureau. Ce que ça signifie, je n'en sais rien, mais ce n'est pas anodin, vous voyez ? C'est une coïncidence, et je n'aime pas les coïncidences. »

Radick ne trouva rien à redire, et ils se mirent en route pour le bureau Sud 2 peu après 9 h 30.

Marcus Lavelle avait tenu promesse. Il leur avait réservé un bureau et même fourni une machine à café ainsi qu'une assiette de viennoiseries.

« Nous ne mangeons que des donuts, déclara Parrish, pince-sans-rire, et un moment s'écoula avant que l'expression crispée et anxieuse sur le visage de Lavelle ne se dissipe. Détendez-vous, reprit Parrish. Nous ne sommes pas orthodontistes. »

Lavelle remplit trois tasses de café, s'assit avec Parrish et Radick, et leur demanda comment ils comptaient procéder.

« Pour commencer, nous allons avoir besoin de dix ou quinze minutes avec chaque employé. Combien d'entre eux sont présents ce matin ?

– Vingt-six, vingt-sept avec moi. Enfin, pour ce qui est des hommes. Nous avons aussi quelques filles, mais je sais que vous ne voulez pas leur parler.

– Pas pour le moment, dit Parrish, mais peut-être plus tard. Ça dépendra de ce qui ressortira de nos entretiens initiaux. »

Lavelle resta un moment silencieux, nouant avec ses doigts des fils invisibles, ouvrant de grands yeux, respirant bruyamment.

« Qu'est-ce qui se passe ? » demanda Radick.

Lavelle secoua la tête.

« Si vous avez quelque chose à nous dire, monsieur Lavelle...

– Ce n'est rien. Enfin, je dis que ce n'est rien, mais ça m'a turlupiné et... bon, je ne sais pas si ça veut dire quoi que ce soit, mais ça m'a semblé bizarre, et à l'époque je n'y ai pas trop prêté attention, mais à la lumière de ce qui s'est passé... »

Il marqua une pause. Il regarda Parrish, puis Radick, puis de nouveau Parrish.

Personne ne prononça un mot pendant un long moment.

« Il y a quelque temps, quand nos bureaux ont déménagé, quand tout a changé, vous savez ? » Lavelle inhala bruyamment. Ses doigts continuaient de nouer et dénouer des fils imaginaires. « Bon, de toute évidence, quand nous avons déménagé, nous avons dû tout emporter avec nous, tous les vieux dossiers, les registres, les ordinateurs. Nous avons seulement laissé le mobilier... vous savez, les bureaux et tout ça... »

Lavelle esquissa un faible sourire, presque comme s'il essayait de se convaincre qu'il faisait ce qu'il fallait, qu'il n'avait d'autre choix que de dire ce qu'il avait sur le cœur.

« J'ai été présent pendant une partie du déménagement. Nous avions fait appel à des sous-traitants. Ils ont démoli tout le vieux mobilier qui n'était plus bon à rien, et ce qui était encore en raisonnablement bon état a été expédié dans un entrepôt quelque part. Je crois que la municipalité allait le revendre, ou peut-être s'en servir ailleurs. Bref, nous avions ces casiers, des casiers tout ce qu'il y avait d'ordinaire, comme ceux qu'on trouve dans les gymnases et les écoles et ainsi de suite, avec un petit cadenas à combinaison à l'avant, vous voyez ? Pas génial question sécurité, mais ça suffisait. Les gens y entreposaient leurs livres, leur parapluie, leur déjeuner, ce genre de choses. Bref, les déménageurs étaient en train de démonter ces casiers et il y en avait un avec des magazines à l'intérieur. Juste deux ou trois, et on aurait dit des magazines porno ordinaires, vous savez ? L'un des déménageurs a fait une plaisanterie et il les a balancés dans un gros sac-poubelle. Alors je suis allé voir, par curiosité, vous savez ? Je suis allé jeter un coup d'œil, et ce n'étaient pas des magazines ordinaires ; du moins, ce n'est pas l'impression que j'ai eue... ce n'étaient pas des enfants à proprement parler, mais des jeunes filles. Je ne sais pas, dans les 15 ou 16 ans, trop jeunes pour se déshabiller et se retrouver dans ce genre de revues.

– Et saviez-vous à qui appartenait ce casier ? » demanda Parrish.

Lavelle acquiesça.

« Son nom ?

– Je ne vais pas... enfin, vous n'allez pas dire que je vous ai raconté ça, si ?

– Non, pas du tout. C'est strictement confidentiel, monsieur Lavelle. Ça nous indique juste qu'il y a une possibilité avec l'un des employés. »

Lavelle resta un moment silencieux, puis déclara :

« Richard McKee. Son nom est Richard McKee.

– Et depuis combien de temps travaille-t-il pour l'aide familiale ?

– Dix, douze ans, répondit Lavelle, et il fait très bien son boulot, aucun doute là-dessus. Il n'a jamais eu le moindre souci. D'ailleurs, c'est vraiment un employé modèle. Il travaille très dur. C'est l'une de ces personnes qui sont ici par vocation, et non pour le salaire. Et je sais qu'il n'y a rien d'illégal à avoir des magazines...

– Ça dépend lesquels, observa Radick, et ça dépend de l'âge des filles.

– Oui, oui, bien entendu, mais en soi, vous savez ? Je veux dire, je ne...

– C'est bon, monsieur Lavelle, intervint Parrish. Nous vous sommes reconnaissants de nous avoir communiqué cette information. Maintenant, je pense que nous ferions probablement mieux de débuter ces entretiens, non ?

– Si, bien sûr. Désolé, je ne voulais pas vous faire perdre votre temps. Je vais aller chercher le premier. »

Lavelle quitta la pièce et Parrish produisit un carnet, deux stylos et un enregistreur numérique. Radick posa les dossiers sur la table devant lui, empilés dans l'ordre chronologique – Melissa en dessous, puis Jennifer, Nicole, Karen, Rebecca et Kelly. Parrish songea aussi qu'il ne devait pas oublier de questionner les employés sur Alice Forrester, la demi-sœur de Nicole.

La porte s'ouvrit, le premier employé entra, et Parrish s'éclaircit la voix.

46

Richard McKee fut le quatorzième à passer. Il approchait de la quarantaine, était bien habillé, impeccablement coiffé, avait des chaussures brillantes. Il portait le genre de lunettes sans monture dotées de verres antireflet qu'affectionnent les personnes qui veulent faire croire qu'elles ne portent pas de lunettes, mais de temps à autre il tournait la tête et la lumière produisait à la surface un reflet violet ou bleu pâle qui voilait ses yeux.

Il était près de 14 heures. Ils avaient questionné un peu plus de la moitié des employés, et – pour le moment – il n'y avait rien eu de significatif, rien qui allumât une étincelle dans l'œil de Parrish. Tous semblaient disposés à les aider, comprenant le besoin de préserver la confidentialité, sincèrement inquiets à l'idée qu'il puisse y avoir un lien entre leur bureau et la mort d'au moins cinq jeunes filles que la vie n'avait déjà pas épargnées.

« C'est bien triste quand quelqu'un qui est déjà une victime est de nouveau persécuté, avait déclaré un certain Harold Kinnear, un vieux briscard de l'aide familiale âgé de 53 ans. Je m'occupe d'enfants adoptés, de fugueurs, de gamins sous tutelle et abandonnés depuis près de trente ans, avait-il poursuivi. Ce n'était pas facile dans les années 1980, mais c'est encore plus dur maintenant. Il semblerait que plus nous devenons civilisés et sophistiqués, moins nous sommes capables de protéger nos enfants. »

Parrish avait senti que ce dernier commentaire pouvait s'appliquer à lui-même, peut-être l'un des pires pères du monde.

McKee s'avéra immédiatement concerné et coopératif. Oui, il était au courant du meurtre de Jennifer Baumann. Lester Young lui en avait parlé. Lester était l'agent responsable de la fille qu'ils avaient interrogée à propos d'éventuels abus sexuels.

« Je ne me souviens plus du nom de la fille, expliqua McKee. Celle qui a été victime d'abus. Lester avait la charge de son dossier, ça, je le sais. Mais je me rappelle celle qui a été assassinée. Je me souviens du jour où il m'en a parlé. Il était allé voir la petite Baumann avec la police, et il a découvert que quelqu'un l'avait tuée. Ça l'a vraiment secoué. »

Radick regarda Parrish. Ce dernier avait l'impression que son cœur s'était logé au bas de ses tripes. C'était la deuxième fois que le nom de Lester Young était mentionné...

« Mais Lester ne travaille plus ici. Il a été muté au service de probation. » McKee soupira de façon audible. « J'essaie de me rappeler chaque cas, mais c'est difficile. Tant de visages, de noms, de dossiers, et on nous recommande de ne pas nous laisser personnellement affecter par tout ce qu'on voit. » Il regarda un moment dans le vide, puis s'efforça de sourire et posa de nouveau les yeux sur Parrish. « Vous essayez de garder vos distances, de considérer ça comme un simple boulot, mais parfois c'est plus fort que vous. »

McKee avait aussi entendu parler de Karen Pulaski, mais il n'était pas au courant de son assassinat.

« Bien sûr, tout ce que je sais est très ancien, dit-il. Et je ne vois pas en quoi ça pourrait vous être utile aujourd'hui.

– Et les autres ? lui demanda Parrish. Melissa Schaeffer, Nicole Benedict, Alice Forrester, Rebecca Lange, Kelly Duncan ? »

McKee secoua la tête, et la lumière se refléta une fois de plus sur la surface de ses lunettes et voila son regard.

« Non, répondit-il après une infime hésitation.

– Vous en êtes sûr, monsieur McKee ? insista Radick en se penchant en avant, et Parrish sentit que ce dernier avait lui aussi perçu l'hésitation.

– Comme j'ai dit, il est difficile de se souvenir de chaque visage et de chaque nom, répondit McKee. Je traite des centaines de cas chaque année, parfois personnellement, parfois en tant que superviseur, parfois simplement parce que je figure sur la liste de renvoi. J'effectue même des vérifications pour les agents en formation. Je contrôle leurs dossiers avant qu'ils ne soient soumis à l'examen. Ça fait beaucoup de monde chaque année, et ces filles... eh bien, elles remontent à il y a deux ans...

– Je veux juste que vous preniez le temps de réfléchir, monsieur McKee », insista Parrish.

Il répéta le nom de chaque fille – lentement, soigneusement, observant fixement McKee à la recherche du moindre tic nerveux.

« Non, répondit catégoriquement McKee avec une expression immuable. Je ne peux vraiment pas dire que ces noms me soient familiers. Bien sûr, si quelque chose me revient, je vous le ferai savoir.

– Nous vous en serions très reconnaissants », dit Parrish, et il sortit sa carte et la glissa à travers la table.

Un silence s'installa après que McKee eut quitté la pièce. Radick le brisa :

« Je ne vois rien de suspect chez lui, déclara-t-il. Soit, il a peut-être possédé des magazines porno. Mais qu'est-ce que ça peut foutre, hein ? La plupart des gens trouveraient étrange qu'un type ne possède pas de magazines porno à un moment ou à un autre.

– Eh bien, moi, j'estime que c'est un mobile suffisant pour l'envoyer au trou, déclara Parrish en souriant d'un air sardonique. Le fait est qu'il n'est pas vraiment différent des autres types à qui nous avons parlé, mais Lavelle nous a dit ces quelques mots et tout à coup nous sommes partiaux.

– Aucun d'entre eux ne m'a paru louche jusqu'à présent. Ils ont tous l'air de gens bien, attentionnés, qui essaient de faire un boulot très, très dur dans un système déglingué. »

Parrish se pencha en avant.

« Je suis d'accord, mais nous avons parlé à – quoi ? – quatorze employés ? Encore douze à voir aujourd'hui, puis il en restera une vingtaine lundi.

– J'ai besoin de faire une pause, déclara Radick. Sérieusement. »

Parrish consulta sa montre.

« Nous devons continuer, répliqua-t-il. Je veux les voir tous aujourd'hui, comme ça, nous pourrons effectuer des vérifications sur eux ce soir et demain. Et on remet ça lundi avec le reste. »

Radick était bien forcé d'être d'accord, et il ne discuta pas. Ce genre de boulot n'attendait pas. La rumeur se répandrait parmi ceux qui n'avaient pas encore été interrogés, et si leur homme était l'un d'eux, s'il risquait de se compromettre par ses réponses, ils ne pouvaient pas lui laisser de marge de manœuvre. S'ils le laissaient rentrer chez lui maintenant qu'il était au courant de l'enquête, il pourrait se débarrasser d'indices. La probabilité que cela se produise était mince, mais souvent le fil le plus mince était relié à la piste la plus solide.

Radick et Parrish poursuivirent les interrogatoires – visages différents, questions identiques –, répétant encore et encore le nom de chaque fille. C'était exactement ce que Parrish avait soupçonné. Ces gens avaient fondamentalement bon cœur, même s'ils étaient parfois blasés, un peu épuisés par les frustrations qui accompagnaient nécessairement une profession où la principale motivation était le désir d'aider les autres. Mais à première vue, ils ne semblaient rien avoir à cacher. Lorsqu'ils eurent fini, Parrish ne se souvenait que de deux employés : Harold Kinnear et Richard McKee. Le premier à cause du commentaire éloquent qu'il avait prononcé, le second simplement à cause de ce que Lavelle avait dit à propos des magazines porno.

Lavelle fut le dernier à passer. Il était plus de 18 heures. L'immeuble était désormais désert et Parrish comme Radick étaient mentalement claqués.

« Je ne sais pas quoi dire d'autre, commença Lavelle. J'ai discuté avec certains d'entre eux. Il y en a qui se souviennent des filles, d'autres, non. Je ne crois pas m'être directement occupé d'un seul de ces dossiers et je ne saurais dire si j'ai parlé à une de ces filles, mais deux ou trois dossiers sont passés sur mon bureau pour des questions d'orientation, vous savez ? Le problème, c'est que... eh bien, on ne s'attend jamais à ce qu'une telle chose se produise, alors on traite chaque affaire exactement de la même manière. Honnêtement, pour la majorité d'entre nous, il n'y a pas un seul dossier qui soit plus important qu'un autre.

– Et durant vos conversations de cet après-midi avec les employés, quelqu'un a-t-il dit quelque chose qui vous a semblé bizarre ou inhabituel ? Avez-vous détecté quoi que ce soit sur votre radar, si je puis dire ? »

Lavelle secoua lentement la tête, comme s'il répondait à la question avant même d'y avoir réfléchi.

« Je ne crois pas. Personne ne semblait stressé ou exagérément anxieux. Il y en a deux qui ont déjà été confrontés à des meurtres. Une gamine de 10 ans qui a été battue à mort par son beau-père, un jeune garçon qui a été tué par sa mère, mais c'était il y a des années. Rien à voir avec l'enquête en cours. Je crois que l'opinion générale est que le monde est tellement détraqué que, eh bien, il est inévitable que ce genre de choses se produise à un moment ou à un autre. Ça fait partie du boulot, vous savez ? C'est une évidence dans votre cas, mais il y a tout un tas d'autres gens dont le métier est de s'occuper des membres les moins fortunés de la société, et ils vont se retrouver confrontés à ça de temps en temps, n'est-ce pas ? C'est inévitable, je suppose, d'une façon ou d'une autre.

– OK, fit Parrish, lassé d'entendre la même chose répétée de cent manières différentes. Nous avons simplement besoin de connaître votre nom complet, votre date de naissance, votre numéro de Sécurité sociale, votre adresse, les divers emplois que vous avez occupés avant celui-ci, et nous en aurons fini. »

Lavelle leur donna les informations qu'ils désiraient, comme tous les autres employés l'avaient fait avant lui. Aucun d'entre eux n'avait émis d'objection. Aucun n'avait demandé si un avocat ou une personne du département juridique de l'aide familiale devaient ou non être présents. Obligeants, coopératifs, soucieux, intéressés, prêts à révéler tout ce qui pourrait s'avérer utile. Il était trop facile d'oublier que la majorité des gens étaient des gens bien. Peut-être qu'il y avait une brebis galeuse ici, et peut-être qu'ils la découvriraient lundi.

Parrish et Radick remercièrent Lavelle. Ils échangèrent une poignée de main, le laissèrent éteindre la lumière et fermer les bureaux.

« Nous devons retrouver Young, déclara Radick. Lester Young sera ma priorité à partir de maintenant. »

Ils regagnaient la voiture lorsque le pager de Parrish se déclencha. C'était Pagliaro. Parrish le rappela immédiatement.

« Je suis à la morgue, annonça Pagliaro. Je crois que nous avons votre fugueuse. »

47

Le peu qui restait de la victime retrouvée dans la poubelle était étalé sur une table d'autopsie en acier inoxydable. Des vestiges de vêtements et d'affaires personnelles étaient posés sur un chariot à proximité. Pagliaro saisit le sac à main – à l'intérieur duquel se trouvaient le téléphone portable, les emballages de chewing-gum, le collyre, le préservatif – et le montra à Parrish et Radick. C'est Radick qui souleva le sachet en plastique qui renfermait la carte d'étudiante.

Le légiste, un homme avenant au teint rougeaud âgé d'environ 45 ans, se présenta.

« Andrew Kubrick, dit-il, avant d'ajouter avec un grand sourire, aucun lien avec Stanley.

– Alors à qui avons-nous affaire ? demanda Parrish en regardant la carte d'étudiante. S'agit-il de Melissa Schaeffer ?

– Je ne sais pas encore, répondit Kubrick, mais je peux vous dire que la morphologie du crâne et les dimensions du fémur indiquent une femme de type caucasien, mesurant environ un mètre soixante pour environ quarante-cinq ou cinquante kilos. »

Kubrick souleva le crâne, qui était déjà détaché de la colonne vertébrale.

« Il y a un tissu conjonctif entre l'os frontal et l'os pariétal. À mesure que nous vieillissons, la jointure se referme. L'état de fermeture de cette suture peut nous indiquer un âge approximatif. Cette jeune femme ? Je dirais entre 16 et 19 ans.

– Une idée de la cause du décès ?

– Strangulation, répondit Kubrick d'une voix neutre.

– Comment le savez-vous ?

– Vous connaissez l'os hyoïde ?

– Dans la gorge ? »

Kubrick désigna un endroit sur son propre cou.

« Un os en forme de fer à cheval, le seul du corps humain qui ne soit pas articulé avec un autre os. Situé entre le menton et le cartilage thyroïde. C'est un petit os délicat, et il est fracturé dans environ 30 % des strangulations. Cette jeune femme a été étranglée, ça ne fait aucun doute. Il n'y a pas d'autres os brisés, aucun signe de fracture au niveau du crâne.

– Et depuis combien de temps est-elle morte ? demanda Parrish.

– Je dirais deux ans, peut-être deux ans et demi. La poubelle n'était pas hermétique, c'est une certitude. Le corps s'est altéré dedans, à peu près comme s'il avait été enterré. Les vêtements ont pourri, la chair s'est décomposée. De l'eau a pénétré à l'intérieur, elle a fait son ouvrage.

– La poubelle a été trouvée dans une allée au bout de Bay Street, expliqua Pagliaro. Un clodo l'a renversée avec son Caddie et le couvercle s'est détaché. Il était fixé avec un fil de fer, mais celui-ci était corrodé. Dès que la poubelle est tombée, le couvercle s'est arraché, et le cadavre est apparu.

– Est-il concevable qu'une poubelle comme ça reste pendant deux ans dans une allée sans que personne s'en aperçoive ? » demanda Parrish.

Pagliaro le regarda d'un air de dire : *Qui sait ?* Kubrick haussa les épaules et répondit :

« Aucune idée. La poubelle a pu être là-bas pendant tout ce temps ou seulement pendant une semaine. Le couvercle était fermé avec du fil de fer, comme l'a dit votre collègue, mais si elle était là-bas au milieu d'autres poubelles et de bennes, je ne crois pas que quelqu'un aurait nécessairement identifié l'odeur de décomposition. Fixer le couvercle a empêché les rats d'entrer, c'est sûr, mais à part ça, eh bien... bon Dieu ! elle a pu se trouver là-bas pendant tout ce temps sans que personne s'en rende compte.

– Alors comment on l'identifie formellement ? demanda Radick.

– On ne le fait pas, répondit Kubrick. Nous pourrions demander à un anthropologiste légiste d'essayer de reconstruire son visage par-dessus son crâne, mais il y a peu de chances qu'on nous donne le feu vert. Nous allons procéder à un examen dentaire, mais à première vue elle ne semble pas avoir eu de soins importants. Les dents sont en bon état, pas d'espacements irréguliers, pas de grosses caries, pas de chevauchements. C'était une de ces veinardes qui ne se sont pas retrouvées sur le fauteuil de l'orthodontiste à 3 ans. »

Il y eut un moment de silence – Pagliaro, Radick et Parrish d'un côté de la table, Kubrick de l'autre, et au milieu, sur la surface lisse en inox, les restes décomposés de la fille de quelqu'un.

« Y a-t-il un espoir de déterminer si on lui a administré une drogue ? demanda Parrish. Principalement du Rohypnol, ou tout autre type de benzodiazépine ? »

Kubrick secouait la tête avant même que Parrish ait fini de poser sa question.

« Aucune chance, répondit-il. On peut le repérer dans les cheveux pendant environ un mois, mais au-delà de ce délai, non. Ça passe très rapidement dans le système.

– C'est ce que je pensais, observa Parrish, incapable de cacher sa déception. Comment était l'allée ? demanda-t-il à Pagliaro.

– L'équipe scientifique l'a passée au crible mais il n'y avait rien à part les saloperies habituelles qu'on trouve dans ce genre d'endroit. Rien qui soit lié à ça. Tout ce que nous avons, c'est le corps, la poubelle, le sac à main et son contenu. Je vais faire analyser le téléphone et télécharger ce qu'il y a sur la carte pour voir qui elle a appelé, qui a pu l'appeler. Ça devrait nous donner l'identité du propriétaire du téléphone, ce qui ne signifie pas que le propriétaire et la fille soient la même personne, tout comme la carte d'étudiante ne signifie pas qu'il s'agisse bien de Melissa.

– Je peux m'occuper du téléphone, dit Parrish. C'est désormais moi qui ai l'affaire, non ?

– À votre guise, répondit Pagliaro, mais je ne sais pas comment vous allez vous démerder pour l'identifier formellement, prévenir la famille et tout.

– Je vais partir de l'hypothèse qu'il s'agit bien de Melissa, au moins pour ce qui est de l'enquête. Je ne vais pas parler à la famille, pas encore... bon sang, peut-être que je ne le ferai jamais ! On ne peut pas exactement leur demander de venir l'identifier...

– Je vais voir ce que je peux faire du côté de l'anthropologiste légiste, déclara Kubrick. Parfois on a des diplômés de la fac qui viennent bosser ici gratuitement. Pour l'expérience, vous savez ? Ils sont bien encadrés, ils ne feront donc pas un boulot de merde, mais je ne peux rien garantir.

– Ce serait bien, dit Parrish. Merci beaucoup. Quoi qu'il en soit, nous allons nous pencher sur le téléphone, et partir de là. Je crois que c'est elle. Je le sens au fond de mes tripes. Je ne vois pas son sac à main et son téléphone être balancés dans une poubelle avec le corps d'une autre, et vous ?

– Qui sait ? répondit Pagliaro. Ça fait des années que plus rien ne me surprend. »

Parrish le remercia. Pagliaro s'en alla. Kubrick annonça qu'il était sur le point d'achever son service et qu'il devait fermer les lieux.

Parrish attrapa le téléphone, signa le récépissé, appela Valderas en partant.

« J'ai besoin que vous autorisiez l'examen d'un téléphone portable, et j'aimerais vraiment qu'il soit effectué ce soir ou demain. »

Valderas répondit qu'il ferait son possible.

Parrish demanda à Radick de le déposer au commissariat. Il voulait commencer les vérifications sur les employés du bureau Sud 2.

« Je vais vous donner un coup de main, répondit Radick. J'en profiterai pour voir s'il y a moyen de remonter jusqu'à Young.

– C'est bon. Je n'ai rien de mieux à faire ce soir. Prenez votre soirée. Je vous en ai déjà gâché une, je me renseignerai aussi sur Young... ça ne doit pas être bien difficile de retrouver quelqu'un qui a travaillé à la fois pour l'aide familiale et pour le service de probation. »

Radick hésita.

« Cette histoire avec Caitlin... » commença-t-il.

Parrish secoua la tête.

« Oubliez. Je me suis comporté comme un con. J'ai une fâcheuse tendance à me comporter comme un con. Ça m'arrangerait vraiment que vous n'en parliez à personne. Je vais arranger la situation avec elle. » Il esquissa un sourire ironique. « Les problèmes, vous savez ? On a tous des problèmes. »

Radick déposa Parrish au 126e, le regarda gravir les marches à la hâte, portant ses carnets et les dossiers, le téléphone portable dans un sachet, et il se demanda s'il finirait un jour aussi seul que Frank Parrish.

Il appela Caitlin, ils échangèrent quelques mots, et il fit demi-tour et prit directement Hoyt en direction de Smith Street.

48

Parrish trouva Valderas, lui remit le téléphone portable. « Vous avez trouvé la jeune Schaeffer à ce que j'ai entendu dire ?

– Nous supposons que c'est elle, oui.

– Pas en assez bon état pour en tirer quoi que ce soit ?

– Juste assez pour savoir qu'elle a été étranglée. C'est tout ce que nous avons.

– Et comment se sont déroulés les entretiens ?

– Comme prévu. Nous en avons effectué un peu plus de la moitié. Il en reste vingt plus le directeur, nous nous en occuperons lundi. » Parrish désigna de la tête le téléphone dans la main de Valderas. « Ce serait bien, vous savez ? Si vous pouviez demander à quelqu'un du labo de télécharger ce qu'il y a sur la carte et de nous dire qui elle appelait. »

Valderas consulta sa montre.

« Honnêtement ? Je ne crois pas que quiconque y jettera ne serait-ce qu'un coup d'œil avant lundi matin.

– Voyez ce que vous pouvez faire », dit Parrish. Il montra la liasse de notes qu'il avait prises au bureau Sud 2. « Je vais commencer à effectuer des vérifications sur ces types, voir si ça donne quelque chose. »

Il était près de 20 heures lorsque Parrish s'assit à son bureau et étala devant lui ses notes d'entretien. Il saisit chaque nom – vingt-six employés, vingt-sept en comptant Lavelle –, chaque date de naissance, chaque numéro de Sécurité sociale, le strict minimum pour lancer la procédure. Puis il laissa l'ordinateur tourner et se rendit à la cantine à l'étage.

Assis à une table dans le coin de la pièce, une tasse de café entre les mains, il regarda par la fenêtre la rue en contrebas. Samedi soir. La circulation dense dans Fulton Street, les gens qui fuyaient l'endroit où ils avaient passé la semaine. Et lui ? Ça ne risquait pas. Il était là où il avait toujours été, peut-être là où il serait toujours. Il sourit intérieurement. Aujourd'hui, tandis qu'il écoutait les employés du bureau Sud 2 raconter leurs petites histoires, il avait observé Jimmy Radick – son apparence, ses manières, ses expressions. Il commençait à montrer des signes d'usure. On lisait la vocation dans ses yeux : des yeux qui cherchaient un sens dans les ombres. Mais bientôt la frontière entre qui il avait été et qui il deviendrait se brouillerait puis disparaîtrait. C'était comme ça quand on retrouvait des adolescentes mortes dans des poubelles. Il n'y avait plus rien d'autre.

Une heure plus tard, Parrish, surpris d'avoir passé autant de temps à rêvasser, regagna son bureau pour voir où en étaient les recherches.

Deux employés avaient produit un résultat : le premier était Andrew King. Son visage était affiché à l'écran, mais Parrish ne le reconnut pas jusqu'à ce qu'il s'aperçoive que l'inculpation pour agression qui valait à King de figurer dans le système datait de mars 1995. C'est alors qu'il se souvint de lui – 34 ans, costume, rasé de près, poli et bien sous tous rapports. Sur la photo, c'était un jeune homme de 20 ans aux cheveux longs et mal rasé. Apparemment, King s'était battu avec un employé d'épicerie qui l'avait accusé de vol. Il l'avait frappé deux fois au visage puis s'était enfui, laissant derrière lui son portefeuille et ses courses. Il s'était livré dans la demi-heure qui avait suivi, peut-être pour s'assurer qu'il récupérerait son portefeuille, puis avait été arrêté, inculpé et traduit en justice. Le juge l'avait condamné à des travaux d'intérêt général, dont il avait dû s'acquitter à l'épicerie.

Et puis il y avait Richard McKee. Il semblait que McKee avait reçu une mise en demeure pour violation d'un arrêté municipal. Il avait demandé un permis pour convertir les combles de sa maison mais avait entamé les travaux avant qu'on le lui accorde. Celui-ci avait finalement été approuvé et, tout compte fait, l'affaire avait été abandonnée, mais elle était toujours conservée dans les archives.

Et c'était tout ce qu'il avait. Deux personnes. Deux dossiers. Rien de substantiel, rien de compromettant. Mais à quoi s'était-il attendu ?

Il fit une recherche sur Lester Young, en trouva quatre – trois conduites en état d'ivresse et un vol de voiture. Les emplois de chacun étaient consignés dans le système, et aucun ne semblait travailler pour la municipalité à quelque titre que ce fût.

Parrish décida d'en rester là. Il remballa tout, et plaça ses dossiers et ses rapports dans les tiroirs de son bureau.

Il songea une fois de plus à essayer de parler à Caitlin, mais c'était samedi soir. Elle serait plus que probablement sortie avec ses amis, et si elle ne l'était pas, c'est qu'elle avait décidé de passer une soirée tranquille chez elle. Dans un cas comme dans l'autre, Parrish ne serait pas le bienvenu. Il prit le métro jusqu'à DeKalb et marcha jusqu'à chez lui. Il s'acheta une bouteille en chemin. Il savait qu'il ferait bien de manger quelque chose, mais il n'avait guère d'appétit. Il prendrait un petit déjeuner copieux le lendemain. Ce serait dimanche, le jour idéal pour le petit déjeuner.

49

DIMANCHE 14 SEPTEMBRE 2008

Les rêves le réveillèrent une fois de plus, mais cette fois il ne se leva pas. Il resta allongé dans un enchevêtrement de draps trempés de sueur et se demanda si Marie Griffin dirait désormais de lui qu'il faisait une obsession.

Il avait vu les filles en rêve. Peau bleu pâle. Pas d'yeux, ou plutôt si, il y avait des yeux, mais ils n'avaient pas de blanc, ni de pupilles ni de couleur. Des creux noirs, renfoncés et ombrageux, comme de petits vides qui auraient absorbé chaque once de lumière et d'ombre. Tout était d'une sorte de monochrome artificiel, sauf les ongles. Rouges comme du sang frais. Mais alors même qu'il regardait la main qui se tendait vers lui, il avait vu qu'elle n'avait pas d'empreintes. Elle était lisse, parfaitement lisse. Nous ne sommes personne, voilà ce que disait cette main. Nous n'avons pas d'identité. Nous étions ici, puis nous avons disparu, et vous êtes désormais le seul à vous souvenir de nous – Frank Parrish. Vous êtes le seul.

C'étaient des images vacillantes – des enfants brisés, torturés, abusés.

Parrish ne retrouva pas le sommeil. Il somnola quelques minutes ici et là, mais la seule chose dont il se souvenait lorsqu'il se leva finalement et alla prendre sa douche, c'était qu'il s'était débattu avec ses draps et son oreiller, faisant tout son possible pour trouver un peu de réconfort, en vain.

Le petit déjeuner copieux qu'il s'était promis la veille au soir était désormais bien oublié. Il prépara du café, crevait d'envie de fumer une cigarette, songea à téléphoner à Radick et à le retrouver pour discuter de l'affaire. Si les entretiens de lundi s'avéraient aussi improductifs que ceux qu'ils avaient déjà menés, alors ils allaient très bientôt devoir partir dans une autre direction. Il songea à marcher jusqu'à chez Clare, histoire de voir si Robert y était, s'il avait quelque chose de prévu. Parrish se rappelait à peine la dernière fois qu'il avait vu son fils. Ce n'était pas bon signe. Il devait y remédier.

Mais Frank Parrish ne fit rien de tout ça. Il quitta simplement son appartement et se mit à marcher, tout d'abord sans destination particulière, mais, lorsqu'il traversa le croisement de DeKalb et Washington, il éprouva le besoin irrésistible de retourner à l'endroit où le corps de Kelly avait été découvert. Il fit un détour, contournant le Brooklyn Hospital, sans même songer à la façon dont il pourrait convaincre Caitlin d'y travailler, son esprit exclusivement préoccupé par Kelly, par le simple fait qu'elle avait été étranglée et abandonnée dans un carton.

Dans l'allée elle-même, il ne demeurait aucune trace du meurtre. Pas de bouts de cordon de scène de crime sur les poignées des bennes à ordures proches, pas de lignes à la craie sur le sol, rien qui pût indiquer l'importance de ce qui s'était passé seulement cinq jours plus tôt. Ils partaient du principe que Kelly avait été placée dans le carton et déposée ici. Elle n'avait pas pu être amenée dans une voiture. Une camionnette à plateforme, peut-être un pick-up – un véhicule conséquent à coup sûr. Et celui qui le conduisait n'avait pas voulu attirer inutilement l'attention. Un véhicule utilitaire – compagnie de téléphone, réparateur, quelque chose de cet ordre ? Ou un simple 4×4 doté d'un hayon ou d'une portière large à l'arrière.

Quelqu'un au bureau Sud 2 possédait-il un tel véhicule ?

Parrish songea aux personnes qu'il avait interrogées. Lavelle, Kinnear, King, McKee... les autres dont les noms et les visages s'emmêlaient désormais. Il tenta de s'imaginer l'un d'eux faisant une telle chose. Avaient-ils vraiment quoi que ce soit contre eux ? Et quant à Lester Young... Bon sang ! dans l'état actuel des choses, ils n'arrivaient même pas à lui mettre la main dessus. Une vague rumeur sur McKee propagée par Lavelle, le fait qu'Andrew King était capable de se montrer violent, et rien d'autre. À première vue, McKee paraissait le plus bienveillant et le plus dévoué du lot. Il avait travaillé à l'antenne Sud de l'aide familiale avant de travailler au bureau Sud 2. Il avait entendu parler de Jennifer Baumann, mais semblait autrement n'avoir aucun lien direct avec les autres filles. Mais bon, personne dans sa position n'aurait été assez idiot pour droguer, violer et assassiner les filles dont il avait la charge. L'affaire se résumait à deux questions : premièrement, l'assassin était-il un employé de l'aide familiale ? Et deuxièmement, son implication était-elle directe ? L'employé du bureau Sud 2 était-il l'assassin ou alors communiquait-il les informations sur les victimes potentielles à quelqu'un de l'extérieur ? Ce qui soulevait une autre possibilité. Si les informations étaient communiquées à un assassin à l'extérieur, alors l'informateur pouvait-il être une femme ?

Cette dernière éventualité était si révoltante qu'il ne voulait même pas l'envisager ; pas tant qu'il n'aurait pas épuisé toutes les possibilités avec les employés de sexe masculin. Mais en attendant, il n'avait personne.

Et c'est sur cette réflexion que Parrish retourna à son bureau pour voir si d'autres détails pouvaient être glanés de sources différentes.

Grâce au système interne, il se connecta à la base de données du département des cartes grises afin d'y trouver des renseignements supplémentaires sur les personnes qu'il avait interrogées. Il n'y avait pas d'infractions au code de la route passées ou en suspens, pas de condamnations pour conduite en état d'ivresse – ce qui en soi était une rareté. King n'avait apparemment pas le permis de conduire, et si McKee avait le sien, rien n'indiquait qu'il possédait un véhicule. Ce qui, néanmoins, n'excluait pas la possibilité qu'il en possédât un. Malheureusement, le système ne fonctionnait que dans un sens. Si Parrish avait eu un numéro d'immatriculation, il aurait pu confirmer le nom du conducteur associé. Mais la base de données ne recensait pas les entrées par nom, si bien qu'il lui était impossible de retrouver l'immatriculation d'un véhicule à partir du nom de son propriétaire. La seule solution était de faire le pied de grue devant chez McKee, d'attendre qu'il quitte son domicile, puis de le suivre pour voir s'il avait une voiture garée quelque part. Soit ça, soit lui poser la question lundi. Mais pourquoi faisait-il une fixation sur McKee ? Pourquoi pas sur Lavelle ? Rien ne reliait aucun de ces hommes aux meurtres. Le lien le plus fort – pour la simple et bonne raison que son nom avait été mentionné deux fois – était Lester Young. Ils devaient le retrouver, ne serait-ce que pour le rayer de leur liste de suspects le cas échéant.

Une fois de plus, Parrish traquait des ombres vagues et indistinctes, tentant de lire les signes quand il n'y en avait aucun. Il avait été idiot de ne pas leur poser la question quand il en avait eu l'opportunité. Et est-ce que vous conduisez ? Quel type de véhicule possédez-vous ces temps-ci ? Mais c'était comme ça. C'était le boulot qui voulait ça. À mesure que l'enquête progressait et que de nouveaux éléments étaient pris en compte, de nouvelles questions surgissaient. Mais interroger de nouveau quelqu'un était difficile, surtout dans un contexte aussi informel. La personne avait coopéré, elle avait répondu à toutes vos questions, et revenir à la charge une deuxième ou une troisième fois pouvait être interprété comme du harcèlement. Et si le sujet était l'assassin, alors vous ne faisiez que le mettre sur ses gardes. Il savait désormais que vous aviez quelque chose en tête. Et tout à coup, la voiture avait droit à un grand nettoyage de printemps, le moindre centimètre était lavé, poli, astiqué, l'aspirateur était passé, la moindre poussière disparaissait. Il fallait donc apprendre ce qu'on voulait savoir sans que ça crève les yeux. Et dans le cadre de son travail, Parrish était capable de subtilité et de discrétion. Alors que partout ailleurs il était maladroit et irréfléchi. Comme en attestait son mariage. Ou sa relation avec sa fille.

Sans mandat, il ne pouvait consulter les relevés de cartes de crédit des employés pour voir s'ils avaient ou non loué un 4×4 ou un pick-up. Quant au carton lui-même, son examen n'avait pas fourni le moindre indice.

Parrish resta un moment assis en silence, les yeux clos, respirant aussi lentement que possible. Si l'un des employés du bureau Sud 2 avait assassiné ces filles, en supposant qu'elles avaient bien été tuées par un seul et même homme, alors pourquoi avait-il changé de mode opératoire ? Disons que Melissa ait été la première : pourquoi la placer dans une poubelle et fixer le couvercle avec du fil de fer ? Pourquoi essayer de la cacher ? Puis, par la suite, peut-être à mesure qu'il gagne confiance, il décide de ne plus les dissimuler du tout ? L'une dans une housse à matelas, une autre dans une chambre de motel, une troisième dans l'appartement de son frère. Aucune tentative de dissimuler les corps. Cela signifiait-il que Melissa n'était pas la victime du même tueur en série, ou bien qu'elle avait été le commencement d'un motif qui avait évolué ? Le cou brisé était un indice, mais il était désormais impossible de déterminer si ses ongles avaient été vernis comme ceux des autres.

Parrish tenta de réprimer sa frustration, de se concentrer sur quelque chose, *n'importe quoi*, qui lui donnerait une vision d'ensemble. Six filles mortes. Six fantômes. Et où avaient-elles été tuées ? Le Rohypnol avait joué un rôle, à coup sûr pour certaines d'entre elles, plus que probablement pour les autres. Elles avaient été enlevées – ou attirées quelque part – et droguées. On leur avait coupé les cheveux, verni les ongles. Elles avaient eu des rapports sexuels, manifestement sans s'en rendre compte, et, après ça, on les avait étranglées. Des *snuff movies* ? C'était de ça qu'il s'agissait ? Il se rappela ses conversations avec le Suédois et Larry Temple. Ces types étaient trop minables pour faire ça. Du porno gonzo, des trucs avec des mineures, oui, mais tuer pour des *snuff movies* ? Ce n'était pas leur domaine. Il songea aux personnes qu'il connaissait, aux crapules qui avaient pu passer dans son bureau au cours des années précédentes. Avait-il déjà enquêté sur des *snuff movies* ? Avait-il entendu parler d'une affaire de ce genre dans le commissariat ? Pas qu'il se souvienne.

C'était quelque chose de nouveau, quelque chose qui sortait de leur champ d'investigation ordinaire.

Parrish se leva et marcha jusqu'à l'étroite fenêtre qui donnait sur la rue. Il n'arrivait pas à identifier ce qu'il ressentait. L'impression d'être à la dérive ? Sans ancrage ? Il était assurément troublé par l'absence d'indices solides dans toutes ces affaires. Oui, il supposait qu'elles étaient toutes liées, mais il avait ses raisons. Oui, il travaillait sur des affaires anciennes qui avaient depuis longtemps été abandonnées par les enquêteurs originaux. Oui, il avait repris une affaire qui ne relevait pas de sa juridiction, mais tout indiquait que l'assassin était le même.

C'était une intuition, un sentiment profond, une chose si élémentaire et fondamentale dans ce métier qu'elle renforçait sa certitude. Parrish croyait que tous les flics – du moins ceux qui s'occupaient de crimes – cultivaient des facultés sensorielles inhabituelles, comme les aveugles dotés d'une ouïe étonnamment fine. Ils sacrifiaient leur stabilité personnelle au profit de leur intuition ; échangeaient leur confort marital contre la conviction innée que quelqu'un avait menti ; délaissaient leurs devoirs de parents pour surveiller sans relâche quelqu'un pendant trois mois avant de passer à l'action. C'était un compromis, toujours un compromis, et même si les facultés développées étaient inutiles en dehors du boulot, elles faisaient toujours autant partie de vous que vos souvenirs de jours meilleurs.

C'était ça, juste ça qui donnait à Parrish la force de continuer de chercher, de continuer de poser des questions, de faire tout ce qu'il pouvait pour traîner l'assassin des filles dans une petite salle d'interrogatoire étouffante au sous-sol du commissariat du 126e district. Soit ça, soit le voir mort.

50

LUNDI 15 SEPTEMBRE 2008

« Je suis rassurée que vous soyez venu.

– Rassurée pour quoi ?

– Pour vous, Frank... vous êtes plus tenace que je ne le supposais.

– Je me suis dit que vous seriez en manque si je ne venais pas.

– Donc nous sommes de nouveau en bons termes ?

– Nous n'avons jamais été en *mauvais* termes. C'est vous qui avez dit que vous ne vouliez plus que je vienne. C'est vous qui alliez me laisser tomber.

– Je vous prie de m'excuser, Frank. Ça n'était vraiment pas professionnel de ma part. Parfois vous avez affaire à quelqu'un et ça dépasse largement le cadre du boulot. Vous voyez ce que je veux dire, n'est-ce pas ?

– Oui.

– Alors on repart de zéro. On efface tout et on recommence. Je sais que vous voulez que ça fonctionne, Frank, et je crois que nous n'arriverons à quelque chose que si nous y mettons du nôtre.

– Je ne comprends toujours pas vraiment le but de tout ça.

– Mais vous comprenez suffisamment pour savoir que ça pourrait vous aider.

– Peut-être. Oui, bien sûr... si vous le dites, hein ?

– Donc nous avons parlé de votre fille. Nous avons un peu évoqué l'affaire sur laquelle vous travaillez. La chose dont nous avons le plus discuté, c'est votre père, mais je ne crois pas que nous soyons arrivés à une quelconque conclusion à son sujet.

– Comment ça… une conclusion ?

– Votre conclusion, Frank. Savoir si vous pensez avoir tourné la page.

– Tourné la page ? C'est vraiment une expression à la con, vous ne trouvez pas ? Et puis qu'est-ce que ça veut dire ?

– Ça veut simplement dire que vous pensez avoir accepté quelque chose. Que vous vous êtes réconcilié avec quelque chose…

– Je ne suis pas le genre de personne qui se réconcilie facilement.

– Alors peut-être que nous ferions bien de parler un peu plus de lui.

– Je ne sais pas quoi vous dire d'autre.

– J'ai une question… juste une chose à laquelle j'ai songé ce week-end.

– Allez-y.

– Croyez-vous que c'est un sentiment de révolte envers lui qui vous pousse à être tel que vous êtes ?

– Comment ça ?

– L'apparence. Il *semblait* être un flic modèle, mais était en fait un homme très destructeur et corrompu. Vous semblez destructeur…

– Ç'aurait un sens si je n'étais que bonté à l'intérieur, mais ce n'est pas le cas, croyez-moi.

– Vous ne pensez pas être un homme bon ?

– Je ne sais pas ce que je suis, mais je sais que j'ai la fâcheuse habitude de tout faire foirer. Enfin quoi, regardez ce qui s'est passé avec Radick et Caitlin.

– Il n'est pas rare que les personnes qui suivent une thérapie expriment soudain des sentiments qu'ils réprimaient, Frank. Pas rare du tout. Votre explosion à l'égard de votre fille représentait non seulement un désir et un instinct de la protéger, mais elle doit aussi être considérée à la lumière du fait qu'en ce moment elle est la seule personne de votre famille que vous pensez encore pouvoir influencer.

– J'essaie de l'aider.

– Je sais bien, Frank.

– Alors comment se fait-il que je finisse par lui faire du mal ?

– Je ne peux pas répondre à ça, Frank, vous seul pouvez le faire.

– Bon Dieu, ne pouvez-vous donc jamais exprimer une opinion ? Pourquoi faites-vous toujours autant gaffe à ce que vous dites ?

– Parce que ce que je pense n'est pas le sujet, mon opinion n'est pas importante. C'est la vôtre qui l'est.

– Donc vous voulez connaître mon opinion ?

– C'est pour ça que nous sommes ici, Frank.

– Sur quelque chose en particulier ?

– Nous pouvons commencer par votre travail. Dites-moi ce que vous pensez de ce que vous faites, et pourquoi. Dites-moi ce que vous pensez des gens à qui vous avez affaire, les victimes et les assassins.

– Ce que je pense ? Ce que je pense, c'est que tout le monde peut être mauvais. Ce n'est pas une question de gênes ni de chromosomes, bon sang ! C'est une question de dynamique situationnelle, d'environnement, et peut-être aussi même de maladie mentale, et je ne crois pas que quiconque perçoive ne serait-ce qu'un tant soit peu cette vérité. Peut-être les gens sont-ils naturellement destructeurs, et peut-être que certains ont la capacité de se maîtriser et d'autres pas. Je crois que la psychiatrie et la psychologie ne sont guère plus que des conjectures. Je crois qu'elles estompent les frontières. Merde, avant, c'était facile de faire la différence entre les criminels et les victimes. Et puis ces gens, ces gens qui sont censés être des autorités sur le sujet, débarquent et commencent à nous raconter que ces connards sont eux aussi des victimes. Victimes de la société, victimes de violence parentale, victimes de négligence. Bon Dieu !

si toutes les personnes qui ont subi des mauvais traitements pendant leur enfance devenaient des tueurs en série, alors il n'y aurait plus un pékin sur terre. Alors d'après moi, ces autorités ont réussi une chose. Elles nous ont convaincus que les connards qui font chier les autres ne le font pas parce que ce sont des connards, mais à cause des saloperies qu'on leur a fait subir pendant leur enfance. Elles nous disent que ce n'est pas de leur faute, qu'ils sont un produit de la société que nous avons créée. Et tous les avocats suivent le mouvement. Les procureurs deviennent des avocats de la défense. Les experts ajustent leurs conclusions pour faire plaisir à celui qui rédige le plus gros chèque. Ils vont même jusqu'à contredire leurs propres témoignages en invoquant de nouvelles recherches, et vous découvrez que c'est uniquement parce que les avocats de la défense ont ajouté un zéro à leur chèque. Au bout du compte, il n'est plus question que d'argent. Il ne s'agit plus de culpabilité ou d'innocence, il s'agit uniquement du talent qu'ont les avocats pour manipuler les jurys. Jadis, les théories s'effondraient quand on les confrontait aux faits. Mais aujourd'hui les faits sont devenus fluctuants. Ils peuvent être altérés, du moins dans leur manière d'être présentés. Et ce boulot ? Ce que nous faisons ? Vous n'avez aucune idée de la frustration qu'il peut engendrer. C'est une bataille perdue d'avance. Plus nous nous escrimons à ramener la justice à la loi, plus la loi s'échine à placer la vraie justice hors de portée de la plupart des gens.

– C'est ce que vous pensez ? Réellement ?

– Oui.

– Alors pourquoi continuez-vous ?

– Parce que je ne suis bon à rien d'autre. C'est la vérité. Je ne sais rien foutre d'autre.

– Et votre enquête en cours ?

– C'est toujours le même bordel. Je dois retrouver les relevés téléphoniques d'un compte vieux de deux ans et demi. Je dois retrouver un type qui travaillait pour l'aide familiale et qui semble s'être volatilisé. Je dois retourner à l'aide familiale dans Adams et interroger vingt employés supplémentaires. Je dois essayer de convaincre tout le monde qu'une demi-douzaine de filles ont été assassinées par le même tueur en série, même s'il n'y a pas beaucoup d'indices pour le suggérer, et encore moins pour le prouver.

– Mais vous en êtes convaincu ?

– Je me suis convaincu que j'en étais convaincu.

– Et votre fille ?

– Quoi, ma fille ?

– Lui avez-vous parlé depuis que vous avez balancé de la nourriture chinoise dans sa cage d'escalier ?

– Pas la peine de me rappeler ça, et non, je ne lui ai pas reparlé.

– Avez-vous essayé de la contacter ?

– Non.

– Et votre équipier ?

– Nous travaillons toujours ensemble.

– A-t-il de nouveau évoqué cette demande de transfert ?

– Non.

– Pensez-vous pouvoir continuer à faire équipe avec lui ?

– Bien sûr, c'est un type bien. Il fait son boulot. Il ne se plaint pas.

– Vous pensez pouvoir lui apprendre des choses ?

– S'il veut apprendre, oui.

– Bien. C'est bien.

– Et maintenant ?

– Je veux parler un peu plus de votre père. Je crois que nous devons continuer de parler de lui jusqu'à ce que vous soyez réconcilié avec ce qu'il était.

– Vraiment ?

– Oui, je crois que c'est important.

– Pas moi. Plus maintenant.

– Faites-moi confiance. Je crois qu'il vous reste des choses à découvrir sur la manière dont il vous a affecté.

– Ç'a l'air excitant.

– OK, réfléchissez-y pour moi. Nous nous reverrons demain, et, en attendant, essayez de vous rappeler comment il était avec vous, qui il était pour vous quand vous étiez plus jeune, et comment votre point de vue sur lui a changé au fil du temps. C'est de ce genre de choses que je veux discuter avec vous.

– Soit… si c'est ce que vous voulez.

– Et comment dormez-vous ?

– Ça va, je suppose. Ni mal ni bien. Je crois que je n'ai jamais autant rêvé.

– C'est bon signe.

– Pourquoi ?

– Eh bien, en eux-mêmes, les rêves ne signifient pas grand-chose. Ils n'ont pas beaucoup de sens. Je sais qu'on parle d'analyse des rêves et ainsi de suite, mais, franchement, il s'agit plus des intérêts et des obsessions de l'interprète que d'autre chose. Ce qu'ils signifient, c'est que vous êtes mentalement plus actif qu'avant. S'ils se transforment en cauchemars, alors vous devriez commencer à manger mieux et à boire moins.

– Je n'ai pas bu une goutte hier.

– Bien joué.

– Est-ce que j'ai droit à un bon point ?

– Oui, Frank, vous avez droit à un bon point.

– Vous voyez, vous avez le sens de l'humour.

– C'est une rumeur, Frank, une simple rumeur. Maintenant, retournez au travail. Je vous verrai demain matin. »

51

La ligne téléphonique de Melissa était toujours active en théorie, mais la carte mémoire était irréparable. La couche microscopique qui protégeait le circuit imprimé s'était corrodée avec le temps, et, en dessous, la couche de métal fine comme un mouchoir en papier s'était décollée du circuit et fissurée. Quant au sac à main de Melissa, il n'avait pas été aussi hermétique et étanche que Parrish l'avait espéré.

Maintenant que le téléphone était une impasse, Parrish et Radick n'avaient plus qu'une piste, celle du bureau Sud 2, où ils iraient interroger le directeur Raymond Foley et les vingt derniers employés. Il leur restait aussi à retrouver Lester Young, mais ça, ça attendrait jusqu'à ce que les interrogatoires soient achevés.

En chemin, Parrish fit part à Radick de ses réflexions à propos du véhicule utilitaire.

« Ça paraît logique, répondit ce dernier. Ce carton n'a pas pu être transporté à l'arrière d'une voiture, et même s'il l'avait été, ç'aurait été un sacré boulot pour le sortir dans l'espace étroit de l'allée puis pour le trimballer autour de la voiture. Il a fallu un véhicule plus gros – un break avec un hayon aurait peut-être fait l'affaire, ou, comme vous dites, un utilitaire ou un pick-up. »

Ce fut la première question qu'ils posèrent à Foley. Lequel de ses employés possédait un utilitaire, un pick-up ou un grand break ?

« Aucune idée », répondit Foley.

Il fit signe à Lavelle à travers la porte de les rejoindre et lui posa la même question.

« Je crois qu'il y a quelques pick-up, expliqua ce dernier. Bien sûr, personne ne vient au travail en voiture. Ils prennent tous le métro. Je ne suis sûr de rien, mais je ne serais pas étonné que certains aient des utilitaires ou ce genre de choses. »

Lorsque Lavelle eut quitté la pièce, Parrish et Radick posèrent au directeur Foley les questions habituelles. Quel âge avait-il ? depuis combien de temps travaillait-il là ? d'où venait-il ? avait-il directement ou indirectement traité le dossier de l'une des filles – officiellement, officieusement, en qualité de superviseur, de vérificateur, ou autre ? Parrish l'interrogea sur son statut marital, sur le nombre d'enfants qu'il avait, lui demanda son adresse, son numéro de Sécurité sociale, et finalement quelle voiture il conduisait. Il comptait désormais poser cette dernière question à tout le monde. Juste au cas où.

Foley était réglo. Rien de ce qu'il leur dit n'avait de pertinence pour leur enquête.

Ils reprirent les interrogatoires d'employés avec Kevin Granger, puis Barry Littman, Paul Kristalovich, Dean Larkin, Danny Ross, et au bout d'un moment tous commencèrent à se ressembler, à parler de la même manière, c'était comme si le même entretien était passé en boucle avec des visages différents prononçant toujours les mêmes paroles.

À l'heure du déjeuner, ils en avaient interrogé douze sur vingt. Parrish avait besoin d'une pause. Radick répondit qu'il n'aurait pu être plus d'accord. Ils marchèrent dans Adams, trouvèrent un petit restaurant à la devanture étroite dans Tillary. Parrish alla s'asseoir dans un box au fond. Radick commanda des sandwichs au thon et au fromage fondu, du café, une portion de frites. Lorsque la nourriture arriva, il mangea lentement mais méthodiquement. Parrish picora son sandwich, parvint à en avaler un peu plus d'un tiers, mais il but deux tasses de café et en commanda une troisième.

Ils ne dirent pas grand-chose, jusqu'à ce que Radick brise le silence :

« Ça me rappelle cette scène dans *Les Hommes du président*. Vous avez vu ce film ?

– Oui, bon film. J'ai bien aimé.

– Vous savez quand Woodward et Bernstein vont de maison en maison, l'une après l'autre, et posent des questions aux gens qui ont travaillé pour Haldeman et Dean, et je sais plus qui ?

– Oui, je me souviens de ça.

– Eh bien, ils n'arrivent à faire parler personne. Et Bernstein, Dustin Hoffman, d'accord, il dit : "C'est comme s'il y avait quelque chose. Quelque chose qui fait qu'ils ne parlent *pas*." C'est la même chose là-bas. » Radick agita la tête en direction du bureau Sud 2. « Il y a quelque chose là-bas qui fait que nous n'apprenons rien que nous ne sachions déjà. »

Parrish secoua la tête.

« Je pige rien à ce que vous racontez, Jimmy. Je crois que vous êtes peut-être en train de perdre la boule.

– C'est déjà fait, répondit-il.

– Nous devons envisager d'interroger aussi les femmes. Pas à la recherche de l'assassin, mais peut-être que l'une d'elles sert d'informatrice à quelqu'un de l'extérieur. »

Radick repoussa son bol de frites sur le côté et se pencha en arrière.

« J'ai du mal avec ça, déclara-t-il d'une voix neutre. J'ai du mal à concevoir qu'une femme puisse être impliquée dans quelque chose comme ça. Tuer un homme, oui, mais par jalousie, par colère, dans le feu de l'action, mais pas ça...

– Le fait que ça n'arrive pas souvent ne signifie pas que ça n'arrive jamais.

– Je suis d'accord, Frank, mais six filles ? Enlevées, droguées, violées d'une manière ou d'une autre, puis étranglées.

– Le problème ici est le temps, Jimmy. Il est probable qu'il s'agisse d'un homme. Nous commençons donc par eux. Mais si ça ne donne rien, nous nous intéresserons aux femmes.

– D'accord, répondit Radick, puis il resta un moment silencieux, pensif, songeur. Vous savez à quoi j'ai pensé ?

– Dites-moi.

– À des *snuff movies*.

– J'ai pensé à la même chose.

– Des adolescentes violées et assassinées en même temps. Quelqu'un filme, vend les films. Peut-être même pas ici. Peut-être en Europe, en Angleterre, en Amérique du Sud. Loin du marché local, vous voyez ? Je veux parler à quelqu'un des mœurs. Voir si une de ces filles apparaît dans leurs dossiers.

– Oui, on fera ça plus tard. Finissons d'abord ces entretiens, et après nous irons les voir. »

Radick insista pour régler la note. Parrish le laissa faire.

Ils retournèrent au bureau Sud 2, attendirent que tous les employés qu'il leur restait à interroger soient revenus de leur pause déjeuner, et ils recommencèrent. Ils terminèrent peu après 16 heures. Conscient de la frustration qu'engendraient de tels interrogatoires, Parrish prenait soin de ne pas les précipiter pour en finir plus rapidement. *Le prochain*, pensait-il sans cesse. *La prochaine question, la prochaine personne... ça va donner quelque chose, quelque chose de neuf, quelque chose qui nous mènera quelque part...* Mais ça ne donna rien, et il ne fut pas surpris.

Finalement, au bord de l'épuisement, pressés de laisser derrière eux leurs quatre murs et leurs questions répétitives, Parrish et Radick retrouvèrent Foley et Lavelle.

« Pouvons-nous faire quoi que ce soit pour vous aider ? demanda Lavelle.

– Je ne crois pas, répondit Parrish. Nous vous appellerons si nous avons de nouveau besoin de vous ou de vos employés. Vous nous avez été très utiles, et nous vous en sommes très reconnaissants.

– Et pouvez-vous nous dire quoi que ce soit ? » demanda Foley en se levant de son bureau.

Sa question était simple. *Un des employés de mon bureau a-t-il enlevé et assassiné six adolescentes ?* Le protocole l'empêchait d'être aussi direct qu'il l'aurait aimé. Ça, et la conviction qu'en prenant des pincettes il pourrait soutirer plus d'informations à Parrish.

« Nous ne pouvons rien vous dire sur l'enquête, répondit celui-ci sans ménagement. C'est la procédure standard dans ce genre d'affaire. Tout ce que nous pouvons faire, c'est vous remercier pour votre temps et votre coopération, et vous laisser retourner à votre travail. »

Foley n'insista pas. Lavelle se contenta de leur serrer la main et les ramena jusqu'au hall d'entrée.

« Vous savez où me trouver en cas de besoin », dit-il.

Peut-être estimait-il qu'il faisait désormais partie intégrante de l'enquête, que sans lui ils n'iraient nulle part. Dans une certaine mesure, il avait raison.

Parrish et Radick regagnèrent leur voiture. Ils n'échangèrent pas un mot de tout le trajet. Radick savait où se trouvait la brigade des mœurs, mais ce que Parrish savait, c'était *comment* c'était là-bas. Les mœurs, c'était un endroit sombre, peut-être le plus sombre de tous, et il avait espéré – quelque part dans le vestige d'humanité qu'il était parvenu à préserver – qu'il n'aurait plus jamais à y mettre les pieds. Les choses qu'il avait entendues à l'époque. Les choses qu'il avait vues. C'était un monde différent. Un monde parallèle au sien, parallèle à celui de tout le monde, et seules quelques rares personnes avaient la moindre idée de son existence.

52

« Qu'est-ce que vous voulez que je vous dise ? J'ai tout ici, Frank. Anal, double pénétration, gonzo, nécro. J'ai du porno gay, lesbien, avec des mineurs, sadomaso, uro, des filles qui se tapent des animaux, tout le catalogue de la dépravation humaine. Pensez à une chose que les êtres humains peuvent faire, et je suis quasiment certain de pouvoir vous la montrer sous toutes ses formes diverses et variées.

– Des trucs avec des gamines, déclara Parrish. Des filles ordinaires, adolescentes, du sexe hétéro pour autant que nous sachions, mais il est plus que probable que les filles se fassent étrangler pendant l'acte ou immédiatement après. Nous pensons que les filles sont passives puisque nous avons identifié des traces de benzodiazépine chez deux d'entre elles. Ça remonte à au moins deux ans, peut-être plus... et ç'a été tourné localement.

– Bon sang, Frank, vous savez combien de films ça couvre ?

– J'ai une idée. »

Joel Erickson, directeur des archives des mœurs, conservateur de toutes les images sur pellicule ou digitales, arborait un visage pour le monde. À première vue, il passait pour l'oncle avenant, le voisin prévenant, le cousin qui débarquait chaque Noël avec une nouvelle petite amie peroxydée de 45 ans. Mais si vous creusiez un peu, les fissures et les crevasses commençaient à apparaître. Les marques étaient là, et, quand vous l'interrogiez sur les choses qu'il savait, il souriait d'un air sardonique et secouait la tête.

« Vous ne voulez pas savoir ce que je sais », répondait-il, puis il entreprenait de vous raconter.

Joel Erickson n'était pas le genre d'homme qu'on invitait à dîner et, même quand on l'invitait, il n'était pas du genre à accepter.

« Au pied levé, je vois trois, quatre, cinq douzaines de films qui colleraient rien qu'au cours des trois derniers mois. »

Parrish posa les dossiers sur le bureau d'Erickson et les poussa vers lui.

Erickson les ouvrit l'un après l'autre, examinant les photos à l'intérieur, puis les refermant et les repoussant sur le côté.

« Toutes les mêmes, dit-il doucement, et il secoua la tête. Elles se ressemblent toutes au bout d'un moment. Accordez-moi quelques jours. Je vais faire des copies des photos maintenant, et je commencerai à chercher dès que j'aurai une minute. Mais vous savez comment c'est, pas vrai ? La bonne vieille aiguille dans la putain de botte de foin. »

Parrish sourit d'un air contrit.

« Je comprends, Joel. Je vous demande juste de faire ce que vous pouvez. J'ai six filles mortes sur les bras. Je crois qu'il y a un lien entre elles, et je crois que certains de ces visages apparaissent peut-être ailleurs.

– Comme j'ai dit, Frank, je vais essayer. »

Parrish et Radick attendirent pendant qu'Erickson copiait les photos, puis ils le remercièrent pour sa bonne volonté.

« J'ai toute la bonne volonté du monde, répondit-il. Ce sont les ressources et le temps qui manquent. »

Ils regagnèrent leur voiture.

« Faisons une pause, suggéra Parrish. Allons prendre un café ou quelque chose. J'ai juste besoin de quelques minutes pour faire le point. »

Il y avait un Starbucks une rue et demie plus loin. Parrish commanda les cafés pendant que Radick trouvait une table près des toilettes.

« C'est une putain de toile d'araignée », commenta Radick lorsque Parrish arriva à la table.

Parrish ne répondit rien avant d'être assis, d'avoir ôté sa veste, posé ses dossiers, extirpé son téléphone portable de sa poche et posé celui-ci sur la table.

« La toile d'araignée est une très bonne analogie, dit-il. Je crois que cette histoire a beaucoup plus de fils que ce que nous voyons pour le moment. Soit ça, soit les meurtres ne sont pas liés.

– Je ne crois pas qu'ils ne soient pas liés, répliqua Radick. Les ongles, les cheveux coupés, les strangulations.

– Bien sûr, mais combien de filles se font faire les ongles, couper les cheveux ? C'est le genre de trucs qu'elles font tout le temps, pas vrai ? Tout ce qu'on a qui puisse indiquer un mode opératoire similaire, c'est la cause de la mort, et la strangulation est on ne peut plus banale.

– Je le comprends bien, Frank, mais je continue de penser que vous êtes sur la bonne voie. Je crois que les affaires sont liées, je crois que nous allons découvrir le lien qui les unit, et je crois qu'il n'y a qu'un assassin, et qu'il travaille au bureau Sud 2. »

Parrish sourit.

« Alors à qui vous pensez ? »

Radick secoua la tête.

« Je n'arrête pas de penser à McKee, mais je sais que je pense à lui à cause des magazines porno, et ça... Enfin merde, ça ne prouve rien, n'est-ce pas ?

– Vous avez raison. Ça ne prouve rien, répondit Parrish.

– Qu'est-ce que vous disiez ? Que les choses sont souvent exactement ce qu'elles paraissent ?

– Mais aussi qu'il ne faut pas toujours se fier aux apparences.

– McKee est l'employé modèle, c'est sûr, mais il était aussi celui qui connaissait le mieux les dossiers.

– Rien d'étonnant à ça, répondit Parrish. Il gère ses propres dossiers, il en supervise d'autres et il effectue même des vérifications pour les types qu'il forme. »

Radick ne répondit rien. Il se contenta de baisser les yeux un moment.

« Ce n'est pas que je ne sois pas d'accord avec vous, Jimmy. Je ne dis pas que ça ne peut *pas* être lui, mais sans rien pour le relier directement, sans info sur sa voiture, sans... bon sang, il n'est pas plus suspect que les autres !

– Alors qui vous voyez ? demanda Radick.

– Je ne vois personne, répondit Parrish. J'adorerais que ce soit McKee. J'adorerais que ce soit si simple.

– Pourquoi mentionnez-vous son nom, alors ? Pourquoi dites-vous que vous voulez que ce soit lui ? »

Parrish prit une profonde inspiration.

« Pressentiment ? Intuition ? Putain, j'en sais rien. Il est entré dans la pièce, il s'est assis, et... je ne sais pas, Jimmy, vraiment pas. Quelque chose, rien... peut-être que je veux que ce soit lui pour qu'on n'ait pas à tourner en rond comme des cons. Je n'ai aucune raison de le soupçonner plus qu'un autre. Si je suis complètement logique et rationnel, je n'ai rien, mais si je ne le suis pas... »

Il ne prit pas la peine d'achever sa phrase.

« Alors mettons-lui un peu la pression, suggéra Radick. Demandons-lui de venir au commissariat pour lui poser d'autres questions. Nous pouvons lui *demander* de nous donner un coup de main de façon informelle, et s'il refuse, alors ce sera un indice de plus contre lui, pas vrai ?

– Nous pouvons faire ça, oui.

– La seule chose qui me soucie, poursuivit Radick, c'est que si nous lui demandons de nouveaux renseignements, il risque de planquer les indices qui pourraient se trouver dans sa voiture et chez lui.

– Le simple fait que nous ayons interrogé tout le monde au bureau Sud 2 aura déjà eu cet effet, répliqua Parrish. S'il avait des choses à cacher, alors il les a déjà cachées.

– Mais ils oublient toujours quelque chose, non ? demanda Radick.

– Pas toujours », répondit Parrish.

Radick hésita.

« Merde, Frank, on passe notre temps à improviser au fur et à mesure. Honnêtement, je crois que Lester Young est plus lié à tout ça que McKee.

– Bien sûr, mais nous n'avons pas Lester Young. Nous avons McKee, et McKee avait des magazines porno dans son casier.

– Alors je vais appeler Lavelle, lui dire que nous voulons reparler à McKee, et que nous voulons passer le chercher au bureau Sud 2 après son travail. »

Parrish consulta sa montre : il était 17 heures tout juste passées.

« Merde... demandez à Lavelle s'il l'autorise à partir tout de suite. »

Radick appela, Lavelle était absent, mais il parvint à joindre Foley. Ce dernier n'avait aucune objection. Il ajouta que McKee était à leur disposition, et qu'il irait l'informer sur-le-champ que Parrish et Radick avaient de nouveau besoin de lui.

« On arrive », dit Radick. Il raccrocha. « Foley le libère maintenant. Nous allons passer le chercher au bureau Sud 2.

– Parfait », répondit Parrish.

Il se leva, enfila sa veste et retourna au comptoir pour demander un gobelet afin d'emporter son café.

Lorsqu'ils arrivèrent devant le bureau Sud 2 moins d'un quart d'heure plus tard, McKee était là, mains dans les poches, col relevé pour se protéger de la brise fraîche, attendant patiemment.

À cet instant, Parrish ressentit quelque chose. Il n'aurait clairement su dire quoi, mais c'était bel et bien là. Une *intuition*, comme si sa ligne de mire avait soudain été modifiée et qu'il voyait à travers l'homme, qui il était réellement, ce qu'il pouvait y avoir en lui. Mais bon, encore une fois, il savait qu'il n'avait aucune raison d'éprouver ça. Peut-être était-ce simplement la rage du désespoir. Et la frontière était ténue entre la rage du désespoir et le genre d'obsession qui pouvait foutre une carrière en l'air.

McKee semblait-il anxieux ou Parrish s'imaginait-il des choses ? Peut-être espérait-il qu'il aurait l'air anxieux ? Lorsque McKee grimpa dans la voiture, il posait déjà des questions. *De quoi avaient-ils besoin ? Quelles autres questions avaient-ils à poser ? Était-il en état d'arrestation ?*

« C'est bon, monsieur McKee, assura Parrish. Vraiment, c'est bon. Il y a pas mal de gens au bureau Sud 2 à qui nous devons demander d'autres renseignements. Vous êtes simplement le premier parce que vous vous souvenez de ces dossiers. Il s'agit juste de nous donner un coup de main, d'accord ? S'il vous plaît, ne vous en faites pas. »

Sur ce, McKee sembla un peu moins nerveux, mais, tandis qu'ils roulaient, Parrish l'observa dans le rétroviseur. Il était à cran, ça ne faisait aucun doute. Mais il n'était pas rare que les gens réagissent ainsi. Quand on les interrogeait sur une chose, ils songeaient immédiatement à toutes les choses à propos desquelles ils ne voulaient surtout pas être interrogés. Le simple fait d'avoir affaire à la police pouvait être très stressant. À cause des conséquences éventuelles. La police possédait l'autorité, et si elle vous prenait en grippe, elle avait le pouvoir de vous arrêter, de vous inculper, de vous juger, de vous condamner, de vous incarcérer, et même de vous exécuter. C'était arrivé à des innocents, et il était plus que probable que ça se reproduirait bien des fois avant que la justice fasse correctement son boulot. Pour les flics, les individus étaient des statistiques, et c'était ça qui leur foutait la trouille.

Soit ça, soit ils étaient réellement coupables, et, dans le cas de McKee, Parrish devait se préparer à être salement déçu.

53

Difficile d'imaginer un endroit aussi étouffant et désagréable que la salle d'interrogatoire du commissariat du 126e district, South Brooklyn. De minuscules lucarnes situées en hauteur au-dessus des portes permettaient tout juste à l'air chargé de sueur qui flottait dans la pièce de s'échapper ; mais elles ne semblaient pas permettre à l'air frais d'entrer.

Radick demanda à McKee s'il voulait un café. Celui-ci accepta. Parrish le guida jusqu'à la chaise et s'excusa aussitôt pour l'état de la pièce.

« Si j'avais un bureau à moi, nous y serions, dit-il, mais je ne suis qu'un pauvre fonctionnaire ordinaire.

– Pareil pour nous, répondit McKee. Nous sommes des douzaines dans un énorme *open space*. Ça n'aide pas à la discrétion, n'est-ce pas ? »

Radick revint avec le café. Il s'assit au bout de la table, entre Parrish et McKee qui se faisaient face. Après quelques instants de silence embarrassé, Parrish se pencha en avant et joignit les paumes des mains comme s'il priait.

« Richard, commença-t-il. Je peux vous appeler Richard ? Ça vous va ? »

McKee acquiesça.

« Bien sûr, oui.

– Je voulais simplement vous poser quelques questions supplémentaires concernant votre implication avec Jennifer Baumann et Karen...

– *Implication ?* coupa McKee. Je n'ai été impliqué avec aucune d'entre elles.

– Je croyais que vous aviez affirmé avoir entendu parler de Jennifer, que vous connaissiez même l'agent chargé de son dossier. Si je me souviens bien, vous avez dit qu'il avait été muté au service de probation.

– Oui, c'est bien ce que j'ai dit. J'ai entendu parler du dossier de Jennifer Baumann, mais je ne la connaissais pas personnellement. Je ne l'ai jamais rencontrée, je ne lui ai jamais parlé. *Idem* pour Karen Pulaski. Le nom me disait quelque chose, mais je ne savais même pas qu'elle avait été assassinée.

– Mais maintenant si.

– Si quoi ?

– Vous savez qu'elle a été assassinée. »

McKee fronça les sourcils.

« Oui, évidemment que je le sais. Vous me l'avez dit hier. »

Parrish acquiesça. Il sourit d'un air entendu.

« Oui, bien sûr, je vous l'ai dit. Mais avant que je vous le dise, vous n'aviez aucune idée de ce qui lui était arrivé ?

– Je savais que Jenny Baumann avait été assassinée. Je vous l'ai déjà dit...

– Jenny ?

– Oui, Jenny Baumann.

– Je croyais que vous ne la connaissiez pas.

– Je ne la connais – *connaissais* – pas. Non, je ne la connaissais pas. Juste son nom. J'ai entendu dire qu'elle avait été assassinée, mais ça doit bien faire dix-huit mois ou deux ans.

– Vous vous rappelez quand vous l'avez appris ?

– Oui. Ce n'est pas tous les jours qu'on apprend que quelqu'un a été assassiné.

– Et vous rappelez-vous la manière dont elle a été tuée ? Les circonstances de son meurtre ?

– Non, pas particulièrement. Pourquoi ?

– Simple curiosité, Richard, rien de plus. »

McKee fronça de nouveau les sourcils. Il semblait tout à fait troublé par le ton de la conversation et la direction qu'elle prenait.

« Je suis désolé, inspecteur, mais je pense vraiment avoir mal compris vos intentions, déclara-t-il. Vous m'avez fait venir parce que vous pensez que je sais peut-être quelque chose sur ces filles et les circonstances de leur mort. Vous m'avez demandé de venir et je suis venu de mon plein gré. Je suis venu de moi-même, et je suis venu pour vous aider, pas pour être harcelé. Je commence à me demander si j'ai besoin d'un avocat. »

Parrish resta un moment sans répondre, puis il se pencha en avant et referma les mains autour de son gobelet de café.

« Possédez-vous une voiture, Richard ?

– Une voiture ? Oui, je possède une voiture.

– Quel genre de voiture ?

– Une Toyota. Pourquoi ?

– De quel genre de véhicule s'agit-il ? Un compact ? Un coupé ?

– Non, un utilitaire. »

Parrish acquiesça lentement. Il lança un regard de biais en direction de Radick.

« Et vous êtes célibataire ?

– Oui, je vous l'ai dit samedi.

– Je suis désolé. J'ai parlé à tant de gens samedi, et au bout d'un moment j'oublie les détails.

– Vous n'avez pas oublié que je connaissais l'agent chargé du dossier de Jennifer.

– Vous avez raison, Richard. Je n'ai pas oublié ça, n'est-ce pas ? Je suis désolé. Alors revenons-en à votre voiture, votre utilitaire.

– Que voulez-vous savoir ?

– Ne diriez-vous pas que c'est généralement le genre de véhicule qu'on achète quand on a une famille ? On entasse les gamins à l'arrière et on va passer le week-end quelque part. Vous voyez ce que je veux dire, n'est-ce pas ?

– C'est ce que je fais. J'entasse les gamins à l'arrière et on va passer le week-end quelque part.

– Je vous demande pardon ?

– Quand j'ai les gosses. On se balade. On va ici et là.

– Vous avez des enfants ?

– Vous savez que j'ai des enfants, inspecteur. Je vous l'ai dit lors de notre premier entretien. Je vous ai dit que j'avais deux enfants. Est-ce que c'est un crime ? »

Parrish éclata de rire.

« Ça devrait l'être pour certaines personnes, oui. »

McKee poussa un petit soupir exaspéré.

« Je suis désormais célibataire. J'ai été marié. J'ai deux enfants... je dis *enfants*, mais ils sont désormais adolescents.

– Divorcé ou séparé ? demanda Parrish.

– Je vous l'ai déjà dit. Je suis divorcé.

– À l'amiable ?

– Quand un divorce a-t-il jamais été à l'amiable, inspecteur ? Disons qu'il y a eu beaucoup d'éclats de voix.

– Qui a demandé le divorce ?

– Moi.

– Parce que ?

– Pourquoi j'ai demandé le divorce ? Qu'est-ce que ç'a à voir avec le fait que ces filles ont été assassinées ? »

Parrish sourit.

« Désolé, dit-il. Je suis moi aussi divorcé. J'ai moi aussi deux enfants, peut-être un peu plus âgés que les vôtres. C'est simplement que nous sommes si nombreux à faire les mêmes erreurs, et parfois c'est rassurant de savoir que d'autres personnes ont connu les mêmes difficultés...

– C'est moi qui ai demandé le divorce, affirma McKee. Elle couchait avec quelqu'un d'autre.

– Je suis désolé.

– Pourquoi ? Vous n'y êtes pour rien.

– Nous nous éloignons du sujet », intervint Radick.

Il sentait que si Parrish continuait à faire parler McKee de sa situation familiale, il ne ferait qu'accroître son degré de paranoïa et de suspicion. Il voyait où Parrish voulait en venir, et il savait qu'il ne tarderait pas à aborder de nouveau la question.

« Oui, nous nous éloignons du sujet, convint Parrish. Nous parlions des circonstances de la mort de Jenny Baumann.

– Non, nous parlions de la raison pour laquelle je possède un véhicule utilitaire.

– Exact, mais avant ça, Jenny Baumann... pas Jennifer ?

– Oui, *Jenny* Baumann, répondit McKee. Je crois qu'on appelle souvent Jenny les filles qui s'appellent Jennifer. »

Il y avait dans le ton de McKee une pointe de sarcasme que Parrish préféra ignorer.

« Vous rappelez-vous comment vous avez appris qu'elle avait été assassinée ?

– Je vous l'ai dit. C'est Lester Young qui me l'a dit.

– Et c'est lui qui était chargé de son dossier ?

– Non, Jennifer n'a jamais eu de dossier ici à proprement parler. Lester s'occupait du dossier d'une autre fille, il y a eu une accusation d'abus sexuel, et Jennifer a été considérée comme un témoin potentiel, quelqu'un qui pouvait corroborer l'histoire de la fille. C'est tout. Pour autant que je sache, la police n'a pas poussé les choses plus loin.

– Et Lester Young a rejoint le service de probation.

Oui.

Vous est-il arrivé de lui parler de Jennifer ?

– Non.

– Et comment avez-vous appris pour Karen Pulaski ?

– J'ai entendu parler d'elle, mais je ne savais pas ce qui lui était arrivé. Comme je vous l'ai dit samedi, je n'avais aucune idée qu'elle avait été assassinée.

– Oui, c'est ce que vous avez dit. Donc, à quelle occasion avez-vous entendu parler d'elle ?

– Par hasard. Il y a eu un important changement dans le système administratif en début d'année. Avant, il y avait l'aide familiale Sud et l'aide familiale Nord. J'étais au Sud, naturellement.

Chaque division a été scindée en huit sections, et maintenant je suis au bureau Sud 2. Nous avons dû gérer tous les transferts de dossiers, sur papier et sur ordinateur. C'était un boulot colossal. Nous nous sommes réparti les dossiers alphabétiquement et nous étions assez nombreux pour récupérer seulement deux lettres chacun. J'ai eu ceux qui commençaient par P et R. Ce qui représentait environ trois cents dossiers. Celui de Karen en faisait partie, mais elle a été rattachée ailleurs, pas au bureau Sud 2. Je crois qu'elle venait de Williamsburg ou Ridgewood, ou quelque chose comme ça.

– Williamsburg, confirma Parrish.

– Exact. Bref, elle dépendait à l'origine de l'antenne Sud, et maintenant elle dépend de la Sud 7 ou 9, ou quelque chose comme ça.

– Alors comment se fait-il que vous vous soyez souvenu d'elle parmi trois cents dossiers ? »

McKee sourit avec embarras.

« Ça va vous paraître idiot.

– Aucune importance, Richard, j'aimerais simplement savoir pourquoi vous vous êtes souvenu d'elle.

– À cause de son nom.

– Son nom ?

– Karen Pulaski.

– Oui, je connais son nom, Richard, je me demandais simplement pourquoi...

– Mon ex-femme s'appelle Carole. Son nom de jeune fille est Paretski. »

Personne ne parla pendant quelques instants.

« Carole Paretski, dit Radick d'un ton neutre.

– Oui, c'est son nom de jeune fille. Le nom qu'elle a repris. Je me rappelle avoir consulté le dossier de la petite Pulaski et songé que leurs noms étaient très similaires.

– Et que fait-elle... votre femme ?

– Elle travaille dans un cabinet d'avocats près de Lafayette Park.

– Elle est avocate ?

– Non, secrétaire.

– Et depuis combien de temps êtes-vous divorcés ?

– Le divorce a été prononcé début 2005.

– Et quel âge ont vos enfants ? demanda Parrish.

– Ma fille, Sarah, a 14 ans, et mon fils, Alex, 15.

– Et ils vivent avec leur mère ?

– Oui, pendant la semaine. Je les ai le samedi et le dimanche un week-end sur deux, et juste le dimanche les autres week-ends. C'est la raison pour laquelle je travaille un samedi sur deux.

– C'est pour ça que vous étiez au travail samedi dernier.

– Exact.

– Pourquoi ne les prenez-vous pas tout le week-end chaque week-end ? demanda Radick.

– J'ai besoin d'argent. La pension alimentaire que je lui verse chaque mois représente une grosse somme. » McKee regarda Parrish. « C'est la même chose pour vous, n'est-ce pas ?

– C'était, répondit Parrish. Ils sont suffisamment grands pour s'en sortir tout seuls maintenant, mais, jusqu'à récemment, ça représentait beaucoup d'argent, oui. »

Radick se pencha en avant.

« Y a-t-il toujours de l'eau dans le gaz entre vous et votre ex-femme, Richard ?

– Toujours ? demanda McKee. Nous avons été mariés pendant plus de quinze ans, et je crois que les deux premières années ont été la seule période où il n'y a pas eu d'eau dans le gaz.

– Mais vous êtes restés ensemble pour les enfants ?

– Oui. Nous avons fait bonne contenance aux yeux du monde, et nous sommes restés ensemble aussi longtemps que possible. Mais la dernière liaison a été la goutte d'eau qui a fait déborder le vase.

– Voulez-vous nous en parler ? demanda Parrish.

– Que voulez-vous savoir ?

– N'importe quoi, ce qui vous vient à l'esprit.

– Je n'ai rien à dire sur le sujet. Le passé est le passé. C'est fini.

– Et est-elle avec quelqu'un maintenant ? demanda Parrish.

– Je suppose. Ce n'est pas le genre de femme qui peut vivre seule.

– Mais vous n'en êtes pas sûr ?

– Les enfants me disaient des choses. Puis on en est arrivés à un stade où je ne voulais plus savoir, alors je leur ai demandé de ne plus rien me dire. Je voyais qu'ils étaient affectés par cette imprévisibilité constante, par l'instabilité que ça engendrait à la maison. Ce n'est pas un environnement favorable pour les enfants, mais qu'est-ce que j'y peux, hein ? La loi est du côté des mères, pas des pères, pas vrai ?

– Exact, oui.

– Donc voilà où nous en sommes. Je les vois un jour ou deux par semaine. Je fais ce que je peux pour illuminer un peu leur vie. J'attends patiemment qu'ils soient assez grands pour aller à la fac ou je ne sais quoi, et alors je les verrai plus souvent, et je ferai en sorte qu'ils aient une vie un peu plus stable et plus saine.

– Et vous n'avez aucun désir de vous remarier ? demanda Parrish.

– Me remarier ? Non, je ne crois pas. Bon Dieu, qu'est-ce que je raconte ? Je ne peux pas résister aux femmes. Si j'avais une nouvelle liaison et si elle voulait se marier, alors oui, bien sûr, je retenterais probablement le coup.

– Mais personne sur votre radar en ce moment ? »

McKee sourit en entendant l'expression utilisée par Parrish.

« Non, inspecteur, personne sur mon radar.

– Alors revenons-en à Jenny Baumann. Lester Young travaillait à l'aide familiale Sud, et il s'est directement occupé d'elle.

– Eh bien, il était là pendant l'interrogatoire de la police, c'est tout. Jennifer a été interrogée par la police, et, comme cette autre fille était présente dans la pièce, ils ont demandé à Lester Young d'être lui aussi présent en tant que représentant de l'aide familiale.

– Et vous connaissiez Lester ?

– Oui, un peu. Comme je connaissais tout le monde au bureau Sud. Il y avait beaucoup de gens là-bas, c'est pour ça que nous avons eu cette réorganisation et que les deux sections ont été divisées en seize bureaux. Ils auraient dû le faire depuis longtemps, et je pense qu'une fois la confusion passée, ça fonctionnera beaucoup mieux.

– Espérons-le, hein ? fit Parrish. Espérons qu'on prendra un peu mieux soin de ces filles.

– Je ne crois pas que ce soit très juste, inspecteur, observa McKee, légèrement sur la défensive. Je crois – étant donné les ressources et l'infrastructure dont nous disposons – que nous faisons tout ce que nous pouvons vu les circonstances... »

Parrish leva la main.

« Désolé, Richard. Ce n'est pas ce que je voulais dire. C'est juste que nous avons six filles mortes, et que ce qui les relie se trouve peut-être à l'aide familiale. Si tel est le cas, et si le coupable est un employé de l'organisation, alors vous allez devoir faire face à de sacrés chamboulements. Je crois que ça mettra un bazar inimaginable.

– J'ai tellement de mal à concevoir que quelqu'un du bureau Sud 2 ait pu faire ça. Je connais raisonnablement bien la plupart des employés, et la grande majorité d'entre eux y travaille depuis au moins aussi longtemps que moi...

– Et si vous deviez poser des questions, Richard, si vous deviez décider qui ça peut être, dans quelle direction iriez-vous ? »

McKee lâcha un rire nerveux.

« Je ne vais même pas chercher à répondre à cette question, inspecteur. C'est une hypothèse absolument effroyable. »

Parrish sourit d'un air compréhensif.

« Merci beaucoup pour votre temps et votre honnêteté, dit-il. Je crois que nous en avons fini. Vous voulez qu'un agent vous reconduise au bureau ? »

McKee inspira profondément et posa les mains à plat sur la table.

« Non, c'est bon, répondit-il. Je vais retourner au bureau par mes propres moyens.

– Soit. Nous vous contacterons si nous avons besoin d'autre chose. »

Parrish se leva. Il serra la main de McKee.

McKee marcha jusqu'à la porte et alors il hésita. Il se retourna et regarda Parrish.

« La petite Baumann, dit-il. Quand a-t-elle été assassinée, exactement ?

– Pourquoi posez-vous cette question ?

– Parce que c'est Lester qui m'a appris sa mort, mais je ne crois pas qu'il m'ait dit quand elle était morte.

– En janvier, répondit Parrish. Son corps a été découvert le 15 janvier 2007. »

McKee acquiesça lentement, puis il sortit son portefeuille de sa poche de veste. Il en tira plusieurs photos froissées et cornées, les feuilleta, en isola une. Il l'examina attentivement, puis la tendit à Parrish en souriant.

« Et c'est... ?

– Ça, répondit McKee, c'est une photo de mes enfants à Disneyland. C'est moi qui l'ai prise. »

Parrish saisit la photo. Les enfants étaient visibles, mais à peine. Ils étaient au loin, semblaient échanger quelques mots avec un Mickey de deux mètres de haut.

« Et vous me montrez ça parce que...

– À cause de la date. Mon appareil imprime la date dans le coin en bas à droite. »

Parrish regarda la date sur la photo : *12/01/07*.

« Nous étions à Disneyland cette semaine-là. De fait, nous y sommes restés du 10 au 19. C'est la dernière fois que je suis parti en vacances avec les enfants. »

Parrish observa les chiffres dans le coin en bas à droite. Il rendit la photo à McKee.

« Merci, Richard », dit-il.

McKee replaça la photo dans son portefeuille. Il sourit à Parrish, puis Radick s'avança et lui ouvrit la porte.

Il raccompagna McKee jusqu'à la sortie, ce qui lui prit trois ou quatre minutes au plus, et à son retour Parrish se tenait toujours à côté de la table avec une expression pensive.

« Ça n'a pas l'air d'être notre homme », déclara Radick.

Parrish secoua lentement la tête.

« Je n'en suis pas si sûr, Jimmy.

– Mais...

– Parfois il ne faut pas se fier aux apparences. Et parfois les choses sont exactement ce qu'elles semblent. »

54

« Lester Young, déclara Parrish. C'est lui qu'il me faut maintenant. Les anciens employés vont être nombreux, et je n'avais vraiment aucune intention de m'engager dans cette voie, mais au moins nous savons qu'il s'est occupé de Jennifer. Renseignez-vous sur les agents des services de probation de la ville et du comté, découvrez où il travaillait, quand il est parti… faites le nécessaire. Et essayez d'obtenir l'immatriculation de l'utilitaire de McKee. Je vais effectuer quelques recherches sur son ex-femme et ses gosses.

– Vous voulez parler à Valderas, ou c'est moi qui m'y colle ?

– Je m'en occupe, répondit Parrish, et je vais aussi relancer Erickson aux archives. »

Parrish se mit en quête de Valderas, le trouva à la cantine.

« Je verrais bien McKee, déclara-t-il d'un ton neutre. Lui, et un autre personnage nommé Lester Young qui a été indirectement mêlé à la petite Baumann et dont le nom a été mentionné aussi bien par le directeur adjoint que par McKee lui-même.

– McKee, c'est votre type de l'aide familiale, exact ? demanda Valderas.

– Oui, l'antenne située dans Adams. Je n'ai pas grand-chose, hormis des présomptions et des suppositions, mais ce sont les deux seuls qui me semblent louches.

– Une intuition. C'est ce que vous êtes en train de me dire, n'est-ce pas ? Que vous avez une intuition.

– Eh bien, nous savons qu'il s'agit plus que probablement d'un employé du bureau Sud 2. Soit c'est l'assassin, soit un complice qui fournit à l'assassin des infos sur ces filles. Peut-être qu'ils travaillent ensemble. McKee a un alibi pour le meurtre de la petite Baumann, mais si c'est lui le complice, alors ça ne signifie pas grand-chose. Quoi qu'il en soit, le fait est qu'il y a trop de similitudes entre ces affaires pour que le coupable n'ait pas de lien avec le bureau Sud 2. Par ailleurs, le carton dans lequel Kelly a été retrouvée a dû être déposé dans l'allée entre le moment où les éboueurs sont passés et celui où le concierge l'a découvert, soit un bref laps de temps. Le carton était trop grand pour une voiture compacte, donc il a fallu soit un pick-up, soit un utilitaire. McKee possède un utilitaire.

– Bien, je comprends, mais – comme vous dites – vous n'avez rien de plus que de vagues présomptions.

– Le directeur adjoint de son bureau a dit qu'il avait des magazines porno avec des gamines dans son casier. Je dis des "gamines", mais c'étaient plutôt des adolescentes, vous voyez ? Il est divorcé, deux gamins, pas de liaison en ce moment. Un type un peu solitaire. »

Valderas sourit.

« Quoi ?

– On dirait vous.

– Je ne donne pas dans le porno avec des gamines.

– Pour autant que nous sachions, répliqua Valderas, et il esquissa un sourire sarcastique. Donc, en vérité, vous n'avez rien qu'un soupçon, un soupçon qui relève du domaine de l'intuition et du pressentiment. C'est tout, n'est-ce pas ?

– Eh bien, oui, mais il y a...

– Quelle autre piste suivez-vous ?

– Joel Erickson aux mœurs recherche leur visage dans ses archives. Si nous trouvons une seule photo, un seul film indiquant que ces filles se sont retrouvées impliquées dans l'industrie du porno, alors nous allons devoir parler à un sacré nombre de personnes supplémentaires.

– Vous croyez qu'il s'agit de ça ?

– Oui. J'en suis presque convaincu. La drogue, les strangulations, les rapports sexuels récents, les altérations cosmétiques – ongles, cheveux, et ainsi de suite. Je crois que la conclusion est évidente.

– OK, tenez-moi au courant des découvertes d'Erickson. » Valderas souleva sa tasse de café et hésita. « Et comment va Jimmy Radick ?

– Bien. Ça va aller. Il effectue les ajustements nécessaires quand on passe des stups à la criminelle.

– Bonne nouvelle. Ce type m'a plu dès le premier jour. J'espère qu'il va y arriver. »

Valderas s'en alla. Parrish partit se chercher un café, pour lui et pour Radick, et il reprit la direction du bureau.

À 19 heures, Radick eut du neuf sur Lester Young. Ça s'annonçait mal. À 19 h 30, il eut la confirmation que Lester Young, employé de l'aide familiale puis du service de probation du comté de New York, était mort d'une crise cardiaque en décembre 2007. Cinq jours après Noël, il était tombé comme une pierre alors qu'il déblayait la neige devant chez lui.

« Ça le met définitivement hors de cause, déclara Parrish, d'un ton qui trahissait sa déception. Young est mort trois jours après Karen, et neuf mois avant Rebecca et Kelly.

– Voilà ce qui me turlupine, dit Radick.

– Quoi ?

– L'espacement. Nous avons Melissa vers octobre 2006. Nous attendons trois mois pour Jennifer, sept pour Nicole. Puis quatre mois pour Karen, et encore neuf mois avant que Rebecca soit assassinée. Puis il ne s'écoule qu'une semaine avant le meurtre de Kelly. C'est très erratique, il n'y a aucune cohérence.

– Nous devrions en toucher un mot à l'assassin quand nous lui mettrons la main dessus. Porter plainte. »

Radick sourit d'un air ironique.

« Qui sait, Jimmy ? On ne peut pas rationaliser l'irrationnel. Ça va être une histoire de cycles lunaires, ce genre de connerie. Ces types ont chacun leur propre forme de folie furieuse, et pas moyen de prévoir ce qu'ils vont faire. Quand vous les tenez, tout fait sens, mais avant ça ? Merde, il est quasiment impossible de deviner ce qu'ils vont faire ni quand ils le feront.

– OK, et son ex-femme ? Vous avez réussi à la retrouver ?

– Oui. Nous la rencontrons à 20 heures.

– Officiellement ? Officieusement ? Lui avez-vous dit que nous voulions lui parler de McKee ?

– Non, je ne lui ai pas dit de quoi il retournait. Elle a dit qu'on avait de la chance de la trouver, que les enfants passaient la soirée chez des amis. Elle avait prévu de sortir, mais elle nous a réservé une heure. Je lui ai dit que nous lui paierions un verre quelque part.

– Nous ferions mieux de nous mettre en route », suggéra Radick.

Parrish attrapa sa veste. Il se demanda comment il aborderait le sujet avec Carole Paretski. *Nous devons vous parler de votre mari. Nous pensons qu'il a pu droguer et assassiner des adolescentes. Avez-vous quelque chose à nous dire à ce sujet ?*

Parrish sourit intérieurement. Il aviserait le moment venu.

Carole Paretski était une jolie femme. Menue, cheveux sombres, mais l'œil flamboyant. Elle avait l'air d'avoir un caractère bien trempé, le genre de femme à qui il ne valait mieux pas chercher des noises.

« Simple secrétaire juridique, répondit-elle lorsque Parrish lui demanda quel poste elle occupait chez Gaines, Maynard & Barrett. J'ai recommencé à travailler quand les gosses sont entrés dans l'adolescence. J'en avais besoin. Je devenais dingue à force de tourner en rond. »

Ils étaient dans un bar de Lafayette Avenue, à environ une rue de son lieu de travail.

« Et quel âge ont vos enfants ? » demanda Parrish.

Il connaissait leur âge, naturellement, mais il voulait qu'elle se détende. Parler des enfants était toujours une bonne ouverture.

« Sarah a 14 ans, Alex un an de plus. Et ils se comportent tous les deux comme s'ils en avaient 35, ajouta-t-elle d'un air contrit.

– Les miens sont plus âgés, déclara Parrish. Mon fils a 22 ans, ma fille, 20.

– Donc le pire est derrière vous ?

– Ça ne s'arrête jamais. Ils constituent un boulot à plein-temps, quel que soit leur âge. Vous ne cessez jamais de vous demander s'ils ont fait les bons choix ou non. Vous voulez vous immiscer dans leur vie, mais vous prenez alors un moment pour considérer votre propre vie et vous vous demandez si vos décisions ont été suffisamment judicieuses pour faire de vous un modèle. En général, la réponse est non.

– Vous êtes trop cynique, inspecteur. Votre contribution à la société est très précieuse et très sous-estimée. Je comprends un peu ce à quoi vous autres avez affaire au quotidien, et je vous tire mon chapeau.

– C'est gentil, madame Paretski, très gentil.

– Carole », dit-elle. Puis elle jeta un coup d'œil en direction de Radick et demanda : « Alors de quoi vouliez-vous me parler ?

– Pour être parfaitement honnête, Carole, nous voulions vous parler de votre ex-mari, Richard. »

Le changement fut immédiat. Son attitude et son langage corporel se modifièrent. Ni Parrish ni Radick n'auraient pu ne pas le remarquer.

« Que voulez-vous savoir ? demanda-t-elle.

– Vous êtes divorcés, exact ?

– Oui, nous sommes divorcés. Depuis trois ans.

– Un divorce à l'amiable, ou est-ce que ç'a été difficile ?

– À l'amiable ? Le divorce en lui-même s'est relativement bien passé, je l'admets, mais certainement pas à l'amiable.

– Vous avez été mariés pendant quinze ans.

– Oui.

– Je suis désolé de vous demander ça, mais Richard nous a dit que le divorce était devenu nécessaire parce que vous aviez une liaison avec quelqu'un d'autre. Est-ce vrai ? »

Carole Paretski poussa un petit rire méprisant.

« Il a dit ça ? Bon Dieu, c'est vraiment un lâche de première, hein ?

– Un lâche ? Pourquoi dites-vous ça ? »

Elle inspira lentement et secoua la tête.

« Vous savez quoi ? Vous êtes mariée à quelqu'un pendant tout ce temps, vous croyez le connaître, et vous découvrez alors qu'il vous ment depuis le début, et que vous avez choisi d'être complètement aveugle. »

Parrish regarda Radick. Radick ne dit rien.

« J'ai accepté de divorcer en invoquant un adultère de ma part car c'était le moyen le plus rapide de mettre un terme au mariage. Il refusait tout autre motif, et j'étais plus qu'heureuse d'accepter et d'en finir une bonne fois pour toutes. »

Elle resta un moment silencieuse et regarda Parrish dans les yeux.

« Pourquoi êtes-vous ici ? demanda-t-elle. Pourquoi me questionnez-vous sur Richard ? Qu'est-ce qu'il a fait ? Est-ce qu'il s'est encore attiré des ennuis ?

– Encore ? demanda Parrish.

– Cette histoire à la con qui remonte à 2002. Les emmerdes qu'il a eues... Vous êtes au courant, n'est-ce pas ? »

Parrish fronça les sourcils.

« Les choses qu'il a soi-disant dites à cette gamine ?

– Gamine ? » demanda Parrish.

Carole Paretski poussa un grand soupir et ferma un moment les yeux. Elle secoua lentement la tête et regarda en direction de la fenêtre.

« Évidemment, vous ne savez rien, dit-elle. Il n'y a pas eu de procès-verbal, n'est-ce pas ? »

Parrish ne répondit rien.

« Juin 2002. Il a été accusé d'avoir tenu des propos obscènes à une fillette de 9 ans. Il n'y a pas eu de poursuites. Elle s'appelait Marcie Holland. Elle était au terrain de jeux où Richard avait l'habitude d'emmener Alex et Sarah. Cette fillette a dit à sa mère que Richard lui avait dit quelque chose. Il a été interrogé au commissariat du 11e district, la fillette a été interrogée par une femme de la police chez elle. C'était la parole de la gamine contre celle de Richard, et la gamine a pris peur, sa mère aussi, et il ne s'est rien passé. Il n'y a pas eu d'accusation, pas d'arrestation. Fin de l'histoire.

– Vous croyez que c'était vrai ? Vous croyez qu'il a dit quelque chose à cette fillette ? demanda Parrish.

– Je n'en sais rien, inspecteur. D'après Richard, non, il n'a jamais dit un mot à cette gamine. C'était un homme difficile à vivre. Il était coincé dans ce boulot. Il ne pensait qu'à ça, dépensait plus de temps et d'énergie à s'en faire pour les enfants des autres que pour les siens. Je le voyais à peine, les enfants encore moins. Il est comme ça. Quand il est absorbé par quelque chose, il oublie tout le reste. Et maintenant, eh bien, je ne sais pas ce qui se passe, mais il a des problèmes à cause d'autre chose...

– Il n'a pas de problème, Carole, il nous aide juste à enquêter sur une affaire qui est indirectement reliée à son travail.

– L'aide familiale ?

– Exact.

– S'il y a bien un boulot qu'aucun homme ne devrait avoir, c'est celui-là.

– Je suis désolé, mais je crois que je ne vous suis pas. J'écoute la moitié d'une conversation et j'essaie de deviner le reste. Pourquoi dites-vous ça ?

– À cause des trucs porno. Vous êtes au courant pour ça, n'est-ce pas ?

- Les trucs porno ? demanda Parrish.

– Oui, les magazines qu'il lisait. Ç'a été la goutte d'eau qui a fait déborder le vase. C'est ce qui m'a finalement fait basculer de l'autre côté, la raison pour laquelle j'ai divorcé. Il disait qu'il pouvait gérer ça. Il disait qu'il ne songeait pas à se taper d'autres femmes... d'autres gamines. Enfin, ce n'étaient pas des gamines à proprement parler, mais des adolescentes de 17, 18 ans, Dieu sait quel âge, assurément trop jeunes pour être dans des putains de magazines porno. J'ai aussitôt pensé à Sarah, mais il m'a promis qu'il n'avait jamais eu de tels fantasmes sur sa fille. Ses amies, oui... Bon Dieu, il avait la langue par terre chaque fois qu'elle invitait ses copines ! C'était dégoûtant. Absolument abject. » Elle frissonna. « Et puis cette histoire avec Marcie, la gamine de 9 ans. Bon Dieu ! Ça s'est tassé, mais c'était franchement embarrassant.

– A-t-il fait autre chose qui lui ait valu des soucis avec la justice ?

– Non, rien d'autre. Et je ne sais pas quoi dire. Peut-être qu'il n'a rien dit à cette fillette, et peut-être qu'il est tout à fait normal que des types de son âge rêvent de se taper des pom-pom girls, mais je ne suis pas comme ça, et ce n'est pas une chose sur laquelle je peux fermer les yeux. Il pouvait passer pour l'homme le plus honnête et le plus sincère que vous puissiez imaginer, et il prenait son travail extrêmement au sérieux, il rapportait du boulot à la maison le week-end, et il avait l'air du type le plus attentionné et dévoué du monde, mais il pouvait aussi être le menteur le plus convaincant du monde. Des petites choses, rien de vraiment important, mais, à deux ou trois reprises, il m'a regardée dans le blanc des yeux en jurant qu'il avait fait une chose qu'il avait promis de faire alors que je savais que c'était faux. Et après toutes ces années à supporter ses absences, j'ai fini par en avoir ma claque. » Elle sembla un moment agitée. « Doux Jésus, comme si ça ne suffisait pas que je m'inquiète quand il est avec les gamins chaque week-end, maintenant ça ? Et je ne sais même pas de quoi il s'agit. Pourquoi avez-vous voulu me parler ? »

Parrish hésita. Il percevait le malaise de Radick. Il voyait clairement que Carole Paretski était agitée et se demandait jusqu'où il pouvait aller.

« Richard connaissait quelqu'un qui s'occupait du dossier d'une fille il y a deux ans, expliqua-t-il. Le type est aujourd'hui mort, mais Richard le connaissait. La fille en question a été assassinée en janvier de l'année dernière, et nous travaillons sur des affaires non élucidées qui sont toujours ouvertes. Il s'avère simplement que c'est l'une d'elles.

– Mais pourquoi vous adresser à moi ? demanda-t-elle. Qu'est-ce que je vais pouvoir vous dire ? Vous croyez que Richard a eu quelque chose à voir avec la mort de cette fille ?

– Nous suivons toutes les pistes, répondit Parrish. Aussi ténues ou anciennes soient-elles, nous les suivons toutes. Nous sommes obligés. Vous comprenez ça grâce à votre travail. Parfois on se dit que ça ne va mener à rien, mais quand on arrive au tribunal, pour autant qu'on y arrive, la défense peut tailler une affaire en pièces sous prétexte qu'il y a une personne qu'on a ignorée, une personne qu'on n'a pas pris la peine d'interroger. »

Pendant un moment, Carole Paretski sembla convaincue qu'il ne s'agissait de rien de plus que d'une enquête de routine, mais elle se tourna alors vers Radick et déclara :

« Ça n'a toujours aucun sens. Ça ne me dit pas pourquoi je saurais quoi que ce soit sur un dossier de l'aide familiale qui était géré par une connaissance de mon ex-mari.

– Au cas où Richard vous aurait dit quoi que ce soit à l'époque. Il travaillait avec ce type, l'une des filles dont ce type avait la charge a été assassinée, et nous voulions savoir si Richard en avait jamais parlé à la maison. Ce n'est pas tous les jours qu'on est lié à ce genre d'incident, et nous savons que les gens en parlent généralement chez eux.

– Ça n'a aucun sens, inspecteur. La fille en question a été assassinée quand ? En janvier de l'année dernière ? J'ai divorcé de Richard il y a trois ans.

– Oui, je le sais, répondit Parrish, mais vous le voyez chaque week-end...

– Donc, le type qui s'occupait à l'origine du dossier. Quand est-il mort ?

– Décembre de l'année dernière.

– Et vous pensez que c'est lui l'assassin ?

– Nous envisageons toutes les possibilités, madame Paret...

– Ne me prenez pas pour une conne, inspecteur », coupa-t-elle. Ses yeux flamboyants lançaient des éclairs. « Ne venez pas me pisser dessus en me disant qu'il pleut, OK ? Vous êtes réglo avec moi, et je serai réglo avec vous. Que voulez-vous savoir, et pourquoi voulez-vous le savoir ? »

Parrish resta quelques secondes silencieux. Il la regarda directement et elle lui retourna son regard sans ciller. Elle semblait prête à le passer à la moulinette et à balancer ce qui resterait de lui aux égouts.

« Une rumeur a circulé sur son lieu de travail selon laquelle il aurait été surpris en possession de magazines pornographiques avec des mineures...

– Une rumeur ? Ç'a dû être plus qu'une rumeur. J'ai été claire.

– C'était vraiment moche ? »

Carole Paretski fronça les sourcils et secoua la tête.

« Je ne sais pas ce que vous considérez comme moche. Personnellement, tout ça, je trouve ça moche. Dégoûtant. La quantité d'argent qui va dans cette industrie suffirait très probablement à éradiquer la faim et la maladie dans le tiers-monde. C'est une putain de honte, si vous voulez mon avis.

– Les choses qu'on voit dans les boutiques. Les magazines de vente par correspondance, ou même les trucs qui sont en rayonnage dans les sex-shops... Ce n'est pas de ça que je parle. Je parle de jeunes, des filles de moins de 16 ans...

– Je ne saurais vous dire. Les filles de 12 ans peuvent en paraître 16... ça dépend du maquillage, de la coiffure, de tout un tas de choses. »

Parrish songea à Rebecca et Kelly – les ongles vernis, les cheveux coupés.

« Comment a-t-il réagi quand vous lui avez annoncé que vous vouliez divorcer parce qu'il négligeait sa famille ?

– Il a dit qu'il redoublerait d'efforts. Il a dit qu'il serait un meilleur mari, un meilleur père, mais ce n'était pas notre première engueulade, et il avait déjà dit ça par le passé.

– Et combien de temps avant votre divorce avez-vous pris conscience de son penchant pour la pornographie ?

– Plusieurs mois, un an peut-être. J'ai trouvé des magazines dans le grenier, et je suppose que ç'a été le coup de grâce. Vous vous dites que même si vous essayez de réparer les choses, même si vous essayez de faire en sorte que ça fonctionne, vous serez la seule à faire des efforts. Son penchant pour le porno ? Au début, il disait que c'était plus fort que lui, puis il a prétendu qu'il avait les choses en main. Il a tenté de me faire croire que les gens qui s'intéressaient à ce genre de choses souffraient d'une sorte de trouble mental, et que ce n'était pas une chose qu'on pouvait contrôler à sa guise.

– Vous l'avez cru ?

– Mon Dieu, non, bien sûr que non ! »

Parrish se pencha en avant, posa les coudes sur ses genoux, joignit les paumes de ses mains et hésita avant de parler de nouveau.

« Madame Paretski... Carole, dit-il doucement. Comme vous êtes la personne qui connaît le mieux Richard, je suis forcé de vous demander : croyez-vous, en votre for intérieur, qu'il soit capable de faire du mal à un autre être humain ?

– Vous le soupçonnez du meurtre de cette fille, n'est-ce pas ? demanda-t-elle d'une voix neutre. Tout le reste, c'est du baratin. Vous croyez qu'il a tué une adolescente, c'est ça ?

– Nous pensons – nous savons – que quelqu'un a tué une adolescente, répondit Parrish, et nous pensons que cette personne est peut-être liée directement ou indirectement à l'aide familiale.

Comme j'ai dit, et ce n'est pas du baratin, nous parlons à tout le monde, nous suivons chaque piste, nous passons tout au crible, d'accord ? Nous ne pouvons pas nous permettre de merder, Carole. Vous ne devez pas en parler à vos enfants ni poser de questions à Richard, et vous ne devez surtout pas évoquer la question quand il passera chercher Sarah et Alex...

– Eh bien, je vais vous dire une chose, il est hors de question qu'il passe prendre Sarah et Alex, ni ce week-end ni aucun autre...

– C'est exactement le problème, Carole, dit Parrish. C'est exactement ce que nous ne *pouvons* pas faire. Vous ne pouvez pas supposer qu'il ait quoi que ce soit à voir avec cette affaire, et nous ne pouvons pas vous laisser lui mettre la puce à l'oreille. Vous ne devez pas lui dire que nous vous avons parlé, et vous ne devez pas lui donner l'impression que vous savez que nous lui avons parlé sur son lieu de travail. S'il évoque le sujet, faites comme s'il n'avait aucune importance. Accordez-lui la même attention que d'habitude, ni plus ni moins. J'ai vraiment besoin que vous fassiez comme je dis, d'accord ? Nous sommes peut-être complètement à côté de la plaque, vous savez ? Si ça se trouve, nous regardons dans la mauvaise direction. Comme j'ai déjà dit, nous explorons toutes les possibilités, mais nous avançons sur la pointe des pieds car c'est une grosse affaire et – potentiellement – les choses pourraient très, très mal tourner si nous merdions. Si vous dites ce qu'il ne faut pas et qu'il est coupable de quelque chose, vous compromettrez sérieusement nos chances de l'arrêter. »

Carole Paretski poussa un soupir sonore. Elle se pencha en arrière sur sa chaise et ferma un moment les yeux.

« Vous me dites que mon ex-mari est peut-être un tueur d'enfants, mais vous voulez tout de même que je le laisse récupérer les gosses samedi.

– Le week-end prochain, il les a pendant deux jours, n'est-ce pas ?

– Oui.

– Eh bien, oui, c'est ce que je veux que vous fassiez, et je veux que vous vous comportiez comme d'habitude. Si nous trouvons autre chose, alors peut-être que nous lui mettrons la main dessus avant le week-end, et vous n'aurez aucune raison de vous en faire.

– OK... OK...

– Donc, retour à la question. Croyez-vous que votre mari soit capable de faire du mal à un autre être humain ? »

Une fois encore, elle ferma les yeux pendant une seconde, et, quand elle les rouvrit, ils étaient durs comme de la pierre.

« Faire du mal à un autre être humain ? répéta-t-elle. Je vais vous dire une chose, inspecteur, la plupart des assassins sont des putains de lâches. Ce sont des menteurs et des lâches. Eh bien, Richard McKee est un menteur et un lâche, et je crois que le cas échéant, si c'était une question de préservation, alors oui, je pense qu'il pourrait faire du mal à un autre être humain. »

Parrish demeura un moment silencieux, puis il se pencha en arrière sur sa chaise et opina du chef. Il se demandait si ce qu'il entendait avait de l'importance ou si c'était seulement l'expression du ressentiment amer d'une ex-femme trahie. Clare ne dirait-elle pas précisément la même chose à son sujet ? Caractère obsessionnel, marié à son boulot, capable de mentir, de faire du mal aux gens, négligent ? Bien sûr que c'est ce qu'elle dirait, et pire encore.

« Je m'attendais à ce que vous répondiez ça, dit-il. Ce n'est pas ce que je voulais entendre, mais je m'y attendais.

– Et maintenant ? demanda-t-elle. Vous voulez jeter un coup d'œil à sa collection de pornos ?

– Pardon ?

– Je les ai. Les magazines et les DVD. Des cartons pleins de ces saloperies dans le garage. Je lui ai dit que j'allais les détruire, mais je ne l'ai pas fait. Je ne sais pas vraiment pourquoi... Je ne savais tout simplement pas quoi foutre de ces machins.

– Bien sûr que nous voulons la voir », répondit Parrish.

Carole Paretski se leva.

« Donc vous pourrez m'éviter un voyage à la déchetterie. Vous pouvez passer récupérer ça chez moi tout de suite. »

Ils sortirent tous les trois. Radick appela l'identité judiciaire et leur demanda de les retrouver chez Carole Paretski. Ils auraient besoin de prendre des photos des cartons *in situ* avant de les emporter.

55

Parrish était déçu. Il s'avérait qu'il n'y avait que deux cartons, pas douze, ni quinze ni vingt. Les magazines étaient des magazines, et les DVD, des DVD. Le genre de choses que Joel Erickson aurait qualifiées de « gentilles ». Il était évident que la plupart des filles avaient bien plus de 18 ans, et pourtant elles étaient habillées et photographiées de sorte à paraître plus jeunes. Il était impossible de savoir – comme toujours avec ce genre de photos – combien étaient là de leur plein gré et combien contre leur volonté ; combien agissaient sous l'emprise de médicaments, de l'alcool, de drogue ou sous la menace ; combien étaient victimes de chantage, combien étaient prostituées, combien avaient été persuadées que si elles ne faisaient pas ce qu'on leur disait de faire en faisant mine de prendre leur pied, quelque chose d'effroyable leur arriverait, ou à leurs proches, à leurs amis…

Il était impossible de savoir quoi que ce soit, hormis que Richard McKee avait une prédilection pour les filles qui paraissaient jeunes. Ce n'était pas là le monde obscur que Parrish avait espéré découvrir.

Parrish et Radick se tenaient dans le coin du garage de Carole Paretski, dans Steuben Street. Les techniciens de l'identité judiciaire étaient repartis, des photos avaient été prises. Ils avaient reçu l'autorisation d'examiner le contenu des cartons, et c'est ce qu'ils faisaient pendant que Carole Paretski faisait le guet près de la porte qui donnait dans la maison pour s'assurer que Sarah et Alex ne débarquaient pas à l'improviste.

« J'ai dit aux gosses que vous étiez des services de désinsectisation. Que nous étions peut-être infestés de cafards et que vous étiez venus vérifier. Je leur ai dit de rester dans la maison tant que vous ne seriez pas repartis.

– Où cachait-il tout ça quand vous étiez ensemble ? demanda Parrish.

– Dans le réduit là-haut, répondit-elle, et elle désigna le passage qui allait du garage au plafond de la cuisine. On peut y accéder par une trappe dans le coin. »

Parrish remarqua la trappe, se demanda s'il y avait autre chose d'intéressant là-haut. Il se rappela le permis de construire, la mise en demeure pour infraction à un arrêté municipal.

« Je suis montée là-haut, ajouta Carole Paretski, anticipant sa prochaine question. J'ai bien regardé partout, et il n'y a rien d'autre.

– Y a-t-il d'autres endroits dans la maison où il a pu cacher des choses ?

– Je suis sûre que oui. Vous voulez jeter un coup d'œil ?

– Absolument, répondit Parrish, mais il va me falloir un mandat et je vais devoir revenir quand les enfants seront absents. Et je ne voudrais pas laisser de traces de notre passage.

– Si je vous accorde la permission, vous n'avez pas besoin de mandat, exact ?

– C'est exact, en effet.

– Donc vous avez ma permission, et les enfants seront absents demain toute la journée. Si vous avez des hommes disponibles, qu'ils viennent fouiller la maison.

– Merci, Carole. Nous vous sommes très reconnaissants », dit Parrish.

Elle ne répondit rien, hésita un moment, presque comme si elle voulait jeter un dernier coup d'œil dans l'âme sombre de son mari, puis elle se retourna et referma la porte du garage derrière elle.

Parrish et Radick examinèrent les magazines et les DVD. *À peine légal. 18 ans tout juste. Rêves d'ados.* C'était toujours le même thème, et pourtant aucun n'était pire que ce qu'on trouvait sur les rayonnages des drugstores et des supermarchés à travers tout le pays. Peut-être était-ce ce qu'il y avait de plus triste – tout ça était parfaitement banal. Des filles soumises à des parodies de sexe dégradantes. Anal, oral, double pénétration, une touche de bondage et de sadomaso ; certaines déguisées en écolières, en pom-pom girls ; certaines forcées de dissimuler leur peur et leur anxiété derrière de grands yeux et des sourires factices. *Non, non, non... fais comme si tu aimais ça !*

« Ce n'est pas ce que je cherchais, commenta Radick.

– Moi non plus, répondit Parrish. Plus j'en vois, plus je me dis qu'il s'agit peut-être de quelqu'un d'extérieur à l'aide familiale. La personne qui a tué Rebecca a aussi tué Danny, vous vous souvenez ? Je ne vois pas McKee tirer une balle de 22 dans la tête de quelqu'un, mais s'il a des contacts dans le milieu du porno, alors les gens capables de faire ça ne manqueront pas.

– Vous pensez qu'un bon nombre de ces filles sont aujourd'hui mortes ?

– Soit mortes, soit junkies, ou alors peut-être qu'elles ont plongé dans le porno pour de bon ou dans la prostitution. Elles finissent toutes de la même façon au bout du compte. Il est très rare d'en trouver qui s'en sortent, et si elles s'en sortent, c'est dans un sale état.

– Donc nous fouillons le reste de la maison demain, et après, quoi ?

– Si nous ne trouvons rien de plus ici demain nous serons obligés de le laisser tomber. » Parrish souleva l'un des magazines. « Cette merde, je peux me l'acheter au drugstore. » Il balança le magazine dans le carton. « Ça ne nous dit rien, hormis qu'il aime le porno. Nous n'arriverons jamais à prouver qu'il a acheté en toute connaissance de cause des magazines avec des mineures. Le fait qu'il travaille à l'aide familiale est anecdotique ; de même que le fait qu'il conduise un utilitaire. Honnêtement, nous n'avons rien.

– Mais croyez-vous que ce soit notre homme ? Croyez-vous qu'il y ait ne serait-ce qu'une infime possibilité que ce soit lui ? »

Parrish ferma un moment les yeux. Puis il se retourna et leva les yeux vers la trappe qui donnait sur le réduit où Richard McKee avait planqué ses cartons, et il répondit :

« Je ne peux pas ignorer le lien avec le bureau Sud 2 et, pour le moment, je n'ai personne d'autre. Comme nous avons perdu Lester Young, je veux que McKee soit notre homme. C'est tout ce que je peux dire. Je veux vraiment qu'il soit notre putain d'assassin.

– Et ce soir ? demanda Radick.

– Je vais demander à Mme Paretski de nous signer une autorisation d'embarquer tout ça et le consigner en tant qu'indice. Rentrez chez vous, je vais finir de tout régler ici. Je vais demander à Valderas de nous refiler trois ou quatre agents demain matin et nous reviendrons passer cette maison au crible dans l'espoir de trouver quelque chose de solide.

– Je vous raccompagne au commissariat, dit Radick. Je n'ai rien de mieux à faire ce soir. »

Carole Paretski semblait soulagée de voir les cartons disparaître du garage.

« À quelle heure les enfants vont-ils à l'école ? lui demanda Parrish.

– 8 h 30. Attendez jusqu'à 9 heures si vous pouvez.

– Et vous n'avez pas besoin d'aller au travail ?

– Je prendrai ma journée, répondit-elle. Je téléphonerai. Ça ne sera pas un problème.

– Si seulement tous les gens à qui nous avons affaire étaient aussi coopératifs que vous », observa Radick.

Elle secoua la tête, hésita en entendant l'un de ses enfants courir sur le palier supérieur. Il ne descendit pas.

« C'est comme la fin de quelque chose, dit-elle. Ça fait longtemps que je me débats avec tout ça. Je ne sais plus quoi penser.

J'essaie de comprendre. Il travaillait, il payait tout ce qu'il avait à payer, mais il y avait toujours cette distance. Je croyais que ça venait de moi. C'est toujours ce qu'on croit, n'est-ce pas ? »

Parrish s'apprêta à abonder dans son sens, mais Carole Paretski n'attendait pas de réponse à sa question.

« C'est presque comme si je faisais tout ce que je pouvais pour me débarrasser de cette partie de ma vie.

– Et les enfants ? » demanda Parrish.

Elle haussa les épaules.

« Je ne sais que penser d'eux. Ils ne me posent pas de question sur lui. Ils ne me parlent jamais du divorce. Ils vont avec lui quand il vient les chercher. Il les emmène où ils veulent – restaurant chinois, cinéma, centre commercial – et ils reviennent avec ce qu'il leur a acheté. Ils lui envoient des cartes pour la fête des Pères. Ils me demandent de l'argent pour lui faire des cadeaux à son anniversaire et à Noël. Ils voient ce qu'ils veulent voir et ils ne cherchent pas plus loin.

– Et si quelque chose ressort de tout ça ? Si nous découvrons qu'il a pu être indirectement mêlé à quelque chose qui... »

Carole Paretski l'interrompit en levant la main.

« Nous verrons le moment venu, dit-elle. Avant ça, je ne veux pas savoir, et je ne poserai pas de questions, d'accord ?

– D'accord, répondit Parrish. Nous allons y aller. Nous reviendrons demain matin. Jimmy viendra accompagné d'agents à 9 heures, et j'arriverai un peu plus tard. »

Parrish et Radick regagnèrent le commissariat en silence. Ils portèrent les cartons au dépôt, où ils furent emballés et étiquetés. Ils se répartirent la paperasse, puis Parrish alla voir Valderas.

Celui-ci ne fit aucune difficulté pour lui allouer trois agents, mais il voulait un document signé par Carole Paretski, devant au moins deux des agents, stipulant qu'elle les autorisait à fouiller la maison.

Parrish répondit qu'il le taperait avant de partir.

Radick s'en alla juste avant 23 heures. La journée avait été longue, et ils avaient déjà accumulé un nombre considérable d'heures supplémentaires. Mais à de tels moments, ça n'avait pas d'importance. À de tels moments, ça cessait d'être un boulot, seule comptait la tâche à accomplir.

Parrish s'assit seul à son bureau. Il se rappela l'une des dernières choses que Carole Paretski avait dites. *C'est presque comme si je faisais tout ce que je pouvais pour me débarrasser de cette partie de ma vie.* Coopérait-elle avec eux parce que c'était un moyen de faire payer son ex-mari ? Faisaient-ils fausse route ? Un type qui bossait trop, qui négligeait sa famille, un type qui aimait les magazines porno, qui avait peut-être dit quelque chose à une petite fille dans un putain de terrain de jeux il y avait Dieu sait combien d'années de cela, un type qui possédait un véhicule utilitaire. Un type qui était dans leur collimateur pour quelque chose qui n'avait absolument rien à voir avec lui. Tout simplement parce qu'ils n'avaient personne d'autre ? Faisait-il une fixation sur McKee parce que c'était le boulot qui voulait ça, parce que la quête de résultat pouvait devenir une obsession ?

Parrish se demanda comment ce serait s'il décidait de tout changer. Il y avait des gens qui changeaient de vie – parfois leur décision était aussi rapide et définitive qu'un coup de tonnerre. Il avait vu ça de ses yeux. Ils foutaient le camp dans un État lointain – le Wisconsin ou le Nebraska, ou ailleurs. Rien à des kilomètres à la ronde, hormis des nuages orageux et une promesse de distance plus grande encore. Une maison de bois brut bâtie sur des traverses et des parpaings vétustes, le souffle du vent pour seul bruit, ou alors le grondement rare de semi-remorques sur l'autoroute. Rien de plus bruyant qu'une respiration dans la pièce d'à côté.

Parrish pensait que s'il faisait une telle chose, il n'oublierait jamais New York. Il avait vu des anciens, à la retraite depuis dix ans, pour qui l'excitation de la traque n'était rien de plus qu'un vague souvenir, une partie d'une autre vie désormais désavouée et oubliée. Parrish *pouvait* faire ça. Il *pouvait* prendre une telle décision. Mais il savait qu'il ne le ferait pas. Il faisait partie de ces types à qui le commissariat manquait dès qu'ils s'en éloignaient.

Il y avait un moment où vous compreniez que vous ne changeriez plus. La personne que vous étiez devenu était celle que vous seriez à jamais. Dans la vaste majorité des cas, une telle prise de conscience était une déception, une douche froide. Dans le cas de Parrish, c'était un fait et une réalité, et il n'éprouvait nul besoin d'y échapper.

Il envisagea brièvement de téléphoner à Eve. Il décida de ne pas le faire. Il voulait être seul.

Il se leva et regarda les fichiers sur son bureau. *Voilà ce que je fais*, pensa-t-il. *Et c'est ce que je ferai toujours. C'est mon héroïne.*

56

MARDI 16 SEPTEMBRE 2008

« Nous allons fouiller la maison de son ex-femme.

– C'est là que vous avez trouvé les revues porno hier soir ?

– Oui, exact.

– Et elle coopère avec vous ?

– Elle ne pourrait être plus coopérative.

– Ça vous inquiète ?

– Quoi ? Le fait qu'elle nous aide peut-être pour se venger ?

– Ils sont brouillés, n'est-ce pas ? Vous avez dit que les choses ne s'étaient pas passées à l'amiable.

– Depuis quand les divorces sont-ils à l'amiable ? Pour moi, c'est un oxymore. Divorce à l'*amiable.* S'ils s'entendent si bien que ça, pourquoi ils ne restent pas ensemble ?

– Seriez-vous un peu amer, Frank ?

– Si vous voulez. Le fait est que Jimmy Radick est là-bas en ce moment avec des agents, et ils vont voir s'il y a quoi que ce soit de vaguement compromettant.

– Comme ?

– Eh bien, *si* c'est lui l'assassin, *si* c'est lui qui a buté ces filles, alors il n'est pas rare que ce genre de personne garde des souvenirs. Peut-être a-t-il oublié là-bas quelque chose qu'il n'a pas été en mesure de récupérer. S'il se contente de transmettre des informations à quelqu'un d'extérieur à l'aide familiale, ça pourrait être un carnet d'adresses, un vieux téléphone portable, quelque chose qui le relie aux meurtres.

– Mais l'affaire la plus ancienne que vous avez remonte à... vous avez dit quand ?

– La plus ancienne remonte à octobre 2006. Melissa. La fugueuse.

– Mais il s'est séparé de sa femme avant ça, il y a trois ans.

– Certes, mais qui dit que Melissa a été la première ? Et il est retourné chez son ex-femme de nombreuses fois depuis.

– Juste pour récupérer les enfants le week-end, exact ?

– Oui, mais qui sait ce qu'il a pu laisser là-bas. Je sais que c'est franchement tiré par les cheveux, mais c'est une possibilité que je ne peux ignorer.

– Vous croyez que c'est votre homme ?

– J'*espère* que c'est notre homme.

– Mais y croyez-vous ?

– Honnêtement ? Je n'ai rien. Rien de solide. Je m'intéresse à McKee uniquement parce que j'ai la certitude qu'il s'agit de quelqu'un de l'aide familiale, directement ou indirectement. Il faut que ce soit quelqu'un de l'intérieur. Et, à vrai dire, je n'ai pour le moment personne d'autre à me mettre sous la main.

– Et vous êtes certain qu'il s'agit de quelqu'un de l'aide familiale ?

– Oui, aucun doute. Le faisceau de présomptions est trop grand pour qu'il en soit autrement.

– Alors qu'allez-vous faire maintenant ?

– Nous devons trouver quelque chose de suffisamment solide pour obtenir un mandat afin de perquisitionner son domicile, sa voiture, de consulter ses relevés bancaires, tout ce sur quoi nous pourrons mettre la main. J'aimerais un échantillon ADN, ses empreintes, des cheveux, vous voyez ? Je veux tout ce qui pourra être comparé aux échantillons prélevés sur les victimes.

– Vous vous sentez frustré par cette enquête ?

– Bien sûr que je me sens frustré.

– Avez-vous parfois envie de vous écarter du droit chemin pour obtenir ce dont vous avez besoin ?

– Bien sûr. Qui n'en a pas envie ? Mais on ne le fait pas, n'est-ce pas ? Si on commence à emprunter cette voie, on finit comme mon père.

– Vous croyez que c'est ce qui s'est passé ? Qu'il a commencé à faire des choses pour de bonnes raisons, puis qu'il a mal tourné ?

– Mon père ? Non, je ne crois pas. Je crois qu'il était mauvais dès le début et qu'il n'a fait qu'empirer.

– Éprouvez-vous le besoin de dire au monde qui il était vraiment ?

– Je n'ai pas vraiment pensé à lui depuis la dernière fois où nous en avons parlé, donc non, peut-être pas. Peut-être que je peux me satisfaire de le laisser pourrir en enfer.

– Considérez-vous ça comme un progrès ? Estimez-vous que votre fardeau est désormais un peu plus léger ?

– Bon sang, vous me connaissez ! Je dépose un fardeau plein de merde et j'en ramasse immédiatement un autre.

– Vous vous connaissez mieux que vous ne le prétendez, Frank. Je crois que vous aimez projeter cette personnalité – l'emmerdeur, le solitaire, l'outsider, le type difficile dont on ne peut pas se débarrasser parce qu'il est trop bon à son boulot.

– Je ne dirais pas ça. Je ne dirais pas que je suis trop bon à mon boulot.

– Et ça, c'est l'autre aspect – la fausse modestie. Vous savez que vous êtes bon, mais vous croyez que l'avouer diminue l'impression produite sur les autres.

– Je n'ai aucune idée de ce que vous racontez.

– Je dis que vous voulez que le monde croie que vous êtes si seul...

– Bien sûr que je suis seul. Qui ne l'est pas de nos jours ? J'ai assez de solitude pour ouvrir une boutique.

– Naturellement.

– Quoi ? Vous vous foutez de moi ?

– Je ne ris pas *de* vous, Frank, je ris *avec* vous.

– C'est vraiment des foutaises. Je ris *avec* vous. Moi, je ne ris pas. Vous ne l'avez pas remarqué ?

– Je suis désolée, Frank. C'est juste que je vous entends dire une chose, et je sais que vous en dites une autre.

– Eh bien, je suppose que c'est l'avantage d'avoir un diplôme de psychologie, parce que moi, j'ai l'impression que ce que je dis, c'est exactement ce que je pense.

– OK, d'accord. Vous dites ce que vous pensez.

– Maintenant, vous avez l'air condescendante.

– Je suis désolée. Excusez-moi. Ce n'est pas du tout l'impression que je veux vous donner.

– Et maintenant ? On en a fini pour aujourd'hui ?

– Vous croyez que nous en avons fini ?

– Bon Dieu, vous êtes forcée de répondre à une question par une autre question ? En ce qui me concerne, on en a fini dès le premier jour où je suis venu ici.

– Je vous ai mis en colère, Frank, et je suis désolée. Je vous ai dit que j'étais désolée. Je sais que vous êtes à cran...

– Je suis à cran parce que Jimmy Radick est chez cette femme pendant que moi je suis ici. Je pense qu'il saura s'y prendre, mais je me sentirais nettement mieux si j'étais moi aussi là-bas.

– Je ne veux pas vous empêcher de faire votre boulot, Frank, mais il me semble que ce que nous faisons ici contribue à améliorer votre travail. Et vous devez apprendre à déléguer. Vous ne serez pas toujours là. Un jour, vous devrez raccrocher, et il y aura toujours des gens capables de faire le boulot aussi bien que vous. Si Jimmy Radick ne peut pas organiser la fouille d'une maison, alors il n'a rien à faire à la criminelle, exact ?

– Exact, oui. Bien sûr.

– Alors restez assis une minute. Détendez-vous, OK ? Quelques minutes de plus de votre temps n'affecteront en rien ce qui se passe là-bas.

– OK, OK. Qu'est-ce que vous voulez me demander maintenant ?

– Je veux savoir ce que vous ferez s'il n'y a rien dans la maison.

– Ce que je ferai ? J'ai quelqu'un aux archives qui cherche des photos ou des films de ces filles dans ses dossiers. Je vais devoir trouver le moyen de fouiller l'utilitaire de McKee. J'ai besoin de consulter ses relevés bancaires, de voir s'il a reçu des sommes d'argent inhabituelles...

– Au cas où il aurait été payé en échange d'informations prélevées dans le dossier de ces filles ?

– Exact. Et j'ai besoin de consulter ses registres de présence à l'aide familiale. Je dois savoir s'il était au travail quand ces filles sont censées avoir été enlevées ou s'il a pris des jours de congé après leur disparition... ce genre de choses. Je dois me faire une meilleure idée de la personne à qui j'ai affaire.

– Et si ce n'est pas votre homme ? Si vous passez tout ce temps à regarder dans la mauvaise direction ?

– Bon sang, c'est le boulot ! C'est ça, le métier d'inspecteur. Vous continuez de chercher encore et encore jusqu'à ce qu'il n'y ait plus rien à voir, et après vous allez voir ailleurs. Pour le moment, il est le seul candidat que j'aie, et tant que je n'aurai pas prouvé que ce n'est *pas* lui, alors il continuera d'être mon principal centre d'intérêt.

– Et avez-vous un pressentiment ?

– Oui.

– Lequel ?

– Il a quelque chose à se reprocher. Je le *sens*. Je ne sais pas si c'est lui l'assassin, mais je sens qu'il a quelque chose à se reprocher. Bon sang ! peut-être qu'il est impliqué dans autre chose et que c'est ça qui le fait paraître coupable, mais j'ai une sensation dont je n'arrive pas à me débarrasser.

– Et vous faites confiance à cette sensation ?

– Je suis bien obligé. Parfois c'est la seule chose qui m'a permis de résoudre une affaire.

– OK, Frank, nous allons en rester là pour aujourd'hui. Je veux que vous réfléchissiez à votre manière d'appréhender cette affaire. Je veux que vous évitiez d'en faire une obsession. Prenez quelques minutes de temps en temps pour vous rappeler qu'il y a dans votre vie d'autres choses qui sont tout aussi importantes que Richard McKee...

– Comme ?

– Eh bien, si vous êtes obligé de me poser cette question, ça signifie que nous avons encore beaucoup de travail à accomplir.

– Soit. Si c'est comme ça, c'est comme ça. Pour ma part, en ce moment, il n'y a rien d'aussi important que Richard McKee. La seule chose qui pourrait s'en rapprocher est Caitlin, mais je crois qu'elle ne m'adresserait même pas la parole ces temps-ci. Je m'occuperai de ça quand cette affaire sera résolue.

– Et si elle n'est jamais résolue ?

– Oh ! je crois qu'elle le sera, docteur Griffin. D'une manière ou d'une autre, elle se résoudra. »

57

Il était 11 heures lorsque Parrish arriva chez Carole Paretski. Il n'aurait eu qu'à traverser Broadway et longer deux blocs vers l'est pour se retrouver devant la maison de Karen Pulaski.

Radick était dans l'une des chambres avec un agent en uniforme. Lorsque Parrish arriva en haut de l'escalier, il entendit la voix de Carole Paretski quelque part dans la maison. Elle semblait être au téléphone.

Radick le salua de la tête, leva les yeux vers un coin de la pièce et pointa le doigt.

Parrish suivit son regard et vit un petit orifice directement dans le coin. Il n'était pas plus gros qu'un penny.

« Nous sommes dans la chambre de la fille, expliqua-t-il. Et ce trou a été percé à la main. J'ai enfoncé un stylo dedans, et il a traversé le plafond.

– Vous pensez la même chose que moi ? demanda Parrish.

– Fort possible. »

Radick était sur le palier lorsque Carole acheva sa conversation téléphonique.

« Nous devons monter là-haut », annonça-t-il, et il désigna le grenier.

Carole recula et lui montra la trappe située dans le plafond devant la porte de la salle de bains.

« Les combles ne sont qu'à demi retapés, expliqua-t-elle. Il a commencé les travaux, mais n'a jamais terminé. Il y a eu un problème de permis. Soyez prudents ou vous passerez à travers le plancher.

– Est-ce que Richard montait souvent là-haut ? lui demanda Parrish.

– Relativement. Il y conservait beaucoup de papiers, des trucs du boulot qu'il avait besoin de consulter.

– Et pourquoi les gardait-il là-haut ?

– Par sécurité, qu'il disait. Il ne voulait pas qu'ils traînent dans la maison. »

Radick regarda Parrish. Ce dernier secoua la tête de façon presque imperceptible. *Ne dites rien*, signifiait ce geste. *Pas encore.*

Les combles étaient exactement tels que Carole les avait décrits. À demi retapés, poussiéreux, exigus. Parrish se dirigea vers le coin où le trou avait été percé. Il s'allongea, sans se soucier de l'état de ses vêtements, et parvint à approcher l'œil du trou pour regarder à travers. Il donnait sur la chambre de la fille, aucun doute là-dessus. Radick avait une lampe torche. Il fit courir son faisceau le long de la charpente, découvrit de petites marques laissées par des agrafes ici et là.

« Il y avait un câble le long du mur, déclara-t-il. Vous pensez qu'il avait installé une caméra ici ? »

Parrish était accroupi, tête baissée pour ne pas se cogner aux poutres.

« Dieu seul le sait, répondit-il d'une voix neutre. Mais je commence à penser que nous avons peut-être mis le doigt sur quelque chose. Vous le voyez filmant sa propre fille, et peut-être aussi ses copines ? La fille les invite à passer la nuit, papa est ici avec une putain de caméra ? »

Radick ne répondit rien. Il fit marche arrière et redescendit l'escalier. Parrish le suivit, prit quelques instants pour s'épousseter. Il avait l'air d'avoir été traîné à reculons à travers une tornade.

« Quelque chose ? demanda Carole.

– Pas de quoi s'exciter », répondit Parrish, même s'il l'était bel et bien.

Il le sentait au fond de ses tripes, à la manière dont ses poings se serraient et se desserraient involontairement, à la légère accélération de son pouls, à la sueur qui commençait à perler sur son cuir chevelu. Il crevait d'impatience. Il pensait tenir McKee – peut-être pas pour la mort des filles, mais il était impliqué, d'une manière ou d'une autre, c'était certain.

« Ils n'en ont plus pour longtemps, annonça Parrish. Les agents. Jimmy va rester jusqu'à ce qu'ils aient fini, pour s'assurer qu'ils laissent tout dans l'état où nous avons trouvé la chambre. »

Parrish commença à descendre l'escalier. Radick resta à l'étage, mais Carole suivit Parrish jusqu'à la cuisine. Elle le coinça près de la porte de derrière.

« Vous croyez qu'il est... »

Parrish sourit avec ironie et secoua la tête.

« Je ne crois rien, madame Paretski, je ne crois rien. Dans ce métier, soit on sait, soit on ne sait pas.

– Mais vous avez des soupçons. Vous devez avoir des soupçons, sinon vous n'auriez jamais de piste à suivre. »

Elle semblait anxieuse ; peut-être pas inquiète pour elle-même, mais pour ses enfants. Le simple soupçon, la simple rumeur que leur père pouvait avoir trempé dans une telle affaire pouvaient avoir des conséquences dévastatrices sur leur bien-être et leur sécurité. C'était le genre de situation qui forçait les familles à déménager dans un autre État et à changer de nom.

Parrish hésita un instant, puis il demanda :

« Pouvons-nous nous asseoir un moment ? »

Carole Paretski recula jusqu'à la table de la cuisine et s'assit. Parrish l'imita. Il prit une profonde inspiration et exhala lentement.

« Parfois, commença-t-il, il y a certaines choses que l'on peut dire, mais après ça il n'y a plus de retour en arrière. Il y a beaucoup de choses que je pourrais dire en ce moment même, mais, franchement, ça ne servirait à rien. » Il sourit, détourna un moment le regard. « Ma femme m'accusait de ne jamais écouter. Mais c'était faux. C'est ce que je passe mon temps à faire. J'observe et j'écoute. Je fais attention à tout ce qui se passe autour de moi, et parfois il faut un bon moment avant que je voie ou entende quelque chose de pertinent. » Parrish marqua une pause ; Carole Paretski avait les larmes aux yeux. « Je ne sais pas s'il a fait quoi que ce soit, Carole. Vraiment, je n'en sais rien. Tout ce que je sais, c'est que j'ai un certain nombre de filles mortes, et que les circonstances et la nature de leur décès suggèrent très fortement qu'elles sont liées les unes aux autres. À part ça, je n'ai qu'une seule piste, qui nous mène au bureau de l'aide familiale. Bon, si ça se trouve Richard n'a absolument rien à voir avec tout ça – je n'ai pour le moment aucune preuve – mais j'observe les gens qui travaillent là-bas, j'écoute ce qu'ils disent et j'essaie de trouver quelque chose de pertinent. À partir de là, peut-être que je trouverai une pièce de ce puzzle, et que ça me donnera une idée de l'image finale. Vous me comprenez ?

– Vous voulez que je ne dise rien, exact ? Vous voulez que je continue de faire comme si de rien n'était ? Vous voulez que je le laisse venir ici et emmener les enfants...

– Je suppose que c'est l'arrangement qui a été approuvé par le tribunal lors de votre divorce ?

– Oui, en effet.

– Alors vous n'avez pas le choix, et si vous n'avez pas le choix...

– Mais, et si...

– Les *si* ne signifient rien, Carole. Je ne peux rien vous dire car il n'y a rien à dire. Supposons que Richard ait quelque chose à voir avec cette affaire, directement ou indirectement – et pour le moment, ce n'est qu'une simple supposition –, alors je vous promets que je ferai tout ce qui est en mon pouvoir pour m'assurer qu'il ne vous fera pas de mal, et qu'il ne fera pas de mal aux enfants. Mais si vous le laissez soupçonner que nous sommes venus ici – et je me dois d'insister sur l'extrême importance de ce point –, si vous lui donnez le moindre indice de notre venue, vous ne ferez que rendre mon travail beaucoup plus compliqué.

Tout ce que je peux vous dire, c'est que je travaillerai aussi dur et aussi vite que possible, et si je découvre quoi que ce soit qui me laisse penser que vous ou vos enfants êtes en danger, alors je prendrai les mesures qui s'imposent pour vous protéger. Et si nous déterminons qu'il n'a rien à voir avec cette affaire, je vous préviendrai aussitôt afin de vous tranquilliser, OK ? »

Carole Paretski resta un moment silencieuse, puis elle leva les yeux vers Parrish, et il vit dans son expression une chose qu'il ne voyait que trop rarement.

« Comment arrivez-vous à faire ça ? demanda-t-elle. Vous avez des enfants. Certes, ils sont grands aujourd'hui. Ils sont plus indépendants que les miens, mais vous êtes un père. Vous devez ressentir ce que tout le monde ressent. Vous devez voir ce que tout le monde traverse.

– Il y a un vieux proverbe. À propos du travail à la criminelle. Il dit quelque chose comme : "Ma journée commence là où s'achève la vôtre."

– C'est terrible. Je ne peux même pas imaginer ce que ce boulot doit vous faire. »

Parrish sourit.

« Je ne peux pas imaginer non plus et, ces temps-ci, j'essaie de ne pas le faire. »

Il commença à se lever. Carole Paretski l'attrapa par la main.

« Sérieusement... si vous découvrez qu'il a été impliqué dans quelque chose comme ça, vous devez me prévenir sur-le-champ. Ce qui s'est passé... quand cette fillette l'a accusé de lui avoir dit ces choses... je crois qu'il l'a fait. Je suis *persuadée* qu'il l'a fait. Il s'en est tiré parce que c'était la parole de la gamine contre la sienne, mais je savais... j'ai regardé son visage et j'ai su. » Elle lâcha la main de Parrish pour essuyer une larme sur sa joue. « Je ne sais pas pourquoi je ne l'ai pas quitté à ce moment-là... bon Dieu, si, je sais ! Je ne l'ai pas quitté à cause des enfants. Ils avaient 8 et 9 ans. Je m'occupais toujours d'eux, je n'avais pas repris le travail, et je n'aurais jamais pu m'occuper d'eux seule... »

Sa voix s'estompa, son regard s'égara vers la rue de l'autre côté de la fenêtre. Parrish ne l'interrompit pas dans ses pensées.

Lorsqu'elle revint à lui, elle semblait s'être quelque peu reprise.

« Vous devez y aller, dit-elle. Merci de m'avoir accordé votre temps et de m'avoir comprise.

– Essayé de vous comprendre, rectifia Parrish.

– Non, répliqua-t-elle, je sais que vous comprenez, inspecteur Parrish. Si vous ne compreniez pas, vous ne seriez pas ici. »

58

De retour au poste, Parrish fit le point sur la situation avec Valderas.

« Je comprends vos soupçons, Frank, mais au fond vous n'avez rien.

– J'en ai bien conscience. J'ai l'intention de continuer à chercher jusqu'à avoir quelque chose de solide.

– Faites-le revenir pour le questionner de nouveau, suggéra Valderas. Asticotez-le. Quand vous demandez aux gens de coopérer, ils sont plus ou moins obligés, n'est-ce pas ? Sinon ils finissent par paraître coupables.

– J'y ai songé...

– Alors faites-le. Ne le poussez pas trop, mais suffisamment pour qu'il déballe ce qu'il aura à déballer. Ils cèdent toujours à la pression. Il suffit simplement d'être assez subtil pour qu'ils ne se rendent compte de rien jusqu'à ce qu'il soit trop tard. »

Parrish appela Radick, lui demanda d'en finir chez Carole Paretski et de revenir au commissariat. Après quoi il appela Foley, tomba sur Lavelle, lui demanda d'autoriser McKee à quitter une fois de plus le travail de bonne heure. Lavelle ne posa pas de question, se contenta de répondre que McKee pouvait partir à l'heure du déjeuner. Lorsque Radick fut de retour, Parrish l'envoya chercher McKee, et, lorsqu'ils arrivèrent, il était clair que McKee était nerveux.

« Je ne sais pas ce que vous attendez de moi, déclara-t-il d'emblée lorsque Parrish le mena à la salle d'interrogatoire.

Je vous ai dit tout ce que je sais, tout ce dont je me souviens concernant ces dossiers, et je ne vois vraiment pas ce que je pourrais vous dire de plus. »

Parrish resta quelques secondes sans rien dire. Il ôta sa veste et s'assit. Il demanda à McKee s'il voulait quelque chose.

« Je veux simplement retourner au travail, ou chez moi, répliqua McKee. Ce que je ne veux *pas*, c'est être ici à vous parler. »

Parrish sourit. Il fit un geste de la tête en direction de Radick, et celui-ci s'assit sur une chaise près de la porte. Il était derrière McKee, position qui avait pour unique but de déstabiliser et perturber le suspect. McKee le regarda par-dessus son épaule. Radick sourit. McKee se tourna de nouveau vers Parrish.

« Racontez-moi ce qui s'est passé en juin 2002, Richard.

– Quoi ? De quoi parlez-vous ?

– La fillette, Richard... celle du terrain de jeux.

– Oh ! pour l'amour de Dieu, vous n'êtes pas sérieux. C'était il y a six ans, et, en plus, ça n'a abouti à rien. C'étaient des conneries, et je pense que tout le monde savait que c'étaient simplement les élucubrations ridicules et sans fondement d'une gamine naïve...

– Dites-moi ce qui s'est passé.

– Pourquoi ? Si vous êtes au courant, c'est que ça figure dans vos dossiers, et ça ne devrait pas. Je n'ai jamais été arrêté, et il n'y a pas eu de plainte officielle, et je n'ai pas été inculpé. Ça n'a aucune importance.

– Faites-moi plaisir, Richard. »

McKee se tourna vers Radick. Radick avait un visage froid, dénué d'expression.

« J'avais l'habitude d'emmener les enfants au parc. Je les emmenais tous les deux jours. J'y ai rencontré une femme, quelqu'un qui amenait sa fille. La fille de cette femme et Sarah avaient l'habitude de jouer ensemble. Et cette gamine, qui devait avoir 9 ou 10 ans, a dit à sa mère que je lui avais tenu des propos obscènes.

– Qu'avez-vous dit ?

– Je n'ai rien dit, c'était bien le problème. Je n'ai absolument rien dit.

– Soit, alors qu'a *prétendu* la fillette que vous lui aviez dit ?

– Je n'aime pas le ton de votre voix, inspecteur, vraiment pas.

– Quel ton ai-je ?

– Vous savez pertinemment ce que je veux dire. Votre ton implique que la fillette a pu dire la vérité.

– Je vous prie de m'excuser, Richard. Ce n'est pas ce que je voulais dire. Je voulais simplement savoir ce que cette fillette avait dit à sa mère, c'est tout.

– C'est dégoûtant. Ça m'écœure d'avoir à le répéter...

– S'il vous plaît, Richard, si ça ne vous ennuie pas.

– Elle a dit... elle a dit à sa mère que... bon Dieu, est-ce qu'il faut vraiment que je le dise ? Je ne comprends pas ce que je fais ici, inspecteur. Je ne vois pas quelle raison vous pouvez bien avoir de me faire venir ici. Je suis censé être au travail. Vous n'allez pas m'inculper de quelque chose, si ? Si ?

– Non, Richard, nous n'allons pas vous inculper. Y a-t-il à votre avis une chose pour laquelle nous devrions vous inculper ? »

McKee lâcha un éclat de rire condescendant.

« Putain, vous êtes incroyable. Pourquoi avez-vous dit ça ? » Il secoua la tête. « Ça suffit. Si vous voulez que je réponde à d'autres questions, alors j'exige la présence d'un avocat.

– C'est la dernière fois que nous faisons appel à vous, Richard. Dites-moi simplement ce que la petite fille vous a accusé d'avoir dit.

– Je ne peux pas me résoudre à le répéter...

– J'ai lu les rapports, Richard, coupa Parrish, sachant pertinemment que lui-même mentait désormais. J'ai lu la déposition de la plaignante.

– Alors vous savez ce que je suis censé avoir dit. Pourquoi me demandez-vous de le répéter ?

– Parce que si c'était vraiment un mensonge, si vous n'avez réellement pas tenu ces propos, alors je crois que vous devez pouvoir en parler rationnellement, calmement, et même si je comprends que ça puisse être désagréable pour vous, je crois néanmoins que nous pouvons en discuter aimablement... »

McKee détourna un moment le regard. Il poussa un gros soupir et posa de nouveau les yeux sur Parrish.

« Apparemment – et c'est uniquement le fruit de l'imagination de la fillette –, je suis censé lui avoir dit... je suis censé lui avoir dit que je voulais qu'elle s'assoie sur mon visage.

– C'est tout ?

– Que je voulais qu'elle s'assoie sur mon visage pour que je puisse mettre ma langue en elle.

– Et vous ne le lui avez pas dit ?

– Doux Jésus, non ! Bon Dieu, pour quel genre de pervers me prenez-vous ?

– Je ne sais pas, Richard, je ne sais vraiment pas.

– Tenez ! Vous recommencez ! Vous prenez une chose que je dis et vous la transformez pour me faire passer pour un pervers pédophile. Bon Dieu, c'est incroyable ! Vous êtes à la limite du harcèlement. Je ne sais vraiment pas pour qui vous vous prenez pour faire ça, mais je veux un putain d'avocat sur-le-champ.

– Je ne me prends pour personne, Richard, je demande juste son assistance à un citoyen...

– Conneries ! Vous vous foutez de ma gueule ! »

Radick se leva soudain lorsque quelqu'un frappa à la porte. Il l'ouvrit, échangea quelques mots inintelligibles, puis il se tourna vers Parrish et lui fit un signe de la tête. Parrish se leva, s'excusa et quitta la pièce.

Valderas se tenait dans le couloir.

« J'ai reçu un coup de fil de Joel Erickson aux archives des mœurs. Il pense avoir trouvé une de vos filles. »

Le cœur de Parrish s'emballa.

« OK, OK, dit-il, puis il fut un moment indécis. Pouvez-vous le rappeler de ma part ? Dites-lui d'attendre, j'arrive dès que possible. Je dois d'abord finir ça. »

Valderas répondit qu'il appellerait Erickson. Parrish retourna dans la pièce et remarqua aussitôt le changement d'expression de McKee. Chaque fois que quelques mots étaient échangés hors de portée d'un suspect, celui-ci s'imaginait qu'on parlait de lui. Vous reveniez dans la pièce, et il voulait savoir ce qui se passait, de quoi il s'agissait, mais il ne pouvait pas poser la question. Montrer son inquiétude revenait à avouer qu'il avait une raison d'être inquiet.

« Donc, Richard, vous avez réfuté les allégations de cette fillette ?

– Bien sûr. Il ne s'agissait pas de réfuter. Je n'avais rien à prouver. C'était sa parole contre la mienne.

– Et quel âge avait-elle ?

– Je ne sais pas... 9 ans, peut-être 10.

– Le même âge que votre fille à l'époque.

– Ce qui signifie ?

– Ce qui signifie que cette fillette qui vous a accusé d'avoir dit ces choses avait à peu près le même âge que Sarah à l'époque. »

McKee inspira profondément et soupira.

« Oui, à peu près le même âge. »

Parrish se pencha en avant.

« Dites-moi une chose, Richard... Avez-vous déjà ressenti une quelconque attirance pour les filles plus jeunes ? »

McKee rit avec embarras, sourit, secoua la tête trop rapidement.

« Bon Dieu, non, vous me prenez pour quoi ?

– Les pom-pom girls, les lycéennes, les étudiantes...

– Assez ! coupa-t-il catégoriquement. Assez, assez, assez...

– Est-il vrai que, quand les bureaux de l'aide familiale ont déménagé, un certain nombre de magazines pornographiques ont été retrouvés dans votre casier ?

– Non, bien sûr que non ! s'écria McKee, une fois encore un peu trop rapidement.

– Et que ces magazines comportaient des photos de filles qui ne pouvaient pas avoir plus de 16 ou 17 ans ?

– Non ! Pas du tout ! Qui vous a dit ça ? La seule personne que j'aie jamais connue qui possédait ce genre de magazines, c'était Lester.

– Lester Young ?

– Oui, Lester Young.

– Vous savez qu'il est mort ?

– Mort ?

– Oui, il est mort d'une crise cardiaque en décembre dernier.

– Non... non, je l'ignorais.

– Eh bien, étant donné qu'il est mort, il ne peut pas nier vos allégations.

– Ce qui laisse entendre, une fois de plus, que je mens.

– Je ne laisse entendre rien de tel, Richard. »

McKee secoua la tête.

« Vous n'avez pas le droit de faire ça, inspecteur Parrish. Je vais officiellement déposer plainte contre vous. Vous me faites venir sous prétexte que je pourrais vous aider avec votre enquête, et vous passez votre temps à me harceler...

– Vous êtes libre de partir, Richard », répondit Parrish d'un ton plat.

Il se leva, attrapa sa veste sur le dossier de la chaise et commença à l'enfiler.

« Pardon ?

– Vous êtes libre de partir. Nous vous remercions pour votre temps, sincèrement. Vous avez été des plus coopératifs, et nous sommes désolés d'avoir pu vous causer des désagréments. Si vous estimez honnêtement avoir une raison valable de porter plainte, alors n'oubliez pas de vous adresser au sergent à l'accueil, et il vous trouvera quelqu'un à qui parler. »

McKee était sans voix. Il regarda Parrish avec de grands yeux, puis Radick.

« Jimmy... pouvez-vous vous assurer que quelqu'un escortera M. McKee jusqu'à la sortie. »

Parrish marqua une pause, puis il tendit la main. McKee la saisit malgré lui.

« Encore merci pour votre temps. C'était très aimable de votre part. »

Parrish quitta la pièce. Il se dirigea vers son bureau à l'étage et attendit Radick.

Quelques minutes plus tard, Radick apparut ; il souriait, secouait la tête.

« Bon Dieu, il était dans un putain d'état ! Il ne pigeait rien à ce qui se passait.

– Tant mieux, répondit Parrish. Plus il est perturbé, mieux c'est.

– Vous commencez vraiment à croire que c'est lui, n'est-ce pas ?

– Je n'en étais pas sûr, répondit Parrish. Je n'en étais pas sûr jusqu'au moment où je lui ai demandé de répéter ce qu'il était censé avoir dit à cette petite fille.

– Il était embarrassé, Frank...

– Il n'était pas embarrassé, Jimmy, il était excité. »

59

Erickson avait un air sérieux. Il était assis derrière son bureau avec une expression que Parrish n'avait que trop souvent vue. Quelque chose avait percé le vernis et l'avait atteint. Plus on passait d'années aux mœurs, à la criminelle ou aux stups, plus le vernis se durcissait, mais de temps à autre on tombait sur quelque chose qui avait suffisamment de force pour le percer. De toute évidence, ce qu'il avait découvert possédait cette force.

« Asseyez-vous, dit-il à Parrish et Radick. J'ai trouvé votre Jennifer. Une photo dont nous avons pu déterminer qu'elle datait de janvier ou février de l'année dernière.

– Jennifer est morte à la mi-janvier 2007, précisa Parrish.

– Elle date donc de janvier... et elle a pu être prise le jour de sa mort. »

Radick ouvrit de grands yeux.

Erickson se pencha en avant et saisit une mince chemise en papier kraft sur son bureau.

« Combien de fois avez-vous eu affaire à ce genre de saloperies ? demanda-t-il à Parrish.

– J'ai fait trois ans aux mœurs, de 1996 à 1999.

– Et vous ? demanda-t-il à Radick.

– Stups, vol-homicide, et maintenant criminelle.

– Mais vous avez le cœur bien accroché, n'est-ce pas ? »

Radick acquiesça.

« J'ai le cœur bien accroché. »

Erickson ouvrit la chemise. Il en tira une unique photo qu'il fit glisser sur le bureau vers Parrish.

C'était bien Jennifer, ça ne faisait aucun doute. Elle était bâillonnée au moyen d'une écharpe noire, mais ses cheveux étaient écartés de son visage et elle était tournée vers l'arrière, regardant l'appareil par-dessus son épaule. Elle ouvrait de grands yeux pleins de… quoi ? De peur, d'horreur, de douleur ? Comme souvent avec ce genre de photos, le visage des participants masculins était hors-champ. Jennifer avait les mains attachées dans le dos et, à voir ses doigts et ses poignets, elle semblait avoir été brutalement ligotée, beaucoup plus fermement que nécessaire. Ses mains étaient nettement plus pâles que ses avant-bras. Sur le haut de sa cuisse gauche se trouvait une série de bleus sombres, dont l'un était bordé d'un fin liseré de sang. Son visage portait également des contusions, et Parrish eut l'impression que sa joue droite, sous son œil, était gonflée.

« C'est à ça qu'on a affaire ? demanda Radick. Des filles kidnappées qui se font torturer et violer à des fins pornographiques ? »

Erickson acquiesça.

« Si le prêt d'argent est le plus vieux métier du monde et la prostitution le deuxième, alors la pornographie est le troisième. Demandez à Parrish. Il a passé trois ans aux mœurs. Il vous racontera. » Il désigna la photo dans la main de Parrish. « Ça, c'est de la blague comparée à la plupart des trucs qu'on voit.

– Je pense que la drogue a été utilisée plus tard, observa Parrish, presque pour lui-même.

– De quoi ?

– Le Rohypnol. Nous avons découvert des traces de Rohypnol sur les victimes les plus récentes. Mais elle… merde, on dirait qu'elle a été contrainte de force. Je crois que celui qui a fait ça est devenu plus malin, qu'il a commencé à les droguer. » Il se tourna vers Radick. « Vous avez vu ses ongles ?

– Vernis, répondit Radick. Exactement comme la jeune Lange.

– Vous voulez que je continue à chercher d'autres photos ? demanda Erickson.

– Certainement, oui, répondit Parrish. Savez-vous d'où elle provient ? »

Erickson secoua la tête.

« Presque impossible à dire. Assurément d'un magazine, mais ils utilisent tous les mêmes techniques, le même papier, les mêmes imprimantes. Et puis il y a de grandes chances pour qu'il s'agisse d'une photo tirée d'un film qui a été imprimée dans un magazine. Deux pour le prix d'un, vous voyez ? L'évolution numérique ne nous facilite pas la tâche. De nos jours, nous n'avons plus de négatifs ni de numéro de pellicule. N'importe quel pervers équipé d'un caméscope peut tourner ce genre de saloperies pour des queues de cerise.

– C'est bien, dit Parrish. C'est un progrès. Est-ce que nous pouvons la garder ?

– Laissez-moi vous donner une copie. J'ai besoin de l'original.

– Vous voulez bien m'en faire une douzaine ? » demanda Parrish, et il lui rendit la photo.

De retour au commissariat, Parrish requit l'assistance de l'un des agents qui avaient fouillé la maison de Carole Paretski. Son nom était Landry. Parrish lui demanda s'il avait l'estomac bien accroché.

« Pourquoi ? »

Parrish lui montra la photo.

« J'ai besoin que vous examiniez tous les magazines et les DVD que nous avons saisis chez cette femme pour essayer de trouver quelque chose de similaire. »

Landry prit la photo. Sans broncher, sans faire la moue. On aurait dit qu'il regardait une photo de vacances.

« Je peux le faire.

– Ils sont au service des pièces à conviction. Dites-leur que c'est moi qui vous envoie. S'ils font des difficultés, appelez-moi.

– Et nous, où on va ? demanda Radick tandis que Landry s'éloignait.

– On retourne voir un vieil ami. »

Larry Temple – le type qui avait été balancé par le Suédois – n'était pas ravi de voir Frank Parrish et Jimmy Radick.

Il ouvrit la porte avec une mine déconfite et résignée. Il avait beau avoir essayé de vaincre ses propres démons, l'ombre de ses péchés passés le suivrait à jamais.

Parrish ne croyait pas un instant qu'il avait décroché, mais si Temple coopérait, il se retiendrait de foutre son appartement sens dessus dessous.

« Vous êtes venu ici il y a une semaine, déclara Temple d'un ton neutre.

– Il y a huit jours », corrigea Parrish. Il marcha jusqu'au salon. Une fois encore, Parrish fut frappé par la propreté et l'ordre remarquables qui régnaient. « J'ai une photo, reprit-il. Je veux que tu la regardes très attentivement. Je veux que tu penses à la fille. Regarde son visage. J'ai besoin de savoir si tu la reconnais. Je veux aussi que tu regardes le reste de la photo. Que tu me dises si tu reconnais le style, si tu sais qui a pu la prendre ou tourner le film dont elle a été tirée. Tu comprends ?

– Et qu'est-ce qui vous fait croire que je connais quoi que ce soit à ce genre de trucs ?

– Quel genre de photo crois-tu que je vais te montrer, Larry ?

– Un truc porno, plus que probablement. Sans doute un truc vraiment dégueulasse, peut-être sadomaso ?

– Le fait que tu en arrives à cette conclusion répond à ta question. »

Temple se renfrogna.

« Oh ! bon Dieu, montrez-moi ce machin ! »

Parrish tira l'une des copies couleur de la chemise et la tendit à Temple.

Une fois encore, exactement comme Landry, il ne montra pas la moindre réaction. Parrish se demanda quand les gens étaient devenus si insensibles. Le monde entier s'était-il habitué à ce genre de saloperies ?

« Ça provient d'un film, déclara Temple. On peut le voir à cause du flou sur les bordures. Quelqu'un a fait un arrêt sur image et a imprimé ça à partir d'un ordinateur.

– La fille ? »

Temple secoua la tête.

« Bon sang, Parrish, elles se ressemblent toutes ! Si vous en avez vu cent, vous les avez toutes vues. De jolies étudiantes avec une frange, une queue-de-cheval, des barrettes, des socquettes blanches, des maillots de pom-pom girls. Toujours des trucs assez banals.

– Tu trouves ça *banal* ? » demanda Radick.

Temple sourit d'un air ironique.

« Vous n'avez jamais bossé aux mœurs, pas vrai ? » Il secoua la tête. « Vous devriez parler à certains de vos collègues des mœurs. Ça ? C'est de la petite bière comparée à certains des trucs qui circulent.

– Alors qui est cette fille ? demanda Parrish.

– Qui ? Allez savoir.

– Je ne te demande pas son nom, je veux savoir *qui* elle est. Que lui est-il arrivé pour qu'elle se retrouve dans une telle situation ? Quels sont les mécanismes ?

– Vous savez comment ça se passe. Vous n'êtes pas né de la dernière pluie. Une jolie nana veut faire du cinéma. Peut-être qu'elle devient toxico. Il arrive quelque chose, elle se retrouve dans la ligne de mire de quelqu'un, et c'est fini. Une fois que ces gens vous ont mis le grappin dessus, ils vous baisent jusqu'à ce que vous creviez, au sens figuré comme au sens littéral.

– Et ça ? C'est réel ou c'est une mise en scène ?

– Ça me semble plutôt réel. C'est une de vos filles mortes, n'est-ce pas ?

– Oui. »

Temple soupira et secoua la tête.

« Pauvre gamine.

– Mais tu achètes ces saloperies, Larry », déclara Parrish, et il s'aperçut alors que non seulement la colère le gagnait, mais aussi que tout ça ne le menait nulle part.

On ne peut pas rationaliser l'irrationnel. Certains des pires tueurs en série de l'histoire étaient aussi ceux qui témoignaient le plus de compassion quand ils se retrouvaient face à des photos de leurs propres victimes.

« Je veux que tu te renseignes, Larry. Je veux que tu gardes ça. Montre cette photo autour de toi. Pose des questions. Si tu apprends quelque chose, tu me mets au courant.

– Et pourquoi je ferais ça ? »

Parrish hésita. Il serra et desserra les poings. Il compta jusqu'à cinq, puis il se pencha en avant jusqu'à ce que son visage soit à quelques centimètres de celui de Temple.

« Parce que dans le fond tu es quelqu'un de bien, Larry. Parce que secrètement, au fond de ton cœur, tu comprends que chacune de ces filles a une mère et un père, des frères et des sœurs, des cousins, et ainsi de suite. Elles avaient une vie, et soudain – comme tu l'as si poétiquement dit – quelqu'un les a baisées jusqu'à ce qu'elles crèvent. Tu vas le faire par simple bonté, et pour pouvoir encore dans une infime mesure être considéré comme un être humain. Voilà pourquoi, Larry, et Jimmy ici présent va te donner sa carte, et si tu entends ou vois quoi que ce soit qui pourrait te sembler utile, tu l'appelleras. On se comprend, Larry ? »

Larry Temple – embarrassé, vexé – acquiesça.

Parrish n'attendit pas qu'il le reconduise à la porte. Radick tendit sa carte et le suivit dans le couloir.

C'est durant le trajet du retour – alors qu'il régnait dans la voiture une atmosphère de malaise et de gêne – que Parrish reçut un appel du commissariat.

« Landry pense avoir quelque chose », se contenta-t-il de déclarer après avoir raccroché.

Radick enfonça l'accélérateur.

60

Il ne faisait aucun doute que l'image provenait du même film. Et il ne faisait aucun doute qu'il s'agissait de Jennifer. Une minuscule publicité au dos de l'un des magazines de Richard McKee claironnait *TEENS SADOMASO !!*, puis donnait une adresse de boîte postale à laquelle vous pouviez envoyer 25 dollars. En échange, dans un colis discret, vous pouviez recevoir un exemplaire de *Grosse Douleur*, et si vous postiez votre commande avant le 31 décembre 2007, alors vous receviez un exemplaire gratuit de *Bouffe-moi, étouffe-moi.*

« C'est elle, aucun doute, dit Landry. Le troisième ou quatrième magazine que j'ai feuilleté. » Il secoua la tête. « Et ils publient des pubs pour de sacrées saloperies au dos de ces machins, laissez-moi vous dire.

– Pas la peine », répliqua Parrish. Il observa de plus près le visage effrayé de Jennifer. « Appelez le magazine, dit-il à Radick. Dites-leur que nous avons besoin d'informations sur cette société, celle qui a placé la pub. »

Parrish retourna le magazine, et Radick nota le titre. Enterré au milieu des mentions légales, il trouva le nom de la société – Absolute Publications ; quelque part dans East L.A.

Radick ne disparut pas plus de dix minutes. Il revint en secouant la tête.

« Cessation d'activité. Elle n'existe plus.

– Si, elle existe encore, répondit Parrish. Mais sous un autre nom, et à une autre adresse. Essayez les bureaux de poste d'East L.A. ; partez du numéro de boîte postale. » Il se tourna vers

Landry. « Faites-moi six copies couleur de la publicité, agrandissez-la deux fois pour qu'on la voie plus clairement. Voyez si vous pouvez trouver autre chose. » Il marcha jusqu'à la porte. « Bon boulot, Landry, très bon boulot. »

De retour dans son bureau, Parrish fit le point sur ces nouveaux développements. Il était certain d'aller dans la bonne direction. Huit cent cinquante mille adolescents disparaissaient chaque année dans le pays. Combien d'entre eux finissaient dans l'industrie du porno ? Il n'en savait rien, ne le saurait jamais, mais ça devait représenter un pourcentage significatif. Il pensait que ces filles avaient dû suivre cette voie. Non seulement Jennifer, mais aussi Melissa, Nicole, Karen, Rebecca et Kelly. Et quelles meilleures proies que les filles sur le point d'être adoptées, les indésirables, les gamines qui erraient en marge de la société. Coincées entre des parents camés, des familles d'adoption et l'administration, quelle meilleure réserve de sang neuf que les abondants dossiers de l'aide familiale ? Parrish voulait que ce soit McKee. Depuis cet instant dans la salle d'interrogatoire, ce moment où il avait perçu la lueur dans ses yeux. *Je lui ai dit que je voulais qu'elle s'assoie sur mon visage pour que je puisse mettre ma langue en elle.* Il aurait tout donné pour pouvoir fouiner dans son appartement, sa voiture, ses relevés bancaires, son bureau. Il regarda la photo de Jennifer. *Grosse Douleur*. Bon Dieu, les abîmes dans lesquels sombraient ces filles ! Ou, plus précisément, les abîmes dans lesquels elles étaient entraînées par d'autres.

Radick reçut un appel de Larry Temple peu après 15 heures. Ils ne restèrent qu'une minute ou deux au téléphone, puis Radick alla chercher Parrish.

« Il a dit que quelqu'un lui a donné le même titre de film que celui découvert par Landry.

– Est-ce qu'il sait qui a réalisé le film, où nous pouvons nous en procurer une copie ? » demanda Parrish.

Radick s'assit.

« Temple m'a dit de vous dire que c'était censé être un fantôme. Il a dit que vous comprendriez. »

Parrish ferma les yeux et secoua la tête.

« Qu'est-ce que c'est que ça ? Un fantôme ?

– C'est comme ça qu'on appelle un film qui est censé être un *snuff movie*. Ils filment tout – les coups, la torture, et ainsi de suite, mais ils coupent juste avant le moment où ils tuent la fille. La version coupée sort comme un film sadomaso ordinaire, mais la version longue, celle où la fille est assassinée... eh bien, celle-là est vendue d'une manière complètement différente.

– Bon Dieu !... »

Parrish soupira lentement. Il se pencha en arrière et regarda par la fenêtre.

« Ça paraît logique, non ? Vu ce que nous savons. Elles sont kidnappées, enlevées. Elles sont droguées, forcées à avoir des rapports sexuels qui sont filmés. Puis elles sont étranglées devant la caméra. Les corps sont abandonnés dans des chambres de motel, dans des poubelles, des bennes à ordures, des cages d'escalier, et, dans le cas de Rebecca, elle est étranglée et abandonnée dans l'appartement de son frère. Quant à Danny, il se fait buter dans une allée.

– Ce qui suggère qu'elle s'est échappée, peut-être ?

– Non. Je crois qu'elle a été filmée dans l'appartement de Danny, et qu'elle a aussi été étranglée sur place. La lividité indiquait que c'était le lieu du crime. Ce ne sont pas des Stanley Kubrick. La qualité cinématographique n'est pas la priorité de ces types. Nous avons affaire à de vraies ordures, d'incroyables vermines. Je crois qu'ils ont tourné le film là-bas, qu'ils l'ont étranglée, que Danny est revenu, qu'il a vu ce qui s'était passé et a pris la fuite. Ils l'ont pris en chasse, abattu, fin de l'histoire.

– Et vous croyez que McKee a pu faire ça ?

– Je crois que McKee pourrait être le fournisseur. Il est celui qui travaille au sein de l'aide familiale. Il sait à quoi ressemble la fille. Il a une photo. Merde, il peut même leur rendre visite.

Parfois les parents adoptifs et les enfants sont vus tellement de fois par tant de personnes différentes qu'ils ne se souviennent plus à qui ils ont parlé. Même s'il ne les a pas vues en personne, il savait où elles étaient, où elles habitaient. Il aurait pu les suivre, prendre d'autres photos, les filmer avec son téléphone portable, nom de Dieu ! Puis il transmet ça à je ne sais qui, ils enlèvent la victime, tournent leur film, la tuent. Il reçoit une indemnité pour avoir trouvé la fille, il n'est pas directement impliqué dans quoi que ce soit, et personne n'en sait rien. Tout ce qui relie ces filles, c'est le vernis à ongles, le changement de vêtements, et le fait qu'elles avaient été adoptées et dépendaient de l'aide familiale. C'est un lien ténu, et c'est pourquoi ç'a pu continuer pendant au moins deux ans sans que personne se rende compte de rien.

– Peut-être », dit Radick.

Parrish esquissa un sourire sardonique.

« Comme j'ai dit, ce n'est qu'une hypothèse tant que nous ne sommes sûrs de rien.

– Donc nous devons aller voir chez lui.

– Ce que nous ne pourrons pas faire sans un indice véritablement solide et probant. Comme vous avez dit, tout ce que nous avons pour le moment, c'est un peut-être.

– Si nous demandions à Lavelle de nous communiquer le nom des filles dont McKee s'occupe en ce moment…

– Il est trop malin. Il ne va pas s'en prendre à quelqu'un à qui il est directement relié, c'est sûr. Je crois que, chaque fois qu'il a eu un rapport direct avec l'une ou l'autre de ces filles – lors d'un rendez-vous avec les futurs parents, lorsqu'il a vérifié un dossier pour un collègue –, ç'a été une simple coïncidence. Je crois qu'il prend bien soin de ne pas toucher aux filles qui dépendent de lui.

– Alors que faire ?

– À vrai dire, je ne sais pas pour le moment, mais j'y travaille, Jimmy, j'y travaille.

– On dirait que nos cadavres ne sont jamais des filles de riches, pas vrai ? Toutes les victimes ne sont pas nées égales. »

Parrish fronça les sourcils.

« Où avez-vous entendu ça ?

– Je ne sais pas... quelque part. Pourquoi ?

– Sans raison. C'est une phrase que mon père disait. Les pompiers disent la même chose. Qu'ils n'éteignent jamais d'incendie chez les riches.

– Nous avons la société que...

– Nous avons foutu un sacré merdier, voilà ce que nous avons fait.

– Tout à fait d'accord, Frank, tout à fait d'accord. »

61

À 19 heures, Parrish était crevé, claqué. Il avait renvoyé Radick chez lui environ une heure plus tôt. Il avait appelé Eve depuis le bureau, était tombé une fois de plus sur sa messagerie. Il ne lui avait pas parlé depuis quinze jours. Il se demandait si elle en avait finalement sa claque de ses conneries et filtrait ses appels. Aller là-bas était hors de question. Elle bossait, c'était tout. Elle bossait dur, faisait ce qu'elle avait à faire, économisait son fric pour le jour où elle déménagerait à Tuscarora et ferait pousser du phlox derrière une clôture blanche. Parrish sourit intérieurement. Ben, voyons.

Il s'arrêta chez Clay's en rentrant chez lui. Il but deux petits verres de whiskey, une seule bière. Il marcha jusqu'à une pizzeria et commanda une pizza pepperoni-Monterey Jack-jalapeños. Il en mangea la moitié dans sa cuisine sans même ôter sa veste. À 20 h 30, sa décision était prise. Il n'en avait jamais vraiment douté ; c'était simplement une question de temps, il attendrait avant de le faire. Il appela le commissariat, on lui communiqua un message. Le prêtre avait rappelé. Troisième fois. C'était quoi son problème à celui-là ? Parrish demanda à un agent de lui trouver l'adresse de McKee. Il vivait dans Sackett Street, à peut-être huit ou neuf rues de Kelly. Le fait que McKee habitait encore plus près de chez Caitlin lui donna la chair de poule, et c'est cette réaction – la sensation nette qu'il était sur la bonne voie – qui le motiva à aller voir de plus près.

Il prit le métro jusqu'à Union Street en passant par Pacific Street. Il longea Union Street, tourna à droite dans Bond, à gauche dans Sackett, et trouva la maison de McKee. Il n'aurait su dire à quoi il s'attendait, mais il découvrit un bâtiment parfaitement banal – briques rouges jusqu'aux montants des fenêtres du bas, bois au-dessus jusqu'au toit. Trois marches montaient jusqu'à un perron doté d'une marquise où se trouvait la porte d'entrée. Il y avait des tentures aux deux fenêtres du bas, à celle d'en haut aussi, et Parrish supposa que la maison comportait deux chambres, dont une donnait sur l'arrière. Il n'y avait aucun signe de voiture, pas de garage, pas de pelouse à l'avant à proprement parler. Ce n'était pas un homme riche qui vivait là ; ou alors un homme riche aux goûts très conservateurs et sans imagination. Ce n'était pas la demeure de quelqu'un qui cherchait à dire quelque chose au monde à travers sa maison. Elle donnait plutôt à Parrish le sentiment d'un homme qui voulait rester anonyme, voire invisible. Si Parrish n'avait pas cherché cette maison en particulier, il ne l'aurait jamais remarquée.

Il commençait à se dire qu'il s'imaginait tout un tas de choses quand en fait il n'y avait rien. Il marcha jusqu'au bout de la rue, enfonça les mains dans ses poches et regarda autour de lui. Toutes les maisons étaient insignifiantes. À vrai dire, aucun bâtiment ne ressortait par rapport aux autres. Richard McKee n'était rien de plus qu'un homme avec un vague penchant pour les filles jeunes, ce qui n'était pas si rare pour un type d'une petite quarantaine d'années qui n'avait pas de liaison stable. Mais c'était là une autre supposition : ni lui ni Radick n'avaient demandé à McKee s'il avait une liaison. Ils lui avaient demandé s'il était marié, et il avait répondu que non, qu'il l'avait été mais qu'il était désormais divorcé. Il avait laissé entendre qu'il était célibataire, mais sans le dire directement. Pourtant, Parrish en était tellement persuadé que c'est ce qu'il avait écrit dans ses notes. Une simple erreur. Simple, parce que McKee n'avait pas répondu ce que tout le monde répond à une telle question. *Non, je ne suis pas marié, mais j'ai une liaison... quelque temps que ça dure. Nous parlons de nous marier, mais je crois que ni l'un ni l'autre n'avons le courage !*

Mais ce n'est pas ce qu'il avait dit. Absolument pas.

Parrish revint sur ses pas et observa une fois de plus la maison. La lumière était allumée à chacune des trois fenêtres, deux au rez-de-chaussée, une à l'étage, ainsi que sur le perron. Il y avait une boutique en retrait du trottoir une trentaine de mètres plus loin, et Parrish alla se poster là-bas pour attendre un moment. Il ne savait pas ce qu'il foutait là, ne voyait pas à quoi tout ça servait, mais le simple fait qu'il se trouvait à proximité de Richard McKee le poussait à rester. Qu'est-ce qu'il aurait pu faire d'autre ? Traîner à la maison, regarder la télé, picoler ? Il songea soudain que ça faisait un moment qu'il ne s'était pas soûlé – deux jours peut-être ? Deux petits whiskeys chez Clay's, c'est tout ce qu'il avait bu. Il ne s'était pas acheté une bouteille en rentrant chez lui, ne l'avait pas sifflée en une heure, n'était pas ressorti en acheter une autre. Un progrès ? Peut-être. Un progrès vers quoi ? Il n'en avait pas la moindre idée. Marie Griffin serait ravie, mais il n'était pas là pour faire plaisir à Marie Griffin. Hormis l'alcool, il y avait l'autre chose. La chose qu'il avait ressentie, à laquelle il ne s'était pas attendu, et il lui en parlerait dans la matinée. Ses séances avec la psy... bon, elles n'avaient absolument rien de thérapeutique, sauf que ça lui faisait peut-être du bien de parler à quelqu'un qui l'écoutait. Certes, elle répondait à chacune de ses réponses par une autre foutue question. Mais quand il parlait, elle se taisait. Elle ne l'interrompait pas. Elle ne semblait pas avoir d'intentions cachées. Elle était peut-être sa meilleure amie. C'était triste, franchement pathétique, mais c'était la vérité.

Parrish se figea en voyant la porte s'ouvrir et McKee descendre les marches du perron. Il hésita une seconde, puis recula et s'enfonça dans l'ombre. McKee n'avait rien remarqué, il semblait savoir où il allait. Pas de veste, rien qu'un jean et un pull. Dîner au restaurant ? Ç'aurait étonné Parrish.

Il attendit que McKee ait parcouru quinze mètres et il le suivit. Ils marchèrent moins d'une minute, et McKee s'engagea alors dans une petite rue sur la droite. Parrish traversa. Il regarda derrière lui. Pourquoi, il n'en savait rien, mais c'est ce qu'il fit. Il pénétra lentement, d'un pas hésitant, dans la ruelle. McKee avait disparu. Parrish accéléra le pas, atteignit l'extrémité de l'allée. Celle-ci donnait sur un ensemble de box pour voitures. L'utilitaire. C'était ici que McKee devait le garer. La lumière était faible, mais Parrish entendit le grincement métallique d'un portail qui s'élevait, le crissement des gonds mal huilés tandis qu'il glissait vers l'arrière. Parrish avança prudemment. Il vit le box ouvert. Il compta. Quatrième garage à partir de la droite.

McKee sortit à reculons, rabaissa le portail. Parrish revint rapidement sur ses pas et atteignit bientôt la rue – à bout de souffle, anxieux, peut-être même un peu effrayé. Ça faisait un bon bout de temps qu'il n'avait pas eu peur. Mais là il avait peur, réellement peur. On lui retenait toujours une partie de son salaire, il n'avait toujours pas le droit de conduire, il était toujours observé à chaque instant pendant son travail. Si ça se trouvait, Radick lui-même surveillait ses moindres faits et gestes, et les rapportait à ses supérieurs. Si on le chopait à harceler un témoin potentiel, un suspect dans une affaire de meurtres, à rôder près de sa maison, à le suivre jusqu'à son garage... Fin de l'histoire. Il se chercherait un nouveau boulot à la fin du mois.

Parrish s'éloigna à la hâte. Il avait parcouru un bloc et demi lorsque McKee réapparut dans Sackett Street. Parrish reprit le métro jusqu'à chez lui. Ce n'est qu'en atteignant son appartement qu'il comprit ce qu'il ferait, pourquoi il le ferait, et ce qui se produirait s'il le faisait. Ou, plus précisément, ce qui se produirait s'il ne le faisait pas. Il ne serait plus capable de se regarder en face. Et vu qu'il vivait seul, il ne lui resterait pas grand monde à regarder.

Il était agité. Il savait qu'il ne trouverait pas le sommeil. Il marcha jusqu'à la boutique d'alcool et acheta une bouteille de Bushmills. Il en but un tiers et regarda *À la Maison Blanche* allongé sur son canapé.

62

MERCREDI 17 SEPTEMBRE 2008

« Bon, décrivez-moi ça du mieux que vous pouvez.

– C'est très simple. C'était comme... eh bien, c'était comme si j'avais le sentiment que quelqu'un s'en remettait à moi.

– Mais les gens s'en remettent tout le temps à vous, Frank.

– Oui, je sais, mais dans un cadre professionnel. Vous êtes flic. Vous êtes inspecteur. Vous débarquez quelque part et tout le monde croit que vous avez la réponse à toutes les questions. Mais cette fois, c'était différent.

– Comment ça ?

– Eh bien, elle vit seule. Avec ses gosses, naturellement, mais elle n'a pas de liaison pour autant que je sache. Nous avons passé sa maison au crible et je n'ai vu aucun signe indiquant qu'elle fréquentait un autre homme. Elle a divorcé de McKee en 2005. Ça fait trois ans. Peut-être qu'elle a eu des amants ici ou là, mais j'ai plutôt l'impression qu'elle se concentre sur ses gosses. Elle en a deux. Le fils a 15 ans, et la fille, environ un an de moins. Elle s'inquiète pour eux. Elle le voit venir les chercher chaque week-end, et j'imagine qu'elle est angoissée jusqu'à leur retour. Elle sait que c'est un type tordu. Je crois qu'elle est restée avec lui pour les raisons habituelles. Routine, prévisibilité, sécurité financière, le fait que, quoi qu'il puisse être par ailleurs, il était le père de ses enfants. Ce sont certaines de ces raisons qui ont fait que Clare et moi sommes restés ensemble, vous savez ? Bref, je crois qu'elle était soulagée de se débarrasser de lui, mais elle n'en est pas débarrassée, et les craintes qu'elle pouvait avoir quant à la sécurité de ses enfants ont ressurgi depuis que nous nous en sommes mêlés.

– Et vous vous sentez responsable ?

– Je me sens un peu responsable qu'elle soit inquiète, oui, mais en même temps je sens qu'elle m'oblige à résoudre son problème.

– Mais vous êtes bel et bien obligé de le résoudre, Frank.

– Certes, mais seulement si c'est notre homme. Je ne peux faire quelque chose pour elle que si McKee est notre homme. Si ce n'est pas lui, alors elle l'aura sur les bras, et elle ne peut rien y faire. Et dans le pire des cas, c'est notre homme, mais nous loupons le coche et il finit par s'en prendre à sa fille.

– Vous êtes désormais sûr que c'est lui ?

– Aussi sûr que possible. Aussi sûr qu'on puisse l'être dans ce boulot. Je crois que c'est soit l'assassin, soit... en fait, je crois qu'il sert plus que probablement de pourvoyeur.

– Et vous avez eu la confirmation que l'une de ces filles figurait dans une espèce de film sadomaso.

– Oui.

– Et les autres ?

– Je n'en sais rien. Peut-être que ç'a été pareil. Je crois qu'il s'agit de *snuff movies*. Je crois qu'elles sont assassinées devant la caméra. Ce film dans lequel on voit Jennifer – je pense qu'il en existe une version courte qui est sortie sur le marché ordinaire, mais que la version intégrale, celle où elle se fait assassiner, circule quelque part.

– Revenons à son ex-femme. Comment s'appelle-t-elle ?

– Carole. Carole Paretski.

– Êtes-vous attiré par elle ?

– Grand Dieu, non ! Pourquoi vous me demandez ça ?

– Frank, ne réagissez pas comme ça. Réfléchissez juste un instant. Êtes-vous attiré par elle ?

– Attiré ? N'allons pas sur ce terrain, hein ? J'ai un boulot à faire, point final. Je m'en fais pour elle. Je n'aime pas me dire qu'elle se fait autant de soucis pour ses gosses.

– Sa vulnérabilité vous attire-t-elle ?

– Bon sang, il est un peu tôt pour des considérations aussi profondes, non ?

– Écoutez-moi, Frank. Je pense que nous avons fait quelques progrès. Je ne sais pas si c'est ce que vous ressentez et je ne vous demande pas de me le dire, mais, d'après ce que je vois, vous êtes un peu moins à cran. Vous paraissez moins tendu. Vous ne parlez plus de votre père. Vous ne parlez plus de votre ex-femme ni de vos enfants. Vous parlez désormais de choses qui sont extérieures à votre immédiate sphère personnelle. Les affaires sur lesquelles vous enquêtez, les progrès de cette enquête particulière, et maintenant vous évoquez le fait que vous vous inquiétez pour quelqu'un que vous considérez comme une victime de cette situation effroyable. Ça me dit quelque chose, Frank.

– Et qu'est-ce que ça vous dit, docteur Marie ?

– Pas de sarcasmes, Frank, je vous en prie.

– OK, OK... alors qu'est-ce que ça vous dit ?

– Ça me dit que nous commençons peut-être à passer le cap. Les gens viennent ici et ils parlent d'eux. Continuellement, ils parlent d'eux pendant des heures et des heures. Quand ils commencent à parler d'autre chose – de situations extérieures, de choses qui se produisent aujourd'hui par opposition aux choses qui se sont produites dans le passé, et surtout quand ils commencent à exprimer de l'inquiétude pour le bien-être d'autrui, eh bien, ça m'en dit long sur ce qui retient désormais leur attention.

– Donc je suis guéri ?

– Frank ! Écoutez-moi, Frank. J'essaie de vous expliquer quelque chose, quelque chose qui pourrait être un peu positif, et vous, vous faites le malin...

– Écoutez, docteur, pour moi, c'est très simple. Ma vie est un bordel complet. Soyons honnêtes l'un avec l'autre. J'y réfléchissais hier. Je voulais venir ici aujourd'hui. Probablement pour la première fois depuis que nous avons commencé ces séances. Je voulais venir ici et vous dire ce que je ressentais. C'était très simple. Je me suis dit : "Oh ! bon Dieu, ça alors ! Voilà quelque chose que je vais pouvoir raconter à Marie Griffin demain." Et vous savez ce que je me suis dit d'autre ? Je me suis dit que ce qui se passait ici n'était peut-être pas plus compliqué que ce qui se passe quand on discute avec ses copains. Seulement, je n'en ai pas, vous voyez ? Je n'ai pas d'amis. J'ai des collègues de travail, j'ai un équipier que je connais depuis à peu près trois heures, j'ai une fille qui estime que je suis un emmerdeur, un fils qui ne me donne jamais signe de vie, une ex-femme en talons aiguilles qui passe son temps à râler, et vous. Voilà ce que j'ai. Il s'avère que vous êtes pour moi ce qui se rapproche le plus d'un pote. Alors je vous raconte des trucs. Je vous ai parlé de mon père, de ma mère, de ceci et cela. Rien de bien important. Il s'avère que je bois un peu moins, mais je crois que ça tient plus au fait que cette affaire m'accapare complètement. Je veux savoir qui drogue et étrangle des adolescentes. Je veux savoir s'il y a quelque part un *snuff movie* dans lequel Jennifer Baumann se fait étrangler pendant que quelqu'un la sodomise ; et je veux savoir quel genre d'enfoiré aime regarder ce genre de truc pendant qu'il se branle. Voilà ce que je veux, et, pour le moment, c'est tout ce que je veux...

– Frank, écoutez...

– Non, je n'ai pas fini. C'est vous qui allez m'écouter. C'est ce pour quoi vous êtes payée. Je vous apprécie, docteur Griffin, je crois que vous êtes quelqu'un de bien. Je crois que vous vous souciez des gens et que votre boulot est important. Je crois aussi qu'on tire beaucoup de bonheur à faire quelque chose de valable, et je vois clairement que ce que vous faites est valable, du moins à mes yeux. Mon boulot à moi est complètement différent. Je suis payé pour retrouver des gens comme Richard McKee et leur rendre la vie infernale. Que quelqu'un comme

Carole Paretski se sente mieux parce que son ordure de pervers d'ex-mari passe le restant de sa vie derrière les barreaux est secondaire. Tant mieux, c'est bien, mais ce n'est pas la raison pour laquelle je fais ce boulot. Nous sommes de deux côtés de deux barrières totalement différentes. Mon univers n'est pas le vôtre, et le vôtre n'est pas le mien, et je doute fort qu'ils se croisent un jour...

– Frank, je ne comprends pas pourquoi vous êtes soudain autant sur la défensive et aussi agressif.

– Je suis sur la défensive et agressif parce que j'en ai plus ou moins ma claque de m'entendre dire ce que je pense et ce que je ressens, Marie. C'est la vérité, et que ça vous plaise ou non, c'est ainsi. Vous connaissez notre prière à nous autres flics ? Elle est très simple. "Seigneur Dieu, accordez-moi juste un jour de plus." Voilà ce que nous disons. Nous savons aussi que notre journée commence quand celle d'un autre s'achève. Nous savons aussi que nous ne pouvons pas échapper au pouvoir des petites choses. La vérité tient à des petites choses, et les mensonges aussi. Parfois ce sont des petites choses qui nous tuent. Vous savez ce que j'avais aussi l'habitude de me dire ? C'était comme une petite litanie, quelque chose qui me rappelait où j'étais et la direction que prenait ma vie. Je me disais que chaque jour, quoi que je fasse, je ne m'améliore pas. C'était ma manière de me rappeler que je devais changer. Mais vous savez quoi ? Je n'ai jamais changé. Je sais aussi que picoler n'a jamais rendu personne meilleur, mais je continue de le faire. Est-ce que je suis autodestructeur ? Est-ce que ça fait de moi un raté fini, sous prétexte que je fais une chose dont je sais qu'elle me fait du mal, et qu'elle me tuera même si je continue assez longtemps ? Bien sûr, mais vous savez autre chose ? Ça n'a aucune importance, parce que quand je casserai ma pipe, quand tout sera fini et que les lumières s'éteindront, je saurai que grâce à moi certaines personnes sont toujours en vie. Des gens qui ne sauront même pas qu'ils sont passés à un cheveu d'une fin tragique et inutile.

Parfois je prends le métro. Je suis assis, je regarde les gens et je me demande qui ne vivra pas jusqu'à Noël. Eh bien, certaines de ces personnes sont aujourd'hui vivantes parce que j'ai débarrassé la ville d'une ordure et que je l'ai envoyée dans une cellule dont on a jeté la clé.

– Frank...

– Nous sommes les lumières les plus vives, Marie. C'est ce que nous croyons. Nous sommes *obligés* d'y croire. Mais le problème, c'est que nous projetons aussi les ombres les plus sombres. Voilà ce que nous devons porter, et nous le portons chaque jour. Les gens vivent et meurent à cause de ce que nous faisons. C'est un fardeau, évidemment, mais nous le portons et nous essayons de sourire autant que possible, et en ce moment je n'ai vraiment rien à foutre de ce que mon père a fait ou non, et de l'effet que ç'a eu sur moi. Ça n'a pas d'importance, et c'est vous qui me l'avez fait comprendre, OK ? Je crois que vous êtes parvenue à détourner mon attention du passé et à l'orienter plus vers l'avenir. Bon, peut-être pas l'avenir. L'avenir, ce n'est pas notre fort. Peut-être que vous l'avez orientée vers le présent, et le présent est ici même, devant moi, sur des DVD et dans des magazines, dans l'image ignoble d'une adolescente abandonnée avec un cou brisé dans un carton derrière une benne à ordures. Quelqu'un a fait ça. Quelqu'un qui va recommencer. Je crois savoir qui est cette personne, et je vais faire tout ce qui est en mon pouvoir pour m'assurer qu'elle ne recommencera pas.

– Et qu'arrivera-t-il si vous vous écroulez, Frank ? Qu'arrivera-t-il si la pression et la responsabilité vous coûtent vos relations avec vos enfants, et votre santé aussi bien physique que mentale ?

– C'est comme ça, docteur. C'est notre boulot. Je crois que ça s'appelle "les risques du métier".

– C'est vous le risque du métier, Frank. Seulement vous ne le voyez pas.

– Trop occupé à regarder ailleurs.

– Bon, je vais vous recommander...

– Non, Marie. Vous n'allez rien me recommander du tout. Je reviendrai demain, et peut-être que je serai d'humeur différente. Mais si vous faites ou dites quoi que ce soit qui fasse qu'on me retire cette affaire... eh bien, je ne sais pas ce que je ferai. Si vous vous souciez réellement de ma santé mentale, alors vous ne ferez rien pour mettre en danger mon enquête en cours. Je suis tout près de la vérité...

– Ce n'est pas ce que j'allais dire, Frank. Bon sang, vous me prenez pour qui ? Tout ce que j'allais vous dire, c'est qu'une fois que cette affaire sera résolue, je vous recommande de vous mettre en congé maladie. Je crois que vous devriez quitter la ville, aller à la campagne peut-être. Faire autre chose que ce que vous faites depuis Dieu sait combien de temps.

– Soit, d'accord, nous en reparlerons quand ce sera fini.

– Marché conclu ?

– Marché conclu. Maintenant, faut que j'y aille.

– Je comprends, mais faites quelque chose pour moi, s'il vous plaît.

– Quoi donc ?

– Prenez de temps à autre un moment pour vous souvenir que vous n'êtes pas simplement un inspecteur de la criminelle, pour réfléchir à ce dont nous avons parlé, à ce que vous éprouvez pour cette femme.

– Et à quoi ça servirait ?

– Vous seriez surpris. Comme vous avez dit, parfois nous ne pouvons pas échapper au pouvoir des petites choses. »

63

Parrish demanda à Radick d'aller voir Erickson aux archives pour l'aider à chercher d'autres photos des filles mortes. C'était une diversion, et Radick le savait, mais il ne broncha pas.

« Vous avez quelque chose de prévu ? demanda-t-il à Parrish.

– Peut-être.

– Quelque chose que vous devez faire seul ?

– Quelque chose qu'il vaut mieux que je fasse seul.

– Vous croyez que je ne suis pas capable de vous accompagner ?

– Jimmy, je vous en prie... je viens d'engueuler le toubib. Je ne suis pas d'humeur à m'éterniser sur la question. Allez aider Erickson. Je vous appellerai. Ce que j'ai à faire n'est ni plus ni moins important que découvrir de nouveaux indices sur ce qui est arrivé à ces filles. Restons-en là.

– Vous avez besoin de combien de temps ?

– Deux heures. » Parrish jeta un coup d'œil à sa montre. « Retrouvez-moi ici vers midi. »

Radick s'en alla sans poser plus de questions. Dix minutes plus tard, Parrish était parti – direction Sackett Street et le garage où McKee gardait son utilitaire.

La rue était déserte. Les fenêtres lui retournaient un regard vide. Il marcha d'un air résolu. Le pire pour lui aurait été d'avoir l'air de ne rien avoir à faire ici. Dans ses poches, il trimballait deux tournevis, un cutter, une lampe torche, un porte-clés auquel était attachée une collection de tiges métalliques, certaines droites, d'autres crénelées, d'autres tordues ou recourbées à l'extrémité.

Il avait aussi un paquet de clés de voitures génériques. Les outils habituels de tout voleur de voiture. Parrish attendit quelques secondes au bout de l'allée pour s'assurer que personne n'arrivait, ne partait ou ne se trouvait dans son garage. Tout était calme, si calme que même le bruit de ses pas sur le gravier, même les battements rapides de son cœur semblaient exagérément bruyants. Trois minutes sont une éternité quand vous ne faites rien qu'attendre. Parrish songea à une demi-douzaine de reprises qu'il ferait mieux de repartir. Foutre le camp tout de suite. S'en aller, sans regarder en arrière, sans même songer à faire ce qu'il avait prévu de faire. Mais il n'avait qu'à repenser à Rebecca lorsqu'il l'avait découverte sur le lit de son camé de frère. 16 ans. Du vernis à ongles rouge. Des hémorragies pétéchiales derrière ses oreilles, dans le blanc des yeux.

Parrish enfila une paire de gants en latex et marcha rapidement jusqu'au garage. Quelques instants plus tard, il était à l'intérieur, avait rabaissé et refermé le portail. Bon Dieu ! il n'avait même pas eu la jugeote de téléphoner pour s'assurer que McKee était au boulot. On était mercredi. Y avait-il moins de risques qu'il prenne une journée de congé en milieu de semaine ? On prenait généralement son lundi ou son vendredi, histoire de rallonger autant que possible le week-end. Mais ça ne voulait strictement rien dire. McKee pouvait prendre une journée quand ça le chantait.

Parrish se tint dans le silence et la pénombre du box. Il prit une profonde inspiration, tenta de calmer son cœur, son pouls, mais en vain. Il était en sale forme physique, effrayé, déjà tellement dans la panade qu'il était foutu s'il se faisait choper. Harcèlement, effraction, intrusion dans la vie privée d'autrui, violation de tous les protocoles qui régissaient son métier. Quoi qu'il arrive, s'il se faisait prendre, il était baisé.

Au fond du garage, entre le pare-chocs avant et le mur, se trouvait le bazar habituel : pots de peinture, boîtes à outils, bâches, un vélo pliant qui ne semblait pas avoir été déplié depuis des années. Il y avait une roue de secours pour l'utilitaire, une boîte d'ampoules, un sac plein de cintres en métal, d'autres objets du même genre qui auraient dû être balancés à la poubelle mais ne l'avaient jamais été. À part ça, il n'y avait que la voiture.

Parrish plaça ses mains sur la vitre avant et regarda à l'intérieur. Il repéra le voyant de l'alarme sur le tableau de bord. Il était éteint. Évidemment, il pouvait neutraliser une alarme, mais ça prenait trente ou quarante secondes, et plus l'alarme était récente, plus ce temps s'allongeait. La probabilité que quelqu'un l'entende ici... eh bien, mieux valait ne pas avoir affaire à cette possibilité.

Parrish tira de son paquet de clés les trois ou quatre qui lui semblaient coller le mieux. La deuxième fut la bonne. La portière s'ouvrit sans un bruit. Une fois de plus, il marqua une pause pour réfléchir à ce qu'il faisait. Maintenant, ce n'était plus une simple effraction. Maintenant, c'était beaucoup plus sérieux. S'il fouillait la voiture de McKee – qu'il trouve ou non quelque chose à l'intérieur –, il commettait un grave délit. S'il découvrait un indice, il ne lui serait d'aucune utilité. Il ne serait en aucun cas recevable. Et il serait poursuivi par tous les moyens légaux possibles. Il ne l'aurait pas volé. Il savait qu'il ne pourrait jamais utiliser ce qu'il risquait de trouver, mais il n'était pas là pour ça. Il était simplement là pour essayer de découvrir quelque chose qui confirmerait ses soupçons. Il *voulait* que McKee soit leur homme. Il avait *besoin* que ce soit lui...

Un bruit. Quoi ? Quelque chose dehors ?

Le cœur de Parrish s'arrêta de battre. Il s'entendit ravaler sa salive. Il jeta un coup d'œil en direction du fin rai de lumière entre le sol et le bas du portail. Pouvait-on voir depuis l'extérieur qu'il était déverrouillé ? Y avait-il une patrouille de sécurité qui passait pendant la journée, un type qui gagnait 50 dollars par semaine simplement pour passer en voiture et s'assurer que tous les portails étaient correctement fermés ?

Parrish tenta de se rappeler si le portail avait fait du bruit quand il l'avait ouvert. Avait-il grincé ? Ferait-il du bruit s'il essayait de le verrouiller ? Il décida de le laisser tel quel. Il recula et s'accroupit derrière le pare-chocs avant. Il regarda le rai de lumière qui longeait le sol, attendant qu'une ombre de pieds apparaisse. Il tentait de respirer sans bruit, de se vider complètement l'esprit. Que dirait-il ? Il pouvait passer à toute allure devant le type et courir comme un dératé en espérant qu'il ne se ferait pas rattraper. Il pouvait montrer sa plaque, prendre le type par surprise, lui dire qu'il menait une opération d'infiltration et lui faire jurer de garder le secret. Les agents de sécurité – bon sang, ils rêvaient tous d'être flics ! Ça fonctionnerait. Bien sûr que ça fonctionnerait...

Parrish fit taire sa voix intérieure. Il ne se ferait pas prendre. Le type n'était pas un agent de sécurité. Il n'était personne. Il était simplement perdu. Il verrait qu'il était tombé sur un cul-de-sac, il ferait demi-tour et disparaîtrait. Voilà ce qui se passerait.

Parrish attendit.

Tout semblait désormais silencieux, puis soudain il entendit de nouveau un bruit de pas. Quelqu'un qui marchait sur le gravier. Où y avait-il du gravier ? À l'entrée du garage, au niveau des box ? Il ne se souvenait plus. Il ferma les yeux. Serra les poings. Il songea à tout ce qu'il allait devoir boire pour se remettre de sa trouille.

Puis il n'y eut plus rien.

Il n'entendit même pas les bruits de pas se fondre dans le silence. Ils étaient là, et soudain ils avaient disparu. Ce n'était pas tant qu'il entendait le silence, mais plutôt qu'il sentait qu'il n'y avait *personne* dehors.

Parrish quitta sa cachette. Il se releva et fléchit les genoux. Il s'aperçut qu'il était en sueur et ôta sa veste. Il regagna le portail du garage et resta planté là pendant au moins deux minutes. Il n'entendit rien à part une voiture qui passait au loin dans la rue.

Parrish revint sur ses pas, grimpa dans le véhicule et se mit à fouiller dans la boîte à gants, l'espace entre les sièges, sous les sièges eux-mêmes, sous le tapis de sol. Il passa à l'arrière, repoussa les sièges en avant, regarda derrière et dessous, examina les paquets de cartes dans les rangements des portières arrière. Lorsqu'il eut fini, il sortit pour vérifier le coffre.

C'est là qu'il trouva les dossiers. Une boîte de classement en métal, pour être précis. Assez grande pour contenir des feuilles grand format, peut-être trois centimètres de profondeur. Elle était fermée à clé. Il la crocheta lentement, minutieusement, prenant soin de ne pas laisser de rayures autour du verrou ou sur la surface de métal lisse. La boîte s'ouvrit moins d'une minute plus tard, et il resta là à regarder les dossiers pendant un bon moment avant de les sortir.

Sept dossiers, tous portant le tampon de l'aide familiale, deux provenant de l'AAC, les autres des services pour l'enfance. À l'intérieur de chacun se trouvaient diverses notes, toutes rédigées à la main et signées *RMcK*. Quatre garçons, trois filles – âgés de 9 à 17 ans. Étaient-ce les dossiers en cours de McKee ? Étaient-ce les enfants à qui il devait rendre visite ? Chaque employé de l'aide familiale possédait-il dans sa voiture une boîte fermée à clé à l'intérieur de laquelle il conservait ses dossiers avant d'effectuer ses visites ? Parrish n'en avait aucune idée. Cela semblait plausible, et, à en croire les notes, chaque dossier semblait concerner une affaire en cours...

Et alors Parrish regarda de nouveau. Deux des garçons étaient noirs, de même que l'une des filles. La deuxième fille avait 12 ans, elle était brune, peut-être mexicaine ou portoricaine. La dernière, qui avait eu 16 ans environ un mois plus tôt, était blonde. Elle était jolie, et, après avoir rapidement parcouru son dossier, Parrish apprit qu'elle avait été adoptée par une famille de South Brooklyn plus de neuf mois auparavant. Le commentaire le plus récent qui figurait dans le dossier n'avait pas été rédigé par McKee, mais par quelqu'un d'autre.

Quelqu'un dont les initiales étaient *HK*. HK ? Avait-il interrogé quelqu'un dont les initiales étaient HK ?

Parrish reposa les dossiers. Il avait son carnet sur lui. Avait-il toujours les noms que Lavelle lui avait donnés ? Il fouilla dans ses poches, trouva la liste, la déplia et l'étala sur la surface de la boîte. HK... HK... Harold Kinnear. Oui, il se souvenait maintenant de lui. Le type plus âgé. Trente ans qu'il travaillait dans le département. Qu'avait-il dit ? Quelque chose à propos du fait que plus nous devenions civilisés et sophistiqués, moins nous étions capables de protéger nos enfants.

Ce dossier n'était pas à McKee. Bon sang, ce dossier n'était *pas* à McKee !

Parrish retourna la liste. Il nota le nom de la fille – Amanda Leycross –, sa date de naissance – 12 août 1992 –, et le nom et l'adresse du couple qui l'avait adoptée en janvier. Martin et Bethany Cooper, Henry Street, dans South Brooklyn. Parrish connaissait Henry Street, qui ne se trouvait pas à plus de trois blocs de l'appartement de Caitlin, et à peut-être une demi-douzaine de la maison de McKee. Si on laissait Williamsburg et Karen de côté et qu'on situait tous les emplacements sur une carte – le bureau Sud 2 de l'aide familiale, la scène de crime de Kelly Duncan derrière le Brooklyn Hospital, Sackett Street, la maison des Cooper, l'appartement de Danny Lange dans Hicks Street –, on obtenait un cercle, un cercle qui englobait toute cette partie de la ville jusqu'au pont de Brooklyn au nord et la voie express Brooklyn-Queens au sud. McKee s'était enfermé. Était-il le tueur *navetteur* dont parlaient les profileurs du FBI, celui qui se déplaçait jusqu'à la scène de crime, puis qui se débarrassait du corps suffisamment loin pour ne pas attirer l'attention ? Mais quand vous combiniez toutes les scènes, quand vous les rassembliez... vous finissiez par voir quelque chose de tout à fait différent.

Et Amanda Leycross ? Était-elle la prochaine sur la liste ? Était-elle déjà morte ? Ou alors s'agissait-il simplement d'un dossier que McKee supervisait ? Parrish était-il complètement à côté de la plaque ? Il ne pouvait pas se permettre de penser ça. Pas encore. Pas tant qu'il ne saurait pas qui était Amanda Leycross et pourquoi McKee avait son dossier.

Il était temps de décamper, et vite. Parrish referma les dossiers, les déposa dans la boîte, qu'il ferma méticuleusement à clé. Il la replaça précisément à l'endroit où il l'avait trouvée, attrapa sa veste et verrouilla la voiture avant de marcher jusqu'au portail.

Il compta jusqu'à cinq, l'ouvrit vivement, le fit claquer derrière lui et le verrouilla avant de se diriger vers l'allée. Cinq secondes plus tard, il avait regagné la rue et reprenait la direction d'Union Street. Son cœur ne cessa de cogner à tout rompre que lorsqu'il fut dans le métro. Il regarda de nouveau le bout de papier sur lequel il avait noté le nom de la jeune fille. Amanda Leycross. 16 ans. Blonde, innocente, mignonne comme tout. Serait-elle la numéro 7 ?

64

« C'était comment aux archives ?

– Complètement hallucinant, Frank. Une heure, je n'ai pas pu tenir plus longtemps. Je ne sais pas comment ces types font pour passer leurs journées à regarder ces trucs.

– Ils s'endurcissent, répondit Parrish avec un sourire.

– C'est censé être drôle ? » Radick n'attendit pas la réponse à sa question. « Et vous, vous étiez où ?

– Je vérifiais quelque chose.

– Où ça ?

– Il vaut mieux que je ne vous en dise pas plus, Jimmy.

– Frank... vous ne pouvez pas vous mettre en danger, pas dans votre situation actuelle...

– Jimmy, ça suffit.

– Une connerie, Frank, et vous...

– Jimmy, j'ai dit "ça suffit". OK ? »

Jimmy soupira et secoua la tête.

« Ça vous arrive de prendre les choses au sérieux ? Est-ce qu'il vous a déjà traversé l'esprit que peut-être, juste peut-être, ils risquent d'en avoir plein le dos de votre attitude et de vous foutre à la porte ?

– Me foutre à la porte ? Je suis une putain d'institution, Jimmy. S'ils me foutent à la porte, le département s'écroule.

– Vous croyez vraiment ça ?

– Non, bien sûr que non. Vous croyez que j'ai la grosse tête à ce point-là ?

– Parfois je m'interroge.

– Asseyez-vous, Jimmy.

– Je vais avoir droit à un sermon ?

– Putain, asseyez-vous, Jimmy, OK ? Asseyez-vous et écoutez-moi un instant. »

Radick s'assit, patiemment résigné.

« Maintenant, écoutez-moi, commença Parrish, et écoutez-moi attentivement. J'ai un nom. Peu importe où je l'ai obtenu. Je ne veux pas que vous me demandiez comment je suis tombé sur cette information, mais il s'agit d'une fille. Elle a 16 ans, a été adoptée il y a environ neuf mois, et elle vit avec une famille dans South Brooklyn. Je veux la surveiller. Je ne sais pas si... je ne sais pas si elle a quelque chose à voir avec cette affaire, mais je veux la surveiller.

– Vous ne savez pas si elle a quelque chose à voir avec cette affaire ? Vous êtes sérieux ? Vous avez le nom d'une fille et vous pensez qu'elle peut être une victime potentielle. C'est ce que vous êtes en train de dire ? »

Parrish hésita.

« Frank ? Dites-moi ce que... »

Parrish acquiesça.

« Et où – si je puis vous demander – avez-vous déniché cette piste ?

– Non, vous ne pouvez pas demander.

– Vous vous foutez de ma gueule, Frank. Vous ne pouvez pas débarquer avec une information comme celle-ci et dire : "Voici ce qu'on va faire, mais je ne vais pas vous dire pourquoi." Vous ne pouvez pas mener une enquête criminelle de cette manière.

– Alors qu'est-ce que vous suggérez, Jimmy ? J'ai un pressentiment, un véritable pressentiment. J'ai la sensation que notre homme l'a dans sa ligne de mire, et je n'arrive pas à m'en défaire. Vous estimez qu'on devrait juste rester assis à ne rien faire en attendant que cet enfoiré tue quelqu'un d'autre ?

– Cet enfoiré ? Je suppose que vous parlez de McKee, n'est-ce pas ?

– Oui.

– Frank, nous n'avons rien, et je dis bien *rien* de solide contre McKee. Ce ne sont que des présomptions. » Radick se leva et marcha jusqu'à la fenêtre. « Bon Dieu, Frank, reprit-il d'un ton exaspéré, vous vous rendez compte que nous en sommes toujours au point mort ?

– Je n'attends plus, Jimmy. Vous dites des conneries. Vous savez aussi bien que moi que c'est lui...

– Frank, nous ne *savons* rien, du moins pas avec certitude...

– Merde, Jimmy, arrêtez de vous voiler la face ! Nous savons que c'est quelqu'un du bureau Sud 2. Vous ne pouvez pas ignorer le lien. Nous savons que ce type aime le porno avec des adolescentes et toutes ces saloperies. Il conduit un utilitaire. Il a la liberté de mouvement. Il ne vit pas dans une maison avec une femme et des gosses. Il n'y a personne pour le surveiller jour et nuit. Il est complètement libre. C'est un putain de *navetteur*, voilà ce que c'est, comme disent les fédés dans leurs manuels de profilage. Il chope des adolescentes et il les revend à quelqu'un, ou alors il tourne lui-même ses putains de *snuff movies*. Voilà ce qu'il fait, et j'en suis absolument certain !

– OK, donc c'est notre type. Disons que c'est bien notre type. Qu'est-ce qu'on fait maintenant ? On ne le lâche pas d'une semelle ? Vous croyez qu'un juge va nous autoriser à le surveiller, à le mettre sur écoute... vous croyez vraiment qu'on a suffisamment d'éléments pour convaincre un juge ?

– Non, et c'est pourquoi nous n'allons pas suivre la procédure officielle.

– Quoi ?

– Nous allons le faire. Vous et moi. Nous allons le faire seuls. Il faut parfois en arriver là, Jimmy. C'est le genre de chose qu'il faut parfois faire pour débloquer une affaire...

– Vous n'êtes pas sérieux.

– Si, Jimmy, je n'ai jamais été aussi sérieux. Je ne peux pas vivre avec ça... je ne peux pas vivre avec l'idée que ce type va en choper une autre quand nous pouvons faire quelque chose pour l'en empêcher.

– Alors quoi ? Vous voulez qu'on le suive pendant notre temps libre ? Vous voulez qu'on le file, qu'on voie où il va, ce qu'il fait ?

– Non, je veux découvrir si cette fille est toujours en vie, et si oui, je veux garder un œil sur elle.

– La mystérieuse fille dont vous pensez qu'elle pourrait être sa prochaine victime ?

– Oui.

– La fille dont il s'avère que vous connaissez l'existence ? Celle dont vous avez appris le nom par magie mais refusez de me dire comment ? Cette fille-*là* ?

– Je n'ai pas besoin de vos sarcasmes, Jimmy.

– Non, Frank... mais vous avez besoin d'un peu plus de bon sens, vous ne croyez pas ? Donc, disons que ce soit la prochaine victime. Disons que ce soit la prochaine fille qu'il va buter. Nous intervenons. Nous l'empêchons de passer à l'acte. Et que devient notre affaire, hein ? Nous rédigeons des rapports, nous répondons à des questions, nous passons devant le grand jury et ils commencent à regarder sous le couvercle, d'accord ? Et qu'est-ce qu'ils verront, Frank ? Qu'est-ce qu'ils découvriront que vous ne m'avez pas dit ? Nous sommes équipiers. Nous sommes censés travailler ensemble, savoir tout ce que fait l'autre. N'est-ce pas ainsi que c'est censé fonctionner ?

– Jimmy...

– Non, vous allez m'écouter jusqu'au bout, OK ? Je passe devant le grand jury. Ils me demandent comment nous étions au courant que cette fille était une victime potentielle. Comment nous le savions. D'où provenait l'information. Qu'est-ce que je dis ? "Oh ! merde, j'en sais rien. Je me disais simplement que Frank était le patron et qu'il savait ce qu'il faisait. Moi, je suis le petit bleu. J'ai juste fait ce qu'on m'a dit de faire, Votre Honneur." Vous croyez que je vais m'en tirer à si bon compte, Frank ? »

Parrish leva la main.

« Vous avez raison. C'est bon. Laissez tomber. »

Radick sourit d'un air entendu.

« Oh ! non, Frank. Ne nous engageons pas dans cette voie.

– Quelle voie ? De quoi parlez-vous ?

– Vous croyez que je ne saisis pas votre manège ? Ce ton dédaigneux ? "C'est bon, Jimmy, laissez tomber" ? Vous me prenez pour un imbécile ? Je sais exactement ce que ça veut dire. Ça veut dire que vous allez le faire seul. Vous allez me laisser sur la touche et agir seul, exact ?

– Jimmy, vous croyez vraiment que je...

– Oui, Frank, je le crois. Comme vous l'avez fait avec votre dernier équipier, et regardez où ça l'a mené... »

Parrish se leva d'un bond, poings serrés. Il fusilla Jimmy Radick du regard.

Celui-ci leva les mains.

« Désolé. Excusez-moi. Ce n'est pas ce que je voulais dire. Ce que je voulais dire, c'est...

– Je me fous de ce que vous avez voulu dire, Jimmy, vous n'avez pas la moindre foutue idée de ce qui s'est passé...

– Je sais, et j'ai dit que j'étais désolé, c'était déplacé. Je suis en colère, Frank. Cette situation me fout autant en rogne que vous, mais je ne vois tout simplement pas comment vous pouvez envisager de faire ça. Vous ne pouvez pas décider de suivre une fille dans l'espoir qu'elle servira d'appât à votre profit. Ça ne se passe pas comme ça, Frank, et vous le savez mieux que personne. Vous devez me dire où vous avez déniché le nom de cette fille, et s'il s'avère que vous avez fait quelque chose d'illégal pour l'obtenir... eh bien, alors...

– Alors quoi, Jimmy ? Vous allez me balancer à Valderas ? Ou peut-être au service des affaires internes ? C'est ça que vous allez faire ? »

Radick ne répondit rien. Il se pencha en arrière sur sa chaise et ferma les yeux un moment. Lorsqu'il les rouvrit, il demanda à Frank Parrish de s'asseoir.

Parrish s'exécuta.

« Écoutez. Ce n'est pas compliqué. Tant que nous n'avons pas quelque chose de solide, autre chose que de simples présomptions contre McKee, nous sommes seuls. Nous ne pouvons pas effectuer de perquisition, nous ne pouvons pas le placer sous surveillance, nous ne pouvons pas le mettre sur écoute. Nous avons joué un jeu dangereux en récupérant tous ces trucs chez son ex-femme, mais c'est désormais elle la propriétaire, et, d'un point de vue légal, tout ce qui se trouve dans la maison lui appartient, elle était donc en droit de nous le céder. Nous sommes couverts de ce côté-là. Le trou dans le putain de plafond ne prouve rien. Cette affaire en 2002 ne prouve rien et n'a aucun rapport avec cette enquête. Le fait qu'il travaille au bureau Sud 2 ne prouve rien. Le fait qu'il possède un utilitaire est... eh bien, ça ne vaut absolument rien. Cette information que vous détenez, ce nom – qu'importe comment vous vous l'êtes procuré –, c'est une tout autre histoire. En tant qu'équipier, en tant que collègue flic, je ne peux pas vous laisser faire quoi que ce soit qui mettra en danger cette affaire ou qui mettra en danger votre position au sein du département. Je suis ici pour bosser avec vous, Frank, mais je suis aussi ici pour vous protéger, pour que vous fassiez les choses dans les règles de l'art. Vous le savez, n'est-ce pas ? Vous comprenez que je suis sans doute le dernier équipier que vous aurez jamais, parce que si quelque chose tourne mal, ce sera plus que probablement votre faute et vous serez viré.

– Merci pour le vote de confiance.

– Pas de quoi, Frank.

– Alors dites-moi, Sherlock, vous comptez faire quoi ?

– Nous devons retrouver la société qui a sorti le film. Voilà ce que nous devons faire. Nous devons découvrir qui produit ces trucs, ce qui exigera peut-être la collaboration de la police de Los Angeles. C'est leur territoire. La boîte est quelque part en Californie, dans East L.A. C'est de là que proviennent 90 % de ces saloperies. C'est le ventre de la bête quand il s'agit d'industrie porno. Nous devons leur parler, et nous devons obtenir leur assistance pour découvrir qui a tourné le film avec Jennifer. Ils ont peut-être quelque chose. Une piste mène à une autre, qui mène à une autre, et nous finirons peut-être avec McKee en personne, ou avec la personne que McKee fournit. Grâce à ça, nous pouvons mettre le nez dans ses finances, fouiller sa maison, passer sa vie au crible, et si nous prouvons que c'est bel et bien notre homme, tout sera bien qui finira bien.

– Vous en avez parlé à Valderas ? »

Radick secoua la tête.

« Non, mais je vais le faire.

– OK. Adressez une requête à qui de droit et parlez à Valderas.

– Et si nous devons aller à L.A., nous irons ensemble. OK ?

– OK, répondit Parrish. Ensemble. »

65

Parrish partit après 13 heures, prétextant un rendez-vous chez le dentiste, affirmant qu'il n'en aurait pas pour longtemps.

« Je les manque à chaque fois, expliqua-t-il à Radick. Je suppose que je devrais faire l'effort au moins une fois par an. »

Mais Parrish n'alla pas chez le dentiste. Il prit le métro jusqu'à Carroll Street, longea 1st Place sur trois blocs, tourna à droite dans Henry Street. Il passa devant la maison des Cooper. Une maison banale, ordinaire, qui n'avait rien de frappant. Mais à quoi s'était-il attendu ? Il ralentit l'allure trente mètres plus loin, rebroussa chemin comme s'il cherchait une adresse précise, puis traversa et se tint au coin de Carroll et Henry. Il y avait une épicerie, une boîte aux lettres et des distributeurs de journaux. Il pénétra dans l'épicerie et acheta un sandwich et une bouteille de Coca. Il retourna se poster au carrefour. Il mangea son sandwich, observa la maison pendant plus d'une heure. Il ne vit personne sortir ou entrer. Juste avant 15 heures, il était sur le point d'abandonner lorsque deux filles qui arrivaient depuis l'angle de President Street attirèrent son attention. Il recula, s'approcha du mur et regarda. Lorsqu'elles furent à vingt mètres, il sut que la fille de droite était Amanda Leycross. Elle n'avait pas changé depuis la photo qui figurait dans son dossier. Cartable, téléphone portable, lacets multicolores à ses baskets, une mèche teinte en bleu sillonnant ses cheveux blonds. C'était une gamine ordinaire. 16 ans. C'était elle qui faisait l'essentiel de la conversation. L'autre fille semblait se contenter de simplement écouter. Elles passèrent juste devant Parrish et pénétrèrent dans l'épicerie. Elles n'y restèrent pas plus de deux minutes, puis elles traversèrent la rue en direction de la maison des Cooper, et Amanda dit au revoir à son amie, qui poursuivit son chemin dans Henry Street avant de tourner à gauche.

Amanda ressemblait aux autres. C'est ça qui frappa le plus Parrish. Elle ressemblait aux autres, et il mit un moment à mettre le doigt sur ce qu'elles avaient en commun. C'étaient des filles ordinaires. C'était tout. Elles n'étaient pas extraordinairement jolies ni grandes, ni petites, ni minces, ni grosses, ni quoi que ce soit. Elles étaient blondes, et elles étaient ordinaires.

Parrish sentit son pouls s'emballer, son sang cogner dans ses tempes. Il jeta sa bouteille de Coca vide dans la poubelle devant l'épicerie et reprit la direction de la station de métro. Il savait. S'il avait eu le moindre doute, c'est à cet instant que celui-ci s'évanouit complètement. Il *savait* que c'était McKee, et il savait qu'Amanda Leycross était la prochaine sur la liste.

Parrish regagna le bureau vers 16 heures. Radick l'accueillit en annonçant :

« Valderas a porté les papiers à Haversaw. Il dit que nous devrions obtenir l'aide dont nous avons besoin à L.A.

– Mais il n'a pas parlé de nous accorder une semaine ou deux de vacances au soleil ?

– Vous rêvez, répondit Radick.

– Lui avez-vous au moins suggéré ? »

Radick ne répondit pas à cette question. Il se contenta de rouler des yeux, puis demanda à Parrish comment s'était passé son rendez-vous chez le dentiste.

« Je n'utilise pas assez le fil dentaire », répondit Parrish.

Ils attendirent d'avoir du neuf de la part de Valderas, mais à 18 heures ils n'avaient toujours rien. Radick expliqua qu'il avait quelque chose à faire. Parrish le laissa partir.

Dans le silence du bureau, une fois Radick parti, tandis que les autres inspecteurs vaquaient à leurs occupations, Parrish repensa à Caitlin. Il allait devoir rétablir un lien. Ce ne serait pas elle qui tendrait la main. Pour ce qui la concernait, moins elle voyait son père, moins elle était mitraillée de questions sur l'endroit où elle irait travailler. Quand accepterait-il qu'elle était adulte, qu'elle avait sa propre vie, qu'elle prendrait ses propres décisions et qu'il ne pouvait pas y faire grand-chose ? Jamais, voilà quand. C'était comme ça entre les pères et leurs filles. C'était toujours comme ça. Le plus lumineux de ses jours, la plus sombre de ses nuits.

Il décrocha le téléphone pour l'appeler, se ravisa. Il ne l'avait pas vue depuis six jours. Depuis ce jeudi soir où il s'en était pris à Radick, où il avait balancé de la nourriture dans l'escalier. Il ferma les yeux tandis qu'un sentiment de honte l'envahissait.

Parrish décrocha de nouveau le téléphone et composa un autre numéro. Cette fois, elle répondit.

« Eve.

– Frank. Comment vas-tu ?

– Bien, Eve, ça va. J'ai essayé de t'appeler plusieurs fois.

– Je sais, Frank, j'ai vu ton numéro. J'ai été occupée, tu sais ? Très occupée. J'ai quelque chose de prévu ce soir, je dois partir dans environ une heure.

– Je peux passer te voir ?

– Tu as récupéré ton permis ?

– Non.

– Si tu prends le métro, Frank, tu seras à peine arrivé que tu devras repartir.

– Je peux prendre un taxi.

– Faut que je me prépare, Frank. Faut vraiment que je prenne une douche, que je me sèche les cheveux, que je me change.

– Demain ?

– Demain, je travaille, Frank, et vendredi je vais passer quelque temps avec ma mère.

– Tu m'envoies promener...

– Ça y ressemble, Frank, mais ce n'est pas le cas. Ça me ferait plaisir de te voir, mais j'ai une vie de dingue en ce moment...

– Moi aussi, Eve, moi aussi.

– Mais tu vas bien ? Tout va bien pour toi ?

– Ça va.

– C'est pas l'impression que tu donnes, Frank.

– Va bosser, Eve. Rappelle-moi quand tu rentreras.

– Tu ne vas rien me dire, n'est-ce pas ?

– Tu ne veux pas que je te fatigue avec mes emmerdes, Eve. Je ne comprends même pas pourquoi tu me supportes.

– Parce que je te connais. Je sais ce que tu essaies de faire. Je l'ai vu quand Mike a été tué...

– C'est bon. Ne reparlons pas de ça.

– C'est ce que tu dis tout le temps, Frank, mais le fait est que nous n'en avons jamais vraiment parlé.

– Va travailler, Eve. Passe du bon temps avec ta mère. Rappelle-moi à ton retour.

– Maintenant qui envoie promener qui ?

– Prends soin de toi, d'accord ? »

Parrish se pencha en avant et raccrocha. Il ressentait cette douleur dans le bas du ventre. Il savait ce qui l'apaiserait, et il savait exactement où aller pour ça.

66

JEUDI 18 SEPTEMBRE 2008

« Combien avez-vous bu ?

– Qui dit que j'ai bu quoi que ce soit ?

– Je ne suis pas idiote, Frank. Regardez-vous. C'est facile de voir quand vous avez passé une mauvaise soirée.

– Peut-être une demi-bouteille.

– Et qu'est-ce qui vous a poussé à boire ? Ça allait mieux de ce côté-là.

– J'ai songé à appeler Caitlin, mais je n'ai pas pu. Alors j'ai appelé une amie dans l'espoir de la voir, mais elle avait déjà quelque chose de prévu.

– La solitude ?

– Allez savoir. Ça ou autre chose. Je me suis mis à penser à mon père. À me demander si on pouvait réparer une injustice par une autre. Je me demandais si cette enquête serait résolue un jour.

– Où en êtes-vous ?

– Nous n'avons pas vraiment beaucoup avancé. Nous devons aller voir chez lui, consulter son compte en banque. Nous devons en apprendre beaucoup plus sur lui, c'est une certitude.

– Et vous n'avez pas assez d'éléments pour obtenir un mandat ?

– Non, pas encore.

– Avez-vous fait quelque chose que vous n'auriez pas dû faire ?

– Comme quoi ?

– Avez-vous fait une chose que vous n'auriez pas dû faire, Frank ? Avez-vous parlé à quelqu'un à qui vous n'auriez pas dû parler ? Obtenu des informations quelque part...

– Tout ce dont nous parlons ici reste entre nous, n'est-ce pas ?

– Bien sûr. Vous le savez.

– Même si vous êtes la psy du département ?

– Oui, même si je suis la psy du département.

– J'ai votre parole ?

– Vous n'en avez pas besoin, Frank, c'est la loi.

– Je veux tout de même que vous me donniez votre parole.

– Alors je vous la donne.

– Alors la réponse à votre question est oui, j'ai obtenu des informations.

– Quelque part où vous n'auriez pas dû aller ?

– Oui.

– Vous ne devriez pas faire ça.

– Inutile de me le rappeler.

– Votre père...

– Mon père et moi n'avons rien à voir, Marie. Mettons les choses en perspective.

– Vous ne croyez pas qu'il s'est engagé dans cette voie en faisant quelque chose qu'il n'aurait pas dû faire ? En dissimulant des indices. En descendant un type désarmé puis en lui collant un couteau entre les mains. Vous ne croyez pas qu'ils ont tous commencé comme ça ?

– Vous pensez que mon père a fait quelque chose de ce genre puis que ç'a été de pire en pire ?

– Ça commence toujours comme ça, Frank.

– Pas pour mon père. Comme je vous ai dit, c'était dès le début le pire type qu'on puisse imaginer.

– OK, nous ne parlons plus de votre père...

– Lui et moi, nous sommes différents, d'accord ?

– Inutile d'être sur la défensive.

– Dites-le.

– Dire quoi ?

– Dites que mon père et moi sommes différents.

– Bien sûr que vous êtes différents. Il n'y a jamais deux personnes...

– Vous savez ce que je veux dire, Marie. Dites-le.

– OK, Frank, OK. Vous et votre père êtes différents.

– Bien. D'accord. Alors quelle est la question suivante ?

– Les informations que vous avez obtenues – indépendamment de la façon dont vous vous les êtes procurées – ont-elles éclairci les choses ?

– Oui.

– Elles confirment vos soupçons sur ce... comment s'appelle-t-il ?

– McKee. Richard McKee. Et non, elles ne confirment rien, elles me donnent juste une autre piste à suivre.

– Mais vous n'avez toujours rien de probant, rien qui vous dise que c'est à coup sûr votre homme ?

– Non.

– Alors qu'est-ce que ça vous inspire ?

– Ça fait chier. Voilà ce que ça m'inspire. Ça me rappelle tant d'autres situations dans lesquelles je me suis trouvé. Vous savez quelque chose mais vous ne pouvez rien y faire.

– Comme votre père.

– Oui, comme mon père.

– Et si vous *étiez* votre père, que feriez-vous ?

– Si j'étais mon père... bon sang ! j'en sais rien, peut-être que j'irais là-bas, que je foutrais une raclée au type, que je lui dirais que son petit jeu est fini et que je lui extorquerais autant d'argent que possible. Soit ça, soit je le tuerais.

– Vous croyez que c'est ce qu'il ferait ?

– Oui, plus que probablement.

– Mais vous n'êtes pas lui.

– Non.

– Alors vous, qu'allez-vous faire ?

– Je vais obéir au protocole et faire les choses dans les règles de l'art, et je vais dire "s'il vous plaît" et "merci" à tous les gens que je vais rencontrer...

– Réellement, Frank. Qu'allez-vous faire ?

– Je vais le convoquer une fois de plus et lui poser d'autres questions. Je vais lui mettre plus la pression et voir si des fissures apparaissent. Voilà ce que je vais faire.

– Aujourd'hui ?

– Oui, aujourd'hui.

– Qu'est-ce qui vous fait croire qu'il va coopérer ?

– Le simple fait que les assassins aiment être aussi près de la police que possible. Soit ils ont la trouille et ils veulent voir ce que nous savons, soit ils sont arrogants et ils veulent voir jusqu'où ils peuvent se foutre de nous.

– Et à quelle catégorie appartient-il ?

– Aux deux. Je crois qu'il a une sacrée trouille mais qu'il est aussi arrogant. Je crois qu'il a déjà fait ça, de nombreuses fois, et qu'il s'en est tiré, et que maintenant il se demande si sa chance a tourné ou si nous avançons à l'aveuglette.

– Vous croyez qu'il va craquer ?

– Ici ? Non, je ne crois pas. Mais si nous mettons suffisamment la pression sur ces types, ils se mettent à merder. Ils deviennent exagérément prudents et c'est à ce moment que tout commence à aller de travers.

– Mais comment saurez-vous ce qu'il fait si vous ne le suivez pas ? Je suppose que vous n'avez rien qui justifie une surveillance.

– C'est exact.

– Donc...

– S'il s'avère que je suis dans le quartier et que je tombe par hasard sur lui...

– C'est illégal, Frank.

– Enlever des filles et les étrangler devant une caméra aussi.

– Je ne sais pas quoi dire.

– Inutile de dire quoi que ce soit, d'ailleurs, si vous tenez parole, vous ne direz rien.

– Je tiens parole, Frank. Ce n'est pas le problème. Le problème est de savoir si vous tenez la vôtre.

– Mon serment d'agent de police ?

– Exactement.

– Laissez-moi m'inquiéter de ça, Marie. Pour le moment, il me semble que la fin justifie les moyens.

– Je pourrais appliquer ça à ma situation avec vous.

– Bien sûr que vous le pourriez, mais si vous vous mettez à causer, je serai suspendu une fois de plus, et McKee fera ce qui lui chante parce que personne ne s'intéresse vraiment à lui à part moi.

– Peut-être qu'il y a une raison à ça.

– C'est lui, croyez-moi. C'est lui.

– J'espère que vous avez raison, Frank, sincèrement. Mais ce que j'espère encore plus, c'est que vous l'arrêterez légalement et dans les règles, et que vous n'allez pas vous enfoncer encore plus.

– Je crois que j'ai déjà touché le fond, Marie. Si je m'enfonce plus, je risque de ressortir de l'autre côté.

– C'est précisément ce qui m'inquiète. J'ai peur que vous ne finissiez...

– Comme mon père ?

– Oui, Frank, comme votre père.

– Si j'étais vous, je ne m'en ferais pas pour ça.

– Pourquoi ?

– Parce qu'il y a une différence fondamentale entre nous, Marie, et elle est très simple. Tout ce qu'il a fait, il l'a fait pour de mauvaises raisons, alors que...

– Alors que vous le faites pour de bonnes raisons ?

– Oui.

– Vous savez qu'il aurait pensé exactement comme vous ?

– Peut-être, mais il aurait eu tort.

– Soyez prudent, Frank.

– À quoi la prudence a-t-elle jamais servi ? »

67

« Sous quel prétexte ? demanda Radick.

– Peu importe. Bon sang ! dites-lui simplement que nous avons quelques questions supplémentaires à lui poser, que ça devrait être les dernières mais que nous nous intéressons de plus en plus à Young. Dites-lui que nous sommes persuadés que Lester Young a pu être l'assassin de Jennifer Baumann.

– Et il va mordre ? »

Parrish sourit d'un air entendu.

« S'il est un tant soit peu l'homme que je le soupçonne d'être, il mordra. »

Radick appela l'aide familiale. Il se fit passer directement McKee. Ils ne restèrent pas plus d'une minute au téléphone.

« Il viendra après le travail, annonça-t-il après avoir raccroché.

– Comment il vous a semblé ?

– Perplexe. Il n'a pas protesté, mais j'ai l'impression qu'il est plus curieux que rongé par la culpabilité. »

Parrish se leva de sa chaise et marcha jusqu'à la fenêtre. Il sembla rêvasser un moment, puis se tourna lentement pour faire face à Radick.

« Vous savez quoi, Jimmy ? Si ce n'est pas lui, je démissionne.

– Je vous demande pardon ?

– Je suis sérieux. Si ce n'est pas McKee, je démissionne. Je fais chier tout le monde, vous savez. Ils me gardent à cause de mes succès passés, pas parce que je suis indispensable. Ils me gardent parce qu'ils savent que tôt ou tard je ferai quelque chose d'irréparable et ils seront obligés de me foutre à la porte. Ça leur coûtera beaucoup moins cher que de me verser une pension pour une retraite anticipée.

– Je ne crois pas que ce soit ce à quoi ils s'attendent. »

Parrish se rassit. Il sourit patiemment.

« Ça fait des années que je connais ces enfoirés. Je ne fais pas les choses à leur manière. Ils le savent, je le sais. Ils ont besoin de gens comme vous. Des gens intelligents, organisés, méthodiques, qui connaissent les limites et qui s'y tiennent. Des gens qui peuvent faire leur boulot au sein du système. Moi, j'essaie de faire le boulot *malgré* le système.

– Bon Dieu, Frank ! nous avons tous les mêmes frustrations...

– Oui, je sais, sauf que vous autres, vous ne prenez pas ça personnellement. Moi, si. Ça me colle à la peau comme un putain de manteau. Du coup, ce sont ma femme et mes gosses qui ont trinqué... et quasiment tout s'est barré en couilles. Vous savez où je suis allé hier ? »

Radick leva la main pour l'interrompre.

« Ne me dites pas, Frank. Je ne veux pas savoir.

– Si, vous le voulez, Jimmy, croyez-moi. »

Radick se pencha en avant. Il regarda Parrish droit dans les yeux.

« Frank. Écoutez-moi, et écoutez-moi bien. Je ne veux pas le savoir. Ne me dites rien. Si vous me le dites, vous le regretterez, OK ?

– Qu'est-ce que c'est censé vouloir dire ?

– Frank, croyez-moi quand je vous dis que *je ne veux pas savoir*, OK ?

– Comme vous voudrez.

– Merci, Frank.

– Alors qu'est-ce que vous allez faire en attendant l'arrivée du golden boy ?

– Je retourne aux archives, répondit Radick. Je vais continuer à chercher d'autres photos de ces filles.

– Parfait. J'attendrai ici, je vais réexaminer les notes, essayer de rédiger quelque chose de plus clair et voir avec Valderas s'il y a du neuf du côté de Los Angeles. »

Radick se leva. Il marcha jusqu'à la porte, s'arrêta et se retourna lentement.

« Et puis-je vous demander de faire les choses dans les règles, Frank ?

– Vous pouvez demander, Jimmy.

– Alors c'est ce que je fais. Je vous le demande, Frank, pour votre bien, et pour le bien de cette affaire. Faites les choses dans les règles. »

Radick fut parti plus de trois heures. À son retour, il avait la gueule des mauvais jours.

« Il y a quelque chose qui cloche sérieusement sur cette putain de planète, Frank. Les trucs qu'ils ont là-bas... »

Il ôta sa veste et la laissa tomber sur sa chaise.

« J'ai déjà tout vu, répondit Parrish. Ça fait des années que j'ai arrêté de demander pourquoi les gens étaient aussi tordus.

– Mais toutes ces saloperies... bon Dieu, c'est quoi ce bordel ?

– C'est une drogue, Jimmy, comme l'héro, la coke ou l'alcool. C'est une drogue. Certaines personnes ont ça dans le sang, d'autres pas.

– Hallucinant, lâcha Jimmy.

– Le plus triste, c'est que c'est bel et bien réel.

– Vous avez du neuf sur cette requête pour L.A. ?

– Rien. Valderas... bon Dieu, je ne voudrais pas avoir son boulot ! J'ai passé mon après-midi à lui courir après dans tout le bâtiment. Je l'ai finalement coincé à la cantine.

– Et ?

– Et il dit qu'Haversaw va parler à quelqu'un qui parlera au putain d'assistant adjoint de Machinchouette, et que nous devrions avoir du neuf d'ici lundi. Enfin, avec un peu de chance.

– Bon Dieu, c'est à se demander comment on arrive à faire quoi que ce soit ici !

– Allons réserver une salle pour McKee. Ça, au moins, on peut le faire. »

McKee arriva à l'heure. Il pénétra dans le hall, informa le sergent au guichet qu'il venait voir les inspecteurs Parrish et Radick, et, lorsque ce dernier descendit le chercher, il était calmement assis dans le hall en train de lire le journal. Il se leva avec un sourire, tendit la main. Il semblait content de voir Radick, et Radick – en toute honnêteté – ne l'imaginait pas tournant des *snuff movies*.

Ils retournèrent à la même salle d'interrogatoire que précédemment. Parrish était déjà assis à leur arrivée. Il se leva et accueillit McKee chaleureusement. Parrish semblait calme, mesuré, sûr de lui. McKee aussi.

Radick s'assit sur sa chaise près de la porte, derrière McKee, Parrish lui faisant face légèrement sur la gauche.

McKee commença par demander quelles autres questions Parrish pouvait bien avoir à lui poser. Il lui fit clairement comprendre qu'il n'accepterait aucune question déplacée, qu'il avait consulté un avocat dont il possédait le numéro, et qu'il n'hésiterait pas à l'appeler à la moindre provocation.

Parrish commença par s'excuser auprès de McKee.

« Je ne m'attends pas à ce que vous compreniez la pression sous laquelle nous nous trouvons, dit-il. Mais je vous remercie pour votre coopération, pour votre temps et pour votre bonne volonté. Si vous souhaitez la présence de votre avocat, je vous en prie, appelez-le.

– Je n'ai rien à cacher, inspecteur Parrish, répondit McKee. Je crois que vous le savez désormais. Néanmoins, comme je vous l'ai déjà dit, je ne me laisserai pas intimider ni harceler.

– Tout ce que je peux dire, c'est que je suis désolé pour les soucis et les désagréments que nous vous avons causés. Vous n'êtes pas en état d'arrestation, et ces entretiens ont lieu pour la simple raison que vous nous avez été très utile.

– De quelle manière ? demanda McKee.

– Parce que nous n'en sommes encore qu'au début, répondit Parrish. Parce que nous continuons d'envisager la possibilité que Lester Young ait été impliqué dans cette affaire. »

McKee ouvrit de grands yeux.

« Ça me semble très difficile à croire, répondit-il. J'ai longtemps connu Lester, et j'ai toujours eu la plus grande estime pour lui.

– Je le comprends bien, Richard, mais nous ne pouvons ignorer les éléments indiquant que la disparition et le décès de ces jeunes filles ont été liés à l'aide familiale. Nous ne pouvons fermer les yeux là-dessus. Deux jeunes filles peut-être, trois peu probable, mais sept...

– Sept ? Je croyais qu'il n'y en avait que six ?

– Oui, désolé. Vous avez raison. Six jeunes filles. Donc, comme je disais, six jeunes filles disparaissent et sont retrouvées mortes, et toutes ont un lien avec l'aide familiale. Ça ne peut pas être une coïncidence.

– J'en conviens, répondit McKee. Mais Lester Young ? Il est mort en décembre de l'année dernière, et des meurtres ont été commis depuis, n'est-ce pas ?

– Oui, en effet. Mais laissons ça de côté pour le moment. Je voulais vous demander si vous aviez entendu parler d'une société nommée Absolute Publications. »

McKee fronça les sourcils.

« Absolute Publications ? Qu'est-ce que c'est ?

– C'est une maison d'édition, Richard.

– Oui, j'avais compris, mais qu'est-ce qu'elle publie ? Pourquoi en aurais-je entendu parler ?

– Je ne dis pas que vous en avez entendu parler. Je me posais simplement la question.

– Non, je ne crois pas. Que publie-t-elle ?

– Eh bien, je ne connais pas la totalité de son catalogue, et, pour autant que je sache, elle a mis la clé sous la porte.

– Mais vous devez savoir quelque chose, sinon vous ne m'interrogeriez pas à ce sujet.

– Eh bien, je sais qu'elle publie des magazines pornographiques, Richard. Je sais au moins ça. »

McKee ouvrit la bouche pour parler. Il la referma. Il jeta un coup d'œil par-dessus son épaule en direction de Radick mais ne dit rien. Lorsqu'il se tourna de nouveau vers Parrish, il semblait pâle, un peu inquiet.

« Vous en avez entendu parler ? le relança Parrish.

– Non », répondit soudainement McKee.

Il avait parlé trop rapidement. Il le savait. Parrish le savait.

« Richard ?

– OK, il m'arrivait de lire ce genre de magazines...

– Plus maintenant ?

– Bon sang, je suis célibataire ! Ça fait trois ans que j'ai divorcé. Je ne sors pas beaucoup. Je ne fréquente pas de femmes... »

Il semblait gêné, emprunté.

« Je vois exactement ce que vous voulez dire », répondit Parrish.

Il lui fit un sourire rassurant. Il voulait faire comprendre à McKee qu'il n'y avait pas de mal à lire des magazines porno. Afin de le faire parler.

« Enfin quoi, ce n'est pas interdit par la loi...

– Ça dépend de ce qu'il y a à l'intérieur, Richard.

– Ce qui signifie ?

– Vous me comprenez. »

McKee resta silencieux. Il sembla à deux reprises sur le point de dire quelque chose mais se ravisa, puis il regarda en direction de la porte.

« Êtes-vous allés voir mon ex-femme ?

– Je ne peux répondre à aucune question, Richard.

– Vous êtes allés la voir, n'est-ce pas ? C'est elle qui vous a dit que je lisais ces trucs. Qu'est-ce qu'elle a fait ? Elle en a gardé certains ? Est-ce qu'elle vous a montré des magazines que j'ai laissés là-bas ?

– Je ne peux pas répondre à cette question, Richard.

– La salope ! s'écria-t-il soudain. La putain de salope !

– Richard...

– Bon sang, nous sommes divorcés ! C'est fini. Quel droit a-t-elle de se mêler à tout ça...

– Se mêler à quoi, Richard ?

– À cette enquête que vous menez. De quoi croyez-vous que je parle ?

– Nous l'avons simplement contactée parce que nous pensions qu'elle se rappellerait peut-être quelque chose que vous auriez mentionné au passage...

– Quoi ? De quoi parlez-vous ?

– À l'époque. Quand vous travailliez avec Lester Young. Une de ces filles était reliée à un de ses dossiers, et vous le connaissiez, et nous lui avons demandé si elle se souvenait de quelque chose que vous auriez pu mentionner à l'époque.

– Et ?

– Je ne peux pas vous dire ce qu'elle a répondu, Richard, vous le savez. »

McKee fronça les sourcils.

« Qu'est-ce que c'est que ce bordel ? Qu'est-ce qui se passe ici ? » Il tira son téléphone portable de sa poche. « J'appelle mon avocat... »

Parrish se leva pour l'impressionner. Son intention était évidente, mais il le fit tout de même.

« Pensez-vous avoir besoin d'un avocat, Richard ?

– Oh ! je vous en prie ! Bon sang, on n'est pas dans une série télé !

– Non, en effet, Richard, c'est beaucoup plus sérieux qu'une série télé.

– Vous savez ce que j'ai voulu dire. Arrêtez de faire tout ce cinéma, pour l'amour de Dieu. Vous croyez que j'ai quelque chose à voir avec ces disparitions, ces assassinats ? C'est ce que vous croyez ?

– J'envisage pour le moment les choses sans idées préconçues, répondit Parrish. J'essaie de garder un esprit aussi ouvert que possible.

– Foutaises, inspecteur, ce sont des foutaises et nous le savons l'un comme l'autre. » McKee se pencha en avant. Lorsqu'il parla de nouveau, sa voix était plus forte que d'habitude, chaque mot soigneusement accentué comme s'il expliquait quelque chose à un étranger. « Je. Ne. Suis. Pas. Votre. Homme. Vous me comprenez ? Je ne suis pas l'homme que vous cherchez. »

Parrish fit comme si McKee n'avait rien dit.

« Mon père était flic, vous le saviez ?

– Non, je ne le savais pas, inspecteur. Je n'ai aucune raison de le savoir.

– Eh bien, il l'était, et il avait l'habitude de dire une chose. J'ai mis longtemps à vraiment comprendre ce qu'il voulait dire. Il me disait que toutes les victimes n'étaient pas nées égales. Vous comprenez ce que ça signifie ?

– Bien entendu.

– Eh bien, vous êtes plus intelligent que moi.

– Je peux me passer de vos sarcasmes, inspecteur. Vous devez vous souvenir que je travaille moi aussi avec des victimes.

– Je le sais, Richard, et c'est la raison pour laquelle cette affaire est peut-être plus troublante que la plupart des autres. Il ne s'agit pas juste de jeunes filles qui sont enlevées et assassinées, il s'agit de ce qui leur arrive entre l'enlèvement et l'assassinat.

– Je n'ai aucune idée de ce qui leur arrive.

– Elles se retrouvent dans des magazines et des films, Richard, voilà ce qui leur arrive. Elles finissent dans le type de magazines que publient Absolute et d'autres sociétés du même genre. Mais ces images, ces photos qu'on trouve dans ces magazines ne sont pas ce qui nous préoccupe vraiment. Ce qui nous préoccupe, ce sont les films qui sont tournés. Vous connaissez les films dont je parle, n'est-ce pas ?

– Pas personnellement, non. Je sais qu'il existe des films pornographiques. Qui l'ignore ? Mais je n'en regarde pas, si c'est votre question.

– J'ai du mal à croire que quelqu'un qui achète et lit ce genre de magazines ne regarde pas aussi des films, Richard.

– Soit, je ne dis pas que je n'en ai jamais regardé, mais certainement pas récemment.

– Et vous rappelez-vous les titres de films que vous avez vus par le passé ? »

McKee baissa les yeux vers ses mains, vers le téléphone portable posé sur la table devant lui. C'est alors qu'il sembla remarquer qu'il se tortillait nerveusement les doigts. Il les étala à plat sur la table, regarda Parrish sans ciller.

« Non, répondit-il d'un ton catégorique.

– Vous en êtes sûr ?

– J'en suis sûr.

– Et un film intitulé *Grosse Douleur* ? Vous en avez déjà entendu parler ?

– Non.

– Inutile de vous presser, Richard. Prenez votre temps. Réfléchissez bien.

– Je n'ai pas besoin de réfléchir. Je n'ai jamais vu de film intitulé *Grosse Douleur*. Je suppose qu'il s'agit d'une espèce de truc sadomaso. Je ne regarde pas ça.

– Je croyais que vous aviez dit ne pas regarder de films porno du tout.

– C'est vrai. Bon Dieu, vous savez ce que je veux dire ! Quand j'en regardais, je ne regardais jamais ce genre de films. » McKee marqua une pause. Il tenta de sourire. « Écoutez, reprit-il, je ne suis pas l'homme que vous recherchez. Je comprends ce que vous essayez de faire, et si j'étais à votre place, je ferais probablement la même chose. Mais j'aimerais vraiment partir maintenant. Vous ne devez plus avoir de questions à me poser. J'ai coopéré avec vous jusqu'au bout. Je suis venu de mon plein gré. J'ai essayé d'être aussi utile que possible. Si vous vous obstinez sur cette voie, ça va devenir du harcèlement, ne pensez-vous pas ? »

Parrish demeura silencieux. Il fixa McKee du regard jusqu'à ce que ce dernier commence à s'agiter d'un air gêné.

McKee brisa le silence. Il rit nerveusement, se leva, récupéra son téléphone, boutonna sa veste.

« Faut que j'y aille, dit-il. Faut vraiment que j'y aille. Je suis désolé de ne pas avoir pu vous aider plus, mais j'ai à faire. Si vous avez besoin de me parler de nouveau, sachez que je viendrai avec mon avocat. Ce n'est pas que j'aie quelque chose à cacher, mais j'ignore la loi et je ne veux pas me laisser embarquer dans une histoire qui... »

Parrish leva les yeux. Il sourit avec bienveillance.

« "Embarquer", Richard ? Qu'est-ce qui peut bien vous donner l'impression que quelqu'un cherche à vous embarquer dans quoi que ce soit ?

– Allons, inspecteur, nous ne sommes pas à la maternelle. Je ne suis peut-être pas avocat, mais j'ai eu affaire à des avocats et à des gens des services pour l'enfance et de l'Agence d'adoption durant l'essentiel de ma carrière. Je ne suis pas né de la dernière pluie. Je ne suis pas un complet idiot.

– Personne ne suggère que vous en êtes un.

– Alors qu'est-ce qu'on fait ici, hein ? Pourquoi me faites-vous venir pour me poser des questions auxquelles je n'ai pas la réponse ? Pourquoi suis-je le centre de votre enquête ?

– Qu'est-ce qui vous fait croire ça ?

– Bon sang, ça crève les yeux ! Les choses que vous me demandez, le fait que vous avez parlé à mon ex-femme...

– Mais vous n'êtes peut-être pas la seule personne à qui nous parlons, Richard. Il y a peut-être d'autres employés de l'aide familiale que nous questionnons. Nous avons pu rendre visite à plusieurs ex-femmes, petites amies ou maîtresses, ou Dieu sait quoi, pour essayer de tirer cette affaire au clair. Qu'est-ce qui vous donne l'impression que vous êtes le centre de cette enquête ?

– Rien.

– Est-ce que nous vous avons inculpé de quoi que ce soit ? »

McKee jeta un coup d'œil en direction de Radick. Il se tourna de nouveau vers Parrish.

« Non.

– Est-ce que nous avons ne serait-ce que laissé entendre que nous comptions vous inculper ? Est-ce que nous vous avons suggéré d'appeler un avocat ? Est-ce que nous vous avons lu vos droits ? Est-ce que nous avons pris la peine de prendre des notes ou d'enregistrer nos conversations ? »

McKee prit une profonde inspiration et exhala lentement.

« Non, inspecteur, vous n'avez rien fait de tel.

– Alors j'ai du mal à comprendre pourquoi vous êtes si paranoïaque.

– Je ne suis pas paranoïaque. »

Parrish sourit.

« Je crois que vous regardez trop de séries télévisées, Richard, vraiment. Ces enquêtes ne se résolvent pas en une heure. Une affaire comme celle-ci – six jeunes filles mortes sur une période de près de deux ans – ne s'élucide pas en un clin d'œil. Notre premier angle d'attaque pour les enquêtes de ce genre, c'est la famille de la victime. Dans chacun de ces cas, sans exception, les parents sont soit divorcés, soit séparés, soit injoignables, soit réticents à parler, et bien souvent ils sont morts. Ces filles étaient toutes adoptées ou en passe de l'être. Un nouveau départ dans la vie les attendait, mais quelqu'un le leur a pris, vous comprenez ?

– Oui, je comprends.

– Donc, en tant que père, en tant qu'inspecteur à la brigade criminelle, je me retrouve dans une situation où il est hors de question que je laisse passer ça. J'ai six adolescentes mortes, et, d'après ce que je vois, il semblerait qu'elles aient été enlevées afin d'être exploitées sexuellement, après quoi elles ont été tuées. Je me trompe peut-être. Je suis peut-être complètement à côté, mais je ne crois pas. Je pose des questions, je creuse un peu plus profond et je découvre un lien avec l'aide familiale, les services pour l'enfance, l'Agence d'adoption. Je parle aux employés et je rencontre quelqu'un qui était indirectement lié à leurs dossiers, ou du moins qui y avait dans une certaine mesure accès, et cette personne a une histoire de... disons juste qu'il y a quelque chose dans son casier, une petite note qui laisse entendre qu'il a rencontré quelques difficultés dans ce domaine particulier. Vous me suivez ?

– Oui.

– Alors nous allons voir son ex-femme, et celle-ci nous explique qu'il a un certain penchant pour un certain type de littérature pornographique. Elle dit qu'il reste des magazines chez elle. Est-ce que nous voulons les emporter ? Elle a peur que ses enfants ne les trouvent. Nous acceptons de les prendre, et, d'après ce que nous voyons, il n'y a rien d'ouvertement illégal là-dedans, même s'il est possible que certaines des filles sur les photos aient menti sur leur âge. Ce genre de chose arrive, Richard. J'ai le regret de vous dire que ce n'est pas rare. Nous sommes intéressés, Richard, c'est tout, et même s'il est possible que vous n'ayez absolument rien à voir avec tout ça, ce serait une véritable négligence de notre part de ne pas suivre cette piste avec un minimum de persévérance et de ténacité. Vous me suivez ? »

McKee acquiesça.

« Vous parlez à d'autres employés de l'aide familiale ?

– Je ne peux pas répondre à cette question, Richard.

– OK, alors je suis la seule personne à qui vous parlez ?

– Non, Richard. »

McKee sembla momentanément soulagé. Il fit un pas en avant et se rassit.

« Donc je n'ai pas besoin d'avocat ?

– À vous de décider, Richard, vraiment. Je ne peux pas vous dire si vous avez ou non besoin d'un avocat.

– Mais vous n'avez pas l'intention de m'inculper de quoi que ce soit, n'est-ce pas ?

– Non, à moins qu'il n'y ait quelque chose que vous estimez que nous devrions savoir et que nous n'avons pas encore abordé ?

– Non, bien sûr que non. Je n'ai rien fait d'illégal.

– Eh bien, dans ce cas, tout va bien, Richard, c'est parfait. »

Parrish se leva. McKee fit de même.

« Merci encore pour votre temps, dit Parrish.

– Pas de quoi, répondit McKee en tentant de sourire. Je vous dirais bien que si vous avez besoin d'autre chose, vous pouvez m'appeler, mais j'espère que vous n'aurez plus besoin de moi.

– Moi aussi, Richard, moi aussi. » Parrish serra la main de McKee. « L'inspecteur Radick va vous raccompagner. »

68

« Vous jouez un jeu dangereux, Frank. Vous êtes vraiment à la limite avec ce type. »

Radick ôta sa veste et s'assit.

« Eh bien, vous savez ce qu'on dit.

– Quoi ?

– Si vous n'êtes pas à la limite, vous finissez par prendre trop de place.

– Ce n'est pas le moment de faire de l'humour, Frank, je suis sérieux. Il suffirait qu'il échange quelques mots avec le mauvais type d'avocat et nous nous retrouverions avec un procès pour harcèlement. J'ai aussi peur que Carole Paretski n'ait des problèmes à cause de nous.

– Je ne crois pas qu'il sera assez stupide pour lui dire quelque chose. S'il lui cherche des noises, elle coopérera encore plus avec nous, et je crois qu'il l'a compris.

– Cependant...

– Je sais, Jimmy, coupa Parrish. Mais vous n'aimez pas jouer au chat et à la souris ? Il croit nous avoir bernés. Il croit que nous le questionnons simplement dans le cadre de l'enquête. »

Radick fronça les sourcils.

« C'est le cas... non ? »

Parrish sembla un moment pris de court.

« Vous n'avez plus de doutes, si ? demanda-t-il.

– Des doutes sur quoi ?

– Sur McKee ? Sur sa culpabilité ?

– Bon sang, Frank, bien sûr que j'ai des doutes !

– Vous n'êtes pas sérieux ?

– Bien sûr que je suis sérieux. Nous n'avons rien contre lui. J'ai assisté à chaque entretien, Frank, et tout ce que je vois, c'est un pauvre abruti qui s'est fait larguer par sa femme parce qu'il avait un penchant pour les gamines...

– Vous ne voyez pas les signes, Jimmy, vous ne voyez pas les signes.

– Les signes ? Quels signes ?

– C'est bon. Oubliez. Vous ne pouviez pas voir son visage pendant que nous parlions.

– Mais j'ai entendu ce qu'il a dit, Frank. Alors de quoi vous parlez... des signes ?

– Ses yeux, ses mains, sa réaction quand j'ai relâché la pression. Vous avez vu à quel point il était soulagé ?

– Bon Dieu, Frank ! je crois que je serais soulagé si j'avais tout à coup l'impression que le type qui me harcèle sous prétexte qu'il me prend pour un tueur en série me disait qu'il n'était pas réellement sérieux. »

Parrish secouait la tête avant même que Radick ait fini de parler.

« Non, Jimmy, c'étaient les signes. Ces types ne pensent pas comme nous. C'est un fait. Et c'est une bonne chose, sinon on ferait tous la même chose qu'eux. Comme je l'ai déjà dit, ils sont arrogants. Ils font mine de ne pas l'être, mais ils sont arrogants. Ils ont toutes ces obsessions, les filles, les *snuff movies*, la torture, et ainsi de suite, mais quelque chose en eux les pousse à défier la police. Ils doivent se prouver, à eux et au reste du monde, qu'ils sont plus malins que tout le monde. Ils ne veulent pas se faire attraper. Bien sûr que non. Mais vous savez quoi ? Quelque part au fond d'eux, ils veulent se faire arrêter. Pourquoi ? Parce qu'ils cherchent la reconnaissance. Ils veulent que le monde sache ce qu'ils ont fait, pendant combien de temps ils ont pu le faire en toute impunité...

– Attendez une seconde, Frank. Pour autant que je sache, nous ne sommes pas plus près de pincer McKee que nous l'étions il y a une semaine. Soit, c'est un loser. Soit, il lit des magazines de cul. Et après ? Vous savez combien de gens en lisent ? Ça n'est pas illégal. Que ça vous plaise ou non, c'est la vérité. Il est impossible de prouver que les filles dans ces magazines étaient mineures quand les photos ont été prises, et comparé à certains trucs que j'ai vus pendant mes recherches aux archives, c'est plutôt gentil. Et même si nous le prouvions, nous n'aurions rien contre McKee, ce serait le problème des éditeurs. Et puis il y a le film. Soit, il y a eu une pub pour le film dans un des magazines. Nous avons une photo de Jennifer en train de faire des choses qu'aucune gamine de 17 ans ne devrait faire contre sa volonté, mais nous n'avons aucune preuve qu'elle l'ait fait contre sa volonté. Bon sang, Frank, nous ne savons rien sur les circonstances de leurs disparitions et de leurs meurtres ! Nous savons simplement qu'elles ont disparu, puis qu'elles sont mortes. Jennifer a pu faire ces photos des semaines avant de disparaître, des mois même, et elle a pu les faire de son plein gré. Nous n'en savons rien. C'est ça, le problème. Nous n'avons aucune preuve. »

Parrish souriait, presque intérieurement.

« Et c'est là que l'intuition entre en jeu, Jimmy. Ils franchissent une limite, et, une fois qu'ils ont franchi cette limite, vous savez que vous tenez quelque chose...

– Qu'est-ce que c'est que ces conneries, Frank ? Une limite ? L'intuition ? Bon sang, vieux, écoutez-vous ! Nous n'avons rien contre Richard McKee. Il n'a pas été inculpé parce que nous n'avons aucune raison de l'inculper. Personne ne lui a conseillé de prendre un avocat parce qu'il n'a pas besoin d'un avocat. Si je ne vous connaissais pas, je penserais que vous faites une fixation irrationnelle sur ce type. Mais le fait est que je vous connais, et je crois tout de même que vous faites une fixation irrationnelle. Foutez-lui la paix. Vous l'avez entendu. La prochaine fois que nous lui demanderons de venir pour le questionner, il amènera un avocat…

– Je ne vais plus lui demander de venir.

– Putain, encore heureux.

– Je n'en ai pas besoin. J'ai toutes les informations qu'il me faut.

– Quoi ?

– C'est lui, Jimmy. Je suis sérieux. Vous pouvez me croire ou me prendre pour un fou. *C'est lui.* Pour moi, c'est plus évident que jamais. De fait, plus vous me conseillez de lui foutre la paix, plus je comprends à quel point ce salaud a été malin.

– Aah ! nom de Dieu, Frank, vous voulez bien laisser tomber ? Qu'est-ce que vous allez faire ? Effectuer une demande d'arrestation qui sera refusée ? Essayer d'obtenir un mandat pour fouiller sa maison ?

– Non, Jimmy, je vais simplement attendre qu'il passe de nouveau à l'action, et nous serons prêts.

– Vous êtes sérieux, n'est-ce pas ? Vous croyez réellement que Richard McKee a enlevé et tué six adolescentes au cours des deux dernières années.

– Oui, Jimmy, je le crois. Et je crois que très bientôt il va s'en prendre à la septième.

– Pourquoi, Frank ? Pourquoi est-ce qu'il ferait ça s'il sait que nous sommes après lui ?

– Parce que nous l'avons excité, Jimmy. Il est de nouveau tout émoustillé. Il doit se prouver qu'il peut être plus malin que nous, et, comme j'ai déjà dit, plus nous lui parlons, plus ça le démange. Il va en vouloir une autre. Il va le faire, et c'est pour bientôt.

– Bon Dieu ! Si ça doit se passer comme ça, je ne suis pas sûr de pouvoir continuer à bosser avec vous, Frank. Sérieusement, vous allez trop loin.

– Pas encore, Jimmy, pas encore. Ne me lâchez pas, d'accord ? Attendez encore un peu. Quelques jours, une semaine peut-être.

Épaulez-moi. Si je me trompe, je démissionnerai, je vous l'ai dit. Et si j'ai raison, je démissionnerai aussi, mais vous obtiendrez une décoration pour votre première enquête à la criminelle et Valderas vous adorera.

– Une semaine, Frank. Je peux accepter ça. Une semaine de plus sur cette affaire, et après on passe à autre chose. On reprend certaines des affaires que nous avons laissé tomber. »

Parrish acquiesça et tendit la main.

« Marché conclu, dit-il. Une semaine, et si nous n'avons pas arrêté McKee pour son implication dans six meurtres, nous abandonnerons complètement l'enquête.

– Vous êtes sérieux ?

– Oui.

– OK, fit Radick. Va pour une semaine. »

Ils se serrèrent la main. Radick se pencha en arrière sur sa chaise. Il regarda un moment par la fenêtre et se demanda si Frank Parrish était sa pénitence pour des péchés commis dans une vie antérieure.

69

À 19 heures, Parrish était chez lui. Il aurait dû manger quelque chose, mais il n'avait pas faim. Deux fois il décrocha le téléphone, et deux fois il reposa le combiné. Il fit les cent pas dans la cuisine, s'arrêta face au réfrigérateur, ouvrit la porte et regarda à l'intérieur. Il le referma et recommença à tourner en rond.

À 19 h 40, il décrocha une fois de plus le téléphone et composa un numéro. Il ferma les yeux tandis que la sonnerie retentissait. Il était sur le point de raccrocher lorsqu'on répondit.

« Allô ! dit-il. C'est moi. »

Il y eut une hésitation au bout du fil, puis :

« Bon Dieu ! une voix ressurgie du passé.

– Ça fait un bail, Ro... »

Il s'interrompit. Pas de noms. Pas au téléphone.

« Comment ça va ?

– Mieux, répondit Parrish.

– Je suppose que la requête que j'ai exprimée la dernière fois que nous nous sommes parlé est tombée dans l'oreille d'un sourd ?

– Écoute, ce n'est pas si simple. Je suis coincé. Vraiment coincé.

– Comme la dernière fois, ou est-ce que je me trompe ?

– Non, tu ne te trompes pas. C'est important...

– Tu connais le marché. Je t'ai aidé la dernière fois et je n'aurais pas dû le faire. Bon sang, je ne devrais même pas te parler !

– Mais ça fait trois... non, quatre ans. Tu as déjà songé au nombre de fois où j'aurais pu t'appeler au cours des quatre dernières années et où je ne l'ai pas fait ?

– Je sais. Je comprends. Mais tu sais quoi ? Ça devrait être tout le temps comme ça.

– J'ai besoin que tu m'aides.

– Je ne peux pas t'aider.

– Écoute-moi… j'ai *vraiment* besoin de ton aide. »

Il y eut un silence à l'autre bout du fil. Parrish entendait une respiration, c'était tout.

« Écoute, poursuivit-il. Si ça ne me semblait pas sérieux, et je veux dire *réellement* sérieux, je ne t'appellerais pas. Tu le sais.

– Sérieux à quel point ?

– Six cadavres. Un septième imminent. J'en suis certain.

– Hommes, femmes…

– Des adolescentes… des *snuff movies*, je crois.

– Oh ! quel monde merveilleux dans lequel nous vivons.

– Alors ?

– Alors quoi ?

– Tu vas m'aider ?

– Ça dépend entièrement de ce que tu entends par *aider*.

– Me rencontrer. Une heure. Peut-être moins. J'ai juste besoin de parler à quelqu'un de l'extérieur. J'ai besoin de te dire ce que nous avons… bon, ce que nous n'avons *pas* à vrai dire, et de voir s'il y a moyen d'arriver à quelque chose. »

Il y eut un nouveau silence. Celui-ci sembla durer une éternité.

« Ce n'est pas une bonne idée.

– Je sais, répondit Parrish. Je suis désolé. Si j'avais quelqu'un d'autre à qui parler…

– Est-ce que tu as fait quelque chose qui t'empêche de passer par les canaux habituels ?

– J'ai fait quelque chose. Ça n'a rien à voir avec les canaux habituels. Je sais quelque chose qui ne peut pas figurer dans le dossier. Peut-être que ce n'est rien… je ne sais pas ce que ça peut vouloir dire ou non. Je suis dans le pétrin, OK ? Je suis vraiment dans la merde et j'ai besoin de savoir s'il y a moyen de m'en sortir.

– Probablement pas, te connaissant.

– Je sais, mais il faut que j'essaie.

– Bon sang ! tu es vraiment...

– Je sais. Un emmerdeur. Un boulet. J'ai dit que si je ne réglais pas ça d'ici une semaine, je démissionnais.

– Oh ! encore une de tes crises ?

– Je te le demande. Je t'*implore* de m'aider.

– Il est quelle heure ?

– 19h45.

– Tu habites toujours au même endroit ?

– Oui.

– On se retrouve au deuxième endroit où on s'est rencontrés. 20h30. »

La tonalité retentit dans son oreille.

Parrish resta un moment planté sur place avec le combiné dans la main. Il entendait le martèlement de son cœur. Une minute s'écoula avant qu'il ne raccroche.

70

Parrish se demandait s'il avait même remis les pieds dans le restaurant depuis quatre ans. Il ne se souvenait pas, pas clairement. Situé à l'angle de Park et Ryerson, à un jet de pierre de la voie express, il ne se trouvait pas à plus d'une demi-douzaine de blocs au nord-est de son appartement. Il y alla à pied et, bien qu'il prît son temps, arriva avec un quart d'heure d'avance. Il s'installa dans un box au fond à droite, commanda un café et attendit.

« Je ne peux pas rester longtemps », annonça Ron en guise d'ouverture.

Parrish sourit.

« Je ne m'attends pas à ce que tu restes longtemps. »

Ron s'assit et, après avoir attentivement scruté Frank Parrish, déclara :

« Tu n'as pas l'air en grande forme.

– J'ai connu mieux.

– Toujours célibataire ? »

Parrish acquiesça.

« Tu as besoin de quelqu'un pour s'occuper de toi, Frank. Tu as une sale mine. »

Parrish haussa les épaules.

« J'ai connu mieux, j'ai connu pire.

– Tu reveux un café ?

– Oui. »

Ron fit signe à la serveuse, commanda du café pour lui et Parrish.

« Alors quels cauchemars poursuis-tu ces temps-ci ? » demanda-t-il.

Parrish exposa les faits qu'il avait – rapidement, de manière succincte – et, ce faisant, s'aperçut qu'il en avait très peu.

« Il me semble que les altérations cosmétiques, les cheveux, les ongles, et ainsi de suite... c'est ta signature, correct ? Mais nous n'avons pas toutes les réponses au bureau. Tu le sais, n'est-ce pas ?

– Je sais, Ron. Tout ce que j'espère, c'est que tu trouveras peut-être un angle différent. Quelque chose que je puisse mettre sous le nez de ce type. Quelque chose qui fissurera la façade et me permettra d'entrer à l'intérieur.

– Il y a beaucoup de suppositions de ta part, répliqua Ron. J'ai l'impression que tu n'as vraiment rien sur lui.

– Je comprends, mais je suis tellement certain que... »

Ron leva la main.

« Considérons que c'est bien lui, d'accord ? Si chacune de ces victimes a été assassinée par le même type, c'est plus que probablement un *navetteur*. Il va à divers endroits pour trouver ses victimes. Il fait ce qu'il a à faire, puis il s'en débarrasse. S'il tourne des films, je doute sincèrement qu'il utilise sa propre maison. Ce serait possible. Une cave peut-être, une pièce à l'étage qu'il estime sûre, mais, d'après ce que tu m'as dit, j'ai l'impression qu'il ne travaille pas seul.

– J'y ai songé.

– Et ces filles se ressemblent toutes. Des gamines blondes, jolies, minces, mignonnes, exact ?

– Oui.

– Et à quoi ressemble sa fille ? »

Parrish secoua la tête.

« Je n'en sais rien. J'ai vu une photo d'elle, mais elle remontait à un moment et elle n'était pas très claire.

– Je vais te dire, soit elle ressemble beaucoup aux victimes, soit elle est exactement le contraire.

– Explique-toi.

– Je ne pense pas qu'il s'agisse de meurtres motivés par la vengeance et la rage, Frank. Dans de tels cas, la victime symbolise quelqu'un, généralement une personne qu'on désire mais qu'on ne peut pas avoir, ou alors une personne dont l'assassin estime qu'elle lui a d'une manière ou d'une autre causé du tort. Ces meurtres sont pour l'ensemble non prémédités et très violents. Alors que ton type est un planificateur, et question violence, eh bien, il n'est tout simplement pas à la hauteur. Quant à l'aspect colère-excitation ? Ça naît d'un besoin de terrifier, de provoquer autant de souffrance que possible avant de tuer son sujet. Les types se préparent comme pour une opération militaire. Tout est prévu dans le moindre détail. Où, quand, comment, tout est répété maintes et maintes fois avant le passage à l'acte. Si ton type choisit ses victimes à partir de dossiers, surtout s'il s'assure qu'aucune d'entre elles ne peut être directement reliée à lui d'un point de vue professionnel, alors c'est un planificateur. Ça élimine le profil vengeance-rage.

– Ces catégories peuvent se recouper, n'est-ce pas ?

– Bien sûr. Elles ne sont pas immuables, Frank, elles dessinent de vagues contours. Aucun tueur n'est identique à un autre, crois-moi.

– Et ce que tu as dit à propos de sa fille ?

– Eh bien, ce serait intéressant de savoir. La possibilité qu'il l'ait filmée depuis les combles au-dessus de sa chambre. Il pourrait faire une fixation sur sa propre fille, quelque chose d'incestueux. Bon, il ne peut pas coucher avec elle, alors il s'en prend à des filles qui lui ressemblent. Et pour se convaincre qu'il n'est pas un pédophile incestueux, il a recours à ces altérations cosmétiques, histoire qu'elles aient l'air légèrement différentes et légèrement plus âgées. Quel âge a sa gamine ?

– 14. »

Ron se pencha en arrière sur sa chaise et secoua la tête.

« Le problème, c'est qu'on ne sait pas ce qui se passe dans le crâne de ces types tant qu'on ne leur a pas mis la main dessus, et alors on n'apprend que ce qu'ils veulent bien nous dire. Toutes les informations que nous sommes parvenus à rassembler au fil des années au FBI comportent inévitablement des aspects discutables. Après tout, nous avons affaire à certains des meilleurs menteurs du monde.

– Et si la fille ne ressemble pas aux victimes ?

– Si sa fille est une brune obèse à lunettes, alors il est vexé qu'elle ne corresponde pas au modèle social acceptable. Peut-être qu'elle a eu une scolarité difficile, peut-être qu'elle s'est retrouvée exclue sous prétexte qu'elle n'est pas la jolie blonde qu'il avait espérée. Alors ça devient une question de vengeance contre toutes celles qui l'ont fait se sentir différente et indésirable.

– Si elle ressemble à sa mère, ça n'est certainement pas le cas.

– OK, alors il couche avec sa fille par procuration. Nous sommes dans le cas du type qui détruit ce qu'il a créé, mais qui en même temps éprouve suffisamment d'empathie envers sa victime pour ne pas pousser la torture et la douleur trop loin. Ça pourrait expliquer le Rohypnol. Si elles sont droguées, elles ne peuvent pas résister, et si elles ne peuvent pas résister, inutile de les ligoter ou de leur faire mal.

– Je crois que les premières ont souffert, observa Parrish. Ce film, *Grosse Douleur*... eh bien, je crois que le titre dit tout, non ?

– Comme je l'ai déjà dit, Frank, tu n'as aucun moyen de savoir comment les choses ont évolué. Il a pu avoir un complice les premières fois, puis poursuivre en solo parce qu'il n'aimait pas infliger de douleur. Il a pu commencer par les faire souffrir puis passer à une méthode plus sophistiquée de faire ce qu'il avait besoin de faire...

– *Besoin* ?

– Bien sûr. Il n'est jamais question de désir avec ces personnages. C'est toujours un besoin. Ils ne peuvent pas le contrôler. Il résout quelque chose. Toujours. Sous la surface, quand on arrive au cœur du fonctionnement de ces types, il y a toujours une difficulté, un problème, une question profondément ancrée qu'ils résolvent en passant à l'acte. Et l'autre aspect qui me laisse penser que nous avons affaire à quelque chose de très personnel, c'est la strangulation.

– C'est-à-dire ?

– La strangulation et la suffocation sont des méthodes non invasives. Ce n'est pas comme un pistolet ou un couteau, ce n'est pas comme défoncer le crâne de quelqu'un avec un marteau, une brique ou autre chose. Il n'y a pas de sang, il n'y a pas de dégâts physiques visibles, hormis peut-être quelques bleus. Quand on étrangle ou qu'on étouffe quelqu'un, la personne conserve la même apparence, du moins pendant un petit moment. On peut l'asseoir, l'allonger, l'installer sur une chaise, lui parler, s'expliquer, on peut même continuer à la baiser. On peut la conserver près de soi sans se rappeler constamment qu'on vient de lui ôter la vie.

– Et c'est ce qu'il ferait ?

– Absolument. Ces types s'accrochent à leurs victimes aussi longtemps que possible, jusqu'au moment où il devient incontestablement évident qu'elles sont mortes. La rigidité cadavérique survient, elles commencent à se décomposer, et alors elles ne sont plus les petits anges d'auparavant et elles doivent disparaître. Oh ! et le fait qu'il en ait étranglé au moins une avec une écharpe implique un sentiment de culpabilité, un désir d'être aussi doux que possible, et ça l'éloigne aussi de la réalité physique du meurtre en évitant tout contact physique avec la victime au moment où elle meurt. »

Parrish acquiesça. Il revoulait du café mais ne voulait pas interrompre le flot d'informations.

« Si tu parviens à jeter un coup d'œil chez ce type, en supposant que ce soit bien lui, je pense que tu trouveras une maison exceptionnellement bien rangée, d'une propreté immaculée. C'est le genre de type qui aligne ses boîtes de conserve par ordre alphabétique et par date de péremption. » Ron esquissa un sourire froid. « Mais, bien entendu, tu n'auras pas l'occasion d'aller voir chez lui, n'est-ce pas, Frank ? »

Parrish secoua la tête.

« Vu la tournure des événements, je ne crois pas que nous aurons l'opportunité d'aller voir où que ce soit. Il nous a piégés, Ron, sérieusement piégés, et je n'ai rien de suffisamment solide pour demander une perquisition, un nouvel interrogatoire...

– Tu sais où il habite. Va le voir chez lui. Dis-lui que tu veux le remercier d'avoir coopéré, que tu lui es très reconnaissant, et que tu veux t'excuser de lui avoir donné l'impression qu'il était harcelé.

– J'y ai songé, mais je ne veux plus dévoiler mon jeu, et je ne veux certainement pas entraver ses projets.

– Toujours le même dilemme, commenta Ron. Est-ce qu'on va voir le type en risquant de foutre en l'air toute chance de l'inculper, ou est-ce qu'on attend qu'il remette ça au risque de perdre une autre victime ?

– Exact.

– Il y a une chose qui me trouble, c'est la chronologie. Tu peux me la répéter ?

– La première victime, du moins la première qui colle avec le mode opératoire, remonte à octobre 2006.

– Et il s'agit de la jeune Baumann, celle dont vous avez trouvé la photo ?

– Non, la première était Melissa Schaeffer, celle que nous avons retrouvée dans une poubelle. Baumann était la deuxième, et elle remonte à janvier 2007. La troisième date d'août, la quatrième de décembre, puis neuf mois s'écoulent jusqu'à Rebecca Lange au début de ce mois-ci...

– Et la dernière est la fille qui a été découverte dans le carton derrière le Brooklyn Hospital il y a dix jours.

– Oui, c'est exact. »

Ron demeura un moment silencieux, puis il se pencha en avant.

« Je crois que tu en as loupé quelques-unes, Frank... pas toi spécifiquement, mais je ne pense pas que tu aies toutes les victimes. La chronologie n'a aucun sens. Trois mois entre la première et la deuxième, ensuite sept mois, quatre mois, neuf mois, et puis une semaine ? » Il secoua la tête. « Je pense qu'il y a d'autres filles qui n'ont rien à voir avec l'aide familiale. Soit ça, soit tu as peut-être affaire à un cycle qui ne repose pas sur la prédétermination.

– Ce qui signifie ?

– Dynamiques situationnelles, Frank. Dynamiques situationnelles, et aussi une chose sur laquelle se penchent de nos jours les profileurs et qui s'appelle l'"expérience humaine exceptionnelle". »

Parrish fronça les sourcils d'un air interrogateur.

« Ce n'est pas compliqué. Les dynamiques situationnelles, tu les comprends. Ce sont simplement les facteurs environnementaux, familiaux, sociaux et éducatifs qui contribuent à faire de la personne ce qu'elle est. Il y a une logique. Abus sexuels ou physiques de la part des parents ou de membres de la famille, aliénation sociale, effondrement complet de l'estime de soi. La personne commence par torturer des animaux, puis elle met le feu, puis elle passe des incendies à l'homicide involontaire, puis au meurtre. Certains agissent en fonction d'une logique interne, qui peut se manifester dans le choix de la victime, mais surtout dans le moment choisi pour tuer. Cycles lunaires, pleine lune, un dimanche sur sept, et ainsi de suite. Et puis il y a cette nouvelle idée qui a fait son apparition. La théorie de l'expérience humaine exceptionnelle. Elle est basée sur le principe que chaque tueur en série essaie continuellement de ne plus tuer. C'est comme l'alcoolique qui doit arrêter de boire, le kleptomane qui doit arrêter de voler... cette conscience sous-jacente que ce qu'on fait est mal, et la bataille qui fait rage à l'intérieur de la personne. Cette expérience humaine exceptionnelle est simplement une chose qui se produit dans la vie de l'individu et qui lui fait perdre tout contrôle sur lui-même. Elle donne à l'envie de meurtre une telle puissance qu'il ne peut plus l'arrêter. Elle écrase complètement le libre arbitre, et l'individu doit trouver une victime. Le besoin a été généré par un événement extérieur, et les dynamiques situationnelles originelles lui permettent de rationaliser ses actes. Le sentiment de culpabilité n'apparaît qu'après les faits, et il est alors trop tard. Une nouvelle victime est morte. Ça pourrait être le cas de ton type. Il n'y a pas de logique. Il se retient aussi longtemps que possible, et soudain il explose. C'est une possibilité. Cependant, je crois que dans ce cas il y a simplement d'autres filles que vous n'avez pas identifiées comme faisant partie de la série de meurtres. Nous avons bien plus de sept cent cinquante mille disparitions d'enfants par an aux États-Unis, et nous n'en retrouvons qu'un pourcentage désespérément bas.

– Je n'ai pas envie d'entendre ça.

– Entends-le. Fais avec. C'est la nature de la bête, mon ami. Je n'ai pas besoin de te le dire.

– Alors qu'est-ce que je fais ? Où je vais ? »

Ron sourit.

« Dis-moi ce que tu me caches.

– Je ne te cache rien », répondit Parrish.

Il sentit le nœud dans le bas de son ventre se serrer considérablement.

Ron souleva sa tasse de café et la vida d'un trait. Il commença à se lever.

« Qu'est-ce que tu fais ?

– Je me tire, Frank, qu'est-ce que tu crois que je suis en train de faire ? Tu m'as demandé de te rencontrer, je te rencontre. Tu veux me dire quelque chose, je t'écoute. Je te demande de tout me dire et tu te fous de ma gueule. Toi et moi, on a fait quelque chose de bien il y a quatre ans, et tu m'as donné un coup de main. OK, alors peut-être que nous n'avons pas suivi les règles à la lettre, mais nous l'avons fait et nous avons chopé le type. Mais nous avons aussi décidé à l'époque que personne ne devait rien à l'autre. C'était ce que nous avions convenu. Pas de dettes, pas d'obligations, rien. Je ne suis pas venu ici parce que ça m'arrange. Tout ceci est confidentiel. Ça doit l'être, simplement à cause de ce que nous faisons et de ce que nous sommes. Le FBI ne doit rien au NYPD et *vice versa*. Quand nous collaborons, c'est parce que nous le voulons, pas parce que nous y sommes obligés. Je suis resté ici à t'écouter, et maintenant nous en avons fini et je rentre chez moi. »

Parrish leva les yeux vers Ron.

« Je pense savoir à qui il va s'en prendre la prochaine fois. »

Ron marqua une pause, puis il se rassit lourdement.

« Et maintenant tu vas me dire que tu es la seule personne à le savoir, et que la façon dont tu as obtenu cette information pourrait te valoir une suspension, voire un licenciement.

– J'ai déjà une retenue sur salaire, répondit Parrish. Je n'ai plus de permis de conduire. Ils m'attendent au tournant comme des vautours. À la première connerie, c'est la porte. Ça leur coûte moins cher comme ça. Ils n'ont pas à me dédommager ou à me payer une retraite pleine.

– Bon Dieu, Frank, c'est quoi ton putain de problème ? »

Parrish sourit d'un air sardonique.

« Si je le savais, je le commercialiserais parce que je suis sûr que tout le monde adorerait en avoir une part.

– Qu'est-ce que tu as fait ?

– J'ai mis le nez là où je n'aurais pas dû.

– Et qu'est-ce que tu as trouvé ?

– Le dossier d'une fille qui ressemble aux autres.

– Et c'est un dossier dont il a la charge ?

– Non.

– Chez lui ?

– Dans sa voiture. »

Ron inspira profondément et soupira.

« Merde ! » lâcha-t-il, et il prononça cette unique syllabe avec une telle certitude et une telle force qu'elle frappa Parrish comme un coup de poing.

C'est peut-être alors – dans cette fraction de seconde – qu'il sut qu'il avait poussé les choses si loin qu'il n'y avait plus de retour en arrière.

« Je ne sais pas quoi te dire, reprit Ron. L'information que tu as pu découvrir... eh bien, tu sais aussi bien que moi que tu ne peux pas l'utiliser, non seulement parce qu'elle a été obtenue illégalement, mais aussi parce qu'elle ne te servirait à rien. Tu ne peux pas effectuer une arrestation ou un interrogatoire sur la base de preuves obtenues illégalement, Frank. Tu le sais.

– Bien sûr que je le sais, mais je devais savoir. Je devais m'assurer que je ne traquais pas ce type pour rien.

– Et qu'est-ce que ç'a prouvé ? Rien, n'est-ce pas ? C'est normal qu'il possède des dossiers de l'aide familiale. C'est dans l'ordre des choses. C'est son boulot, non ? »

Parrish secoua la tête.

« Je ne crois pas que cette fille ait quoi que ce soit à voir avec son boulot, Ron, je crois qu'il s'agit plutôt de ses projets pour son temps libre.

– Tout cela n'étant fondé sur rien de plus que des coïncidences, des présomptions, et la certitude irréfutable de ton intuition. »

Parrish hésita. Il ne voulait pas paraître idiot, mais il avait l'air idiot. Pas moyen d'y échapper.

Ron jeta un coup d'œil à sa montre.

« La persévérance, Frank. La persévérance, le travail acharné, l'entêtement, ne pas compter ses heures, travailler encore plus dur, persévérer de plus belle. C'est comme ça qu'on résout les affaires. Tu le sais. Je ne sais même pas ce que je fous ici. Je ne peux rien cautionner. Je ne peux pas te donner d'informations que tu n'aies déjà. Je peux te donner des suppositions, des théories, peut-être confirmer un ou deux soupçons que tu pourrais avoir concernant les raisons et les mobiles, mais, à part ça, je ne suis bon à rien.

– Mais tu es agent spécial, répliqua Parrish. Tu es l'un des superhéros d'Hoover.

– Hoover était un travesti refoulé, un tyran paranoïaque, mais ça, nous ne le disons pas dans nos brochures. » Ron resta un moment silencieux, puis il se pencha en avant. « Je vais te dire une dernière chose, et ce sera tout. Ils gardent des souvenirs. Je pourrais te recommander de ne pas enfreindre les règles, Frank, mais c'est trop tard. Ça ne t'a rien rapporté, mais tu l'as fait tout de même. Sérieusement, tu es tellement dans la merde que tu es pour ainsi dire déjà foutu. Et si tu décides de pousser les choses plus loin ? Eh bien, qu'est-ce que je peux te dire que je ne t'aie pas déjà dit ? Il y aura des souvenirs, et il les gardera près de lui, et même s'il sait qu'il ferait mieux de s'en débarrasser, il ne le fera pas. À toi de voir ce que tu veux faire de cette information. » Il se glissa le long de la banquette, se leva et resta un moment debout, les yeux baissés vers Parrish. « Comme toujours, cette conversation n'a jamais eu lieu. Ton secret est en sécurité avec moi car tu ne me l'as jamais dit, OK ? C'est à toi de décider ce que tu vas faire maintenant, pas à moi. »

Parrish ne répondit rien.

Ron tendit la main et lui agrippa l'épaule.

« Fais gaffe à toi. Découvre la vérité, soit, mais ne va pas te faire tuer par la même occasion. »

Il partit. Parrish le regarda s'éloigner. Il demanda à la serveuse un nouveau café et une viennoiserie, puis il appela le commissariat et obtint le numéro de Carole Paretski.

Elle décrocha à la deuxième sonnerie.

« Mademoiselle Paretski ? Frank Parrish à l'appareil. J'ai juste besoin de savoir une chose. Votre fille... Sarah, c'est ça ? À quoi ressemble-t-elle ? »

Il se tut, écouta.

« Non, bien sûr que non. Absolument aucun danger. J'avais simplement besoin de savoir pour une analyse de profil physique que nous effectuons. »

Parrish opina du chef, et son expression changea imperceptiblement.

« Un peu plus grande que la moyenne, mince, cheveux blonds, yeux bleus... une jolie fille, n'est-ce pas ? »

Parrish ferma les yeux et continua d'opiner du chef.

« Oui, je n'y manquerai pas. Oui, absolument. Bonne soirée, Carole. »

Il posa son téléphone sur la table et souleva sa tasse de café. Il la tint à mi-chemin entre la table et ses lèvres comme s'il se demandait quoi faire. Mais il ne s'interrogeait pas, c'était un simple moment de réflexion. Comme Ron l'avait dit avec tant d'éloquence, il n'était bon à rien d'autre. Leur collaboration quatre ans plus tôt avait permis de sauver la vie d'un homme, peut-être deux. Le fait était que ces victimes potentielles n'avaient à aucun moment eu conscience de ce qui se passait autour d'elles. Elles avaient été prises pour cible, puis la menace à leur encontre avait été supprimée en silence, rapidement, précisément. Elles n'en avaient rien su. Parrish *savait* qu'Amanda Leycross serait la prochaine victime de McKee. Il devait supprimer la menace sans qu'Amanda Leycross sache ce qui s'était passé, ce qui aurait pu se passer, sans qu'elle sache qu'elle était observée, scrutée, ciblée à longueur de journée. Vivre en sachant qu'on avait failli être assassiné... eh bien, une telle chose n'était facile pour personne. Était-ce quelque chose en soi qui faisait qu'on devenait une victime ? Si on avait été choisi une fois, le serait-on de nouveau ?

Non, Amanda Leycross devait traverser ça indemne et sans se douter de rien.

Peut-être était-il vrai que certaines choses étaient si bien cachées qu'elles ne seraient jamais sues, que certaines affaires ne seraient jamais élucidées. Peut-être toutes les victimes ne naissaient-elles pas égales. Peut-être y avait-il un tas de personnes aux quatre coins de la ville qui ne vivraient pas jusqu'à Noël. Mais Amanda Leycross ne serait pas l'une d'elles.

Il y avait des souvenirs. Toujours. Invariablement. McKee les conserverait près de lui. Parrish devait les trouver. Et si ça signifiait la fin de sa carrière, alors soit.

71

VENDREDI 19 SEPTEMBRE 2008

« Je dors bien, comme je n'avais pas dormi depuis longtemps.

– Et combien avez-vous bu ?

– Hier soir ? Hier soir, je n'ai rien bu.

– C'est bien, Frank. Vous progressez.

– Je crois, oui. Et est-ce que je vous ai dit que je me sens plus en paix avec moi-même ?

– Comment ça ?

– Comme si j'avais résolu certains problèmes. C'est difficile à expliquer. Peut-être que c'est simplement parce que j'ai passé tout ce temps à parler de choses et d'autres. C'est un bagage qu'on se traîne, pas vrai ?

– En grande partie, oui.

– Et on se le trimballe encore et encore, et, quand on a enfin l'opportunité de poser les valises et de regarder dedans, on s'aperçoit qu'on portait tout un tas de conneries inutiles.

– Mais certaines choses ont de la valeur, non ?

– Peut-être certaines, oui, mais dans l'ensemble ce sont des inquiétudes sans fondement, la crainte du jugement des autres, la peur de les avoir mal compris, et aussi une bonne dose d'indécision.

– Je dois dire que vous me semblez beaucoup plus positif aujourd'hui que toutes les autres fois où vous êtes venu.

– Eh bien, comme j'ai dit, j'ai le sentiment d'avoir résolu quelque chose d'important.

– Vous voulez me dire de quoi il s'agit ?

– Pas vraiment, non. Enfin, je vous dirais que j'ai une idée de la voie que je devrais prendre, de ce que je devrais faire...

– Vous voulez dire, du point de vue de votre carrière ?

– Non, rien de si spectaculaire. Il s'agit plutôt de mon attitude vis-à-vis de mon métier, de la direction à prendre dans mon enquête en cours.

– Vous pensez la résoudre ?

– Oui.

– Que s'est-il passé ? Avez-vous fait des progrès sur cette affaire – concernant cet homme que vous soupçonnez ?

– Oui.

– C'est bien. Très bien. Je suis très heureuse de l'apprendre. Ça confirme ce dont nous avons déjà parlé, le moment où vous commencez à parler de choses qui ne vous concernent pas directement. Je crois que vous en êtes désormais au stade où nous pouvons – où nous devrions – réellement commencer à parler de demain au lieu d'aujourd'hui, de vos projets, de l'orientation que vous prenez. Ça touche à votre vie, à votre façon de considérer les choix de vie de vos enfants – leur carrière, leur mariage, et ainsi de suite. Je crois aussi que nous devons commencer à nous demander si vous allez passer le restant de votre vie seul ou si vous devez commencer à envisager la possibilité d'une nouvelle liaison.

– Est-ce une façon détournée de me proposer de sortir avec vous, docteur ? Parce que, vous savez, si vous voulez sortir avec moi, vous n'avez qu'à le dire.

– Frank...

– Je sais, je sais, je plaisante. Je comprends ce que vous dites. C'est logique, mais nous sommes aujourd'hui vendredi. Je crois que vous devriez me laisser le week-end pour terminer ce que j'ai en cours, et après nous pourrons discuter de toutes ces choses que vous venez d'évoquer.

– Avez-vous écouté ce que je vous ai dit ?

– Bien sûr. Bon sang, Marie, vous me prenez pour quoi ? Un ignare ?

– Non, Frank, je ne vous prends pas pour un ignare. Je crois simplement que nous devons commencer à aborder ces questions et, étant donné que nous avons fait quelques progrès, je ne veux pas régresser.

– Je ne vais pas régresser. Je n'ai nulle intention de tomber dans un coma éthylique ce week-end, si c'est ce qui vous inquiète. Cette affaire touche à sa fin, et, quand elle sera finie, je vous accorderai beaucoup plus d'attention.

– Donc, vous voulez le week-end ?

– Oui, le week-end. On saute la séance de demain, dimanche reste comme d'habitude, et on se revoit lundi matin.

– Soit. Si c'est ce que vous voulez, va pour lundi. Et réfléchissez à ce dont j'ai parlé. Vous savez – l'avenir, la direction que doit prendre votre vie, de nouvelles rencontres... OK ?

– OK.

– Parfait. Passez un bon week-end, Frank.

– J'y compte bien. »

72

« Vous allez bien, Frank ? »

Parrish leva les yeux. Il était en train de regarder par la fenêtre, inconscient qu'il y avait quelqu'un d'autre dans la pièce. Radick l'observait d'un air interrogateur.

« Bien ? Oui, je vais bien. Pourquoi vous me demandez ça ? »

Radick haussa les épaules.

« Vous aviez l'air ailleurs.

– Je pensais à mon père.

– Qu'est-ce que vous vous disiez ? »

Parrish esquissa un vague sourire.

« Rien, rien du tout, Jimmy. »

Qu'aurait-il pu dire à Radick ? *Mon père était un truand. C'était la crème de la crème – en apparence – mais en réalité c'était un putain de truand. Un bon flic, pour sûr, mais corrompu au possible.*

Parrish avait quitté le bureau de Marie Griffin une heure plus tôt. Depuis, il n'avait fait que penser à son père. Le *grand* John Parrish. Il se souvenait du jour où il avait été assassiné, de la version de sa mort qui avait été donnée, de ce qui s'était *réellement* passé, et il se souvenait aussi de ce qu'il avait éprouvé sur le coup. Il n'y avait pas d'autres moyens de l'exprimer : Frank Parrish avait été *soulagé*.

30 septembre 1992. Seize ans dans onze jours. Parfois il avait l'impression que c'était hier, à d'autres moments ça lui semblait une vie totalement différente. Parrish avait 28 ans, il était marié

depuis près de sept ans, Robert avait 6 ans, Caitlin tout juste 4. Clare continuait de ressembler plus à la femme qu'il avait épousée qu'au cauchemar qu'elle était devenue. Plus tard, après le divorce, Parrish s'était demandé si la mort de son père avait été un facteur important de la dissolution de leur mariage. Clare et John avaient été proches. John Parrish l'appelait « la fille que je n'ai jamais eue ». Elle avait mal encaissé sa mort. Elle avait dû être mise sous sédatifs après l'enterrement et avait passé un mois à se traîner dans la maison en sweat-shirt, les cheveux sales, enchaînant cigarette sur cigarette, buvant de la vodka après le déjeuner. Les gamins l'avaient beaucoup plus aidée que lui à reprendre le dessus. Il n'était pas encore inspecteur ; ça n'arriverait que quatre ans plus tard. Il continuait à se casser le cul, à se farcir des services supplémentaires, à se taper le boulot de chien sur le terrain dont on lui avait dit qu'il était la voie du succès. Conneries. Pour devenir inspecteur, l'important était surtout *de se montrer et de ne pas faire le con*.

Les événements de ce jour-là étaient clairs dans son esprit, aussi clairs qu'ils l'avaient été une décennie et demie plus tôt. Le tueur les avait butés tous les deux. John Parrish et son équipier de longue date, George Buranski. George venait de temps à autre chez les Parrish avec sa femme, Marie. Marie n'était que coiffure bouffante et parfum bon marché. Elle apportait à chaque fois du gâteau des anges. Elle le faisait elle-même, et c'était dégueulasse. Parrish ne savait pas comment il était possible de faire un gâteau aussi infect, mais elle y parvenait. Ils restaient quelques heures, Marie parlant à la mère de Frank, Katherine. Des femmes de flics ensemble. Elles savaient précisément de quoi John et George discutaient dans le salon ou dans le jardin avec leur bière et leur hamburger, ou alors assis devant la maison dans la voiture de George comme s'ils se méfiaient de micros planqués dans le salon ou dans la cuisine. Paranos au possible, l'un comme l'autre. George repartait avec un sac en papier brun bourré de billets de 50 dollars. Parfois c'était lui qui apportait un sac et qui repartait sans. Frank ne disait rien, ne posait pas de questions, fermait les yeux sur ce qui se passait autour de lui. Il disait : *Merci, Marie*, quand celle-ci lui offrait une bouteille de Crown Royal à son anniversaire, une autre pour Noël. C'était tout ce que ces gens trouvaient le moyen de faire. Des dizaines de milliers de dollars, et tout ce qu'ils apportaient, c'étaient du Crown Royal et du gâteau des anges. Bande de rats.

Donc, septembre 1992. Les choses leur souriaient depuis des années. L'argent entrait, il en ressortait très peu. Les Anges faisaient le ménage un peu partout. L'équipe spéciale de Brooklyn contre le crime organisé trempait dans tout ce qui pouvait valoir le coup. La division des affaires internes effectuait ses vérifications périodiques ; la division des affaires internes déclarait le patient sain. Et puis quelque chose avait mal tourné. Parrish n'était toujours pas parvenu à découvrir précisément ce qui s'était passé, mais ç'avait à voir avec une banque de Lafayette Avenue, près de la station de métro de Classon Avenue. Les Anges n'effectuaient jamais les basses besognes. Ils n'étaient pas les ouvriers, ils étaient la direction. Parrish s'était penché sur l'affaire un an plus tard, consultant discrètement les résultats de l'enquête interne. Son père avait trempé dans le crime organisé. Des gens se souciaient de toute évidence de ce que Frank Parrish pouvait savoir, de ce que Frank Parrish pourrait dire. Car la dernière chose dont ils avaient besoin, c'était que le fils flic du type le plus décoré de la lutte contre le crime organisé, l'ancien du BCCO et de l'ESBCO, vide son sac à la télé. Alors on lui adressait des regards et des commentaires dans les couloirs. *Ça va, Frank ? Tout va bien à la maison, Frankie ? Hé ! Frankie, comment se porte ta mère ? Elle tient le coup ?* Ç'avait continué comme ça pendant un moment, et puis ils avaient conclu qu'il n'était pas dangereux. Qu'il n'irait pas s'ouvrir tout à coup comme une pastèque trop mûre. Que ce qu'il savait ne sortirait pas de chez lui, qu'il le garderait bien au chaud tout contre lui.

C'était alors qu'il avait commencé à fouiner. Prudemment au début, consultant les rapports sur le casse qui avait eu lieu le mercredi après-midi à l'East Coast Mercantile & Savings. Ce n'était pas une grande banque. Les opérations quotidiennes habituelles, trois distributeurs de billets dans la rue, un à l'intérieur; quatre caissiers, un conseiller pour les particuliers, un type chargé des prêts immobiliers et un conseiller d'entreprise. À part ça, il y avait un directeur, un directeur adjoint, un vigile. Ce dernier était un ex-flic sorti du commissariat du 15e district à Brooklyn, et de toute évidence c'était lui le complice à l'intérieur. Bien entendu, ce petit fait n'avait jamais été dévoilé, mais il suffisait de lire entre les lignes – de prendre en compte le fait que Warner était aux toilettes quand le casse avait été déclenché, le fait que les braqueurs savaient qu'il y était et que l'un d'eux l'attendait derrière la porte quand il en était ressorti, et surtout le fait qu'il avait été retrouvé dans sa voiture après s'être *lui-même* tiré une balle de 6,35 dans la tête huit heures après les faits... eh bien, les signes étaient clairs, et, d'après Parrish, ils pointaient tous dans la même direction.

Le casse avait été mené par quatre hommes. Tout s'était déroulé comme prévu. Ils étaient entrés dans la banque à 11 h 41, étaient ressortis à 11 h 56. De l'autre côté de la rue se trouvait l'échoppe d'un barbier, et c'était depuis celle-ci qu'un flic en repos nommé Richard Jackson les avait vus. Il était sorti avec les cheveux mouillés et son 9 mm dégainé. Il n'était pas payé par les Anges, impossible, sinon il aurait su qu'il valait mieux laisser faire. C'était une affaire officielle, aucun doute là-dessus, et la dernière chose dont les Anges avaient besoin, c'était qu'un agent intrépide aux cheveux fraîchement coupés s'incruste dans leur petite fête. Mais c'est ce qu'il avait fait, ce qui lui avait valu une rafale de gros calibre dans le bide. Il avait été projeté en arrière à travers la vitre du barbier, et les quatre hommes avaient détalé sans demander leur reste. S'il n'y avait pas eu le flic mort, ça n'aurait été qu'un braquage non élucidé de plus. Les fédés auraient marché sur les pieds de tout le monde, mais ils ne seraient pas restés trop longtemps. Ils étaient aussi mal payés et surmenés que les autres. Non, c'était bel et bien le flic mort qui avait tout gâché. Tout à coup, Richard Jackson était un héros, un flic en repos chez le barbier qui essayait de faire ce qu'il fallait. Il n'avait pas de radio, ne pouvait pas appeler de renforts, et il avait demandé au barbier d'appeler la police, ce que celui-ci avait fait. Mais la police mettait des minutes à réagir, jamais des secondes, ce qui signifiait que, quand elle arrivait sur place, il était toujours trop tard. Celui qui devait se faire buter s'était fait buter. Celui qui devait mourir – Jackson en l'occurrence – était mort, et les types des affaires internes et de la brigade des vols qui étaient censés effacer les traces n'avaient pas pu le faire. Pas cette fois.

Et pour ce qui était de tuer deux flics, rien de plus simple. Quelqu'un appelait l'équipe spéciale pour une affaire, John Parrish et George Buranski étaient dépêchés sur les lieux, un autre membre des Anges les attendait et le tour était joué. L'unité avait conservé la trace du coup de fil, mais celui qui l'avait passé avait été assez malin pour le faire depuis une cabine téléphonique et pour passer par le standard, de sorte que l'appel ne pouvait pas être remonté. Il y avait donc désormais deux flics morts dans une maison délabrée près de Ferris Street. Frank Parrish avait par la suite supposé que son père et George Buranski avaient servi d'intermédiaires entre les braqueurs et le vigile de la banque ; ils avaient pris les dispositions nécessaires, et étaient les deux seuls qui auraient pu relier l'opération aux affaires internes, à l'équipe spéciale de Brooklyn, au chef de l'unité lui-même, le capitaine James Barry. Ils devaient donc disparaître. John Parrish et George Buranski étaient des agents modèles. On les regretterait terriblement. Ils seraient enterrés avec les honneurs, et leurs épouses recevraient la pension qui leur était due. Le dernier chapitre était écrit, fin de l'histoire. Le vigile de l'East Coast Mercantile, l'ex-flic Mitchell Warner, serait si accablé d'avoir manqué à son devoir, manquement qui avait eu pour conséquence l'assassinat d'un collègue policier, qu'il se donnerait la mort quelques heures plus tard. Mais Frank Parrish savait que Warner ne s'était pas plus suicidé que Richard Jackson ou que son père et George Buranski.

Toute cette histoire avait été une question de business, et ce genre de business restait secret pour le bien de tout le monde.

James Barry, l'ancien chef de l'équipe spéciale de Brooklyn contre le crime organisé, avait depuis longtemps pris sa retraite. L'équipe spéciale, du moins dans cette incarnation indigne, avait été démantelée en 2000, mais son héritage continuait d'exister. On l'apercevait de temps à autre quand un ancien de la pègre était arrêté. Il demandait à parler à un tel ou à un tel, toujours persuadé qu'il lui suffirait de glisser le bon mot dans la bonne oreille pour rentrer à la maison à temps pour manger des fettuccini et des cannolis avec ses petits-enfants. Mais quand on l'informait que l'un ou l'autre était soit à la retraite, soit mort, il commençait à avoir des sueurs froides.

L'héritage de Frank Parrish, c'était un père mort, une mère morte, les fantômes du passé, une certaine culpabilité due au fait qu'il avait participé à tout ça – du moins indirectement – et que des gens qui n'auraient pas dû mourir étaient morts à cause de John Parrish. En parler à Marie Griffin avait été important à bien des égards. Croyait-il que ç'avait eu quelque vertu thérapeutique ? Pas plus que chaque fois que quelqu'un parlait de quelque chose. Croyait-il qu'il avait *laissé partir* le passé ? Tu parles. Il avait vécu dans l'ombre de John Parrish toute sa vie, et l'ombre était toujours bel et bien visible. Est-ce que ç'avait de l'importance ? Pas plus que n'importe quel autre détail de sa vie déglinguée. Clare. Robert. Caitlin. Jimmy Radick. Richard McKee et ses *snuff movies*. Il avait été sincère quand il avait dit à Radick que s'il se trompait ce coup-ci, il démissionnerait. Mais il ne se trompait pas. Impossible. Pas une nouvelle fois.

73

Vendredi s'évapora quelque part. Parrish n'aurait su dire où. Radick et lui ressassèrent ce qu'ils savaient jusqu'à l'heure du déjeuner, puis ils se rendirent tous deux aux archives pour voir s'il y avait du neuf sur Absolute Publications et sur l'éphémère carrière cinématographique de Jennifer.

Erickson leur accorda un accès illimité.

« Faites comme chez vous », dit-il, et il les laissa à leur tâche.

Parrish, bien qu'habitué à ce genre de matériel, fut une fois de plus consterné par les abîmes de dépravation et de déchéance dans lesquels pouvaient sombrer les hommes. À partir de quel moment le besoin d'infliger de tels supplices à d'autres devenait-il incontrôlable ? Et pourquoi ? Pour la satisfaction sexuelle ? Pour la domination ? Pour prouver qu'on était au-dessus de la vie et de la mort ? Et à quel moment devenait-il nécessaire de franchir le pas ?... Il n'en savait rien, et il se disait que personne ne le savait.

Tout le monde a des idées cruelles, destructrices, malveillantes, haineuses, des idées parfois entretenues des mois et des années durant à l'encontre de personnes dont nous estimons qu'elles méritent l'ignominie et le châtiment pour quelque tort qu'elles auraient causé. Mais elles en restent au stade d'idées. Nous nous retenons de passer à l'acte, peut-être parce que nous possédons notre propre censeur intégré, ou peut-être parce que nous croyons en l'équilibre fondamental des choses et craignons le malheur qui nous arrivera si nous laissons libre cours à notre propre cruauté.

Mais ceux qui *commettaient* ces actes terribles, songea Parrish, n'étaient qu'une infime minorité comparée à la vaste majorité de ceux qui avaient des *idées*. L'idée n'était pas un péché. Alors que l'acte, quand il menaçait la paix et la dignité d'un individu, ou de la société – c'était ça, le péché. Ça figurait dans les manuels de droit. C'était dans la structure morale de la communauté. C'était tissé dans la trame même de la société. Et c'est à ce moment, tandis qu'il était assis avec Radick dans le bureau des archives des mœurs, songeant à ce qui était arrivé à ces filles, qu'il décida une bonne fois pour toutes de la conduite à suivre. La simple photo de Jennifer lui suffisait. Peut-être Richard McKee n'était-il pas coupable de tous les péchés des hommes, mais il ne faisait aucun doute qu'il était coupable de quelque chose...

Suffisamment coupable pour justifier les mesures extraordinaires que Parrish allait prendre ? Il le croyait.

À 16 heures, l'un comme l'autre en avaient assez vu. Ils remballèrent les documents qu'Erickson leur avait confiés et les replacèrent dans leur unité de stockage. Ils n'avaient fait qu'effleurer la surface.

« C'est infini, observa Radick tandis qu'ils quittaient le bâtiment. Nous pourrions continuer à chercher pendant une éternité et nous ne trouverions rien. Si l'assassin n'enlève pas une autre fille ou s'il le fait sans que nous le sachions, alors il y a des risques pour que nous ne découvrions jamais la vérité. »

Parrish – tenté comme jamais de dévoiler ses soupçons à Radick, de lui parler d'Amanda Leycross, de lui dire ce qu'il comptait faire et les mesures que Radick devrait prendre si tout allait de travers – ne répondit rien. Radick se contenterait d'essayer de le dissuader, et Parrish savait qu'il ne voulait pas être dissuadé. La question n'était plus *s'il* le ferait, mais *quand*. Ce soir, demain soir, avant lundi à coup sûr. Comme il l'avait dit à Marie Griffin, il avait besoin d'un jour ou deux pour en finir avec cette histoire. Ce qu'il aurait dû ajouter, c'était qu'elle allait se terminer *d'une manière ou d'une autre.* Mais elle lui aurait demandé ce qu'il voulait dire, elle aurait fouillé dans ses pensées comme elle le faisait depuis deux semaines et demie. Il avait l'impression que ça faisait tellement plus longtemps. Un mois, deux mois, six mois. Une éternité. Les choses avaient changé. Ça ne faisait aucun doute.

Il percevait désormais combien son père avait été présent en lui durant toutes ces années. Il percevait combien il avait mal compris Clare et les gamins, combien il avait échoué à exaucer leurs désirs. Il commençait aussi à comprendre que l'existence était un processus collaboratif. Qu'on ne pouvait pas vivre seul, du moins pas de la manière dont il avait essayé de le faire.

Il n'était pas égoïste au point de considérer que les personnes qu'il connaissait se porteraient mieux sans lui. C'était de l'apitoiement sur son sort, c'était futile. Non, il ne croyait pas ça. Il croyait que les gens, en général, se portaient mieux *avec* lui – les inconnus, par exemple ; il s'en tirait bien avec les inconnus. Et il s'en tirait bien avec les morts. Il était suffisamment tenace et persévérant pour faire de la mort d'un autre une priorité. Le vieux dicton : *Ma journée commence quand s'achève la vôtre.* Il y croyait désormais. Le temps qu'il avait passé avec Marie Griffin lui avait donné un sens de l'équilibre, une idée de la place infime mais nécessaire qu'il occupait dans la trame des choses. Il ne se trompait pas sur l'affaire en cours. Il s'était au moins convaincu de ça. Et s'il se trompait, eh bien – comme il s'y était irrévocablement engagé auprès de Radick –, s'il se trompait, ça n'aurait aucune importance car il laisserait tomber son boulot. C'était aussi simple que ça.

À 17h30, Parrish conseilla à Radick de rentrer chez lui.

« Seulement si vous rentrez aussi, répondit Radick.

– J'y vais, dit Parrish. Je pars, j'en ai ma claque. Nous reprenons le premier service la semaine prochaine... non que ça change grand-chose, mais au moins ça signifie que nous avons notre week-end.

– Bon Dieu, j'attendais ça avec impatience !

– Vous avez des projets ? »

Radick secoua la tête.

« Rien de particulier. Manger, dormir, regarder la télé, manger encore, dormir encore plus. Les quinze derniers jours ont été crevants et j'ai vraiment besoin de recharger mes batteries, vous voyez ce que je veux dire ? »

Parrish sourit d'un air compréhensif.

« Je vois exactement ce que vous voulez dire. À lundi, Jimmy.

– Bon week-end, Frank. »

Parrish le regarda partir, attendit de voir la voiture de Radick s'éloigner et tourner dans Fulton. Il savait au fond de lui que Jimmy verrait Caitlin ce week-end, et il savait aussi qu'il ne pouvait rien y faire...

Parrish quittait la pièce lorsque le téléphone sonna. Il jeta un coup d'œil vers l'appareil, hésita, mais c'était sa ligne, ce qui signifiait que le standard l'appelait avec un message. Erickson ? Peut-être Radick qui l'appelait depuis son portable pour lui faire part d'une dernière idée ? Parrish revint sur ses pas et souleva le combiné.

« Frank, c'est vous ?

– Oui, qu'est-ce qu'il y a ?

– Vous avez un prêtre qui arrive... désolé, je n'ai pas pu le retenir. Il a demandé si vous étiez là et j'ai répondu oui, et il est monté avant que je puisse l'en empêcher.

– Oh ! pour l'amour de Dieu...

– On blasphème, Frank ? »

Parrish se retourna en entendant la voix derrière lui. Dans l'entrebâillement de la porte se tenait le père Briley.

« Quinze minutes, ajouta le prêtre. J'ai simplement besoin que vous m'accordiez quinze minutes de votre temps. J'ai essayé de vous joindre, mais pour une raison ou pour une autre mes messages ne vous sont jamais parvenus. »

Parrish ne pouvait pas lui mentir.

« J'ai eu vos messages, mon père, je n'y ai simplement pas répondu. »

Briley acquiesça.

« Je comprends. Peut-être ne nous sommes-nous pas séparés dans les meilleurs termes. »

Parrish sourit.

« Comparé aux conversations entre Clare et moi, je dirais que nous nous sommes séparés les meilleurs amis du monde.

– Il faut que je vous parle de...

– Mon père ? coupa Parrish. Je ne peux pas, mon père, je ne peux vraiment pas. J'ai passé les deux dernières semaines à parler de lui avec une psychologue d'ici, et j'en ai assez.

– Il y a des choses que vous ignorez, Frank.

– Et je suis certain, père Briley, qu'il y a des choses que vous ignorez également. »

Briley regarda ses chaussures.

« Est-ce que je peux m'asseoir, Frank ? Est-ce que je peux m'asseoir une minute ?

– Écoutez, j'apprécie votre sollicitude, mais il faut vraiment que j'y aille...

– Comme j'ai dit, Frank, quinze minutes... le temps que je vous dise une chose que votre père m'a fait jurer de ne jamais dire. »

Parrish s'apprêta à parler, une réaction automatique, puis il comprit ce que Briley avait dit et désigna une chaise. Ils s'assirent et restèrent quelques instants à se dévisager en silence.

« Tout a commencé avec Santos, commença Briley. Vous ne vous souvenez peut-être plus de lui. Jimmy Santos ? Vous deviez avoir entre 5 et 7 ans à l'époque.

– Je connais ce nom, répondit Parrish. C'était un flic véreux. Vol à main armée. Il s'est fait pincer, a été au trou, et à sa sortie il a rejoint les forces de l'ombre.

– C'est lui qui a aidé à verrouiller l'aéroport, déclara Briley. Il avait des noms, il savait de quels agents ils avaient besoin sur place, et votre père a accepté son argent pour expédier les transferts. »

Parrish secoua la tête.

« Je ne veux pas entendre ça, mon père, vraiment pas...

– C'est ce que vous croyez, Frank.

– C'était un escroc, OK ? Qu'y a-t-il d'autre à savoir ? Il a pris de l'argent, il a accepté des pots-de-vin, il a égaré des papiers et des preuves, il a trempé dans des braquages et Dieu sait quoi d'autre. J'en sais assez, assez pour voir que lui et moi sommes complètement différents...

– Vous aimez vos enfants, Frank ? »

Parrish se tut et regarda Briley.

« Inutile de répondre à cette question. Je sais que vous aimez vos enfants. Et votre père vous aimait. Plus que vous ne le savez. Plus que vous ne l'imaginez. Il a fait des bêtises. Il a franchi le pas et a accepté l'argent de Jimmy Santos, et, une fois qu'il a fait ça, ils le tenaient. Santos était un homme mauvais, à tous les égards. Il aurait pu tenir parole. Il aurait pu préserver l'anonymat de votre père et simplement l'utiliser pour obtenir les agents qu'il voulait à l'aéroport, mais non. Jimmy Santos voulait être un grand caïd. Il voulait être dans les petits papiers de tout le monde. Il a parlé de votre père aux gens pour qui il travaillait, et ils ne l'ont plus lâché. Votre père était sergent en 1967. C'était un bon flic. Il faisait bonne impression. Il a accepté quelques centaines de dollars pour accélérer un peu de paperasse, mais, à part ça, c'était un bon flic. Il avait son métier dans le sang, et il n'avait jamais rien voulu faire d'autre. Ces gens s'en sont aperçus, et ils ont vu un homme qui montait en grade, quelqu'un dont ils pourraient se servir pour faire abandonner les poursuites, pour égarer des preuves, pour égarer des rapports avant qu'ils n'arrivent jusqu'au procureur adjoint...

– Qu'êtes-vous en train de dire ? demanda Parrish. Et puis, comment savez-vous ça ?

– Parce qu'il me l'a dit, Frank. Il venait me voir régulièrement, une fois par mois, parfois deux ou trois fois. C'était un homme torturé, hanté par sa conscience, mais on ne lui laissait aucun choix...

– Excusez-moi, mon père, mais c'est des foutaises. Tout le monde a le choix. J'ai fait les miens, et il a fait les siens. Il a choisi d'être corrompu...

– Ce n'est pas un choix quand la vie de vos enfants est en jeu. »

Parrish regarda Briley.

« Comme j'ai dit, ils le tenaient dès l'instant où il a commencé à traiter avec Santos. Et Santos le leur a donné. Il a été sacrifié. Ils avaient suffisamment de prise sur lui à cause de l'argent qu'il avait déjà accepté. Santos le leur a livré, et alors ils ont menacé de s'en prendre à vous... »

Briley laissa sa dernière phrase flotter dans la pièce.

Parrish mit quelques secondes à saisir pleinement ce qu'il venait d'entendre, et alors il secoua lentement la tête.

« Non, dit-il. Je ne comprends pas pourquoi vous essayez de faire ça. Je ne comprends vraiment pas ce que vous avez à y gagner, mais c'est vraiment tout un tas de conneries...

– Je n'ai rien à y gagner, répondit Briley. Vous êtes venu me voir. J'ai vu votre père en vous. J'ai vu que vous vous torturiez à cause de quelque chose. De la culpabilité à cause de vos enfants, de Clare, de... je ne sais pas. Je sais reconnaître un alcoolique quand j'en vois un. Je travaille dans une paroisse principalement constituée d'Irlandais catholiques, Frank. Accordez-moi au moins ça, hein ? Je vois un homme se déchirer à cause de quelque chose, et je sais une chose qui pourrait l'aider, et vous croyez que je vais la garder pour moi ? Eh bien, désolé, Frank. John est mort depuis longtemps, paix à son âme, et même si je lui ai juré de garder le silence, il m'a semblé que ne pas savoir était peut-être plus destructeur pour vous que savoir...

– Savoir quoi ? Savoir quoi exactement ?

– Qu'il n'était pas l'homme que vous croyez. Qu'il n'était pas corrompu... enfin, il était corrompu, mais sous la pression. Ils vous menaçaient, Frank. Ils ne le menaçaient, pas lui, ils ne menaçaient pas votre mère, ils vous menaçaient, *vous*. Si vous ne faites pas ce que nous voulons, John Parrish, nous tuerons votre fils. Nous tuerons votre fils unique. »

Parrish secouait la tête.

« Non, fit-il. Putain... putain, non. Ça, je n'y crois pas. Vous ne viviez pas avec lui, père Briley. Vous ne voyiez pas l'argent entrer et sortir à la maison...

– Pas son argent, Frank, *leur* argent. Ils devaient le garder à l'abri, lui et son partenaire. Vous vous souvenez de lui, George Buranski ? Il avait trois enfants, trois petites filles. Vous vous souvenez d'elles ? Ils s'en sont pris à eux deux, Frank, votre père et George, et ils les ont utilisés autant qu'ils ont pu, et après le braquage de la banque, celui où ce flic en repos s'est fait tuer, ils ont commencé à se dire que la loyauté de votre père envers la police était peut-être plus forte que l'emprise qu'ils avaient sur lui. Vous n'étiez plus un enfant. Vous étiez vous-même flic à l'époque. Votre père savait que vous pouviez vous débrouiller tout seul. Et ces gens ont eu peur que John Parrish et George Buranski n'en sachent trop, qu'ils ne finissent par les balancer, et... eh bien, c'est alors qu'ils les ont tués, Frank. Ils les ont abattus dans une rue comme des chiens. »

Parrish avait la nausée. La tête lui tournait. Il avait envie d'un verre. Il avait *besoin* d'un verre et il voulait être ailleurs. Il était confus, en état de choc, et il ne voulait pas entendre ça, ne pouvait pas gérer ça pour le moment. Ce n'était pas la vérité, *impossible*. Son père était un salaud, un flic véreux... C'était une certitude qu'on ne pouvait pas lui enlever.

« Il m'a tout dit, Frank. Je l'ai vu trois jours avant qu'il se fasse tuer. C'est la dernière fois que je lui ai parlé, et après j'étais là pour administrer les derniers sacrements, et prononcer son oraison funèbre, vous vous souvenez ? Et j'ai dit ce que j'ai dit, j'ai regardé la photo qu'ils avaient placée près du cercueil, et je crois que j'étais le seul à comprendre ce qui était réellement arrivé à votre père.

– Alors pourquoi maintenant ? Pourquoi me dire ça maintenant ? Pourquoi ne pas me l'avoir dit il y a cinq ans, dix ans ?

– Parce qu'il m'avait fait promettre. Votre père m'a fait promettre que je ne vous dirais jamais rien.

– Pourquoi ? Pourquoi aurait-il fait ça ?

– Pour vous protéger. Pour exactement la même raison qui l'avait poussé à faire toutes ces choses pendant toutes ces années... pour vous protéger.

– De quoi ? De quoi pouvait-il bien vouloir me protéger ?

– De vous-même, Frank. » Briley marqua une pause, se pencha en avant. « Avez-vous déjà entendu le vieux dicton sur la vengeance ? Celui qui dit que quand on choisit la vengeance mieux vaut creuser deux tombes ?

– Oui, j'ai entendu ça.

– Il savait que vous pouviez vous en prendre à ces gens. Il savait que vous pouviez découvrir avec qui Santos avait travaillé pendant toutes ces années, découvrir tout ce que vous vouliez. Vous étiez pile au bon endroit, flic comme lui, et tout ce que vous auriez pu vouloir savoir sur l'équipe spéciale et le BCCO était juste devant vos yeux. Il ne voulait pas que vous sachiez parce qu'il ne voulait pas que vous passiez votre vie à essayer de leur faire payer. Il savait que si vous preniez cette voie, vous seriez mort en moins de deux semaines. »

Parrish secouait la tête.

« C'en est trop. Je ne peux pas... Bon Dieu, ça n'a aucun sens !

– Au contraire, mon fils. John n'était pas l'homme que vous croyiez. C'était votre père, votre père avant tout, et même s'il a pris de très mauvaises décisions, il a aussi décidé de ne jamais vous exposer au moindre danger. Il savait qu'il se fourvoyait. Il savait que ce qu'il avait fait était mal, mais il a tenu parole en tant que père. C'est l'une des dernières choses qu'il m'ait dites.

Il a dit que si la vérité était un jour découverte, au moins il était resté intègre en tant que père. »

Parrish se leva, mâchoires serrées, arborant une expression impénétrable.

« Vous devez partir maintenant, dit-il calmement. J'ai du travail. J'ai des choses à faire...

– Frank, sérieusement...

– Assez, coupa Parrish. S'il vous plaît, mon père, je vous ai assez écouté. Je ne veux plus rien entendre. Il n'était pas l'homme que vous pensez. Il était dangereux. Il était complètement cinglé. Voilà la vérité, et vous ne me convaincrez pas du contraire... »

Briley se leva.

« Frank, écoutez-moi...

– Non, mon père. J'ai besoin que vous partiez. Vraiment. »

Briley resta un moment silencieux, ses yeux trahissant sa douleur et sa déception, et peut-être le sentiment d'échec que lui inspirait le fait de ne pas avoir atteint son but.

« Je voulais que vous sachiez pour que vous cessiez de vous tuer avec votre culpabilité, dit-il. Vous n'avez aucune raison de vous sentir coupable. Votre père a fait ce qu'il a fait pour vous. »

Parrish baissa les yeux, parla sans lever la tête.

« Je ne vous le redemanderai pas, mon père. Par respect pour vous, je ne vais pas vous mettre à la porte, mais l'un de nous va quitter cette pièce maintenant, et je crois que ça devrait être vous.

– Très bien, Frank, répondit Briley. Je suis désolé pour tout ça. Peut-être aurais-je dû vous le dire plus tôt... » Il secoua la tête. « Je pense avoir connu votre père mieux que quiconque, et il n'était pas l'homme que vous croyez... »

Parrish releva la tête. Il ne dit rien. Ses yeux étaient durs comme du silex.

Briley acquiesça, puis il pivota sur ses talons et quitta la pièce.

Frank Parrish resta figé au même endroit pendant cinq bonnes minutes, le souffle court, la gorge nouée par l'émotion, son cœur battant à tout rompre, une fine ligne de sueur perlant sur le haut de son front.

Il essaya de bouger, essaya d'oublier tout ce que Briley avait dit, mais il ressentait une tension, un conflit intérieur, un sentiment de trahison, et la rage qui bouillonnait en lui. Il ferma les yeux et inspira profondément, plusieurs fois, s'efforça de penser uniquement à ce qu'il avait à faire. *Concentre-toi sur ça et rien d'autre.* Il avait quelque chose à faire. Quelque chose d'important. De juste. De positif. Il avait déjà passé trop de temps à fouiller dans son passé, dans ses pensées. Et où ça l'avait mené ? Nulle part. Il avait démonté les choses pour regarder à l'intérieur, et tout n'avait fait qu'empirer. Avec Caitlin, avec Clare, avec Radick. Pendant combien de temps continuerait-il à s'excuser d'exister ? Pendant combien de temps continuerait-il à dire *désolé* chaque fois qu'un mot sortait de sa bouche ? Le moment n'était-il pas venu de faire confiance à son intuition, à ses certitudes, et de tenter quelque chose ? Des gens mourraient. Des enfants mourraient. Quelqu'un devait empêcher ça, et maintenant.

Ce fut surtout cette idée qui le poussa finalement à bouger. Il referma la porte et dévala l'escalier jusqu'au sous-sol.

74

Onze minutes, c'est tout ce qu'il eut à attendre pour que le superviseur du parc automobile quitte son bureau et traverse le garage en direction des toilettes situées de l'autre côté du bâtiment. Parrish se rua jusqu'au bureau, attrapa le premier jeu de clés qui lui tomba sous la main, puis longea la rangée de voitures banalisées jusqu'à trouver la plaque qui correspondait. Une épave bleu foncé parfaitement anodine. Parrish grimpa dedans, démarra et sortit du garage. Le superviseur penserait que quelqu'un avait emprunté la voiture pour le week-end. Il ferait part de son mécontentement au contrevenant lundi matin, pour autant qu'il soit de service quand la voiture serait rapportée. De tels « emprunts » étaient fréquents, et il n'y avait pas grand-chose à faire pour les empêcher.

Parrish tourna à droite dans Hoyt et se dirigea vers le sud-est. Il s'efforçait de ne pas penser à Briley ni à son père. Il voulait se sortir tout ça de la tête tant qu'il n'en aurait pas fini avec ce qu'il comptait faire. Il avait besoin de voir Caitlin et espérait de tout cœur qu'elle serait chez elle. Il *devait* se rabibocher avec elle. Clare pouvait penser ce qu'elle voulait. Quant à Robert, il croirait ce qu'il voudrait, quoi que dise l'une ou l'autre. Ça faisait un mois qu'il n'avait pas vu son fils, et peut-être qu'ils passeraient six mois de plus sans s'adresser la parole, mais, quand ils se croiseraient de nouveau, ce serait comme s'ils s'étaient vus la veille. La nonchalance et le détachement de Robert avaient toujours été un problème, surtout pour Clare, mais maintenant, après tous ses entretiens avec Marie Griffin, il semblait à Parrish que l'attitude de son fils lui rendrait peut-être plus service que le comportement hypersérieux et *responsable* que les parents attendaient si souvent de leurs gosses. Robert était Robert. Que ce soit une bonne chose ou non, aucune discussion avec son père n'y changerait rien. S'il passait le restant de sa vie à glandouiller mais qu'il était heureux comme ça, alors soit. La plupart du temps, c'étaient les bourreaux de travail qui connaissaient la déception et le stress. *Foutu cynique*, songea Parrish tandis qu'il se garait à une rue et demie de l'immeuble de Caitlin.

Parrish ne se souvenait pas du nom de la fille qui ouvrit la porte de l'appartement.

« Monsieur Parrish, lança-t-elle d'un ton enjoué, se souvenant de toute évidence du sien.

– Salut, répondit-il. Je viens voir Caitlin.

– Elle n'est pas là.

– À la fac ?

– Non, je crois qu'elle travaille ce soir. Elle est de service ce week-end à l'hôpital universitaire. Vous savez où ça se trouve, n'est-ce pas ? À l'endroit où Atlantic rejoint la voie express ? »

Parrish savait exactement où ça se trouvait : à une rue de Hicks Street, de l'appartement de Danny Lange où une fille avait été retrouvée morte il y avait une éternité de cela.

« Oui, répondit Parrish. Je sais où ça se trouve. »

Il hésita, presque comme s'il avait quelque chose à ajouter.

La fille semblait embarrassée.

« Vous aviez besoin d'autre chose ?

– Non, répondit-il, et il sourit du mieux qu'il put. Je vais aller la voir là-bas. »

Il remonta Smith et prit Atlantic. Il se gara dans Clinton Street et parcourut le reste du chemin à pied. La réceptionniste de l'hôpital se montra obligeante mais relativement inutile. Les étudiantes infirmières pouvaient être n'importe où dans le bâtiment, lui expliqua-t-elle. Peut-être qu'elle pouvait passer une annonce au micro ? Était-ce important ?

« Monsieur ? » fit-elle tandis que Parrish regardait dans le vide sans répondre à sa question.

Il se tourna de nouveau vers elle et secoua la tête.

« Pas suffisamment important pour la déranger pendant qu'elle travaille.

– Vous voulez laisser un message ?

– Oui, un message. Absolument. Dites-lui que son père est passé. Qu'il a dit qu'il était désolé pour tout et qu'il l'aime. »

La réceptionniste sourit.

« Je ne manquerai pas de lui transmettre le message, monsieur. »

Parrish quitta l'hôpital. Il roula jusqu'à chez lui, se gara à une rue de son appartement, passa une heure à préparer des sandwichs, un thermos de café, attrapa quelques cassettes de Tom Waits, Gil Scott-Heron, Kenny Burrell, et balança l'ensemble dans un fourre-tout. Il ôta sa chemise et sa cravate, enfila un sweat-shirt sombre uni, une veste ample, un jean. Il attrapa une lampe torche, ses clés, un revolver 7,65 non marqué et non identifiable qu'il avait récupéré lors d'un coup de filet des années plus tôt, puis il s'arrêta à la porte alors qu'il était sur le point de sortir et balaya du regard la pièce quelconque. S'il n'y avait pas vécu, il aurait cru l'appartement vide, en attente de locataires. Il ne lui restait plus qu'une chose : son boulot. La seule chose qui le définissait, c'étaient des inconnus morts. Déprimant, mais vrai.

Frank Parrish ferma la porte à clé derrière lui et regagna la rue.

75

« Il doit savoir, Caitlin. Sérieusement. »

Caitlin Parrish, assise dans la cantine de l'hôpital universitaire, secoua lentement la tête.

« Pas encore, répondit-elle. Il faut qu'il souffre un peu plus longtemps. Il faut que je lui manque vraiment, et alors il me pardonnera tout. »

Elle sourit malicieusement.

Jimmy Radick se pencha en arrière sur sa chaise et croisa les jambes.

« Tu es une fille ingrate, dit-il.

– Je le connais, Jimmy, crois-moi. Il peut se montrer très possessif, presque jaloux. C'était une chose que ma mère ressentait fréquemment. Il lui en voulait même de la manière dont mon grand-père lui parlait.

– Quel âge avais-tu quand il est mort ?

– Grand-père John ? C'était quoi… en 1992… je devais avoir, voyons voir, 4 ans et demi.

– Et comment pouvais-tu savoir ce que ton père pensait de ton grand-père si tu n'avais que 4 ans et demi ?

– Parce que nous autres filles avons une perception extra-sensorielle pour ce genre de choses. » Elle sourit. « Parce que ma mère me l'a dit, voilà pourquoi.

– Mais c'est le point de vue de ta mère, Caitlin. Les choses ne sont jamais ni toutes noires ni toutes blanches.

– Écoute, Jimmy, tu dois comprendre quelque chose. À en croire mon père, ma mère serait la plus grande salope de tous les temps. C'est ce qu'il voudrait qu'on croie pour lui pardonner d'avoir été un tel connard avec elle. Il n'était jamais là, toujours en train de bosser...

– Tu sais comment c'est. Ce sera la même chose pour toi quand tu seras infirmière à plein-temps...

– Le problème, ce n'était pas le boulot, Jimmy, c'étaient les promesses non tenues. Enfin, bref, nous ne sommes pas ici pour parler de la relation foireuse de mes parents, nous sommes ici pour parler de nous.

– Oui, et je crois que Frank doit savoir. Toutes ces cachotteries, le fait que nous nous voyons quand nous savons qu'il ne viendra pas te voir. Bon Dieu ! c'est mon équipier...

– Et tu viens seulement de commencer à travailler avec lui, et toi et moi venons seulement de commencer à sortir ensemble, et j'aimerais que ces deux relations s'apaisent un peu avant que nous ne commencions à contrarier tout le monde.

– Tu crois qu'il sera contrarié ?

– Je crois qu'il sera inquiet.

– À cause de notre différence d'âge ?

– J'ai 20 ans, tu en as 29. Quand tu en auras 60, j'en aurai 51, pas de quoi fouetter un chat. Non. Ce n'est pas l'âge qui lui posera problème. C'est le fait que tu es flic.

– Mais lui aussi.

– Exactement ! Il ne veut pas qu'il m'arrive la même chose que ce qui est arrivé à lui et à maman. C'est complètement con, mais c'est ce qu'il pense. Il me sermonnait souvent – bon, peut-être que *sermonner* est trop fort – mais un jour il m'a fait promettre que je ne sortirais jamais avec un flic.

– Et maintenant tu sors avec son équipier, et dans son dos par-dessus le marché.

– Laisse couler », dit Caitlin. Elle saisit la main de Radick. « Nous sommes ensemble depuis un peu moins de quinze jours. Tout est nouveau, tout est excitant. Laisse-moi un mois et ce que tu feras me sera égal... de fait, je serai probablement ravie que tu racontes tout à mon père, ça me fournira une bonne raison de te larguer. »

Radick éclata de rire.

« Voilà qui va me donner confiance en moi.

– Bon, nous en reparlerons plus tard. J'ai dit aux filles à l'appartement que je travaillais ce week-end juste au cas où il passerait. Je ne crois pas qu'il le fera, je crois qu'il aura besoin d'au moins une semaine de plus pour digérer sa honte, mais on ne sait jamais. » Elle jeta un coup d'œil à sa montre. « Encore deux heures et j'ai fini. Viens me chercher. Nous irons manger dans un bon restaurant, et après tu pourras me garder menottée chez toi pendant tout le week-end, OK ?

– Ça me va. »

Caitlin se pencha en avant et embrassa Radick.

« 20 heures, inspecteur, dit-elle, et ne soyez pas en retard. »

76

Richard McKee était chez lui. Il était rentré pour la nuit. Frank Parrish ferait le pied de grue dans une voiture illégalement empruntée garée une demi-rue plus loin et il observerait la maison. Et si McKee sortait, il irait voir à l'intérieur. S'il se faisait choper, tout serait fini. S'il trouvait quelque chose de compromettant, eh bien, il ne pourrait rien en faire. Il n'avait aucun élément pour justifier une fouille de la maison, mais lui estimait le contraire, et ça lui suffisait amplement. Sa cause probable était un soupçon qu'il ne pouvait ignorer, le sens du devoir, le *besoin* de savoir avec certitude que McKee était son homme.

Il n'y avait qu'une seule lumière allumée au rez-de-chaussée ; puis, peu après 21 heures, une lumière s'alluma également à l'étage. Parrish avait reculé son siège pour étendre ses jambes. Il savait qu'il en aurait pour un bout de temps. Et il savait que ce qu'il faisait allait totalement à l'encontre de toutes les règles. À 23 heures, la lumière du bas s'éteignit. Une deuxième lumière s'alluma à l'étage et s'éteignit quinze minutes plus tard. Peut-être que McKee avait pris une douche. Les rideaux remuèrent à la dernière fenêtre allumée, puis la lumière s'éteignit et il ne resta que le vacillement d'une télé. Qu'est-ce qu'il pouvait bien faire ? Regarder des rediffusions du *Drew Carey Show* ? Parrish sourit intérieurement. Il se regardait en train d'étrangler Jennifer et Karen pendant qu'il les baisait. Voilà ce qu'il faisait.

La maison fut plongée dans l'obscurité à minuit moins le quart, et Parrish prit place sur la banquette arrière. Il desserra sa ceinture et délaça ses chaussures. Il resterait éveillé, aucun doute là-dessus. Un paquet d'expérience, ce n'était pas l'entraînement qui lui manquait. Il pouvait rester assis sans bouger pendant des heures. Il avait une bouteille en plastique pour pisser dedans, son thermos de café, ses sandwichs. Il pourrait mettre de la musique plus tard, à bas volume, juste un fond sonore pour l'aider à se concentrer. Il était fin prêt. Aucune différence avec n'importe quelle planque, sauf que, cette fois-ci, il était seul.

Parrish se réveilla en sursaut. Il avait un goût de fromage rance et de copeaux de cuivre dans la bouche. Il plissa les yeux en direction de sa montre. 3 h 20. La maison de McKee était toujours plongée dans l'obscurité. Combien de temps avait-il dormi ? Avait-il vraiment dormi ou simplement piqué du nez pendant un instant ? Il se redressa, attrapa le thermos et remplit son gobelet. Le café, toujours étonnamment brûlant, lui ôta le sale goût qu'il avait dans la bouche et le réchauffa. Il faisait un froid de canard dans la voiture. Parrish se glissa sur le siège passager. Il alluma le contact, mit le chauffage, entrouvrit la vitre, histoire d'avoir un peu d'air, et reprit place à l'arrière. Peut-être qu'il n'était pas si doué que ça pour les planques. Peut-être qu'il avait perdu la main.

Il ressentit soudain un violent tiraillement dans le bas des tripes. La douleur ne s'était pas manifestée depuis plusieurs jours et il l'avait oubliée. Elle s'apaisa momentanément, puis revint de plus belle. Comme des dents et des griffes à la base du ventre, mais, tandis qu'il s'apprêtait à ouvrir la portière pour se lever, la douleur passa. Il se massa l'abdomen. Il prit deux profondes inspirations. Il se reversa un peu de café et le but lentement.

Lorsque l'aube commença à poindre au-dessus de la ville, Parrish se sentait plus alerte. Il n'avait pas redormi, et il était certain que McKee n'avait pas quitté la maison plus tôt, pendant qu'il était assoupi. Peut-être qu'il se réveillerait bientôt. Peut-être qu'il partirait pour la journée. Travaillait-il aujourd'hui ? Ou bien était-ce son week-end avec les enfants ? Quand les enfants venaient, est-ce qu'ils restaient à la maison ou est-ce qu'il leur proposait des sorties – cinéma, zoo, minigolf, le genre de trucs que les pères qui n'étaient pas en odeur de sainteté faisaient avec leurs gamins à temps partiel pour se donner l'impression qu'ils étaient paternels et positifs ?

Parrish avait du mal à le croire, mais c'était le samedi précédent – le 13 septembre – qu'il avait rencontré pour la première fois Richard McKee. Il se rappela la conversation qu'il avait eue avec Carole Paretski – le fait que c'était le week-end où Richard avait les gosses pour deux jours. Il se rappela aussi ce qu'elle lui avait demandé, à savoir si elle devait laisser Richard prendre les enfants. *Oui*, avait-il répondu. *Faites comme d'habitude. Ne lui mettez pas la puce à l'oreille.*

Carole amenait-elle d'ordinaire les enfants, se demanda-t-il, ou McKee allait-il les chercher ? Si c'était lui qui allait les chercher, ils pourraient passer la journée loin de la maison de Carole et Parrish n'en saurait rien. Alors que si elle les amenait et que McKee allait quelque part avec eux, il était peu probable qu'il soit de retour avant plusieurs heures. Bon sang, ça non plus ce n'était pas sûr ! Il pouvait les emmener à la pizzeria au bout de la rue et revenir à la maison aussi sec. Tout n'était qu'incertitude, et l'incertitude concernant le programme de McKee n'avait d'importance que s'il comptait violer la loi.

Parrish envisagea d'appeler Carole Paretski, de lui demander quel arrangement était prévu pour les enfants. Mais il ne pouvait pas faire ça. Elle risquait de mentionner une telle conversation à Radick s'ils devaient se revoir un jour. Parrish commença à sérieusement se demander ce qu'il fabriquait. Il songea qu'il ferait peut-être mieux d'abandonner. Peut-être qu'il ferait mieux de mettre le contact, de démarrer, de rentrer chez lui, de manger un repas digne de ce nom, de dormir un bon coup, d'analyser plus tard la situation...

Mais impossible. Ses soupçons ne le quittaient pas, et s'il ne faisait pas quelque chose, il ne saurait jamais. S'il n'élucidait pas cette affaire d'une manière ou d'une autre, elle le hanterait pour le restant de sa carrière. On pouvait devenir obsédé par une affaire non résolue. Il avait entendu parler de ce genre de cas, ils n'étaient pas rares. Mille meurtres, dont seulement deux ou trois non élucidés, et pourtant des vétérans de la criminelle endurcis, aguerris, passaient le restant de leur vie à s'interroger et à se ronger à cause de ceux à côté desquels ils étaient passés. Surtout s'il était question de gamins. Les gamins vous hantaient et vivaient avec vous jusqu'au dernier jour. Les affaires qui vous réveillaient la nuit étaient celles que vous deviez achever, quoi qu'il arrive.

Parrish décida de rester. Il était presque 5 heures. Il était peu probable que McKee aille chercher les enfants avant 7 heures au plus tôt. Il régla le réveil de son téléphone portable et se recroquevilla sur la banquette arrière. Quelques minutes plus tard, il dormait, rêvait, et son rêve ne semblait être qu'un reflet de ses pensées diurnes vu dans un grotesque miroir déformant.

Les filles étaient là – toutes et plus encore – et il savait que s'il ne les aidait pas à clore ce chapitre, elles le suivraient bel et bien pour le restant de sa vie.

77

Tout d'abord, Parrish fut désorienté, incapable de déterminer la provenance du son, sa signification.

Il attrapa sèchement son téléphone sur le bord du siège et le tint près de son visage. Le réveil. Il l'éteignit, mais il lui fallut quinze ou vingt bonnes secondes pour se souvenir de l'endroit où il se trouvait et ce qu'il faisait là. Il se redressa d'un coup. La maison de McKee était juste sur sa gauche. Il faisait désormais trop jour pour voir si la lumière était allumée à l'intérieur, mais les rideaux à l'étage étaient toujours tirés. La maison semblait immobile, silencieuse, inchangée.

Parrish prit plusieurs inspirations profondes. Il se sentait étourdi et nauséeux. Il avait envie de boire un verre, savait que c'était la pire idée de toutes, et se rabattit sur son fond de café tiède. Il avait faim aussi, mais plus rien à manger.

Quelque chose remua au bord de son champ de vision.

La moitié gauche du rideau avait bougé – de quelques centimètres seulement, mais elle avait bougé. McKee était toujours à l'intérieur, et maintenant il était réveillé. Parrish sentit soudain sa détermination revenir. Il jeta un coup d'œil à sa montre. 7 h 06. Allait-il sortir pour aller chercher Sarah et Alex... Sarah et Alex quoi ? McKee ou Paretski ? Carole avait-elle achevé de déshonorer et d'humilier son ex-mari en changeant le nom des enfants ? Et s'il allait les chercher, quand se mettrait-il en route ? Parrish n'avait qu'à attendre. C'était tout ce qu'il pouvait faire.

Une heure passa. Il pissa dans sa bouteille en plastique, s'arrangea pour s'éclabousser les mains et les genoux de son pantalon. Il avait l'impression d'être un clodo. Il n'osait pas imaginer ce que ça sentait dans la voiture. Heureusement que ce n'était pas la sienne. Avec un peu de pot, personne ne remarquerait rien quand il la rapporterait. En vérité, il savait qu'il était foutu. Il savait que, quoi que ça donne, il se retrouverait devant Valderas, Haversaw, peut-être quelqu'un du département des affaires internes. Il y aurait une enquête – une façon polie et politiquement correcte de dire qu'on allait sérieusement le faire chier. En ressortirait-il indemne ? Aucune chance. Perdrait-il son boulot une bonne fois pour toutes ? Plus que probable. Et quand il envisageait un tel scénario, la seule chose qui le foutait hors de lui était qu'il risquait d'être officiellement castré avant d'avoir eu l'opportunité de pincer McKee. C'était l'affaire dont il avait besoin. Celle grâce à laquelle il pourrait encore se regarder dans la glace.

S'il élucidait celle-ci, alors peut-être qu'il cesserait de porter le fardeau de culpabilité lié à son père, au fait qu'il n'avait rien dit, au fait qu'il aurait pu empêcher ce qui se passait mais n'en avait rien fait. Et maintenant Briley qui venait lui raconter ces conneries... Il ne comprenait pas ça. Il ne saisissait pas pourquoi un prêtre voudrait défendre son père. Mais si ce que Briley avait dit était vrai...

Parrish secoua la tête. Il ne pouvait pas se permettre le luxe d'une telle possibilité. Il devait s'accrocher à ses certitudes. John Parrish avait été un salaud. Des gens étaient morts à cause de lui. Alors que des gens étaient en vie grâce à Frank.

Était-ce vraiment la question ?

Il tourna le rétro et se regarda dedans. Pas rasé, les cheveux en bataille, épuisé. Il avait une sale gueule et il n'était pas dans son assiette.

À 8 h 30, une voiture s'immobilisa devant la maison de McKee. Le cœur de Parrish s'emballa. *Oui !* pensa-t-il en voyant Carole Paretski descendre du véhicule. Elle se tint sur le trottoir pendant qu'Alex et Sarah descendaient à leur tour et gravissaient les marches jusqu'au perron. *Carole Paretski, putain, je vous adore !*

Il observa Sarah. Quel âge avait dit Carole ? 14, 15 ans ? Guère plus jeune que les filles qui avaient été assassinées. Et elle avait dit vrai pour ce qui était de sa description physique – Sarah était grande et mince, blonde, une jolie fille Parrish songea au trou dans le coin de sa chambre, à son père allongé dans la poussière là-haut, branchant sa caméra, filmant sa propre fille, ses amies...

Parrish attendit tout comme eux. Sarah frappa à la porte, recula d'un pas, jeta un coup d'œil en direction de sa mère, sembla brièvement regarder en direction de Parrish, mais son regard ne s'attarda pas.

Elle leva la main pour frapper de nouveau, et cette fois la porte s'ouvrit. Carole Paretski garda les bras croisés pendant un moment, puis elle étreignit et embrassa chacun des enfants, et attendit qu'ils entrent. Elle partagea quelques paroles glaciales avec son ex-mari. Il acquiesça, pivota sur ses talons pour fermer la porte, mais elle ajouta quelque chose qui le fit se retourner en fronçant les sourcils. McKee sembla alors comprendre de quoi elle parlait, il sourit avec diligence et il retourna à l'intérieur de la maison en laissant la porte ouverte. Quelques instants plus tard, il revint avec une feuille de papier. Elle fouilla dans son sac à main, lui tendit un stylo, il signa au bas de la page, la plia et la lui tendit. De quoi s'agissait-il ? Une autorisation pour quelque activité scolaire des enfants ? Un accord pour des cours de musique, un rendez-vous chez le médecin, une facture du dentiste ? Aucune importance. L'affaire était réglée. Carole regagna sa voiture, Richard retourna à l'intérieur, referma la porte, et Parrish resta assis là, son cœur battant à cent à l'heure. Carole Paretski lança un dernier regard en direction de la maison, puis elle grimpa dans sa voiture et démarra. Parrish aurait voulu que Michael Vale soit avec lui. Son équipier aurait compris. Il serait venu avec lui. S'il était encore en vie, Parrish ne serait pas obligé de jouer au tonton avec Jimmy Radick.

La maison redevint immobile et silencieuse. Parrish prit une profonde inspiration et se prépara une fois de plus à attendre.

L'attente ne fut pas longue. Quarante minutes au plus. McKee sortit seul, marcha jusqu'au bout de la rue, et quelques minutes plus tard il garait son utilitaire devant chez lui. Il alla à la porte de la maison, l'ouvrit, appela les enfants, et il ferma la porte à clé lorsque ceux-ci furent dans la voiture.

Ils s'éloignèrent, tous les trois ensemble. Ils s'éloignèrent et laissèrent Frank Parrish seul devant la maison vide.

Parrish n'hésita pas longtemps, mais ça lui sembla une petite éternité. Il savait désormais que les choses avaient atteint le point de non-retour. S'il bougeait, ce serait pour entrer dans la maison ; s'il entrait dans la maison, alors il n'en ressortirait pas à moins d'avoir quelque chose de sûr et de probant. Il lui fallait les souvenirs dont Ron avait parlé avec tant de certitude. Il n'osait pas imaginer qu'il puisse se tromper. Une telle éventualité était bien trop désagréable pour être envisagée. Il était ici à cause de son intuition, de la confiance qu'il avait en lui-même – aussi bien au niveau personnel que professionnel. Il était ici parce qu'il était certain que Richard McKee, employé de l'aide familiale, bureau Sud 2, était un kidnappeur, un violeur, un tueur d'enfants pervers. Des filles qui avaient été autrefois aimées et protégées par leurs parents, et puis les plus cruelles des réalités s'en étaient mêlées...

Parrish actionna l'ouverture de la portière et sortit. Il attrapa son fourre-tout, sa lampe torche, son 7,65.

Il traversa la rue à la hâte et, avec une adresse et une efficacité qui trahissaient son degré de panique, il déverrouilla la porte et fut à l'intérieur en moins de trente secondes.

Il se tint un moment immobile, attendant que son cœur retrouve un rythme à peu près régulier. Ça ne se produisit pas, mais s'en rapprocha suffisamment pour qu'il se décide à bouger.

78

« Comment elle s'appelle ?

– Eve, je crois, peut-être Evelyn, je ne suis pas sûr. »

Radick fronça les sourcils.

« Je vais te dire une chose : il ne m'a jamais laissé entendre qu'il avait une liaison avec quelqu'un », dit-il.

Caitlın Parrish tendit le bras et posa son index sur les lèvres de Jimmy Radick.

« C'est parce que tu n'as pas l'intuition féminine. Nous voyons des choses que les hommes ne voient pas.

– Vraiment ? » fit Radick en souriant.

Il se décala légèrement sur le côté.

Caitlin plaça sa jambe droite au-dessus de sa cuisse et lui posa la main sur le torse.

« Vraiment. Je le sais. J'ai relevé des signes à deux ou trois reprises.

– Et qui est-elle ?

– Aucune idée.

– Alors comment se fait-il que tu connaisses son nom ?

– Eh bien, je ne le connais pas. Pas réellement. Il y avait un post-it collé près de son téléphone un jour. Ça devait être il y a un an. Il était juste écrit "Eve" et une date, c'est tout.

– Et ton extraordinaire intuition féminine t'a menée à croire que c'était la fille que ton père fréquentait.

– Non, c'est la réaction qu'il a eue quand je lui ai demandé qui était Eve. Il m'a regardée droit dans les yeux et il a répondu que c'était juste une fréquentation de travail, mais il avait une expression bizarre, comme s'il ne voulait pas que je lui pose la question.

– Tu crois qu'il serait embarrassé s'il savait que tu sais qu'il sort avec quelqu'un ?

– Non, pas embarrassé. Mon père n'est jamais embarrassé. Mais il est vieux jeu, et il me considère toujours comme sa petite fille. Tu as vu comment il s'est comporté la première fois que vous êtes venus, toujours à vouloir savoir ce que je fais, qui sont mes amis, quand je sors, quand je rentre, quand je vais au travail. Bon, pour être complètement honnête, ça devient parfois un peu étouffant. Ça tourne vraiment à l'obsession.

– Je sais comment il est.

– Comment ça ?

– Eh bien, ces meurtres sur lesquels nous enquêtons. Je ne saisis absolument pas pourquoi, mais il est persuadé de connaître le coupable. Il fait vraiment une fixation sur ce type, et je comprends que Frank puisse le considérer comme suspect, mais je ne vois vraiment pas comment il peut être si sûr de lui. Ça tourne un peu à l'obsession, comme tu dis.

– C'est dans sa nature. Ma mère disait qu'il était parfois si sûr de lui, même quand il avait tort, qu'il était tout à fait impossible de lui faire entendre raison. Certaines personnes sont comme ça, et Frank Parrish est l'une d'elles. »

Radick avait l'air songeur, il resta un moment silencieux, puis demanda :

« Pourquoi il picole autant ?

– Il a toujours été comme ça. Je ne crois pas qu'il boira assez pour se tuer, mais c'est assurément un problème. Il a toujours mis ça sur le compte du stress du boulot, mais j'ai récemment commencé à voir les choses différemment.

– C'est-à-dire ?

– Eh bien, je sais que c'est mon père et tout, mais nous avons suivi ce programme à la fac, une sorte d'initiation à la psychologie, et nous avons eu un cours sur la dépendance aux drogues et à l'alcool. On nous a expliqué que certaines personnes peuvent se mettre à boire parce qu'elles s'imaginent qu'elles ne sont pas à leur place, tu vois ? J'ai pensé à mon père, et alors j'ai pensé à son père, mon grand-père...

– John Parrish.

– Tu as entendu parler de lui ?

– Ce type est une putain de légende. BCCO, équipe spéciale contre le crime organisé, plus de décorations que n'importe quel autre agent dans toute l'histoire du commissariat. »

Radick sourit.

« Oui, et son mariage avec ma grand-mère a duré jusqu'au bout. Il avait un fils, et ce fils a marché sur ses traces et rejoint la police. Pour un flic, la consécration en tant que parent, c'est quand ton fils rejoint lui aussi la police, et c'est ce que Frank a fait.

– Donc il ne se sent pas à sa place parce qu'il doit constamment se montrer à la hauteur de la réputation de John Parrish ? »

Caitlin fit la moue.

« Je n'en sais rien, mais ça paraît plausible. Je... eh bien... sa carrière n'a pas exactement été un long fleuve tranquille, n'est-ce pas ? Et son mariage a foiré, et ses enfants n'en font qu'à leur tête. Je ne sais pas quand il a vu Robert pour la dernière fois, mais Robert est à peu près l'opposé de ce que mon grand-père aurait approuvé. John Parrish était un vrai cow-boy, une espèce de John Wayne qui te prenait pour un pédé si tu ne te sifflais pas un litre de whisky et si tu ne cherchais pas la castagne à des types trois fois plus grands que toi.

– Je connais des types comme ça. Une espèce en voie de disparition, mais on en produit encore de temps en temps.

– Eh bien, mon frère est plutôt du genre artiste. Il étudie l'ingénierie, mais je crois qu'il finira graphiste, décorateur intérieur ou quelque chose du genre. Enfin, il n'est pas homo ni rien – non pas que ça me gênerait s'il l'était – mais il ne passe pas sa vie à mordre dans des arbres et à se battre avec des armoires à glace. »

Radick remua une fois de plus. Il bougea la jambe vers le haut jusqu'à sentir la chaleur entre les cuisses de Caitlin. Il leva la main et écarta une mèche de cheveux de son visage.

« J'ai du mal à imaginer que ton père ne se sente pas à sa place, dit-il.

– Pourquoi ?

– Parce qu'il est si sûr de tout ce qu'il fait. Ce boulot n'est pas ce à quoi je m'attendais... pas exactement.

– Comment ça ?

– Les choses sont plus lentes. C'est plus méthodique. On passe notre temps à attendre et à chercher, et à attendre encore. Je pensais que les choses iraient un peu plus vite.

– Tu voulais te la jouer Starsky et Hutch, c'est ça ? »

Radick sourit.

« C'est un boulot où il faut être patient et pugnace, et être capable de ne pas s'énerver quand on n'obtient pas ce qu'on veut.

– Mon père m'a expliqué, répondit Caitlin. Il m'a dit qu'à une époque il avait passé quatorze mois sur une enquête. Il avait un témoin incontestable, quelqu'un qui irait à la barre. Il avait des enregistrements audio, des mandats de perquisition et des preuves solides qui auraient permis d'envoyer un type qui avait commis plusieurs meurtres en taule pour genre deux cent cinquante ans, et alors le type est mort d'une attaque cardiaque trente-six heures avant le moment où ils avaient prévu de l'interpeller. Il a dit que ça se terminait souvent comme ça – non pas que le salaud y passe à chaque fois, mais il y a un pépin ou un détail de procédure qui fait tout capoter.

– Tu t'entends ?

– De quoi ? »

Radick partit à rire.

« Une fille de flic. Je suis là, au lit avec une fille de flic, et elle me parle comme un flic. »

Caitlin sourit. Elle se dégagea de sous Jimmy en se tortillant et s'assit au bord du lit.

« Tu veux du café ? demanda-t-elle.

– Avec plaisir. »

Elle hésita une seconde, puis regarda Radick par-dessus son épaule.

« Tu crois que ça va bien se passer pour lui ? demanda-t-elle.

– Comment ça, "bien se passer" ?

– Eh bien, il ne va pas faire quelque chose d'idiot à cause de cette enquête, si ? À cause de ce type sur qui il fait une fixation ? »

Radick secoua la tête.

« Frank ? Non, je ne crois pas. Il sait combien il est proche de se faire virer. Je ne le vois pas courir ce risque. »

Caitlin acquiesça et se leva.

« Tu as raison, dit-elle. Il ne mettrait pas sa carrière en péril, n'est-ce pas ? Il n'a plus maman, il ne nous a plus vraiment, Robert et moi, mais bon, même quand il nous avait, nous arrivions toujours à la deuxième place. » Elle sembla un moment pensive, puis elle sourit. « Il est flic, et rien d'autre. Ce n'est pas une mauvaise chose, mais c'est comme ça. Sans son boulot, je crois qu'il n'aurait plus de raison de se lever le matin. »

Radick la regarda tandis qu'elle sortait de la chambre. Elle était superbe. La plus jolie fille avec laquelle il était jamais sorti. Celle-là, il fallait la garder, aucun doute là-dessus. Une perle rare.

Il sourit intérieurement et se retourna. Il espérait que Frank allait bien. Un week-end seul. Il se l'imaginait traînant chez lui, obsédé par Richard McKee et les adolescentes mortes, et il espérait qu'il ne se soûlerait pas la gueule. Radick le respectait, pour sûr. Il le respectait, mais il ferait tout ce qui était en son pouvoir pour ne pas finir comme lui. Il y avait des choses qu'on pouvait admirer de loin sans vouloir leur ressembler.

Il écouta Caitlin préparer du café dans sa cuisine et il se demanda alors s'il ferait bien d'appeler Frank sur son portable. Peut-être plus tard. Juste pour s'assurer qu'il allait bien. Juste pour s'assurer qu'il n'avait pas quelque chose de dingue en tête.

79

C'était typiquement une maison de célibataire. Le réfrigérateur était quasiment vide, *idem* pour les placards de la cuisine et le congélateur dans la petite pièce du fond. Trois chambres, une grande à l'avant de la maison, deux plus petites de chaque côté du couloir qui menait à la salle de bains. La maison était méticuleusement propre et ordonnée, exactement comme l'avait annoncé Ron.

Frank Parrish fit le tour des lieux à la recherche d'un indice évident et, lorsqu'il en eut fini avec les évidences, il chercha autre chose. Il arpenta le tapis de chaque pièce après avoir ôté ses chaussures, tentant de sentir sous ses pieds des indentations ou des arêtes – tout ce qui pourrait indiquer une latte de plancher mal ajustée, une trappe, une ouverture quelconque. Il palpa le lino de la salle de bains, puis tira prudemment sur les dalles de plastique au bord de la baignoire pour voir s'il y avait quoi que ce soit derrière. Il examina chaque pièce, chaque section du plafond à l'étage pour voir s'il y avait une trappe qui donnait sur le grenier. Il n'y en avait pas, mais ça ne signifiait pas nécessairement qu'il n'y avait pas de combles ; il s'agissait simplement de découvrir comment un tel espace pouvait être accessible. Les sacs à dos des enfants étaient posés sur les lits des deux plus petites chambres. Celles-ci n'étaient occupées que lorsqu'ils passaient le week-end ici. Il vérifia la chambre de McKee plus minutieusement que les autres pièces. Il y avait une télé, un lecteur DVD, une collection de disques dans un rangement à côté. Des films d'action, des trucs ordinaires, rien d'intéressant, mais il vérifia l'intérieur de chaque boîtier pour s'assurer que la jaquette correspondait bien au disque à l'intérieur. Il passa en revue les penderies, cherchant des faux planchers et des faux plafonds, regarda sous le lit, souleva le matelas, en palpa les bords pour s'assurer que rien n'avait été caché à l'intérieur. Il ne tira de tout ça que de la frustration.

Parrish regagna le rez-de-chaussée, commençant à se sentir assailli par le doute. La cuisine ne donna rien non plus ; il tira le congélateur et la machine à laver, mais il eut beau regarder attentivement, il ne vit rien d'autre qu'un congélateur et une machine à laver.

Dans le jardin derrière la maison ne se trouvaient rien qu'une allée dallée, une petite pelouse, deux mètres de terre broussailleuse.

Parrish resta un moment à regarder dehors à travers la fenêtre de la cuisine.

Réfléchis. Si j'étais lui, qu'est-ce que je ferais ? Où cacherais-je les choses que je ne voudrais pas qu'on trouve ?

Il regagna le salon. Il écarta le divan et la table des murs et tira le tapis sur trois ou quatre bons mètres vers le centre de la pièce. Il retourna le divan et ôta au moyen d'un tournevis suffisamment d'agrafes pour pouvoir passer la main sous le revêtement. Il ne sentit rien que du rembourrage et une armature en bois. Mais il y avait quelque chose ici. Il le savait. Il en était certain.

Parrish remit chaque chose à sa place. Il se demandait s'il y avait une fosse dans le sol du garage de McKee, ou s'il possédait une autre propriété, un mobile home quelque part en dehors de la ville, un repaire, une planque, un putain de cinéma privé...

Le réduit sous l'escalier était étroit et difficile d'accès, mais Parrish parvint à sortir tout ce qu'il contenait – pots de peinture, un aspirateur, une couverture –, et il s'y glissa à genoux et cogna sur les parois. Toutes étaient solides, aucun doute, même le dessous des marches au-dessus de sa tête était en bois massif.

Pas de panneaux, pas de faux plafond, pas de boîte fermée par un cadenas coincée contre le mur. Parrish remit tout en place. Il s'assit sur la moquette du couloir, et ressentit ce sentiment accablant de désillusion et d'échec qu'il avait appréhendé. Il tenta d'y résister, de ralentir ses effets, mais en vain.

C'est alors qu'il entendit un bruit de moteur, le moteur d'une voiture qui ralentissait à l'approche de la maison, et pendant une seconde Parrish songea que c'était impossible. La voiture s'arrêta.

Parrish se releva et se précipita vers la porte d'entrée. À travers le judas, il vit l'utilitaire de McKee, ce dernier qui en descendait, et Parrish sentit son cœur s'arrêter net. Il courut jusqu'à la cuisine, attrapa son fourre-tout, sa lampe torche, son tournevis, et fila se tapir dans le réduit sous l'escalier. Il se recroquevilla à l'intérieur, referma la porte du mieux qu'il put alors même qu'il entendait McKee déverrouiller l'entrée.

« Restez là ! cria McKee. Je crois que c'est à l'arrière. »

Parrish aurait voulu cesser de respirer. Il se sentait étourdi, effrayé, complètement paniqué. Son cœur cognait à toute allure et irrégulièrement ; il le sentait dans ses tempes et dans son cou. Ses jambes commençaient à se sentir à l'étroit, un début de crampe, une douleur soudaine et insupportable qui le forcerait à bouger, à sortir précipitamment du réduit pour se retrouver dans le couloir.

Il bougea le pied. Celui-ci toucha la porte, qui s'entrouvrit légèrement. Il n'y avait pas de poignée à l'intérieur, rien qui permît de la refermer.

McKee passa rapidement devant le réduit. Parrish aperçut ses jambes tandis qu'il se rendait à la cuisine. Il ferma les yeux et retint son souffle.

Il entendit le bruit de placards qu'on ouvrait. Il tenta de toutes ses forces de faire disparaître la crampe. La douleur empirait lentement, ses muscles se crispant à chaque seconde qui s'écoulait. Elle le serrerait bientôt comme un étau, et il devrait faire tout son possible pour ne pas faire un bruit, pour ne pas bouger.

« Je l'ai », entendit-il McKee dire.

Celui-ci revint dans le couloir, et pendant une fraction de seconde Parrish crut qu'il allait passer devant la porte entrouverte du réduit, la porte qui était solidement fermée quand il avait quitté la maison plus tôt dans la matinée.

Mais McKee ne passa pas devant. Il ralentit et s'arrêta. C'était un homme précis et méticuleux. Un homme qui ne laissait pas les portes entrouvertes.

Parrish imagina McKee fronçant les sourcils d'un air curieux, certain que la dernière fois qu'il avait vu la porte celle-ci était fermée. Et alors il tendrait le bras, il l'ouvrirait, et il découvrirait l'inspecteur Frank Parrish du commissariat du 126e district de la police de New York accroupi sous son escalier avec une lampe torche, un tournevis, un fourre-tout plein d'outils, de clés et de tout un attirail de cambrioleur. Que ferait-il ? Que pourrait-il dire ? *Bonjour, monsieur McKee... heu, laissez-moi tout d'abord vous dire que ce n'est pas ce que vous croyez ?* McKee le connaissait. Il connaissait son nom. Il ne servirait à rien de s'enfuir. S'il prenait la fuite, qu'est-ce qu'il dirait plus tard quand McKee rapporterait l'incident ? *McKee est un menteur. Je n'ai jamais mis les pieds chez lui...* ?

Les enfants, Alex et Sarah, assis à l'arrière de l'utilitaire en attendant que leur père, leur père *innocent*, revienne avec ce qu'ils avaient oublié à la maison, le verraient.

Parrish imaginait déjà les titres des journaux. Il entendait les enquêteurs du service des affaires internes. Il sentait la honte et l'humiliation qu'il endurerait jusqu'à son renvoi final. Il savait que son sort était scellé, qu'il terminerait comme ça, surpris accroupi dans un réduit après être entré par effraction dans la maison d'un suspect et l'avoir illégalement fouillée. Non seulement ça, mais McKee intenterait un procès au département de police, et après il accuserait Parrish de harcèlement, de torture psychologique, de trouble de stress post-traumatique, et, pendant que Parrish toucherait le fond, McKee serait blanchi et dédommagé pour toutes ses souffrances injustifiées...

Parrish ferma les yeux. Il retint son souffle.

McKee ferma la porte du pied et sortit à la hâte de la maison.

Parrish attendit d'entendre la voiture s'éloigner, puis il poussa un gémissement de douleur.

C'est alors qu'il s'aperçut qu'il était pris au piège sous l'escalier.

80

Carole Paretski avait longuement réfléchi à la discussion qu'elle avait eue avec l'inspecteur Frank Parrish. Elle était certaine qu'il ne lui avait pas tout dit. Et même si elle supposait que l'équipier de Parrish n'en avait pas conscience, elle savait que Parrish soupçonnait son mari de choses beaucoup plus graves que simplement lire des magazines porno et regarder des films de cul *à peine légaux*. Elle s'était trompée sur l'homme qu'elle avait épousé en croyant qu'il avait changé, ce qui ne faisait que renforcer son inquiétude pour sa fille.

Sarah avait 14 ans. Elle était en passe de devenir une femme. Elle était jolie, intelligente, blonde, et elle avait une confiance aveugle en son père. Richard ne lui avait jamais donné la moindre raison de le considérer autrement, mais Carole était persuadée qu'il entretenait de sombres idées sur Sarah – le genre d'idées qu'aucun adulte ne devrait avoir sur une adolescente, surtout sa propre fille. Il y avait quelque chose de malveillant chez son ex-mari. Elle le *sentait* et elle faisait confiance à ses instincts. Cette malveillance était dirigée à son encontre, et pas seulement parce qu'elle avait demandé le divorce, mais aussi parce que c'était elle qui l'empêchait d'être avec Sarah. C'était elle la mère et, comme d'habitude, le tribunal lui avait non seulement accordé la garde de sa fille, mais il avait également obligé Richard à verser une pension alimentaire. Aux yeux de Richard, c'était comme si le tribunal avait jugé Carole plus fiable, plus morale, plus honnête, comme s'il avait estimé qu'elle était meilleure mère que lui n'était père, et pour ça il en voulait à son ex-femme. Carole était convaincue que Richard n'en aurait rien à foutre s'il lui arrivait quelque chose. Il ne s'en prendrait jamais directement à elle, il était bien trop lâche, mais si elle venait à débarrasser le plancher, il n'en serait que trop ravi. Depuis le divorce, elle avait essayé de croire le contraire, mais c'était une impression qui ne la quittait pas. Les rencontres avec Parrish avaient fait ressurgir tout ce qu'elle détestait chez son ex-mari, et la chose qu'elle détestait le plus, c'était qu'il continuait à voir les enfants.

À 9h30 ce matin-là, elle parvint à la conclusion que la seule manière d'apaiser ses craintes était d'aller chez lui. Elle avait la clé, elle l'avait toujours eue – c'était l'une des choses sur lesquelles elle avait insisté lorsque les droits de visite avaient été arrangés. Chacun possédait la clé de la maison de l'autre en cas d'urgence. Ils continuaient d'être des parents, et malgré le divorce, malgré l'animosité et l'acrimonie, malgré tout ce qui s'était passé entre eux et tout ce qui se passerait à l'avenir, Alex et Sarah demeuraient leur plus importante considération.

Ils étaient sortis pour la journée. Elle le savait. Richard les emmenait au centre commercial, au cinéma, au restaurant. Il le leur avait annoncé le week-end précédent. Il avait plus d'argent qu'elle, et il les couvrait de cadeaux. Il achetait leur affection. Mais Alex et Sarah ne voyaient pas les choses de cet œil. Ils le considéraient comme un père aimant, et de temps à autre il enfonçait le clou en laissant entendre que chaque jour pourrait être comme le week-end s'ils vivaient avec lui à plein-temps. Ils étaient trop jeunes pour se rendre compte du connard qu'il était, et même si elle ne doutait pas de l'amour que lui vouaient ses enfants, elle savait qu'ils étaient tentés. Pour ce qui était de Carole, Richard avait rejoint un univers trouble, et il y resterait désormais à jamais.

Avant de se mettre en route, elle songea à ce qui se passerait s'il la trouvait chez lui. S'ils rentraient plus tôt parce qu'ils avaient oublié quelque chose ? Que dirait-elle ? Elle se rendit dans la chambre de Sarah et trouva son iPod. Elle l'oubliait toujours. Certes, elle ne s'en servait pas beaucoup ces temps-ci, mais il n'y a pas si longtemps on ne l'aurait jamais vue sans. *J'ai simplement apporté l'iPod de Sarah. J'ai pensé qu'elle le voudrait.* Ça irait. C'était mieux que rien.

Carole Paretski saisit son sac à main, ses clés, sa veste, et elle quitta la maison. Le trajet prenait une bonne demi-heure depuis Steuben vers le sud-ouest en passant par Washington, Flatbush, puis en descendant la 4e Rue. Comme c'était samedi, la circulation n'était pas aussi mauvaise qu'elle aurait pu l'être, et elle franchit le canal de Gowanus peu avant 10 heures. Elle se sentait nerveuse, effrayée même, mais une question la taraudait qui devait être résolue. Sa maison était-elle remplie de ces saloperies ? Le même genre de saloperies que celles que Parrish et son équipier avaient emportées ? Ses enfants passaient-ils leurs week-ends avec un homme qui regardait des vidéos pédophiles et qui voulait se taper des adolescentes ? Elle frissonna à cette idée. S'il touchait à Sarah... Bon sang, si Richard touchait à Sarah, elle le tuerait ! Elle lui planterait un couteau de cuisine dans l'œil et elle lui couperait les couilles. Elle l'aspergerait d'essence et elle foutrait le feu à cet enfoiré

Carole Paretski déboucha trop vite à un croisement et quelqu'un la klaxonna. Surprise, elle pila, son cœur battant à cent à l'heure. Qu'est-ce qu'elle fabriquait ? Elle se comportait comme une cinglée. Mais dirait-elle ça s'il arrivait quelque chose à Sarah et qu'elle n'avait rien fait pour l'empêcher ? Ils étaient sortis – tous les trois. Elle avait la clé de la maison. Il fallait qu'elle sache. Il le *fallait.*

Elle se gara devant la maison dans Sackett Street. Elle attendit un moment. Elle n'avait pas d'autre choix. Elle ouvrit la portière et descendit.

81

Assis à la table de la cuisine, Robert Parrish regardait sa mère avec défiance. Ça faisait un bail qu'il en avait sa claque de ses jérémiades, et de l'amertume qui semblait teinter ses propos chaque fois qu'elle parlait de son père.

« Si, il comprendrait, répéta-t-il une fois de plus, et il roula des yeux d'un air exaspéré. Le fait que toi et lui semblez incapables d'avoir une conversation cordiale ces temps-ci n'est pas la question. Il s'agit de mes études, de ma vie, et de savoir si j'ai mon mot à dire sur le sujet.

– Mais tu as suivi ce cours pendant deux ans, Robert, *deux ans*, et maintenant tu veux laisser tomber et faire quelque chose de complètement différent.

– Oui. »

Clare Baxter soupira. Elle ferma un moment les yeux, puis saisit une cigarette. Elle l'alluma, la fuma rapidement, comme une adolescente, secouant la tête de temps à autre comme si elle était en proie à quelque conflit intérieur.

« Je vais lui parler, reprit Robert.

– Non, répliqua Clare. C'est *moi* qui vais lui parler. *Moi* qui vais gérer ça, Robert.

– Tu vas simplement essayer de le convaincre de me forcer à faire ce que tu veux. La chose que tu sembles oublier, et ce n'est pas la première fois, c'est que toi et moi, nous ne voulons pas la même chose.

– Tu crois que je ne veux pas ce qu'il y a de mieux pour toi ?

– Je crois que tu veux ce qu'il y a de mieux pour toi...

– Ce que tu dis est horrible... »

Robert ricana.

« Qu'est-ce qui t'arrive ? Tu ne peux pas voir la vérité en face ? »

Clare Baxter serra les dents. Elle écrasa sa cigarette à moitié fumée et se leva de table. Elle avait besoin de faire quelque chose – *n'importe quoi* – pour se changer les idées. Sinon elle risquait de coller une beigne à cet irrespectueux...

« Je vais lui parler », déclara Robert, interrompant ses pensées.

Clare atteignit l'évier. Elle se tourna vers lui et inspira profondément.

« Ton père est un ivrogne, Robert. La voilà la vérité. Tu dis que je ne peux pas la voir en face... eh bien, laisse-moi te dire quelques vérités à propos du magnifique et merveilleux Frank Parrish. »

Robert commença à se lever.

« Je n'ai vraiment plus envie d'entendre ces conneries, maman, je ne veux vraiment...

– Pose ton cul, Robert ! Je suis sérieuse. Tu restes assis une minute et tu écoutes ce que j'ai à dire. Tu peux au moins faire ça. Libre à toi de faire ce que tu voudras après. Tu pourras aller le voir. Tu pourras lui dire que tu abandonnes ton cours d'ingénierie au beau milieu. Le graphisme ? Bon Dieu ! tu crois vraiment qu'il y a du boulot là-dedans pour toi...

– Qu'est-ce que tu veux de moi, hein ? répliqua sèchement Robert. Tu veux que je continue à faire une chose qui ne me plaît pas et à laquelle je suis nul ?

– Eh bien, si tu es nul, c'est probablement plus à cause de ton attitude qu'autre chose...

– Il ne s'agit pas de mon attitude, il s'agit de mon but. J'en ai fait assez pour savoir que je ne veux pas passer le restant de ma vie à trifouiller des putains de machines dégueulasses dans des usines cradingues, à puer comme un putain de...

– Assez ! coupa Clare. Nous ne sommes pas forcés de nous hurler dessus, et je ne vois assurément pas pourquoi tu te sens obligé d'utiliser ce genre de langage quand tu me parles. »

Robert prit une profonde inspiration.

« OK, dit-il calmement. OK, c'est comme ça. Je ne vais pas continuer à étudier l'ingénierie. Je vais laisser tomber mes cours et m'orienter vers le graphisme. C'est ce que je veux faire. Si j'en parlais à papa, il dirait : "D'accord, très bien, si c'est ce que tu veux faire et si tu es sûr..."

– Ton père se contenterait de dire ce qu'il croirait que tu veux entendre...

– Non, maman ! Papa me traiterait en adulte et respecterait mon choix. »

Clare hésita. Quelque chose lui vint alors à l'esprit et elle le dit de but en blanc :

« Robert, écoute-moi. C'est un ivrogne. Il a des problèmes au travail. Il a toujours des problèmes au travail. Tu sais qu'ils lui ont supprimé son permis de conduire et qu'ils ont effectué une retenue sur son salaire. Il ne sait pas que je le sais, mais je le sais. Son équipier a été tué dans l'exercice de ses fonctions, et il y a eu une enquête interne pour déterminer si Frank y était pour quelque chose...

– Et l'enquête interne a décrété qu'il avait agi dans les règles, qu'il avait suivi la procédure et le protocole à la lettre...

– Tu parles comme un manuel de police.

– Non, maman, je parle comme quelqu'un qui a pris le temps de parler à son père de ce qui était vraiment arrivé à Michael Vale. Tu veux savoir ce qui s'est passé ?

– Non, vraiment pas, pour être honnête...

– Eh bien, je crois que tu devrais savoir. Je crois que c'est le moins que tu puisses faire. Écoute un moment ce que quelqu'un d'autre a à dire au lieu de t'écouter parler.

– Comment oses-tu...

– Non, maman, comment oses-tu, *toi* ? C'est mon père et je l'aime, et j'ai une mauvaise surprise pour toi, Caitlin l'aime aussi. Nous le respectons pour ce qu'il est et ce qu'il fait. Tu n'avais jamais bossé avant de divorcer. C'est lui qui a subvenu à tes besoins et aux nôtres, et nous estimons qu'il s'en est sacrément bien sorti. Tu n'as commencé à travailler qu'après son départ, et uniquement parce que tu y étais obligée. Tu n'avais pas le choix. Eh bien, laisse-moi te dire une chose. Lui, il avait le choix. Il n'est pas devenu flic parce que c'est ce qu'il voulait. Il est devenu flic parce qu'il en avait *besoin*, parce qu'il estimait que c'était ce qu'il devait faire. Il avait un sens des responsabilités, chose que je ne peux pas dire à ton sujet... »

C'est alors que Clare Baxter explosa. Elle s'avança vivement de deux pas et leva la main pour gifler son fils, mais, alors même que sa main s'abattait vers lui, Robert se leva. La chaise tomba en arrière. Il lui saisit le poignet avant qu'elle ait pu l'atteindre. Ils restèrent un moment ainsi – immobiles, dans une impasse – puis Robert, qui était plus grand que sa mère, se pencha en avant et déclara :

« Je vais faire ce que je veux, maman. Un point c'est tout. Je vais faire ce que je veux quand je veux et comme je veux, et tu ne peux absolument rien faire pour m'en empêcher. »

Robert lui lâcha le poignet et s'écarta. L'expression dans les yeux de Clare lui disait qu'elle ne le défierait plus.

Il releva sa chaise, tira sa veste du dossier et l'enfila.

Il marcha jusqu'à la porte et hésita. Il se retourna vers elle et esquissa un demi-sourire.

« Je vais te dire quelque chose, maman. Je t'aime et je te respecte. Et je comprends que tu en veuilles à papa, mais crois-moi quand je te dis que tu es parfois une sacrée salope. »

Robert Parrish, qui ressemblait alors à son père comme jamais, quitta la maison, euphorique. Dans une demi-heure, il serait chez son père et il aurait une histoire à lui raconter.

82

Il avait fallu quelques minutes à Frank Parrish pour s'extirper du réduit sous l'escalier. Par chance, la lame du tournevis était suffisamment fine pour être insérée dans l'espace entre le loquet et le montant de la porte, sinon il aurait dû la défoncer pour sortir. Il se tint un moment dans le couloir, puis il s'assit par terre, dos au mur. Il se massa les cuisses, les mollets, plia les genoux et attendit que le sang circule normalement dans ses jambes, mais elles continuaient de lui faire un mal de chien.

Il se leva prudemment, s'appuyant contre le mur pour ne pas perdre l'équilibre, puis il arpenta à quelques reprises le couloir sur la longueur jusqu'à sentir que ses jambes lui appartenaient de nouveau. Son ventre le faisait souffrir. La douleur était un peu plus vive qu'auparavant.

C'est alors que, tandis qu'il refermait la porte du réduit, il se figea. Il tendit la main et appuya sur le sol. Celui s'enfonça, presque imperceptiblement, mais indéniablement. Saisi par un sentiment d'urgence soudain, au comble de l'agitation, il se hâta de sortir une fois de plus tout le contenu du débarras. Une boîte à outils, un aspirateur, une paire de baskets d'enfant, un seau plein de pinceaux et trois pots de peinture, une couverture, une boîte à chaussures. En dessous, sur le sol, se trouvait un petit bout de moquette, découpé précisément aux dimensions de l'espace. Parrish saisit son tournevis, s'en servit pour soulever un coin de la moquette et vit le lino en dessous. Il continua de tirer jusqu'à ce que le bout soit complètement arraché, puis il utilisa une fois de plus le tournevis et souleva le lino. Il vit la bordure d'un plancher et, en soulevant un peu plus le revêtement, il découvrit que la planche avait été découpée horizontalement. De même que celle d'à côté. Et la suivante.

Le cœur cognant à tout rompre, Parrish tira sur le lino. Ses bordures avaient été agrafées et il se déchira partiellement. Parrish jura et utilisa une fois de plus son tournevis pour ôter les agrafes. Lorsqu'elles furent toutes détachées, il tira le revêtement et le posa à côté de lui dans le couloir. Les planches découpées – au nombre de trois, côte à côte – ressemblaient désormais à une trappe de soixante centimètres de large. Parrish glissa le tournevis sous la première et fit levier pour la soulever. Et il reconnut immédiatement ce qu'il vit alors...

Comme il tendait le bras pour soulever la planche suivante, il entendit une voiture ralentir et s'immobiliser devant la maison. Son cœur cessa de battre. Il entendit une portière s'ouvrir. Affolé, pris de panique, il se hâta de replacer la première planche, le lino, renfonça le bout de moquette dans le réduit, puis les baskets, les pots de peinture, le seau de pinceaux, tout ce qu'il en avait sorti. Il referma la porte avec l'épaule, attrapa son sac et sa lampe torche, et se rua vers l'escalier.

Frank Parrish atteignit la première marche à l'instant où quelqu'un insérait une clé dans la serrure et la tournait... et c'est alors qu'il s'aperçut qu'il avait laissé son tournevis derrière lui.

83

Carole Paretski marqua une pause dans le couloir et attendit trois ou quatre bonnes minutes. La maison était silencieuse. Elle marcha jusqu'à la cuisine, jusqu'à la petite pièce du fond, et atteignit la porte de derrière qui donnait sur le jardin. Elle regagna l'avant de la maison et se mit à chercher quelque chose qui n'aurait rien à faire ici. Elle ouvrit chaque boîtier de DVD, parcourut des piles de magazines et de documents liés au travail de son ex-mari. Elle fouilla le bureau de Richard – ouvrant les tiroirs et fouinant dedans, s'assurant qu'elle replaçait chaque chose exactement où elle l'avait trouvée. Elle fit le tour de la pièce, tirant le tapis et regardant en dessous en quête de lattes de parquet disjointes. Elle se demanda ce qu'elle ferait si elle avait des choses importantes à cacher. Où les mettrait-elle ? Comment s'assurerait-elle qu'elles soient parfaitement à l'abri et dissimulées ?

Elle recommença dans le couloir, allant même jusqu'à taper sur les marches du bas de l'escalier pour voir si certaines semblaient plus creuses que d'autres. Il n'y avait rien.

La dernière chose qu'elle examina fut le réduit sous l'escalier, et c'est là que quelque chose lui sembla bizarre. Richard était méticuleusement ordonné, il l'avait toujours été. Et le désordre qu'elle découvrit l'étonna. Un tournevis par terre, un bout de moquette jeté au hasard, des pots de peinture, un seau de pinceaux renversé, une paire de baskets qui appartenaient à Sarah balancées là-dedans comme si elles étaient bonnes à jeter.

Carole fronça les sourcils. Elle saisit chaque objet l'un après l'autre et les posa derrière elle. Elle sortit le bout de moquette en dernier. Il était clair qu'il avait été découpé pour couvrir la surface du réduit, que c'était sa place, qu'il était censé être parfaitement assorti avec le couloir. Elle entreprit de le remettre en place – pourquoi, elle n'en savait rien – et c'est alors qu'elle sentit les lattes du plancher bouger sous le lino. Elle s'arrêta. Elle saisit le tournevis sur sa droite, souleva le bord du lino avec sa pointe et se mit à l'arracher. Elle enfonça le tournevis dans sa poche revolver, souleva soigneusement le revêtement et le plaça derrière elle. Elle marqua une pause, puis elle souleva l'une des planches.

Frank Parrish se tenait en silence en haut de l'escalier. Il y avait quelqu'un en bas, et, depuis l'endroit où il se trouvait, il ne pouvait pas voir de qui il s'agissait. La personne semblait fouiller la maison, comme lui-même l'avait fait, mais ça n'avait aucun sens. Qui d'autre aurait pu venir ici pour fouiller la maison ? Quelqu'un qui aurait la clé, de toute évidence. La seule personne à laquelle il pouvait penser était Carole Paretski. Ou peut-être une petite amie que McKee leur avait cachée ? Soudain, il comprit : le complice. Il avait toujours eu au fond de lui le sentiment que McKee n'agissait pas seul. Le complice était-il venu pour supprimer des indices, pour prendre quelque chose, pour récupérer ce que McKee lui avait promis ? Leur relation était-elle telle que chacun avait confié à l'autre la clé de chez lui ? Bien sûr que oui. Bon sang, ils enlevaient, droguaient, violaient et assassinaient des adolescentes ensemble !

Parrish tira doucement son 7,65 et prit une profonde inspiration. Peut-être une demi-douzaine de marches à descendre, et il verrait qui se trouvait dans le couloir. Il leva un pied, puis l'abaissa avec une lenteur extrême jusqu'au bord de la marche supérieure. Il s'appuya dessus aussi prudemment que possible, priant pour que l'escalier ne grince pas, pour qu'il soit solide et silencieux. Ayant fait porter tout son poids sur son pied droit, il agrippa la rampe et entreprit de bouger le gauche. Il sentait son cœur marteler dans sa poitrine. Que ferait-il ? Arrêter le type ? Il ne pouvait rien faire d'autre, et pourtant l'arrestation ne serait pas valable. C'est lui qui ne tarderait pas à se faire arrêter. Fouille illégale, infraction, la totale. Mais quelles qu'elles soient, les conséquences n'avaient pas d'importance. Le complice de McKee était en bas, occupé à supprimer toutes les preuves, et Parrish n'avait d'autre choix que de l'en empêcher.

Il abaissa silencieusement le pied gauche, souffla, prit une nouvelle inspiration et souleva une fois de plus le pied droit.

Une horreur et une consternation incommensurables s'emparèrent de Carole Paretski tandis qu'elle tirait l'une après l'autre des photos de la boîte dissimulée sous le plancher. Ça devait être des adolescentes, et elles étaient en train de mourir. Il ne faisait pour elle aucun doute que ces filles étaient torturées et assassinées. Elles fixaient l'objectif de la caméra avec de grands yeux terrifiés, injectés de sang. Elles avaient le visage rougi, bleu dans certains cas, comme si elles avaient quelque chose autour de la gorge, comme si on les étranglait. Nues, agenouillées, prostrées, menottées, couvertes de bleus et en sang pour certaines, d'autres déjà inconscientes tandis que son ex-mari les violait. Car il ne faisait aucun doute que c'était Richard. Son visage n'apparaissait sur aucune photo, mais elle avait vécu suffisamment longtemps avec lui, couchant avec lui et donnant naissance à ses deux enfants…

Elle savait ce qu'elle regardait, et toutes les craintes qu'elle avait pu avoir se concrétisèrent alors.

Sous les photos se trouvaient des DVD, par douzaines, et, tandis qu'elle les parcourait – des titres notés à la main qui n'étaient la plupart du temps qu'un prénom de fille –, elle commença à saisir l'ampleur de ce qu'il avait fait. Frank Parrish avait tourné autour du pot, incapable de lui dire la vérité. Mais il y avait eu quelque chose dans sa manière de poser des questions, quelque chose dans sa façon d'être qui n'avaient fait qu'exacerber ses craintes. Et maintenant, elle était là, agenouillée dans le couloir de la maison de Richard, tenant dans ses mains les preuves dont la police avait besoin, des DVD et des photos représentant certaines des pires choses qu'elle pût imaginer, consciente que son mari était coupable d'actes bien pires que ce qu'elle aurait jamais pu croire.

Les DVD lui glissèrent des doigts, et, tandis qu'ils s'éparpillaient sur le sol, elle vit une chose qui lui fit un tel choc qu'elle n'arriva plus à respirer.

Sarah et amies – août, septembre, octobre 2004.

Carole ramassa le DVD. Sarah ? Sa fille ? C'était impossible.

Elle se leva soudain et se rendit au salon. Elle attrapa sèchement la télécommande du lecteur DVD sur la table basse, alluma la télé, attendit que le plateau jaillisse à l'avant de l'appareil et y déposa le disque.

Tandis qu'elle appuyait sur le bouton de lecture son cœur cognait si fort qu'il semblait sur le point de percer sa cage thoracique. Et dès qu'elle vit les lignes noires et blanches irrégulières au début du film, elle sut... elle sut avec une certitude absolue... et elle apparut alors, Sarah, sa propre fille, avec deux amies venues passer la nuit à la maison.

Elle fit défiler les images en accéléré et elle trouva ce que Richard avait cherché. Les trois gamines en train de se changer pour la nuit. Elle ferma les yeux. Elle ressentait un chagrin accablant, et aussi un certain soulagement tandis qu'elle commençait à comprendre ce qui allait lui arriver, qu'il sortirait à jamais de leur vie, qu'il ne serait plus jamais en mesure de faire quoi que ce soit à Sarah.

Lorsque la télé s'alluma, Parrish accéléra le mouvement. Peut-être que la personne qui était en bas était uniquement venue regarder quelques DVD. Les jours où McKee n'était pas chez lui, son complice pouvait venir. Ou peut-être qu'ils regardaient ces trucs ensemble, mais que le samedi – quand McKee était de sortie avec les gamins – le complice avait carte blanche pour venir ici et s'amuser tout seul.

Le sentiment de justification qu'il avait éprouvé en voyant les photos que McKee cachait sous le plancher faisait plus que compenser la culpabilité qu'il pouvait ressentir à l'idée qu'il était entré par effraction chez lui. Ce type était une ordure, la lie de l'humanité, et c'était ici que son petit jeu s'arrêtait. Comment il s'y prendrait, il n'en savait rien, mais à cet instant, tandis qu'il arrivait au bas des marches et prenait la direction du salon en braquant son arme devant lui, il s'en foutait. Tout était fini – pour Melissa, Jennifer, pour Nicole, Karen, Rebecca et Kelly. Pour toutes celles qui auraient suivi dans leur sillage, le cauchemar était fini.

Frank Parrish, plus déterminé et lucide que jamais, atteignit la porte du salon.

Quel était ce bruit dans le couloir ?

Carole se figea net. Elle resta immobile une fraction de seconde, puis elle recula et se plaqua contre le mur derrière la porte. Le bruit de la télé recouvrait presque les battements de son cœur. Elle regarda en plissant les yeux à travers l'interstice qui bordait le montant de la porte, et elle ne vit rien qu'un pistolet. Elle n'en croyait pas ses yeux, mais elle ne pouvait nier l'évidence.

Richard possédait-il un pistolet ? S'en était-il procuré un quelque part ? Était-il rentré pendant qu'elle regardait le DVD, avait-il vu le bazar autour du réduit, avait-il l'intention de descendre le cambrioleur imaginaire ?

Carole attrapa le tournevis dans sa poche revolver et le serra fermement. Elle hésita une seconde, regarda une fois de plus à travers l'interstice, vit Richard faire un nouveau pas en avant, et elle sut ce qu'elle avait à faire. Elle sut que c'était sa chance de se débarrasser à jamais de ce salaud.

Elle s'avança soudain, brandissant le tournevis dans sa main gauche, saisissant la poignée de la porte pour s'en servir comme pivot et la contourner dans son élan. Lorsque Frank Parrish franchit le seuil de la pièce, il ne vit rien qu'un éclair argenté, la forme d'un bras, puis il ressentit une douleur indescriptible au milieu du corps. Ce n'est pas la douleur qui lui fit lâcher son arme, mais la soudaineté et le choc inattendu. Le pistolet heurta le sol. Parrish tomba à genoux, baissa les yeux et vit un manche de tournevis qui dépassait de son abdomen, juste en dessous des côtes, et, lorsqu'il releva les yeux, il vit Carole Paretski qui le regardait avec une expression de surprise telle qu'il ne put s'empêcher de sourire.

Le sourire ne dura pas plus d'une seconde. Il tomba en état de choc, se mit à suffoquer et à trembler, et si Carole Paretski n'avait pas eu la présence d'esprit de le rattraper par l'épaule, Frank Parrish aurait basculé en avant et se serait planté la totalité du tournevis dans le ventre. L'hémorragie interne s'intensifia tandis qu'il s'évanouissait sans un bruit.

84

Robert n'était pas chez son père depuis cinq minutes lorsqu'il décrocha le téléphone et l'appela sur son portable. La sonnerie retentit dans le vide. Il appela le commissariat et demanda à parler à Frank Parrish. On l'informa que ce dernier n'était pas de service ce week-end.

Il se demanda où il pouvait être, puis songea à Eve. Il chercha le carnet d'adresses de son père, ne le trouva pas, et il vit alors le téléphone portable de Frank posé près du lit. Il l'avait éteint, laissé chez lui, et le numéro d'Eve y figurerait à coup sûr. Il le trouva sans tarder, appela, tomba sur sa boîte vocale et laissa un message.

« Bonjour, Eve, c'est Robert, le fils de Frank. Je me demandais si vous saviez où il est...

– Robert ?

– Oh ! bonjour. Comment allez-vous ?

– Bien, merci. Et vous ?

– Bien, bien, pas de problème. Je cherche mon père.

– Je ne l'ai pas vu, Robert, pas depuis un moment.

– OK. Si vous le voyez ou s'il vous appelle, dites-lui de me passer un coup de fil sur mon portable.

– Je n'y manquerai pas, Robert. Bonne journée.

– Bonne journée. »

Robert raccrocha. Trop cool. La petite amie prostituée de son père. Il posa le portable de Frank sur la table de la cuisine et ouvrit le réfrigérateur. Il restait quatre packs de Schlitz. Il en attrapa une, l'ouvrit, s'assit à la table et but sa bière. Il décida de rester un petit moment, histoire de regarder un peu la télé ou d'écouter quelques disques, puis il rentrerait chez lui. À moins que son père n'arrive, auquel cas ils iraient peut-être manger un hamburger ou autre chose. Il ne l'avait pas vu depuis des semaines, ça serait sympa d'avoir des nouvelles.

Caitlin Parrish était en train de se sécher les cheveux lorsque le téléphone sonna. Elle décrocha instinctivement alors même que Radick s'apprêtait à lui dire qu'il ne voulait pas qu'elle réponde au cas où ce serait Frank.

Elle demanda qui était à l'appareil, ce que la personne voulait, et, tandis que Radick était là à la regarder, elle écouta son interlocuteur à l'autre bout du fil et pâlit ostensiblement.

Radick fronça les sourcils, inclina la tête d'un air interrogateur.

« Oui, dit-elle, bien sûr. Nous arrivons tout de suite. »

Elle raccrocha, regarda Radick, puis de nouveau le téléphone.

« Quoi ? demanda-t-il.

– C'est mon père, répondit-elle, manifestement abasourdie.

– Qu'est-ce qu'il a ? Qu'est-ce qui s'est passé ?

– Il est à l'hôpital Holy Family. Il a été poignardé. »

Clare Baxter avait fumé trois autres cigarettes depuis le départ de son fils. Elle s'était aussi versé deux doigts de Crown Royal dans un verre qu'elle avait vidé cul sec. Elle était plantée dans la cuisine à se demander si c'était elle ou le reste du monde qui était à côté de la plaque. Probablement le reste du monde.

Frank serait d'accord avec Robert. Robert serait suffisant et méprisant. Qu'ils aillent tous les deux se faire foutre. Frank était toujours d'accord avec Robert et Caitlin pour la simple et bonne raison qu'il se sentait coupable d'avoir été un père si absent. Et c'était un fait, il avait été un père absent, quoi qu'en pensent Robert et Caitlin.

Elle se versait une nouvelle rasade lorsque le téléphone sonna. Elle songea d'abord que ça devait être Robert qui appelait pour s'excuser, mais il ressemblait trop à son père pour faire une telle chose.

Ce n'était pas Robert, c'était Caitlin, et tandis que Clare l'écoutait, tandis qu'elle prenait conscience de ce qu'on lui annonçait, elle sentit le verre lui glisser des doigts. Le fracas qu'il produisit en explosant sur le sol lui fit reprendre ses esprits. Elle raccrocha, attrapa son manteau et quitta précipitamment la maison. Si la circulation était de son côté, elle pourrait être à l'hôpital dans un quart d'heure.

Robert lança la cannette de bière vide en direction de la poubelle et manqua sa cible. Elle rebondit contre le mur du fond et roula par terre. Il la laissa où elle était. Il avait besoin d'une clope. Il n'en avait pas. Où était le bureau de tabac le plus proche ? Il irait faire un tour, s'achèterait un paquet, puis il reviendrait ici pour voir si son père était rentré. S'il n'était pas là, il lui laisserait un message et rentrerait chez lui. Peut-être qu'il irait voir un film. C'était samedi. Samedi n'était pas un jour pour étudier.

Robert se leva, déposa la cannette de bière dans la poubelle et se dirigea vers la porte. Son téléphone portable sonna. Songeant qu'Eve avait transmis le message à son père, il répondit sans regarder l'écran.

« Papa ?

– C'est Caitlin. Écoute-moi. Papa a été blessé. Il y a eu un accident. Je ne connais pas les détails mais il est à l'hôpital Holy Family.

– Quoi ? Qu'est-ce que tu racontes ?

– Écoute ce que je te dis, Robert. Je ne sais rien de plus. Papa est à l'hôpital Holy Family. Ça se trouve dans Dean Street près d'Atlantic Avenue. Vas-y maintenant. Tu as ta voiture ?

– Non.

– Prends un taxi, démerde-toi. Mais vas-y, OK ?

– OK, oui… je vais prendre un taxi. Bon Dieu ! attends, qu'est-ce que…

– Faut que j'y aille, Robert. On se verra à l'hôpital. »

Caitlin raccrocha. Il resta figé une seconde, puis, sans trop savoir pourquoi, il saisit le téléphone portable de son père, enfonça la touche « Bis » et attendit qu'Eve réponde.

Il lui expliqua ce qui s'était passé. Elle lui demanda où il était.

« Chez mon père. J'y suis toujours.

– Attendez-moi, dit-elle. Je viens vous chercher. »

Ce fut Radick qui conduisit. Ils arrivèrent en moins de dix minutes. Caitlin grimpa les marches quatre à quatre et se précipita au bureau des admissions.

Radick appela le commissariat. Il parla à Valderas, lui expliqua qu'il ne savait rien à part que Parrish avait été blessé et transporté d'urgence à Holy Family. Valderas répondit qu'il arrivait et raccrocha.

Radick gravit les marches à la hâte derrière Caitlin, produisant sa plaque avant même d'avoir atteint le guichet.

Caitlin avait déjà trouvé son père et elle eut le temps d'échanger en vitesse quelques mots avec lui avant qu'il ne soit emmené au bloc. Il délirait, était à moitié conscient, mais, en la voyant, il sourit, lui dit qu'elle avait bonne mine, lui demanda si elle avait assez d'argent de poche. Il ajouta qu'il avait finalement réussi à la faire venir dans un hôpital local. Puis il perdit connaissance et les infirmières l'emmenèrent.

85

Valderas appela Marie Griffin, passa la prendre en chemin. Lorsqu'ils arrivèrent à Holy Family, Valderas avait glané quelques détails sur ce qui s'était passé dans la maison de Sackett Street de la part des agents sur place. Il savait que Carole Paretski et Frank Parrish s'étaient trouvés chez Richard McKee. D'après ce qu'il comprenait, Carole Paretski avait tout à fait le droit d'être là, mais Parrish – comme on pouvait s'y attendre –, non. Il ne savait cependant pas s'ils s'y étaient rendus ensemble ou séparément. Il penchait pour la deuxième hypothèse. Carole Paretski était en état d'arrestation ; elle était détenue au commissariat du 11e district, et, dès que l'inspecteur en charge de l'affaire aurait des informations plus précises, il appellerait Valderas. Quand un collègue flic était blessé ou mort, les frontières juridictionnelles disparaissaient et tout le monde collaborait.

Hormis Jimmy Radick, Valderas ne connaissait aucune des personnes réunies dans la salle d'attente.

« Je vous présente Caitlin, la fille de Frank », dit Radick.

Marie Griffin et le sergent de brigade Valderas lui firent part de leur inquiétude pour Frank, ajoutant qu'ils étaient à sa disposition si elle avait besoin d'aide.

« Et voici Clare Baxter », poursuivit Radick. Valderas échangea une poignée de main avec une femme au visage de marbre qui semblait contrariée par leur présence. « L'ex-femme de Frank », précisa Radick.

Valderas se souvint alors d'une conversation qu'il avait eue un jour avec Frank à propos de cette femme. Il ne laissa rien paraître, sourit avec autant de compassion que possible et répéta une fois de plus qu'il ferait tout ce qui était en son pouvoir pour l'aider...

« Alors qu'est-ce qu'on vous a dit ? demanda Valderas à Radick.

– Très peu de choses. Poignardé à une reprise, mais profondément, et quelque part dans la partie supérieure de l'abdomen. Il a été emmené direct au bloc.

– Je lui ai parlé avant qu'ils l'emmènent, intervint Caitlin. Il délirait. Il n'a pas vraiment dit quoi que ce soit sur ce qui est arrivé. »

Elle s'interrompit, regarda Jimmy, puis Valderas. Il était clair à son expression qu'elle luttait contre ses émotions ; elle paraissait sur le point de craquer ; elle semblait terrifiée.

« Savez-vous ce qui s'est passé, sergent ? » demanda-t-elle.

Valderas fit signe que non. Le peu qu'il savait, il ne pouvait pas le partager avec la fille de Parrish. Si Frank était allé là-bas seul, il serait foutu à la porte de la police, ça ne faisait aucun doute. Il avait déjà une retenue sur salaire, une suspension de permis de conduire... ce qui le fit penser à autre chose : c'était peut-être Parrish qui avait pris une voiture au garage. Il en manquait une, et à cet instant Valderas aurait parié son salaire sur Parrish. On parlait donc de vol d'un bien appartenant à la police, de conduite sans permis, d'effraction, de fouille illégale, de harcèlement de témoin...

Valderas se retourna en entendant une porte s'ouvrir violemment.

« Robert ! » s'écria Caitlin, et elle se précipita vers un jeune homme aux cheveux sombres.

La ressemblance avec Frank était frappante. C'était le fils.

Derrière lui se trouvait une brune élégante, âgée de peut-être 35 ans. Très belle, très sûre d'elle, mais une tension sur le visage qui indiquait qu'elle ne savait pas vraiment ce qu'elle faisait ici.

Caitlin et Robert s'étreignirent, puis il lui demanda ce qui se passait, comment allait leur père, s'il était en vie, s'il allait s'en sortir.

« Je n'en sais pas assez, en fait je ne sais rien », répondit-elle.

Clare Baxter les rejoignit alors, et même si elle ne disait rien, il était clair qu'elle était sincèrement inquiète, peut-être plus pour la santé morale de ses enfants que pour la santé physique de son ex-mari.

Caitlin présenta Robert à Valderas, à Jimmy Radick, à Marie Griffin, et Robert se retourna et adressa un signe de tête à Eve. Celle-ci s'approcha, d'un pas peut-être un peu hésitant. Elle n'était de toute évidence pas à sa place, elle le sentait bien, mais elle n'aurait pas voulu être ailleurs.

« Voici Eve Challoner, annonça Robert. L'amie de papa. »

Eve sourit, serra la main de tout le monde sans dire un mot.

Ils étaient désormais sept – l'ex-femme, les enfants, l'amant de la fille, la psychologue, le sergent de brigade et la prostituée – à attendre d'avoir des nouvelles du bloc. Frank Parrish avait été poignardé, grièvement blessé, semblait-il, et ils ne pouvaient rien faire qu'attendre.

Valderas et Griffin furent les premiers à s'asseoir. Eve les imita, et Robert s'assit à côté d'elle comme s'il se sentait obligé d'être le lien entre elle, la famille et les relations professionnelles de Frank. Caitlin prit place à côté de Robert, Jimmy Radick à côté d'elle, et Clare Baxter se mit à faire les cent pas dans la pièce comme si elle hésitait entre rester et partir. Au bout d'un moment, elle annonça : « J'ai besoin de fumer une cigarette », et quitta la pièce. Elle ne s'absenta que trois ou quatre minutes avant de revenir et de retrouver le même silence pesant que celui qu'elle avait laissé.

« Quelque chose ? » demanda-t-elle à Caitlin.

Valderas percevait la tension entre la mère et le fils. Était-ce parce qu'il avait amené Eve, dont il supposait qu'elle était la petite amie du moment de Frank ? Y avait-il encore quelque chose entre Frank Parrish et Clare Baxter ? Ou le problème était-il purement entre le fils et sa mère ? Valderas l'ignorait, il n'avait aucun moyen de deviner. Et il s'en foutait un peu, il essayait simplement de s'occuper l'esprit en pensant à autre chose qu'à la mort possible de Frank Parrish ou – s'il s'en sortait – au fait qu'il allait devoir le foutre à la porte du NYPD.

Et puis il y avait cette affaire sur laquelle Frank enquêtait. Il avait déjà appris de l'inspecteur du 11e district que quelque chose avait été retrouvé chez McKee. « Quelque chose de lourd », c'était tout ce qu'il lui avait dit. « Dès que j'ai autre chose, je vous appelle », avait ajouté l'inspecteur, et Valderas l'avait remercié. Ce serait ironique que Parrish ait élucidé l'affaire. Parrish et cette Paretski. Avaient-ils trouvé leur homme ? S'agissait-il de McKee ?

« Qu'est-ce qu'on peut faire ? demanda soudain Robert. Caitlin ? »

Elle secoua la tête.

« Rien pour le moment, à part attendre. »

Robert fronça les sourcils.

« Tu es infirmière, non ? Tu ne peux pas aller leur demander ce qui se passe ?

– Non, je ne peux pas, Robert. Je dois attendre comme tout le monde. »

Robert se leva.

« Ils se foutent de notre gueule ! » s'exclama-t-il.

Eve tendit la main et lui toucha le bras.

« Asseyez-vous », dit-elle.

Robert se rassit.

« Est-ce que quelqu'un sait où il était ? demanda Radick. Ce qu'il faisait ?

– Tout ce que je sais, c'est que Carole Paretski était impliquée, répondit Valderas, et cette information ne doit pas quitter cette pièce, d'accord ?

– Qui c'est, celle-là ? demanda Robert.

– C'est la femme d'un homme sur qui Frank enquêtait ; une affaire à laquelle il travaille. C'est tout ce que je sais, et c'est tout ce que je peux dire.

– Et elle était avec lui quand il s'est fait poignarder ? demanda Caitlin.

– Je ne connais pas les détails, répondit Valderas. Tout ce que je peux vous dire, c'est que Frank est ici et qu'elle est en détention dans un commissariat local.

– C'est elle qui l'a poignardé ? » demanda Eve.

Valderas secoua la tête.

« Comme j'ai dit, je n'ai pas de détails...

– Vous ne pouvez pas appeler quelqu'un ? demanda Clare Baxter. Vous ne pouvez pas apprendre ce qui s'est passé ?

– Je dois laisser les agents qui ont effectué l'arrestation et les inspecteurs chargés de l'enquête faire leur travail, madame Baxter, de la même manière que votre fille doit laisser les médecins et les chirurgiens faire le leur. J'attends un coup de fil pour savoir ce qu'ils ont découvert. Dès que j'aurai du neuf, je vous dirai naturellement tout ce que je pourrai.

– Donc nous attendons », dit-elle, comme si ce n'était pas évident.

Elle marcha jusqu'à la porte et resta plantée devant, regardant à travers le hublot.

« Il a fait une connerie, n'est-ce pas ? demanda Caitlin. Cette affaire sur laquelle il enquête... il s'est senti frustré et il a fait une connerie, exact ? »

Elle regardait Valderas mais sa question semblait adressée à tout le monde. Son anxiété se lisait sur son visage, dans tout son corps. Elle tentait de se persuader que tout irait bien, que son père s'en sortirait, qu'il traverserait sans encombre ce dans quoi il s'était empêtré.

« Caitlin, nous ne savons tout simplement pas ce qui s'est passé », déclara Radick, et à cet instant toutes les personnes présentes comprirent qu'il y avait plus entre eux que la simple relation entre un flic et la fille de son équipier.

Clare Baxter se tourna vers Jimmy Radick. Valderas fronça les sourcils, Marie Griffin aussi – presque imperceptiblement. Eve jeta un coup d'œil à Robert, Robert regarda Caitlin, puis l'homme à côté d'elle, et ils comprirent tous que ces deux personnes se connaissaient. Personne ne dit rien ; il n'y avait rien à dire.

« Quoi qu'il se soit passé, dit Valderas, ça s'est passé parce qu'il pensait faire ce qu'il fallait. »

Clare Baxter émit un son. Un son dédaigneux, peut-être, voire méprisant. *J'ai vécu avec lui*, disait ce son. *J'ai vécu avec lui, porté ses enfants... alors ne venez pas me dire quoi penser de quelqu'un que vous ne connaissez même pas.*

« Tais-toi, maman, intervint Robert. Ferme ta gueule.

– Robert ! s'écria Caitlin en écarquillant de grands yeux.

– Et toi aussi tu peux la fermer, lâcha-t-il sèchement. Tu ne le connais pas. Bon Dieu, aucun de vous ne le connaît ! »

Clare Baxter, le visage affaissé tel un ballon de baudruche dégonflé, marcha lentement jusqu'aux chaises de l'autre côté de la pièce et s'assit.

Le silence était oppressant, inconfortable, électrique.

« Je le connais, déclara Eve, et non seulement ces trois mots brisèrent le silence, mais tout le monde se tourna vers elle avec une expression interrogatrice. Je le connais, c'est la personne que je connais le mieux, c'est sûr. » Elle marqua une pause, sourit, puis elle sembla rire intérieurement comme si elle se remémorait un moment à moitié oublié. « La dernière fois que je l'ai vu, il venait de passer trois heures à essayer de convaincre un jeune type de ne pas tuer sa petite amie. Il a fait de son mieux mais le type a tout de même tué la fille... il a tué la fille et puis il s'est suicidé. » Eve leva les yeux. Elle regarda tour à tour chaque membre de l'assistance, puis son regard se perdit vers un point indéterminé au milieu de la pièce et elle sourit d'un air pensif. « Ils étaient dans une baignoire. Le type avait déjà lacéré la jambe de la fille, au niveau de la cuisse, vous voyez ? Elle saignait beaucoup. Et alors il lui a tranché la gorge, puis il s'est aussi tranché la gorge, et Frank a passé je ne sais combien de temps à essayer de les sortir de la baignoire pleine de sang pour leur sauver la vie. Mais il n'a pas réussi. Il a fait de son mieux mais il n'a pas réussi.

– Frank est un bon flic, intervint Valderas. Il a ses problèmes, il a ses difficultés, mais c'est l'un des meilleurs.

– Comme son père », surenchérit Radick.

Valderas sourit d'un air entendu.

« Quoi ? demanda Caitlin.

– Rien, répondit Valderas.

– Non, dites-moi, insista-t-elle. Dites-moi ce qui vous a fait sourire.

– C'est juste que le père de Frank appartenait à une équipe. On les appelait "les Anges de New York". Ce sont eux qui ont contribué à débarrasser New York du crime organisé. Nul doute que Frank avait de qui tenir. »

Marie Griffin ouvrit la bouche pour parler, mais elle se retint. Elle aurait voulu dire quelque chose, leur parler de la Lufthansa, des morts jamais élucidées de Joe Manri et Robert McMahon, de ce que Frank Parrish pensait réellement de son père, mais elle ne pouvait pas.

« C'est un bon inspecteur, reprit Jimmy Radick. D'accord, nous n'avons travaillé ensemble que – quoi ? – près de trois semaines, mais j'en ai appris un paquet...

– Est-ce que Frank sait que vous couchez avec sa fille ? »

Radick leva les yeux vers Clare Baxter.

« Maman ! Bon sang, c'est quoi ton putain de problème ? »

Clare Baxter était en colère. Elle fusilla Valderas du regard.

« Est-ce que c'est au moins permis dans la police de New York ?

– Madame Baxter, ça ne nous regarde pas. Nous ne régentons pas la vie privée de nos agents, sauf lorsque la loi est bafouée... »

Radick était sans mots. C'était quoi le problème de cette bonne femme ? Est-ce qu'elle détestait Frank ? Est-ce qu'elle détestait ses enfants ? Est-ce qu'elle était jalouse, ou peut-être qu'elle avait peur de quelque chose ? Il songea que si Frank s'en sortait, il le féliciterait d'avoir divorcé de cette cinglée.

« Oui, maman, ça ne te regarde pas, reprit Caitlin. Nous parlons de papa, pas de toi. Contente-toi une seconde de ne pas être le centre d'attention, OK ? »

Valderas lança un coup d'œil en direction de Marie Griffin. Celle-ci ne haussa même pas un sourcil. Inutile. Tout ce qu'il y avait à dire était là devant ses yeux. Toute la famille était dingue. Pas étonnant que Frank Parrish en ait bavé au boulot.

« Et vous, qui êtes-vous ? » demanda Clare Baxter en se tournant vers Eve.

Eve sourit.

« Je suis Eve, répondit-elle. Eve Challoner. Je suis une escort-girl absolument hors de prix, mais Frank vient me voir de temps à autre et pour lui c'est gratuit. »

Clare Baxter resta bouche bée et incrédule. Robert éclata de rire. Valderas sourit. Personne ne parla pendant au moins une minute.

Clare Baxter fouilla ostensiblement dans son sac à la recherche de ses cigarettes. Elle les trouva et quitta la pièce avec humeur telle une gamine irascible.

« Bon Dieu ! » fit Robert. Il se tourna vers Eve. « Je suis désolé. » Il regarda Valderas, Griffin, Radick. « Elle est stressée, bordel, sérieusement stressée. Je ne sais pas ce qui lui prend, mais elle est pire que d'habitude. »

Tous acquiescèrent. Personne ne parla. On comprenait.

« Est-ce que vous pouvez nous dire autre chose sur ce qui s'est passé ? » demanda Caitlin.

Sa question s'adressait à Valderas. Celui-ci secoua la tête.

« Comme j'ai dit, j'en sais très peu. J'attends d'avoir plus d'informations, et, dès que j'en aurai, je vous tiendrai au courant.

– Donc il est vraiment bon à son boulot ? demanda Caitlin. C'est réellement un bon inspecteur, ou est-ce que vous dites juste ça parce que nous sommes ici et qu'il risque de mourir ?

– Cait... commença Robert.

– Non, Robert, je veux la vérité. Je veux entendre la vérité de la bouche de quelqu'un qui le connaît professionnellement. Vous le connaissez depuis longtemps, exact ?

– Pour sûr, répondit Valderas. Je le connaissais avant qu'il ne devienne inspecteur.

– Alors ?

– Alors quoi ?

– Alors il est bon ?

– L'un des meilleurs, répondit Valderas.

– Alors c'est quoi ces conneries avec son permis de conduire et sa retenue sur salaire ? Qu'est-ce qu'il a fait ? »

Valderas secoua la tête.

« Frank n'aime pas trop les règlements, répondit-il. Il ne les a jamais aimés. Frank est de la vieille école. Il est frustré par le système, comme nous tous, mais lui plus que les autres. Il y a des fois où on connaît la vérité mais où on ne peut rien faire. Les charges sont abandonnées, les coupables concluent des accords avec le bureau du procureur, des enquêtes capotent à cause de vices de procédure, des criminels sont remis en liberté et peuvent remettre ça. Il se débat avec tout ça, et de temps en temps il sort du droit chemin et il se fait recadrer. Ce n'est pas un boulot facile, laissez-moi vous le dire, et je perçois la frustration et la désillusion que ces types ressentent. Malheureusement, le système est ce qu'il est, et on peut se plaindre autant qu'on veut, c'est tout ce qu'on aura tant qu'on n'aura rien trouvé de mieux.

– Est-ce qu'il va perdre son boulot maintenant ? demanda Robert. Est-ce qu'il a fait une connerie ?

– Je ne sais pas, Robert, vraiment pas.

– Ça va être dur pour lui de s'en remettre, observa Caitlin.

– Il a vécu des expériences plus dures, répliqua Valderas.

– Michael Vale, déclara Eve. Il a vécu la mort de Michael Vale. »

Antony Valderas se tourna lentement et la regarda. Elle avait les larmes aux yeux. Son mascara avait coulé.

« Oui, dit Valderas. Il a vécu la mort de Michael Vale.

– Il ne m'a jamais dit ce qui s'était passé, observa Caitlin.

– Moi non plus, ajouta Robert.

– Je sais ce qui s'est passé », déclara Eve.

Valderas acquiesça.

« Moi aussi. »

Caitlin et Robert se regardèrent.

« Alors ? demandèrent-ils presque à l'unisson.

– Vous voulez savoir dans quelles circonstances Michael Vale a été tué ?

– Bien sûr, répondit Caitlin.

– Absolument », surenchérit Robert.

Valderas regarda Eve Challoner.

« Vous voulez leur raconter ? demanda-t-il.

– Racontons-leur ensemble », répondit-elle.

86

« Tu es un putain de loser. Bon Dieu, Mike, c'est quoi ce bordel ? »

Frank Parrish tenait un gobelet en polystyrène, à la base duquel un trou laissait s'échapper un filet continu de café qui s'écoulait lentement dans la corbeille près de son bureau.

« Matériel haute qualité, gracieusement fourni par le département de police de New York. Si tu en veux un autre, tu vas te le chercher. »

Ce que fit Parrish, et il revint un moment plus tard avec un nouveau gobelet.

« Alors qu'est-ce qu'on fait aujourd'hui ? demanda-t-il à Vale.

– On retourne vérifier ce truc d'hier, la fille de Heights, puis on passe le reste de la journée et demain à faire semblant de bosser. Je dois partir en week-end, et je veux me tirer de bonne heure. La dernière chose dont j'ai besoin, c'est d'une nouvelle affaire.

– Où tu vas ?

– À la campagne, répondit Vale. La dernière fois que Nancy et moi avons passé le week-end quelque part, c'était... bon Dieu, ça devait être il y a trois ans !

– Il y a eu ce mariage. Qui c'était... ton neveu ou je ne sais qui ?

– Le mariage de quelqu'un d'autre, ça ne compte pas. On y va et on se tient à carreau. Je déteste ces conneries. Enfin, bref, ça fait beaucoup trop longtemps, ça, je le sais, et elle va péter un câble. Si quelque chose m'empêche d'y aller, elle va aller se chercher un avocat et c'est avec lui qu'elle va partir en week-end. »

Parrish s'esclaffa, il but son café et il n'hésita même pas quand le téléphone sur son bureau sonna.

Moins de vingt minutes plus tard, ils étaient derrière un groupe électrogène à l'arrière d'un immeuble d'habitation de Baron Street. C'était un endroit dégueulasse. Des voitures en panne aux banquettes éventrées et à la carrosserie rouillée et piquetée de trous. Des bouteilles cassées, un brasero carbonisé, des seringues, des couches usagées et des détritus éparpillés un peu partout. Ça puait, et Parrish et Vale étaient accroupis derrière la voiture pendant que l'agent qui était arrivé le premier sur les lieux les mettait au parfum.

« Pour autant que je sache, il y a un seul type. Il est au sous-sol avec la plupart des résidents. Ils sont environ trente. Il dit qu'il a une grenade...

– Une quoi ?

– Je sais. Comme j'ai dit, une grenade. C'est un ancien soldat, il dit que son frère était en Irak et qu'on lui a donné une grenade en état de fonctionnement en guise de souvenir.

– Qu'est-ce qu'il veut ?

– Que sa petite amie ramène son gamin. Apparemment, elle s'est tirée avec le gosse hier, elle ne répond pas à ses appels, et maintenant elle a coupé son téléphone. Je crois qu'il a passé la nuit à se gaver de méthamphétamines et qu'il a complètement disjoncté.

– Et il menace d'utiliser la grenade et de tuer certains otages ? »

L'agent secoua la tête.

« Pas simplement certains. Il dit qu'il va les buter tous. L'immeuble est chauffé au mazout. Il est à côté des citernes, avec trois jerrycans d'essence. Il dit que s'il fait exploser sa grenade, tout le monde va y passer.

– Merde, lâcha Vale. Ça regarde le FBI. Il s'agit d'enlèvement, de terrorisme. Ça n'est pas de notre ressort. Ils doivent venir ici avec un négociateur.

– On s'en occupe, mais il vient de relâcher un gamin...

– Il y a des gamins en bas ? demanda Parrish.

– Environ huit ou neuf, à ce que je sais.

– Bordel de merde ! s'exclama Parrish. Alors il en a relâché un ?

– Oui... avec un message à notre intention. Il dit qu'il veut parler à un inspecteur dans les cinq prochaines minutes sinon il descend l'un des otages. Oh ! oui, il a aussi un pistolet. D'après la description du gamin, on dirait un semi-automatique. Qu'est-ce qu'ils ont dans l'armée aujourd'hui... un Beretta peut-être, ou alors un Glock ? Le gamin a dit qu'il était carré et long, pas comme un revolver.

– Merde, fit Parrish. On descend et on tire une balle dans la tête de ce connard. »

Vale se leva. Il épousseta l'arrière de son pantalon.

« Je descends, dit-il. Tu me suis, tu restes près de moi, on avisera quand on sera en bas. »

Parrish se leva. Ils se dirigèrent vers la voiture pour récupérer des gilets pare-balles.

Vale se retourna vers le jeune agent toujours accroupi derrière la voiture de patrouille.

« Et faites venir les fédés, nom de Dieu ! Expliquez-leur ce qui se passe. Dites-leur qu'il nous faut un négociateur. »

L'agent acquiesça, fit le tour de la voiture et saisit la radio.

La configuration des lieux n'était pas idéale. Le sous-sol était une sorte de local utilitaire qui ne mesurait pas plus de cinq mètres sur cinq. Il abritait une citerne à mazout, une rangée d'étagères chargées de divers outils et accessoires de réparation, à l'arrière se trouvait une porte qui donnait sur la chaufferie. Les otages – trente-quatre en tout – étaient assis les uns contre les autres le long du mur de droite. Il y avait des hommes, des femmes et des enfants. Une fille, qui ne pouvait pas avoir plus de 20 ou 21 ans, portait un bébé. La première question que se posa Michael Vale fut comment ce type était parvenu à rassembler trente-quatre personnes au sous-sol. Il avait dû faire le tour de l'immeuble avec son flingue et sa grenade, et les amener ici comme un troupeau de moutons. Hallucinant.

« Vous êtes seul ? » demanda le type.

Il était blanc, solidement bâti, les cheveux en brosse, la moitié supérieure de son oreille droite manquait. Il ressemblait à un cerbère dans une réunion du Ku Klux Klan. Dans sa main droite, il tenait un Sig, dans sa gauche, une grenade. La goupille était toujours en place, mais ça ne voulait pas dire grand-chose, vu qu'il avait inséré une ficelle dedans et accroché cette ficelle à son cou. Il n'avait qu'à tirer dessus et la goupille sautait. Pas besoin d'utiliser sa main qui tenait le pistolet pour activer la grenade. Il avait pensé à tout. C'était prémédité.

« Quel est votre nom ? demanda Vale.

– Vous êtes seul ou il y a quelqu'un derrière vous ?

– Mon équipier est derrière.

– Eh bien, dites-lui de venir, connard. Ce serait dommage qu'il rate la fête, pas vrai ? »

Il avait les yeux enflammés et les pupilles en tête d'épingle. Il était toujours défoncé.

Parrish avait entendu chaque mot, et il se montra.

« Vos flingues », fit le jeune type, et il désigna le sol de la tête.

Vale et Parrish produisirent leurs semi-automatiques de service et les posèrent lentement sur le sol de béton.

« Chevilles, poursuivit le type. Vous d'abord », ajouta-t-il, agitant son pistolet en direction de Parrish.

Parrish se pencha en avant et souleva tour à tour chaque jambe de son pantalon. Il n'avait pas d'autre arme.

Vale fit de même, tira un petit 9 mm d'un holster et le déposa également par terre.

« Levez les mains et retournez-vous lentement, ordonna le preneur d'otages. Je veux voir vos ceintures et je veux voir sous vos bras, je veux tout voir. »

Vale et Parrish s'exécutèrent.

« Maintenant, poussez ces flingues vers moi – lentement, pigé ? »

Vale fit ce qu'on lui demandait, et l'autre envoya du pied les armes dans un coin de la pièce.

Le type, satisfait, ordonna à Parrish de s'asseoir sur une marche à mi-hauteur.

« Et asseyez-vous sur vos mains, ajouta-t-il. Si je vous vois bouger, quelqu'un se prend une balle dans la tronche, OK ? »

Parrish fit un pas en arrière, s'assit, plaça ses mains derrière lui.

« Comment vous vous appelez ?

– Frank Parrish.

– Et vous ?

– Michael Vale.

– Moi, c'est Karl. C'est tout ce que vous aurez. Juste Karl. Ma petite amie s'appelle Laney, et mon fils, Karl Junior. Ils habitent là-haut au 13B. Tout ce que vous voulez savoir sur eux se trouve dans l'appartement – photos, carnet d'adresses, son ordinateur, la totale. Voilà ce que vous avez. Vous devez retrouver ma copine et mon gosse, et les ramener ici pour qu'ils me parlent, ou tout le monde finit en charpie, OK ?

– Quand est-elle partie ? »

Karl fronça les sourcils.

« Hier.

– Et est-ce qu'elle conduit... est-ce qu'elle a une voiture ?

– Bien sûr que oui... pourquoi ?

– Pour que nous puissions estimer jusqu'où elle a pu aller.

– Merde, mec, elle ira pas loin... elle va aller voir ce connard de Ramone. Soit lui, soit sa mère, cette putain de salope.

– Qui est Ramone ? » demanda Parrish.

Karl sembla surpris. Il lui lança un regard mauvais.

« Je t'ai parlé, connard ? Est-ce que je t'ai parlé ? Occupe-toi de ton cul, espèce d'enculé... je parlais à ton pote. »

Parrish leva la main – la paume en avant, un geste de conciliation.

« Enfin bref, qui est Ramone ? Je vais vous dire qui est Ramone. Ramone est un putain de connard de Mexicain qui baise ma nana, voilà qui c'est.

– Et où habite-t-il ?

– J'en sais foutre rien. Je n'ai découvert ça qu'hier.

– Qu'est-ce qui s'est passé ? Vous avez découvert qu'elle vous trompait ? »

Karl lâcha un rire sec et soudain.

Le bébé se mit à pleurer.

Karl se tourna et leva son arme.

« Je t'ai dit de faire taire ce chiard, ma petite !

– Karl ! lança Vale d'une voix autoritaire et ferme. Vous devez relâcher le bébé. »

Karl se retourna et le regarda. Le pistolet était désormais pointé sur le torse de Vale.

« De quoi ?

– Nous devons faire sortir le bébé d'ici. Point final. Vous ne discutez pas. Vous ne jouez pas au con. Vous avez assez de gens ici pour obtenir ce que vous voulez. Le bébé, la mère... en fait, tous les enfants doivent sortir d'ici maintenant. »

Karl resta un moment silencieux.

« Hé ! mec, et si l'un d'eux était Karl Junior. Ce ne serait pas joli-joli. Ce n'est pas ce que les gens veulent voir à la télé. Ce qu'ils veulent voir, c'est un type qui en a gros sur la patate, un type qui s'est fait rouler par sa nana, vous savez ? Il le fait savoir, il dit ce qu'il a à dire, mais c'est un père, d'accord ? Il comprend ce qui se passe. Et il prouve que c'est un bon père en relâchant tous les enfants...

– Vous ! fit Karl en pointant le pistolet en direction de Parrish. Emmenez les gosses. Mais vous revenez, pigé ? Jouez pas au con avec moi. Vous revenez tout de suite... Vous avez une minute pour emmener tous ces gamins dehors, la mère aussi, et puis vous revenez tout de suite ou votre pote va respirer par un trou dans sa putain de tête, vous me comprenez ?

– Absolument », répondit Parrish.

Il se leva, descendit lentement les marches tandis que Vale s'écartait sur la gauche.

« Levez-vous, les enfants, dit Parrish. Dépêchez-vous Venez avec moi. Nous allons sortir. »

La mère avec le bébé l'aida à réunir les huit enfants, et Parrish et elle les escortèrent dans l'escalier et dans le couloir qui menait à la sortie.

Vale resta dans le sous-sol avec Karl et les vingt-quatre otages restants.

Parrish revint moins de quarante-cinq secondes plus tard. Il se rassit sur les marches.

« Donc vous m'expliquiez qui était Ramone. Vous m'expliquiez ce qui s'était passé

– Ramone ? Je sais pas qui c'est, Ramone. Elle a dit que si je la touchais, elle le dirait à Ramone. Mais elle voulait pas dire ça. Je le sais. Elle a prononcé son nom et alors elle a compris qu'elle était dans la merde, mec, dans une sacrée merde. Je lui ai dit que j'allais trouver ce connard et lui coller une demi-douzaine de balles dans le cul. Elle m'a dit qu'il était chez lui de l'autre côté de la rue, alors j'y suis allé pour voir ce que c'était que ce bordel. Mais elle m'a menti, la vache ! Y avait pas de putain de Ramone de l'autre côté de la rue. Et quand je suis revenu, elle avait foutu le camp avec Karl Junior. Putain de salope ! »

Karl était furieux et excité. Il se mit à agiter son pistolet en direction des otages. Ceux-ci se recroquevillèrent un peu plus les uns contre les autres, poussant des exclamations apeurées. Certaines des femmes pleuraient mais tentaient de retenir leurs larmes. Il était fou de rage, elles le savaient, et elles ne voulaient pas le mettre encore plus hors de lui. Elles ne voulaient qu'une chose, sortir d'ici vivantes.

« Donc il n'y avait pas de Ramone ? demanda Vale.

– Non », répondit Karl.

Il cessa d'agiter son arme et se tourna vers les marches.

« Vous voulez savoir ce que je pense ? demanda Vale.

– Pas vraiment, non.

– Je crois que Ramone n'existe pas...

– Quoi ? Qu'est-ce que vous me chantez ?

– Je suis sérieux. Je crois que Ramone n'existe pas. Je ne crois pas qu'elle connaisse quelqu'un comme ça. Une fille comme Laney ne va pas s'enticher d'un type nommé Ramone. Enfin quoi, mec, ouvrez les yeux. Regardez-vous. Bon Dieu, on ne fait pas plus américain que vous ! Vous avez été soldat, exact ?

– Ouais, pour sûr. J'ai fait mon temps dans l'armée.

– Une fille qui sort avec un soldat, qui a son fils, qui l'appelle Karl Junior... merde, mec, elle ne va pas aller s'enticher d'un enfoiré de latino nommé Ramone, pas vrai ? Réfléchissez, mec. Elle vous a raconté des bobards, histoire de respirer un peu. Elle est chez sa mère, n'est-ce pas ? C'est là qu'elle va quand elle en a marre de vous ?

– Ouais, exact. Elle va là-bas et elle raconte à sa vieille que je suis un sale con.

– Bon sang, mec, elles font toutes ça ! Ça les aide à se sentir moins coupables quand elles vous ont caché quelque chose. Ça doit être une histoire toute simple, vieux. Elle vous a pris un peu de fric. Un type lui a proposé de sortir avec lui et elle ne vous en a pas parlé. Vous avez fait quelque chose qui l'a foutue en rogne et elle a pété les plombs et mis les voiles, et elle est probablement toute prête à revenir et s'excuser. »

Karl ne répondit pas.

Vale fit un demi-pas vers lui.

« Quel âge a votre fils ? » demanda-t-il.

Karl leva les yeux.

« Quel âge ? Il a 5 ans, mec, 5 ans.

– Et ça fait combien de temps que vous êtes ensemble ?

– Laney et moi ? Huit ans qu'on est ensemble, huit putains d'années.

– Et combien de fois s'est-elle enfuie comme ça ?

– Aah ! mec, je me souviens pas combien de fois elle a fait ça.

– Vous voyez ? dit Vale. C'est toujours la même chose. Vous devez juste réfléchir un peu. Vous devez arrêter de vous engueuler autant pour commencer, et puis vous devez passer plus de temps ensemble, discuter de tout ça, régler vos problèmes. »

Karl ferma un moment les yeux et inspira profondément.

Vale fit un nouveau demi-pas dans sa direction.

Parrish le regardait faire, il sentait une tension indescriptible dans ses tripes, dans chaque nerf, chaque tendon, chaque muscle. Vale n'était pas négociateur. Il n'était pas formé pour faire ça.

Karl rouvrit les yeux. Il ne sembla pas remarquer que Michael Vale s'était rapproché de trente centimètres.

« Vous avez raison, mec. C'est vraiment trop con.

– Écoutez, Karl. Je ne peux pas vous laisser repartir comme ça. Vous avez un pistolet. Vous avez une putain de grenade, nom de Dieu ! » Vale sourit. « C'est sacrément impressionnant, soit dit en passant. Des années que je fais ça, mais c'est une première pour moi. Un coup de génie, la putain de grenade. Enfin bref, comme je disais, vous avez un pistolet, vous avez une grenade. Vous avez laissé partir les enfants. C'était la meilleure chose à faire, c'est moi qui vous le dis. Il y a des gens ici qui sont un peu secoués, mais pour le moment personne n'a été blessé… »

Vale fut interrompu par sa radio.

Les grésillements soudains retentirent comme un coup de tonnerre dans l'espace confiné. Karl fit un pas en arrière et leva son arme.

« C'est quoi ce bordel ? »

Vale leva les mains.

« Ça doit être des nouvelles de Laney, répondit-il calmement. Laissez-moi voir ce qui se passe, d'accord ? »

Karl resta silencieux. Il regarda Vale, puis Parrish, puis les otages.

« Allez-y, dit-il. Répondez à ce truc. »

Vale décrocha sa radio et l'approcha de son visage. Il enfonça le bouton.

« Vale, dit-il. Quelles sont les nouvelles ?

– Nous avons la fille, inspecteur. Elle est ici. Elle dit qu'elle est disposée à voir le type. Le garçon est ici lui aussi.

– Bien, répondit Vale. Nous allons bientôt remonter. Je ne veux voir personne là-haut. Tout le monde reste bien en retrait. Pas d'armes, OK ? Pas de tireurs d'élite. Rien de tout ça. On va remonter sans armes et prêts à discuter. »

Il relâcha le bouton de la radio et l'éteignit. Il la déposa lentement par terre et la poussa du pied vers Karl.

Celui-ci l'observait avec une surprise silencieuse, comme s'il n'arrivait pas à croire qu'il était en passe d'obtenir précisément ce qu'il voulait.

« Donc, comme je disais, il n'y a pas grand-chose contre vous. Possession d'armes, peut-être, même si je suppose qu'il s'agit de votre pistolet de service et que vous avez le droit de le posséder. Enlèvement, mais pour quoi ? Une heure ? » Vale sourit. « Y a pas de quoi s'exciter... »

Karl pointa son pistolet sur Parrish.

« Il emmène tout le monde en haut. Vous, vous restez ici avec moi. »

Vale n'hésita pas.

« Tout le monde. Debout. » Il se retourna vers Parrish. « Frank... »

Parrish acquiesça, se leva, descendit jusqu'au bas des marches, et fit signe aux otages de passer devant lui et de monter.

La foule sembla hésiter en chœur, comme si personne n'en revenait de sortir du sous-sol vivant.

« Allez ! lança Karl. Foutez le camp ! »

Ils se précipitèrent alors, se piétinant presque.

Parrish attendit qu'ils soient tous en sécurité, puis il gravit les marches à son tour.

« Qu'est-ce que vous pouvez faire pour moi ? demanda Karl.

– Je vais voir le procureur adjoint, répondit Vale. On vous trouve un avocat de l'assistance judiciaire, un bon, on vous fait passer une évaluation psychologique, rencontrer un psy spécialisé dans les questions de drogue, le meilleur, et vous pouvez espérer prendre… vous avez déjà été emprisonné ?

– Non.

– Arrêté ?

– Coups et blessures… relaxé.

– Il y a combien de temps ?

– Cinq, six ans.

– Et combien de temps avez-vous passé dans l'armée ?

– Quatre ans.

– Vous êtes allé à l'étranger ?

– Irak, répondit Karl. Déchargé avec les honneurs pour raison médicale.

– Des raisons psychologiques ? »

Karl hésita, puis il acquiesça lentement.

« Alors je crois que vous vous en sortirez libre, mon ami, dit Vale, et pour la première fois depuis le début de ce cauchemar il commença à comprendre à quel point il avait été terrifié, et il pensa avoir désormais une chance de s'en sortir vivant.

– Votre équipier là-haut… dites-lui de foutre le camp.

– Frank ? lança Vale.

– Je suis ici, Mike.

– Va-t'en. Nous sortons. »

Vale se retourna vers Karl.

« Il me faut le pistolet, dit-il.

– Allez vous faire foutre, je le garde.

– Vous ne pouvez pas sortir avec un pistolet, Karl. S'ils vous voient armé, ils vont vous descendre.

– Vous prenez le pistolet, mais je garde la grenade, à prendre ou à laisser. »

Vale resta un moment immobile. Il se sentait paumé. Il ne savait pas ce qu'il fabriquait.

« OK, dit-il, mais une fois dehors vous allez me donner ce truc avant que quiconque le voie. »

Ce fut au tour de Karl d'hésiter, puis il acquiesça.

« OK, fit-il. Ça marche. »

Karl donna le pistolet à Vale et ce dernier le posa par terre. Il le poussa du pied vers les autres et se retourna pour monter l'escalier.

« Hé ! mec », lança Karl. Vale se retourna. « Vous avez des gamins ? »

Vale fit oui de la tête.

« Trois, répondit-il, mais plus âgés que le vôtre. Ils sont ados. »

Karl acquiesça sans rien dire.

Michael Vale sortit le premier. Il gravit lentement les marches, bloquant le passage avec son corps pour empêcher Karl de prendre la fuite. Il voulait amener le jeune type au grand jour, là où tout le monde pourrait le voir, lui prendre la grenade avant de le mettre au sol et de le menotter.

La porte était devant lui, et Vale voyait Frank Parrish à proximité de la voiture. En s'approchant de la porte, il prit conscience du nombre de voitures de patrouille et de véhicules banalisés rassemblés dehors. Les otages étaient invisibles, mais à leur place se trouvait une petite armée d'agents de police, tous accroupis derrière des portières ouvertes, pistolets et fusils prêts à faire feu. Une unité de déminage avait été déployée et son énorme camionnette bleu et blanc était garée de l'autre côté de la rue.

C'est alors que Vale vit la fille. Elle était en retrait près d'une voiture. Elle avait son fils avec elle, le tenait dans ses bras. Vale éprouva une sensation d'accomplissement, de détermination lucide, et ce n'est qu'alors que les battements de son cœur – qui martelait comme une furie – commencèrent à ralentir. Il savait qu'il mettrait un bout de temps à digérer ce qui venait de se passer. Il pensa à son week-end à la campagne. Il pensa à sa femme, à ses enfants. Il pensa à tout ce qui aurait pu arriver ici, au fait que ça n'était pas arrivé.

Puis elle se mit à gueuler. Laney.

« Connard ! Espèce de connard, Karl ! Pauvre connard de merde, Karl, et j'allais te donner une nouvelle chance, mais tu es un tel putain de connard que tu ne la mérites pas. »

Vale sentit son cœur se figer. Il avait conscience de la présence de Karl derrière lui.

Il leva la main. Il n'aurait su dire pourquoi. Peut-être qu'elle ne le voyait même pas, mais c'est ce qu'il fit tout de même.

Ferme ta gueule ! pensa-t-il. *Pour l'amour de Dieu, ferme ta gueule !*

« Chienne ! entendit-il Karl s'exclamer derrière lui, et ce n'était même pas un mot, simplement un son, une expression de véhémence, de haine, de jalousie, d'amertume.

– Putain de connard ! hurla-t-elle alors même que Frank Parrish se précipitait vers elle, tentant de la retenir, de la calmer, de la faire taire. Tu crois que tu reverras Karl Junior un jour, eh bien, tu te fous le doigt dans l'œil, mon pote ! Tu te fous sérieusement le doigt dans l'œil ! »

Karl s'exclama : *Chienne* !, une fois de plus, Vale se retourna, et il ouvrit la bouche pour parler, pour apaiser le jeune type, pour lui dire qu'elle était simplement furieuse, que tout allait s'arranger…

Mais Karl tendit les mains, et dans l'une d'elles se trouvait la grenade, et à son cou pendait une boucle de ficelle, à laquelle était attachée la goupille, et Michael Vale sut que tout était fini.

Il s'avança, prit Karl Emerson dans ses bras, et il le serra fort pour réduire la portée de l'explosion.

Deux ou trois jours plus tard, on trouverait encore des morceaux d'eux à trente mètres à la ronde.

87

La première personne à qui Frank Parrish parla à sa sortie du bloc fut son fils.

« Donne-moi deux heures et on ira se faire quelques paniers », dit-il.

Robert lui répondit qu'il était vraiment trop con.

« J'ai rencontré Eve, ajouta-t-il.

– Mignonne, hein ?

– Très mignonne. À tomber par terre. Tu vas t'installer avec elle ou quoi ? »

Parrish sourit. Il avait du mal à articuler, et il avait le regard vitreux de l'homme gavé d'analgésiques.

« Dans une autre vie peut-être... elle a son boulot. Elle est comme elle est. Personne ne la changera.

– Elle est comme toi, alors. Peut-être que c'est pour ça que vous vous entendez bien.

– Ça ne va pas durer. Ils vont me foutre à la porte.

– À cause de ce que tu as fait ?

– À cause de ce que j'ai fait. »

Robert se pencha en avant et agrippa la main de son père.

« Je vais laisser tomber l'ingénierie...

– Je m'y attendais.

– Tu es d'accord ?

– Tu peux faire ce qui te plaît, Robert, tu le sais.

- Mais maman...

– Dis-lui d'aller se faire foutre.

– Elle est furax, papa, vraiment furax.

– Elle est toujours furax, Robert.

– Mais qu'est-ce qui lui est arrivé ? Comment ça se fait qu'elle soit devenue comme ça ?

– Elle a été mariée à moi pendant quelques années. Ça suffirait à foutre en l'air la vie de n'importe qui.

– Tu dis que des conneries.

– Oui, je sais. Je tiens de mes gosses. »

Caitlin arriva un peu plus tard. Frank lui dit qu'ils n'allaient pas encore mettre les chaises sur la table, ce qu'elle ne comprit pas vraiment, mais elle supposa que ça signifiait qu'il n'était pas prêt à mourir.

Dehors, il faisait nuit, elle était assise près de son lit, et elle lui saisit la main.

« Tu veux de l'eau ou quelque chose ? » demanda-t-elle.

Il ne répondit pas à sa question, mais il déclara :

« Ça fait longtemps que je n'ai plus rien devant moi. » Il tenta de sourire, mais il eut simplement l'air de souffrir encore plus. Elle lui recommanda de ne pas parler, de fermer les yeux et de se rendormir, mais il secoua la tête et ajouta : « Toujours un jour à la bourre et à court de 1 dollar. Tu sais ? Tu peux compter sur Frank Parrish pour ça. Je serai une de ces personnes qui restent toujours les mêmes quoi qu'il arrive. » Il ferma les yeux. Des larmes lui coulaient sur les joues et Caitlin les essuya avec la base de son pouce. « Tu crois que ça te tombe dessus d'un coup, dit-il, mais c'est faux. Ça fait des années que ça approche, centimètre par centimètre. Tu ne remarques rien jusqu'à ce que ça soit juste sous ton nez, et tu penses alors avoir encore une chance de tout changer mais tu te trompes...

– Papa... s'il te plaît. »

Frank Parrish serra la main de sa fille. Il la regarda fixement.

« Tu me prends pour un idiot ? Je ne suis pas idiot, Caitlin. Je sais ce qui se passe entre toi et Radick.

– Je ne te prends pas pour un idiot, papa...

– Assure-toi qu'il s'occupe bien de toi, OK ? C'est un gars bien... jeune, naïf au possible, mais c'est un gars bien.

– Papa...

– Dis à Jimmy Radick que s'il te fait du mal, je le bute... »

Caitlin sourit.

Frank ferma les yeux. Il s'était rendormi avant qu'elle ait pu répondre.

Valderas vint le lendemain matin. Parrish lui demanda des nouvelles de Carole Paretski, l'informa qu'en aucune circonstance il ne porterait plainte contre elle. En *aucune* circonstance. Il se trouvait à un endroit où il n'aurait pas dû être alors qu'elle avait tout à fait le droit d'être chez McKee, c'était lui l'intrus.

« Est-ce qu'ils ont trouvé le matériel dans la maison ? demanda-t-il.

– Oui, Frank, ils ont trouvé le matériel dans la maison. Et si elle n'avait pas été là, rien n'aurait été utilisable. » Valderas secoua la tête. Il s'assit sur une chaise près du lit de Frank. « Bon Dieu, Frank ! je ne vois pas ce que vous auriez pu faire de plus dingue... »

Parrish sourit avec difficulté.

« Bon sang, Tony ! je comptais juste lui coller une balle dans la tête et en finir avec cette histoire.

– Bon, c'est une bonne chose que vous ayez opté pour le plan B.

– Alors qu'est-ce qui s'est passé ?

– Eh bien, elle a appelé le 911, de toute évidence. Elle venait de vous poignarder avec un putain de tournevis – votre propre tournevis, pourrais-je ajouter. Quand les secours sont arrivés, vous étiez dans les pommes. Ils ont vu ce qu'elle avait trouvé, ils ont appelé la police, et, quand j'ai été mis au courant, vous aviez été emmené et elle était en état d'arrestation. Enfin, bref, j'ai expliqué aux types sur place de quoi il retournait, et, quand

McKee est rentré avec les gosses, ils l'attendaient. Ils n'ont pas essayé d'entrer en contact avec lui au cas où il prendrait la fuite.

– Et où sont les enfants maintenant ?

– Ironiquement, ils sont à l'aide familiale. Carole Paretski les récupérera demain... nous avions déjà deviné que vous étiez dans votre tort et elle dans ses droits. Que vous portiez plainte ou non, il n'y a pas un procureur adjoint dans tout le pays qui lancerait des poursuites, vu les circonstances. »

Parrish sourit, puis il grimaça de douleur.

« Vous avez besoin de vous reposer, déclara Valderas.

– Je sais, je sais, je vais le faire, répondit Parrish, et il regarda alors Valderas dans les yeux et demanda : je suis foutu, pas vrai ? C'est fini. La voiture, l'effraction, tout. Je suis complètement foutu, exact ? »

Valderas hésita, puis il acquiesça lentement.

« Oui, Frank, c'est complètement foutu.

– Mais vous tenez McKee, exact ? Vous le tenez.

– Pour combien de délits, nous l'ignorons, mais oui, nous le tenons. Il a été transféré au commissariat dès qu'Haversaw a eu mot de ce qui s'était passé. C'est au 126e que reviendra le mérite de l'arrestation. » Valderas esquissa un sourire sarcastique. « Malgré vous et vos efforts, Frank, c'est à nous que reviendra le mérite. Enfin bref, McKee a vidé son sac aussi sec. Il menace de balancer d'autres personnes qui étaient également impliquées...

– Quelles personnes ?

– Cette société nommée Absolute Publications. Et aussi d'autres détraqués. Des connexions sur la côte Ouest, à L.A., à Vegas aussi, je crois. Il va tous les balancer dans l'espoir de conclure un marché.

– Et qui va prendre pour les meurtres ?

– Oh ! c'est lui qui va prendre pour les meurtres, au moins pour deux d'entre eux. On peut le voir sur tout un tas de photos. Pour les premiers meurtres, nous ne savons pas, et on dirait qu'il y a peut-être un sacré paquet d'autres disparitions à élucider.

Nous ne savons pas non plus encore qui a exécuté Danny Lange, mais quelqu'un va aussi payer pour ça. Peut-être que McKee prendra perpète au lieu de la peine de mort s'il balance tout le monde.

– C'était une sale, sale affaire.

– Et nous n'en sommes qu'au début, Frank, rien qu'au début. Les filles sur lesquelles vous avez enquêté n'étaient pas les seules. Ça, nous en sommes certains. Et ça remonte à avant Jennifer, aucun doute là-dessus. Enfin quoi, merde, ce type a travaillé pendant des années à l'aide familiale. Il avait des noms, des photos, des adresses, des numéros de téléphone. Il pouvait entrer en contact avec ces filles sans attirer l'attention sur lui. C'était son boulot de les aborder et d'établir un lien. C'est la vérité, la triste vérité de toute cette histoire. Elles avaient déjà connu deux coups du sort, et alors elles tombaient sur Richard McKee. »

Parrish resta un moment silencieux. Il avait une foule de questions à poser, mais la douleur se frayait un chemin à travers le mur d'analgésiques, et il était épuisé.

« Donc vous allez réussir à nettoyer la ville sans moi ? finit-il par demander.

– Non, Frank, aucune chance. Sans vous, tout va partir en couilles. »

Frank Parrish sourit.

« Ça, vous pouvez y compter », dit-il.

Il ferma les yeux pendant une seconde.

« Tenez bon, Frank. Vous avez un autre visiteur. Un prêtre.

– Oh ! nom de Dieu !... » commença-t-il.

Le père Briley apparut derrière Valderas.

« Je vous ai entendu, Frank Parrish, et si vous ne cessez pas de blasphémer, vous irez brûler en enfer... »

88

VENDREDI 10 OCTOBRE 2008

Marie Griffin scruta Frank Parrish un moment avant de parler. La lumière qui pénétrait par la fenêtre derrière elle créait un fin halo dans ses cheveux.

« Donc c'est le bout du chemin pour vous.

– On dirait, répondit Parrish.

– J'ai du mal à croire que nous nous sommes rencontrés il y a moins de six semaines.

– Je sais, je sais. Ç'a semblé une vraie éternité, hein ?

– Gros malin. Bon sang, vous n'arrêtez jamais, pas vrai, Frank ? »

Il esquissa un sourire ironique.

« J'ai été fait comme ça, Marie.

– Alors qu'est-ce qu'ils vous ont donné ?

– Ils m'ont donné la médaille d'honneur du Congrès, et ils ont dit que je devrais briguer le poste de maire.

– Frank...

– Ils n'ont pas lancé de poursuites. Voilà ce qu'ils m'ont donné. Ils m'ont foutu la paix pour toutes les conneries que j'ai faites.

– Mais vous ne faites plus partie de la police.

– Non.

– Et vous êtes parti sans rien ?

– Non, Marie, pas sans rien. Ils m'ont accordé 65 % de ma pension, et il est possible que, quand j'atteindrai l'âge de la retraite, ils me donnent plus. Mais merde, je vais pas leur demander de tenir parole.

– Et vous ne les avez pas fait chanter ?

– Chanter ?

– "Donnez-moi tout ce que je veux ou je déballe à la presse tout ce que je sais sur John Parrish, le BCCO, les Anges de New York ?" »

Parrish se pencha en avant. Il tira de sa poche quelque chose qu'il tint un bref moment dans sa main. Puis il tendit le bras et le posa sur le bureau.

« Qu'est-ce que c'est ?

– Regardez. »

Elle tendit la main et souleva l'objet.

« Un chapelet, dit-elle.

– En effet.

– Il y a une photo accrochée. Elle représente un petit gamin... » Elle marqua une pause et fronça les sourcils. « C'est vous, n'est-ce pas ?

– En effet.

– Et ça vient d'où ?

– Du prêtre de mon père. Lui et moi avons échangé quelques mots avant que j'aille chez McKee. Il m'a dit des choses sur mon père. Puis il est venu me voir à l'hôpital et il a apporté ça avec lui.

– Et il le tient de votre père.

– Il était dans la main de mon père quand le prêtre lui a donné les derniers sacrements. Il était dans sa main quand il est mort.

– Et ce prêtre... il l'a gardé pour vous ?

– Non, pour lui, mais il a songé que j'en aurais plus l'utilité.

– Est-ce que ça résout quelque chose pour vous, Frank ?

– Peut-être. Un peu. Je n'ai pas encore tout élucidé.

– Donc vous le laissez partir ? Le fantôme de John Parrish ?

– Je ne pense plus à lui de la même manière, si c'est ce que vous voulez dire. Tout cela est arrivé il y a longtemps. Ce qui était vrai ou non, eh bien, ça ne signifie plus rien maintenant. Remuer tout ça ne servirait qu'à donner aux gens une raison de ne pas faire confiance à la police, ce qui ne serait bon pour personne.

– C'est un point de vue très responsable.

– C'est du bon sens, Marie. Je crois que ce n'est rien que du bon sens.

– Et vous ? »

Parrish secoua la tête. Il laissa son regard errer vers la fenêtre et soupira.

« Je vais simplement prendre un peu de temps, histoire de mieux comprendre les choses. Était-il qui je croyais qu'il était ? Était-il une personne différente ? Je ne sais pas, Marie, je ne sais tout simplement pas.

– Mais vous êtes désormais civil.

– Oui, je suis civil, comme vous.

– Et qu'est-ce que ça fait ?

– Eh bien, je suis sorti de l'hôpital il y a deux semaines, et j'ai passé les derniers quinze jours à répondre à des questions et rédiger des rapports sur cette affaire, alors je ne sais pas encore vraiment. Je bois moins parce que le médecin a dit qu'il le fallait... Oh ! oui, j'avais aussi un ulcère à l'estomac que j'ignorais, mais, hé ! dès que je serai rafistolé, je me retaperai une bouteille et demie par jour.

– Si vous le dites, Frank.

– Alors vous allez devoir me laisser un peu de temps, vous savez ? Vous allez devoir me laisser six mois pour que je retombe sur mes pieds et que je trouve mes marques.

– Et où en est l'affaire maintenant ? N'y avait-il pas un souci quant à la recevabilité des preuves ?

– Ils ont contourné le problème car Carole était là quand elles ont été découvertes. Elle avait la clé qu'il lui avait confiée, ce qui lui donnait légalement accès à la maison.

– Donc ils tiennent McKee, c'est sûr.

– Pour l'instant, ils en ont inculpé sept. McKee pour les meurtres avec préméditation de Kelly Duncan, Rebecca Lange et Nicole Benedict. Il semble que Melissa Schaeffer, Jennifer Baumann et Karen Pulaski aient été assassinées par l'un ou l'autre de ses acolytes. Ils tiennent aussi le gars qui a abattu Danny Lange. McKee s'est aussitôt mis à tout déballer, et il est loin d'avoir fini. Tout ça remonte à bien avant Melissa, c'est sûr, et il y en a aussi eu d'autres dans les intervalles au cours des deux dernières années. Non seulement ils s'en prenaient aux filles qui passaient par l'aide familiale, mais pas uniquement. D'après ce que nous avons pu découvrir, le réseau existait bien avant que McKee ne s'y implique, et, quand il est arrivé, il a juste fourni une autre ligne d'approvisionnement au groupe.

– Et ils tournaient des *snuff movies* ?

– Ils faisaient tout ce que vous pouvez imaginer. Il y en avait pour absolument tous les goûts. Le plus triste, c'est que c'était une organisation relativement petite, tout bien considéré. Il y en a de plus grosses qui font pire et plus fréquemment. Je n'ose pas vraiment imaginer combien de nos fugueuses sont enterrées dans les collines d'Hollywood ou dans le désert autour de Vegas. Mais bon, ils en tiennent sept, McKee naturellement, et aussi un autre type qu'il a rencontré sur Internet, et puis il y a les gens de la société de production à L.A. McKee est inculpé pour trois meurtres avec préméditation, et aussi une infinité de chefs d'accusation comme complicité de meurtre, enlèvement, viol, proxénétisme... la totale, hein ? Ils voulaient lui faire payer le prix fort. Mais vu qu'il a balancé tous les autres, il va prendre plusieurs condamnations à perpète consécutives au lieu de la peine de mort.

– Qu'est-ce que vous en pensez ?

– Ça me va. Je pense qu'il devrait passer un sacré bout de temps à réfléchir à ce qu'il a fait, et j'espère qu'un membre de gang de cent cinquante kilos nommé Bubba s'entichera de lui en taule.

– Et que pensez-vous de l'idée que cette affaire ne fait qu'effleurer la surface ? »

Une fois de plus, Parrish resta un moment silencieux, l'air songeur.

« Je crois que c'est une chose que nous apprenons tous à accepter très tôt. Si vous perdez votre temps et votre énergie à ressasser tous ceux que vous n'avez pas attrapés, alors vous devenez dingue. Vous vous occupez de ce que vous avez devant vous, vous le faites du mieux possible, et vous espérez qu'ailleurs il y a des gens qui bossent aussi dur que vous pour arranger les choses. Peut-être est-ce la seule chose à propos de laquelle j'ai appris à être philosophe au fil des années.

– Et l'ex-femme de McKee ?

– Elle est bien, vous savez ? Elle passe son temps à me dire qu'elle est désolée. Elle est venue me voir à l'hôpital, et je l'ai revue deux fois depuis ma sortie. C'est une femme bien. Elle est heureuse d'être débarrassée de ce connard, et maintenant elle sait que ses enfants sont en sécurité.

– Il a vraiment filmé sa propre fille ?

– Oui, il a vraiment filmé sa propre fille.

– Et comment se portent Robert et Caitlin ?

– Robert me prend pour un héros, Caitlin croit que je vais mourir prématurément à cause de l'alcool.

– Et vous, vous en pensez quoi ? »

Parrish haussa les épaules et sourit.

« J'ai 44 ans. J'ai été flic pendant dix-huit ans. Je ne connais rien d'autre.

– Vous pourriez travailler dans le privé ? En tant que détective, peut-être ?

– Je ne crois pas, non. Je suis le genre de type qui a besoin d'avoir un système et une structure autour de lui, sinon tout se casse la gueule.

– Eh bien, pour quelqu'un qui prétend avoir besoin d'un système et d'une structure autour de lui, Frank, vous avez passé un sacré bout de temps à les défier, vous ne trouvez pas ?

– Vous n'êtes pas des affaires internes. Je ne suis pas obligé de répondre.

– Donc… j'espère avoir de vos nouvelles. J'espère que vous me direz ce que vous faites et comment ça se passe.

– Vous oublierez, Marie. Dans quinze jours, vous vous foutrez de savoir où je suis et ce que je fabrique.

– Oh ! je ne crois pas, Frank Parrish. Je crois que vous vous êtes fait un nom.

– Eh bien, vous savez ce qu'on dit. Une heure de gloire de la vie d'un homme vaut mieux qu'une éternité anonyme.

– Ç'a été un plaisir de vous connaître. Un plaisir de parler avec vous.

– Et je n'ai jamais réellement été en thérapie, n'est-ce pas, docteur ? Pas pour de vrai ?

– Non, Frank, vous n'avez jamais été en thérapie.

– Merci pour votre temps.

– Je vous en prie. »

Frank Parrish marqua une pause à la porte. Il se retourna et regarda Marie Griffin.

« Toutes ces choses dont nous avons parlé – vous savez, mon père, mon mariage, mes gosses ? Je crois que c'était une bonne chose. Je crois que ça m'a aidé.

– Et je crois que ça m'a appris quelque chose, Frank, répondit Marie Griffin.

– Quoi donc ?

– Que même quand les gens font les choses de la mauvaise manière, ils peuvent les faire pour les bonnes raisons. Quant à votre père ? Le fait est qu'il est mort. Physiquement, spirituellement, émotionnellement… il est mort à tous les niveaux. Et quel que soit le nom qu'il ait pu s'attribuer, quoi que les gens aient pu penser de lui, ce sont les types comme vous qui sont les véritables Anges de New York. »

Frank Parrish hocha la tête et la remercia. Il sourit une fois de plus et referma la porte tout doucement derrière lui.

— [illegible] Fiez-vous-y. [illegible] que vous ne [illegible] et donnez-les-à [illegible]

— Vous [illegible] Marion [illegible] de savoir [illegible] que je [illegible]

— Oh [illegible] pas, Tracy Parrish. Je crois que nous vous les retrouverons.

[illegible] dit. Une heure de [illegible] de la [illegible] qu'une femme [illegible]

[illegible]

— Non, [illegible] en lui-même.

— [illegible] pour votre temps.

— Je [illegible]

Tracy Parrish marqua une pause à la porte. Il se retourna et [illegible]

— [illegible] vous savez, mon [illegible] une bonne chose [illegible] aide.

— [illegible]

— Oui, même [illegible] de la mauvaise [illegible]. Quant à [illegible]

[illegible]

Remerciements

Depuis la parution de *The Anniversary Man* en 2009, je me suis rendu dans de très nombreux pays – France, États-Unis, Dubaï, Hollande, Canada, la liste est longue. Je me suis fait de très nombreux amis, parmi lesquels les équipes de Sonatine, Overlook et de Fontein, des gens comme Peter et Aaron, Jack et Emer, Veda, George Lucas, François, Marie M., Marie L., Léonore (ma grande petite sœur française), Arnaud, Xavier, Sophie, Fabienne, Susan, Catrien et Genevieve. À Dubaï, j'ai eu le privilège de travailler avec Isobel et son équipe, et puis il y a eu les gens extraordinaires du Southern Festival of Books à Nashville, ceux de Miami et de Chicago, et ceux de Bouchercon à Indianapolis. Il semblerait que j'aie eu la bonne fortune de rencontrer des personnes absolument formidables partout où je suis allé, et leur chaleur et leur générosité à mon égard n'ont de cesse de m'émerveiller. C'est un privilège et un honneur de vous connaître tous, et de vous compter désormais parmi mes amis les plus chers. Mes sincères remerciements vont à tous ceux d'entre vous qui ont rendu si mémorable cette année passée.

Comme toujours, mes remerciements à l'équipe d'Orion, à Euan, mon agent, et à ma propre famille, dont la tolérance envers mes idiosyncrasies semble illimitée.

Et à toi, cher lecteur, sans qui tout cela serait plutôt vain.

Finalement, je voudrais dédier ce livre à la mémoire de Norman « Bill » Bolwell (1938-2009). Bill avait été membre des Coastream Guards, inspecteur à la police judiciaire, à l'unité antiterroriste et à la Special Branch ; c'était un musicien accompli, un artiste merveilleux, un véritable ami et un homme magnifique. Pendant quelques trop brèves années, il a été ce qui s'apparentait le plus pour nous à un père, et mon frère et moi le regretterons beaucoup.

DÉJÀ PARU

Février 2012

Fabrice Colin

Blue Jay Way

Vous avez aimé Mulholland Drive, *de David Lynch,* Lunar Park, *de Bret Easton Ellis ? Vous allez adorer* Blue Jay Way, *le premier thriller de Fabrice Colin.*

Julien, jeune Franco-Américain féru de littérature contemporaine, a perdu son père le 11 septembre 2001 dans l'avion qui s'est écrasé sur le Pentagone. La célèbre romancière Carolyn Gerritsen, qui l'a pris en amitié, lui propose d'aller vivre à Los Angeles chez son ex-mari producteur, afin qu'il officie en tant que précepteur auprès de leur fils Ryan. À Blue Jay Way, villa somptueuse dominant la cité des anges, Julien est confronté aux frasques du maître des lieux, Larry Gordon, et à une jeunesse dorée hollywoodienne qui a fait de son désœuvrement un art de vivre : un monde où tous les désirs sont assouvis, où l'alcool, les drogues et les parties déjantées constituent de solides remparts contre l'ennui. Peu à peu, Julien se laisse séduire par ce mode de vie délétère et finit par nouer une relation amoureuse avec Ashley, la jeune épouse de Larry (et belle-mère de Ryan). Lorsque celle-ci disparaît mystérieusement, il doit tout faire pour dissimuler leur liaison sous peine de devenir le principal suspect. Ce n'est que le début d'un terrible cauchemar : très vite, les morts violentes se succèdent, mensonges, trahisons et manipulations deviennent la norme, et la paranoïa apparaît comme le dernier refuge contre un réel insupportable. Julien doit savoir, pourtant, il n'a plus le choix : il fait partie de l'histoire.

Styliste hors pair, Fabrice Colin donne ici de nouveaux territoires au thriller et nous offre un roman profondément contemporain, qui dresse le portrait d'une époque où réalité et fiction ont irrémédiablement partie liée, parfois pour le meilleur, souvent pour le pire. Los Angeles, la ville où tout est filmé et où, pourtant, tout est faux, est le cadre idéal de cette palpitante descente aux enfers, doublée d'une intrigue machiavélique.

*Quatre fois lauréat du grand prix de l'Imaginaire, Fabrice Colin s'est illustré dans de nombreux domaines des littératures de genre, écrivant pour la jeunesse (*Projet oXatan, La Malédiction d'Old Haven, Bal de givre à New York, *etc.) aussi bien que pour les adultes (*Dreamericana, Or Not To Be, Big Fan, *etc.). Il est également scénariste de BD et auteur de pièces radiophoniques.*

À PARAÎTRE

Avril 2012

Christopher Sorrentino

Transes

Traduit de l'anglais (États-Unis) par Clément Baude

Le roman des années de poudre, par l'un des talents les plus prometteurs des lettres américaines.

1974. En plein scandale du Watergate, Alice Galton, riche héritière d'un magnat de la presse, est enlevée en Californie par un groupuscule gauchiste. Cette jeune fille de bonne famille, élevée au sein de l'élite américaine, épouse contre toute attente la cause des révolutionnaires et participe à un braquage à San Francisco. Les médias s'emparent de l'affaire, l'Amérique entière est sous le choc, toutes les polices du pays se lancent aux trousses des terroristes.

Dans la lignée de *Pastorale américaine*, de Philip Roth, et du *Temps où nous chantions*, de Richard Powers, Christopher Sorrentino s'empare, avec ce roman exceptionnel, de l'histoire contemporaine des États-Unis. S'inspirant d'un fait-divers réel, l'enlèvement par le Weather Underground de la riche héritière Patty Hearst et la conversion de celle-ci à la cause de la gauche radicale, il dresse un fabuleux tableau de cette période, les Seventies, marquée à la fois par le discrédit du pouvoir politique, l'errance délétère des idéaux révolutionnaires et la montée en puissance de la société du spectacle. Mêlant l'intime et l'histoire, Christopher Sorrentino, servi par un style virtuose et un formidable sens de la construction, nous offre un roman qui transcende tous les genres : à la fois thriller, chronique familiale, histoire d'amour, comédie postmoderne et exploration géniale du côté obscur de notre société.

Christopher Sorrentino, fils de l'écrivain Gilbert Sorrentino, est né en 1963. Il vit à New York. Transes *est son premier roman publié en France. Il a été élu meilleur livre de l'année par le* Los Angeles Times *et* Publishers Weekly. Transes *a également figuré dans la sélection finale du National Book Award.*

À PARAÎTRE

Avril 2012

Robert Goddard

Heather Mallender a disparu

Traduit de l'anglais par Catherine Orsot-Cochard

Après Par un matin d'automne, *le nouveau thriller de Robert Goddard. Indispensable.*

Quinquagénaire alcoolique et désenchanté, Harry Barnett vit depuis de nombreuses années sur l'île de Rhodes, où il s'occupe de la villa d'un de ses amis, un homme politique anglais. Quand Heather Mallender arrive à la villa pour se remettre d'un drame personnel, Harry est vite attiré par la jeune femme. Mais, lors d'une balade en montagne, tout bascule : Heather disparaît sans laisser de traces et Harry est soupçonné par la police grecque de l'avoir assassinée. Devant l'absence de preuves, il est laissé en liberté. Avec une question qui ne cesse de l'obséder : qu'est-il arrivé à Heather ? Harry décide alors de mener l'enquête à partir de sa seule piste : les vingt-quatre dernières photos prises par la jeune femme avant de disparaître. Cliché après cliché, il va ainsi tenter de reconstituer les dernières semaines de la vie de celle-ci, entre la Grèce et l'Angleterre. Mais plus il apprend de choses sur Heather, sur son passé et sa vie, et plus le mystère s'épaissit.

Dans une atmosphère mystérieuse et envoûtante, qui n'est pas sans évoquer l'univers de Douglas Kennedy ou celui d'Elizabeth George, Robert Goddard mène d'une main de maître une intrigue foisonnante et nous offre un nouveau chef-d'œuvre à l'épaisseur romanesque exceptionnelle et au suspense omniprésent.

Robert Goddard a publié vingt et un romans depuis 1986. Longtemps souterraine, son œuvre vient d'être redécouverte en Angleterre et aux États-Unis, où elle connaît un succès sans précédent. Après Par un matin d'automne *(2010),* Heather Mallender a disparu, *publié une première fois par Belfond en 1993 sous le titre* Les Ombres du passé, *est le deuxième ouvrage de Robert Goddard à paraître chez Sonatine Éditions.*

Mis en pages par DV Arts Graphiques à La Rochelle.
Imprimé en France par CPI Bussière
à Saint-Amand-Montrond (Cher)
N° d'édition : 110 – N° d'impression : 113778/1.
Dépôt légal : janvier 2012.
ISBN 978-2-35584-110-1